中华泰山文库·著述书系

泰山风景名胜区管理委员会　编

刘慧 著

泰山佛教史

山东人民出版社·济南

图书在版编目（CIP）数据

泰山佛教史/刘慧著.--济南：山东人民出版社，2018.11
(中华泰山文库·著述书系)
ISBN 978-7-209-10487-6

Ⅰ. ①泰… Ⅱ. ①刘… Ⅲ. ①泰山－佛教史 Ⅳ. ①B949.2

中国版本图书馆CIP数据核字(2017)第310147号

项目统筹　胡长青
责任编辑　刘　晨　张艳艳
助理编辑　吕士远
装帧设计　武　斌　王园园
项目完成　文化艺术编辑室

泰山佛教史
TAISHAN FOJIAOSHI
刘　慧　著

主管部门　山东出版传媒股份有限公司
出版发行　山东人民出版社
出 版 人　胡长青
社　　址　济南市英雄山路165号
邮　　编　250002
电　　话　总编室（0531）82098914
　　　　　市场部（0531）82098027
网　　址　http://www.sd-book.com.cn
印　　装　北京图文天地制版印刷有限公司
经　　销　新华书店

规　　格　16开（210mm×285mm）
印　　张　37
字　　数　620千字
版　　次　2018年11月第1版
印　　次　2018年11月第1次
印　　数　1-1000
ISBN 978-7-209-10487-6
定　　价　480.00元

《中华泰山文库》编委会

立岱宗之弘毅

——序《中华泰山文库》

一生中能与泰山结缘，是我的幸福。

泰山在中国人民生活中有着广泛而深远的影响，人们常说“重于泰山”“泰山北斗”“有眼不识泰山”……在中国人心目中，泰山几乎是“伟大”“崇高”的同义语。秉持泰山文化，传承泰山文化，简而言之，主要就是学做人，以德树人，以仁化人，归于“天人合德”的崇高境界。

自1979年到现在，我先后登临岱顶46次，涵盖自己中年到老年的生命进程。在这漫长岁月里，纵情山水之间，求索天人之际，以泰山为师，仰之弥高，探之弥深。从泰山文化的博大精深中，感悟到“生有涯，学泰山无涯”。

我学习泰山文化，经历了一个由美学考察到哲学探索的过程。美学考察是其开端。记得在20世纪80年代，为给泰山申报世界文化与自然遗产做准备，许多专家学者对泰山的文化与自然价值进行了考察评价。当时，北京大学有部分专家教授包括我在内参加了这一工作。按分工，我研究泰山的美学价值，撰写了《泰山美学考察》一文，对泰山的壮美——阳刚之美的自然特征、精神内涵以及对审美主体的重要作用，有了较深的体悟。除了理论上的探索，我还创作了三十多首有关泰山的诗作，如《泰山颂》：

高而可登，雄而可亲。
松石为骨，清泉为心。
呼吸宇宙，吐纳风云。
海天之怀，华夏之魂。

这是我对泰山的基本感受和认识。这首诗先后刻在了泰山的朝阳洞与天外村。

我认为泰山的最大魅力在于激发人的生命活力。我对泰山文化的学习，开端于美学，深化在哲学。两者往往交融在一起。在攀登泰山时，既有审美的享受，又有哲学的启迪（泰山自然景观和人文景观的结合，体现了一种天人合一的艺术境界）。对泰山的审美离不开形象、直觉，哲学的探索则比较抽象。哲学关乎世界观，在文化体系中处于核心地位，对人的精神影响更为深沉而持久。有朋友问我：能否用一个词来概括泰山对自己的最深刻的影响？我回答：这个词应该是生命的“生”。可以说，泰山文化是以生命为中心的天人之学，其内涵非常丰富，可谓中国文化史的一个缩影。泰山文化包容儒释道，但起主导作用的是儒家文化，与孔子思想有千丝万缕的联系。《周易 · 系辞下》中讲“天地之大德曰生”，天地生育万物，既不图回报，也不居功，广大无私，包容万物，这是一种大德。天生人，人就应当秉承这种德行，对于人的生命来说，德是其灵魂。品德体现了如何做人。品德可以决定一个人的人生方向、道路乃至生命质量。人的价值和意义离开德便无从谈起。蔡元培先生讲：“德育实为完全人格之本，若无德，则虽体魄智力发达，适足助其为恶，无益也。”

“天行健，君子以自强不息；地势坤，君子以厚德载物。”这两句话深刻地体现了“天人合德”的思想。学习泰山文化要与时代精神相结合。泰山文化中“生”的精神对我影响很大，近四十年，我好像上了一次人生大学，感到生生不已，日新又新，这种精神感召自己奋斗、攀登，为人民事业做奉献。虽然我已经97岁，但生活仍然过得充实愉快，是泰山给了我新的生命。

泰山文化是中华民族优秀传统文化的主要象征之一，是我们民族文化的瑰宝。在这方面，历史为我们留下了浩瀚的资料，亟待整理。挖掘、整理泰山文化，是推动中华优秀文化遗产的创造性转化、创新性发展的迫切需要。

日前，泰山风景名胜区管理委员会的同志来舍下，告知他们正在编纂《中华泰山文库》。丛书分为古籍、著述、外文及口述影像四大书系，拟定120卷本，洋洋五千万言，计划三到五年完成。我听了非常振奋！这是关乎泰山文化的一件大事，惠及当今，功在后世，是一项了不起的文化工程。我对泰山风景名胜区管理委员会领导同志的文化眼光、文化自觉、文化胆识和文化担当，表示由衷钦佩；对丛书的编纂，表示赞成。我认为，编纂《中华泰山文库》丛书，将其作为一个新的文化平台，重要意义在于：

首先，对于泰山文化的集成，善莫大焉。关于泰山的文献，正所谓“经典沉深，载籍浩瀚”（刘勰《文心雕龙》）。从大汶口文化时期的象形符号，到文字记载的《诗经》，再到二十五史，直至今天，在各个历史阶段都不曾缺项。一座山留下如此完整、系统、海量的资料，这是任何山岳都无法与其比肩的，在世界范围内也具有唯一性。《中华泰山文库》的编纂，进一步开拓了泰山文化的深度和广度，对于古今中外泰山文化资料及研究成果的发掘、整理、集成、保存，都具有无与伦比的综合性、优越性和权威性，可谓集之大成；同时，作为文化平台，其建设有利于文化资源和遗产共享。

其次，对于泰山文化的研究，善莫大焉。文献资料是知识的积累，是前人智慧的结晶，是文化、文明的成果。任何研究离开资料，都是无米之炊。任何研究成果都是建立在资料的基础上。同时，每当新的资料出现，都会给研究带来质的变化。《中华泰山文库》囊括了典籍志书、学术著述、外文译著、口述影像多个门类，一方面为学术研究提供了所必需的文献资料，大大方便了研究者的工作；另一方面，宏富的文献资料便于研究者海选、检索、取舍、勘校，将其应用于研究，以利于更好地去伪存真、去粗取精，提高研究效率和研究质量。

再次，对于泰山文化的创新，善莫大焉。文化唯有创新，才会具有更强大的生命力。所以说，文化创新工作永远在路上。新时代泰山文化的创新，质言之，泰山文化如何引领新时代的精神文明，服务于新时代的精神文明建设，是一个重大课题。就其创新而言，《中华泰山文库》丛书的编纂本身就是一种立意高远的文化创新。它有目的、有计划、有系统地广泛征集、融汇泰山文献资料，集腋成裘，聚沙成塔，夯实了泰山文化的基础，成为泰山文化创新的里程碑。另外，外文书籍的编纂，开阔了泰山走向世界、世界了解泰山的窗口，对于泰山更好地走向世界、融入世界，具有重要的现实意义。而口述泰山的编纂，则是首开先河，把音频、影像等鲜活的泰山文化资料呈现给世人。《中华泰山文库》的富藏，为深入研究泰山的文化自然遗产，提供了坚实的物质保障。

最后，对于泰山文化的传承，善莫大焉。从文化的视角着眼，随着经济社会的发展变革，亟须深化对优秀传统文化重要性的认识，以进一步增强文化自觉和文化自信；通过深入挖掘优秀传统文化价值内涵，进一步激发其生机与活力；着力构建优秀传统文化传承发展体系，使人民群众得到深厚的文化滋养，不断提高文化素养，以增强文化软实力。毋庸讳言，《中华泰山文库》负载的正是这样一个优秀传统文化传承发展体系。如上所述，集成、研究、创新的最终目的，就是为了增强泰山文化的生命力，祖祖辈辈传承下去，延续、共享这一人类文明的文化成果。这是一个民族兴旺发达的源泉所在。《中华泰山文库》定会秉承本初，薪火相传，继往开来。

更为可喜的是，泰山自然学科资料的整理和研究，也是《中华泰山文库》的重要组成部分，无论是地质的还是动植物的，同样是珍贵的世界遗产。

中国共产党第十九次全国代表大会报告中指出："文化自信是一个国家、一个民族发展中更基本、更深沉、更持久的力量。必须坚持马克思主义，牢固树立共产主义远大理想和中国特色社会主义共同理想，培育和践行社会主义核心价值观，不断增强意识形态领域主导权和话语权，推动中华优秀传统文化创造性转化、创新性发展，继承革命文化，发展社会主义先进文化，不忘本来、吸收外来、面向未来，更好构筑中国精神、中国价值、中国力量，为人民提供精神指引。"这是我们编纂《中华泰山文库》丛书工作的指南。

编纂《中华泰山文库》丛书是一项浩繁的文化系统工程，要充分考虑到它的难度、强度和长度。既要有气魄，又要有毅力；既要正视困难，又要增强信心。行百里者半于九十，知难而进，迎难而上，才能善始善终地完成这项工作。这也是我的一点要求和希望。

值此《中华泰山文库》即将付梓之际，泰山风景名胜区管理委员会的同志嘱我为之作序，却之不恭，写下了以上文字。我晚年的座右铭是："品日月之光辉，悟天地之美德，立岱宗之弘毅，得荷花之尚洁。"所谓"弘毅"，曾子有曰："士不可以不弘毅，任重而道远。仁以为己任，不亦重乎？死而后已，不亦远乎？"故而，名序为：立岱宗之弘毅。

杨辛

2018年7月

目　录

导 论

当人类蒙蒙启事，就开始考虑“来”之因故，“去”至何处？在星换斗移中，“去”的问题中国人有了“仙”的概念，于是，人与“山”便结下不解之缘。《说文》说“仙”：“人在山上”“长生仙去”。或许是由此启发，佛陀东渐也有了恋山的情结，俗说“自古名山僧占多”，就是一个典型的例证。

一

从中国佛教名山没有泰山说起。

说到佛教名山，人们首先会想到四大名山：山西的五台、四川的峨眉、安徽的九华、浙江的普陀。这是中国佛教的荣誉，更是“四山”的自豪。不过，这种对“名山”的判断与定性，对于佛教的地位、价值而言，没有必然的逻辑关系，但它毕竟是在特定时期内对佛教兴盛的反映，也有着它不可或缺的社会意义与价值。在“四大名山”中，与中国最具影响的大山体系——五岳无关，当然也就没有泰山。这是为什么？要回答这一问题，我们可以从两个方面来认识：一是四大佛教名山是如何形成的？二是泰山在中国宗教史上有何定位？

“四大名山”由何而来？山岳并列，并形成一定的制度由来已久。史前时期就有四岳的巡守之礼。殷商卜辞中有于“十山”“五山”烧火祭祀的说法。到了汉代，又有五岳的定制。以大山为组合行祭祀之礼，这是在中国古代礼制建设中一向遵循的传统。而对佛教与名山而言，一定的制度在宋代就有了所谓的“五山十刹”。明代的宋濂说：“浮图之为禅学者，自隋唐以来，初无定止，唯借律院以居。至宋而楼观方盛，然犹不分等第，唯推在京巨刹为之首。南渡之后，始定江南为五山十刹，使其拾级而升。”①不过，限于南宋的

① 《天界善世禅寺第四代觉原禅师遗衣塔铭》，《宋学士全集》卷二十五。

疆域，仅是对江南一隅禅林的归纳，实质性的意义不大。“四大名山”之说，其地域幅员辽阔概括南北，但出现较晚，大致出现在明末清初，在官方文献中出现则是在清康熙年间。其实，在历史上佛教与名山或因宗派好恶，或以信仰特征，或为应对他说，有着不同的说辞，不一而论。刘禹锡就因“禅寂者宗嵩山”“神道者宗清凉山”“律藏者宗衡山”，有“三名山为庄严国”的说法[①]。即便是“四大名山”，也有着一个“二山”“三山”的漫长历程，尔后才有了“四山”的定位，经历了从唐至清的历史演变。

之所以有“四”的称谓，所对应是四大菩萨，这与《法华经》中所称的“四大菩萨”：弥勒、文殊、观音、普贤，还有所不同，是对文殊、普贤、观音、地藏菩萨的合称。四大菩萨因分别有显灵说法之地，故有了四大“应化”道场之说，即文殊之五台山、普贤之峨眉山、观音之普陀山、地藏之九华山。先有五台山与峨眉山并列，成为文殊、普贤菩萨道场的“二山”。我们所看到最明确的见证是在敦煌莫高窟晚唐五代开凿的361窟壁画中，同时出现了“文殊显现与五台山”“普贤显现与峨嵋山”的变相图。[②]于此，释迦牟尼两大胁侍菩萨文殊与普贤有了相应的道场。五台山、峨眉山，成为最初的两大佛教名山，并有了“金色、银色二世界菩萨”（金界、银界）的说法[③]。明代万历时期，又有普陀山的加入[④]。最晚进入“四大道场”的是九华山，时间在明末清初。清康熙三十七年（1698）才有了四山并列为四大道场的说法：“文殊、普贤、观音、地藏，皆久成佛道之法身大士。以度生心切，遍界现身。又欲众生投诚有地，故文殊示应迹于五台，普贤示应迹于峨眉，观音、地藏示应迹于普陀、九华也。”[⑤]

由此可以看到，各山进入“四大名山”的时间有早有晚，信仰特征也较为简明：晚唐五代，有“二山”产生；明代有“三山”之说；清代才有“四山”格

---

① 《唐故衡岳律大师湘潭唐兴寺俨公碑》，《全唐文》卷六百一十。

② 敦煌文物研究所整理：《敦煌莫高窟内容总录》第361窟，文物出版社1982年版，第132页。

③ 《宋高僧传》卷二十三《唐南岳兰若行明传》：释行明，游方问道，“初历五台、峨嵋，礼金色银色二世界菩萨，皆随心应现”。

④ 〔清〕蒋超撰：《峨眉山志》卷十二：明万历乙巳年（1605）《峨眉大佛寺落成颂并序》：“盖闻震旦国中，有道场三：曰峨眉，曰五台，曰普陀，鼎立宇内，为人天津梁。”

⑤ 〔清〕裘琏撰：《南海普陀山志》卷六。

局的出现。从而完成了中国所谓四大佛教名山的构建。“四大名山”，实际上是菩萨信仰的名山，是佛教中国化历程中菩萨信仰走向独立发展道路的成功。

二

在中国礼制文化的建设中，始终有着与大山“结盟”的传统，而泰山一向是大山的盟主。《尚书》中的《舜典》说：舜在取得政权后实施了一系列祭祀活动。其中“岁二月，东巡守，至于岱，柴，望秩于山川”。舜在泰山之上，烧柴祭天，并以其秩次望祭四方之群山。“柴”，是与上天的沟通；“望”，则表明是对地域的拥有。并用岱宗这一“柴望”之礼，以次巡守南岳、西岳、北岳。在其礼制中，政治的权力与祭祀的专权是结合在一起的，具有政教合一的性质，并且五年一个循回[①]。因此到了春秋战国之时，鲁国的孔子对本国的季氏祭祀泰山大为光火：“呜呼！曾谓泰山不如林放乎？”因为依照周礼，只有天子或泰山所在地鲁国的君主才可以祭祀泰山，他人不可染指。

当秦始皇一统六国，依照“五德终始说”改制，实施了封禅大典，更是将泰山祭祀的专权推向了顶峰，即便是天子，也不是谁都能来泰山，天下一统、国泰民安、天降符应，是一项都少不了的规矩，故“用事者希”[②]。虽然封禅大典，随着宋真宗登封降禅的结束而偃旗息鼓，但最高统治者对泰山的祭祀始终没有停止过，或告祭或就祀，一直延续到清代。这似乎是天理王法，作为一代帝王只有在泰山举行过告天之礼后，才能心安理得地统治天下。因此，对统治者来说，道教、佛教可以信，也可以不信，但对于泰山信仰，他（她）不能不信。泰山宗教信仰从原始的自然崇拜起源，一直延续到整个封建社会的解体。其源头之古，稳定性之强，堪为罕见。

再看泰山祭祀的特殊性。祭祀的正统性与组织的行政化共同构成泰山宗教所具有的国家属性。无论是巡守还是封禅，由“天子”统一执事，上到中央下到地方，文武官员共同参与其中，它的正统性是无可置疑的。而就其宗教的组

---

① 《尚书·舜典》：“……五月南巡守，至于南岳，如岱礼。八月西巡守，至于西岳，如初。十有一月朔巡守，至于北岳……五载一巡守，群后四朝。”

② 参见《史记》卷二十八《封禅书》。

织系统而言，由国家政权机构来维系，也可以说，当需履行宗教责任、发生宗教行为的时候，国家的政权系统就发挥着它宗教组织的职能。例如在封禅中，其组织系统无不是由中央政权的行政机构来担承，在祭祀活动过程中完成宗教角色的转换。秦皇汉武是这样，唐宗宋祖也是这样。在祭祀的活动中，皇帝是一个王朝之主，同时也是最高的宗教首领；朝廷官员，同时也是宗教仪式的执司者。这如同佛教、道教做一个法事，做一个道场，当朝的君主就是“住持”，就是“方丈”，政府官员则变为高功大德，充当着“道士”“和尚”的角色。朝廷的行政系统，也就是宗教活动的组织系统。从上到下，形成一个有机的宗教群体，用一个国家的行政行为，完成一个国家的宗教行为。

还有重要的一点，泰山是中国几千年来传统宗教的承载者。《史记》说汉武帝要到泰山封禅，因“封禅用希旷绝，莫知其仪礼”，于是鲁国的儒士们，大展宏图，主张以周礼用事；而齐国的方士不甘寂寞，也献“封者，合不死之名也”的良策，不受以往的礼制之束缚，欲登即登，是为通神长生。等到汉武帝真的来到泰山，儒家博士们的建议理论性太强，不易实施，而方士们的建议又没有礼制上的根据。汉武帝所采取的措施是，在方士说法的基础上“颇采儒术以文之”[①]，最终完成了封禅之仪。从而可以看到，封禅大典的礼仪是由鲁国的儒生与齐国的方仙共同完成的。

封以祭天，禅以祭地，这是泰山祭祀的核心点，但汉武在封禅活动之中融入了祭祖的内容，使泰山祭祀增加了浓重的伦理色彩。他在封禅的纪功刻石中写道：“事天以礼，立身以义，事父以孝，成民以仁……人民蕃息，天禄永得。”[②]这种得天下，得民心，“天禄永得”的礼、义、孝、仁，清楚地道出了封禅作为一种宗教祭祀礼仪所包含的社会伦理规范。以祭祀行教化，祭天地以布政德，构成封禅不可缺少的社会内容并为后世所效仿。泰山的祭祀史也就是它的宗教史，天神、地祇是其崇拜的主体，而以其祖先崇拜为补充，形成相对固定的模式，并成为一个国体祭祀系统不可缺少的一部分。泰山宗教，也即是国之宗教的体现。这是“独尊儒术”格局形成后，泰山宗教的基本特征。

为何泰山没有成为佛教“四大名山”？答案也就有了。泰山是传统文化礼

① 《史记》卷二十八《封禅书》。

② 《风俗通义》卷二《正失》。

制的象征，它的宗教特征具有国家宗教的性质。即便是一代皇帝无条件地崇尚佛教，也无法改变它延续了几千年的历史“惯性”。这与一个民族的容纳精神无关。

在中国宗教史的研究中，除道教外对传统宗教的探讨往往有所忽略。正如有的学者所指出的：人们在谈论中国古代宗教时，往往把具有严密制度和大体不变传承的传统宗教给遗忘了。然而，它毕竟是几千年封建王朝的“正统宗教”。道教是中国传统宗教的一个重要分支，却不是全部。“道教虽是大教，却只是传统宗教的一个支流而已。”[①]也正是由于上述的原因，泰山成不了佛教名山，同样也不可能进入道教的“十大”名山，尽管道教是传统宗教的重要组成部分。因此对泰山宗教的分析，会有益于对中国传统宗教的了解。或如哲学家张岱年先生指出的：“关于泰山的宗教信仰是中国宗教的一个重要方面。研究中国宗教史，必须研究泰山的宗教的历史。”[②]

三

泰山与佛教、佛教与泰山，相互的影响是多方面的，最大的关注点莫过于“冥世”与“地狱”的碰撞与融合。

中土“冥世”的构建，在两汉时期就已成形。在一个如同汉世的组织体系中，“泰山君”是主宰者，这经历了一个漫长的历史过程。当人们有意识地埋葬死去的人，就意味着另一个世界的存在。这种现象在旧石器时代就已经产生，如山顶洞人为死者随葬物品（石器、石珠、穿孔兽牙等），并在死者的身边撒有红色铁矿粉粒，反映出人死后会有另一种形式的存在，否则所采取的种种做法就显得毫无意义[③]。到了新石器时代，人们对另一个世界的认识有了更为明确的表达。如大汶口文化中泰山脚下最具代表性的大汶口遗址墓葬，各种随葬品大量出现，死者的头几乎无一例外地朝着东方，表明人死后会生活在另一个社会

---

① 詹鄞鑫：《神灵与祭祀》，江苏古籍出版社1992年版，第4页。

② 张岱年：《泰山宗教研究·序》，《张岱年全集》第8册，河北人民出版社1996年版，第240页。

③ 参见任继愈主编《中国哲学发展史》中《从简单的思维活动到思考人生大事》一节，人民出版社1983年版。

之中。人们是在依照现世的社会规则，为死者安排逝后生活的质量与秩序，并似乎有了死者重生的期待。进入文明社会后，因有了文字之记述，从人们的语言表述中可以更为明确地了解关于人离世之后的认识。

有成语说“失魂落魄”，其“魂”与“魄”，说得即是人死之后游离于肉体的存在形态。“先秦既以为人死之后，魂盛为神，魄盛为鬼；而魂属天，魄属地，那么人死后的归处，便似乎有两处：一为魂盛者升于天……一为魄盛者留处于地或黄泉下……这两种观念，在先秦典籍中都可以找到印证的资料。”如此也就有了阴阳的特征，一如《礼记·郊特牲》所云“魂气归于天，形魄归于地”。无论是升天的还是入地的，其主宰“则似乎只有一个，那就是天——天帝。诸鬼皆是由‘天帝’来统辖”①。于入地者的去处，就有了“地下”“黄泉”“九泉”（九原）等不同的名称出现在先秦的文献中，因为是在黑暗的幽冥之处，与人世阳间相对应也就有了所谓的“冥世”“阴间”之说。其地点及主事者都是泛指，没有具体地点与主体对象，呈现的只有抽象的概念。但到了两汉，情况发生了变化，人死后的去处就有了明确的指向——“蒿里”（高里）、“泰山”。大量的出土文物表明，在汉代的地下世界——冥世，“泰山为冥府中最高枢纽所在，而蒿里则是死人聚居的地方；前者相当于汉之都城，后者则相当于汉之乡里”②。“汉世的地下世界，当以泰山神为主”，“汉世的冥官大抵皆仿自汉世的制度而来”③。

由抽象概念向具体地点的转换，泰山封禅是其最大的诱因。如果说秦始皇的封禅在社会上的影响还不是很大（主要是因为秦国祚不长，儒生们还不想承认秦始皇的封禅之为），在泰山封可以与天对话，禅可以与地对话的这种形式对世人来说还没有得到广泛的认同。到了汉武帝，情形就大不一样了。汉王朝伴随着雄才大略的汉武帝八次封禅（修封），国势大强。一次次封与禅的仪式让泰山的天地之能为世人所注目。特别是所禅之地的“梁父”“高里”，成了“地”的代名词。人们有理由相信泰山既可代表天，也可代表着地。上主天，下主地，原来抽象的“黄泉”“九泉”，也就有了具体的落脚点。汉魏乐府所见的

---

① 萧登福：《先秦两汉冥界及神仙思想探原》，台北文津出版社2001年版，第16、23页。

② 吴荣曾：《镇墓文中所见到的东汉道巫关系》，《文物》1981年第3期。

③ 萧登福：《先秦两汉冥界及神仙思想探原》，台北文津出版社2001年版，第129～130页。

《梁父吟》《蒿里曲》，即是这一成果的最佳说明。而在出土的镇墓文中，具有代表性的“生属长安，死属太山”之记述，则表明两汉之时人们对死亡归处的共同认知，并构建出如同汉世的管理系统，泰山成为冥世的主宰。

佛教东来，在为佛教学理中不可或缺的基本内容——“地狱”观，寻找中土的突破点。如果严谨一点说，这个“地狱”，也已经是译者加上了中土的色彩。地狱是梵文Niraya（泥犁）、Naraka（那洛迦）的意译，还译作“不乐”“可厌”“苦具”“苦器”等，是教义名数“六道”中的“恶道”之一。“中文翻译为‘地狱’，从字面看有地下牢狱的意味，也体现了中土人士的理解。”①及至东汉的安世高，敏感地捕捉到了中土冥世构建的基本特征，找到了不可多得的契合之处。在《佛说分别善恶所起经》中直接将“地狱”译为“泰山”，事半功倍，为国人对佛教地狱的理解提供了可参照的蓝本。

用当今时髦的话说，安世高是一位中国通。安世高是安息国的太子，后让国与叔，出家为僧。在汉恒帝时来中夏从事译经，他“才悟机敏，一闻能达，至止未久，即通习华语。于是宣译众经，改胡为汉”，先后译经三十五部，“义理明析，文字允正，辩而不华，质而不野，凡在读者，皆亹亹而不倦焉”②。他是有史记载以来，最早以汉文系统翻译佛经的译家，对后世的影响很大。东晋谢敷说：安世高“博综殊俗，善众国音，传授斯经，变为晋文。其所译出百余万言，探畅幽赜，渊玄难测”③，可见他了解把握汉语言的能力及对译经的巨大贡献。蒋维乔评价说：我国知有佛教，而传播于后世，“实则中国佛教史，当以安世高、支娄迦谶来时为始也”④。在三国时，又一个译经家康僧会，在《六度集经》中再一次清晰地将“地狱”植根于泰山，其影响进一步扩大。自此后，泰山几乎成了“死亡”与“地狱”的代词，甚至有了“但恐至太山治鬼，不得治生人”的疑虑⑤，让人谈“山”而色变。

在中国古代对待生死的态度，余英时先生有过深入的研究。他在谈到中土“冥世”与佛教“地狱”关系时指出：“将阴间和泰山联系起来的汉代大众信仰，

① 参见孙昌武：《中国佛教文化史》第二册，中华书局2010年版，第858页。

② 僧祐：《出三藏记集》卷十三《安世高传》。

③ 僧祐：《出三藏记集》卷六谢敷所撰：《安般守意经序第四》。

④ 参见蒋维乔：《中国佛教史》，武汉大学出版社2012年版，第4页。

⑤《三国志》卷二十九《魏书·管辂传》。

为中国人适应更有影响力的佛教‘地狱’观念奠定了基础……如果没有关于佛教传入以前中国本土来世信仰的知识，那么汉代以后受佛教影响而发展起来的民间来世信仰形式是不可能得到充分理解的。”①

四

无疑，中土的泰山冥府为佛教的地狱学说提供了信仰基础，同样不可否认佛教地狱对中土冥世信仰的补充与扩展，丰富了中国传统宗教信仰的内涵。“真切、细致的地狱描写极大地丰富、补充了中土思维中作为‘它界’重要部分的死后世界的观念。特别是与‘泰山治鬼’之说以及‘灵魂不死’观念结合，把地狱的方位、结构、具体面貌等等更加‘落实’，使得人们对于死后境界的感知更加清晰起来……从而在南北朝时期，具有浓烈现实色彩又极富形象性的地狱以及灵魂在那里接受罪罚的观念在民众中广泛、迅速地普及开来。”②

随着佛教地狱的确立，泰山宗教信仰随之有了更为广阔的活动范围。将“地狱”译作“泰山”，从某种意义上讲借用的只是泰山的“壳”（是一个“空间”的概念），其中活动的主体与泰山无关。随着佛教地狱观在中土影响的扩大，人们对地狱观念的需求进一步人格化，泰山宗教中原本的神祇信仰就显露了出来，南北朝时大量志怪小说出现，“太山府君”作为泰山的代言人跃入人们的视野，就是一个突出的见证。

佛教的地狱观又一次的大变革是在晚唐五代，以地狱“十王”的出现为标志，中土的冥世与佛教的地狱再次碰撞、融合，民族特色更加鲜明、地狱形象更加简明。在这个系统中，把阴曹地府分为十个地狱，分别由十个殿王按一个人的死亡时间（以七天为一个时间单位）依次行使职权。在十王中两个殿王最具代表性，这就是阎罗王与泰山王，分管着第五殿（五七）与第七殿（七七），在形式的安排上两王与其他诸王是平等的，但就文化天平来说，其地位是其他诸王所不可比拟的。阎罗王在印度佛教中就主管地狱，泰山王则是中土冥世原本的主宰，外来的阎罗王与本土的泰山王开始平分秋色。“十王的双重起源最清楚

---

① 余英时著，侯旭东等译：《东汉生死观》，上海古籍出版社2005年版，第152～153页。

② 参见孙昌武：《中国佛教文化史》第二册，中华书局2010年版，第862页。

地表明了冥界观念是中印合成的。第五和第七王提供了最清楚的例证。”[①]十王系统所形成的“七七斋”“百日斋”“一年斋”“三年斋”沿袭成俗，为世人所信守。特别是“五七”“七七”，这两个由阎罗王、泰山王值守的日期之祭，在当今的不同地区仍最为流行。

一般认为，明清时期中国的佛教走向衰微，如果从另一个角度而言，不妨说这是一种新的发展形态。佛教的发展兴盛不再是佛寺、经传、高僧的数量累加，而是宗教观念的民俗化，融入于日常的生活习惯之中。譬如，现在展示地狱的森罗殿少了、没了，但在人们心中“善有善报，恶有恶报”的观念仍然会有潜意识的存在。

五

什么是“泰山佛教”，如何界定？如果说“宗教是一种重要的社会文化现象”[②]，那么我们可依从于泰山文化的定位。

人们在使用“文化”这一概念时，其内涵、外延往往差异甚大，因此有了广义的文化与狭义的文化之区分。从广义上说，人类社会历史实践过程中所创造的物质财富与精神财富都可称之为文化。从狭义上说，则专注于精神创造活动及其结果。前者涵盖面非常广泛，故称之为“大文化”，后者相对集中，被称作“小文化”。我们所说的“泰山文化”，应属于小文化的范畴，主要涉及精神创造领域的文化现象，但两者有着内在的逻辑关系，与物质创造活动的基础意义和制约作用是相互关联的。

在“泰山文化”中，“泰山”首先是一个地理坐标，因此泰山文化具有地域文化的一般属性。但这个“泰山”不局限于此，它还具有超区域的存在。如巡守之制“如岱礼”的南岳、西岳、北岳之祭。又如自唐宋以来泰山神——东岳大帝的行宫东岳庙遍布大江南北，而由东岳大帝信仰习俗形成的东岳庙会也在各地兴盛发展，这个“泰山”模糊到了全国的范围。再如泰山石敢当习俗走出

① 〔美〕太史文著，张煜译，张总校：《〈十王经〉与中国中世纪佛教冥界的形成》，上海古籍出版社2016年版，第2页。

② 参见吕大吉主编：《宗教学通论·导论》，中国社会科学出版社1989年版，第2页。

国门，在东南亚以及日本、韩国、朝鲜，甚至在美国、加拿大等，都可见到其踪迹。这也就构成泰山文化作为地域文化的特殊性，而有别于一般的地域文化，如：齐鲁文化、吴越文化、荆楚文化等。以上是从空间的维度上看，泰山文化有一定的地域性，但决非一般意义上的地域文化。如从时间维度上看，泰山文化的精神创造活动自发生发展到现代，始终没有停止过。其源头上可追溯远古、三代，下可续秦、汉、隋、唐、宋、元、明、清，并延续至今。泰山文化的稳定性与持续性，也是地域文化所不能具备的。

再从文化发展的主体与客体关系看。在泰山文化中主体的人不仅仅是当地的“土著”，还有更多不同层面的个体或群体的外来者，他们都是文化的参与者、创造者。这是一个始终流动不息的过程，他们以新的面貌、新的认识面对客体，一种全新的心理感受与体验在不断地发生着、传递着。这完全超越了地域文化中主体活动的单一性，以及对客体再认识的局限性。泰山文化的活力在主体与客体对立统一的过程中，得到不断的扩展，完成着从地域文化向主流文化的跨越。

不同的地理环境，会出现不同的文化差异；不同的历史时期，文化也会有不同的社会属性；文化是发展的。泰山文化始终处于不断的发展之中，这与地域文化也有着一定的区别。依社会现象而论，封禅学说是战国之际阳阴五行融合儒家道家的思想所形成的思维体系，封禅的实践活动在秦汉时期则是在儒士、方仙的不断较量、融合中完成的；泰山的冥世概念在两汉之交有了佛教的渗入，构建了别样的地狱观，而道教的产生则促进了东汉乃至以后泰山神仙道教的发展。泰山文化总是在各个历史时期不断吸收着不同文化的营养而得到长足的发展，而不像地域文化那样有着一时一地的局限。

在有了泰山文化非一般性地域文化的认识之后，我们可做如下的概括：泰山文化即是人在社会实践中由泰山（自然的、人文的）而引发的精神创造活动及其结果（它的区域范围不限于泰山）。泰山文化（东方文化）本来就是中国文化、中国古代文明的主要源头之一，随着文明时代的到来，泰山文化融入并发展于统一的中华民族的文化之中。至此，泰山文化也就脱离了地域文化的局限，成为主流文化的重要组成部分，为一个民族所共生、共享。

以上的认识与界定也应当适应于“泰山佛教”，而所谓的“泰山佛教史”是泰山文化史的一部分。尽管宗教与文化也有着一定的不同特质，如宗教的

“社会现象”特征，有着文化所不曾有的功能[1]，但不会受限于此而影响本书的基本内容及框架结构。

鉴于“泰山”的地域性特征，所谓泰山佛教史，也就是佛教在泰山发生、发展的历史，这个“泰山”与历代及当今的行政区划没有直接的关系。鉴于“泰山”的非区域特性，凡与泰山文化所发生关联的佛教活动事项，也包括在“泰山”的范围之中。泰山文化史是中国文化史的一个缩影。毫无疑问，泰山佛教史也是中国佛教史的重要组成部分。特别是泰山冥世对地狱观的影响，在一定程度上推动并影响了中国佛教的历史进程。佛教对泰山文化的利用与发挥，是对泰山文化发展与繁荣的重要贡献，也是佛教中国化历程的重要一步。

① 参见李申：《宗教论》第一卷，中国社会科学出版社2006年版，第48页。

第一章

汉晋时期的佛教

佛教是以“佛”为最高教主，以佛崇拜为基本特征的宗教，约公元前6～前5世纪由古印度迦毗罗卫国王子悉达多·乔答摩（即释迦牟尼）创立，据传早在阿育王时（约前273～前232）佛教走出印度本土而外传。佛教在中国得到传播从时间上说相对较晚，但早于道教的形成。在中国历史上以“宗教”自称的首先是佛教[①]。“宗教”虽不是外来语，但在定义上是有所区别的。佛教对中国文化的影响是多方面的。或许没有佛教的传入，道教就不会产生；或许没有佛教的发展，中华文化精神就不会有儒、释、道三足鼎立的基本架构；或许没有与佛教文化融合，始于远古的传统宗教发展，也不会保持长盛不衰的强势。

泰山是中国的历史名山、宗教名山，是一个民族的精神家园。如同泰山宗教是中国传统宗教的一个缩影，佛教在泰山传播的历程同样具有代表性意义。特别是泰山“主生”“主死”的信仰，使佛教的地狱观有所发展与创新，而成为不同文化高度融合的典范事例。在这个裂变过程中，中国传统信仰中生与死的观念，也有了新的开端而影响着人们的行为方式与生活习惯。为对佛教的传入及特点有一个历史背景式的把握，有必要了解一下佛教传入之前泰山的自然、社会环境。

---

① 李申：《宗教论》第一卷，中国社会科学出版社2006年版，第3页。

第一节　泰山的地理背景及信仰特征

佛教外来，与中国的传统文化相融合，形成了中国佛教。同样，中国的传统文化容纳了外来的佛教文化，使本土文化更加丰富多彩。谁能说：佛教文化不是中国传统文化的一部分？中国传统文化是在特定自然地理环境与社会地理环境中发生、发展的。不同的民族文化、不同的地域文化，呈现出一定的差异性就是由自然环境与人文环境所决定的。佛教在中国的传播离不开中国特有的自然与社会环境，并在适应、融入、抗争中不断发展壮大，佛教的地狱观在中国即是以泰山信仰为基础构建的。

一、泰山自然与人文地理环境

一种文化、一种信仰的产生、发展，必然会受到自然地理环境至关重要的影响，而人文地理环境所发生的作用也不是其他因素所能替代的。在中国传统文化的语境中，泰山是一座最高最大的山，就是自然与人文相互依存相互作用的结果。因此在谈及泰山佛教的历史之前，应该先对泰山文化发生、发展的地理背景有一个大概的了解。

（一）自然地理环境

泰山，地处华北大平原的东侧，主峰玉皇顶位于今山东省中部。其地理坐标为东经116° 50′～117° 12′，北纬36° 11′～36° 31′。在人们的眼里，泰山山体之高之大来自对泰山相对高度的视觉感知。主峰玉皇顶海拔高度1545米，从山脚下到主峰，在6～7公里的水平距离内与其山前平原相对高差近1400米，山下海拔150米左右。给人“高山仰止”的视觉冲击（图1-1）。而泰山四周是较平缓的齐鲁丘陵平原，较高的山峰如鲁山、沂山、蒙山、徂徕山等高度都大大低于泰山，使泰山异峰突起。

再从地质地貌看，泰山“拔地通天”之势也来自于视觉的感受。泰山地貌

图1-1　世界文化与自然双遗产——泰山

以岩层的断裂突起为主要特征，地质构造特点为断块掀斜抬升。其地势差异显著，地形起伏大，山的南部上升幅度大，北部上升小，因而总体地势呈现南陡北缓、东高西低的特点。山南主要分布有三大断裂：即泰前断裂、中天门断裂、云步桥断裂。三大断裂呈阶梯式正断，由此形成了泰山南坡陡峻高拔的三大台阶式地貌。并且三大台阶的高差对比强烈：泰前断裂是泰山和泰莱盆地的天然分界线，突起的地貌特征明显。中天门比泰城要高出近700米，而玉皇顶比中天门又高出近700米。并且，由于侵蚀构造中心的存在，受构造抬升的强烈影响，中天门以上深谷陡壁，切割深度大，使泰山山体在空间体量的塑造上凌空高拔，有了直冲霄汉的气势（图1–2）。

图1–2　泰山极顶——玉皇顶

地质地理构造决定了泰山高耸险峻的形体特征，也同样塑造了“稳如泰山”的雄浑广博。根据泰山的地貌形态及其成因，可将泰山地区划分为六种地貌类型，即侵蚀构造中山、侵蚀构造低山、溶蚀侵蚀构造低山、溶蚀侵蚀丘陵、侵蚀丘陵和山前冲洪积台地。[①]泰山的山阴、山左、山右山势相对平缓，形成了层峦叠嶂、群岗众丘环围于泰山主峰的态势，这与山阳高耸挺拔的山体相对应，构成了泰山广阔厚重的空间造型。巨大的体量、宽厚的基础，给人以雄伟、稳固的视觉感受和心理体验。在五岳中有“泰山如坐”的说法，较为恰当地点明了泰山基础广阔、形体雄浑的山体

① 参见谢凝高：《泰山，人类的珍贵遗产》，载《泰山研究论丛》第二集，青岛海洋大学出版社1990年版，第5页。

特征。

泰山周围的自然地貌主要由低山丘陵和冲积平原构成，其山系称之为泰沂山系。依据1994年《山东省地势图》所示，泰山可见山脉轮廓：东西长约350公里（西到东平斑鸠店、平阴刁山坡；东达胶州、黄岛于海），南北长约260公里（北抵章丘、邹平、淄博；南至枣庄阴平、江苏新沂），总面积约90000平方公里[①]。这一区域，属温带季风大陆性气候，四季分明，夏秋两季雨量充沛，春冬寒冷干燥，冷热干湿分明。在水系分布上，以泰沂山区为中心构成一个相对独立的地理单元，西北部有济水水系，西南有汶水、泗水水系，东南部有沂水、沭水水系，东北部有淄水、潍水水系。气候水文资料表明：这一区域具备较好的农耕条件，而东部临海，兼有渔盐之利，是理想的生息之地。

考古成果表明，远古时期的生态环境比现在还要好。在地形地貌上，黄河冲积扇在距今7500年左右已触到曾是海岛的鲁中南丘陵地带，随之形成的冲积平原又连接而形成半岛，即从那时起泰沂山区周围已开始慢慢形成适宜人类长期居住的平原地形。现在的东平湖至微山湖一带，在距今7000～6000年前，属更低洼的湖泊和沼泽地，当时湖泊星罗棋布，河流纵横，更适合水生物的生长。在一些考古遗址中发现大量的动物遗骸表明，当时的气候条件大致与今之长江中下游相近。在大汶口文化的早期（距今6300～5500年），气候较今温暖、湿润，年平均气温比现在高2～3℃，降雨量也较今多，植被以阔叶树种占优势，并含有少量亚热带成分，而到了大汶口文化的中晚期（距今5500～4600年），气候变得温凉、干燥，但较今仍显温暖湿润。龙山文化时期，其气候环境也未发生大的变化[②]。总的说来，新石器时期，海岱地区气候温和，雨量充沛，适于动植物的生长。

泰山地处季风气候带，又因山体高耸靠近海洋，气象变化趋于复杂。泰山还由于特殊的地形特点，山顶与山下气候迥然不同，有所谓“绝顶峰高夏亦寒”的奇特气候。气温随着山的高度升高而降低，雨量则随着高度的变化而增加，故又

① 山东省地图出版社出版、山东测绘科教资料中心编制，1994年5月第一版（资料截至1993年年底）。

② 参见山东省文物考古研究所编著的《山东20世纪的考古发现和研究》第三章有关篇目，科学出版社2005年版。

有“十里不同天”之说。《公羊传》有“触石而出，肤寸而合，不崇朝而遍雨乎天下者，唯泰山尔”的说法，即是对泰山气候多变而神异的写照(图1-3)。

图1-3　变化莫测的云雾

高大雄伟的山体，优越良好的生态，变化多端的气候物象，为泰山人文历史的产生与发展，提供了特殊的自然环境。距今四五十万年前就有了人类活动的足迹，四五千年前形成的优于其他地区发展的大汶口文化及两三千年前齐鲁文化的兴盛，无不借助了这一环境的优势。泰山的自然属性，为泰山文化的历史发展提供了理想的物理环境。

（二）人文地理环境

自然的泰山，我们以泰山的主峰为中心点，以突出的山脉分布为主要区域对象，因泰山文化的特殊性（泰山文化不属于一般性区域文化），其范围具有不确定性，为叙述的方便借用考古学上的“海岱地区”这一概念。“海岱区是一个相对独立的人文地理区”，“海岱文化是在以渤海、黄海、泰山（岱）、淮海下游（故道）为显著标志的海岱区内发展起来的一支源远流长、自成系统的古代文化”。[①]就全国范围看，在考古学“条块”说的六大文化区系中，被称之为东方文化区。“围绕泰山的鲁西南大汶口文化和龙山文化遗存分布密集，是中国一个

① 高广仁、邵望平：《海岱文化与齐鲁文明·导论》，江苏教育出版社2005年版，第1页。

重要古文化区。”[①]

在海岱文化区系内，至迟于40万年前就有远古人类繁育生息。1965年5月，在沂源县千人洞发现了一些动物化石，后被证实这是一处旧石器时代晚期洞穴遗址。1981年9月，在沂源县土门镇骑子鞍山东麓发现一个人类头骨化石，后又对该点进行了两次正式发掘，又发现7枚猿人牙齿化石，被命名为沂源猿人。根据“沂源人”的体质特征及共存的动物群推定其年代距今四五十万年[②]。

向泰山主峰靠近，不迟于旧石器时代晚期，在其东南不足百公里的新泰出现了“乌珠台人”。1966年4月，在新泰县刘杜乌珠台村南的一个石灰岩溶洞中，发现一颗智人牙齿化石及一批哺乳动物化石。经研究鉴定，牙齿属于一个少女的左下臼齿，牙齿粗壮，咬合面副脊不发达，齿前部宽小于后部宽，其特征都接近于智人，遂命名为“乌珠台人”。伴随出土的哺乳动物化石有披毛犀、虎、猪、鹿、牛等种属。推测时代距今5万～2万年[③]。

在细石器（距今1万年前后）遗存中，与泰山相近的是汶泗流域先后在济宁地区汶上县、兖州市、嘉祥县及泰安地区宁阳县等地发现44处细石器遗址。需要指出的是，在过去的文物普查中，于故河道两侧发现有诸多的北辛文化、大汶口文化、龙山文化等遗存。有的北辛文化、大汶口文化遗物与细石器共存于同一遗址中，反映出某种延续关系的存在。

然而最具社会地理价值的，还是与细石器时代相连接的新石器时代所形成的海岱文化圈。迄今在海岱地区调查中，就发现了近1900处新石器时代遗址，不但区域分布广泛，而且有着完整的发展序列，其考古学文化依次是后李文化—北辛文化—大汶口文化—龙山文化。后李文化是可知的最早的原始农业文化时期，其年代距今8500～7500年。稍后的农业文化是相当于距今7500～6300年的北辛文化。而继北辛文化发展起来的大汶口文化，其年代相当于距今6300～4600年。尔后在大汶口文化基础上发展来的则是海岱龙山文化，其间相

---

① 苏秉琦：《中国文明起源新探》，生活·读书·新知三联书店2001年版，第53页。

② 《山东沂源县发现猿人化石》，载《人民日报》1982年5月7日；徐淑彬：《山东沂源县骑子鞍山发现人类化石》，《人类学学报》1986年第4期。

③ 吴新智等：《山东新泰乌珠台更新世晚期人类牙齿和哺乳动物化石》，《古脊椎动物与古人类》1973年第11卷第1期。

当于4600～4000年，海岱社会进入了文明时代[①]。

泰山南麓大汶口遗址的发现以及这一考古学文化的确立，是新中国考古研究的重大成果之一（图1-4）。大汶口文化的遗存，在20世纪五十年代初已有发现，但并未确定其单独的考古学地位。直到1959年，为配合津浦铁路复线建设工程，抢救发掘了大汶口遗址（该遗址以大汶河为界，北属大汶口镇，南属堡头村），发掘墓葬133座，获得了大量的陶器、石器、骨器和角器等文化遗物，展现出一种前所未有的文化面貌，引起了考古学界的极大关注。1962年在曲阜西夏侯遗址发掘中，发现了与大汶口墓群文化面貌相同的墓葬，确认是一支具有鲜明文化特征、有一定分布地域的考古学文化。1963年遂以大汶口这一典型遗址为名，正式提出了“大汶口文化”的命名[②]。

图1-4　全国重点文物保护单位——大汶口遗址

在我国众多的新石器时代文化中，大汶口文化应当是最有影响力的一支。考古资料显示：在距今5000年中叶，即大汶口文化的中期以后，大汶口文化逐渐取得了对其他新石器文化的优势，以至在以后的1000余年中，在许多方面都处于领先地位。而在大汶口文化中，“鲁中南泰山一带，遗址密集，发掘内容丰富，生产的发展、文化的发达都居领先地位，形成大汶口文化的中心地区。其中又以大汶口遗址最为重要”[③]。大汶口遗址在时间的延续性、内容展示的丰富性、遗址面积的规模性方面较其他遗址都有强大优势，显示出一个文化中心的地位。

大汶口遗址位于今泰安市岱岳区与宁阳县的交界处，北距泰山约35公里。遗址被大汶河东西横穿而分为南、北两部分。因河流的冲刷，南、北两部分的边缘被破坏严重，现存面积仍达82.5万平方米。大汶口遗址继1959年发掘

① 高广仁、邵望平：《海岱文化与齐鲁文明》，江苏教育出版社2005年版，第4～5页。
② 夏鼐：《中国原始社会史的研究》，《历史教学》1963年第4期。
③ 吴汝祚：《大汶口文化——东夷族的早期史略》，《东岳论丛》1983年第2期。

清理了133座墓葬之后，又于1974年、1978年进行了较大规模的发掘。三次发掘共揭露面积7000多平方米，清理大汶口文化时期的墓葬179座、房址16座、灰坑58个、窑址1座以及一些柱洞、柱坑等遗迹，出土陶、石、骨、角、牙器等各类遗物3000余件[①]。经发掘的大汶口文化遗址，一般有数百年的文化堆积，而大汶口遗址却有着两千年以上的历史。考古学家认为："泰安大汶口遗址从北辛文化时期就有人居住，一直经历了大汶口文化的早、中、晚期的全过程，始终是一个最重要的社会中心。"[②]大汶口的先民，算得上是最有发言权的泰山主人。

继大汶口文化发展起来的是海岱龙山文化，其年代距今4600～4000年。与泰山之南的大汶口遗址相对应，泰山北侧龙山镇的"城子崖"遗址也可以看作是龙山文化的中心。这一文化的命名，也源自该遗址（今属章丘市），而该遗址也是鲁北地区数百处龙山文化遗址中最大的一处。不过龙山文化的发现与确立却比大汶口文化要早得多，"是中国学者发现的土生土长的第一个原始文化"[③]。

与大汶口文化一样，海岱龙山文化对周边考古学文化也产生着广泛的影响。考古资料表明，海岱地区在龙山文化时期达到它史前社会发展的顶点[④]。由此进入海岱史前文化的辉煌期，走在了各文化区系的前列。是时，泰山社会地理环境的最佳格局形成。

而继龙山文化之后的是岳石文化。到目前为止，发现岳石文化遗址340余处，分布以泰沂山系为中心并向四周扩展，这与大汶口文化晚期、龙山文化的分布范围大体一致。发掘资料表明，岳石文化即来自海岱龙山文化，在地层与年代上与海岱龙山文化紧密接续。时间在距今4000～1500年。"从考古学上所见的夏代东夷文化——岳石文化已经进入青铜时代，它的对外影响，特别是对中原文化

---

① 山东省文物考古研究所编：《山东20世纪的考古发现和研究》，科学出版社2005年版，第134页。

② 高广仁、邵望平：《海岱文化与齐鲁文明》，江苏教育出版社2005年版，第66页。

③ 山东省文物考古研究所编：《山东20世纪的考古发现和研究》第三章第四节，科学出版社2005年版，第211页。

④ 参见山东省文物考古研究所编：《山东20世纪的考古发现和研究》第三章第四节，科学出版社2005年版，第261、263、827页。

的影响与渗透，甚至是族群的移动，都是积极、主动、进取的。海岱区的文化独立性并未受到来自中原方面的严重威胁。”①

当不迟于公元前17世纪后期，商王朝代夏，商人以空前强大的势力向东方扩张，使原来相对独立发展的海岱文化区纳入商王朝的势力范围之中。周代以齐鲁文化为代表的海岱文明达到了相当成熟的阶段，使泰山始终保持着东方文化发达、崇高的象征意义②。秦汉时期，是中国政治大变革也是文化大融合时期，泰山封禅成为一个国家建功立业的应景主题，泰山祭祀也具有了国家宗教的性质，泰山文化由此从地域文化走向主流文化。

而在先秦，齐鲁文化同样是分属于泰山南北的两大文化中心——鲁对周礼的继承、齐之八神祭祀，还有封禅理论的提出，都成为泰山信仰文化的基石。

图1-5　“诸山知峻极　五岳独尊严”

在历史的进程中，泰山正是以其东方文化自古昌盛的牢固根基，而显露出“圣山”的地位（图1-5）。“泰山是大汶口—龙山文化族群的神山，因此它是文化顶峰、信仰顶峰的代表。即使在海岱文化失去顶尖地位，‘中央王国’崛起，甚至秦汉帝国形成之后，自古崇拜泰山的历史积淀为文化传统贯穿于历史长河之中，使泰山随之变成了‘中国’的神山，最后定于一尊，成为五岳之首。”③

① 高广仁、邵望平：《海岱文化与齐鲁文明》，江苏教育出版社2005年版，第199页。

② 高广仁、邵望平：《海岱文化与齐鲁文明》，江苏教育出版社2005年版，第162页。

③ 高广仁、邵望平：《海岱文化与齐鲁文明》，江苏教育出版社2005年版，第162页。

二、泰山信仰的基本特征

在泰山信仰文化中，先秦的齐学、鲁学发挥着承前启后的重要作用，鲁学是对西周之礼的继承与发展，讲的是秩序之学；齐学则源于殷商的巫史之学，以黄老道、阴阳学、五行家和神仙家思想为特色，其主流是方士之学。当这两种思想系统相交融，就产生了新的思想升华。方士之学走向社会发展领域，自然的“阴阳”“五行”观念演变为“五德”，并被看作是社会发展的规律；儒家之术将传统秩序规则运用到现实的变革之中，将“天不变、道亦不变”视为社会稳定的基石。泰山信仰走向一个新的发展历程，对中国传统思想观念产生着重大而深远的影响。

（一）天、地观念的演化与定型

当有统一的国体出现，会有最高统治者至高无上的统治权力的存在，在宗教思想领域也就会有“至上神”的发生。“正如地上人间的各种互相对抗的社会力量被拥有至高权威的部落联盟首领所统一起来一样，在自然界，也应该有一位支配着形形色色的自然现象的统一的至上神。”[①]即所谓意识形态的宗教世界，自然就是现实世界的投影。所谓“至上神”，是指至高无上的最具权威性的神祇，无论于自然还是于社会，是天地万物的主宰。历史地看，夏、商、周三代已有了至上神的观念。夏人的“天”、殷人的“帝”，还有周人的“天”，或“天”或“帝”都已具有至上神的性质[②]。春秋战国，相继出现众多的诸侯国，也就没有了天下一统的“至上神”。秦汉之时，统一的至上神再次出现，并有了相应的祭祀制度。而在“至上神”形成及制度化的过程中，泰山信仰起了决定性的催化作用；而与其相对应的“后土”，也有了一个名正言顺的归宿。其中有几个重要节点，为传统礼制所张本。

其一，东方的“太一”成为一个国家的“至上神”。秦始皇统一六国，建立起一个全新的中央集权制帝国，却没有立即出现掌控天下的神祇——至上神。

---

① 任继愈主编：《中国哲学发展史》，人民出版社1983年版，第85页。

② 详见刘慧：《泰山信仰与中国社会》，上海人民出版社2011年版，第97～102页。

在秦的祭祀中，有“立畤郊上帝”的说法[①]。襄公“始国”，“乃用駵驹、黄牛、羝羊各三，祠上帝西畤”[②]。不过，这个“上帝”指的是五帝之一的白帝。“秦襄公既侯，居西垂，自以为主少暤之神，作西畤，祠白帝，其牲用駵驹、黄牛、羝羊各一云。”[③]因秦襄公被分封于“西垂”之地，故祠白帝。而后，“秦宣公作密畤于渭南，祭青帝”；“秦灵公作吴阳上畤，祭黄帝；作下畤，祭炎帝”；“秦献公自以为得金瑞，故作畦畤栎阳而祀白帝”[④]。即是说，在秦统一之前，就已经有了白、青、黄、炎（赤）四帝的祭祀了。

《史记·封禅书》所云秦襄公作西畤，祀白帝；秦灵公作畤，祀黄帝、炎帝；秦献公作畤，祀白帝。虽以帝称，仍属方位之神的性质，只能算作一定区域的至上神。如同《战国策·燕策一》文云：“秦为西帝，赵为中帝，燕为北帝，立为三帝而以令诸侯。”在秦除白帝之外，还有青帝、黄帝、赤帝之祠，并称“四帝”。这四帝之称是就秦国的地域而言，而西帝、东帝、燕帝则就整个“天下”而云。而在这里的“西帝”，又是对“东帝”而言的。《史记·秦本记》“王为西帝，齐为东帝”的说法，其区域方位的性质很明确。

秦始皇的泰山封禅，从理论上说应是从至上神那里“受命”，但这个“天”对他来讲当时还是模糊的。这倒也不影响他对传统祭祀的信崇。秦始皇用秦国祭祀四畤之帝的礼仪在泰山完成了至上神——天帝的祭祀。在这里秦始皇用转换之法完成了由地方神向至上神的提升，如同他由秦国的地方之君转变为全国的天下之君，因此从实际意义上看，有了至上神的概念。秦始皇“用了祭祀秦国上帝的方法来封禅泰山，这意味着以秦国的上帝代替了儒生心目中的全国性上帝”。“尽管秦始皇最终没有树立起宗教权威，建立起一个代表集权国家的最高神祇，但他却完成了一件极具有意义的工作，那就是确立起一套系统的国家祀典。”[⑤]这为汉代至上神的确立奠定了基础。

汉初之时，在秦白、青、黄、赤四帝的基础上，高祖依据五行之说增黑帝，“命曰北畤”。到了文帝之时，有祀五帝的做法。汉武帝初年，“郊见五畤。后

---

①《史记》卷二十八《封禅书》。

②《史记》卷五《秦本纪》。

③《史记》卷二十八《封禅书》。

④《史记》卷二十八《封禅书》。

⑤ 王青：《先唐神话、宗教与文学论考》，中华书局2007年版，第108、109页。

常三岁一郊”[①]。以郊祀之礼祠五帝，是把五帝作为天神来看待的。虽然施以祭天之礼，但五帝仍不能被视为至上神，或只能说是“集体起了上帝的作用”[②]。那汉代的至上神是如何确立的呢？我们可从汉武帝的封禅祭祀中找到端倪：这就是“太一”之祀。

《史记·封禅书》有云：

> ……封泰山下东方，如郊祠太一之礼。
>
> ……及五年修封，则祠太一、五帝于明堂上坐，令高皇帝祠坐对之。
>
> ……天子亲至泰山，以十一月甲子朔旦冬至日祠上帝明堂，毋修封禅。其赞飨曰：“天增授皇帝太元神策，周而复始，皇帝敬拜太一。”

汉武帝在泰山祭祀中，以祭“太一”之礼祭天，后在“五帝”前出现了“太一”。这个“太一”与五帝的关系也很明确：太一高于五帝。在此之前，武帝就有在甘泉祀“太一”的举措，但并没有引起时人的特别关注，而封禅是“受命”的仪式，是旷世大典，具有很强的示范性。先是在泰山下的东方以祭天的仪式祠太一，而在每次的修封中将太一置于明堂的“上坐”，先于五帝的位置，使之成为封禅中的主神。

那这“太一”是何方神圣，又是如何演变为最高神的呢？太一即“东皇太一”，也称“东帝”（是齐国的最高神），是方士谬忌将太一之神引入汉朝宫廷的，故周勋初分析说：“‘太一’为燕齐方士利用道家本体论中的已成材料改作而成者，至是乃由后辈方士谬忌挟入京师，取五帝而代之。从谬忌的籍贯和身份上，也可以了解到‘太一’原是齐国的上帝。”[③]

将太一神推向至上神，最活跃的是齐国的方士。当初有人说，“五帝，太一之佐也，宜立太一而上亲郊之”，正当汉武帝犹疑不决时，方士就让黄帝出场了。《封禅书》有云：

---

① 《史记》卷二十八《封禅书》。

② 周勋初：《周勋初文集》，江苏古籍出版社2000年版，第64页。

③ 周勋初：《周勋初文集》，江苏古籍出版社2000年版，第65页。

卿有札书曰："黄帝得宝鼎宛朐，问于鬼臾区。鬼臾区对曰：'帝得宝鼎神策，是岁己酉朔旦冬至，得天之纪，终而复始。'于是黄帝迎日推策，后率二十岁复朔旦冬至，凡二十推，三百八十年，黄帝仙登于天。"

方士说，今得宝鼎，今年的"己酉朔旦冬至"正与黄帝造宝鼎的节令相同，当时黄帝"迎日推策"，以后隔二十年就会有一个这样的日子，最终黄帝成仙登天了。于是，才有了"十一月辛巳朔旦冬至，昧爽，天子始郊拜太一"，是谓"天始以宝鼎神策授皇帝，朔而又朔，终而复始，皇帝敬拜见焉"。有了"天子亲至泰山，以十一月甲子朔旦冬至日祠上帝明堂"，是谓"天增授皇帝太元神策，周而复始。皇帝敬拜太一"。

太一神由齐国的地方神，继而成为具有宗教统一性质的至上神。这样，一个统帅群神的天帝也就应运而生了。为了显示太一的合法性，"为且用事泰山，先类祠太一"，于是在封禅大典上祭祀的主神就是太一："封泰山下东方，如郊祠太一之礼""及五年修封，则祠太一、五帝于明堂上坐""周而复始，皇帝拜太一"。太一之神，作为至上神的地位在泰山封禅中得到确立，这是泰山祭祀国家化的一个重要标志。汉平帝元始五年（5），王莽对国家祭典改制，以"皇天上帝"之名取代"太一"成为至上神，并为后世所承袭，但这并不影响东方的"太一"在全国至上神形成过程中所发挥的重要作用。"太一"与"上帝"，是异名同实，泰山信仰对国家祭祀制度的建立，无疑具有核心价值的意义。

其二，泰山"梁父"——成为全国的"后土"。对天地的信仰，是中国传统宗教最基本的内容。与"天帝"相对应，"后土"作为大地的最高神在秦汉之时有了统一的指向，同样与泰山信仰关联在一起。

考古资料表明，早在史前时期就存在有对地母的崇拜。如在大汶口文化遗址中所出土的大口尊，是较为典型的祭地礼器，其本身就成为地母的象征[①]。在有文字的记载中，对地的信仰更多地表现为对"社"的祭祀。《说文》释社："地主也，从示土。"示："天垂象，见吉凶，所以示人也。"即是说，天之"吉凶"，是靠"示"表现出来的，故凡与祭祀有关之汉字皆从示。土，"地之吐物也"。是就土地的功能而言的，地具有发生万物的"生殖"能力。以此说来，社

① 详见刘慧：《泰山信仰与中国社会》，上海人民出版社2011年版，第121～123页。

也就是土地之神。见诸文献的社神之说，较早出现在《左传·昭公二十九年》中："共工氏有子曰句龙，为后土……后土为社。"这是土地之神进一步人格化，演变为人神的标志。"后土"的出现，是"地母"演变为"社"的一个重要环节。《说文》云："后，继体君也。象人之形，施令以告四方。故厂之，从一、口。发号者君后也。"就是说，"后"是一个有权威的统领者的形象，可发号施令于四方。

然而，这具有统治大地权威的"后土"，一直没有一个具体的指向，也就是说有名无实。当封禅说出现，这个大地之主有了具体的称谓，叫作"梁父"。管子在《封禅》篇有云：

> 古者封泰山禅梁父者七十二家，而夷吾所记者十有二焉。昔无怀氏封泰山，禅云云；虑羲封泰山，禅云云；神农封泰山，禅云云；炎帝封泰山，禅云云；黄帝封泰山，禅亭亭；颛顼封泰山，禅云云；帝俈封泰山，禅云云；尧封泰山，禅云云；舜封泰山，禅云云；禹封泰山，禅会稽；汤封泰山，禅云云；周成王封泰山，禅社首。皆受命然后得封禅。[①]

所禅之地：云云、亭亭、会稽、社首，均为泰山下的小山。管仲在封禅的概述中，云"封泰山禅梁父者七十二家"，而在分述某王封禅所禅之地，无"梁父"之名。表明诸王所禅之地云云、亭亭、会稽、社首，均可以"梁父"概之。

管氏所云封禅，有本于古王者祭祀泰山之史实，司马迁亦言禅之梁父始自秦始皇。始皇封泰山，禅梁父[②]；汉武帝封泰山，禅梁父[③]；汉光武帝封泰山，禅梁父[④]；唐高宗、玄宗，宋真宗封泰山，禅社首[⑤]。梁父可代称泰山下的小山，因为地与天相对应，因地主之祀"祠之必于高山之下，小山之上"[⑥]。而"社首"

---

① 转引自《史记》卷二十八《封禅书》。

② 《史记》卷六《秦始皇本纪》。

③ 《史记》卷十二《孝武本纪》。

④ 《后汉书》卷十七《祭祀志》。

⑤ 参见《旧唐书》卷五《高宗本纪》,《旧唐书》卷八《玄宗本纪》,《宋史》卷七《真宗本纪》。

⑥ 《史记》卷二十八《封禅书》。

之名最为贴切——名副其实的大地之首。

在泰山之阴的齐地，自古有“八神”之祠。关于“八神”，其历史久远，司马迁在《封禅书》中就说：“自古而有之……其祀绝莫知起时。”[①]其中“一曰天主，祠天齐……二曰地主，祠泰山梁父”。天地并列，阴阳相补，“梁父”之说即源于此。梁父之名当为地主之通称。王者祭“梁父”的说法，在先秦还是一个地方神的概念，因为说到底“梁父”只是齐国的地神。但当秦始皇、汉武帝将封禅之说付之于实践，用于一个国家的祭地行为，那“梁父”就发生了质的演变。东方的地神“梁父”，也就成为全国的地神，成为“后土”的代名词。梁父因是大地之主，后又演化为阴曹地府之所在，承载了更多“治鬼”使命，并被佛教的地狱观所采纳。天地信仰，是中国传统信仰中最根本的信仰，而祭祀天地最隆重的礼仪——封禅，就在泰山完成。这种礼制的神圣性，是独一无二的。

（二）阴阳五行基本概念的升华

在中国传统文化思想中，阴阳五行是一个非常古老的话题，既简单又复杂。阴与阳最初只是一种太阳光照有无的自然现象，进而演化为事物存在相互对立、相互作用的属性及变化的根源；五行则是五种物质元素的组合，但却构成了世间之万物，而相互间的相生相克又成为事物发生与变化的基本秩序。阴阳五行作为一种物质变化学说，渗透于中国传统文化的方方面面，以致有人将阴阳五行，以“中国人的思想律”[②]称之。阴阳五行是中国古代唯物主义认识世界最根本的方法。“可以毫不夸张地说，古代的阴阳五行学说是古代唯物主义哲学的原则，也是古代自然科学的原则。”[③]继阴阳五行之说，又有“五德终始”之论而成为王朝发生与更替的理论根据，秦始皇统一六国后就是以此改制的。然而人们很少注意到，阴阳五行观念的哲学升华是由海岱之域的齐人完成的。

阴与阳的概念首先由太阳引发。“阳”在《说文解字》：“高明也。”高者天也，明者日也。“阴”在《说文解字》：“暗也，水之南、山之北也。”何以

---

① 《史记》卷二十八《封禅书》。

② 顾颉刚：“五行，是中国人的思想律，是中国人对于宇宙系统的信仰；二千余年来，它有极强固的势力。”《五德终始说下的政治和历史》，《古史辨》（五），上海古籍出版社1982年版，第404页。

③ 任继愈：《天人之际》，上海文艺出版社1998年版，第39页。

“暗”？“日不所及。”概而要之：太阳是阴阳之归属的核心。对太阳的依赖，生活在海岱地区的人们有着独特的心理感受。

海岱地区是太阳信仰的集大成者。在考古学上，海岱地区所反映的对太阳的崇拜是其他原始的文化区系所不可比拟的。以大汶口文化为例，其中心遗址——泰山脚下的大汶口遗址，先后于1959年、1974年、1978年进行了三次科学发掘，共发现墓葬179座，其墓向（也就是埋葬时人体的头向），在无特殊的情况下，无一例外地向着东方，有着所谓“头东”的葬俗。如果以大汶口遗址为中心再向四边辐射，在大汶口文化中这种“头东”而葬的习俗普遍存在。在海岱地区大汶口文化所上承的北辛文化，以及下续的龙山文化，乃至岳石文化中，也存在这种习俗。也就是说在新石器时代，以泰山为中心的周边史前文化中，头东脚西的埋葬形式是普遍存在的[①]。这种头向东方的形式，被一个氏族所广泛认同并延续几千年，必定有着它所属的信仰意识。这应是以东方崇拜、太阳崇拜的思想认识作为内在依据的。

在大汶口文化中，这种意识另一突出的表现是由“日、火、山”组成的图像文字（图1-6），在诸多的遗址中反复出现[②]。太阳在上，中间是火，下面是一座大山，这是中国史前史上最形象的有关太阳崇拜的图像资料。在泰山脚下的大汶口遗址，还有以太阳为主题的图像文字及纹饰[③]。以太阳崇拜为其信仰特征的大汶口人以这种“头东”的葬式安置死者，是在希望其回归太阳升起的东方（他们本来就自以为是太阳的子民）。太阳每天会从东方升起，于西边落下，升与落是一个直观形象的过程，人们有理由相信死者灵魂也能像太阳一样，复始有一个新的来回（生命的回归）。因此，我们说大汶口文化头东脚西的葬俗，所反映的是太阳崇

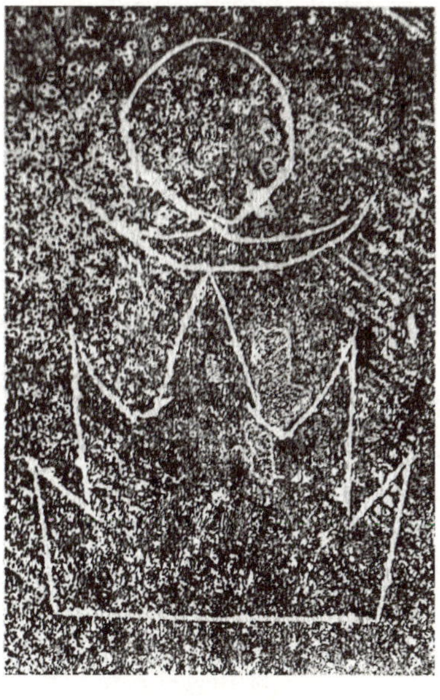

图1-6　大汶口文化凌阳河遗址出土图像文字拓本（采自《大汶口—新石器时代墓葬发掘报告》）

① 详见《泰山信仰与中国社会》，上海人民出版社2011年版，第304～309页。

② 王树明：《双墩碗底刻文与大汶口陶尊文字》，《中原文物》2006年第2期。

③ 刘慧：《泰山宗教研究》，文物出版社1994年版，第120～121页。

拜的意识。这也应当是史前时期泰山信仰源头中太阳崇拜最早的表现形式之一。

如果将考古学中的大汶口文化与史前传说相对应，太昊与少昊是其文化的主要创造者，他们即是以太阳的部落而自豪。其名“昊”，或作“皓”“皞”，都与太阳有关；太昊、少昊也均以鸟为图腾（鸟在天上飞行，被看作是太阳的化身），他们都自认为是太阳的子孙，或者从太阳升起的地方产生出来的[①]。所以有人说：“至迟到大汶口文化中晚期阶段，海岱居民的太阳文化意识已经完全成熟。”[②]

阳光是世间最大的光源（即便有了火的使用），阳光的有无也就往往成为人们判断物体是否存在的基本尺度。日出与日落、白昼与黑夜运动的方向性及规律性，还成为人们认识时间与空间意识的基础。太阳的升与息，有了白天与黑夜，也就有了时间上的意义；太阳运行，从东而西，由下而上，又由上而下的变化，构成了相对的空间，而时间与空间是人们认识一切事物最基本的概念。“太阳是给人类创造出时间与空间的宇宙主宰。时空的创造者也就是世界万物的创造者，太阳神有幸充当了创造主的角色。”[③]阴阳的判定取决于太阳，五行的说法同样也缘起于太阳的运动。

阴阳五行理论的实质，旨在说明任何事物都是在运动中发展变化的，任何事物也是会相互转化的，而至于所指事的木、火、水、金、土，则是“比象取类”，是借物说事。运动要在一定的空间中进行，就需要有方位的确定，人们首先认识的应当是“东”与“西”，这是太阳所出所入的地方。在太阳运行所构成的空间中，“人”是坐标的基点。在这个以人为中心的判断基点上，由阳光的向背转换为方位的“南”与“北”。从发生的角度看，方位空间（东、西、南、北、中）的概念要先于这五行（木、火、水、金、土）的配比。就阴阳五行而言，有阴阳才衍化有五行。人是这个组织系统的核心，太阳升起的地方“东”（生）是一个始点，运行的终点是“西”（息），当太阳运行到“昆吾”[④]时，人与太阳发生的向背形成“南”（阳）与“北”（阴）。东西是太阳的出与入，南北是阴阳的分与合，这是五行产生的基本面貌（太阳循环系统—阴阳分合系统—

---

① 田昌五：《古代社会形态研究》，天津人民出版社1980年版，第120页。

② 引自安作璋、王志民主编：《齐鲁文化通史》第一卷，中华书局2004年版，第102页。

③ 叶舒宪：《中国的神话哲学》，中国社会科学出版社1997年版，第214页。

④ 《淮南子·天文训》：“日出于旸谷……至于昆吾，是谓正中。”昆吾，即太阳升至最高的正中之时。

五行运转系统）。当有木、火、水、金、土五种元素衍化其中时，便使整个系统相互间的变化关系臻于完备。木克土一土生金一金克木，是太阳一个昼夜的轮回（升一落一升）；火生土、土生水，是阳的张扬，而水克火是阴的发挥。在其外围的诸方的循环（木生火、火克金、金生水、水生木），使太阳运行阴阳分合相关联所形成的两个运行轨迹相辅相成（其方向性与太阳运行的方向相同）。阴阳转换不息，五行相克相生，人们在经验的基础上借助具体事物的形态特征，形象地解说了时空中物质的存在与变化。

在海岱地区太阳信仰的基础上发展起来的“八神”之祭，可以看到阴阳概念的具象阐示。“八神”中的“天地”“阴阳”“日月”都是相对的范畴，“天地”“日月”可被“阴阳”所概括，“这说明我国最初的‘阴阳’观念大概发源于东夷族或齐地的先民”[①]。如果说这还算是一个大胆推测的话，那么齐人邹衍作为阴阳家的领军人物，将阴阳与五行结合起来，形成“阴阳五行”学说，而于社会历史的延进又有了“五德终始”（亦称之为“五德转移”）之论。邹衍是方仙的领袖，也是阴阳五行的思想者。他以五行化五德（即土德、木德、金德、水德、火德），相克相生、周而复始来解释社会历史的变迁与更迭。认为：黄帝时代为土德，夏为木德，商为金德，周为火德，秦为水德，依次相生相克，相次用事，这是不可逆转的历史规律。至此，没有人怀疑这是一次对阴阳五行观念的又一次哲学升华。封禅之说，就这一理论的推衍的结果，而成为中国宗教史上特有的祭祀形态。

（三）封禅——一种特殊祭祀形态的建构

抑或没有齐方士邹衍的“五德转移”之说，就不会有封禅的产生。如果没有儒家对礼的尊重与坚守，封禅也不会在中国历史上的影响如此之大、如此之久。中国的宗教史是祭祀史，封禅作为一种特殊的祭祀形式与内容书写着一个国家的宗教史。

封禅说的产生，有特殊的历史背景。战国末年，经过长期的战乱纷争，结束割据局面，完成国家统一，为人心所向往，也是历史发展的必然趋势。伴随着社会大变革的到来，适应社会政治的需要，学术思想异常活跃，邹衍的阴阳五德说，可谓异军突起。他的学说主要包括“五德转移”“治各有宜”以及“符

---

① 王克奇：《齐鲁宗教文化述论》，《东岳论丛》2003年第4期。

应”等思想内容。“转移”，是循环的五行相次用事的命定论，认为社会朝代之兴衰是严格按照这种顺序排定的。“符应”，是人神感应，“凡帝王者之将兴也，天必先见祥乎下民”[①]。这适应了人们祈求统一，希望有一个“顺天而行”的君主来治理天下的愿望。故此，他的学说“受时王之宠，尊显于世”[②]。

而就“封”与“禅”的祭祀形式而言，则是由来已久的祭祀天地之礼。在史前考古中，在山上烧火祭天的遗迹就多有发现，海岱地区距今5000年左右的大汶口文化中晚期，诸多遗址出土的由太阳、火、山组成的图案文字，就是在山上烧火以祭天的形象再现。于文献中，三皇五帝的舜，是以“柴”的形式在泰山上烧火以祭天[③]。时值周代，“天命”和“天子”的观念得到充分展示，一个国家的建立，是由先王受命于上天的，一国之主以天子称之，既然君主是受命于皇天，是皇天之子，那么对上天的祭祀也就非天子莫属了，这与取得政权后“柴”以祭天是相衔接的，燔柴祭天已成制度[④]。之所以焚柴祭之，在于“气达于天”。也即天神在上，非烟气上升而不足以达之。而要在高山上举行，也是借山之高，以便更加接近于天，特征是因高事天。如《礼记·礼器》疏所云：“因天事天者，谓因天体之高，以高处以事天……必因丘陵是也。”借山之高大，而升中于天也。泰山封禅之“封”，即源于这种因高事天的祭祀方式。是典型的“因名山升中于天”[⑤]，故亦称之为“登封”“升封”。

封禅的“禅”，实施的是对地神的祭祀。禅，即墠。郑玄云：“封土曰坛，除地曰墠。”[⑥]而易之“禅”，突出了土地的神圣性，其祭祀的行为宣示的是对土地的拥有，同时这也是权力的象征。因为只要有了土地祭祀之权，也就意味着有了占有土地的资格，也就等于有了相应的统治权（宗教与权力是整合的）。况且土地为万物之源，所以一代君王大功告成之时，也就少不了所谓的“禅”祭了。地何以“除”？除，就是把一处土地扫除干净，如《礼记·礼器》所说的“埽地而祭”。其形式也同样保留着原始自然崇拜的基本特征，简单、质朴、明了。所

① 《吕氏春秋》卷十三《应同》。

② 《论衡》卷十三《别通篇》。

③ 《尚书·舜典》：“岁二月，东巡守，至于岱宗，柴。”

④ 《尔雅》：“祭天曰燔柴。”《礼记·祭法》：“燔柴于泰坛，祭天也。”

⑤ 《礼记》卷十《礼器》。

⑥ 《礼记》卷二十三《祭法·注》。

禅之地，即代表着大地之主，也就是“后土”，在秦汉之时有了“梁父”的代称，故历代帝王封禅无不“禅梁父”。封以泰山之上筑坛祭天，禅于高山之下除地祭地，都是依顺天、地的自然形态来进行的，其形式特征十分明显。

封禅，是泰山祭祀政治化、制度化的一个特殊标志。封禅之礼，从祭祀的形式而言，带有浓厚的自然崇拜意味，而就社会属性来说，来自“巡守”之礼。即所谓“其封禅者，必因巡守大平，乃始为之”①。关于巡守，初见于《尚书·舜典》。巡守，也作“巡狩”。所谓巡，也就是视察；守者，守也，言属下为王而守土。如以周礼而论，巡守就是天子巡行察看诸侯的守土情况，因其疆土为天子所封，诸侯有守土之责，天子有巡察之权。“天子以海内为家，时一巡省之。”②巡守的本身就是一种权力的象征。尧让位于舜，

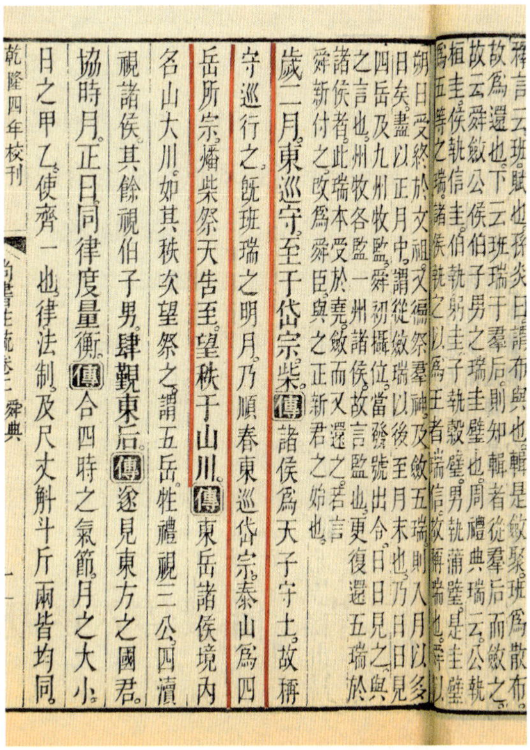
禪言云班賦也孫炎曰謂布與也輯是斂聚班爲散布
故爲還也下云班瑞于羣后則知輯者從羣后而斂之
故云舜斂公侯伯子男之瑞圭璧也周禮典瑞云公執
桓圭侯執信圭伯執躬圭子執穀璧男執蒲璧是圭璧
爲五等之瑞諸侯執之以爲王者瑞信故稱瑞也舜以
朔日受終於文祖又徧祭羣神及斂五瑞則入月以多
日矣盡以正月中謂從斂瑞以後至月末也乃日日見
四岳及九州牧監舜初攝位當發號出令日日見之與
之言也州牧各監一州諸侯故言監也更復還五瑞於
諸侯者此瑞本受於堯斂而又還之若言
舜新付之改爲舜臣與之正新君之始也
歲二月東巡守至于岱宗柴傳諸侯爲天子守土故稱
守巡行之既班瑞之明月乃順春東巡岱宗泰山爲四
岳所宗燔柴祭天告至望秩于山川傳東岳諸侯境內
名山大川如其秩次望祭之謂五岳牲禮視三公四瀆
視諸侯其餘視伯子男肆覲東后傳遂見東方之國君
協時月正日同律度量衡傳合四時之氣節月之大小
日之甲乙使齊一也律法制及尺丈斛斗斤兩皆均同
乾隆四年校刊
尚書注疏卷三　舜典
一

图1-7 《尚书·舜典》关于舜在泰山祭天的记述

舜在取得帝位后遂祭告上帝及山川之神，是为有了帝位，也就相应地有了祭祀之权（图1-7）。在岁二月东巡守，至于岱宗，燔柴祭天，望秩山川，也就是告祭于天，望秩所及也便是自己的天下。在接下来的一年中，五月南巡守，至于南岳；八月西巡守，至于西岳；十一月北巡守，至于北岳。而封禅与巡守最大的不同在于祭天只在泰山进行。为什么要在泰山进行祭天的仪式？对此《白虎通·封禅》说得明白：

> 王者易姓而起，必升封泰山何？教告之义也。始受命之时，改制应天，天下太平，功成封禅，以告太平也。所以必于泰山何？万物所交代之处也。必于其于何？因高告高，顺其类也，故升封者增高也，下禅梁甫之山基广

① 《礼记》卷十一《王制·注》。

② 《礼记》卷十一《王制·注》。

厚也。刻石纪号者，著己之功迹也，以自效放也。

当秦始皇依“五德终始说”改制，将封禅理论予以实践，于泰山上祭天，于泰山下小山上祭地，并刻石纪功，表明泰山祭祀礼仪最高形式的完成。在此基础上汉代所出现的《古封禅群祀》22篇、《古封禅议对》19篇、《汉封禅群祀》36篇、《古封禅方说》18篇，可以看作是泰山祭祀规范化、正统化的标志；也为泰山成为最高统治者最理想而神圣的祭祀天地之处，提供了理论上的保障。泰山封禅中的大地之主——梁父，也名正言顺地成为与昊天相配的地府。以致天与地、阴与阳、生与死，都能够在泰山得到发挥。可以说泰山的神圣性，为佛教的到来增加了庄严的分量；而地府——冥世在泰山的进一步成熟与确立，为佛教的地狱观提供了绝佳的展示平台。

第二节　佛教传入的历史遗迹及文献记述

佛教在中国的传入，没有一个明确的记事或事件作为标志。一种文化的传播有着特定的规律性，总会有一个由点到面的传布过程。佛教传入中国，也是在一种渐进的状态中进行的，因此也就很难有一个明确的时间界定。那么，佛教的传入时间只能是一个相对的大概。现在较为认可的说法是：佛教的初传在两汉之际，约公元1世纪左右。而佛教何时传入泰山，也没有一个明确的时间表。下面就相关的文物遗踪及文献所记，考察佛教在泰山地区的传播。

一、佛教传入的文物遗踪

1980年，俞伟超先生在《文物》第5期撰有《东汉佛教图像考》一文，考订有6个地方出土的图像与佛教有关。它们分别是：和林格尔壁画墓中的降身故事和舍利像、沂南画像石墓中的立佛像、滕县画像石中的六牙白象、乐山麻濠和柿子湾崖墓的坐佛像、彭山崖墓所出钱树陶座下的一佛二菩萨像、尼雅墓中蓝色腊缬棉布上的菩萨像。这是考古界第一次“缀集已知的东汉佛教图像”所进行地综合考订，随后异同之声并存。现就出土于山东境内沂南、滕县、济宁的三组图像，再作探讨。并且，针对新出土的邹城画像石有关图案，作进一步的分析。

（一）沂南画像石墓中的有关佛教图像

1953年，在沂南画像石墓中室出土的八角擎天石柱，在四个正面的最上端有四尊画像：东面、西面是两尊立像，分别为东王公和西王母；南面、北面为两尊带有项光的“童子”立像（图1-8）。1956年发掘报告公布后，学界对东面上端的东王公、西面上端的西王母画像无疑义，而对南、北两面的“童子”像一直争论不息。

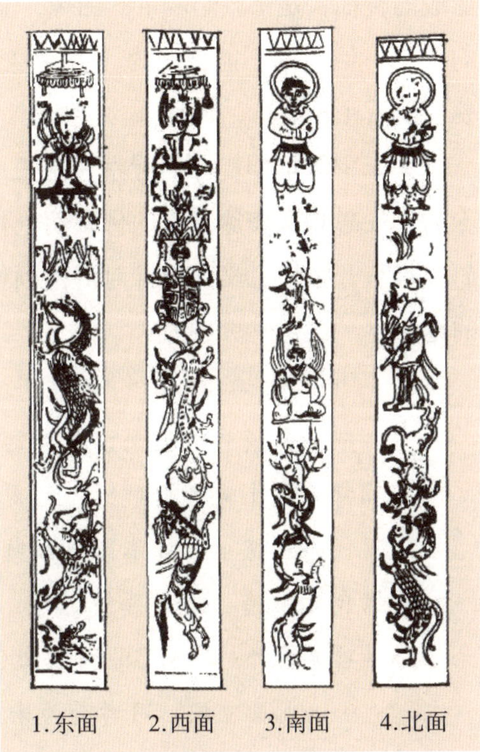

图1-8　沂南画像石墓中室擎天柱四面画像（采自《沂南古画像石墓发掘报告》）

发掘报告称：“当我们看画像第18幅那个像飞天的羽人、第56幅那个作手印的肩生双翼的人（即图1-8：第3图自下而上第三像）和第56、57幅两个头上有项光的童子（即图1-8：第3、4最上端像）时，我们很容易联想到南北朝时期的佛刻，不过仔细研究，两者是有相当大的距离的。”“至于手印和佛光为受佛教影响的产物，大致没有什么疑义。”“可注意的，这里作手印的人，并非佛像，而是肩生双翼的人，像东王公、西王母的样子；头绕佛光的人，也非佛像，而是着普通衣服的童子。这些都表示当时画家对于佛教艺术，只是一知半解，偶有所见，便采入自己的作品中。这是佛教传到中国不久、其艺术在中土开始萌芽的现象，当达到相当成熟时期以后，这种现象便不存在了。”[①]报告者虽然未确定为佛像，但肯定

① 南京博物院、山东省文物管理处：《沂南古画像石墓发掘报告》，文化部文物管理局1956年版，第65～66页。

“手印和佛光为受佛教影响的产物”。人们直观感到这“童子”与“肩生双翼的人”，有佛教的因素在里面。就其南、北两面画像，1962年杨弘先生肯定它是佛像[①]。1980年俞伟超先生考订为佛像无疑。1981年任继愈先生在其主编的《中国佛教史》第一卷中，认为这个项有光圈的“神童像”是受佛教影响的产物，但“还不是佛像”[②]。1990年陈清香女士刊文认为此图是“神仙般的佛像，或佛像般的神仙，是佛教影响下的图像，是不可否认的”[③]。也有的学者赞同报告中的意见，但“尚不能称之为‘立佛像’”，并认定沂南画像墓的时代“当定于魏晋前后比较恰当”[④]。

关于中国早期佛像的考察，温玉成先生提出了“仙佛模式”的理念，以中土的神仙思想来表达外来的佛教而创作出的一种特别表现形式，对早期佛像的研究具有开拓性意义。他针对沂南画像石擎天石柱南、北两面的图像有过精彩的论述：

> 依仙佛模式的理念，此图即迎刃而解。首先，南面立像，可确定为一仙佛。头上戴莲瓣纹冠，已见于永元五年老子浮屠镜。帔肩，也多见于汉代神仙像上，如洛阳市堰师县辛村新莽时代壁画墓中的西王母像即有绿色的帔肩，腰部垂流苏带，也见之于乐浪永平十二年漆画之仙女，唯有项光及外八字脚（北面立像），是受贵霜艺术之影响。
>
> ……北面立像，可考是为未来佛——弥勒佛。此图也由下向上展开。最下端的鸟首翼龙，可能是西域最崇拜之神兽（格里芬？），其上的翼牛，则是婆罗门信仰之神兽，因为弥勒下生于婆罗门家，父亲妙梵是位婆罗门主。再上的力士，应是弥勒下世的鸡头国国王佉儴，他所佩的宝剑可以证明他的身份。另一种解释是，弥勒前世众为国王，名昙摩流支。“力拔一树”的树，乃是龙华树，弥勒下世后，曾在龙华树下三次会众说法也。最

① 杨弘：《国内现存最古的几尊佛教造像宝物》，《现代佛学》1962年第4期。

② 任继愈：《中国佛教史》第一卷，中国社会科学出版社2009年版，第186页。

③ 陈清香：《汉晋之际的佛教造像》，《史学汇刊》1990年第16期。

④ 阮荣春：《“东汉佛教图像”质疑——与俞伟超先生商榷》，（台北）《艺术学》1990年第4期。

上之佛，捧一鸟，正表示他已下世到鸡头国，鸟者，鸡也。

弥勒信仰，首见于支娄迦谶译的《道行般若经》卷五，178～189年间译出。将弥勒佛定位为北方，以此图为最早。

……《后汉书·五行志》云："献帝建安中，男子之衣好为长躬而下甚短；女子好为长裙而上甚短。时益州从事莫嗣以为'服妖'，是阳无下而阴无上也。"观此二立佛之衣，正是"好为长躬而下其短"之状。[①]

其分析切中肯綮，颇具说服力。

还可以补充的是，在沂南画像石墓中有双人首鸟身的形象出现，它应是佛教所特有的"共命鸟"。共命鸟，又称命命鸟、生生鸟，常见于佛教的经典中。《佛说阿弥陀经》云："彼国常有种种奇妙杂色之鸟——白鹄、孔雀、鹦鹉、舍利、迦陵频伽、共命之鸟。"[②]又《法华经三大部补注》云："宝藏经云，雪山有鸟，名为共命，一身二头，神识各异，同共报命，故云命命也。弥陀经云，共命之鸟。胜天王云，生生之鸟。涅槃云，耆婆耆婆，皆此鸟也。"[③]在中土有"比翼鸟"的传说，但其形象与共命鸟有明显的不同。在该墓的中室过梁上就有其形象，而共命鸟图像见于前室北壁的横梁上，为双人首，显然不是一个物种。"共命鸟这一图像在沂南画像石中的出现……是当时佛教艺术形象进入中原的具体表现。"[④]

关于山东沂南画像石墓年代，原报告推定为东汉晚期，公元193年以前[⑤]。关于墓的年代问题，在学术界也存在有魏晋说和西晋说[⑥]。但从沂南画像石在内容形象上与山东苍山画像相似，在墓的形制结构上也略同，因此推断两墓画像

① 温玉成：《公元1至3世纪中国的仙佛模式》，《敦煌研究》1999年第1期。

② 见《大正新修大藏经》第12册。

③ 见《卍新纂续藏经》第28册。

④ 赵超：《共命鸟与比翼鸟》，《中国历史文物》2006年第1期。

⑤ 南京博物院、山东文物管理处编：《沂南古画像石墓发掘报告》，1956年文化部文物管理局。

⑥ 安志敏：《论沂南画像石墓的年代问题》，《考古通讯》1955年第2期；李文信：《沂南画像石古墓年代的管见》，《考古通讯》1957年第6期。

年代接近[①]，苍山画像石墓的年代为东汉桓帝元嘉元年（151）[②]，那么沂南画像墓应当为东汉中晚期墓。

（二）滕县画像石中的“六牙白象”图像

山东滕县出土的一块东汉画像石上，有两幅六牙象图像。大象前后行走排列，象身皆配鞍具，上有人物骑坐，因透视关系，每只象可见右侧三牙（图1-9）[③]。此图像在1954年曾被推测为东汉章帝前后的佛教史迹，“它是明显地指示出了早期佛教对中国艺术的影响”[④]。在佛典中有白象与佛降生相关联的故事：

图1-9　滕县画像石中的六牙白象（采自《东汉佛教图像考》）

> 一切菩萨入母胎时，作白象形。[⑤]
>
> 我尔时乘六牙白象王，与大菩萨众俱诣其所，而自现身，供养守护，安慰其心，亦为供养《法华经》故。[⑥]
>
> 尔时菩萨欲降母胎，即乘六牙白象发兜率宫，无量诸天作诸妓乐，烧众名香散天妙华，随菩萨满虚空中，放大光明，普照十方。[⑦]

画像中的大象，形体健硕，神韵十足，一如《普曜经》“象形第一。六牙白象颈

---

① 夏超雄：《汉墓壁画、画像石题材内容试探》，载北京大学中国传统文化研究中心编：《北京大学百年国学文粹》（考古卷），北京大学出版社1998年，第282页。

② 方鹏钧、张勋燎：《山东苍山元嘉元年画像石题记的时代和有关问题的讨论》，《考古》1980年第3期。

③ 傅惜华：《汉代画像全集》，北京中法汉学研究所1950年，图版113。

④ 转引自俞伟超：《东汉佛教图像考》，《文物》1980年第5期。

⑤ 《异部宗轮论》。

⑥ 《妙法莲华经普贤菩萨劝发品第二十八》。

⑦ 《法苑珠林》卷八《千佛篇》。

首微妙，威神巍巍形像姝好，梵典所载其为然矣”[①]之云云。

滕县画像石中六牙白象具有明确的佛教特征，而被学术界所认可。除此之外，以大象为表现对象的画像石还有大量发现。据郑彤的研究，“目前已见到刻有象纹的汉画像石有30余块，主要分布在山东西部的济宁、邹城、滕州、微山、平邑、枣庄、临沂、长清，江苏西北部的徐州，河南的登封、南阳等地。此外，在陕西神木和四川泸州也零星发现过带有象纹的汉画像石”[②]。尽管郑氏只肯定六牙神象与佛教有关，但这一形象如此集中地出现在山东地区值得思考。在山东济宁喻屯出土的一块东汉晚期画像石上的大象图，象身上乘有6人。光头的人，其形象很难与剃度的僧侣相分离。画像石画面分为四层，从下至上第三层绘一大象，在大象的脊背端坐有五个身着肥大衣袍、双手袖于胸前的正面骑者（图1–10）[③]，其他几层为画像石常见的内容，有门吏、九祥兽、凤鸟、羽人等。有人提出僧侣构图与印度佛教中的偶像式构图相类，“从整块画像石的构图来看，佛教题材的图像与中国传统的神仙图像各占一半篇幅……佛教信仰的影响在逐渐扩大”[④]。

图1–10　济宁喻屯画像石中的大象光头人物图（采自《中国画像石全集·山东汉画像石（2）》）

（三）邹城汉画像石中的“光头”图像

与济宁画像石中“光头”图像相一致，1990年在画像石资料方面又有新的重大发现。邹城郭里乡高李村村民在挖水渠时，发现一座汉画像石墓，邹城文物管理部门工作人员随即进行了清理，在简报中表述的第三石左上部的两排人端坐观舞者，“上排七人光头无冠，拱手”，应是僧人的图像（图1–11）：

① 《普曜经》卷一。

② 郑彤：《再论画像石上的象纹》，《华夏考古》2010年第1期。

③ 中国画像石全集编辑委员会：《中国画像石全集·山东汉画像石（2）》，山东美术出版社2000年版，第7页。

④ 郑红莉：《汉画像石“驯象图”试考》，《考古与文物》2010年第5期。

图1-11　邹城汉画像石中的光头人物图（上排）（采自《中国画像石全集·山东汉画像石（2）》）

第三石左上方刻六个光头的人物，身着肥大衣袍（或是僧侣袈裟），双手袖于胸前，盘腿而坐观看乐舞。参照滕州市房庄牛车载僧侣骑象图、邹城市黄路屯僧侣骑象图等资料，这六个光头人像有可能就是僧侣。笔者认为，该图所表现的内容，或许与佛教有一定关系。①

这个图像很明晰，“光头”是标志性特征。剃度是佛教受戒的一种特殊仪式，与道教蓄发修行的行为截然不同。“今沙门剃头发，被赤布”②，剃了发须，披上了袈裟，是典型的和尚装束。而图像中光头者“身着肥大衣袍”，这“衣袍”即是袈裟。还有“双手袖于胸前，盘腿而坐”的统一姿态，也符合佛教庄严守戒所应有的特征，与此石其他活跃动态的人物相比，具有端庄静穆之感。可以说此石左上方的这一组人物，表现的是僧侣静坐的场面。

有的学者依据这些画像石资料，结合《三国志·刘繇传》有关汉献帝时徐州牧陶谦部下运漕笮融所做的活动“大起浮图，以铜为人，黄金涂身，衣以锦采……悉读佛经”等，认为在东汉末年这一地区佛教活动已较为普遍：

当时的徐州包括山东南部的临沂、枣庄地区，邹城高李村汉画石佛像及滕州汉画白象图说明，这一带的佛事活动不是个别的、偶尔的，向北至

① 邹城市文物管理处：《山东邹城高李村汉画像石墓》，《文物》1994年第6期。文中所言“六个光头人物”有误，其前的表述“上排七人”，再从随其发表的拓片看，确为七人。

② 《四十二章经》。

峄山周围的邹鲁，佛事活动早已存在。[①]

另外，还要特别注意的是山东画像石中与多次出现有关佛的形象相对应，西王母的形象有相当突出的优势：

> 统计表明，西王母图像以鲁南苏北最多，其次是河南和四川。驯象图见于河南3处，鲁南、苏北15处，陕北2处及四川3处。比较而言，鲁南、苏北所见西王母图像和驯象图像最多。

就其分布来说，驯象图与西王母图的分布区域相吻合（图1–12），两者有着一定的关联，“前者（驯象图）的分布基本从属于后者（西王母图像），形成了‘西王母+驯象图’的分布模式”[②]。这种关联关系在沂南画像石墓中室的擎天柱上得到了

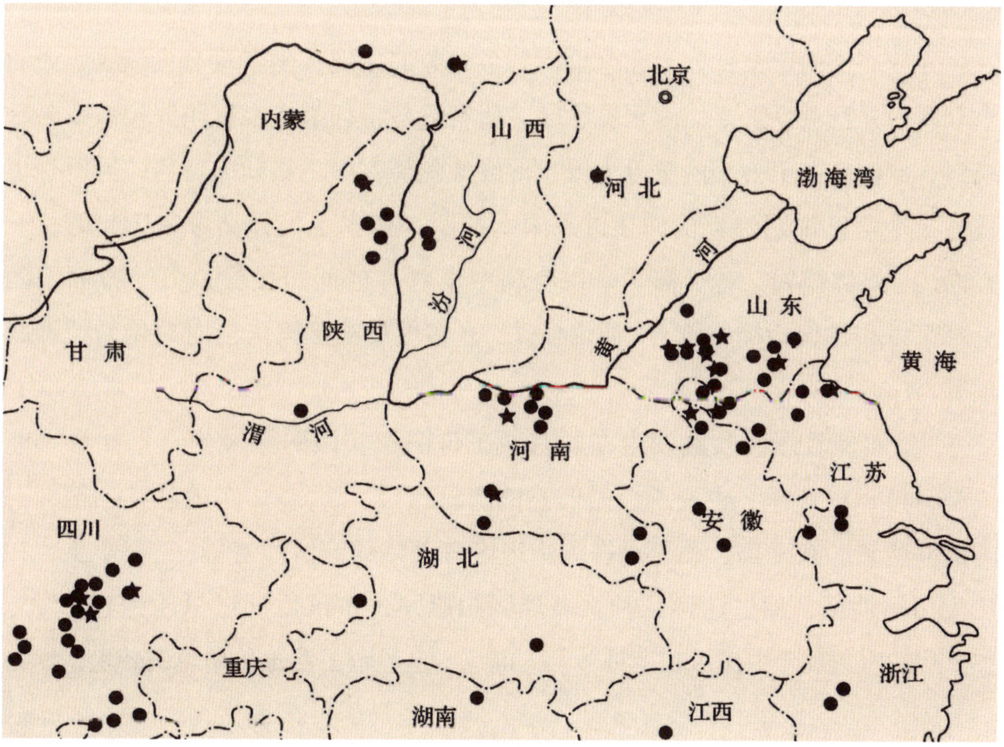

图1–12　西王母图与驯象图区域分布示意图（●西王母图像分布点，★驯象图分布点。采自《考古与文物》2010年第5期）

① 赖非：《山东北朝佛教摩崖刻经调查与研究》，科学出版社2007年版，第199页。

② 郑红莉：《汉画像石“驯象图”试考》，《考古与文物》2010年第5期。

形象上的展示：东面为东王公，西面为西王母，南面为仙佛，北面为弥勒。巫鸿先生曾释东王公、西王母是坐在昆仑山上，是西王母传说和昆仑山神话相融合的结果，中国传统信仰与佛教信仰相融合的产物：

> 东王公戴平顶冠，西王母戴着精巧的花冠，他们双手笼于长袖中，均持有平直的礼仪的物品。头上有华盖，脚下有神奇的昆仑山。两个有项光的站立人物，是为了匹配东王公和西王母的图像，他们著窄袖，有流苏的短襦，衣饰相同。一个站在龙上，另一个站在神奇的灵芝草上。项光是外来文化的标志，这两个形象可能是企图代表佛陀，作为并列于东王公、西王母的形象。然而，它们的神性象征物来自不同的宗教文化传统：项光是佛陀的象征，相反，龙和不死药（灵芝草）连接着中国传统的长生观念。[①]

亦仙亦佛的形象特征，在这里得到了充分的体现，坐者背有火焰纹，或肩生双翼，并且右手上举作施无畏手印。所有这些特征都能在犍陀罗佛教雕刻中找到。他们与东王公、西王母为伍，形成佛陀传入中土最初的特色；同时，也从另一个角度说明佛教信仰在进入中土初期是和本土信仰交融在一起的。一方面，“仙佛模式”对于佛教来说有利中土对其信仰的接受；另一方面，西王母可以和佛像相提并论，“仙佛模式”真实地反映了国人当时对佛教信仰的理解。

“早期佛教图像实践发生在既有西王母图像实践的区域内，这如果不能说是有意识的选择，也决不会是偶然的随机巧合”[②]，是山东地区神仙信仰自古昌盛所致。东王公、西王母在海岱地区有着特殊的信仰基础，“事实上，在广大山东地区，通过这两位神祇表现阴阳原则，东汉后期已呈压到趋势”[③]。在汉代的宗教观念中探求长生是一个关键点，这导致了西王母角色的转换，作为

---

① 巫鸿：《论西王母图像及其与印度艺术的关系》，李淞译，《艺苑》（南京艺术学院学报美术版）1997年第4期。

② 王苏琦：《汉代早期佛教图像与西王母图像之比较》，《考古与文物》2007年第4期。

③ 巫鸿：《论西王母图像及其与印度艺术的关系》，李淞译，《艺苑》（南京艺术学院学报美术版）1997年第3期。

长生或不死的象征，西王母“在一个远为广泛的意义上被人们理解：她成了一个卓越的神和宗教偶像”[①]。山东正是这一结果的起源地与见证者。还有必要强调的是，泰山对于古之昆仑的特殊意义。从发生学的意义上说，泰山是昆仑山的主要原型之一，当昆仑与“生命”发生联系也就少不了西王母。泰山—昆仑—西王母是一个民族神话的记忆链[②]。由此也就不难理解山东地区在西王母信仰上的优势。海岱地区成为中国最早传入佛教的区域之一，与此有着必然的联系，“有意识的选择”也许符合历史的事实。

二、佛教传入的文献记略

因传统宗教与外来宗教根本利益上的相争相斥，留存在文字记述中佛教的传入，有着多种的说法。最早的说法：在三代之前即知有佛教[③]，又有周代知佛之说[④]，更有甚者，说在西周时佛教已经传入中土等[⑤]。这些传入的说法，显然是以早为尊纷争的臆说。综合各种文献而论，佛教传入中土在两汉之交。

（一）佛教初入中土概说

在文献中最主要的有两种说法：一是西汉哀帝时佛教开始传入中国内地。见于三国人鱼豢的《魏略·西戎传》：

---

① 巫鸿：《论西王母图像及其与印度艺术的关系》，李淞译，《艺苑》（南京艺术学院学报美术版）1997年第4期。

② 详见《泰山信仰与中国社会》第一章第三节《泰山与古之昆仑》，上海人民出版社2011年版。

③ 如《弘明集》卷二《明佛论》：“伯益述《山海》：‘天毒之国，偎人而爱人。’郭璞传：‘古谓天毒，即天竺，浮屠所兴。偎爱之义，亦如来大慈之训矣。’固亦既闻于三五之世也。国典弗传，不足疑矣。”《归政篇·佛为师》亦引此说。

④ 《魏书·释老志》：“释迦生时，当周庄王九年。《春秋》鲁庄公七年夏四月，恒星不见，夜明，是也。”隋长房《历代三宝记》等采用此说。

⑤ 《弘明集后序》：“《列子》称：‘周穆王时，西极有化人来，入水火，贯金石，反山川，移城邑，乘虚不坠，触实不碍，千变万化，不可穷极，既能变人之形，又且易人之虑。穆王敬之若神，事之若君。’观其灵迹，乃开士之化；大法萌兆，已见周初……”

> 昔汉哀帝元寿元年，博士弟子景卢受大月氏王使伊存口授《浮屠经》，曰复立者其人也。《浮屠》所载临蒲塞、桑门、伯闻、疏问、白疏间、比丘、晨门，皆弟子号也。①

这在其他文献中，也多有类似的记述，只是文字略有出入。如《魏书·释老志》云："哀帝元寿元年，博士弟子秦景宪受大月氏王使伊存口授《浮屠经》。""浮屠"，也作"浮图"，即梵文的音译，后通译作"佛"或"佛陀"，故所谓《浮屠经》，也就是佛经。这是一条比较可靠的信息。

还有一则重要资料，是《四十二章经》的序。文曰：

> 昔汉孝明皇帝，夜梦见神人。身体有金色，项有日光，飞在殿前。意中欣然，甚悦之。明日问群臣，此为何神也。有通人傅毅曰："臣闻天竺有得道者，号曰佛，轻举能飞，殆将其神也。"于是上悟。即遣使者张骞、羽林中郎将秦景、博士弟子王遵等十二人，至大月支国，写取佛经四十二章，在第十四石函中，登起立塔寺。于是道法流布，处处修立佛寺，远人伏化，愿为臣妾者不可称胜数。国内清宁，含识之类蒙恩受赖，于今不绝也。

这一记述也被早期的史料所广泛引用，如《牟子理惑论》《老子化胡经》《后汉纪》等。在第一条史料中，西汉哀帝之时在口授中已有"经"的概念，那么其传入已不是一天二天的事情，只因"中土闻之，未之信了也"的缘故②，而未被世人强调出来。到了东汉孝明之时，情况就大不同了，"道法流布，处处修立佛寺"，佛教传法已有兴盛之势。

因而学界较为一致的观点是：把两汉之际作为佛教传入的时间。佛教传播情况大致是由大月氏使臣传入中国内地，并有了早期的被译为汉文的佛教经典，从而也就有了所谓的汉传佛教。从《四十二章经》所云"轻举能飞，殆将其神也"的认识情形看，当初的人们是将佛作为本土中的"仙人"来看待的。

在《后汉书·楚王英传》中，可以更加清楚地看到"黄老"与"浮屠"的

---

① 《三国志·魏书》裴松之注。

② 《魏书》卷一百一十四《释老志》。

关系：

> 英少时好游侠，交通宾客，晚节更喜黄老，学为浮屠斋戒祭祀。八年，诏令天下死罪皆入缣赎……诏报曰："楚王诵黄老之微言，尚浮屠之仁祠，洁斋三月，与神为誓，何嫌何疑，当有悔吝？其还赎，以助伊蒲塞桑门之盛馔。"因以班示诸国中傅。英后遂大交通方士，作金龟玉鹤，刻文字以为符瑞。

"黄老"与"浮屠"并题，供佛之处以"祠"称之，乃与方仙为伍。佛陀信仰是依附于黄老崇拜的，且"斋戒祭祀"以为法。在当时国人的心中，佛陀就是西方的神仙。"佛身长一丈六尺，黄金色，项中佩日月光，变化无方，无所不入，故能通百物而大济群生。"[①]"阿罗汉者，能飞行变化，旷劫寿命，住动天地。"[②]这与本土的神仙方士别无二致。而祭拜佛陀的地方，也称以"祠"。在方士的眼里，浮屠之道也就是黄老之术。如"善天文阴阳之术"的襄楷，就认为"此道清虚，贵尚无为"，而之祀如同黄老之祠[③]。这个"祠"，也就是"浮屠"之祠，如在《三国志·吴志·刘繇传》中就有"大起浮图祠，以铜为人"的说法。对一般佛教僧人的称谓，在民间也同样以"道人"呼之。如《三国志·吴志·孙綝传》云："经綝意弥溢，侮慢民神，遂烧大桥头伍子胥庙，又坏浮屠祠，斩道人。"《世说新语·文学》篇中，僧人亦以"道人"为名[④]。可见，国人对于佛教之初来，于佛以神仙待之，于佛信徒等同于方士，于祭祀如传统之神祠，这也是称僧人为道人的原因。

在佛教典籍中，有言汉明帝时佛、道斗法之事。《广弘明集》引《法本内传》说：在永平十四年（71）有五岳十八山的道士计有690人"死罪上言"，要与佛教角法。明帝遣尚书令宋庠谕传佛、道两派，斗法洛阳白马寺南门外。道士于

---

① 《后汉纪》卷第十《孝明皇帝纪下》。

② 《四十二章经》第一章。

③ 《后汉书》卷三十《襄楷传》。

④ 如："有北来道人好才理，与林公相遇于瓦官寺，讲《小品》。于时竺法深、孙兴公悉共听。""殷中军被废，徙东阳，大读佛经，皆精解。唯至'事数'处不解。遇见一道人，问所籤，便释然。"……

大门东侧，筑西、中、东三坛，西置真文符箓，中置黄老之书，东列祭品祭器；佛僧则于大门西侧置舍利经像。

> 道士等以柴荻和檀沉香为炬，绕经泣曰："臣等上启太极大道元始天尊、众仙百灵：今胡神乱夏，人主信邪，正教失踪，玄风坠绪。臣等敢置经坛上，以火取验。欲使开示蒙心，得辨真伪。"便纵火焚经，经从火化，悉成煨烬。道士等相顾失色，大生怖惧。将欲升天隐形者，无力可能。禁效鬼神者，呼策不应……时佛舍利，光明五色，直上空中，旋环如盖，遍覆大众，映蔽日光。摩腾法师踊身高飞，坐卧空中，广现神变。于时天雨宝华，在佛僧上，又闻天乐，感动人情，大众咸悦，叹未曾有。皆绕法兰听说法要，并吐梵音，叹佛功德。[①]

最终的结果是：道士"所试无验，即是虚妄"，斗法失利。而梵僧说法，"大众称扬"，诸多富夫人、宫女皈依佛门，更有甚者诸岳道士吕惠通等"六百二十人出家"。在这场斗法中，文称泰山的道士焦得心参与了这一活动，而南岳的道士费叔才愧愤而亡。文中所载，仅从语言表述如此的感情化就感到其不可信实之处。就连释道宣在收录此文时于题下注"未详作者"，在其篇尾有云："《传》有五卷，略不备载。有人疑此《传》近出，本无角力之事。"表示了高度的怀疑。《法本内传》为"元魏僧徒所伪造"[②]，既成事实。

（二）佛教在泰山建寺传法

从文献资料看，最早记述佛教在泰山活动的是前秦车频所撰的《秦书》：

> 苻坚时，沙门竺僧朗，尝从隐士张巨和游。巨和常穴居，而朗居琨瑞山，大起殿舍，连楼累阁。[③]

---

① 《广弘明集》卷一。

② 见汤用彤：《汉魏西晋南北朝佛教史》第二章《永平求法传说之考证》，武汉大学出版社2008年版。

③ 《水经注》卷八《济水·引》。

琨瑞山，即泰山琨瑞山。有关僧朗的事情，南朝梁代僧人慧皎所撰《高僧传》与北朝北魏郦道元《水经注》中都有记述。

《高僧传》卷五：

> 竺僧朗，京兆人也，少而游方问道……以伪秦皇始元年，移卜泰山。与隐士张忠为林下之契，每共游处。忠后为苻坚所征，行至华阴山而卒。朗乃于金舆谷昆仑山中，别立精舍，犹是泰山西北之一岩也。

《水经注》卷八：

> ……济水又东北，右会玉水，水导源太山朗公谷，旧名琨瑞溪。有沙门竺僧朗，少事佛图澄，硕学渊通，尤明气纬，隐于此谷，因谓之朗公谷。

以上，是我们所知的最早有关佛教在泰山的明确记载。关于朗公来泰山传法建寺的时间，现一般均以《高僧传》所云的“伪秦皇始元年，移卜泰山”为据。依这一资料，时间在苻坚皇始元年（351）。现多以此说，如任继愈先生所编《中国佛教史》，所采用的就是这一说法。但在其他佛典资料中，还见另一种说法。如释道宣《集神州三宝感通录》卷三云：

> 西晋泰山金舆谷朗公寺者：昔中原值乱，永嘉失驭，有沙门释僧朗者，姓李，冀人。西游东返，与湛、意两僧俱入东岳，卜西北岩以为终焉之地，常有云荫，士俗咸异，其祯感声振殊国，端居卒业。于时天下无主，英雄负图，秦、宋、燕、赵莫不致书崇敬，割县租税，以崇福焉。故有高丽、相国、胡国、女国、昆仑、北代七国所送金铜像，朗供事尽礼，每陈祥瑞，今居一堂，门牖常开，鸟雀莫践，咸敬而异之。其寺至今三百五十年许岁。

这与《高僧传》所说的时间有着明显的差异：首先开宗明义朗公寺是“西晋泰山金舆谷朗公寺者”。二是“永嘉失驭”时，“有沙门释僧朗者”来泰山。所云“永嘉失驭”，是指永嘉五年（311），匈奴攻陷洛阳掳走怀帝之事，史称

“永嘉之乱”，那朗公来泰山不会距“永嘉失驭”太远。三是说明了朗公寺“至今三百五十年许岁”，这个“今”应就是释道宣所著《集神州三宝感应录》之时，如以成书时间（唐麟德元年（664））而算，上推“三百五十年许岁”，那么公元314年是僧朗来泰山的时间。

综合两说分析看，《高僧传》所说僧朗来泰山在前秦苻坚皇始元年（351），上距永嘉五年（311）已40年，说此时朗公来泰山是因永嘉事件影响所致不合情理。《高僧传》所云僧朗“与隐士张忠为林下之契”，而张忠在《晋书·隐逸·张忠传》中，也言：“张忠……永嘉之乱，隐于泰山。”在时间上也是与“永嘉之乱”关联在一起的。而《集神州三宝感应录》所说的时间与“永嘉之乱”相近（即“永嘉之乱”后的第三年），上下文意相合。唐释道世在其所编的《法苑珠林》中，照录了《集神州三宝感通录》的这段文字，表示道世对道宣所云的肯定。此文记事，与《高僧传》相比详细具体：朗公来泰山的历史背景、相伴僧侣、卜居方位、僧朗所处的社会地位、于时周边诸国的影响、建寺的历史时间等，均有记述，似有着更高的可信度。

但是，如以《集神州三宝感应录》所说的公元314年僧朗来泰山，又存在事实上的差误。《高僧传》云僧朗“卒于山中，春秋八十有五”，而在诸多的时王致书朗公中，时间较晚的是南燕王慕容德的南燕二年（399），那么僧朗仅在泰山传法就已达85年（314～399），这显然也是与事理相矛盾的。那只有一种解释：即朗公寺在朗公到来之时已有建筑，这个建筑在公元314年就已存在。

僧朗是泰山的第一位佛教高僧，他所创建的“精舍”——朗公寺（后称神通寺）也成为泰山历史上最早的一座佛寺。“对中国内地佛教僧团的确立和中国佛教理论体系的形成，都有较大的影响”的释道安[①]，曾与法和到泰山朗公寺举办法会，并谈论生死归宿之事。《高僧传》卷五《法和传》有云：

> 释法和，荥阳人也。少与安公同学，以恭让知名。善能标明论总，解司疑滞……后于金舆谷设会，与安公共登山岭，极目周睇，既而悲曰：“此山高耸，游望者多，一从此化，竟测何之？”安曰：“法师持心

① 任继愈主编：《中国佛教史》第二卷，中国社会科学出版社2009年版，第151页。

有在，何惧后生！若慧心不萌，斯可悲矣。”后与安公详定新经，参正文义。

道安、法和、朗公寺、泰山，名僧、名寺、名山，共同书写着佛教在泰山早期弘法的精彩。

第三节　僧朗与朗公寺

僧朗是有史可稽的来泰山的第一位僧人（图1-13），朗公寺则是在泰山有遗迹所在的第一座佛寺。朗公与朗公寺，是泰山佛教史上的里程碑，即便将其放在中国佛教的历史发展中，也同样具有一定的代表性与影响力。

图1-13　灵岩寺千佛殿中的朗公彩塑像

一、传法方式及特征

朗公能在泰山弘法，首先得到的是国主的支持。对此东晋僧人释道安所说“不依国主，则法事难立”[①]，一语中的，是对当时佛法传播的一个总结。《后汉书·西域传》有云：

> 世传明帝梦见金人，长大，顶有光明，以问群臣。或曰：“西方有神，名曰佛，其形长丈六尺而黄金色。”帝于是遣使天竺问佛道法，遂于中国图画形象焉。楚王英始信其术，中国因此颇有奉其道者。后桓帝好神，数祀浮图、老子，百姓稍有奉者，后遂转盛。

就其所言，佛教之所以能传入中土就在于明帝有感于“金人”，于是有“问佛道法”的举措，也有了楚英这样的“奉其道者”；接下来桓帝“好神”，“数祀浮图、老子”，佛教始由宫廷传入民间。佛教在中土立足，得益于明帝、桓帝的扶持。朗公在泰山，先后得到前秦苻坚、东晋孝武帝司马曜、后秦姚兴、南燕慕容垂与慕容德、北魏道武帝拓拔珪等时王的特别关怀，方能“大起殿舍，连楼叠阁”，兴盛于一域。前秦苻坚曾“安车相请”给予政治的关怀外，还“并奉紫金数斤，供度形像。缋绫三十匹，奴子三人，可备洒扫”；后秦姚兴之时，“遣使者送金浮屠三级，经一部，宝台一区”[②]；南燕慕容垂，“遣使者送官绢一百匹，袈裟三领，绵五十斤”[③]；慕容德时，也遣使者送绢百匹，“并假东齐王，奉高、山茌二县封给”[④]，予以经济上的支持。政治上的关怀，经济上的资助，成就了朗公“东齐王”的一方福业。

一种外来文化要想立足并快速传播，先附会于本土文化是必然的做法。而国人也是以传统信仰来理解外来信仰的，“楚王诵黄老之微言，尚浮屠之仁

---

① 《高僧传》卷五。

② 《十六国春秋》卷四十二《僧朗》。

③ 《十六国春秋》卷四十五《慕容垂下》。

④ 《十六国春秋》卷六十三《慕容德》。

祠”，即是一个典型的例证。朗公传法，同样依附于中土的习惯做法。

据《高僧传》卷五载：“竺僧朗……尝与数人同共赴请，行至中途，忽告同辈曰：‘君等寺中衣物，似有窃者。’如言即反，果有盗焉，由其相语，故得无失。”如此神算，无疑与占卜相类。如此灵验，自然就会吸引人们的目光。“凡有来诣朗者，人数多少，未至一日，辄以逆知。使弟子为具饮食，必如言果至，莫不叹其有预见之明矣。”[①]“预见之明”，成为僧朗影响社会的重要手段。僧朗还有着更神异的一面，可使“猛兽归伏”。朗公所在的金舆谷（琨瑞山），昔日多有虎灾之患，人们不得已执仗结伙而行，“及朗居之，猛兽归伏，晨行夜往，道俗无滞，百姓咨嗟，称善无极，故奉高人至今犹呼金舆谷为朗公谷也”[②]，不可低估因其神异而形成的影响力。

僧朗与同在泰山修行的道士张忠结为好友，“为林下之契，每共游处”，这本身就是一种融合，这与后来佛教有了相当的根基，耻于与道教为伍大相径庭。在苻坚致信相请之时，朗公答秦主书云：

> 如来永世，道风潜沦。忝在出家，栖心山岭。精诚微薄，未能弘匠，不悟陛下，远问山川，诏命殷勤，实感恩旨。气力微虚，未堪跋涉。愿广开法轮，显保天祚。蒙重惠赐，即为施设。福力之功，无不蒙赖。贫道才劣，不胜所重。[③]

如果没有“如来”“法轮”之词，这就是一个中国道士的自白。他以“道风”说佛法，以“贫道”自谦，潜心山岭，修行功德，有着十足的中国味。中国佛教史上著名佛经汉译的创始人安世高，原是安息国的王太子，后出家为僧，精晓佛学，也通天文异术。《高僧传》卷一载：安世高“尝行见群燕，忽谓伴曰：‘燕云应有送食者。’顷之，果有致焉，众咸奇之，故隽异之声，早被西域”。因通晓鸟兽之声而闻名域内。朗公与安世高，都有着共同之处。

有趣的是，朗公还可以用星相占筮之术，指点当朝迷津：

---

① 《高僧传》卷五。

② 《高僧传》卷五。

③ 《十六国春秋》卷四十二《僧朗》。

……（慕容）德犹豫未决。齐州沙门僧朗，素善占候。德因使牙门苏抚，访其所适。朗报曰："山野绝俗之士，不应预闻朝议，但有待之累，非有托无以立，陛下今既闻之檀越，敬览三策，潘尚书之议，可谓兴邦之策矣。且今岁之初，彗星起于奎娄，遂扫虚危，彗者除旧更新之象，奎娄为鲁之分野，虚危为齐之分野。宜先定兖州，巡抚琅邪，待秋风戒节，然后北转临齐，此天道也。"抚又密问以年世，朗以《周易》筮之曰："燕衰庚戌，年则一纪，世则及子。"抚曰："何其促乎？"朗曰："卦兆然也，岂关人哉！"抚不敢言，以吉还报，德大悦。[1]

"素善占候"，是朗公最有影响的道术，故慕容德遣使请教。自知"不应预闻朝议"，却为"兴邦"献策。先行星相说事，后又以筮法占凶吉，他的行为既有儒家的出世态度，又兼有道家的预测分析，所运用的都是当时流行的文化观念，作为时主的慕容德自然宜于接受。而就慕容德来说，朗公就是一位外来的却是传统的星相、占卜师。

二、朗公寺与六国时主

朗公与朗公寺是北方佛教发展的一面旗帜。竺僧朗，是佛图澄的弟子，其同学还有释道安、法和等都是名极一时的著名高僧，与僧朗一同到泰山的还有僧湛、僧意。在来泰山之前，曾于关中讲习《放光般若经》，也曾与僧贤一同讨论佛法，并各有见解。《高僧传》卷六《释僧睿传》有云：僧睿"尝听僧朗法师讲《放光经》，屡有讥难。朗与贤有濠上之契，谓贤曰：'睿比格难，吾累思不能通，可谓贤贤弟子也。'"如前面所及，僧道安、法和，也曾来泰山参与僧朗组织的法会，并一同在泰山演说"一从此化"的猜想。

朗公作为在海岱地区最有影响力的高僧大德，一直被时主所敬重。苻坚"钦其德素"，遣使节征请前往，并因其治寺有方，秉持戒律，学徒清秀，在"沙汰众僧"之时，特意下诏其不在清理整顿之列。南燕主慕容德，"钦朗名行，给以二县租税"，给予经济上的帮助。朗公还与"东岳道士"张忠结为山林之

① 《十六国春秋》卷六十三《慕容德》。

友，“每游共处”。而在民众的口碑中，朗公“称善无极”为人所敬，人们以他的名号称其寺所在的金舆谷为朗公谷。从朗公的同学、弟子所为，还有时王及民众的态度，都可以看到对其的敬重。[①]

当时秦主苻坚、晋司马昌明、燕主慕容垂、南燕主慕容德、秦主姚兴、北魏主拓跋珪无一例外地致书并有礼相送，这是时局所需要，也是统治之资本。首先有秦主苻坚（357～384年在位），致《与朗法师书》：

> 皇帝敬问太山朗和尚：大圣膺期，灵权超逸，荫盖十方，化融无外。若山海之养群生，等天地之育万物。养存生死，澄神寂妙。朕以虚薄生与圣会，而隔万机不获辇驾……今遣使人安车相请，庶冀灵光回盖京邑。今并送紫金数斤供镀形像，绢绫三十匹，奴子三人可备洒扫。至人无违，幸望纳受，想必玄鉴见朕意。[②]

秦主的征请是真诚的。他平生敬仰三宝，曾将释道安视为“神器”[③]，当道安到达长安，与诸镇书曰：“昔晋氏平吴，利在二陆；今破汉南，获士裁一人有半尔。”[④]两陆即以文采而知名的陆机、陆云，而“一人”即指道安（“半”指习凿齿，因习有脚疾，故有半人之称），足见其对佛教徒的看重。苻坚还曾送佛经、佛像至高丽，被认为是韩国、日本有佛法之始。此次征请情恳意切，表达出他对僧朗的崇敬。但朗公却以“气力虚微”“贫道才劣，不胜所重”之由辞就。

东晋孝武帝司马曜（373～395年在位），喜好佛法。据《晋书·孝武帝纪》：“六年春正月，帝初奉佛法，立精舍于殿内，引诸沙门以居之。”一时间僧尼“竞进亲党，又受货赂，辄临官领众”[⑤]。其《与朗法师书》曰：

> 皇帝敬问太山朗和尚：承睿德光时，飞声东岳，灵海广淹，有生蒙润。大人起世，善翼匡时，辄申经略，悬禀妙算。昔刘曜创荒，戎狄继业，元

① 见《高僧传》卷五《僧朗传》。

② 《广弘明集》卷二十八。

③ 《高僧传》卷五：“襄阳有释道安是神器，方欲致之以辅朕躬。”

④ 《晋书》卷八十二《习凿齿传》。

⑤ 《晋书》卷六十四《简文三子传》。

> 皇龙飞，遂息江表。旧京沦没，神州倾荡。苍生荼蓼，寄在左衽，每一念至嗟悼，朕心长驱魏赵，扫平燕代。今龙旗方兴，克复洢洛，思与和上同养群生。至人通微，想明朕意。今遣使者送五色珠像一驱、明光锦五十匹、象牙簟五领、金钵五枚，到愿纳受。①

对朗公多有褒奖，赞美声处，历目沧桑，愿与和尚“同养群生”。朗公回曰：

> 僧朗顿首顿首：夫至人无隐，德生为圣。非德非圣，何敢有喻？忝曰出家，栖息尘表。慕静山林，心悕玄寂。灵迹难逮，形累而已。奉被诏命，慰及应否。大晋重基，先承孝治。惠同天地，覆养无边。愿开大乘，伸扬道味。僧朗顿首顿首。②

朗公以“至人无隐”对其“至人通微”，以“栖息尘表”，“心悕玄寂”，表达自己无意世俗政事的意愿，只为“伸扬道味”，成就正果。

后燕王慕容垂（384年建国，在位至395年），他与沙门多有联系，在《晋书》就有“沙门支昙猛”出现在伐魏队伍中的记述，并引人所注目③。慕容垂于建兴四年（389）致书朗公：

> 皇帝敬问太山朗和上：澄神灵绪，慈荫百国。凡在含生，孰不蒙润？朕承藉纂统，方夏事膺。昔蜀不恭，魏武含慨，今二贼不平，朕岂获安？又元戎克兴，征扫暴乱，至人通灵，随权指化，愿兵不血刃，四海混伏，委心归诚，久敬何已。今遣使者，送官绢百匹，袈裟三领、绵五十斤。幸为咒愿。④

少不了的恭维，还有不可或缺的期冀，他看重的是“兵不血刃”，展示着慕容

---

① 《广弘明集》卷二十八。

② 《广弘明集》卷二十八。

③ 《晋书》卷一百二十三《慕容垂载记》：“还次参合，忽有大风黑气，状若堤防，或高或下，临覆军上。沙门支昙猛言于宝曰：‘风气暴迅，魏军将至之候，宜遣兵御之。’”

④ 《广弘明集》卷二十八。

垂一种理想的寄托。朗公回书曰：

> 僧朗顿首顿首：能仁御世，英规遐邈，光敷道化，融济四海。贫道忝服道味，习教山林，岂惟诏旨，谘及国难。王者膺期，统有六合，大能并小，自是常伦。若葵藿之倾太阳，飞步之宗鳞凤。皇泽载融，群生系仰，陛下高明，何思不服？贫道穷林，蒙赐过分。僧朗顿首。①

“陛下高明”尚不必救助于外，“贫道穷林”自没有治世之心，朗公就辞。

南燕王慕容德（398～404年在位），于南燕二年（399）在攻滑台“犹豫未决”之时，访其“素知占候”的朗公。朗曰：“敬览三策，潘尚书之议可谓兴邦之术矣。今岁初，长星起于奎娄，遂扫虚危，而虚危，齐之分野，除旧布新之象。宜先定旧鲁，巡抚琅邪，待秋风戒节，然后北围临齐，天之道也。”于是慕容德“引师而南，兖州北鄙诸县悉降”②。是年，慕容德亲为僧朗建寺，并遣书曰：

> 皇帝敬问太山朗和尚：遭家多难，灾祸屡臻。昔在建熙，王室西越。赖武王中兴，神武御世。大启东夏，拯拔区域。遐迩蒙苏，天下幸甚。天未忘灾，武王即晏，永康之始，西倾东荡，京华主上播越。每思灵阙，屏营饮泪。朕以无德，生在乱兵。遗民未几，继承天禄。幸和上大恩，神祇盖护。使者送绢百匹，并假“东齐王”，奉高、山茌二县封给。书不尽意，称朕心焉。③

僧朗回书曰：

> 僧朗顿首：陛下龙飞，统御百国。天地融溢，皇泽载赖。善逢高鉴，惠济黔首。荡平之期，何忧不一？陛下信向三宝，恩旨殊隆。贫道味静深

---

① 《广弘明集》卷二十八。

② 《晋书》卷一百二十七《慕容德载记》。

③ 《广弘明集》卷二十八。

山，岂临此位？且领民户，兴造灵刹，所崇像福，冥报有所归。僧朗顿首顿首。[1]

朗公对慕容德的功业赞赏有加，“荡平之期，何忧不一”。而“贫道味静深山”，万不能接受“东齐王”尊号，但于两县税赋，可用于“兴造灵刹”，权当福业。

后秦王姚兴（394～415年在位）倡导佛法，在《高僧传》卷二《鸠摩罗什传》中有“兴少崇三宝，锐志讲集”的记述。鸠摩罗什到达长安后，姚兴请他到“西明阁及逍遥园，译出众经”。后又让罗什译出《大品经》，“什持梵本，兴执旧经，以相雠校”，两人的关系可见一斑。姚兴还著有《通三世论》，以彰示因果。在《佛驮跋陀罗传》中还有“秦主姚兴专志佛法，供养三千余僧”的功德之载。这些僧人往来于宫廷之中，“盛修人事”。姚兴致书朗公有云：

皇帝敬问太山朗和尚：勤神履道，飞声映世，休问远振，常无已已。朕京西夏，思济大猷，今关未平，事唯左右。已命元戎，克宁伊洛，冀因斯会，东封巡省，凭灵伏威，须见指授。今遣使者送金浮图三级、经一部、宝台一区。庶望玄鉴照朕意焉。[2]

北魏道武帝（拓跋珪，386年建国，在位至409年）好黄老、崇佛法。《魏书·释老志》有云：“太祖平中山，经略燕赵，所迳郡国佛寺，见诸沙门、道士，皆致精敬，禁军旅无有所犯。帝好黄老，颇览佛经。”并提及僧朗与其徒隐于泰山，“帝遣使致书，以缯、素、旃罽、银钵为礼。今犹号曰朗公谷焉”。致书曰：

皇帝敬问太山朗和尚：承沙圣灵，要须经略，已命元戎，上人德同海岳。神算遐长，冀助威谋，克宁荒服。今遣使者送素二十端，白毡五十领、银钵二枚，到愿纳受。[3]

---

① 《广弘明集》卷二十八。

② 《广弘明集》卷二十八。

③ 《广弘明集》卷二十八。

“冀助威谋”，同样是道武帝所希望的，也都有相应的礼贡，但僧朗“隐于泰山”之“隐”的规则不会改变，道武帝愿而无望的结果也就不可避免。六位时主，先后致书求征并有重礼相馈赠，即见作为统治者的用心良苦，也见僧朗在当时的社会影响之大。

三、朗公寺与七国金铜像

《法苑珠林》卷十三说：“自法移东汉，教渐南吴。佛像灵光，充仞区宇。而群录互举，出没有殊。至于瑞迹，盖无异也。今依叙列而罕以代分，何者？或像陈晋宋而历表隋唐，或陶化在人而示从倚伏。故不获铨次，依缘而翔集之。”像缘计有十六：释迦像缘、金像从地出缘、石像浮江缘、七国金像瑞缘、金像出渚缘、金像游山缘、金像远降缘、金像出水缘、木像香瑞缘、金像传真缘、金像出地缘、文殊金像缘、袈裟出现缘、金观音像《高王经》缘、南崖塑像缘、丈六石像现相缘。分别出自东汉洛阳、南吴建业、西晋吴郡、西晋泰山、东晋杨都、东晋襄阳、东晋荆州、东晋吴兴、东晋会稽、东晋吴郡、东晋东掖门、东晋庐山、元魏凉州、元魏定州、北凉河西王、北凉沮渠。各有其缘由瑞迹，如“金像瑞缘”，即“西晋泰山七国金像瑞缘”。又引《集神州三宝感通录》云：“西晋泰山金舆谷朗公寺，昔中原值乱，永嘉失驭，有沙门释僧朗所居之山，常有云阴，俗异其祯，威声振远，天下知闻。于时无主，英雄负图，七国宗敬，以崇福焉，诸国竞送金铜像并赠宝物。”

在《续高僧传》卷二十六中，具体谈到了诸国所竞送的金铜像，“高丽像、相国像、胡国像、女国像、吴国像、昆仑像、岱京像，如此七像，并是金铜”[①]。高丽国，又称句丽国、高句丽国。在南北朝时期，高句丽是国力强盛、文化发达的一个国家，定都丸都城（今吉林集安县城内），后又迁都今朝鲜平壤。晋咸康七年（341），燕王皝征高丽毁其丸都城，第二年高丽王“遣使称臣于皝，贡其方物”[②]。晋永和十一年（355），慕容俊封高丽王钊“为营

① 《续高僧传》卷二十六《魏泰山朗公谷山寺释僧意传》。

② 《晋书》卷一百九《慕容皝载记》。

州诸军事、征东大将军、营州刺史，封乐浪公，王如故”[①]。秦苻坚时高句丽仍保持从属关系，据《三国史记》，高句丽小兽林王二年（372）夏六月，“秦王苻坚遣使及浮屠顺道，送佛像、经文，王遣使回谢，以贡方物”。在当时互送佛像是相互往来，以示亲敬的通常做法。

关于相国之属，现无资料可循。胡国即为“狯胡国”。有关记载可见《晋书》：

> 焉耆国西去洛阳八千二百里……武帝太康中，其王龙安遣子入侍。安夫人狯胡之女，妊身十二月，剖胁生子，曰会，立之为世子。会少而勇杰，安病笃，谓会曰：“我尝为龟兹王白山所辱，不忘于心。汝能雪之，乃吾子也。”及会立，袭灭白山，遂据其国，遣子熙归本国为王。会有胆气筹略，遂霸西胡，葱岭以东莫不率服。[②]

> 又进攻龟兹城，夜梦金象飞越城外。（吕）光曰：“此谓佛神去之，胡必亡矣。”光攻城既急，（龟兹王）帛纯乃倾国财宝请救狯胡。狯胡弟呐龙、侯将馗率骑二十余万，并引温宿、尉头等国王，合七十余万以救之……光曰：“彼众我寡，营又相远，势分力散，非良策也。”于是迁营相接阵，为勾锁之法，精骑为游军，弥缝其阙。战于城西，大败之，斩万余级。帛纯收其珍宝而走，王侯降者三十余国。[③]

西晋建立之初，有一支匈奴后裔西移与当地塞、月氏、乌孙等余部相融合，形成“狯胡”族，建立了“狯胡国”。狯胡国东与车师接壤，东南与焉耆为邻。焉耆王龙安，利用历史上与匈奴的关系，遂与狯胡结成联盟，狯胡也以女嫁龙安。狯胡女婚后生子龙会，并立为世子。龙会继任焉耆王后，遂“袭灭白山”。吕光攻陷龟兹城时在前秦建元二十年（384），在此之前，鄯善王休密驮、车师前部王弥窴在入前秦朝贡时，曾说天山北麓的狯胡国日益强大，西域约有十余

① 《晋书》卷一百一十《慕容俊载记》。

② 《晋书》卷九十七《四夷传》。

③ 《晋书》卷一百二十二《吕光载记》。

国叛中国依附猃胡，请求苻坚出兵讨伐。吕光攻龟兹城，猃胡引兵救急之势，也见其力量的强大。

女国，因“其国世以女为王”故名。据《北史·西域传》所载：“女国，在葱岭南。其国世以女为王，姓苏毗，字末羯，在位二十年，女王夫号曰金聚，不知政事。国内丈夫，唯以征伐为务……尤多盐，恒将盐向天竺兴贩，其利数倍。亦数与天竺、党项战争。”女国所在地理位置，西部毗连克什米尔和印度河流域，北部直抵西域的于阗国，而这些地区佛教文化都相当发达。

吴国应指东晋的吴郡。历史上的吴国屡有更异，商末建有“勾吴”，周时吴地归越国，楚国灭越，又归楚国。秦设郡县，置吴县，汉初改吴县为吴国，后改吴郡治设于吴县。三国魏时，孙权为吴王，吴县所在的吴郡隶属吴国。晋咸和元年（326），司马岳被封为吴王，吴郡改为吴国。《晋书·康帝纪》：“（咸康）二年春正月辛巳……以吴国内史虞潭为卫将军。”“六年春正月……乙未，进司空郗鉴都督吴国诸军事。”即为所指。南朝宋永初二年（421），罢吴国，其地复为吴郡，吴县仍为吴郡首县。朗公寺金铜像，应为南朝之前所送。

昆仑国，是位于中南半岛东南岛国之总称。《南海寄归内法传》卷一云：

> 南海诸洲有十余国……多是小乘，唯末罗游少有大乘耳。诸国周围，或可百里，或数百里，或可百驿。大海虽难计里，商舶惯者准知。良为掘伦，初至交广，遂使总唤昆仑国焉。唯此昆仑，头卷体黑，自余诸国，与神州不殊。

这是一个佛教盛兴的南岛国。

岱京即“代京”，也称“北代”①。拓跋鲜卑曾建立了中国历史上的北魏王朝，在此之前，公元315年晋惠帝封猗卢为代王，“置官属，食代、常山二郡”。鲜卑代国正式建立，一年后（316），猗卢被杀。公元338年，什翼犍回到塞北，成为拓跋部落联盟的首领，“为单于”；同时，又承袭了“代王”的封号，“始置百官，分掌众职”，重建猗卢为代王时一度仿晋制而设立王官制度。什翼犍

① 《集神州三宝感通录》卷中：“故有高丽、相国、胡国、女国、吴国、昆仑、北代七国所送金铜像。”

将自称代王的当年定为“建国”元年，于建国二年（339）集诸部大人，议定都于灅源川（今山西山阴县境），“连日不决，乃从太后计而止”。三年（340）春，“移都于云中之盛乐宫”（今内蒙古自治区和林格尔县之北）[①]，成为拓跋部一个比较稳定的政治中心。公元376年，在前秦的攻击下灭亡。北魏建国后，道武帝拓跋珪于天兴元年（398）七月，将都城迁至平城。当时平城也是司州、代郡的治所，亦称代京。如：《北史·太武五王列传》：“周之北伐，仅获中规；汉氏外攘，裁收下策。昔在代京，恒为重备，将帅劳止，甲士疲力。”《北史·周逞列传》：“（周）逞子毅、祎、严、颐。初，逞之内徙，终虑不免，乃使其妻张氏与四子归慕容德于广固，独与小子颐在代京。”

“金铜像”，一般指鎏金铜质的佛教造像，或名其曰“金像”“金铜佛”。《续高僧传》《集神州三宝感通录》所云的金铜像，是指当时流行于南亚、中亚、东亚和东南亚地区的佛教艺术造像。七国金像供养于寺中，一般来说应是大中型佛金像，朗公“供事尽礼，每陈祥瑞”，发挥着日常礼敬、庄严气氛、供事祈福的功用。金像由高丽、相国、胡国、女国、吴国、昆仑、北代七国“竞送”而来，可见朗公寺与朝鲜半岛、西域、南海诸国等多有往来，辐射影响之深远，由此可见一斑。

第四节　佛教译经中的泰山

“经来白马，泰山更成地狱之别名”[②]，这句话很贴切地说出了佛教与佛经的关系，佛教与泰山的关系。佛教有“三宝”的说法：佛、法、僧。佛即创始人释迦牟尼，法是教义，僧是传播宣传者，佛教由此有一个基本的产生与发展的体系。在佛教传来之前，以泰山为核心的生死信仰在中土深为人们所信奉，传播中的佛教采取了“拿来主义”的态度，达到了事半功倍的效果。

① 《魏书》卷一《帝纪·序纪》。

② 钱锺书：《管锥篇》（第1册），中华书局1979年版，第289页。

佛教译经的大师们将佛教中的“泥犁”音译，意译为“地狱”，又将“地狱”直译为“泰山”，使佛教在尊重国人传统观念的同时，也赢得了国人对佛教的尊重，无疑推动了佛教在中国的迅速传播。

一、中土冥府的结构及佛教地狱的初建

如与佛教“地狱”相对应，那是中国的“冥世”“冥府”，同是人死后的归所，在佛教传入之前已经有了较为完整的信仰体系。

史前时期，有一定的葬式、葬制来埋葬死去的人，并有相应的物品随葬，而墓葬大小、随葬品多少也有着一定的区别，表明当时的人们已有了另一个“世界”的观念。如果单一地认为人的生理特征的不存在就是一个人的彻底消亡，也就没有必要用那么多的心思来进行安葬了。以泰山脚下大汶口新石器时代遗址为例，人们无一例外将死者头向朝着东方埋葬，而墓葬的规格高低有别、随葬品多寡不一，如此有意识地埋葬死者，无疑是以灵魂存在为内在依据的宗教行为。人们之所以约定俗成地将死者的头向朝着太阳升起的东方，表达出人死后灵魂的不灭意识，接下来会有一个新的开始。在葬俗方面，也同样反映出大汶口人对灵魂的理解：灵魂离开肉体后会以另一种形式继续生活，其身份地位也如同在世一样。人类学者布兰顿在《宗教的起源》中曾指出：“埋葬死人……含有特别关心死亡和死者的意思。如有随葬食物或其他器物的情况，我们就有理由设想其中必然有一种死后继续存在的观念。”[①]灵魂存在的地下，也成为与现世相对的另一个世界（冥世）的处所。

有文字记载之后，人们对人死后的看法有了直接的表述。在先秦的典籍中，常常会看到人死后的归所大致有两种：一是升天，二是入地。

> 不（丕）显考文王，事喜上帝，文王德在上，不显王作德，不显王作庸。[②]
>
> 下武维周，世有哲王。三后在天，王配于京。[③]

---

① 吕大吉主编：《宗教学通论》，中国社会科学出版社1989年版，第347页。

② 《大丰簋铭》。

③ 《诗经·大雅·下武》。

王子曰：然。吾后三年，将上宾于帝所。[1]

以上文字所表达的是：人死后可以升天，甚至成为神而佑护一方。

（郑伯）遂置姜氏于城颍，而誓之曰："不及黄泉，无相见也。"既而悔之。颍考叔为颍谷封人，闻之，有献于公……公曰："尔有母遗，繄我独无！"颍考叔曰："敢问何谓也？"公语之故，且告之悔。对曰："君何患焉？若阙地及泉，隧而相见，其谁曰不然？"[2]

故死而操金椎以葬，曰："下见六王、五伯，将敲其头矣。"[3]

赵文子与叔向游于九原（九泉），曰："死者若可作也，吾谁与归？"[4]

这是对一般人死后归所的描述：人死后是要进入地下。"黄泉"是为"若阙地及泉"，"九原"也就是后世所云的九泉。"黄泉""下""九泉"均表示在地下。不过升天者多是先王之灵，似与一般人无涉，因而人们最关心的还是后者。于是在这地下有了"六王五伯"的管理者。

见诸文物考古资料，在汉代有人死后要向地下管理者报告的做法。在长沙发现的马王堆汉墓群，有一墓中发现一份告地策，文云："十二年二月乙巳朔，戊辰，家丞奋移主藏郎中：移藏物一编，书到，先撰具奏主藏君。"[5]在江陵毛家园墓中发现有木牍"牒书"，有文云："十二年八月壬寅朔，己未，建卿畴敬告地下主：泗阳关内侯大夫精死。"[6]江陵凤凰山的墓中也出土有告地策，文云："十三年五月庚辰，江陵丞敢告地下丞……"[7]以上文中"十二年""十三

① 《逸周书》卷九《太子晋解》。

② 《左传》卷一《隐公元年》。

③ 《吕氏春秋》纪第十一《当务》。

④ 《国语》卷第十四《晋语》八。

⑤ 湖南省博物馆、中国科学院考古研究所：《长沙马王堆二、三号汉墓发掘简报》，《文物》1974年第7期。

⑥ 杨定爱：《江陵县毛家园1号西汉墓》，《中国考古学年鉴（1987年）》，文物出版社1988年版，第204页。

⑦ 湖北省文物考古研究所：《江陵凤凰山一六八号汉墓》，《考古学报》1993年第4期。

年”，即汉文帝前元十二年（前168）、前元十三年（前167）。表明在公元前2世纪，就有着人死后的魂魄要向地下之主报告，以接受地府统一管理的观念及做法。

在中国“天堂”“人间”“冥世”，共同构成所谓的三重空间。在有文字所记中，商代就有“天庭”之说，大约公元前八世纪开始，有“黄泉”一词用作人死后要去的地方。屈原《招魂》中有“魂兮归来！君无上天些……魂兮归来！君无下此幽都些”的说法。“天”是天堂，“幽都”是阴间、冥世。到了汉代，天堂、人间、冥世的观念有了明确形象的表达。如长沙马王堆一号汉墓出土的帛画，从上到下描绘了天堂、人间和阴间的情形，画面形象生动。

在西汉中期以后，人们对人死后的归所有了新的认识。广义上的地下主，有了具体统一的指向，这就是“蒿里”“下里”。一如余英时所指出的：“大约在公元前1世纪中期，蒿里是死者住处的说法突然变得很流行。”[①]

泰山是人死后的魂归之地，具体所在就是蒿里、梁父等泰山下的小山：

> 《薤露》《蒿里》，并丧歌也。出田横门人。横自杀，门人伤之，为之悲歌。言人命如薤上之露，易晞灭也；亦谓人死，魂魄归乎蒿里，故有二章。一章曰：“薤上朝露何易晞，露晞明朝还复滋，人死一去何时归！”其二曰：“蒿里谁家地？聚敛魂魄无贤愚。鬼伯一何相催促，人命不得少踟蹰。”至孝武时，李延年乃分二章为二曲。《薤露》送王公、贵人，《蒿里》送士大夫、庶人，使挽柩者歌之，世呼为挽歌。
>
> 《长歌》《短歌》，言人生寿命，长短定分，不可妄求也。[②]

《薤露》《蒿里》，是汉代广为流传的送葬时的挽歌，其发生之地与封禅说的策源地均在齐地。蒿里，即为魂魄所聚之地，这里是社会下层士大夫、庶人的所归之处。蒿里，即高里，汉武帝修封泰山时就亲禅于此“祠后土”[③]。《汉

① 侯旭东等译：《东汉生死观》，上海古籍出版社2005年版，第150～151页。

② 《古今注》卷中。

③ 《史记》卷二十八《封禅书》：“上亲禅高里，祠后土。”

书·武五子传》："蒿里召兮……身自逝。"《汉北海淳于长夏承碑》："抱器幽潜，永归蒿里。"《焦氏易林》卷四："命终期讫，下即蒿里。"在东汉买地券中说得更直白："死人归蒿里。"[①]汉代人已习惯地认为，蒿里就是人死后的所聚之地。《梁父吟》同《蒿里行》一样，都是民间的挽歌。蔡邕《琴颂》云"梁甫悲吟（梁甫即梁父），周公越裳"，将《梁甫》与《越裳》并列，可见其形成的久远。在《宋玉对楚王问》中[②]，曾提及有《下里》《薤露》，下里，即是蒿里。在出土于楚墓的战国青铜器《曾姬壶》铭文中有"蒿闲之无匹"之文，饶宗颐认为"蒿闲"即"蒿里"[③]。可以看到在战国时期，蒿里、梁父就被人们视为魂魄的回归之地。

《汉书·田延年传》云："茂陵富人焦氏、贾氏以数千万阴积贮炭苇诸下里之物。"颜师古注引孟康曰："死者归蒿里，葬地下，故曰下里。"在《汉书·韩延寿传》中，也有"延寿于是令文学校官诸生皮弁执俎豆，为吏民行丧嫁娶礼。百姓遵用其教，卖偶车马下里伪物者，弃之市道"的记述。张晏注："下里，地下蒿里。"田延年（？—前72）、韩延寿（？—前57），活动于西汉昭帝与宣帝之时，可见在公元前1世纪，"下里"是死人里的说法就已影响广泛。

有人从语音角度对"下里"进行分析，"'下'在先秦古声中属匣母，'篙'属晓母，同属喉音，同声可转"[④]，认为"下里"即"蒿里"。其实，从字义上看"下里"即地下之里。里，人之邑也。下里，即地下之人之所邑。里，是一个会意字，从田从土。"高里""下里""蒿里"，都重在表示与土地的关系，是"地下"之里。无论是"高里"还是"蒿里"，因具有土地之主的代称，而被看作是后土的代言者。至此，泰山蒿里也就逐步取代了地下世界原有的"主藏君""地下主"的位置，成为统摄魂魄的土地之宰。后来所谓的

---

① 《光和二年王当买地铅券》："故立四角封界，至九天上、九地下，死人归蒿里。"《光和五年太原太守中山刘氏买田券》："死人归蒿里，戊已，地上地下，不得苛止。"

② 《昭明文选》卷四十五《宋玉对楚王问》："客有歌于郢中者，其始曰《下里》《巴人》，国中属而和者数千人。其为《阳阿》《薤露》，国中属而和者数百人。其为《阳春》《白雪》，国中属而和者不过数十人。"下里，即蒿里。

③ 饶宗颐：《选堂赋话》，载何沛雄：《赋话六种》，香港三联书店1982年版。

④ 何立庆：《早期挽歌的源流》，《文史杂志》1999年第2期。

“死人归蒿里……地上地下，不得苛求”[①]“归就后土蒿里”[②]之云云，反映了在民众的眼中“蒿里”就是土神、就是地主。在东汉的镇墓文中，有“死属太山”的说法：

生人属西长安，死人属东太山。

生属长安，死属太山。死生异处，不得相防（妨）。[③]

……民人……西属长安，死人东属大（太）山。生人属阳，死属阴。[④]

上述镇墓文虽出土于东汉，但在文字中有“长安”之云，是为西汉的都城，东汉定都洛阳，表明西汉时就有了这种说法，东汉人沿袭的是西汉的习俗观念。在大众信仰中，所在的生世人间称之为阳世，人死后所去的地下被称为阴间。如：“死人行阴，生人行阳。”[⑤]“生人上就阳，死人下归阴。”[⑥]“上天苍苍，地下茫茫，死人归阴，生人归阳，生人有里，死人有乡。”[⑦]在阴间的冥界如同人间，也都有着相应的隶属关系，在诸多镇墓文中，1935年在山西出土的熹平二年（173）张叔敬瓦缶丹书文，具有一定的代表性（图1-14）：

熹平二年十二月乙巳朔，十六日庚申，天帝使者告张氏之家三丘五墓、墓左墓右、中央墓主、冢丞冢令、主冢司令、魂门亭长、冢中游击等：敢告移丘丞墓柏、地下二千石、东冢侯、西冢伯、地下击犆卿、耗里伍长等：今日吉良，非用他故，但以死人张叔敬，薄命早死，当来下归丘墓。黄神

---

① 《东汉光和五年（182）二月太原太守中山刘氏买田券》，河北省文化局文物工作队编《望都二号汉墓》，文物出版社1995年版，第13页。

② 《南朝宋元嘉九年（432）十一月都乡仁仪里王佛女买地券》，《贞松老人遗稿》甲集卷二。

③ 罗振玉《古器物识小录》所录镇墓文，收录《雪堂所藏古器物图说》（外九种），上海古籍出版社2013年版，第382页。

④ 转引自1981年池田温《中国历代墓券略考》，《东洋文化研究所纪要》第86册。

⑤ 赵世纲等：《密县后士郭汉画像石墓发掘报告》，《华夏考古》1987年第2期。

⑥ 《艺术丛编》六《陶艺》，创圣明智大学刊行。

⑦ 罗振玉：《古器物识小录》，收录《雪堂所藏古器物图说》（外九种），上海古籍出版社2013年版，第382页。

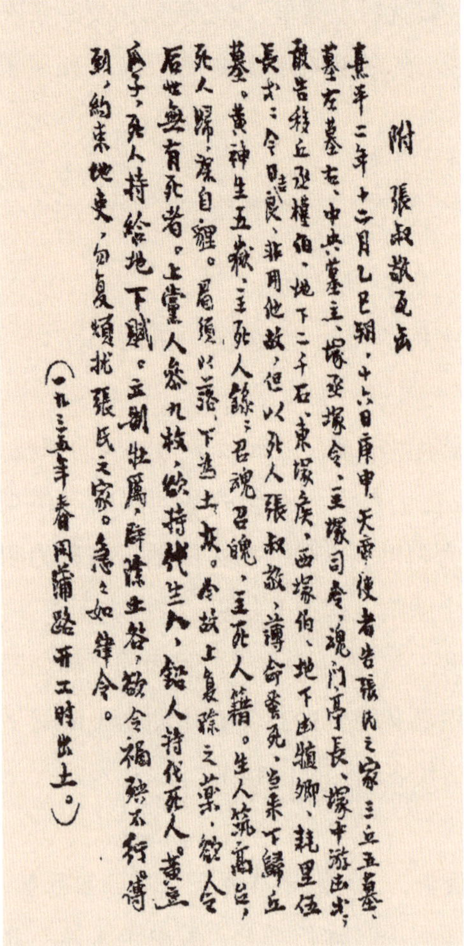
附　張叔敬瓦缶
熹平二年十二月乙巳朔，十六日庚申，天帝使者告張氏之家三丘五墓、
墓左墓右、中央墓主、塚丞塚令、主塚司令、魂門亭長、塚中游徼、
敢告移丘丞墓伯、地下二千石、東塚侯、西塚伯、地下擊犆卿、耗里伍
長等：今日吉良，非用他故，但以死人張叔敬，薄命蚤死，當來下歸丘
墓。黃神生五嶽，主死人錄；召魂召魄，主死人籍。生人築高臺，
死人歸，深自貍。眉須以落，下為土灰。今故上復除之藥，欲令
後世無有死者。上黨人參九枚，欲持代生人，鉛人持代死人。黃豆
瓜子，死人持給地下賦。立制牡厲，辟除土咎，欲令禍殃不行。傳
到，約束地吏，勿復煩擾張氏之家。急急如律令。
（一九三五年春同蒲路開工時出土。）

图1-14　郭沫若所录《张叔敬瓦缶文》

生五岳，主死人录；召魂召魄，主死人籍。生人筑高台，死人归，深自貍。眉须以落，下为土灰。今故上复除之药，欲令后世无有死者。上党人参九枚，欲持代生人，铅人持代死人。黄豆瓜子，死人持给地下赋。立制牡厉，辟除土咎，欲令祸殃不行。传到，约束地吏，勿复烦扰张氏之家。急急如律令。①

这几乎是一个汉世翻版的地下冥界。郭沫若指出："可以考见未受印度影响以前的民间信仰的轮廓……地下官吏是地上官吏的翻版，阴间是阳间的翻版。""二千石"，代称郡守，《汉书·百官公卿表》云：郡守"掌治其郡，秩二千石……景帝中二年更名太守"。"墓左墓右"之左右，于官序中有"左右丞相""左右将军""左右中侯""左右内使""左右监""左右曹"等。"东冢侯""西冢伯""地下击犆卿"之侯、伯、卿，乃仿世人尊号。于乡里之属或"令"或"丞"，即为地方之首领。地下最基层的官员"魂门亭长、冢中游徼"之流也不出汉代百官之秩列："十里一亭，亭有长；十亭一乡，乡有三老、有秩、啬夫、游徼……游徼徼循禁贼盗。"②地下"黄豆瓜子"之所云，也见世间赋税之端倪。可见汉代的冥界，是以世俗官僚组织为蓝本构建的。故有人说：汉代的地下世界，"泰山为冥府中最高枢纽所在，而蒿里则是死人聚居的地方；前者相当于汉之都城，后者则相当于汉之乡里"③。

① 郭沫若：《由王谢墓志的出土论到兰亭序的真伪》，《文物》1965年第6期。

② 以上引文均引自《汉书》卷十九《百官公卿表》。

③ 吴荣曾：《镇墓文中所见到的东汉道巫关系》，《文物》1981年第3期。

图1-15　汉代象征天堂、人间、地狱的马王堆汉墓帛画

可以说在佛教传入之前，中土的冥府从空间到组织机构都有着一定的体系，但是没有“地狱”之说辞，也没有“考治”之惩罚。即是说在汉代之时人们对冥世——地府的想象如同人世，并不存在司刑于鬼的“地狱”。在长沙马王堆一号汉墓出土的T形帛画内容就能充分地说明这一点（图1-15）。画面有三部分组成，“从上到下描绘了天堂、人间和阴间……阴间的图景中有不同的水生动物，象征着一个海底宫殿”①。在先秦文献中，鬼与神并无本质上的区别，常处于并列状态。诸子百家对于鬼神有着不同的态度：如孔子主张“敬鬼神而远之”；道家的代表老子则以“其鬼神不神”的态度处之；墨子以鲜明的态度主张“明鬼”，有“鬼神之能赏贤如罚暴也”的说法，这个“罚暴”是对现世人的制约而不是对鬼的惩罚。西汉的冥世观，对鬼的治理主要表现在维护如同人世的秩序，鬼也未呈现狰狞的面目，鬼狱的说法是佛教东来的结果。即便是到了东汉晚期，画像石中反映出的地下世界仍保留着类似阳世间的生活状态。鬼的生活俨如人的生活，鬼的形象就是人的形象。“行商游贩、驾车出行、斗鸡走狗、田猎垂钓、笙歌宴饮、舞乐百戏。当然也还要夏耕冬藏，甚或还要给地吏鬼官们交租纳税……冥吏们的穿着打扮悉如世人，难分彼此。”②这与佛教盛行后所出现的地狱阎罗场景，以及鬼官青面獠牙的恐怖形象截然不同。

在这里有必要阐述一下中国的善恶观，因为佛教地狱的出现是以佛教因果报应为理论基石的。中国传统的善恶观，在先秦时期就已形成。如《左传·隐公六年》云：“善不可失，恶不可长”，“长恶不悛，从自及也”。个人的恶行不改，就会自取其祸，有不好的行为，就会发生不好的结果。《左传·定公六年》：

① 余英时：《东汉生死观》，侯旭东等译，上海古籍出版社2005年版，第132页。

② 陈江风：《汉画像“神鬼世界”的思维形态及其艺术》，《中原文物》1991年第3期。

"天将多阳虎之罪以毙之，君姑待之！"人们以自行之德，判断其将来后果，于人如此，于国也是如此。《左传·昭公十一年》："蔡小而不顺，楚大而不德，天将弃蔡以壅楚，盈而罚之……美恶周必复，王恶周矣。"一个国家如行不义没有得到惩罚，那是没有到一定的时候，肯定会有所报应。以上所说的是自身、当世的因果，影响后人后世的观念也很流行。《左传·昭公七年》："圣人有明德者，若不当世，其后必有达人。"善有善终，如果今世不能显贵，则定能达其后人。《国语·周语下》说："自我先王厉、宣、幽、平而贪天祸，至于今未弭。我又章之，惧长及子孙，王室其愈卑乎？其若之何？""单子俭敬让咨，以应成德。单若不兴，子孙必蕃。"于祸于福在其先辈之德。《左传·僖公二十三年》："民不见德，而唯戮是闻，其何后之有？"与圣人有德惠及后人相反，无德而滥杀无辜就会有无后的报应。善恶所为，对后世的影响可能是子，也可能是孙，或更远；同样当世的显贵，也就有可能是来自祖上的修善，尽管这个受惠的人没有德性。这就较好地解释了生活中存在的善恶之为与现实的矛盾：行善的人肯定会有好报，即便这个人的自身并没有得到好处；一个人没有善行或作恶，却得到了不应有的富贵，那是这个人上一辈子积德行善的结果，但他的恶行之果也一定会有他的后人来承担。善有善报，恶有恶应："为善者天报之以福，为不善者天报之以祸。"[①]"祸福随善恶。"[②]人们坚信，善恶之为有其必然的归宿。

先秦的这种善恶报应观念，到了汉代也没有什么大的变化，《说苑·贵德》就说"君子致其道德而福禄归焉，夫有阴德者必有阳报"，直言这种报应是不可逆转的。而在道教那里的"承负"说，也是传统报应观的继承和延续。何谓"承负"？《太平经》卷三十九《解师策书诀》：

> 承者为前，负者为后。承者，乃谓先人本承天心而行，小小失之，不自知，用日积久，相聚为多，今后生人反无辜蒙其过谪，连传被其灾，故前为承，后为负也。负者，流灾亦不由一人之治，比连不平，前后更相负，故名之为负。负者，乃先人负于后生者也。病更相承负也，言灾害未当能善绝也。

① 《荀子·宥坐》。

② 《韩非子·安危》。

先人之过，要由“后生”承受和负担。前承后负，行为人的恶行之过，其子孙是要承应的。这主要是就负面影响而言的，与此同理，行为人之善行之福也会有后人得到承应。“行善事或作恶事的人，其本人此生或其子孙承受和负担所行善事或作恶事的报应。”[①]简言之，今人之福祸，取决于先人善恶之行为；而今人的善恶之行为也会对其后人的福祸有着必然的影响。《太平经》中的“后生”，指后人，不是佛教所说的“来生”“来世”。如《道典论》卷三《承负》引《太平经》即云：“凡人所以有过责者，皆由不能善自养悉，失其纲纪，故有承负之责也。比若父母失道德有过于邻里，后生其子孙为邻里所害，是即明承负之责也。”《太平经》中的“后生”，也就是行为人之子孙。

总之，中国传统的善恶报应观，与佛教的因果报应的根本区别在于对现世与来世的关注点不同。佛教根本的要义是解脱现实的苦难而表现出对来世的努力，而本土的报应观无论是自身报还是后世报所强调的则是对人事、现实的重视。为适应中土善恶报应信仰的特点，中国佛教作了很大的努力，“不仅肯定追求现实功利的合理性，而且接纳了传统伦理道德的重要规范”，“承认现实人生的幸福和生命的宝贵，并且将传统以孝为核心的纲常道德与佛教戒律等同，作为果报之因，表明佛教果报观已经完全中国化”[②]。

《墨子·明鬼》中有“罚暴”的说法[③]，关于如何罚之，除在世现实生活中的处罚外[④]，行为人死后如何受其惩罚，并没有一个明确的说法。在长沙马王堆的T形帛画中，对阴间的描绘象征着一个海底宫殿，也没有惩治的意味，是平静、祥和的。在最早的道教经典《太平经》里，有命曹、寿曹、善曹、恶曹的分治机构，各有所司：

> 所以然者，人命有短长，春秋冬夏，更有生死无常。故使相主，移转

① 汤一介：《魏晋南北朝时期的道教》，陕西师范大学出版社1988年版，第336页。

② 陈筱芳：《佛教果报观与传统报应观的融合》，《云南社会科学》2004年第1期。

③ 《墨子·明鬼下》：“尝若鬼神之能赏贤如罚暴也，盖本施之国家，施之万民，实所以治国家、利万民之道也。”

④ 这在前面所列举的先秦资料中已有所显示。另在《太平经》卷一百一十二，报应之果似到了无以复加的地步：“祸罚触禁，上至灭门，绝世无续，先祖无祠，岂只命不久全，奈此人何！”

相问，寿算增减，转相付授。故言四时五行日月星宿皆持命，善者增加，恶者自退去，计过大小，自有法常。……故言天君敕命曹，各各相移，更为直符，不得小私，从上占下，何得有失。有性之人，自无恶意，虽有小恶，还悔其事，过则除解。有文书常入之籍，恶者付下曹，善者白善，恶者白恶，吉凶之神，各各自随所入，恶能自悔，转名在善曹中。善为恶，复移在恶曹，何有解息？[①]

从中可看到，其善恶的报应主要体现在寿限的增减。命曹所司另有说法，“其恶不止，便见鬼门”“上名命曹上对，算尽当入土”，除此之外似无别的措施。而“恶者付下曹”，恶曹如何惩治，并无遵循。由地狱轮回报应处置作恶不同的人，是佛教的贡献，而中国佛教的地狱观又以泰山为蓝本，完成善恶报应中对恶的最后惩罚，这是泰山信仰在宗教史上的又一个贡献。人们相信人死后要归于泰山，“将阴间和泰山联系起来的汉代大众信仰，为中国人适应更有影响力的佛教‘地狱’观念奠定了基础”[②]。

中土的冥世观念，为佛教的“地狱”观提供了活动的空间，而佛教也主动地适应中土文化的环境，对其自身的内容、形式进行改造与扬弃，构建了具有中土特色的“地狱”观。最为典型的则是将中土地府的“泰山”，直接嫁接为佛教的“地狱”。

从汉译的佛经看，佛教的地狱与泰山原本没有联系。如西晋法炬所译的《大楼炭经》卷七：

佛持一小石着手中，问诸沙门：“我手中石为大耶，山为大乎？”诸沙门言：“佛手中石小。小奈何比山乎？百倍千倍万倍亿倍，尚不如山大也。”佛言：“如我手中小石，大不如山大也，百倍千倍万倍亿倍千万倍亿万倍，尚不如太山大也。”遮迦越罗王，虽有七宝四异相，有五种所思，不如天上乐，百倍千倍万倍亿倍千万亿倍。譬如佛手中小石与太山。

① 《太平经》卷一百一十一。

② 余英时：《东汉生死观》，侯旭东等译，上海古籍出版社2005年版，第152页。

经中的“太山”，是大山象征，“小石”与“太山”是大与小的对比。《大楼炭经》卷十二又云：

> 独有得自然之道者，乃信之耳。大风复吹破坏消灭，悉尽天下日月所照中万物。四大天下及八万城，诸大山及须弥山尽竟铁泰山，皆糜消灭亡，悉尽索无余复。

此“泰山”，也与地狱“泥犁”没有关联。在《大楼炭经》卷五有“尔时，四大天下及八万城诸大山及须弥山，皆簸峨动摇”之语，“泰山”即指“大山”。而《大楼炭经》又有“在八千种种大山，万种种大泥犁”说法，“大山”与“泥犁”是种并列关系，没有实质意义上的交叉关系。《大楼炭经》是《长阿含经·世纪经》的异译，在《世纪经》中，尚无“太”“泰山”的译名。在东晋沙门昙无兰所译的《四泥犁经》(勘出《长阿含经》第四十八卷)中，有“泥犁”“地狱”之说，也没有出现“泰山”(太山)之名。在近人所编的《诸经佛说地狱集要》有25种经说，其中只有安世高所译的《佛说分别善恶所起经》谈到“太山地狱”。即便同是安世高，在其所译的《佛说十八泥犁经》《佛说罪业应报教化地狱经》中，说到地狱也与泰山没有关系，从而可看出译者的用心：适应、改造，以求适应与争取更大范围的信众。在这一方面，安世高的《佛说分别善恶所起经》、康僧会的《六度集经》，做出了创造性的贡献。

二、安世高与《佛说分别善恶所起经》

安世高(即安清，字世高)，东汉末时人，是有史以来最早以汉文系统翻译佛经的译家。安世高为安息国太子，幼时以纯孝的品德为人所称道。他才高好学，“外国典籍及七曜五行、医方异术，乃至鸟兽之声，无不综达”。国王死后继承王权，但他“行服既毕，遂让国与叔，出家修道”，“博晓经藏”，“游方弘化，遍历诸国”。在汉桓帝初年，第一次到中国，“至止未久，即通华言”，就有译文问世。汉灵帝末年，关洛战乱，“乃振锡江南”，后又去广州。安世高在汉桓帝建和二年(148)至汉灵帝建宁(168~172)中，译出30余部经籍。佛经“音训诡謇，与汉殊异，先后传译，多致谬滥，唯高所出，为群译之首”①。从中国佛经的目录看，首先传入中国并得到传播的经籍属小乘体系，而“最早有系统地翻译小乘经籍，介绍小乘思想的是安世高”②。

《佛说分别善恶所起经》，为安世高所译。所谓“分别善恶”，是分析善恶，明辨是非。在本经中谈生死轮回有五道之说：一谓天道，二谓人道，三谓饿鬼道，四谓畜生道，五谓泥犁太山地狱道，这是从上至下的排序。人之生死流转，就在这“五道”中进行，而“太山地狱”则处于最底层。

在《佛说分别善恶所起经》中，“地狱”一词出现24次，冠以“太山”者有18次。在综述“五道”时，“太山地狱”前冠以“泥犁”；其他均是相当独立的词组，并有一个基本的句式：“入太山地狱——太山地狱中——从地狱出。”如：

> 魂魄入太山地狱中。
>
> 太山地狱中，毒痛考治，烧炙烝煮，斫刺屠剥，押肠破骨，欲生不得。
>
> 从狱中来……
>
> 入太山地狱中。
>
> 太山地狱中，有鬼从人项拔其舌，若以烧铁钩其舌断，若以烧铁刺其咽。欲死不得。欲生不得。
>
> 从地狱中来出……
>
> 入太山地狱中。
>
> 太山地狱中，铁柱正赤，身常抱之。
>
> 从狱中来出……

在末句中，有“狱”与“地狱”的差异，但“狱”是“地狱”的简化，而“地狱”也就是“太山地狱”的简称（“入”与“出”是对应关系）。这个“太山地狱”是人死后魂魄所在的地方。“太山”与“地狱”是同义词。在“太山地狱”中，尽是痛苦的折磨，谓之“考治”。综合《佛说分别善恶所起经》“太山地

---

① 《高僧传》卷一。

② 任继愈主编：《中国佛教史》第一卷，中国社会科学出版社2009年版，第231页。

狱”的“考治”，其方式手段主要有：“烧炙烝煮、斫刺屠剥、押肠破骨”“铁柱正赤，身常抱之”“项拔其舌”“销铜入口，焦腹中过”，等等。刑法之酷，不忍卒读。

本经中首提“太山地狱”是与“泥犁”关联在一起的，谓“泥犁太山地狱”。在梵文中，“地狱”作“Niraya（泥犁）”或“Naraka（那洛迦）”的音译。本义是无有，是人死后落入此处受罚，尽为苦厌，毫无生趣可言。音译是最省力的译法，但音译词无法直接从字面上获得信息去领会汉语词汇的意义，因而会影响经义的最佳表达。意译逐渐取代音译以增加译文表现力是一个趋势。“地狱”的出现，是译师们适应汉语言的特点而做出的新贡献。

安世高所译的经籍中就有《佛说十八泥犁经》《佛说罪业应报教化地狱经》，是较为系统对“泥犁”“地狱”的描述。在《佛说十八泥犁经》中，就将地狱（泥犁）分为十八层，并有“火狱”“寒狱”两大类之分：

> 死入泥犁，中有深浅。火泥犁有八，寒泥犁有十。入地半以下火泥犁，天地际者寒泥犁。
>
> 第一犁名曰先就乎而是人言起无死……第二犁名居卢倅略……第三犁名桑居都……第十八犁名曰沇莫。
>
> 凡十八泥犁。人行善多行恶少，出泥犁疾。行恶多行善少。出泥犁迟。

“地狱”有着时空的概念，堕入地狱的人，会因善恶轻重而到不同次第的空间接受惩罚，而所受惩罚不仅因罪孽的深浅而有差别，更重要的是受苦的时间会有所不同。如从一层到九层受苦的时间都是“无岁数”，但每一层的“岁”都有不同的时间维度。第一层“万岁为人间百三十五亿岁”，第八层“人间四十八万岁为一日。三十日为一月。十二月为一岁。寿百二十八万岁。为人间万七千二百八十亿岁”。似乎以“岁”为单位还不以尽其时，自第九层有了以“芥种”的说法，即以其之多说年岁，“芥种百二十八斛。百岁去一实。芥种尽寿未尽。如是未能为万分持一”。到第十八层“芥种”到了“六万五千五百三十六斛”，也同样是“百岁去一实”，芥种完了刑期还没有完成，“皆万倍于他犁之苦，痛不可极”。

在《佛说罪业应报教化地狱经》中，没有了“泥犁”，直译“地狱”：

尔时信相菩萨白佛言:“世尊!今有地狱、饿鬼、畜生;奴婢、贫富、贵贱种类若干,唯愿世尊具演说法!”

佛言:“以前世时坐饮酒醉乱,犯三十六失,后得痴身,如似醉人,不识尊卑,不别好丑。八万劫堕沸屎地狱,狱卒斩铿,求死不得,求生不得,五穷六极,长夜受苦,以坐贪酒过。受罪已,始得为人,瘫残跛蹇,为人之所憎嫉;行逢接他横事,常无乐时。以酒过犯,故获斯罪。”

若有众生得闻是经不堕三涂、八难之处。地狱休息,苦痛安宁。

此经径以“地狱”为名,如同《佛说十八泥犁经》,将“泥犁”直译“地狱”有了中国味一样,这里的“地狱”含入了更多中国文化的元素,容易被国人所理解。在本经中有“地狱”与“饿鬼”“畜生”并列,同是处罚善恶的不同空间,即是“三恶涂”(也称“三恶道”)的组合。

“饿鬼”一词,一般认为是佛教外来的产物,在辞书中多以“佛教用语”释之[①],其实在睡虎地秦墓竹简《日书》中就有“是是饿鬼”的说法[②],佛教借用以此说事。“畜生”,巴利文为tiracchàna,音译作“横生”“傍生”,而意译“畜生”很符合中土骂人“畜生”的口味,习惯以“禽兽不如”喻无德之人。特别是“饿鬼”,在传统文化中是与孝联系在一起的。鬼与生者一样,是有意识有需求的,“鬼犹求食”,与人一样有食的愿望,没有食物的饿鬼就会成为“厉鬼”。“鬼神非其族类,不歆其祀”,鬼有识别能力,不享外族之祭祀;“淫昏之鬼”,如在世之人,有好坏之别。最恶者,称之为“厉鬼”。《左传·昭公七年》:“今梦黄熊入于寝门,其何厉鬼也?”“鬼有所归,乃不为厉,吾为之归也。”鬼,归也,无归宿之鬼是为厉鬼。厉鬼,也简称为厉,之所以成为厉鬼,其基本的特征是“无后”。因为无后,就无有所归,得不到妥善的安置与享受祭祀。在传统的观念中以孝为先,而不孝有三,无后为大,这除了子嗣的神圣职责外,

① 如:“饿鬼,佛教名词,六道之一。”《辞海》,上海辞书出版社1982年版,第842页。“饿鬼,佛教指地狱、饿鬼、畜生为三涂,也称三恶趣。”《辞源》,商务印书馆1986年版,第3430页。

② 饶宗颐、曾宪通:《云梦秦简日书研究》,香港中文大学出版社1982年版,第27页。

最可怕的是死后还会因无人奉祀而成为厉鬼，这对人们心理的压力之大是可想而知的。安世高如此意译，无疑会增加经文的感染力。

三、康僧会与《六度集经》

康僧会（？—280），三国时期人，其先祖是康居国人，而世代居住在天竺国，其父因商贾移居于交趾，十余岁双亲并亡，服丧期满出家为僧。康僧会言行严谨，处世高雅，“笃至好学，明解三藏，博览六经，天文图纬，多所综涉，辩于枢机”。康僧会欲在江左振兴法教，持锡东游，于吴赤乌十年（247）初达建业，“营立茅茨，设像行道”。初始不利，后有孙权为其造“建初寺”，“江左大法遂兴”。康僧会在建初寺译著颇丰，有《阿难念弥》《镜面王》《察微王》《梵皇经》《六度集经》等，“妙得经体，文义允正”①。

《六度集经》，亦称《六度无极度经》《六度无极经》《度无极经》《杂无极经》，计有8卷，收录多种本生经及本生故事。所谓《本生经》，是佛教寓言故事集，按照佛家的说法释迦牟尼在成佛之前，经过了无数次轮回转生，每一次转生会有一个行善生德的故事，这些故事也就是本生故事。“六度”，“度”即“渡”，就是六种可渡彼岸的方法或途径。在梵语“度”是“Pāramitā波罗蜜多”，字义是“到彼岸”（指从生死轮回之此岸抵达涅槃寂静之彼岸）。六度即檀那波罗蜜（布施度）、尸罗波罗蜜（持戒度）、羼提波罗蜜（忍辱度）、毗梨耶罗蜜（精进度）、禅那波罗蜜（禅定度）、般若波罗蜜（智慧度）。“六度”属于大乘菩萨行，“集经”采取的是菩萨本行的故事，寓以佛教的大乘思想。在《六度集经》中，体现了“康僧会把立志于救苦救难，用拯救人类灵魂来拯救人类社会的思想政治见解”②。此经以菩萨本行的故事，寓以佛教的大乘思想。康僧会认为，在善与恶的修行上，“行恶则有地狱长苦，修善则有天宫永乐”，以此劝善惩恶，而其“地狱”即以“太山”特指。

先看《六度集经》中，泰山（太山）与地狱的观念：

---

① 《高僧传》卷一。

② 任继愈主编：《中国佛教史》第一卷，中国社会科学出版社2009年版，第435页。

> 昔者菩萨，其心通真，睹世无常，荣命难保，尽财布施。天帝释睹菩萨慈育群生，布施济众，功勋巍巍，德重十方，惧夺己位，因化为地狱，现于其前曰："布施济众，命终魂灵入于太山地狱，烧煮万毒，为施受害也，尔惠为乎？"菩萨报曰："岂有施德而入太山地狱者乎？"释曰："尔其不信可问辜者。"菩萨问曰："尔以何缘处地狱乎？"罪人曰："吾昔处世，空家济穷，拯拔众厄。今受重辜，处太山狱。"菩萨问曰："仁惠获殃，受施者如之乎？"释曰："受惠者，命终升天。"菩萨报曰："吾之拯济，唯为众生。假如子云，诚吾愿矣。慈惠受罪，吾必为之，危己济众，菩萨上志也。"释曰："尔何志愿尚斯高行？"答曰："吾欲求佛擢济众生，令得泥洹，不复生死。"释闻圣趣，因却叩头曰："实无布施慈济众生，远福受祸入太山狱者也。子德动乾坤，惧夺吾位，故示地狱，以惑子志耳。愚欺圣人，原其重尤。"既悔过毕，稽首而退。①

文中的"太山""地狱"并举，泰山即指地狱，地狱也就是泰山。在天帝释与菩萨的对话中，阐释了"命终魂灵入于太山地狱"的善恶观，也就是所谓的轮回观。"受惠者，命终升天"，恶者则会入于太山地狱，受"烧煮万毒"之苦。所涉罪罚、报应，天堂与地狱的观念，已经非常明确。

通观《六度集经》，"太山"凡40处，其中有3处（"犹若微风，焉能动太山乎""上达苍天下至黄泉。巍巍如太山靡不叹仰""巍巍远照有如太山"）所说"太山"是高大雄伟形象的表达外，其余37处均与"地狱"相关。在该经中直言"太山地狱""太山狱"（后者应是前者之简称），计有8处：

> 命终魂灵入于太山地狱（卷一）。
>
> 岂有施德而入太山地狱者乎（卷一）。
>
> 死入太山地狱（卷三）。
>
> 宁知吾入太山地狱烧煮众痛无极之苦乎（卷四）。
>
> 率土生入太山地狱（卷五）。
>
> 今受重辜处太山狱（卷一）。

① 《六度集经》卷一。

远福受祸入太山狱者也（卷一）。

弥兰出太山狱（卷四）。

以上典型句式：“入太山。”另有“处太山”“出太山”各一。其他29处所言“太山”，代指“太山地狱”。对应典型句式：

释怀重毒恶熟罪成，生入太山（卷一）。

或致破门之祸，或死入太山其苦无数（卷三）。

福尽罪来，下入太山饿鬼畜生（卷三）。

志念恶者，死入太山、饿鬼、畜生道中（卷四）。

终入太山烧煮割裂，积六万年，求死不得，呼嗟无救（卷四）。

夫盗之为祸，先入太山，次为畜生（卷五）。

虚以口谤，死入太山（卷五）。

恚盛心碎，死入太山（卷六）。

吾为不善死将入太山乎（卷六）。

调达恶盛祸成，生入太山（卷六）。

入太山、饿鬼、畜生道中，福尽受罪（卷七）。

死入太山，烧煮脯割，诸毒备毕，出或作畜生，死辄更刃（卷八）。

以上12处，是直接代指。其他17处，可分为两类。一类是在“太山”前后有苦难、惩治之字词，明确显示出“太山”即“太山地狱”：

太山饿鬼众生之类，世主牢狱早获免难（卷三）。

以斯数更太山烧煮，诸毒众苦，或为饿鬼（卷三）。

洋铜沃口役作太山，或为畜生（卷三）。

虽欲发言惧复获咎，太山之苦难可再更（卷四）。

吾蹈母首，故太山以火轮轹其首耳（卷四）。

展转五道，太山烧煮，饿鬼畜生，积苦无量（卷五）。

太山之鬼拔出其舌（卷五）。

尔父不赂太山王耶（卷六）。

> 教人为恶从心所欲，无有太山殃祸之报（卷六）。
>
> 不睹太山烧煮之咎（卷六）。
>
> 或以闻太山汤火之毒（卷七）。
>
> 长不令更太山、地狱、饿鬼、畜生穷苦险处（卷七）。

此类计有12处。第二类，稍作分析即知“太山”所指是“太山地狱”，计有5例。一、“惧大王获太山之咎，势复一言耳（卷四）”，“咎”尤言处罚；二、“却后七日，太山鬼以火烧王及其臣民（卷五）”，“太山鬼”是地狱之鬼；三、“何不聚金以贡太山王耶（卷六）”“昔以金钱一枚著亡父口中欲以赂太山王（卷六）”两例，所云“太山王”也就是地狱之王；四、“以金著口中，欲赂太山（卷六）”，都是贿赂“太山王”之意，故此处“太山”即为“太山王”。

“太山地狱”的惩治手法多种多样，但以“烧煮（汤火）”之刑最突出。卷三中菩萨之语的这段文字，可形象展示泰山地狱“汤火之难，刃毒之害”：

> 以斯数更太山烧煮，诸毒众苦，或为饿鬼，洋铜沃口役作太山，或为畜生，屠割剥裂，死辄更刃，苦痛无量。若获为人，处胎十月，临生急窄，犹索绞身。堕地之痛犹高陨下，为风所吹若火烧已，温汤洗之甚沸铜自沃，揩摩身犹刃自剥。如斯诸痛，甚苦难陈……若其升天，天亦有贫富贵贱，延算之寿，福尽罪来，下入太山饿鬼畜生，斯谓之苦。①

“火汤”的煎熬，对人无论在生理上还是在心理上，于“折磨”一词都会有切身的认识，也是最形象的诠释。

依《俱舍论》《大乘义章》所载，地狱有“八大地狱”（亦称“八热地狱”）之说。分别为：等活地狱、黑绳地狱、众合地狱、号叫地狱、大叫地狱、炎热地狱、大热地狱、阿鼻地狱。另外还有“八寒地狱”“十八层地狱”等。在上面所谈到的诸经中，“太山地狱”可用作“地狱”的泛称，亦可专指“八大地狱”之一的某一狱。依《佛说分别善恶所起经》所云“烧炙蒸煮、斫刺屠剥、押肠硬破骨”、《六度集经》所云“烧煮割裂”，应是“八大地狱”中的“大热地

① 《六度集经》卷三。

狱”，主要特征就是以铜镬、炭坑煮烧罪人。而有“拔舌”“烊铜”“铜柱”之云云。在有关经籍中又有“拔舌地狱”“烊铜地狱”“铜柱地狱”的不同说法。

除了安世高《佛说分别善恶所起经》《佛说罪业应报教化地狱经》以及康僧会《六度集经》等以泰山指代地狱外，泰山地狱还散见于东汉至东晋诸多的译经中。如东汉支娄迦谶《杂譬喻经》：“审太山之罪，至信三宝以塞三涂。”西晋佚名《佛说孝子经》：“命终神去，系于太山，汤火万毒，独呼无救。”后秦竺念佛《出曜经》：“福尽还入泰山地狱，如是流转无有穷已。”（欲品第二。）“以灭身本，渐当入泰山地狱、饿鬼、畜生。”（诽谤品第九。）西晋竺法护《佛五百弟子自说本起经》：“于彼寿终已，堕太山地狱，苦痛无数千，懊恼不可言……犯是罪殃已，便堕恶道中。生在太山狱，勤苦甚酷毒……以是所犯罪，堕太山地狱，烧炙在黑绳，毒痛甚酷苦……从是所犯罪，堕太山地狱，烧炙在黑绳，勤苦甚毒痛。”三国吴支谦《五母子经》：“死后当入泰山地狱中，苦痛极哉。”东晋昙无兰《佛说自爱经》：“人中畜生鬼神太山……死入太山汤火之酷，长不获人身……太山鬼令酒入肠，犹火烧身……彼自种车轹之栽，今在太山为火车所轹……自杀身自灭族自投太山火矣。”

安世高将“泥犁”意译为“地狱”，这是与中国传统文化相融合所做的第一步。“地”在中土有着特殊的意义，当与生死发生关系时，它是人死后的回归之地。“魂兮归来，君下此幽都”[①]“骨肉归复于土”[②]“蒿里谁家地，聚敛魂魄无贤愚”[③]，安世高用“地”表示人死后的去向，完全是从中土传统文化的角度去理解。因为在佛经中的“泥犁”与“地”并无必然的联系，如《佛说十八泥犁经》就说：“入地半以下火泥犁，天地际者寒泥犁。”其空间不限于“地”，是译者意识到了中国民众冥界信仰的特点，“将汉语的单字‘地’与‘狱’连缀为一个形象生动的词汇，赋予佛教‘地狱’思想强烈的中华文化色彩。……用‘狱’以代指‘极苦’，‘地’则完全是初译者发挥敏思睿智，将中国传统思想融会贯通地运用”[④]。接下来，将“太山”或指代，或径称“地狱”，又是一次文化的演

---

① 《楚辞·招魂》，王注：“地下幽冥，故称幽都。”

② 《礼记》第四《檀弓下》。

③ 《乐府诗集》卷二十七《蒿里》。

④ 侯慧明、赵改萍：《论汉魏六朝时期佛教的地狱思想》，《宗教学研究》2008年第1期。

进。中土民众的“生人属西长安，死人属东大山（太山）”[①]“中国人死者魂神归岱山”[②]的观念，在这里得到了体现，这是对中国佛教“泥犁”观的又一次升华。“中国佛教的‘地狱’观乃是中、外宗教思想信仰相交流的成果。”[③]康僧会不愧为最早将佛教与中国传统文化相融合的翻译大家。

佛教借用、融合中国传统的信仰文化，为佛教更好更快地传播奠定了思想基础，成就了中国佛教的特色。而传统信仰文化也在吸收着佛教对地狱观、报应观的精神阐释，扩展了人们对死后世界的想象，对待来世的问题变得不可回避、不可淡漠。中土原没有地狱，没有地狱的酷刑，来世观也是模糊的，“当佛教渐渐在中国发展起来时，中国的灵魂和来世观念完全改变了”[④]。在这一点上，对道教的理论与组织建设无疑发生了重大影响。这在道教的地狱观得到了最大程度的借鉴。道教所说的鬼狱，“众生死时，形灭而神移，皆缘其生时所作罪福，至彼五道之处。何谓五道？一者天道，二者人道，三者地狱之道，四者饿鬼之道，五者畜生之道”[⑤]，此“五道”无疑应是佛教“五道”的套用。特别是围绕泰山神所建立的组织体系，无不以佛教的观念来设置，如“七十五司”，如“十殿王”。说地狱离不开的“阎罗王”，无论在民间信仰，还是在道教都是阴间少不了的冥神，如此有影响会使人们感到这是位中国的神祇，殊不知在中国佛教到来之前是没有的。“把阴间想象得那样具体，那样生动，那样组织严密，是印度人的创造。连中国的阎王爷都是印度的舶来品。”[⑥]因此不妨说，如果没有先前“魂归泰山”的信仰，就不可能有后来对佛教地狱说的广泛认可；如果没有佛教的传入，中国有关阴间—冥世的观念也将会是另一个样子。

---

① 罗振玉著，罗继祖主编：《罗振玉学术论著集》第三集，《雪堂所藏古器物图说》（外九种），上海古籍出版社2013年版，第382页。

② 《后汉书》卷九十《乌桓传》。

③ 孙昌武：《佛教地狱观念的文学呈现》，《中国文化》2012年第36期。

④ 余英时：《东汉生死观》，侯旭东译，上海古籍出版社2005年版，第152页。

⑤ 《洞玄灵宝诸天世界造化经》。

⑥ 季羡林：《比较文学与民间文学》，北京大学出版社1991年版，第104页。

第二章

南北朝时期的佛教（上）

纵观历史上文化的大融合，往往与时局的大动乱关联在一起。诸国争雄、政局分裂的春秋战国，于史而言是典型的“乱世”，而在思想家那里却是一个“辉煌的开端”，“与这个变乱的社会一道被抛掷于动荡之中的是思想的世界”[①]。而魏晋南北朝同样是一个社会苦痛、政治混乱的大分裂时期，“却是精神上极自由、极解放，最富于智慧、最浓于热情的一个时代”[②]。春秋战国，“中华文化鲜明的人文主题在这一时期确定”，而在魏晋南北朝，以儒学独尊为内核的一元论模式被多元的文化发展所取代，人们的思维空前活跃，“从不同角度去寻求和确定个体存在的意义和价值”[③]。精神上的自由与解放也就成为这一时期最为突出的文化特色。动乱、分裂、对抗、交织的社会局面，为文化的大融合带来了难逢的机会，外来的佛教真正在中国社会上广泛流行起来。

在这一历史背景下的泰山，已张开双臂迎接着佛教的到来。这里本来就是黄老信仰的策源地，而佛教的最初传播也是依附于黄老观念的，更容易被接受。因而，佛教在泰山如鱼得水迅速得到发展、壮大，泰山成为北方地区佛教传播的中心。

---

① 葛兆光：《中国思想史》第一卷，复旦大学出版社2001年版，第147、148页。

② 宗白华：《美学散步》，上海人民出版社1981年版，第177页。

③ 冯天瑜、何晓明、周积明：《中华文化史》，上海人民出版社1990年版，第339、495页。

第一节　佛教传播中心形成的地缘优势

东晋十六国时代，分裂割据，战乱频发，中国南北分立。永嘉之乱后匈奴攻陷洛阳，司马氏于建康即位是为东晋，与北方的五胡十六国并存，史称东晋十六国。尔后东晋分裂，先后经历了宋、齐、梁、陈四朝，总称为南朝；而在北方，先有拓跋部首领拓跋珪建立北魏，后又分裂为东魏和西魏，接续下来的是东魏为北齐所代替，西魏为北周所更迭，总称为北朝。泰山因其自然地理环境优势与社会地理环境优势，成为佛教北方传播发展的中心之一。

佛教的传播（特别是早期），很大程度上是在适应与吸收中国传统宗教和哲学的基础上进行的。正因如此，在国人的眼里佛教是本土黄老之术之一种，“沙门者，汉言息心，盖息意去欲，而欲归于无为也”[①]。这也就无怪乎“涅槃”曾有“无为”的意译。东来佛僧也被看作是外来的神仙方士，安世高通晓“七曜五行，医方异术”[②]、康僧会“明解三藏，博览六经，天文图纬，多所综涉”[③]、求那跋陀罗“天文书算，医方咒术，靡不该博”[④]，其功底神通与方仙道别无二致。因而佛教徒会被世人称为“道人”“道士”，佛教徒也会以其自称或谦语“贫道”[⑤]。将“地狱”译作“太山”，是一种信仰对另一种信仰的附丽；“译梵为秦”（或作“译胡为秦”“改梵为秦”）的说法，表现的则是以中土流行的宗教观念与文化思想来对待佛经的译注。在这个融合过程中，中国传统的宗教信仰无疑是最基本的参照模版。海岱地区社会文化环境，为佛教提供了一个良好的传播与发展的空间。

---

① 《后汉纪》卷第九《孝明皇帝纪上》。

② 《高僧传》卷一。

③ 《高僧传》卷一。

④ 《高僧传》卷三。

⑤ 如《石林燕语》：“晋宋间佛教初行，未有僧称，通曰道人。”《大小品对比要钞序》：“盖闻出《小品》者，道士也。”《世说新语·言语》：“竺法深在简文坐，刘尹问：‘道人何以游朱门？’答曰：‘君自见朱门，贫道如游蓬户。’”

一、黄老信仰的历史背景

泰山能成为北方佛教传播的中心，得益于这一地区自然地理优势及人文地理优势。海岱地区是中国传统信仰的摇篮。该地区以山海相依为其自然地理特征，山之阳有鲁，山之阴有齐，两者所形成的齐鲁文化是先秦传统文化中的大宗。而这一地区宗教信仰文化尤为发达，黄老观念的形成、神仙信仰的发生，乃至神仙道教的孕育，都是在这里由独特的区域文化演变为主流文化，最终成为一个国家的信仰。先让我们就泰山信仰的环境及特点，有一个概括的了解。

谈佛教的传播，“黄老”是一个绕不开的话题，而黄帝的仙话，却是在泰山文化的氛围中形成的。在早期的儒家经典中，黄帝是单一的有德君主的形象。黄帝的另一面——神仙，在《庄子》中表现最为突出，后世谈神仙、说仙话也大多以《庄子》中的说法为源头蓝本。因此，我们可通过《庄子》，看一下有关黄帝的基本面貌。

在《庄子》中，黄帝呈现如下几个特征：黄帝是一个为世圣人，与尧、舜、禹等圣贤之人相提并论，有“世之所高，莫若黄帝”之评介①。若以“道”相比衬，黄帝是有缺陷的。庄子批评黄帝以“仁义”惑世，使同是圣人的尧、舜受苦②；黄帝有“遗其玄珠”的疏漏，暗喻着黄帝对“道”的缺失，同时也在指出黄帝对“无心”感悟的不足③。庄子以为黄帝悟道未达到最高境界，曾让黄帝自言“彼无为谓真是也，狂屈似之，我与汝终不近也”④。正因为对道的缺失，庄子感到为世的黄帝远不及无为之真人⑤。《庄子》有云黄帝在位天子之时，曾问“至道”于广成子，受到了广成子的批评：“自而治天下，云气不待族而雨，草木不待黄而落，日月之光益以荒矣，而佞人之心翦翦者，又奚足以语至道！”黄帝听其言，“捐天下”，尔后广成子才告其“至道”的精粹⑥。

---

① 《天下》《至乐》《齐物论》《徐无鬼》《盗跖》等。

② 《在宥》。

③ 《天地》。

④ 《知北游》。

⑤ 《田子方》。

⑥ 《在宥》。

在《庄子·大宗师》中，有了“黄帝得之，以登云天”的仙说。黄帝之所以登上云天，是得道的结果，在“先天地生而不为久，长于上古而不为老”的得道者中，黄帝排列在狶韦氏、伏羲氏、堪坏、冯夷、肩吾之后。在庄子的眼里黄帝是治世的圣人，而于“道”的修行并未能达到最高境界。从《庄子》的评说可以看出，在先秦时期黄帝的仙说是附丽于“人主”之上的。也可以说，黄帝首先是为世的圣人，而后才是出世的神仙。在汉代司马迁的《史记》中，黄帝也有着这种两面性，《五帝本纪》中是以战功显赫的帝王；在《封禅书》中就成了不死的神仙楷模。这种突变，是黄帝与泰山祭祀相融合的产物，是泰山信仰文化光大的硕果。

在《封禅书》里，涉及黄帝信息的有18处，有关仙化资料主要有9条：

少君言上曰：“祠灶则致物，致物而丹沙可化为黄金，黄金成以为饮食器则益寿，益寿而海中蓬莱仙者乃可见，见之以封禅则不死，黄帝是也。”

黄帝作宝鼎三，象天地人。禹收九牧之金，铸九鼎。皆尝亨鬺上帝鬼神。

（公孙）卿有札书曰：“黄帝得宝鼎宛朐……于是黄帝迎日推策，后率二十岁复朔旦冬至，凡二十推，三百八十年，黄帝仙登于天。”……卿曰：“‘申公，齐人。与安期生通，受黄帝言，无书，独有此鼎书。……宝鼎出而与神通，封禅。封禅七十二王，唯黄帝得上泰山封。’申公曰：‘汉主亦当上封，上封能仙登天矣。’”

中国华山、首山、太室、泰山、东莱，此五山黄帝之所常游，与神会。黄帝且战且学仙。患百姓非其道者，乃断斩非鬼神者。百余岁然后得与神通。

黄帝采首山铜，铸鼎于荆山下。鼎既成，有龙垂胡髯下迎黄帝。黄帝上骑，群臣后宫从上者七十余人，龙乃上去。

天子既闻公孙卿及方士之言，黄帝以上封禅，皆致怪物与神通。

方士有言“黄帝时为五城十二楼，以候神人于执期，命曰迎年”。上许作之如方，命曰明年。上亲礼祠上帝焉。

公王带曰："黄帝时虽封泰山，然风后、封巨、岐伯令黄帝封东泰山，禅凡山，合符，然后不死焉。"

从上述材料看，黄帝均以仙的面貌出现，成为方士们所标榜的神仙，这是一个质的飞跃。黄帝是如何成仙的？以《封禅书》的说法，综合起来有以下几点：一是黄帝封禅过泰山，所以与神通而不死。这就是所谓的"封禅则不死""合符，然后不死焉"。二是黄帝得宝鼎而不死。黄帝作宝鼎三，以像天、地、人，又得宝鼎于宛朐，与神通。三是迎日推策，凡"二十推"，于是"仙登于天"。四是黄帝战而成仙，是位战神。于中国五山"之所常游"，"且战且学仙"，百岁后与神通而不能死。五是黄帝筑楼，候神"迎年"而不死。这是《史记》所云黄帝成仙的几种说法，大都是来自齐方士的口中。这些言辞，也成为后世说黄帝成仙升天之张本。在黄帝与九天玄女的神话中，也是以泰山为背影的。黄帝与蚩尤九战九不胜而归于泰山，在山中得到了九天玄女"万战万胜"的战法[①]。这与黄帝最终在泰山成为神仙，有着相同的文化关联（图2-1）。

图2-1　黄帝玄女图——黄帝在泰山得九天玄女《战法》（采自成寅编：《中国神仙画像集》）

黄帝由圣王变为神仙，似乎是在瞬间完成的，即便在《史记》中除《封禅

① 《太平御览》卷十五引《黄帝玄女战法》。

书》外，总是以古帝王的面貌出现。在《五帝本纪》中司马迁还将其列为第一帝，在《封禅书》中已成为方士标榜的神仙。黄帝身份的转变因文化环境的不同而出现差异，在这个变化中封禅语境起到了决定性的作用，当与封禅发生关系黄帝就成了方士们要鼓吹的神仙。“黄帝的神仙化，源流也许要追溯到战国中晚期的神话，但在后世道教中成为通例的黄帝仙话，如且战且学仙、封禅升仙、铸鼎感通等，就现存资料而言，最早即出现在载述汉武帝泰山封禅的史籍中。如果我们将汉武帝泰山封禅看作黄帝神仙化的一个发展阶段，显然符合现存资料所反映的史实。”①

纵观黄帝的仙化过程，战国晚期可以看作是滥觞期。随着神仙观念的形成相伴而来的问题是如何成仙，完成由一个“人主”向现世“神仙”的转化。战国时值诸侯割据民不聊生的战乱时期，人们渴望有新的时主统一天下，在阴阳五德终始说的启发下有了封禅“受命”的假说。方士们总是身先士卒做着示范，并在社会上层产生着巨大的影响。秦始皇一统天下之后，方士们开始将新的目标直指一代帝王。秦始皇、汉武帝的泰山封禅，可以说是在典章制度尚未完备的情况下进行的，这就注定了他们的封禅祀仪带有不确定性与随意性。方士适应秦始皇的心理需求取得了先机，封禅后东海寻仙掀起了神仙信仰的第一次高潮。武帝的封禅对成仙的需求更为明确，封禅的酝酿、实施都以方士为先驱，由此形成了神仙信仰的第二次高潮。黄帝正是在这两次神仙信仰历史发展的大潮中，完成了由古帝王向神仙身份的转变。“黄帝由封禅而后仙”②。可以说泰山文化成就了黄帝的神仙世界，神仙的黄帝是从泰山走出来的。

神仙方士阶层在海岱地区的崛起，为佛教初传提供了思想过渡的一个基础。如果说黄帝的仙化可用以内容上的借鉴，那么方士的作为主要在形式上直接“拿来”。泰山之阳的鲁国，有“周礼尽在”的评说③，是礼仪之邦（古代的礼仪包含更多的是祭祀的制度），而泰山之阴的齐地，则属富有想象的王国，是神仙方士的策源地。佛教初来，高僧们的“道术”即一脉相袭于齐地盛行的

---

① 卢国龙：《道教哲学》，华夏出版社2007年版，第51页。

② 《后汉书·祭祀志》注引《东观书》。

③ 《左传》卷四十二《昭公二年》：“二年春，晋侯使韩宣子来聘，且告为政而来见，礼也。观书于大史氏，见《易象》与《鲁春秋》，曰：‘周礼尽在鲁矣。吾乃今知周公之德，与周之所以王也。’公享之。”

方技。“战国时的方士，乃巫觋转向服食与祭祀”[1]，齐地尚巫之风早有渊源，如《六韬》中记载有“武王伐殷，丁侯不朝，太公乃画丁侯于策，三箭射之”之事，就是典型的巫术行为。《汉书·地理志》有桓公时有民家长女不嫁，名“巫儿”于家中主祀，“民至今以为俗”的记述。而后羿从西王母那里得到不死之药的神话传说也发生在这里。“古而无死，其乐若何”的发问，即来自齐景公[2]。这都可表明齐地巫术的盛行及神仙说的由来已久。齐国南靠泰山，北临渤海，海岱的自然环境与民间习俗共同为方士的大量出现提供了一个自然与社会的活动平台。

最早见于文字记载的方士是苌弘，他“以方事周灵王”，曾用“鬼神事”于朝政，故司马迁说“周人之言方怪者自苌弘”。而方士得到时王之崇形成大的气候，则是在齐威王、齐宣王之时。方士们宣称：海上有蓬莱、方丈、瀛洲三座神山，“诸仙人及不死之药皆在焉。其物禽兽尽白，而黄金银为宫阙”。齐威王、宣王及燕昭王皆遣人寻神山不死之药于海上，虽然“终莫能至”，但“世主莫不甘心焉”，以致“怪迂阿谀敬合之徒自此兴，不可胜数也”，这在《史记·封禅书》中都有详细的记述。

秦皇汉武的泰山封禅及频繁的海上寻仙活动，掀起了一番番修仙的热潮。秦始皇封禅后即临海上。秦嬴政二十八年（前219），“穷成山，登之罘”；后又于二十九年，“登之罘”；三十二年，“始皇之碣石”；三十七年，“自琅邪北至荣成山……至之罘”。先后四次东临于海。封禅后在海上的寻仙活动中，秦始皇最看重的方士是齐人徐市（亦称徐福）。徐市上书“言海中有三神山，名曰蓬莱、方丈、瀛洲，仙人居之。请得斋戒，与童男女求之。于是遣徐市发童男女数千人，入海求仙人”。数年后不死之药终不得[3]，但有最高统治者的参与其影响非同凡响。还有琅琊人安期生，也是当时著名的神仙，始皇曾“与语三日三夜”[4]。到了汉武帝，求仙不死之愿望更胜于秦始皇。在武帝欲封禅改正度之时，最大的吸引力是方士将封禅与长生融合在了一起。是时，方士们明确地提

① 李养正：《道教概说》，中华书局1990年版，第8页。

② 《左传》卷四十九《昭公二十五年》。

③ 《史记》卷六《秦始皇本纪》。

④ 《列仙传》卷上。

出了封禅则不死的口号："见之以封禅则不死""封禅者，合不死之名也"。除此之外，方士们有了一个人之不死的基本步骤：祭祀——神物——丹沙——黄金——益寿——仙人——封禅——长生。

这一如方士李少君所言："祠灶则致物，致物而丹沙可化为黄金，黄金成以为饮食器则益寿，益寿而海中蓬莱仙者乃可见。"①

一时间方士受到最高统治者的信崇。不同类型的方士得到重用，出入于宫禁之中："齐人少翁以鬼神方见上……于是乃拜少翁为文成将军，赏赐甚多，以客礼礼之。"因其有识鬼神之貌的本领而得武帝赏识。"栾大因乐成侯求见言方……及见栾大，（汉武帝）大说。大为人长美，言多方略"，他是以"敢为大言，处之不疑"见长而受用，被封为五利将军，"贵震天下"。在郊祀太一的问题上，齐方士公孙卿为武帝解疑。还有齐人申公，力挺"汉主亦当上封，上封能仙登天矣"。齐人丁公，同样倡导封禅"合不死之名"的为世之道，坚定着汉武帝封禅泰山的信心，遂有封禅与修封八次大规模的泰山祭祀活动。在汉武帝"遂东巡海上"的过程中，寻仙的活动规模也越来越大。"齐人之上疏言神怪奇方者以万数，然无验者。乃益发船，令言海中神山者数千人求蓬莱神人。"武帝还曾"宿留海上，予方士传车及间使求仙人以千数"。后又有"复遣方士求神怪采芝药以千数""东至海上，考入海及方士求神者，莫验，然益遣，冀遇之"，然"终无有验"②。

秦汉时期，在泰山修行及做出贡献的著名方仙有安期生、李少君、公王带、太山老父、稷丘君、崔文子等，均被列入《列仙传》《神仙传》中。其大多还曾与汉武帝有过面对面的交流。李少君是安期生的弟子（两人在泰山相遇而结缘），他是首先向武帝进言封禅修身的方士，武帝"甚尊敬之"（图2-2）；公王带，为汉武帝献"黄帝时明堂图"，于是武帝建汶上泰山明堂，并也有封禅"合符，然后不死焉"的理论主张；太山老父，曾授武帝"神枕"之方（图2-3）；稷丘君则在武帝东巡之时，"拥琴相迎"。神仙说的鼓吹者——方术之士，凭借着帝王的政治势力而发迹。为了长生不死，帝王走向大山、走进大海；而为了道术的光大，抑或为生计与抱负，方士们从大海走向大山、走进皇宫，

---

① 《史记》卷二十八《封禅书》。

② 《史记》卷二十八《封禅书》。

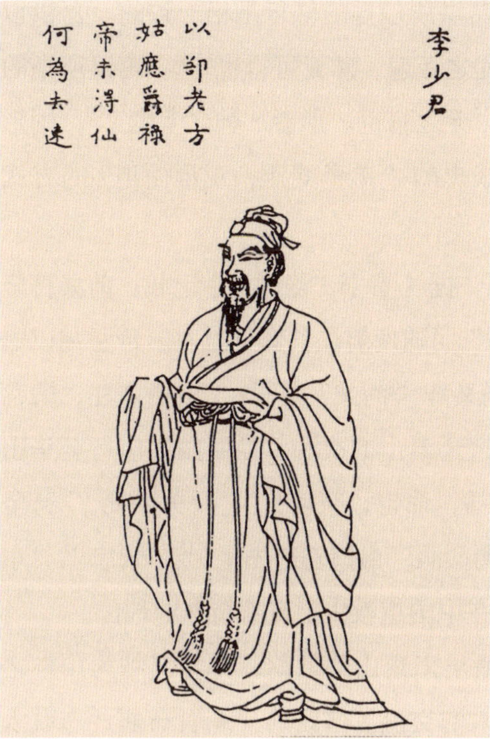

图2-2　泰山神仙李少君（采自成寅编：《中国神仙画像集》）

图2-3　泰山老父（采自成寅编：《中国神仙画像集》）

成为一个时代的弄潮儿。

秦汉以后，方仙的衣钵为神仙道教所继承，追求长生不死，保持与社会上层的密切关系，仍然是其基本的特色。神仙道教从道术活动的方式说，注重的是个人的修炼成仙，而不重严格而具有群众性的宗教活动；从组织上说，主要是社会上的隐士及知识水平较高的方士转化为道士；从祖承关系上说，神仙道教更多的是继承战国秦汉以来黄老神仙家的传统，或潜居山林服饵炼丹、修身养性以期成为不死的神仙，或奔走于社会上层以道术诱人，以期得到赏识。而民间道教则与自古就有的巫觋、祝官有着不可分割的关联，在社会下层或符水、符祝治病禳灾，或祭祀布道，为民请命。

在泰山最有影响并具代表性的神仙道士是张忠。“永嘉之乱，隐于泰山”，他继承了自秦汉以来方仙家辟谷服饵的修行之法，服食灵芝、玉石类药物，兼行服气之术。但与前者又有很大不同，他劝教仅以“至道虚无为宗”，弟子受业则以“观形”为要。他“无琴书之适，不修经典”，不再有黄老道的风雅之形及道学之论。一反秦汉方士“黄金成以为饮食器则益寿”的说法，他“食用瓦器，凿石为釜”[①]，他的这些做法，与葛洪所倡导的修行是相一致的。葛洪以为：黄老道书不足以“演畅微言”，“徒诵之万遍，殊无可得也”[②]。葛洪所谓的“夫有因无而生焉，形须神而立焉。有者，无之宫也。形者，神之宅也”[③]，固形才可以留神，强调炼形的重要性，这在张忠的“弟子受业，观形而退”的方式中也可看到其影子[④]。

张忠与最高统治者保持着一定的关系。据《晋书·隐逸传》记载：前秦苻坚曾遣使征之，张忠为“不可以逆时主之意”而随使前往长安见时主。苻坚赐以冠衣，张忠坚持“以野服入觐”，及见苻坚又辞“尚父”之职：“山栖之性，情存岩岫，乞还余齿，归死岱宗。”表达了他请还泰山的决心。在回归泰山行至华山之时，张忠叹曰：“我东岳道士，没于西岳，命也，奈何！”“及关而死。”苻坚“遣黄门郎韦华持节策吊，祀以太牢，褒赐命服，谥曰安道先生”[⑤]。张忠以“东岳道士”自足，作为与葛洪同时代的人，在中国道教史上有着特殊的地位。

正是因为张忠的社会影响，吸引着最早来泰山的僧朗，并与其结为山林之友，“每共游处”，相互之间想必会有深入的交流。僧朗的“疏食布衣，志耽人外”[⑥]，与张忠的“冬则缊袍，夏则带索”“劝教但以至道虚无为宗”[⑦]，可谓同曲同功。对僧朗来说，更多的应是受本土道士张忠的影响，以适宜佛教在异域的传播。泰山隐士与京兆佛僧的交友，是佛教这一外来文化与中土文化和谐相处的见证，也成为两种文化融合发展的象征。

二、社会心理下的神山圣域

在中国传统文化中，泰山得名于“大山”。在先秦的典籍里面，“大山”就是泰山，大而极为“太”。泰山有“岱宗”之称，《说文》言岱“大山也”，并

① 《晋书》卷九十四《隐逸列传·张忠》。
② 《抱朴子·内篇》卷八《释滞》。
③ 《抱朴子·内篇》卷五《至理》。
④ 《晋书》卷九十四《隐逸列传·张忠》。
⑤ 《晋书》卷九十四《隐逸列传·张忠》。
⑥ 《高僧传》卷五。
⑦ 《晋书》卷九十四《隐逸列传·张忠》。

专指泰山，其他山岳无缘问津，这是传统文化中的约定俗成。泰山有很多成语，如：“重于泰山”“泰山压卵”“泰山压顶”“恩重泰山”“有眼不识泰山”“一叶障目，不见泰山”等，都是大而极的象征。表现于文字语言中的泰山，是一个民族社会心理的集中体现。泰山如此大的影响力，也容易成为一种外来文化传播发展的首选地。

（一）自古的神圣之域

如果说早在史前时期，泰山就成为大汶口—龙山文化族群的神山还比较抽象的话，那么孔子对季氏的讥讽应是具体的、翔实的：

> 季氏旅于泰山，子谓冉有曰：“女弗能救与？”对曰：“不能。”子曰：“呜呼！曾谓泰山不如林放乎？”①

一个“呜呼”的惊叹，把孔子对泰山的敬重展现得淋漓尽致。在孔子的眼里，泰山是神圣不可侵犯的。季氏仅为鲁国的一个大夫，竟要祭祀泰山，显然有污于泰山的尊严。按当时的礼制，泰山只有天子可以祭祀，也就是所谓的

图2-4　矗立于山顶的《孔子小天下处》碑刻

① 《论语》第三《八佾》。

“天子祭天下名山”，一个大夫也有如此非分之举，是大逆不道的僭越行为。在这里泰山是礼的最高象征，是神圣的体现者。孟子所云的孔子“登泰山而小天下”[①]，将圣人与圣山并列都是文化的高峰（图2-4）。人们常用的成语“出类拔萃”，也是孟子将孔子与泰山类比，而有“出于其类，拔乎其萃”的结果[②]。

人们最早了解到的泰山封禅，是管子的《封禅篇》：“古者封泰山禅梁父者七十二家。”在他的眼里，泰山是中国历史上最显赫的先王圣主才能去的地方，不是任何帝王都能到泰山，是有很多先决条件的。首先是上天受命，二是国家统一，三是上天给予的凭证，那就是所谓的“符瑞”：

> 古之封禅，鄗上之黍，北里之禾，所以为盛；江淮之间，一茅三脊，所以为藉也。东海致比目之鱼，西海致比翼之鸟，然后物有不召而自至者十有五焉。[③]

这里暗含有几个意思：“鄗上”“北里”“江淮之间”“东海”“西海”，都是方位地域的概念，表达的是国土统一；“黍”“禾”“一茅三脊”“比目之鱼”“比翼之鸟”，是国家安定祥和之果；“物有不召而自至者”，是上天的瑞应。对此，司马迁总结说：

> 自古受命帝王，曷尝不封禅？盖有无其应而用事者矣，未有睹符瑞见而不臻乎泰山者也。虽受命而功不至，至梁父矣而德不洽，洽矣而日有不暇给，是以即事用希。[④]

泰山神圣，祭祀泰山同样是神圣之举（图2-5）。早在春秋战国时期，曾有一种“汤沐邑”的制度，是诸侯们所向往的待遇。何为“汤沐邑”？邑，封地也。汤沐，就是洗浴（身净心洁以示崇敬）。这种“邑”，是天子祭祀泰

① 《孟子》卷十三《尽心上》。

② 《孟子》卷三《公孙丑上》。

③ 《史记》卷二十八《封禅书》。

④ 《史记》卷二十八《封禅书》。

山时专门用于诸侯的陪祭之地。《公羊传·隐公八年》说：“天子有事于泰山，诸侯皆从泰山之下。诸侯皆有汤沐之邑焉。”所谓“有事”，就是祭祀。注云：“有事者，巡守祭天告至之礼也。当沐浴洁斋以致其敬，故谓之汤沐邑也。所以尊待诸侯而共其费也。”“诸侯有大功盛德于王室者，京师有朝宿之邑，泰山有沐浴之邑，所以供祭祀也。”[①]这是无上的赏赐，足以壮诸侯之尊威。

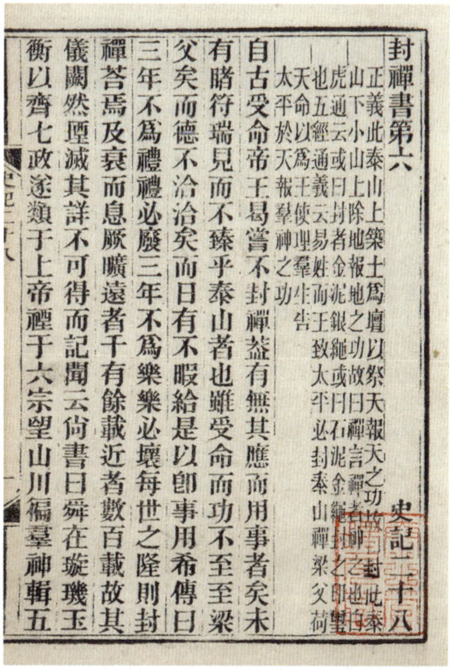
封禪書第六　史記二十八
正義此泰山上築土爲壇以祭天報天之功故曰封此泰山下小山上除地報地之功故曰禪言禪者神之也白虎通云或曰封者金泥銀繩或曰石泥金繩封之印璽也五經通義云易姓而王致太平必封泰山禪梁父荷天命以爲王使理羣生告太平於天報羣神之功
自古受命帝王曷嘗不封禪蓋有無其應而用事者矣未
有睹符瑞見而不臻乎泰山者也雖受命而功不至至梁
父矣而德不洽洽矣而日有不暇給是以即事用希傳曰
三年不爲禮禮必廢三年不爲樂樂必壞每世之隆則封
禪荅焉及衰而息厥曠遠者千有餘載近者數百載故其
儀闕然堙滅其詳不可得而記聞云尚書曰舜在璇璣玉
衡以齊七政遂類于上帝禋于六宗望山川徧羣神輯五

图2-5　《史记》专为泰山祭祀立卷的《封禅书》

来泰山是帝王的梦想，跟随帝王到泰山也是莫大的荣耀。司马迁的父亲太史公司马谈，因未能跟随汉武帝到泰山而感叹命运的悲凉：

图2-6　泰山石刻中的《汉镜铭》

是岁天子始建汉家之封，而太史公留滞周南，不得与从事，故发愤且卒。而子迁适使反，见父于河洛之间。太史公执迁手而泣曰：“余先周室之太史也。自上世尝显功名于虞夏，典天官事。后世中衰，绝于予乎？汝复为太史，则续吾祖矣。今天子接千岁之统，封泰山，而余不得从行，是命也夫，命也夫！”[②]

这就是中国士大夫阶层表现出的泰山情怀。在汉代与封禅有直接关系的士大夫还有司马相如，他是怀着遗憾死去的。汉武帝得知司马相如“病甚”，恐失其佳作而遣员去取，但“相如已

① 《公羊传·隐公八年》注及《穀梁传》注。

② 《史记》卷一百三十《太史公自序》。

死，家无书”。他笔耕不辍，每每都被人取走，不过有一卷书却从未示人，只待使者来取，这就是成为他绝笔的《封禅赋》，使者“奏其书，天子异之”。《封禅赋》是为司马相如劝汉武封禅的奏书，他以为“登泰山，建显号，施尊名”，自古以来就是有为帝王应做的事，登泰山是一个帝王受命的必然，“号以况荣”，是显功于天下的形式，这是“天下之壮观，王者之丕业”的功勋之举。司马相如死后的第八年，汉武帝封禅泰山。泰山的神圣性，也在影响着民间的普通民众。“上太山，见神仙。食玉英，饮醴泉。驾蜚龙，乘浮云。宜官秩，保子孙。寿万年，贵富昌，乐未央。”[①]这是西汉时期所流行的《太山镜铭》，人们将美好的生活寄托在了泰山（图2-6）。

（二）动乱中的泰山祭祀

自东汉解体至隋统一的369年，当政者对泰山的祭祀并未停止过，特别是泰山封禅之议不时会成为人们议论的焦点。如魏明帝时，中护军蒋济就上言：“不刊山、梁之石，无以显帝王之功，布生民不朽之观也。”而魏明帝对此回应：

> 诏曰：“闻济斯言，使吾汗出流足。自开辟以来，封禅者七十余君尔。故太史公曰：‘虽有受命之君，而功有不洽，是以中间旷远者，千有余年，近数百载。其仪阙不可得记。’吾何德之修，敢庶兹乎！济岂谓世无管仲，以吾有桓公登泰山之志乎？吾不敢欺天也。济之所言，华则华矣，非助我者也。公卿侍中、尚书、常侍省之而已。勿复有所议，亦不须答诏也。”帝虽拒济议，而实使高堂隆草封禅之仪。以天下未一，不欲便行大礼。会隆卒，故不行。[②]

明帝虽闻封禅而“汗出流足”，却经不住“受命”的诱惑，而让高堂隆草定祭祀泰山之礼仪，但最终因“隆卒”而作罢。

晋武帝平吴，太康元年（280）尚书令卫瓘等奏曰：“巍巍之功，格于天地。

① 吴人澂泰山刻石《汉镜铭》。罗振玉《辽居杂著》，《太山镜铭》也有相近的铭文：“上太山，见神人，食玉英，见洋泉，驾交龙乘浮云，白虎引兮直上天，受长命，寿万年。”

② 《宋书》卷十六《礼志》。

宜同古典，勒封东岳。”后又多次上奏。另王公有司亦奏：“勒功岱岳，登封告成，弘礼乐之制，正三雍之典，扬名万世，以显祖宗。”武帝均不允。武帝以为封禅事大，功德不足，不宜为之。有诏曰：

> 今逋寇虽殄，外则障塞有警，内则民黎未康，此盛德之事，所未议也。
>
> 今阴阳未和，政刑未当，百姓未得其所，岂可以勒功告成邪！
>
> 方当共弘治道，以康庶绩，且俟他年，无复纷纭也。
>
> 所议诚前烈之盛事也；方今未可以尔。便报绝之。[①]

据《宋书·袁淑传》所载，元嘉二十六年（449）秋，大举北伐，尚书吏部郎袁淑曾上言“检玉岱宗，今其时也”，并进《封禅书》一篇。太祖笑曰：“盛德之事，我何足以当之。”[②]话虽如此，但实心往之，宋文帝“有意封禅。遣使履行泰山旧道，诏学士山谦之草封禅仪注。其后索虏南寇，六州荒毁，其意乃息”[③]。

宋孝武帝大明元年（457），有太宰上表请封泰山，刘骏似乎知其未时，诏曰：“昔之盛王，永保鸿名，常为称首，由斯道矣。朕遭家多难，入纂绝业，德薄勋浅，鉴寐崩愧。顷麟凤表祯，茅禾兼瑞，虽符祥显见，恧乎犹深，庶仰述先志，拓清中宇，礼祇谒神，朕将试哉。”四年（460）有司再奏升封泰山之事，再次罢奏。其诏曰：“天生神物，昔王称愧，况在寡德，敢当鸿贶。今文轨未一，可停此奏。”[④]还有：魏太武帝太平真君十一年（450），南征刘宋，“过岱宗，祀以太牢。至鲁，以太牢祭孔子”[⑤]；孝文帝太和十九年（495），“幸瑕丘。使以太

---

① 《宋书》卷十六《礼志》。

② 《宋书》卷七十《袁淑》。

③ 《宋书》卷十六《礼志》。

④ 《宋书》卷十六《礼志》。

⑤ 《魏书》卷一百八十《礼志》。

牢祠岱岳"[1]；梁武帝（高祖）天监八年（509），曾"集儒学之士，草封禅仪"，许懋劝罢[2]；文宣帝天保元年（550），"诏分遣使人致祭于五岳四渎"[3]；文宣帝（高洋）天保五年（554），"制诏问升中纪号"也有封禅之意[4]等。时主始终不乏泰山祭祀之行为、之念头。

在十六国时期，社会进入最黑暗的后赵统治期，穷奢极欲，暴虐荒淫的石虎圈地为猎，农业生产受到严重损毁；广建宫苑，千万农民死于苦役；穷兵黩武，民不聊生。但仍有侯王不惜财物祭祀泰山。《水经注》引《从征记》留下了这样一条信息：在建武十三年（347），永贵侯张余祭泰山"上金马一匹"，收藏在泰山上、中、下三庙的下庙中：

> 库中有汉时故乐器及神车、木偶，皆靡密巧丽。又有石虎建武十三年永贵侯张余上金马一匹，高二尺余，形制甚精。

所谓的"库"，即泰山下庙内收藏祭品祭器的神宝库，中有石虎时期的精制金马，"高二尺"，不能说不金贵。《从征记》于此记述还有两点更值得注意，也是最有价值的：

一是神宝库藏品贯穿时间长，汉代的乐器、神车、木偶仍在，这说明东汉分裂后，泰山祭祀并没有停止也没有因为战乱而使汉代的祭品流失。二是当时泰山有上、中、下三庙。有神宝库的下庙（今之岱庙）"墙阙严整……门阁三重，楼榭四所，三层坛一所，高丈余，广八尺"，而"中庙去下庙五里，屋宇以崇于下庙"（唐代发展成皇家的道教宫观，现已无存）。庙宇以信仰的需要而存在，泰山当时从山下到山上奉祠泰山神的庙宇就有三座，而规模又如此之崇丽，表明当时的宗教祭祀活动十分兴盛。《从征记》何时成书无考，但一定会早于《水经注》，后者成书于北魏延昌、正光年间，那么在此之前的一段时期内，泰山的信仰活动是异常活跃的。也就是说，在五胡十六国及南北朝的战争纷乱时期，

---

① 《北史》卷三《孝文帝本纪》。

② 《梁书》卷四十《许懋传》。

③ 《北齐书》卷四《文宣帝纪》。

④ 《北齐书》卷四十五《樊逊传》。

传统的泰山信仰在社会上层或下层，无论是本地中原的还是外来的五胡，始终有广泛的传播，反映出泰山在人们心目中的崇高地位。这都有利于佛教在泰山的传播与发展。

（三）时王对泰山的尊崇

在南北朝长达160多年的时间里，海岱地区基本在北朝的控制之下。由于南北双方文化背景的不同，佛教的发展有所差异。就最高统治者而言，北方诸代王者的崇佛程度盛于南方。但事物的发展也往往会有物极必反的结果，魏太武帝与周武帝“灭佛”的举动又给佛教的发展带来了沉重的打击。但幸运的是，因海岱地区的政治格局的变化使得佛教在这一区域的传播与发展并未受到大的影响。

当时君主对佛教均表现出热情的态度，形成北方佛教发展的有利条件。“教兴寄在帝王”[①]，这是一种观点，也是一个总结，宗教的传播发展与否，在很大程度上取决于最高层的态度，这已被历史所验证。在中国传统政治的体制下，统治阶层的好恶一般情况下决定了事物发展的命运，何况是来自域外的一种宗教信仰。自僧朗在“永嘉之乱”后来泰山传法，海岱地区佛教的发展一直得到时主的鼎力相助。

公元385年，拓跋珪重建代国定都盛乐，于次年改国号为“魏”，史称北魏。398年迁都平城，改号称帝，是为道武帝（拓跋珪）。439年太武帝（拓跋焘）统一北方，493年孝文帝（拓跋宏）迁都洛阳。534年北魏分裂为东、西两魏。东魏于武定八年（550）被北齐所代，西魏于恭帝在位的第三年（557）被北周所代，北魏历史结束。

据唐沙门释法琳《辩正论》卷三所载，立国者道武帝拓跋珪在天兴元年（398），也就是迁都平城后就下诏曰：“佛法之兴，其来尚矣。”表现出对佛的极度重视。建寺修舍，又起浮图，“铸千金像，召三百名僧，每月法集”。明元帝拓跋嗣，“敬重三宝”，更在邺下广度僧尼。太武帝拓跋焘，也有崇佛之举，“皈依三宝”“造宗正寺”，后有发难之事。文武帝拓跋浚，即位后即重兴佛教，修复寺宇，“凡度僧尼三万许”。后献文帝拓跋弘、孝文帝元宏、宣武帝元恪、

① 《历代三宝记》卷十五。

孝明帝元诩、孝庄帝元子攸，无不有造寺度人之举。据《释老志》，孝文帝太和元年（447）各地有寺6478所，僧尼70258人；宣武帝延昌（512～515）年间，各州郡有寺13720所；孝明帝神龟元年（518），仅洛阳就有寺五百所。而在北魏末年（534），洛阳佛寺到了1367所[①]，足见佛教发展之迅猛。据释法琳的统计，“元魏君临一十七帝，一百七十年（含西魏），国家大寺四十七所……其王公贵室五等诸侯寺八百三十九所，百姓造寺三万余所。总度僧尼二百万人。译经一十九人四十九部”[②]。凡此种种，足见北魏崇佛的功业，远远盛于南方佛教的发展。

道武帝在十六国末年征战燕赵之时，“所迳郡国佛寺，见诸沙门、道士，皆致精敬”，按受佛教并以礼相待。他曾为僧朗“遣使致书，以缯、素、旃罽、银钵为礼”[③]。

在致书中，字里行间透露出对泰山僧朗的敬仰与敬重，希冀得到扶助。在此之前，前秦苻坚、东晋司马曜、后燕慕容垂，后又有南燕的慕容德，五朝时主先后致书于僧朗，都期望能有泰山和尚的支持。僧朗由此赢得了“道德凝怀，千里哲人竞凑。芳声播远，五朝天子移风”的赞说[④]。同时表明，从五胡十六国到北魏期间，在泰山一带佛教一直受到统治者的关注与关怀，其发展有着很好的社会空间。

公元550年，文宣帝高洋取代东魏，自立为帝，定国号大齐，建都邺，史称北齐。后历经废帝高殷、孝昭帝高演、武成帝高湛、后主高纬、幼主高恒诸帝，公元577年被北周所灭。文宣帝崇佛，“天保之始请稠禅师，受菩萨戒”。大起寺塔，度僧于诸州，“十年之中，佛法大盛”。孝昭帝“奉崇至教”，写经38047卷，度僧尼3000许。武成帝“躬自顶礼”“创营宝塔”，事佛济生。诸帝都表现出对佛教的热情。北齐一代，“皇家立寺四十三所，译经六人一十四部”[⑤]。《续高僧传》说：“属高齐之盛，佛教中兴”，其“都下大寺略计四千，

---

① 《洛阳伽蓝记》卷五。

② 《辩正论》卷三。

③ 《魏书》卷一百一十四《释老志》。

④ 《佛祖历代通载》卷七。

⑤ 《辩正论》卷三。

见住僧尼仅将八万。”[①]就全国而言，“所度僧尼二百余万”[②]。北齐国祚虽短（550～577），但成果斐然。

公元557年，宇文觉代西魏称帝（孝闵帝），国号周，都长安，史称北周。历明帝宇文毓、武帝宇文邕、宣帝宇文赟、静帝宇文阐，581年被隋所灭。孝闵帝虽是立国之君，但在位时短。孝明帝有造像之功，在即位的第二年“奉为先皇敬造卢舍那织成像一躯。并二菩萨。高二丈六尺。等身檀像一十二躯。各二菩萨及金刚师子等”；武帝一向注重佛事，建宁国、会昌、永宁三寺，“凡度僧尼一千八百人，所写经论一千七百余部”。关于孝宣帝，后世有“重隆佛日，光后超前”的评述。“造素像四龛一万余躯。写般若经三千许部”，可见其建功立业；“永夜清晨经行诵念”，更见他的诚心功夫。在北周立国之前，作为北周政权奠基者的宇文泰，就为北周事佛打下了好的基础。在大统十一年（545），时任西魏丞相的宇文泰，曾受文帝的委托立“追远”“陟屺”“大乘”“魏国”“安定”“中兴”六寺，“度一千僧”；又造天保、寿山、梵云、大福田、突厥诸寺。这对宇文家族无疑会产生影响。明帝武成二年（560），武帝为文皇帝（宇文泰）“造锦释迦像，高一丈六尺。并菩萨圣僧，金刚师子，周回宝塔，二百二十躯”，即见其佛事承继之重。在宇文氏，“五帝二十五年，合寺九百三十一所。译经四人一十六部”，佛教发展可见一斑。[③]

北朝在诸代统治者的扶持下，社会政治环境更加有利于佛教的发展。这也为泰山佛教的广泛传播，带来了前所未有的机遇。

而在“二武法难”中，对泰山佛教影响甚微。南北朝时期是中国佛教大发展阶段，但却出现了两次灭佛事件，佛教在一些地区遭到毁灭性的打击。一次是在北魏的太武帝，一次是在北周的武帝，故有北朝“二武灭佛”之称（后有唐武帝、周世宗也曾一度废佛，合称“三武一宗”，这是中国历史上影响最大的三次灭佛事件）。在北朝的两次灭佛中，因政治地缘关系，发展中的泰山佛教并未受到大的侵扰。如神通寺，《续高僧传》卷十《隋西京胜光道场释法瓒传》有云：齐州泰山神通寺“即南燕主慕容德为僧朗禅师之所立也……三度废

① 《续高僧传》卷十《靖嵩传》。

② 《续高僧传》卷十《释法上传》。

③ 以上资料所引均见《辩正论》卷三。

教，人无敢撤。欲有犯者，朗辄现形，以锡杖扮之”。是说因朗公的威德感应，神通寺“人无敢撤”，“于今俨然”，实则表明在“灭佛”事件中，没有受到大的影响。

太武帝即位之初，有“皈依三宝”的说法，但不久就开始信奉道教。先在公元440年改元“太平真君”，公元442年至道场“亲受符箓”。从当时的社会状况分析，太武帝灭佛行为的发生，有其社会经济、政治的原因，也有个人信仰变化的原因。

从当时社会经济的背景看，北魏在资源有限的情况下要占据更多的地区，就必然在兵役、徭役、租调等方面有所增加，而沙门免役免租调，数量过多的沙门势必影响综合国力。因此，太武帝在太延四年（438）就有所行动：“寻以沙门众多，诏罢年五十已下者。”[①]就是为了使一部分沙门还俗，以从征役，有效控制全国人口，并与丁壮、劳役相关联，这是其灭佛的社会因素之一。

从个人信仰的角度看，一开始太武帝在对待佛门的态度上也是敬奉的，即便从佛门看来也是有功德的，之所以先恭后弃采取手段发难沙门是受他人影响发生了偏移：“复伽蓝之胜地，创招提之净宫，仍于邺城造宗正寺，后因崔浩始沦正法。”[②]崔浩是太武帝信仰转变、决心灭佛的推手。作为北魏重臣，历仕道武帝、明元帝、太武帝三世，官至左光禄大夫，后迁司徒，为拓跋氏统一北方立下显赫功绩而倍受崇信。他博通儒学，善阴阳五行之术，受寇谦之的影响而信崇道教。“尤不信佛”，并对其“数加非毁”[③]。正是在崔浩的影响下，太武帝崇信道教，排斥佛教，最终酿成“太武法难”。

太平真君五年（444），太武帝除佛决心已定，针对沙门再次下诏，杀气突显：

> 沙门之徒，假西戎虚诞，生致妖孽。非所以一齐政化，布淳德于天下也。自王公已下至于庶人，有私养沙门、师巫及金银工巧之人在其家者，

① 《魏书》卷一百一十四《释老志》。

② 《辩正论》卷三。

③ 《魏书》卷一百一十四《释老志》。

皆遣诣官曹，不得容匿。限今年二月十五日，过期不出，师巫、沙门身死，主人门诛。[①]

时间、范围、对象、处置，一一明了，不过有了血腥味。接下来的太平真君六年（445）又有起义爆发，于是沙门就有了与政治的干系，杀戒大开已是不可避免。暴发的时间点在太平真君七年（446），太武帝在率军镇压起义的过程中，于长安一寺院内发现兵器，断定与起义军有关，进而在寺中又发现酿酒器及财物"盖有万计"，还发现有妇女在洞窟藏匿，太武帝大为震怒，随行的崔浩"因进其说"火上浇油，于是太武帝"诏诛长安沙门，焚破佛像"。后又诏曰："诸有佛图形象及胡经，尽皆击破焚烧，沙门无少长悉坑之。"[②]对沙门大兴问罪之师。

由于太武帝灭佛，佛教在北方受到了沉重的打击。但此时泰山一带尚处在刘宋王朝与北魏王朝拉锯之地，难发之时尚在刘宋的控制之下，不在北魏辖域内，因此免遭厄运。

公元420年东晋王朝灭亡，在南朝首先出现了刘宋王朝，宋初即夺得青、兖二州（青州西距泰山约135公里，兖州北距泰山约80公里，泰山属兖州），青州、兖州等地是其最北边的州府。自刘裕建宋到宋文帝元嘉时这一格局没有发生变化。永初三年（422）武帝刘裕崩，北魏拓跋政权伺机南侵，年底时宋兖州刺史弃城南逃，泰山、高平等郡相继失守。宋景平元年（423），魏军进军攻下临淄（南距泰山约120公里），直逼青州，但受到青州守军的顽强抵抗，最终宋军取得了青州保卫战的胜利。一段时间，宋、魏两国间取得了相对安定的局面。宋元嘉七年（430），宋文帝下令北伐，两国争夺之战重新燃起。战争初期，宋军收复兖州。但入冬后黄河冰封，魏军开始反扑，宋军崩溃，魏军进逼历城（南距泰山约50公里），但宋军以空城之计退敌。元嘉八年（431），双方战事又起，但无新的结果，两军又进入一个相对的稳定期，青、兖诸州仍为刘宋所有。之后一直到元嘉二十七年（450），宋魏间的政治格局无变化。宋魏之间的战争一直到公元469年，以魏攻取山东，刘宋南撤淮河而告结束。从以上资料不难看出，太武帝灭佛之时，泰山郡归属南朝的刘宋政权，北魏灭佛没有殃及泰山地

① 《魏书》卷四《世祖纪》。

② 《魏书》卷一百一十四《释老志》。

区。因此，较其他北方地区而言，佛教在泰山的发展有了得天独厚的机遇。

有关对北周武帝灭佛的情况，《历代三宝纪》有云：

> 宇文觉……受西魏禅号周，都于长安。至第三主武帝邕世，建德敦牂，迄于作噩，毁破前代关山西东数百年来官私所造一切佛塔，扫地悉尽。融刮圣容，焚烧经典。八州寺庙出四十千，尽赐王公充为第宅。三方释子减三百万，皆复军民还归编户。①

周武帝的罪责在于：毁坏寺塔，焚烧经典，以僧复军民，寺庙充为王宅，即史上所称的“周武灭佛”。其实，所谓的周武帝法难在一定程度上被扩大化了。从一些佛教典籍中可以看到，北朝的北周一代佛教有着长足的发展（如前所述），而北周计有五位皇帝，从立国到被隋所灭历时24年（557～581），但武帝在位就有16年（561～577），如果武帝一心毁佛，有周一代佛教不但不会发展，还会倒退，因为其他诸帝在位时间太短。以整数算：孝闵帝（557）、宣帝（579），在位分别只有1年，而静帝为3年（579～581），明帝最长也只有4年（557～560）。因此，如果说北朝的北周佛教仍有发展，就不能完全否定武帝在佛教发展中的业绩。

从有关佛典记述中还可以看到，佛门以为周武帝于佛教的宏大还是有积极意义的。唐代沙门释法琳就对武帝持肯定态度：武帝为文皇帝造像，“于京下造宁国、会昌、永宁等三寺”，“凡度僧尼一千八百人，所写论经一千七百余部”。只是说“后遇张宾，始为不善”②。总体而言，释法琳的态度是公允的，武帝对佛教的传播是有所作为的。

周武帝“废佛”的用心，与太武帝有相同之处，这就是调整社会人口结构，以发展经济为要。但周武帝所采取的措施不独对佛教，道教也在规范之中，它是对宗教的一次改革，所以也就没有杀戮的发生。纵观周武帝对佛教的行为，与其说是“废佛”“灭佛”，不如说是“抑佛”，适当控制佛教的发展，以免阻碍经济的发展而影响到社会的安定。

---

① 《历代三宝纪》卷十一。

② 《辩正论》卷三。

有的学者依据石窟造像保存状况等考古研究，对周武帝灭佛也提出新的看法："周武灭佛是史书上大加渲染的恐怖事件。然从邺都近畿的石窟（例如南响堂寺便没有遭到太大的破坏）及周边的佛教活动来看，灭佛行动并不像典籍描述得那么悲惨。"特别对泰山周围刻经进行考察后认为：在周武所谓的灭佛事件中，至少在齐境内（泰山及周边），佛事活动并没有一概取消。经石峪刻经《金刚经》以后（经石峪大约是在建德五年（576）或稍前由僧安组织开工的），僧安又于大象元年（579）组织并书刻了铁山《大集经》。大象二年（580）书刻了葛山《维摩诘经》[①]。由此可见，所谓的周武帝灭佛事件，对泰山地区佛教的发展并没有形成实质性的影响。

当国人将沙门作为本土的黄老道去理解时，黄帝的泰山仙化就有着特殊的意义；当高僧们以方士的技能与作为，来扩大、提高佛教的影响力，海岱地区活跃的方仙阶层为此做出了榜样；至上神的确定、后土的名实所归、阴阳五行观念在泰山的升华、封禅特殊祭祀形态的建构，虽与佛教没有直接的关系，但作为中国传统信仰与哲学观念的重要组成部分，会直接影响着国人对佛教的理解角度，这种文化强势是其他地区所不可比拟的；泰山地处北方，时王崇佛有加，又没有受到"法难"的影响，这对佛教的发展非常有利；泰山在本土所特有的神圣性，也会为这一地区的佛教发展增加着庄严的分量。

佛教涉足泰山，僧朗之所以受到东晋孝武帝及北方少数民族最高统治者的崇奉，除他自身的作为外，其重要原因也在于"僧朗所在的泰山是古来帝王封禅祭祀天地的地方，这又增强了僧朗在他们心目中的地位。这种对神、佛及其代理人（方士、僧）的崇拜，反映了当时统治阶级心灵世界的一个方面"[②]。综之，泰山的区位优势，对佛教的传播与发展提供了良好的自然条件与社会条件，佛教的昌盛是大势所趋。

① 赖非：《僧安刻经考述》，载《北朝摩崖刻经研究》（续），香港天马图书有限公司2003年版，第119页。

② 任继愈主编：《中国佛教史》第二卷，中国社会科学出版社2009年版，第203页。

第二节　佛教寺院与刻经

有三个字，可泛指佛教，这就是“佛”“法”“僧”。这也是人们常说的佛门“三宝”（佛宝、法宝、僧宝）。佛，即佛教的创始人释迦牟尼（也泛指一切佛）；法，即佛教教义；僧，即指僧众，是宣教弘法者。佛要有供奉祭祀的场所，教法教义要有一定的文字来记述（“佛说”为“经”），经文也成为“佛法”的体现者。南北朝时期，佛教在泰山地区得到迅速发展，众多寺院应运而立。为适应弘法与“末法”的需要，以泰山为中心的佛经、偈语之摩崖刻经散布在群山峻岭之中，并以规模宏大著称于世。

一、佛寺的兴建与分布

由于泰山所处的自然与人文地理环境，是外来佛教理想的传播地区，并成为北方最初的传播中心。特别以朗公在泰山之阴建寺为标志，“佛教很快发展起来，逐渐成为山东的佛教中心。并由此向东、向南传播，在原有零星佛事活动的基础上，向东又形成了以青州为中心的鲁东佛教区；向南直至峄山，西与东平湖沿岸连成一片，形成山东佛教的鲁西区”[①]。在此以泰山为中心，对南北朝时期兴建的佛教寺院作一大概的了解。

图2-7　朗公寺（神通寺）早期遗址

朗公寺，创建于东晋，位于泰山之阴的琨瑞山下（今属济南柳埠）（图2-7），

① 赖非：《山东北朝佛教摩崖刻经调查与研究》，科学出版社2007年版，第173页。

现遗址尚存。《泰山道里记》云："泰山东北四十余里为琨瑞山，一名金舆山，舆或作榆。又名昆嵛山，嵛讹作仑。又名金庐山。"《水经注》谓："……济水又东北，右会玉水，水导源太山朗公谷，旧名琨瑞溪。有沙门竺僧朗，少事佛图澄，硕学渊通，尤明气纬，隐于此谷，因谓之朗公谷。"[①]据《高僧传》所载，朗公竺僧朗，京兆（今陕西西安）人，"以伪秦皇始元年，移卜泰山"，"于金舆谷昆仑山中，别立精舍，犹是泰山西北之一岩也"[②]。即是说因朗公深受当时历朝王者的爱戴，"大起殿舍，连楼累阁"[③]，"上下诸院十有余所，长廊延袤千有余间"[④]。寺中有"七国金铜像"，而响闻天下。朗公是走进泰山的第一位高僧，而由其创建的朗公寺成为泰山最早、最著名的佛教寺院。朗公寺在隋代（易名神通寺），仍不失泰山第一大佛寺。

谷山寺，创建于北魏，位于泰山主峰玉皇顶之阴的谷山佛峪中（今属泰山玉泉寺景区），现遗址尚存。《泰山道里记》云："谷山西北为恩谷岭……岭北为佛峪，亦曰佛谷，水东流与马跑泉会。其上有寺，额曰'谷山玉泉禅寺'，元魏时僧意降锡处。"《续高僧传》记："释僧意……元魏中，住太

图2-8　北魏玉泉寺所植于山门内的银杏树

① 《水经注》卷八。
② 《高僧传》卷五。
③ 《水经注》引《秦书》。
④ 《续高僧传》卷十。

图2-9　谷山寺（玉泉寺）遗址发现的虎形石刻

图2-10　灵岩寺古银杏（寺之早期遗址位于今寺之东南）

山朗公谷山寺，聚徒教授，迄于暮齿，精诚不倦。”[①]在《传》中标题“魏太山朗公谷山寺释僧意”，表明朗公与谷山寺有一定关系，谷山寺与朗公寺相距不足20公里，或即为朗公寺之别院[②]，故在言谷山寺时，名言朗公，亦云“七国金铜像”之事。朗公也曾往来于灵岩寺之“灵岩”，而灵岩即由朗公的神异而名。今谷山寺遗址中几株硕大的银杏树，是为北魏时所植存（图2-8、2-9）。

灵岩寺，创建于北魏，位于泰山之阴的方山之阳（今属济南长清）。《泰山道里记》云：“泰山西北四十余里为灵岩，古称‘方山’，或曰‘玉符山’……东晋京兆竺僧朗事佛图澄，硕学渊通，初止于琨瑞山降锡焉。尝往来于此说法，猛兽归伏，乱石点头，灵岩所由名也。”据宋《齐州灵岩寺千佛殿记》，灵岩寺为北魏时由僧法定所建，“后魏正光中，有僧法定者倡首，搂土以兴焉”。早期

① 《续高僧传》卷二十六。

② 《续高僧传》卷十《隋西京胜光道场释法瓒传》有云：齐州泰山神通寺，“燕主以三县民调用给于朗，并散营寺，上下诸院，十有余所”。

遗址位于方山之阳甘露泉西，于今寺之东南（图2-10）。是寺唐贞观时徙于西南麓，宋熙宁（1068～1077）间始移今址。

衔草寺，创建于刘宋，位于泰山之西北的人头山之山谷中（今属济南长清崮山镇）。人头山，因山顶有仰面向上的头形故名，该寺遗址尚存。《续高僧传》云：释志湛"住人头山邃谷中衔草寺。寺即宋求那跋摩之所立也"[①]。《法苑珠林》亦云：衔草寺，"即宋求那跋摩之所立也"[②]。知衔草寺为求那跋摩所建，释志湛继之。现遗址所存殿址，为清代所遗。殿基南现存石塔，主体风格仍有唐代韵致[③]。

静默寺，创建于北魏，位于泰山之阴张夏小寺村东部（今属济南历城区）。据《大唐齐州神宝寺之碣》载："粤有沙门讳明，不知何许人也。禅师德隆四辈，名优六通，僧徒兴起，群生宗仰。……以正光元年，象运仲秋，于时振锡登临。……欻弹指发声，此为福地。遂表请国主，驱策人神，立此伽蓝。以'静默'为号。自梁齐已来，不易题榜。"知静默寺为僧明于魏正光元年（520）所建，唐易名"神宝寺"。现遗址尚存唐"四方佛"。《大唐齐州神宝寺之碣》碑，现藏泰山脚下的岱庙。

丹岭寺，创建于北魏，具体地点待考。《续高僧传》有载："释僧照。未详氏族，住泰山丹岭寺，性虚放，喜追奇，每闻灵迹谲诡，无不登践。"[④]

法林寺，创建于北魏，位于泰山南麓大汶口一带（今属泰山区大汶口镇），具体地点待考。1984年，在大汶口村南汶河边出土一件铜鎏金佛光，在佛光背面铭有愿文，其曰："太和十八年十一月八日，太山郡奉高县法林寺尼妙音，为第（弟）子法达敬造释迦像……"知妙音为法林寺僧尼。同一地点还出土有铜鎏金莲花座，"背光、莲座均在汶河边上发现，其风格、特点、纹饰和处理手法相同，当为同期之物，从背光的固定孔（中间2.5厘米、两侧1.8厘米）和莲座孔（一个2.5厘米、一个2厘米）的尺寸来看，又似一组佛像的构件，应同为法林寺之物"[⑤]。如此高规格形制的鎏金造像不多见（国家一级

---

① 《续高僧传》卷二十八。

② 《法苑珠林》第八十五《六度篇》。

③ 赖非：《山东北朝佛教摩崖刻经调查研究》，科学出版社2007年版，第181页。

④ 《续高僧传》卷二十六《魏泰山丹岭寺释僧照传》。

⑤ 泰安市文物局：《山东泰安市大汶口镇近年出土的一批铜器》，《考古》1987年第7期。

文物），由此可见当时的法林寺非一般性佛寺，当具有一定的影响与规模的寺院（图2-11）。

图2-11 北魏法林寺鎏金造像背光

光化寺，创建于北魏，遗址尚存，位于泰山之南徂徕山（今属泰安市徂徕山林场）。《泰山道里记》云："泰山东南三十里为徂徕山，出于泰山，犹旁几然。……寨山，又东五里为薤山……其上有光华禅寺，寺创于后魏，宋祥符间赐号曰‘崇庆’。”在其南即为北齐梁父县令王子椿之《大般若经》刻经。1983年曾于遗址出土了一批佛造像，其中有北魏太和三年（229）泰山羊氏家族羊银光佛造像。在唐人所著传奇小说《集异记》中，载有《光化寺客》一文，云：“兖州徂徕山寺曰光化，客有习儒业者，坚志栖焉……”又有“壁画”“门楼”之述[①]。表明光化寺在唐或唐之前颇具影响力。

四禅寺，创建于北齐河清二年（563），位于徂徕山，今在遗址上重建（图2-12）。《泰山道里记》云：徂徕山之“团山，有古四禅寺，北齐河清二年创建，金大定二年奉敕重建，赐额‘法云禅寺’，有敕牒碑”。现遗址仍立有金大定二年（1162）《四禅寺牒碑记》碑与金大定丙申（1176）《重修法云寺之记》碑。

图2-12　在遗址上重建的“四禅寺”山门

海檀寺，创建于北齐，位于泰山东平老湖镇北山庄村北。海檀寺《观世音》经刻碑碑阴有“大齐皇建”纪年题记。

以泰山为中心的周边地区，在南北朝时期也建有为数不少的佛教寺院。如在泰山之南，有曲阜胜果寺，创建于北齐，位于曲阜鲁故城内。此遗址出土遗物

① 《太平广记》卷四一七引。

丰富，最著名的是东魏天平四年（537）的释迦及二弟子造像。1958年又有6件铜造像出土，其中3件分别有北齐天保七年（556）、武平三年（572）的铭记。其武平三年的金铜观世音二胁侍菩萨立像发愿文记："□□利为息女□生造观音像一躯。"[①]泗水天阴寺，创建于北朝，位于泗水县泉林镇东北。遗址于清乾隆间出土《维摩诘经》刻经碑，立于北齐皇建元年（560）。兖州比丘尼寺，见于1993年在兖州城东泗河金口坝遗址出土的佛造像记中，铭曰："大齐清河三年岁次实沉，于沙丘东城之内优婆夷比丘尼之寺，率彼四众……乃敬造阿弥陀连座三佛。"[②]疑该比丘尼寺，即泰山羊氏为本族女寡居无子女者在兖州所建的女寺（事见《北齐书·羊烈传》）。兖州还有慈云寺，见孙星衍《寰宇访碑录》北朝卷：（兖州）晋阳山上有摩崖经，上书"慈云寺薛子岫等人……"。济宁普照寺，在济宁城西北隅，1927年《济宁县志》卷二载："齐梁古刹，旧为丛林，今惟大佛楼仅存。"巨野石佛寺，在巨野县大义镇徐营村西，遗址出土有《华严经》造像碑，碑侧题记"大齐河清三年"字样。鄄城亿城寺，在鄄城宋楼乡李胡同村西，遗址出土一批北朝造像，其中有"皇建元年"题记。在其西南，尚有白石寺、石窟寺、龙华寺，均见于汶上水牛山《文殊般若经》刻经碑侧的题记中[③]。

二、刻经与经义经系

南北朝时期，佛教在泰山兴盛的另一个标志，则是大量摩崖刻经的出现。分析这些刻经的经系所属，并参考高僧大德的传法活动中所倡导的思想观念，可有助于我们对这一时期泰山地区佛教信仰特点的了解。

（一）刻经及其分布[④]

佛教刻经以泰山为中心，向周边辐射。泰山之南的铁山、冈山、尖山、葛山、

---

① 王思礼、杨子范：《曲阜胜果寺出土铜造像》，《文物》1959年第6期。

② 樊英民：《兖州发现北齐造像记》，《文物》1996年第3期。

③ 上述寺院基本资料采自赖非：《山东北朝佛教摩崖刻经调查研究》，科学出版社2007年版，第154～172页。

④ 此"刻经及其分布"部分基础性资料，据赖非《山东北朝佛教摩崖刻经调查与研究》整理，为行文方便，不再一一注明。

阳山、峄山等，均有北齐、北周之刻经。泰山之西，于东平洪顶山有北齐之刻经，而其司里山有北齐刻经，其造像群中主像也为北齐人所作。泰山之北，于千佛山黄石崖北魏、东魏的刻经，被认为是山东地区最早的摩崖刻经。还有作为泰山姊妹山的徂徕山，也有多处刻经。现择其要者分述如下：

泰山经石峪刻经 经石峪位于泰山之阳、斗母宫北登山盘道之东的山峪中，峪以经为名，故称经石峪。经文铭刻于面积约1200平方米的花岗岩石坪上（图2-13），经文为鸠摩罗什所译的《金刚经》前16分[①]，自“如是我闻，一时佛在舍卫国祇树给孤独园”起，至“当知是经义不可思议，果报亦不可思议”止。原经文2998字，现存1382字（含有痕迹者）。因无发愿文、经主及书丹人题记，对其年代说法颇多。近年来随着山东刻经的深入调查与研究，经石峪为北齐刻经已成定论。铁山、经石峪等泰峄山区的绝大多数摩崖刻经中，“僧安道壹即是这些刻经的书丹人，还是刻经活动的倡导者、组织者”[②]。

图2-13 泰山经石峪《金刚经》摩崖石刻

需要指出的是，经石峪刻经所选择的环境及目的意图。《金刚般若波罗蜜经》，全文上下卷、32篇，经石峪为何只刻了上卷一至十六分的内容？有人认为与周武的法难有关。其实不然，按照已刻经文字径的尺寸计算，经石峪的大石坪已经没有能容下《金刚经》全文的空间了。如果为了永久地保存经文，那么在刻

① 此经在译为汉语时并没有分章段，后由梁昭明太子分为三十二分，并每章加一标题。

② 赖非：《山东北朝佛教摩崖刻经调查研究》，科学出版社2007年版，第233页。

经之初就应考虑经文的整体布局，而没有必要“字大如斗”，字小一点即可，这没有任何的难度。因此我们说，泰山经石峪刻经并没有把刻经作为保存《金刚般若波罗蜜经》放在第一位，而是一次对泰山文化阵地的占领，一种文化上的强悍宣示。从现场效果看，经石峪刻经的每个字都挥洒自若，虽有界格却不拘“一格”，或大或小，或长或扁，随石形而走笔，遇断岩而不避。石坪没有了，经文也就随即而止，一如前人所言“随石所之，经尽而止”①，很是洒脱。这是其他摩崖刻经所不见。

经石峪的精妙之处还在于它有一个宏大构思。经石峪大石坪，“纵横数十亩”，面积如此之大而平整的石坪，在泰山所罕见。由于其自然地貌环境的特点，长年有水，四季不竭，流水可漫过石坪而下。“石仰负天，顶踵于泉”，就是对这一自然特征的准确表述。《金刚经》的经文刻在石坪的“腹部”，即所谓“泉枕履之，便其腹以受经”。所形成的情境是：小瀑若帘，流水潺潺，漫经而下，有声有形。其峪口处有“梵呗清音”刻石，“梵”，与佛经相关，歌咏法言皆可称“呗”，梵呗，就是念经的声音。一切明了：经石峪经文有溪水流过，发出了清泠之声，这是梵呗之音。犹如人们铸造铁钟、铜钟时，将经文一并铸刻在钟体上，当你听到了钟声，也就相当于听了一遍经文。所以，当你在经石峪听到了流水声，也就等于咏颂着《金刚经》（图2-14）。“谁题梵字深溪里，故使溪声作梵音。”②不能不说，这是一个宏大而巧妙的艺术构思③。

图2-14　经石峪“梵呗清音”刻石

① 《岱览》卷十一《岱阳上》：“经石峪，宋时称石经谷。石经者，镌隶体《金刚经》于石坡，字大如斗，随石所之，经尽而止。石仰负天，顶踵于泉，泉枕履之，便其腹以受经。”

② 黄鏻《经石峪》诗句，《岱览》卷十一《岱阳上》。

③ 遗憾的是这种意境被后来人们的善意所损毁。1965年，为了防止溪水对经石的冲刷，在大石坪的东北向筑起了拦水坝，水没有了，也少了溪水携带沙石对经文的伤害，但是原有的意境却失掉了。

徂徕山刻经　徂徕山北距泰山约35公里，称为泰山的姊妹山。《大般若经》刻经，位于现徂徕山林场内光化寺遗址东一独立的自然石上（图2-15）。刻面高133厘米，宽202厘米，经文内容为鸠摩罗什所译《摩诃般若波罗蜜经》。在经文之侧，有“冠军将军梁父县令王子椿”题名。在刻经之左，原有：“弥勒佛”“阿弥陀佛”“观世音佛”三佛名①，现已毁灭。《文殊般若经》，位于徂徕山场部东南约1公里映佛岩的巨石上，刻面高135厘米，宽340厘米，经文为梁扶南国三藏僧伽婆罗所译《文殊师利所说般若波罗蜜经》。题名位于经文上方，刻面高245厘米，宽117厘米，文曰：“般若波罗蜜经主冠军将军梁父县令王子椿”“普憘武平元年僧齐大众造维那慧游”（图2-16）。

图2-15　徂徕山《大般若经》刻经外景

图2-16　徂徕山《文殊所说般若蜜经》刻经摩崖

峄山刻经　峄山在泰山南约95公里（于邹城东南约10公里），有“小泰山”之称，秦始皇东巡曾于此刻石纪功。《文殊般若经》刻经有二：其一，位于山顶五华峰之阳花岗岩摩崖石壁上，刻面高213厘米，宽365厘米，经文选自梁扶南国三藏僧伽婆罗所译《文殊师利所说般若波婆罗蜜经》。于经文一侧面刻有题名，刻面高86厘米，宽257厘米，可辨者有“般若”及经主名，题记有“河清三年”。其二，位于山阳半腰间“妖精洞”旁，刻面高380厘米，宽260厘米，经文与其一相同。

尖山刻经　在邹城东6公里尖山之东山岭上。计有经文2处，佛名1处、经

① 1929年《重修泰安县志》。

名1处、偈语1处及题记题名10处。1960年因水利工程用石，刻文石坪被炸毁。据山东省博物馆、泰安博物馆所藏拓片及有关文献，知有《文殊般若经》《思益梵天所问经》《诸行无常偈》、“文殊般若”题名、“大空王佛”题名以及僧安等题记若干。其中《文殊般若经》选自梁曼陀罗仙所译《文殊般若波罗蜜经》；《思益梵天所问经》，选自鸠摩罗什所译《思益梵天所问经·问谈品》；《诸行无常偈》，选自昙无谶所译《大般涅槃经·圣行品》。题记中有“大齐武平六年”纪年文字。

铁山经刻　刻经位于邹城北铁山之阳的摩崖石坪上。在石坪的上部刻经，刻面高5300厘米，宽1560厘米，经文刻于巨大线刻的碑形图案中。碑首六龙缠绕，额题“大集经”三字，碑下作龟形图案。经文自“佛言善男子云何名为穿菩提心”始，至“万六千天得无生法忍”止。此段经文在昙无谶所译《大集经》中称曰《海慧菩萨品》(而于《石颂》称《穿菩提品》)。《石颂》刻文，位于经文下面，刻面高1700厘米，宽350厘米。文中有“嵯太山言落遂弃乌涂……于是有齐大沙门安法师者道鉴不二德悟一原……敬写大集经穿菩提品九百卌字”等文辞。

葛山刻经　葛山在邹城东13公里，刻经在葛山西麓一大石坪上。刻面长210厘米，宽850厘米，经文为鸠摩罗什所译《维摩诘经·见阿閦佛品》。经文下方有题名，已漫漶不可辩。

冈山刻经　冈山在邹城北近郊、铁山北邻。山上有刻经两种：其一为《入楞伽经·请佛品第一》；其二为《佛说观无量寿佛经》节文。《入楞伽经》同段经文刻两遍，一为大字书写，分布于东、西两区30余块巨石上。另一为小字书，分布于东、西两区5块巨石上。《佛说观无量寿佛经》，位于东区“鸡咀石”上，刻东、南两面。另刻有“释迦文佛”“弥勒尊佛”“大空王佛”“阿弥陀佛”等佛名。在题记中，有“大象三年七月三日”纪年文字。

司里山刻经　司里山东距泰山约90公里，在东平湖西岸东平县戴庙镇司里村东。在山包上凸起有二巨石，岩体为石灰岩质。居中心的岩体东、南、西三面刻造像，其中南侧主尊佛像大致刻于北齐。大佛造像东侧有北齐小龛造像若干；西侧造像或有早至北朝者。《诸行无常偈》，刻于主峰东南角下端，北齐皇建二年(561)造像题记旁。偈文被造像题记破坏，从所存文字看为昙无谶所译《大般涅槃经·圣行品》与《高贵德王菩萨品》之文，经文仅残存数字。偈文与

“皇建二年”造像题记有“打破”关系，刻经时间应早于题记年代。《摩诃般若经·明咒品》，刻于主峰东崖壁，刻面高310厘米，宽360厘米。经文已被后期造像损毁，从仅存的文字看，选自鸠摩罗什所译《摩诃般若经·明咒品》。《大般涅槃经》刻经，位于主峰东12米处摩崖石壁上，刻面高200厘米，宽740厘米，经文选自昙无谶所译《大般涅盘经·憍陈如品》。

洪顶山刻经　刻经在东平县旧县乡屯村铺东北1.5公里，有大洪顶、二洪顶之分（东距泰山约80公里）。《摩诃般若经》，位于洪顶山北崖壁最西端。刻面高196厘米，宽128厘米，经文选自曼陀罗仙所译《文殊师利所说摩诃般若波罗蜜经》。《大集经》刻经，位于洪顶山北崖西端，相邻于《摩诃般若经》。刻面高150厘米，宽140厘米，经文选自昙无谶所译《大集经·海慧菩萨品》。《摩诃衍经》，刻于洪顶山北崖西段，经文刻于碑形图案中，碑龙首，额题“摩诃衍经”，座刻龟形。线形碑通高755厘米，宽290厘米，书丹后多数字未刻，据额所题，应为《摩诃般若波罗蜜经·问乘品第十》，单本名为《摩诃衍经》，鸠摩罗什译。《仁王经》刻经，位于洪顶山北崖壁中段，与《摩诃衍经》相邻。刻面高213厘米，宽117厘米，经文选自鸠摩罗什所译《佛说仁王般若波罗蜜经·受持品第七》。《文殊般若经》，位于洪顶山北崖辟“风门口”处。刻面高236厘米，宽297厘米，经文选自梁扶南国三藏僧伽婆罗所译《文殊师利所说般若波罗蜜经》。在洪顶山南崖西崖西段，也刻有《文殊般若经》，刻面高400厘米，宽245厘米。在洪顶山还刻有“大空王佛”“大山岩佛”“高山佛”“安王佛”“药师琉璃光佛”和《法洪铭赞》等诸多题名题记。

洪范佛名　在平阴洪范镇书院村的东山、天池山、二鼓山、云翠山、大寨山，均刻有佛名：“大空王佛。”其中二鼓山佛名两侧，有“比丘僧太”“比丘道颙”“僧安一”“程伯仁”题记。

黄石崖经偈　黄石崖南距泰山约40公里，在济南南郊螺丝顶山主峰西侧（与千佛山相距1公里，旧著录称千佛山黄石崖）。经偈位于黄石崖最高处，刻面高38厘米，宽41厘米，惜偈文已毁，据《山左六朝碑石目》《历城金石续考》《北京图书馆藏中国历代石刻拓本汇编》等资料，偈文共分二段，前段出自昙无谶所译《大般涅槃经·圣行品》与《高贵德王菩萨品》，后段出自《法华经·普门品》。其刻经时间在北魏、北齐间。崖上有佛教造像79躯（大窟1个、小龛28个）、题记8篇、偈文1则、造像题记8篇，部分已经损毁。据现有资料看，造像有“大魏正光四年”“大魏孝昌二年”“大魏孝昌三年”“大魏建义元年”“大魏元象二年”“兴和二年”年号题记，时间在公元523年至540年，为山东最早的佛教摩崖石窟造像遗迹。

除摩崖刻经外，还有部分刻经碑分布于泰山周边。

东平海檀寺《观世音经》碑　位于东平县老湖镇北山庄北海檀寺遗址，石灰岩质，碑高184厘米，宽94厘米，厚27厘米。碑阳上端刻三佛龛：右龛高34厘米，宽26.5厘米，像为一佛二菩萨二弟子；中龛高35.6厘米，宽26.8厘米，像为一佛二菩萨；左龛高33厘米，宽26.5厘米，像为一佛二菩萨。三佛龛下刻鸠摩罗什所译《法华经·观世音菩萨普门品》节文。碑阴题记有“大齐皇建”年款。

曲阜胜果寺《金刚经》碑　《金刚经》碑出土于曲阜胜果寺遗址，现藏日本东京大学文学部。碑石灰岩质，正面刻一佛二弟子像，背面刻鸠摩罗什所译《金刚经》节文。碑阴有“大魏天平四年正月”年款。

泗水天明寺《维摩诘经》碑　《维摩诘经》碑清乾隆间出土于泗水县泉林镇韩家村天明寺遗址，碑已毁失，现存拓片。碑阳刻鸠摩罗什所译《维摩诘经·见阿閦佛品》节文。碑阴刻《大齐乡老举孝义隽修罗之碑》，年款为“皇建元年岁次庚辰十二月”。

巨野石佛寺《华严碑》《华严碑》出土于巨野县大义镇小徐营村石佛寺遗址，碑高290厘米，宽88厘米，由首、身、座组成，圆首雕龙，方座为素面。碑阳高浮雕龙首额中央镌一龛，造像三尊，即华严三圣：卢舍那佛与文殊、普贤二菩萨。造像下刻《大方广化华严十恶品》节选文。碑阴刻题记及发愿文。碑侧刊年款“大齐河清三年太岁在甲申七月八日讫功”。

兖州泗河《文殊般若经》碑　泗河《文殊般若经》碑，出土于兖州金口坝，碑残缺，复原后碑高124厘米，宽约84厘米。经文为《文殊般若波罗蜜经》。同出土的另一残碑亦刻有《文殊般若波罗蜜经》。

汶上水牛山《文殊般若波罗蜜经》碑　原置汶上县白石乡小楼村东的水牛山顶，后移汶上县博物馆。碑阳额中央刻一佛龛，两旁题“文殊般若”4字，下为经文，为梁僧伽婆罗所译《文列师利所说般若波罗蜜经》。碑侧题记有“经主白石寺比丘”“邑人兖州主羊穆”“邑人羊释子”“五城上郡太守太山羊钟”“邑人奉朝请羊善”“邑人羊万岁”等文字。

（二）经义经系

综合上述刻经，主要有鸠摩罗什所译的《金刚经》《摩诃般若波罗蜜经》《思益梵天所问经》《维摩诘经》《摩诃般若经》《佛说仁王般若波罗蜜经》《法华经》；昙无谶所译的《大般涅盘经》《大集经》；曼陀罗仙所译的《文殊师利所说摩诃般若波罗蜜经》；菩提留支所译的《入楞伽经》以及《佛说观无量寿佛经》《大方广化华严十恶品经》等。学界认为，“初期翻经时代之终，得四大翻译：第一第二，同出鸠摩罗什三藏一人之手，《般若》诸经，及与《般若》有关之《大智度论》《中论》，一也；《法化经》，二也；昙无谶三藏之《大般涅槃经》三也；佛陀跋陀罗之《华严经》，四也”①。泰山及周边刻经以鸠摩罗什、昙无谶所译经文为大宗，也见其在这一地区影响之深远。

鸠摩罗什，祖籍天竺，生于西域龟兹，幼而出家，初学小乘，后转习大乘。誉满西域，名被东土。后秦弘始三年（401）姚兴攻灭后凉，亲迎鸠摩罗什入长安。罗什译作重在《般若》类，尤善龙树空宗一系的作品。由于在七岁时随母一同出家，有遍游西域的特殊经历，使其了解中土文化，并精通汉语，再加上他对佛法的精深理解，因此所译经文准确而系统；同时，译文多采用意译，避免了语词的生硬，易于上口便于理解，符合国人的阅读习惯，故其所译经文深受欢迎，素有“译界之王”的美称。罗什的译作丰硕，《出三藏记集》载为35部、294卷；《开元释教录》列有74部、384卷。

大乘佛教，人们一般将其分为空、有二宗。空宗的代表经典就是“般若经”，它的核心思想即是“空”。这种空是以“缘起”说“空”，以为世间万物，都是“缘”的产物，这个“缘”就是产生万物的条件，也会随着条件的不同变化而变化。鸠摩罗什所译的《金刚经》《摩诃般若波罗蜜经》《思益梵天所问经》《摩诃般若经》《佛说仁王般若波罗蜜经》均属般若类。《维摩诘经》，是大乘佛教的权威性经典，特别是对禅宗的影响是深刻直接和显而易见的。《法华经》，主张一切众生悉有佛性，是中国佛教佛性理论确立以一切众生悉有佛性，都能成佛为主流的重要经典依据。

昙无谶，天竺人，10岁读咒，20岁能通大小乘经200余万言。后专业大乘，以其善咒术而被西域称为“大咒师”。他受到北凉王礼遇，学习汉语，一生

① 蒋维乔：《中国佛教史》，武汉大学出版社2012年版，第13页。

译经众多。《出三藏记集》称译经14部、117卷；《大唐内典录》谓24部、151卷；《开元释教录》勘定为19部、139卷。所译《大般涅槃经》，开中土涅槃学先河，对中国佛教思想发展有着很大的影响。《大集经》，全称《大方等大集经》，以大乘六波罗蜜法和诸法性空思想为主要内容，同时也含有密教说法。

《入楞伽经》，为北魏菩提留支所译。菩提留支，北印度人。他深通显教，并熟悉当时流行的秘密陀罗尼法门。北魏永平元年（508），携带大量梵本到达洛阳，受到北魏宣武帝的礼遇，住永宁寺。《入楞伽经》，或名《楞伽经》，全称《楞伽阿跋多罗宝经》，是论述唯识思想的大乘重要经典之一，属禅宗经系（在《大藏经》中编入秘密部）。曼陀罗仙所译的《文殊师利所说摩诃般若波罗蜜经》，属般若经系。《佛说观无量寿佛经》，属净土经系。而《大方广化华严十恶品经》，是中土人士假佛说而撰经文。

《大方广化华严十恶品经》，又名《大方广化华严经十恶品》《华严十恶经》，最早见于《法经录》，将其列为伪经，其《仁寿录》《开元录》等，亦斥为伪经。其强调一切众生若修善根，要不害生、不放逸、不饮酒、不食肉、行大慈。重在阐述饮酒、食肉的罪孽及断其害所得福报，与当时梁武帝时佛教信徒推行禁食酒肉有关①。巨野北齐河清三年（564）《大方广华严十恶品经》碑，为“一切众生，齐登彼岸”，由“大颂主”“大建心主”“大都维那”“二百余人等”所造。无系无派，很能说明当时民间佛教信仰的一些特点。

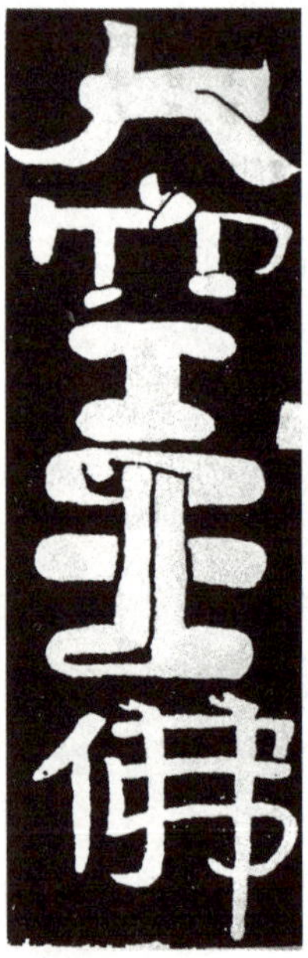

图2-17　尖山『大空王佛』题名拓片

在摩崖刻经中伴有大量的佛号铭刻，最为突出的是“大空王佛”（图2-17）。“大空王佛”不见佛教经典，但有“空王佛”之名，归纳论之：一谓佛之别称；二谓过去古佛之称。“但综观来看，大空王佛在此并非过去古佛之称，而应是一切佛的通称。即‘空王’只是佛之异名，诸佛之别名。从义理上来说，以诸佛亲证诸法空性，寂静无

① 参见《广弘明集》卷三十、卷三十一。

碍，圣果无匹而称空王。法曰空法，佛曰空王。”[①]故可称“大空法王”，于理于法得当。

又有“高山佛”“大山佛”，尤若“大空法王”之佛名，“高”与“大”在中土的语境中，无论形象还是内涵的表现表达，皆为人们尊崇的对象，如山之高、如大之大，无以复加，符合人们对佛陀敬重的心理需求。“七佛”“弥勒佛”“释迦文佛”“阿弥陀佛”等，其佛号则是直抒心意，表达对佛法的崇奉，似无其他更多的内涵。“安王佛”“安乐佛”，在诸《佛名经》都有出现，也是一种直白的表达。

依泰山及周边经刻资料看，在南北朝时期这一地区般若经系的传播极为兴盛。《金刚经》可见于泰山经石峪、曲阜胜果寺经刻碑；文殊般若类的《文殊般若经》，出现在徂徕山、洪顶山、峄山、尖山等经刻以及泗河经刻碑、汶上水牛山经刻碑中。其他般若类的，《思益梵天所问经》见于尖山经刻；《大般若经》(《摩诃般若波罗蜜经》)、《摩诃衍经》(《摩诃般若波罗蜜经》)，见于徂徕山经刻、洪顶山经刻；《仁王般若波罗蜜经》见于洪顶山经刻；另外，《小品般若经》《摩诃般若波罗蜜咒品》，还见于司里山。

《维摩诘经》，见于葛山经刻、泗水经刻碑碑阴。《大集经》，见于铁山经刻、洪顶山经刻中。《大般涅盘经》，见于司里山经刻、黄石崖经刻。《入楞伽经》，见于冈山经刻。《佛说观无量寿佛经》，见于冈山经刻。《观世音经》，见于东平海檀寺经刻碑。

总之，在泰山及周边以般若经系最突出，有的学者曾以“山东刻经般若区”概之，其范围大、影响广。这与当时玄学盛行，两者间有相通之处故能容易传播有关。法华经系，在上述经刻中仅在洪顶山留有踪迹[②]，结合这一时期在泰山活动的高僧多以《法华》为要看，这一经系的影响也会很大。如朗公曾孙之弟子释志湛，“读诵《法华》，用为常业”[③]；创建人头山衔草寺的求那跋摩，有在京师开

---

① 张总：《山东碑崖刻经经义内涵索探》，载《北朝摩崖刻经研究》(续)，香港天马图书有限公司2003年版，第14页。

② 洪顶山所刻“十三佛名”中，有“具足千万光相佛”，来自《法华经》劝持品第十三：“佛告耶输陀罗：汝于来世百千万亿诸佛法中，修菩萨行……于善国中当得作佛，号‘具足千万光相如来’。”是释迦牟尼之妻耶输陀罗修道成佛后的名号。

③ 《续高僧传》卷二十九。

讲《法华经》的经历[1]；泰山丹岭寺，僧照因《法华经》与神僧结缘[2]。

需要重点注意，《文殊般若》《维摩诘经》《入楞伽经》，都是对中国佛教禅宗有着广泛而深刻影响的大乘经典，其出现率最高，先后出现在徂徕山、峄山、尖山、葛山、洪顶山、冈山、泗水、水牛山，遍布于泰山周边地区。“由石刻佛经所选用的经典，必然反映出当时的观念与实践。作为宗教，必然有两方面的延伸。无论石窟或摩崖等，都与当时僧人的修行实践与义理探究有关。”因此，有的学者对邺城地区石窟刻经的探考已说明其定慧双修的层面，而就山东的经刻分析，“亦可见其禅义皆具的层面。山东所刻《文殊般若》与《入楞伽经》皆是禅僧所奉，尤为禅宗之北派所重……山东刻经应考虑空宗典籍在禅宗形成时所起的作用”[3]。这些探讨，都是非常有意义的。

第三节　造像与信仰特征

与刻经相映衬，这一时期的佛造像也异彩纷呈。有关文献记述，东晋名僧朗公“移卜泰山”后，前秦、后秦、南燕、东晋、北魏等诸帝，莫不致礼供施。至于殿堂陈设，东晋司马昌“送五色珠像一躯”；前秦苻坚，“送紫金数斤，供镀形像”；后秦姚兴，“送金浮图三级”[4]。最有名的还是高丽、相国、胡国、女国、吴国、昆仑、岱京七国竞献的金铜像，“俱陈寺堂，堂门常开而鸟兽无敢入者”[5]，佛土庄严有加。

在石窟造像方面，因泰山主体山脉由花岗岩构成，不可能形成大的自然岩洞，并且花岗岩质地坚硬不适宜雕刻，所以没有出现集中的、较大的石窟造像。

---

① 《高僧传》卷三。

② 《续高僧传》卷二十六。

③ 张总：《山东碑崖刻经经义内涵索探》，载《北朝摩崖刻经研究》（续），香港天马图书有限公司2003年版，第20～21页。

④ 《广弘明集》卷二十八。

⑤ 《续高僧传》卷二十六。

但在其周边，有石灰岩分布的山体上仍留下了大量的佛造像。代表性的有东平司里山、历城黄石崖等摩崖窟龛造像。司里山巨大的一佛二菩萨造像，是山东地区北齐时代最高的大佛①。黄石崖的窟龛造像虽然规模不大，但与我国石窟造像发展的主流紧密相连②，所呈现的地域性特点明显。还有散布于山里山外的造像碑，同样反映了这一时期造像的基本形制及信仰特征。

一、造像及其规制

说到造像，因质地的不同而有金属像、石雕像、木刻像、泥塑像之分，但通常所说的佛造像一般指石质造像及金属造像，而尤以石造像为主要对象。而在石造像中，又以摩崖造像（龛窟造像）与碑刻造像（造像碑）为主。而所谓的“佛造像”，表现对象也不仅仅是佛，还包括菩萨、高僧等。我们要阐述的主要是石造像，兼及金属造像。

东平北齐司里山摩崖造像

司里山，位于泰山西南向的东平县境内。东平，在历史上或国或郡或府或路或州，始终与泰山的行政区划多有关联。司里山，又名棘梁山，处于东平湖西畔岱庙乡与司里乡的交界处，在其山顶有两块巨大的岩体呈东、西分布，摩崖造像主要集中在这两块岩体的不同断面上，俗称“千佛崖”。在其山顶的南向约80米处，也有一大型岩体，在其面向北的断面上，也有造像分布。

北齐的摩崖造像就在东崖的南向断面上（图2-18）。东崖，是司里山顶形体最大的一块岩体。东崖南向断面高890厘米、东西长1660厘米，此断面主要雕刻的是一辅三身的高浮雕造像。主像通高650厘米，其宝冠平圆，宝缯下垂，面相丰满，大眼高鼻，棱角分明，眉间白毫高突，双耳肥硕，颈部短促；身着褒衣博带式袈裟，内着僧祇支，造像的双臂已残缺（从动态看应施无畏、与愿印），结跏趺坐于莲台。左、右胁侍者，均为立像，残损更为严重，头部均残失，特别是右侍者，身躯也被损毁，仅可辨识其长裙下露出两足，踏于莲台之上，像残高440厘米。左侍者，两臂置于胸前，宽袖下垂，立于莲台之上，残高440厘米。

---

① 参见张从军：《司里山摩崖造像展现“三教合一”思想》，《走向世界》2005年第5期。

② 参见张总：《山东历城黄石崖摩崖龛窟调查》，《文物》1996年第4期。

图2-18　东平司里山“千佛崖”摩崖造像

在右侍者造像的下部的原造像面上，后来者又开有一龛，高65厘米，宽80厘米，龛内一辅三身。在左侍者造像的东侧，开有若干小龛，大致可分为八层，造像者是按岩石的水平节理分层开凿的，但自然风化及人为破坏严重。从上至下，八层岩体上，能辨识的有56龛：第一层5龛、第二层11龛、第三层13龛、第四层6龛、第五层5龛、第六层5龛、第七层4龛、第八层7龛。

其中，在第三层有一龛，虽残失严重，但可以看出与周边的造像风格不同：头戴宝冠，面长丰硕，眉清目秀。在第七层，有一龛被后来的一龛造像所打破，残留一立像，而其下垂的圆弧形衣纹样式，与其旁边的造像迥异，其像龛的右侧

图2-19　东平司里山北齐皇建二年“弥勒下生”造像题记拓片

图2-20　东平司里山具有北齐风格的造像残存

铭记有“大齐皇建二年……敬造弥勒下生”等字样（图2-19）。这是司里山摩崖造像中，有纪年题记时间最早的一龛造像。按照东崖南向断面造像的主次关系分析，在其右侧的一佛二菩萨巨像的开凿年代，不会晚于此龛造像的时间，也就是说，司里山主造像应早于北齐皇建二年（561），或同时开凿。在第三层残存一龛造像与有纪年的造像，风格特点相同，应同属北齐遗存（图2-20）。东岩南向面的其他小龛造像以及北崖、南岩的诸多造像，多为唐、宋时期所开凿。

历城北朝黄石崖龛窟造像

黄石崖位于济南历城区城西南螺丝顶山主峰西侧，因岩体呈黄色，故称黄石崖，造像分布于一个天然形成的岩洞中及左右崖壁上。洞窟内为明代造像，北朝时期的造像在洞外的崖壁间，均为小龛造像。现将有造像记的主要造像龛，分述如下[①]：

北魏正光四年（523）造像龛：龛高30厘米，一铺四身，均为佛坐像，中间两身为浮雕，外侧两身为线刻。在该龛的下方有“北魏正光四年”的造像记，只是记曰造石像“廿十四躯”，尚无法分辨还包括周围的几个龛。

东魏元象二年（539）造像龛：龛高72厘米，宽46厘米。为一铺三身（一佛二菩萨），头部已残。在龛的下方，有“东魏元象二年”纪年题记。

东魏兴和二年（540）造像龛：龛高78厘米，宽102厘米，一铺四身，均为立佛像，头部残失，均施无畏、与愿印。在龛之下方，有造像记。

北魏孝昌三年（527）造像龛：龛高75厘米，宽85厘米，一铺四身，头部均残失。右侧立佛二身，着垂领式袈裟；右侧坐佛二身，佛衣双领下垂，双手均叠于腹前，施禅定印。龛之上方有“北魏孝昌三年”题记。紧邻此题记，又有“北魏建义元年”的题记，但不明其所指何龛。

黄石崖造像的头部绝大部分被毁，从有关记述来看时间较为久远。早在1957年张鹤云在考察黄石崖造像时，对这一现象就有所注意，“黄石崖的这些佛像，已遭破坏，很多都没有头部，也有整个佛像或整个小龛完全被凿掉；在破坏的痕迹上，有的很旧，足证其破坏的时间已久”，并推测时间在北周武帝“大毁佛寺”时，“可能于此时即开始遭到了破坏”[②]。

---

① 据张总《山东历城黄石崖摩崖龛窟调查》一文整理，该文载《文物》1996年第4期。

② 张鹤云：《济南石窟及摩崖造像》，《山东师范学院学报》1957年第1期。

东平北齐背屏式造像碑

造像碑现藏泰山脚下的岱庙，1973年由东平县文化馆移交而来。

图2-21　岱庙所藏东平北齐造像碑

造像碑为背屏式（图2-21），通高190厘米，宽80厘米。碑正中高浮雕一铺三身，为一佛二菩萨立像。主尊像高80厘米，肉髻低平，发际突出，耳大下垂，面相和蔼，重莲瓣背光。上身内着僧祇支，外为敷搭双肩下垂式佛衣。双手施无畏、与愿印，下身着裙，跣足立于莲花台上。左右胁侍菩萨分立两侧，跣足立于一莲朵上。左胁侍像高65厘米，肉髻略显，缯带垂肩，内着僧祇支，佩项坠，外披天衣，帛带作结于腹部下垂，左手右手持法物。右胁侍像高65厘米，头戴五叶宝冠，宝缯垂肩，其服饰大致同左胁侍，左右手均持法物。

该造像碑舟形背屏高大，背屏顶部为宝塔，两侧各雕六身环绕飞天伎乐。飞天姿态生动，有两飞天将宝塔托起，余皆持乐器作演奏状。在主尊与两胁侍间，分别有一头下尾上的降龙。龙三爪，尾尖长，龙头宽大，体刻鳞纹，龙头外向，口衔胁侍者所立莲台的莲茎。

东平东魏造像碑

造像碑现藏岱庙，1973年由东平县文化馆转交而来。造像碑为长方形，通高169厘米，宽53厘米，厚21厘米。碑面开上、中、下三龛（图2-22）。上层龛为帷帐形，龛高47厘米，宽47厘米，一铺五身。主尊高肉髻，螺纹突出，双耳宽大下垂，面相温和，颈较长，双重莲瓣背光；内着祇支衣，褒衣博带式袈裟，手施无畏、与愿印，结迦趺坐于方形须弥座上，而下垂衣襞悬覆于座。于主尊的两侧，上、下各有两身菩萨与乐伎。左胁侍菩萨，戴宝冠，宝缯下垂，身着褒衣博带，绶带X型交叉于琚中，双手捧一法物立于莲台之上，披帛下垂；右胁侍菩萨衣冠形体，大致如左胁侍。在两胁侍的上方，即为两乐伎，手持乐器呈演奏状。

中层龛以帷帐为基本形式，中心部位开出一个呈“十”字的“亞”型龛，高38厘米，宽47厘米。主尊位于“十”字中心，高肉髻，内着僧祇支，外披褒衣博带式袈裟，手施无畏、与愿印，跣足立于覆莲座上，身后有圆形头光。在主尊的两侧，有两个跪坐的供养人。在供养人座下，也各有两身供养人。下层龛为长方形，中有两尊护法的狮子。旁为两力士，形体强壮，衣纹粗放。

在造像碑的碑侧有造像铭记，计有数百字，但已漫漶不清，铭记可识者有“大魏武定二年”等字样。

图2-22　岱庙所藏东平东魏造像碑

奉高北魏妙音鎏金铜造像背光

在出土的金属造像中，北魏泰山法林寺尼妙音造像鎏金铜造像背光，可作为这一方面较为突出的代表。

鎏金背光1984年出土于大汶口汶河边（现藏泰安市博物馆）。背光为尖桃形，正面左右两侧内凹，尖部残损，高47厘米，最宽处36.5厘米，图案浮雕，通体鎏金。光背区可分为上、下两部分：上部为头光区，正中为一开敷的莲花，外围由同心弦纹环绕，弦纹间饰缠枝莲纹，在其外围则为五身化佛。最上一尊，头光为尖桃形，其他四尊均圆形。五佛肉髻高耸，披右袒式袈裟，施无畏、与愿印，结跏趺坐于莲台。五佛的左右两侧，各有一举长幡的飞天，飞天之下也有一开敷莲花。下部身光区，中饰V字形弦带纹，外侧对称有缠枝莲花，其中有一莲茎上扬，将上部光区的化生佛串联在一起。在背光上部的边缘，有突出的孔钮（现残存6个），下部有六个铆孔，以用于固定佛尊之用。从铆孔的布局看，原造像应嵌有一主尊并二胁侍的三身立像。

在背面的上部，刻有造像铭：

> 太和十八年十一月八日，太山郡奉高县法林寺尼妙音，为第（弟）子法达敬造释迦像，愿眷属、师僧父母及一切众生，在所生处，因庄严净面奉圣容，仰诸道教，一闻法言，位登无生，脱落行建；堕于非虔者，夜遇观音大圣，速念解脱，所愿如此。此像之□建，虽是妙音，成犹众助，名多难列，一豪之福，功弥于上，所愿如是。①

像记表明，这一鎏金铜背光是泰山奉高县法林寺的比丘尼妙音，在北魏孝文帝太和十八年（494）的一次造像活动中所留下的遗物，只可惜原有的释迦像及胁侍像没有了。铜造像远不比石造像来得容易，所以"成犹众助，名多难列"，诸多捐施者也就省略了。从其文辞修饰看，与石造像的铭记相比，具有很强的佛典色彩，反映出僧人较高的学识素养。

图2-23　北魏法林寺鎏金莲花座

另外，早在1982年、1983年，在同一地点还出土有两件鎏金铜莲座（现藏泰安市博物馆），纹样同样精美。从其纹饰特点及风格看，与鎏金铜背光相一致，应为同一时期的造像遗存（图2-23）。

二、特征意义下的弥勒"下生"

在东平司里山造像的东崖东部第七层，有佛弟子陈类光"敬造弥勒下生"的佛龛，只可惜被后世的造像所毁。《魏书·释老志》云："释迦前有六佛，释迦继六佛而成道，处今贤劫。文言将来有弥勒佛，方继释迦而降世。"是说释迦牟尼是当今佛，未来佛是弥勒佛。所谓的"文言"即来自佛典中：弥勒出生在婆罗门家庭，后成为释迦牟尼的弟子，先佛入灭，上生于兜率天内院，经四千岁（据称相当于人间五十六亿七千万岁）当下生人间，在龙华树下成佛，故被称为"未来

① 泰安市文物局：《山东泰安市大汶口镇近年出土的一批铜器》，《考古》1987年第7期。

佛”。关于弥勒的“下生”，主要经典有西晋竺法护译《观弥勒菩萨下生经》、后秦鸠摩罗什译《弥勒下生成佛经》、唐义净译《弥勒下生成佛经》等。

上面说到的东平北齐舟形背屏式造像碑，从上有宝塔下有倒龙的形制看，其主尊应是弥勒佛，造像内容所表现的是弥勒“下生”的转化“过程”。北京保利博物馆所藏青州的一件背屏式造像碑：背屏中立主尊像，左右两侧两龙口衔莲茎，茎上有莲蕾，蕾上出台，台上立两胁侍菩萨，背屏顶部有两飞天托宝塔，两边各有五身乐伎[①]，其形式与东平的造像碑高度吻合。像铭曰：

> 皇魏正始四年，岁次丁亥三月，庚申朔廿七日。比丘尼法想，敬造弥勒佛一区，奉为亡父亡母，并及七世久远，出家师僧并及自身因缘眷属，正道生……[②]

此造像记表明：主尊即为“弥勒佛”。造像碑顶部由飞天托起的“宝塔”，象征的应是弥勒的兜率天宫（又称“兜率天”），造像碑所表现的是弥勒菩萨从兜率下生人间的信仰。竺法护译《佛说弥勒下生经》有云：

> 尔时弥勒菩萨，于兜率天观察父母不老不少，便降神下应从右胁生，如我今日右胁生无异，弥勒菩萨亦复如是。兜率诸天各各唱令，弥勒菩萨已降神生。是时，修梵摩即与子立字，名曰“弥勒”。

这是弥勒菩萨从兜率下生成佛的描述。在佛教中的兜率天宫原本是一生补处菩萨的住处，后演化为弥勒菩萨专有。《弥勒上生经》，即作《观弥勒菩萨上生兜率天经》，乃至兜率天宫也就为弥勒的专处之所。弥勒菩萨成佛后，也就有了与释迦一样的“三十二相，八十种好”外貌特征。有意思的是，岱庙所藏北齐造像碑中主尊的左胁侍菩萨，已经有了肉髻（图2-24），而“肉髻”则是佛“三十二相”中的一相——“顶肉髻成”，这是佛陀才能具有的庄严德相；

---

① 参见李森：《青州龙兴寺历史与窖藏佛教造像研究》，山东大学出版社2012年版，第144、282（附图）页。

② 据宝利艺术博物馆中国古代石刻佛教造像艺术精品陈列馆展品像铭记录。

图2-24　岱庙所藏北齐造像碑局部——左侍菩萨头像

在肉髻之上又有发髻呈现，又是佛相所没有。这似乎是造像者对弥勒菩萨成佛过程的一种暗示。

造像碑中的宝塔，所象征的如同中土的天宫。在敦煌第275窟中就有弥勒天宫的图像，天宫是以阙来表现的，悬在空中的阙“象征弥勒所居的兜率宫，阙形龛中的交脚菩萨就是指居于兜率天宫中的弥勒菩萨”[①]。阙形龛就是汉式“兜率天宫”[②]，是佛教艺术中国本土化的例证之一。

这种降龙衔莲形式的背屏式造像碑，频频在泰山及周边出现。如有纪年的并且有像铭确定主尊为弥勒的有：青州龙兴寺出土的北魏太昌元年(532)尼惠照造弥勒三尊像[③]，惠民出土的东魏天平四年(537)道玉、严怀安等“敬造弥勒石□三区”造像[④]，诸城出土的东魏武定四年(546)夏侯丰珞、张显明等“敬造弥勒石像一躯”造像[⑤]等。都是以降龙的形式，以莲为化生媒介，展现弥勒降生人间。在造像中，龙是天的使者，莲则是化生的途径。

在清人端方《陶斋藏石记》中，收录了一则东魏武定二年(544)《王贰郎等造菩萨像》题记，或能有助于我们对降龙衔莲所含本意的理解：

大魏武定二年岁次甲子二月丙辰朔十六日辛未……琴瑟、箜篌、箫笛、

---

① 赵声良等：《敦煌石窟艺术史》(十六国北朝上卷)，高等教育出版社2014年版，第75页。

② 何志国：《天门·天宫·兜率天宫——敦煌第275窟弥勒天宫图像的来源》，《敦煌研究》2016年第1期。

③ 参见李森：《青州龙兴寺历史与窖藏佛教造像研究》，山东大学出版社2012年版，第994页。

④ 参见郭建芬编：《碑刻造像》(山东文物丛书)，山东友谊出版社2010年版，第435～437页。

⑤ 参见郭建芬编：《碑刻造像》(山东文物丛书)，山东友谊出版社2010年版，第444～445页。

> 鼓乐、倒龙、花琰……常以佛会，面奉圣颜，弥勒下生，愿登上首。法义兄弟题名于后。青州北海郡都昌县方山东新王村凡法义有二百人等敬造石像碑铭……[①]

虽然我们已经无法看到这一造像的具象图案，但仅就“琴瑟、箜篌、箫笛、鼓乐、倒龙、花琰”对飞天及降龙的记述，可知其与降龙背屏式造像碑相同或相近。在这里明确说出了“弥勒下生”的主题。

鸠摩罗什在公元402年于长安所译的《佛说弥勒大成佛经》中说，弥勒是坐在龙华菩提树下成佛的，有“枝如宝龙吐百宝华”的说法。所以有人认为，造像碑中的“龙”与“莲”，是“宝龙”吐“宝华”的具象示意。宝塔、主尊、降龙，存在一定的逻辑关系：

> 山东青州系统造像中，背屏顶部的宝塔和底部的翔龙，似乎暗示着弥勒信仰的两种最主要的功用。前者代表着纯理性的信仰，对应于知识僧侣阶层决疑禅观的弥勒，而后者则代表着功利性的信仰，对应于世俗大众层面净土往生的弥勒，两者时间上的演化规律颇值玩味。

而这种出现于“背屏造像的翔龙嘉莲，并非异域的舶来品”，是与中土文化相契合的[②]。国人是以自己的理解方式，诠释着弥勒佛从天而降，“下生”人间的故事。

在黄石崖造像中，造像龛题名中除1处指明所造为释迦像外，“其余铭中所指明题材者均为敬造弥勒像，从北魏到东魏莫不如此”[③]。

《北魏孝昌二年（526）元氏造像记》：

> 大魏孝昌二年九月丁酉朔八日甲辰，帝主元氏法义卅五人敬造弥勒像

① 转引自李森：《青州龙兴寺历史与窖藏佛教造像研究》，山东大学出版社2012年版，第130页。

② 孙迪：《青州佛教背屏式造像中翔龙嘉莲图像宗教涵义初探》，载《中国文物报》2006年3月29日。

③ 张总：《山东历城黄石崖摩崖龛窟调查》，《文物》1996年第4期。

一躯。普为四恩三有、法界众生，愿值弥勒……

《北魏建义元年（528）王僧欢造像记》：

维大魏建义元年五月四日，清信士佛弟子雍州长安人王僧欢，敬造尊像一躯。上愿皇祚永隆，历劫师僧、七世父母兄弟姊妹妻子女等，及善友知识边地众生，常生佛国，弥勒出世，龙华三会，愿登初首。

《东魏元象二年（539）乞伏锐造像记》：

大魏元象二年岁次己未三月廿三日，车骑将军、左光禄大夫、齐州长史、镇城大都督、挺县开国男乞伏锐，昔值贼难，愿年常造像以报慈恩，今谨竭家资，敬造弥勒石像一堪……

《东魏元象二年（539）姚敬遵造像记》：

大魏元象二年岁次己未三月廿三日，假伏波将军、魏郡丞姚敬遵，敬造弥勒像一区。尽□讫功，上为七世父母、现在眷属，常与善居，值佛闻法，一切众生，咸同斯福……

《东魏兴和二年（540）赵胜、习仵造像记》：

兴和二年九月十七日，清信女赵胜、习仵二人敬造弥勒石像三躯，愿生生世世，直遇弥勒，现□在居眷常与居，一时成佛……

在《北魏建义元年（528）王僧欢造像铭》中，还谈到“弥勒出世，龙华三会”，直接引述佛典之语，可见弥勒“下生”信仰影响的广泛。有的学者注意道：“许多地方窟像中都可见到交脚菩萨装和佛像形装的弥勒，表明了弥勒上生信仰和弥勒下生信仰都有广泛的信众，而黄石崖龛窟造像中无交脚弥勒菩萨形象出现，凡弥勒铭记的造像，都以佛装的立像或趺坐像出现，这似说明山东齐州一带，北魏至东魏之时的弥勒信仰或弥勒下生信仰更密切相关。”[①]

从现已经发现的造像看，北朝时期泰山地区的弥勒信仰盛行并占着主导性地位。目前所知最早的造像，是出土于黄县的弥勒交脚菩萨像，造像时间是北魏皇兴三年（469）。自北魏迄北齐，自始至终弥勒和观世音是造像的主要内容，“这是山东北朝造像最突出的特点”。而在两者中，据已发现的有纪年、有明确主尊身份的造像统计，弥勒又是观世音的两倍，也就是说，北朝时期“山东造像以弥勒最多”[②]。

三、造像风气的兴盛及组织构成

南北朝时期造像风气之所以兴盛，大抵有两个方面的原因：一是社会政治原因。自永嘉之乱后，战乱频发，民不聊生，人们对国泰民安的祈求比任何时候都更加迫切，人们特别需要精神上的慰藉与解脱；二是佛教主动的劝释。此时的佛教已深入到中国社会的各个层面，在佛教的教义中就鼓励人们去造像。一些大乘经典，就直接阐示造像可获得一定的功德与福报[③]。而所谓“观佛”修行方法及仪式上的倡导[④]，使信众倾力造像，这被看作是一种消除人的罪业、获得功德的修行方式。所以从官方到民间，敬造佛像盛行一时。

唐代僧人法林在《十代奉佛篇》中，有这样一段文字：

> 自开皇之初终于仁寿之末……造金铜檀香夹纻牙石像等，大小一十万六千五百八十躯，修治故像一百五十万八千九百四十许躯。[⑤]

---

① 张总：《山东历城黄石崖摩崖龛窟调查》，《文物》1996年第4期。

② 参见刘凤君：《山东省北朝观世音弥勒造像考》，《文史哲》1994年第2期。

③ 在《道行般若经》《般舟三昧经》等佛经中，就有宣扬造像功德的说法。在《法华经·方便品》中，备述造佛像的好处：“若人为佛故，建立诸形象，刻雕成众相，皆已成佛道。或以七宝成……严饰作佛像。如是诸人等，皆已成佛道。彩画作佛像，百福庄严相，自作若使人，皆已成佛道。”

④ 所谓“观佛”，是一种消除人们罪业、获得功德的修行方法。如《观佛三昧海经》卷六：“世尊而语像言：‘汝于来世大作佛事，我灭度后，我诸弟子以付嘱汝……若有众生于佛灭后造立形像，幡花众香持用供养，是人来世必得念佛清净三昧。’”

⑤ 《辩正论》卷三。

第一个数字指的是隋开皇到仁寿年间的造像，第二个数字之前有“修治故像”几字，那么所出现的数字自然是隋开国之前的部分造像数（不包括未曾修治的旧像），金、木、漆、牙、石等诸造像以百万计，可以想见南北朝时期的造像之盛。如此大规模造像，肯定会有相应的组织形式，造像者的身份地位、信仰对象的表现手法、发愿文的基本模式等，也都会有相应的表达。

在泰山脚下岱庙天贶殿东廊房的历代碑刻陈列室里，陈列着一件东魏时期《王盖周等造像碑》的碑座（佛像已失），上有造像记①。我们不妨以此为例（图2-25），分析其造像人员的组织结构及信仰特征。

图2-25　岱庙所藏长清东魏王盖周等造像碑铭文（拓片局部）

其铭云：

□魏武定五年岁次丁卯七月丙申朔四日己亥，邑仪一百卌四人等敬造石像一躯。上为国祚永隆，后愿七世父母、居家眷属、一切焜仪（昆裔），咸同斯福。

钟盖世

像主王盖周、钟道明

菩萨主钟□、王惠兴

① 此石原在长清县黑峪村，1966年迁至岱庙，1983年移至东廊房陈列。

菩萨主钟助、李弥陀

起像主王念、邹文愭

光明主僧休、王贵

宝塔主马庆林

都维那王承祖、王怀

都维那钟文渊、尹世

都维那徐普勇、沐贵

维那邹□兴、王迴洛

……

比丘僧贵

……

维那开记

……

维那僧转

……

该造像的年代是“□魏武定五年”，“武定”是东魏孝静帝的年号，是为公元547年。碑铭有“邑仪”的称谓，“邑”在这里不是一个简单的地域概念，而是指某一区域信佛之人结成的团体，是一个特定意义上的佛教组织。“邑仪”，也就是“邑义”。如《北齐乾明（560）比丘尼静游等造像铭》：“邑义主比丘尼识究”“邑义主比丘尼僧炎”[①]。也有“法义”之称，如前文提到的历城黄石崖《北魏正光四年（523）法义兄弟姊妹造像铭》“法义兄弟姊妹等，敬造石窟像廿四躯”；《东魏孝昌三年（527）法义兄弟一百余人造像铭》“法义兄弟一百余人各抽家财，于历山之阴，敬造石窟”等。可见“邑仪”与“邑义”是相通的，同样可称之为“法义”。这个“义”，具有结义的性质，因为同样的愿望需求他们走到了一起。这显然是一种结社行为，因此有的学者将这类佛教信仰活动组

① 此石原在长清县石窝村，造像已失，仅存有造像记的底座，1966年迁至岱庙保存，现收藏于岱庙东廊房《历代碑刻陈列》室。

织，统称为佛教结社，简称为“佛社”，是私社的一种[1]。

碑铭最多的词语是“××主”，计有：“像主”“菩萨主”“起像主”“光明主”“宝塔主”等。“主”，是指对此次造像的施主，或是主事人。参考南北朝时期其他碑铭及题刻，可以确定其各类主事的事项。

《王盖周等造像碑》所列名单中，钟盖世没有头衔但列在最前面，应是邑主的身份，是此次活动的总组织者，地位应是最高的。像主，是造像的主要捐施者。造像又分不同的内容对象，所占分量不同，分解开来就有菩萨主、宝塔主等。起像主，是造像完成后负责运输费用的当事人（又被称为“行像主”，只适用于可移动的造像）。光明主有两位，一位是僧休，一位是王贵，从名字的称谓上看，前者是出家人，后者是世俗之人。僧休是开光仪式的主持人（“开光明主”），王贵则是出资给僧人的施主，同时会负责仪典灯明蜡烛所用（“光明主”）。佛像雕刻完毕，要举行“开光明”的落成典礼，这就需要僧休的“开眼”仪式，而仪式费用则由王贵来承担。

从参与造像者的成分看，这是一个由乡人组织并有僧人参与的造像活动。其中的“维那”，有两种身份：列在前面的王承祖等，是世俗之人；后面的僧转等是出家人。据有的学者研究，在南北朝的造像活动中，维那是佛教活动团体中流行最广的一个职位[2]。

早在北魏道武帝拓跋珪皇始时期（396～397），曾设立僧官以管理僧人，尔后在各州、镇、郡都设有僧官以统摄僧徒，维那即统领僧人的长官。北魏宣武帝永平二年（509），在各州、镇、郡设有维那、上坐、寺主的僧官，而在都城则设有都维那[3]。受这一制度的影响，在邑义的组织团体里面所设的维那，已经不为僧官所专有，而变为造像活动中的一种分工名衔，主要是负责宗教仪式、仪轨方面的主事者，也可以是这一部分费用的施主。所以维那一职，可由僧人职司，也可以由俗人来充任。

造像的目的，在发愿文中得到表述。像铭中的“七世父母”，不是一般意

---

① 参见郝春文：《东晋南北朝时期的佛教结社》，《历史研究》1992年第1期。

② 郝春文：《东晋南北朝佛社首领考略》：“在我们搜集到的192条有关佛社首领的材料中，有维那（包括都维那等）的达132，接近总数的70%。”《北京师范学院学报》1991年第3期。

③ 参见《魏书》卷一百一十四《释老志》。

义上的祖宗七代，在此指此身以前的代代父母。《涅槃经疏三德指归》卷六就说："七世者，无始皆开，何止七世？但随世俗且言七耳。又七世来爱习未舍，可以摄化，故说开之七世父母。"[①]六道众生，皆为父母。由于它跟中土的孝道契合在一起，故被广大信众所接受。

像铭发愿文"上为国祚永隆，后愿七世父母、居家眷属、一切昆裔，咸同斯福"，所祈求的内容在空间上有国有家，在时间上从"七世父母"的先祖，到"居家眷属"的当今，乃至将来的子孙后代，都会有相同的福祉。

这种形式上的家国情怀，在当时是一种较为流行的普遍表述。如在泰山之东麓的博兴城关镇河西村出土的《北魏孝昌二年（526）王和之造像铭》："为皇帝陛下、七世父母、一切众生，普同其愿。"[②]还有前面曾谈到的《北魏建义元年（528）王僧欢造像铭》："上愿皇祚永隆，历劫师僧、七世父母、兄弟姊妹、妻子女等。"

邑义的成员身份表面上看虽然庞杂，但结构并不复杂。从《东魏武定五年一百卅四人造像记》看，可分为出家人和世俗信众两大类。在北朝的邑义中，有的以信众为主体，如此次134人的造像活动；也有以僧人为主体的，如奉高北魏太和妙音的造像活动。僧人在造像活动中的地位是举足轻重的，即便在以信众为主发起的活动中，僧人仍然会起着发动、指导的作用。

在《北魏建义元年（528）王僧欢造像记》中，有"清信士"的说法："清信士佛弟子雍州长安人王僧欢，敬造尊像一躯。""清信士"应是在家修行的人，从发愿文后面所说的"兄弟姊妹、妻子女"看，王僧欢显然没有出家，但自称佛之弟子，以表达他修行的优越感，而其名"僧欢"也表现了他对佛教的虔诚。在《东魏兴和二年（540）赵胜、习仵造像记》中还有"清信女"的名号："清信女赵胜、习仵二人敬造弥勒石像三躯。"由此而看，"清信士"是对男性的称谓，而"清信女"则是对在家修行女性的叫法，她祈愿："直遇弥勒""一时成佛"。

在以信众为主体的造像中，皇室、权贵无疑也是造像活动的主力军。东魏元象二年（539）在黄石崖的造像活动中，主角就是伏波将军、魏郡丞姚敬遵。

① 《新纂续藏经》第37册，台北新文丰出版公司1993年版，第402页。

② 张淑敏等：《山东博兴博物馆藏北朝弥勒造像》，《法音》2014年第8期。

同年，车骑将军、齐州长史乞伏锐，也在黄石崖造弥勒像的队伍中。还有北魏孝昌二年（526）黄石崖造像的主事者——帝主元氏，其名号“似与鲜卑拓跋即北魏皇族有关”[①]。此次一同前来的邓恭伯，是邓渊的重孙。邓渊为名门之后，“祖羌，苻坚车骑将军。父翼，河间相”。邓渊于北魏太祖武帝时任著作郎、尚书吏部郎，“从征平阳，以功赐爵汉昌子，改下博子，加中垒将军”。邓恭伯，官右光禄大夫，其父灵奇，“立忠将军、齐州刺史。进号冠军将军，赐爵昌国侯。为政清简，有威惠”[②]。

在《大魏正光四年（523）法义兄弟姊妹造像记》中，“法义兄弟姊妹”“敬造石窟像廿四躯”，列造像人名如下：

释伏宋同心锄
维那主刘爱女
维那主沐瓮姬、贾英
刘法香、王宝姬、刘阿香
刘阿思、刘胜王、胡阿嫔
王犁姜、呼延伏姬、贾阿妃
刘桃姬、王足、孙敬嫔
赵妃姜、张胜界、张英仁
姬姜女、□骨子、徐清女
维那主张牛女
维那主呼延摩香、白齐姜
石桃女、赵义姜
张道安[③]

这个法义组织，很有可能是由女性成员组成的。一是从名字来看，具有女

---

① 张总：《山东历城黄石崖摩崖龛窟调查》，《文物》1996年第4期。
② 《魏书》卷二十四《邓渊传》。
③ 张总：《山东历城黄石崖摩崖龛窟调查》，《文物》1996年第4期。

性常用字的特点；二是在北朝就存在诸多女人结成的邑义[1]。当然，这个兄弟姊妹结会，不能排除有个别男性参加，但主体是女性是没有问题的，表明在民间信仰者当中，妇女的地位并不比男性差，同样能起到主导作用。

让我们再来看一下前面曾提到的《北齐乾明比丘尼静游等造像铭记》：

□齐乾明元□（年）岁在庚□（辰）八月辛巳朔□五日，比丘尼慧□、比丘尼静游、□迎□义姜率领诸邑，同建洪业，□敬造弥勒像一区。上为皇帝陛下、群臣宰守、诸师父母、含生之类。愿使电转冥昏，三空现灵，法界共修，□□正觉。

邑义主比丘尼识究

邑义主比丘尼僧炎

白衣大像主张苟生兄弟

邑义樊兴

□（像）主栾伏香

……

这是由比丘尼为主体发起的一次造像活动。发愿所求仍是程式化了的：皇帝、群臣、师傅、父母，乃至包括一切生灵。可见在当时，这是一种常见的基本格式。“邑义主”“像主”也如同前者，但有了“白衣大像主”的说法。

从“大像主”的提法看，“白衣”是本次造像的主尊，而同时下面又有“像主”的铭记，说明造像不会是一个单躯，应是一组造像。那这“白衣”之佛身到底是谁呢？答案是：“弥勒。”因为在发愿文中就说得很清楚：“敬造弥勒像一区。”弥勒造佛是这次造像的主尊，是这次造像活动的“大像”。即是说：白衣佛就是弥勒佛。那么为何将弥勒称之为“白衣佛”呢？

在敦煌早期壁画中有五铺白衣佛，分属北魏、西魏两个时期。因为在佛经中没有白佛之说，故而专业工作者以诸佛均着通肩白色袈裟而拟名“白衣佛”，其身份、神格如何？引起学者的高度关注。有人认为“白衣佛即弥勒”，证据

① 参见宁可、郝春文：《北朝至隋唐五代间的女人结社》，《北京师范学院学报》（社会科学）1990年第5期。

是在唐代开元间，有“白衣长发”者，“假托弥勒下生”的说法。又因五代、中唐时期壁画有“弥勒白佛瑞像记”“白银弥勒瑞像”的榜题，认为“白衣佛”是弥勒的瑞像，之所以如此，与弥勒信徒崇尚白色有关、与末法思想有关，“所以，弥勒瑞像是身穿白色袈裟的”①。

也有人认为敦煌壁画中的白衣佛与弥勒无涉。日本学者滨田瑞美对敦煌壁画中的白衣佛，从图像和窟内位置的意义等方面作了考证，认为白衣佛图就是《观佛三昧海经》卷四《观四威仪品》等佛教典籍中所述的“那乾诃罗的佛影”；白衣佛的出现与北朝时期盛行的“观佛”有关。其结论是：“莫高窟中心柱窟的白衣佛，即白身、白衣的如来图很有可能是那乾诃罗佛影。”②

以上两种是具有代表性的意见。见解之所以不一致，都是推测的结果，没有直接的证据。泰山发现的“白衣”造像记，可为敦煌壁画的“白衣佛”提供实证。而敦煌的“白衣”形象，也可为泰山民间的弥勒之所以称为“白衣佛”提供了名称由来的依据。“白衣佛”的说法，不在佛教的经典之例，官方是把它作为“邪说”来看待的，但在民间却保存了下来。

---

① 参见王惠民：《白衣佛小考》，《敦煌研究》2001年第4期。

② 〔日〕滨田瑞美：《关于敦煌莫高窟的白衣佛》，《敦煌研究》2004年第4期。

第三章

南北朝时期的佛教（下）

“浑仪之外，别有洞天；法海之中，多生僧宝。”[1]一个地区佛教的兴盛与否，往往是与高僧大德活动联系在一起的。名山多名寺，名寺多高僧。泰山以其文化的影响力，吸引着四海高僧前来建寺传法；同时在泰山特殊的信仰文化氛围中，也影响和造就了诸多中国佛教史上的高僧大德。东晋南北朝，又是佛教在高门世族得到急剧发展的时期，“南朝世族，首推王、谢”，而“王”者，即是海岱地区琅邪世族的代表——王导，“奖进僧徒，于江东佛法之兴隆颇有关系”[2]。还有泰山羊氏家族，也是当时的崇佛世家。佛教思想与中土的宗教观念有机地融合，始终是大势所趋，但矛盾与冲突时时都在发生。把泰山改作“地狱”所形成的影响是双面的，不同利益的交换需要代价，因此也总会有攻击与斥骂出现在激辩中。融合、排斥、再融合，这正是促进文化向前发展的推动力。

① 《宋高僧传·进高僧传表》。

② 汤用彤：《汉魏两晋南北朝佛教史》，武汉大学出版社2008年版，第293页。

第一节　高僧大德与传教活动

十六国后期，拓拔珪于公元386年重建代国，改国号为魏而史称北魏；公元398年建都平城称帝；于公元439年统一北方，与南朝形成对峙局面。公元534年北魏分裂为东、西两魏，尔后又分别由北齐、北周所取代。北魏政权在内迁汉化的过程中，就接受了佛教。武帝拓跋珪“见诸沙门、道士，皆致精敬，禁军旅无有所犯”，对泰山僧朗更是崇敬有加，“遣使致书，以缯、素、旃罽、银钵为礼”[①]。武帝拓跋珪的后继者，以及北齐、北周的统治者，对佛教大多秉持崇奉的态度，北魏太武帝拓跋焘、北周武帝宇文邕虽有废佛之举，但对泰山之域影响甚微。总的说来，佛教在北朝得以长足发展，以泰山为传播中心的广大地区高僧云集，诸多学派流行。同时也有不少的佛僧走出泰山，走向各地。

一、活跃于海岱地区的高僧大德

对佛教来说，佛、法、僧是为“佛门三宝”。佛僧，是佛的继承人，又是法的载体和弘扬者，是“宝中之宝”[②]。作为佛法的践行者与传播者，在弘法的过程中发挥着主力军的作用。在南北朝时期，有诸多的高僧大德，来到泰山传法布教。

佛教在中国最初的广泛传播主要得益于民间的发展，这应归功于佛图澄。佛图澄以“德望”“道术”感化征服后赵后，所历之处兴立佛寺，他是“中国佛教史上第一个争取封建最高统治者把佛教纳入国家保护之下，利用国家力量帮助佛教发展的僧人”[③]，从而使佛教在中原地区得到空前发展，受业者万余，追

---

① 《魏书》卷一百一十四《释老志》。

② 汤用彤：《汉魏两晋南北朝佛教史·科学与理性的佛学百年（代序）》，武汉大学出版社2008年版，第5页。

③ 任继愈主编：《中国佛教史》第二卷，中国社会科学出版社2009年版，第150页。

随左右数百。僧朗即是其著名弟子之一，也是泰山地区最有影响的高僧，而陪同朗公进入泰山的还有僧意、僧湛。

朗公与僧意、僧湛。朗公，在《高僧传》中，列为“义解”之高僧，题为“晋泰山昆仑岩竺僧朗（支僧敦）”；僧意，在《续高僧传》中，列为“通感”之高僧，题为“魏太山朗公谷山寺释僧意”；僧湛，在《续高僧传》中，列为“读诵”之高僧，题“魏泰岳人头山衔草寺释志湛”。

竺僧朗，京兆（今西安）人，“少事佛图澄，硕学渊通，尤明气纬”[①]。僧朗，是有文字记载走进泰山的第一高僧。《法苑珠林》卷十三云：僧朗于西晋“永嘉失驭”之时来泰山，“威声振远，天下知闻”。他聚徒讲经，“孜孜训诱，劳不告倦”。不但得到了诸多时主的礼遇，而且还赢得了民众的敬仰，“百姓咨嗟，称善无极，故奉高人至今犹呼金舆谷为朗公谷也”。世年八十五岁卒于泰山。之后，有僧敦承继泰山佛事。支僧敦，本冀州人，“少游汧陇，长历荆雍”，是继僧朗之后的一位泰山高僧，“妙通大乘，兼善数论”，著有《人物始义论》，流行于世[②]。

关于僧意，《续高僧传》卷二十六有云：

> 释僧意，不知何人，贞确有思力，每登座讲说，辄天花下散在于法座。元魏中，住太山朗公谷山寺，聚徒教授，迄于暮齿，精诚不倦。寺有高丽像、相国像、胡国像、女国像、吴国像、昆仑像、岱京像……意奉法自资，束躬供养。

《集神州宝感通录》卷三有云：

> 西晋泰山金舆谷朗公寺者：昔中原值乱，永嘉失驭，有沙门释僧朗者，姓李，冀人，西游东返，与湛、意两僧俱入东岳。

人们对僧意了解得不多。他是在永嘉之乱后随同朗公进泰山的。但能与僧朗相伴，足以说明他在当时的影响。“贞确有思力”，是对他信念坚定、思维敏

① 《水经注》卷八。

② 《高僧传》卷五。

捷的肯定，而“辄天花下散在于法座”，则是对其法力的赞叹。僧意继朗公之后住持朗公寺，他授徒弘法，乃至垂暮之期，始终如一，精诚不怠。

《续高僧传》卷二十六又云：

（意）将终前夕，有一沙弥死来已久，见形礼拜云：“违奉已来，常为天帝驱使，栖遑无暇，废修道业。不久天帝请师讲经，愿因一言得免形苦。”意便洗浴烧香，端坐静室，候待时至。及期，果有天来，入寺及房，冠服羽从，伟丽殊特。众僧初见，但谓是何世贵入山参谒，不生惊异，及意尔日无疾而逝，方知灵感。

僧意的“感通”之为，为其增添了神异的色彩。其师僧朗就是一个预言家，有言在先，必有其果，人们“莫不叹其有预见之明矣”[①]。在《续高僧传》中，题名“魏太山朗公谷山寺释僧意传”，将谷山寺归为朗公名下，表明谷山寺（现名“玉泉寺”，或称“谷山玉泉寺”，俗称“佛爷寺”，位于泰山东北玉泉寺景区）应是朗公在泰山所建的另一处寺院，由僧意入住。关于谷山寺，现留有金代党怀英《谷山寺记》碑，文云：

佛法自西方来，天下名山胜境化为道场，兴废因缘，自有时运。尝读元魏《高僧传》，得僧意胜迹之详而异之。意之寂也，以天帝之召，及期遂行，此其余缘，当有复兴之日矣。

以党怀英所识，今玉泉寺即北魏僧意入住之地，期待有“复兴之日”。其地理形胜有云：

泰山南向而东骛，繇东迤北曰大、小岘，其下曰天津河，环地百有余顷，山势四围，盖汉之明堂在山之东北址，此其地也。道左二里许，耕垦之余，瓦砾被之，与沈存中之说“高丽制度，瓦皆有纹”者合。又西北行六七里，山光丛丛，高下隐见。一峰嶷然秀拔而下圜，曰谷山也。沿涧少

① 《高僧传》卷五。

北，今寺基矣。

其环境无论是自然还是人文，皆是理想之地。玉泉寺与朗公寺（今神通寺故址）在泰山之阴的东、西，可遥相呼应，相为甲乙。

释志湛，齐州山茌（今山东长清）人，是朗公第四代弟子，入住人头山衔草寺（位于长清区崮山镇王庄村南山峪）。他“立行纯厚，省事少言，仁济为务。每游诸禽兽而群不为乱。……读诵《法华》，用为常业”[①]。僧志湛，是《法华经》的忠实践行者。何以“读诵”？这是一种修行的方式，可在“读诵”中长功德、消灾难，产生不可思议灵异。在《僧志湛》传中，还叙述有如此的故事：

> 范阳五侯寺僧，失其名，常诵《法华》，初死之时，权殡堤下，后迁改葬，骸骨并枯，惟舌不坏。雍州有僧，亦诵《法华》，隐于白鹿山，感一童子常来供给，及死，置尸岩下，余骸枯朽，惟舌如故。齐武成世，并州东看山侧有人掘地，见一处土，其色黄白，与旁有异，寻见一物，状如两唇，其中有舌，鲜红赤色，以事奏闻。帝问诸道人，无能知者。沙门大统法上奏曰：“此持《法华》者，六根不坏报耳。诵满千遍，其征验乎？”乃敕中书舍人高珍曰：“卿是信向之人，自往看之，必有灵异，宜迁置净所，设斋供养。”珍奉敕至彼，集诸持《法华》沙门，执炉洁斋，绕旋而咒曰：“菩萨涅槃，年代已远，像法流行，幸无谬者，请现感应。”才始发声，此之唇舌一时鼓动，虽无响声，而相似读诵。诸同见者莫不毛竖。

在中土佛教认为，人生前诵颂《法华经》，死后其舌不坏，赤如红莲。在佛教典籍中不乏这样的故事，从而也反映出《法华经》修行之特征。僧志湛圆寂于衔草寺，于泰山人头山“筑塔安之，石灰泥涂，鸟兽不敢凌污”。僧志湛于时颇有影响，还受到南朝主的关注。梁武帝闻其圆寂，“皆遥礼拜”，以示尊崇[②]。

西域来的求那跋摩，在《高僧传》中，列“译经”之高僧，题为“宋京师祇洹寺求那跋摩”。

---

① 《续高僧传》卷二十九。

② 《续高僧传》卷二十九。

求那跋摩（367—431），氏族于“累世为王”的罽宾国。少年之时便“机见俊达”“仁爱泛博”，二十岁出家受戒，通晓佛学“九都”经论及“四含”精典，时号“三藏法师”。三十岁父亡，国位缺续，“群臣数百，再三固请”，而“跋摩不纳”，“孤行山野，遁迹人世”。求那跋摩到师子国（今斯里兰卡的古称）“观风弘教”，得以“初果”，又至阇婆国（今印度尼西亚爪哇岛或苏门答腊岛，亦可兼称此两岛），“道化之声，播于遐迩”。宋元嘉元年（424），应宋文帝之请，浮海入广州，“业行风所吹，遂至于宋境”。途经始兴镇（治所在今广东始兴北），有一虎市山，跋摩谓其“仿佛耆阇”，遂改其名曰灵鹫山，并建寺立室。元嘉八年（431）至达宋京师建邺（今江苏南京），文帝“劳问殷勤”，敕住祇洹寺，开讲《法华经》及《十地经》，并译经颇丰[①]。关于求那跋摩在泰山的活动，《续高僧传》卷二十八云：释志湛，“住人头山邃谷中衔草寺，寺即宋求那跋摩之所立也”。至于何时所建已不可考，现遗址尚存。

如同朗公，求那跋摩身上也有着明显的巫师影子。在阇婆国与邻国的军队交战时，国王被“流矢伤脚”，跋摩用行咒作法的水为其洗伤，“信宿平复”，即是说不过两三天便痊愈了。国王为跋摩建造精舍，亲自砍伐木材，“伤王脚指”，跋摩同样用咒水为其疗伤，“有顷平复”，仍是灵验。求那跋摩与朗公更加相同的是对虎患的征服。僧朗在建寺的金舆谷（琨瑞山），“旧多有虎灾”，而朗公居之，则猛兽归服。求那跋摩在建寺的虎市山，“本多虎灾”，自跋摩居之后，昼夜往来山中，或会遇虎，跋摩以僧杖按头，可玩弄一番而去，从此人们在山水之间，“去来无梗”[②]。求那跋摩与朗公都有着感德归化的法力。

求那跋摩，犹对“杀生”深恶痛绝。年少时就曾使其母亲“终身断杀”：

> 其母尝须野肉，令跋摩办之，跋摩启曰：“有命之类，莫不贪生，夭彼之命，非仁人矣。”母怒曰：“设令得罪，吾当代汝。”跋摩他日煮油，误浇其指，因谓母曰：“代儿忍痛”。母曰：“痛在汝身，吾何能代？”跋摩曰：“眼前之苦，尚不能代，况三途耶！”母乃悔悟，终身断杀。

---

① 《高僧传》卷三。

② 《高僧传》卷三。

母亲终生不再杀生的悔悟，即可领略到跋摩的广施仁爱的“远度”及自身说教的“机见”。跋摩在阇婆国，遇有邻国兵刀相犯，国王讨教跋摩，如何应对危亡面前的“杀”与“生”，也可见其仁心：

邻兵犯境，王谓跋摩曰：“外贼恃力，欲见侵侮，若与斗战，伤杀必多；如其不拒，危亡将至。今唯归命师尊，不知何计？”跋摩曰：“暴寇相攻，宜须御捍，但当起慈悲心，勿兴害念耳。”王自领兵拟之，旗鼓始交，贼便退散。

国王由此对佛法更加信服，还萌发了“出家修道”的念头，而阇婆国的治辖范围内，“一切断杀”，国人也“皆从受戒”。外兵“退散”的缘由是否在于慈悲之“力”，况且不论，但表达出的跋摩思想，被阇婆国人所广泛接受。后宋文帝也曾在劳问殷勤之余，求教“持斋不杀”之理，跋摩对之以如此“不杀亦众矣”：

（文帝）言曰：“弟子常欲持斋不杀，迫以身徇物，不获从志。法师既不远万里，来化此国，将何以教之？”跋摩曰：“夫道在心，不在事。法由己，非由人。且帝王与匹夫所修各异，匹夫身贱名劣，言令不威，若不克己苦躬，将何为用？帝王以四海为家，万民为子，出一嘉言，则士女感悦；布一善政，则人神以和。刑不夭命，役无劳力，则使风雨适时，寒暖应节，百谷滋繁，桑麻郁茂。如此持斋，斋亦大矣，如此不杀，德亦众矣。宁在阙半日之餐，全一禽之命，然后方为弘济耶。”①

文帝心悦诚服，感叹“至如法师所言，真谓开悟明达，可与言天人之际也”。京城的王公贵族及俊逸之士，“莫不宗奉”。

释僧照与释慧晓。在《续高僧传》中，僧照列为“感通”之高僧，题为“魏太山丹岭寺释僧照”；释慧晓，在《续高僧传》中，列于“习禅”高僧释慧命的《传》下。

释僧照，氏族不详，“住泰山丹岭寺。性虚放，喜追奇，每闻灵迹谲诡，无

① 《高僧传》卷三。

不登践”[1]。人们对他的身世了解甚少，在佛教典籍中是以感应缘的面貌出现的。据《法苑珠林》卷三十九《伽蓝篇》所载：释僧照于魏普泰（531）时，到达荥山，飞流之下有洞穴，便入穴以探，行可五六里，便得出穴。洞外有小道，其东北上数里，见有石渠，“水西流清，澄澈上下。药草延蔓，委地青翠”。而更加神异的是圣迹之奇：

渠北有瓦舍三口，形甚古陋。庭前有谷穗纵横，鸟雀残食甚众。东头屋内有数架黄衮，中间有铁臼两具，亦有釜器。并附游尘，都无炊爨之迹。西头室里有一沙门，端坐俨然，飞尘没膝。四望瞻眺，唯见茂林悬涧，非有人居。须臾之间，逢一神僧，年可六十，眉长丈余，盘挂耳上，相见欣然，倾慰若旧。问所从来，答云：“我同学三人，来此避世。一人外行未返，一人死来极久，似入灭定。今在西屋内，汝见之未？今日何姓为主？”答曰：“是魏家，享国已久。”“不姓曹耶？”照云：“姓元。”僧曰：“我不知之。”

瓦舍、谷穗、鸟雀相依相融，生活气息浓烈；东屋内书卷数架，而铁臼、釜器均无炊爨之迹称奇。西房沙门端坐俨然，而神僧竟不知“今日何姓为主？”活脱脱一个世外桃源。但最佳的还是僧照与神僧的“感应”：

（神僧）又问：“诵何经业？”照云：“吾诵《法华经》。”神僧叩头曰：“大好精进业。今东屋架上如许经，吾并自诵之。欲得闻不？”照合掌曰：“唯敢闻命。”彼逐部别诵之，声气朗彻，乃至通夜。照疲苦睡。僧曰：“但睡，我自恒业耳。”达旦不眠，更为造食。照谢曰：“幸得奉谒，今暂还归，寻来接事。”僧亦不留，但言：“我同学行去，汝若值者，大有开悟，恨不见之。既言须归，好去。”照寻路得还，结侣重来，瀑布觅穴，莫测其处。[2]

因僧照的“性多虚放，好追灵迹”，他见到了理想中的伽蓝。一部《法华

---

① 《续高僧传》卷二十六。

② 《法苑珠林》卷三十九《伽蓝篇》。

经》，他又与神僧结缘。当僧照再次“结侣重来”，“瀑布觅穴，莫测其处”，自然也就找不到这一僧园。笔意笔法，胜似《桃花源记》。

僧法定与僧法明。法定、法明，虽未见于《高僧传》中，同样是泰山佛教史上的弘法高僧，分别是灵岩寺的复拓者、静默寺的始建者。

僧法定，景城郡（今河北沧州）人。是泰山历史上影响最大的佛寺——灵岩寺的复兴拓建者。宋《齐州灵岩崇兴桥记》碑云：“灵岩胜境，仙圣所居，金石可见。自后魏正光中，法定师复兴是寺，迄今已六百年。”灵岩，位于泰山西北，古称方山，或曰玉符山。僧朗于金舆谷降锡时，曾来此说法，“猛兽归伏，乱石点头”，故有灵岩之称。僧法定于北魏正光（520～525）年间，在方山之阳建寺名为灵岩寺。因传僧朗曾在此说法，故言法定为灵岩寺“复兴拓建”。如就建寺而言，当视法定为灵岩开山始祖，故宋《齐州灵岩寺千佛殿记》云“后魏正光中，有僧法定者倡首，揆土以兴焉”。金《济南府灵岩寺祖师观音托相圣迹序》载：“……夫灵岩大刹，昔自祖师观音菩萨托相，梵僧曰法定。禅师于后魏正光元年（520）始建道场，兴梵宫，居天下四绝，境中称最，而世鲜知其由。我祖师其始西来，欲兴道场于兹也。”石碑上刻有法定像：右手持锡杖，左右各一虎，虎背有鞍鞯，上有双鹤飞鸣。前有一蛇，樵翁对立，有畚锸在地，一猿捧果回顾。即所谓“二虎负经，青蛇引路……黄猴顾步，白兔前跃，俄惊双鹤飞鸣”（图3-1）。这些神异的圣迹描述，从一个侧面反映出对法定禅师的敬仰和尊崇。金明昌七年（1196）党怀英撰并书的《十方灵岩寺记》亦云：“后魏正光初，有梵僧曰法定，杖锡而至，经营基构，始建道场，定之至也。盖有青蛇前导，两虎负经，四众惊异。檀施云集，于是空崖绝谷化为宝坊。”不难看出法定对灵岩寺的深远影响。

图3-1 灵岩寺所存金《观音托相圣迹序碑》僧法定画像

僧明，姓氏籍贯不详。北魏正光元年（520）创建静默寺，唐代改称神宝寺。《大唐齐州神宝寺之碣》云："粤有沙门讳明，不知何许人也。禅师德隆四辈，名优六通。僧徒具归，群生宗仰。"僧明禅师于正光元年（520）中秋，"振锡登临"，选寺址于宝山之阳，"遂表请国主，驱策人神，立此伽蓝，以静默为号。自梁齐已来，不易题榜"。因寺北有宝山，东有神谷，故改为神宝寺。

图3-2　尖山"沙门僧安道壹"题名拓片

僧安，字道壹（亦作"道一"），姓氏籍贯不详。僧安道壹与其他坐禅讲法的法门不同，其云游四方致力刻经，以此宣教护法，泰山及周边的经刻大多是由其组织完成的。僧安的刻经活动最早可追溯到北齐皇建二年（561）之前，止于北周大象二年（580），有20年之久。僧安道壹既是这些刻经的书丹人，也是刻经活动的倡导者、组织者。僧安在泰山地区的活动，最早可追溯到洪顶山刻经，时在北齐河清三年（564），后相继完成峄山、徂徕山的刻经。僧安曾西行邺城，在北、南响堂寺都可见到他的笔迹。约在武平六年（575），僧安由邺都回到泰峄地区，完成尖山大佛岭经文与佛名的镌刻（图3-2）。约于公元576年，僧安到达泰山，组织刊刻了经石峪《金刚经》。僧安以刻经为要务，在泰峄山区南部19座山上出现的系列经刻，大多是由他组织实施的，功勋卓著[①]。

二、海岱走出去的大德僧尼

海岱之域，是传统礼制的发源地，也是宗教信仰的摇篮。地灵人杰，随着社会变迁、文化交流的往复变化，从这里走出去了无数的智人贤哲，其中也有着诸多的名僧名尼。

① 参见赖非：《山东北朝佛教摩崖刻经调查与研究》第六章第一节，科学出版社2007年版；赖非：《泰山经石峪刻经的设计与结局》，载《赖非美术考古文集》，齐鲁书社2014年版。

（一）大德名僧

依《高僧传》的分属，有“译经”“义解”“神异”“习禅”“明律”“亡身”“诵经”“兴福”“经师”“唱导”等诸科。其中经典传译的高僧有释法显。

法显（约337—422），俗姓龚，平阳（今山西临汾）人，三岁度为沙弥，十岁遭父忧，多有劫难。领受大戒后，“志行明敏，仪轨整肃”，“誓志寻求”经、律之缺。于东晋安帝隆安三年（399）发自长安，西游求法，遍历天竺三十余国，凡有经、律之处，皆“学其书语，译而写之”。在中天竺，先后得到了《摩诃僧祇律》《杂阿毗昙心论》《弥沙塞律》《杂藏》等经，皆为中国本土所无。历时十年乃于南海师子国循海东下而归，经二百余日乃至青州长广郡牢山（今山东青岛崂山）。太守闻之，“躬自迎劳，法显持经像随还”。法显在《佛国记》中说：“法显发长安，六年到中国（中天竺），停六年还，三年达青州。凡所游历，减三十国。”法显为达到他“志在弘道”的目的，“遂南造京师”，于道场寺译出诸多律之精典，“垂有百余万言”。后至荆州，圆寂于辛寺，春秋八十有六[①]。

法显西游归国后青州（今山东青州）是第一站，时在东晋义熙八年（412）七月十四日，尔后法显南下经彭城（今江苏徐州），还于泗水之域建龙华寺[②]，尔后达于京师。法显在青州的时间不长（大致在义熙八年七月至当年冬季），影响最大的当属是以《龙华图》之制，于泗水（今山东泗水）建龙华寺，“首创”佛教寺院之形制。作为一个有西游经历的高僧，对当地佛教的发展无疑会有很大的影响。

在泰山地区活动的高僧，以“义解”科者为多，计有竺法潜、竺僧度、竺法汰、释慧观、释慧静、释慧亮、释法安、僧智顺、释宝亮、释昙度、释僧钟。何为“义解”？善说诸经，深谙法义，是为通达佛法义理，弘化济众的高僧。

竺法潜（286—374），字法深，俗姓王，琅玡（今山东临沂）人，年十八岁出家为僧，以中州人刘元真为师，从学后抛弃世间浮华，崇尚本质，“微言兴化，誉洽西朝”。年至二十四岁，开解《法华经》《大品经》，“既蕴深

① 《高僧传》卷三；《魏书》卷一百一十四《释老志》。

② 《水经注》卷二十五《泗水》：“泗水西有龙华寺，是沙门释法显远出西域，浮海东还，持《龙华图》，首创此制。法流中夏，自法显始也。其所持天竺二石，仍在南陆东基堪中，其石尚光洁可爱。”所谓《龙华图》，是为印度佛教寺院基本的形制图。

解，复能善说”，前来观看风采、体察佛理的人，常常达到五百之多。晋永嘉（307～313）之初，竺法潜因避难而渡江南去，中宗元皇、萧祖明帝，以及权臣显要，均“钦其风德，友而敬焉”。中宗萧祖驾崩后，竺法潜乃“隐迹剡山，以避当世”，但追随者不绝于山门。竺法潜游刃有余地宣讲了三十余年，“或畅《方等》，或释《老》《庄》”，从习者，“莫不内外兼洽”。哀帝爱好佛法，屡派使节征请，竺法潜因诏命难违而“暂游宫阙”，在御筵之上开讲《大品经》，“上及朝士并称赞焉”。后又上书“还剡之仰山”之愿望，从此逍遥山林，以毕余年。晋宁康二年（374）卒于山馆，时年八十九岁①。

竺僧度，名晞，字玄宗，俗姓王，东莞（今山东莒县）人。虽年少丧父，家世式微，但“天姿秀发”，年十六“神情爽拔，卓尔异人”，性情温和，为乡邻所羡。玄宗与母亲相住，敬尽孝事。有同郡端庄才华之女待娶，但未及成礼，其女父母相继过世，而玄宗的母亲也相离而去，他目睹现世无常，忽然感悟，遂“舍俗出家”，改名僧度，“抗迹尘表，避地游学”。此后，僧度不被世情所挠，“专精佛法，披味群经”，著有《毗昙旨归》流行于世②。

竺法汰（320—387），东莞（今山东莒县）人，少与道安同学。因避难与道安行至新野，道安分散众徒，命法汰前往东晋的都城，临别时道安有言：你“仪轨西北”，我“弘教东南”，可忘于江湖，各适所生，专志传扬佛法。两人洒泪而别。法汰遂与弟子四十余人“沿江东下”。法汰达京，受到晋太宗简文帝的敬重，请其讲《放光明经》。在讲解开题之时，“帝亲临幸，王侯公卿，莫不毕集”，法汰“形解过人，流名四远”。法汰到京都时住瓦官寺（沙门慧力在制陶作坊的基础上改制的佛寺），入住后“更拓房宇，修立众业”，尔后潜心弘法，大度近人。晋太元十二年（387）圆寂，春秋六十有八。法汰以身高见长，“风姿可观”，而谈吐不凡，颇具风采。曾有僧人道恒“颇有才力”，秉持“心无”之说，遭法汰批驳，两人激战甚烈，道恒最终“自觉义途差异”，而甘拜下风，“心无之义，于此而息”③。

释慧观（383—453），俗姓崔，清河（今山东临清）人，十岁便以博见著

① 《高僧传》卷四《竺法潜传》。

② 《高僧传》卷四《莞竺僧度传》。

③ 《高僧传》卷五《竺法汰传》。

名，弱年出家，游方受业。适庐山，师从慧远习法。闻鸠摩罗什入关，即北往“访核异同，详辨新旧”，时人称其析理辩难，与僧肇并称“天下第一”。曾著《法华宗要序》呈罗什，回曰“善男子所论甚快”。罗什亡后，遂适南荆州弘法。慧观“妙善佛理”，同时“探究老庄”，精通《十诵律》，善于博采众长，所以“求法问道者，日不空筵”。慧观于宋元嘉中卒，时年七十一岁。著《辨宗论》《论顿悟渐悟义》《十喻序》及赞诸经之序文等，流传于世①。

释慧静，俗姓王，东阿（今山东阳谷）人，少年游学于伊川、洛水一带，晚年历行于徐州、兖州之间。其“识悟清远”被人所称赞。在洛阳之时，有沙门道经也以见解深远而著称，与慧静齐名，时下有“洛下大长耳，东阿黑如墨”之说（慧静“容貌甚黑”，道经“耳甚长大”）。“静至性虚通，澄审有思力”，每当宣讲，游学者总有近千人倾听。慧静主要讲诵《法华经》《小品般若经》，注解《维摩诘经》《思益经》，著有《涅槃略记》《大品旨归》《达命论》，以及叙述诸多法师生平的文稿，主要在北方流传。宋元嘉（424～453）年间离世，春秋六十余②。

释慧亮，俗姓董，先名显亮，东阿（今山东阳谷）人，“少有清誉”。慧亮是靖公（即慧静）的弟子，故时人称靖公为大师，慧亮为小师，慧亮“虽年望未逮，而风轨继之”。后慧亮于临淄立寺，讲说《法华经》《大品般若经》《小品般若经》《十地经》等，从学云聚，“千里命驾”。后过江住何园寺，现复兴佛法盛极之象。泰始（465～471）初，庄严寺设大型法会，宋明帝敕命慧亮与昙斌，“递为法主，当时宗匠无与竞焉”。宋元徽（473～477）年间圆寂，时年六十三岁。所著《玄通论》，行于世③。

释法安（454—498），俗姓毕，东平（今山东东平）人，七岁出家，从白马寺慧光为师。法安年幼出众，“博通内外，多所参知”。十八岁登台讲述佛性，“神色自若，序泻无遗”，被誉为“义少”，其声名扬于京师、闻于四方。至而立之年，佛法精深，“专当法匠”。琅邪临沂人王僧虔出任湘州史，携法安同行。后法安南迁番禺，曾发难正值讲经的法师，对方“心愧让席”，“法事相

① 《高僧传》卷七《释慧观传》。

② 《高僧传》卷七《释慧静传》。

③ 《高僧传》卷七《释慧亮传》。

继”。南齐武帝永明(483～493)间，回京师的中寺，讲授《涅槃经》《维摩诘经》《十地论》《成实论》等。永泰元年(498)卒于中寺，时年四十五岁。著有《净名义疏》《十地义疏》及《僧传》五卷[①]。

僧智顺(447—507)，俗姓徐，琅玡临沂(今山东临沂)人，十五出家，以钟山延贤寺智度为师。“少而聪颖，笃志过人”，虽年幼而学功积深，及受足戒之时，“秉禁无疵”。他陶练众经，而独步于《涅槃经》《成实经》。讲说时聚徒常数百余人，齐竟陵文宣王“特深礼异”，为他修了治城寺。后智顺东游止于云门精舍，“法轮之盛，复见江左”。他为人“虚靖恭恪”“风轨严厉”，故士庶瞻礼常有惧焉。天监六年(507)卒于山寺，春秋六十一。所著《法事赞》及《受戒》《弘法》等记，流行于世[②]。

释宝亮(444—509)，俗姓徐，东莞(今山东莒县)人，晋亡后避乱于东莱(今山东掖县)。宝亮十二岁出家，师从青州道明法师。道明师专精义理之学，“名高当世”，而宝亮“就业专精，一闻无失”，受具戒之后，欲游学以“观方弘化”，但每每顾及父母的养育之恩，不能绝俗远去。受师劝导“沙门去俗，以宣通为理”，岂能拘于世俗之情而使佛法得不到传播？宝亮感悟，遂客游四方。二十一岁，到达京师建康居中兴寺，“学名稍盛”。及父母去世，因路途阻隔而不得还北服丧，“屏居禅思”，杜绝讲说与人事。南齐竟陵文宣王，亲到其居室“请为法匠”，宝亮不得已而赴任。宣王以礼相待，并请宝亮主讲菩提四部。后移栖灵味寺，“续讲众经，盛于京邑”。他在家与出家的弟子三千余人，平时从修门徒常有数百之多。竺宝亮深得时王的欣赏，曾受命撰有《涅槃义疏》等。天监八年(509)竺宝亮在灵味寺去世，春秋六十有六[③]。

释昙度，琅玡(今山东临沂)人，居宋京师灵根寺。擅长经、律、论三藏，以及《春秋》《庄子》《老子》《周易》。南朝宋世祖、太宗，“并加钦赏”。少帝违背佛礼之时，昙度“亦行藏得所，举动无忤”。昙度住新安寺，寺中有释玄运者，亦精通大乘、小乘。灵根寺住持释僧瑾圆寂后，昙度续为僧主[④]。

---

① 《高僧传》卷八《释法安传》。

② 《高僧传》卷八《僧智顺传》。

③ 《高僧传》卷八《宝亮传》。

④ 《高僧传》卷七《僧瑾传》附。

僧钟（430—489），俗姓孙，鲁郡（今山东曲阜）人，十六出家，安贫行道于世。僧钟曾至寿春，受到僧导的赏识以及谯郡王邺的倚重。后请其讲《百论》，僧导赞叹“后生可畏，真不虚矣”。僧钟善讲《成实论》《中论》《十二门论》，以及《涅槃经》《十地经》等。后南游京邑，而止于中兴寺。永明（483～493）初年，魏国使者前来相请，齐武帝知道僧钟的德望，下令让僧钟应酬对答，“往复移时，言无失厝”，当“日影小晚”，僧钟不食，来使疑问，而僧钟但谓“过中不餐”。使者又问“何为声闻耶？”僧钟对曰：“应以声闻得度者，故现声闻。”当时被认为是最具玄机的“名答”。尔后，僧钟“盘桓讲说，禀听成群”。齐文惠太子、竟陵文宣王，数次相请僧钟去做主讲。齐永明七年（489）离世，春秋六十[①]。

“通感适化，则强暴以绥”[②]，以神异的故事感化众生，是谓“神异”。释惠始是这一方面的代表。

释惠始，亦名“昙始”，俗姓张，清河（今山东临清）人，自幼出家，多有异迹。闻鸠摩罗什译出新经，遂去长安“观习经典”，白天入城听讲，夜晚则于白渠北坐禅，“三辅有识多宗之”。匈奴赫连屈丐破获关中时，坑戮无辜，“惠始身被白刃，而体不伤”。赫连屈丐召前试剑，“又不能害，乃惧而谢罪”。惠始于是“潜遁山泽，修头陀之行”。后惠始到京都，深受世祖太武帝敬重。“始自习禅，至于没世”，称五十余年未尝寝卧，而赤脚行走，虽履泥尘而不污，“色愈鲜白”，世人称之“白脚师”“白足和尚”。太延（435～440）中，终于八角寺。惠始曾在晋孝武太元（405～418）之末，携经律数十部，前往辽东弘法，“显授三乘，立以归戒”，高句丽之佛教，即是由他传法开始的。惠始以神异著称，刀刃不能伤，足泥而不染，死后停尸十余日，坐姿容色如一，“举世神异”。而十年后开殡，仍有六千余人送葬，又见其影响之大[③]。

“习禅”科的高僧有支昙兰、释法晤、释昙超。是谓“以禅定力故服智慧药，得神通力，还在众生”[④]的高僧。

① 《高僧传》卷八《僧钟传》。

② 《高僧传》卷一四《序录》。

③ 《魏书》卷一百一十四《释老志》；《高僧传》卷十《释昙始传》。

④ 《大智度论》卷十七。

支昙兰。氏族不详，青州（今山东青州）人，少时“蔬食乐禅”，能诵经三十万言。东晋太元（376～396）中游剡县（今浙江嵊州），后憩于始丰赤城山，见一林泉清旷而居之。几天后，忽见一“形长数丈”之人，要让昙兰离开此地，又受到诸多“异形禽兽”的恐吓，但见昙兰“恬然自得”，不被所动，乃屈膝下拜，说他们是珠欺王的人，这地方奉送给你了。三年后，珠欺王带着妻儿男女数十人投奔而来，是因“久服风闻”昙兰大名，“乞受戒”，昙兰随机授之。珠欺王等受戒后辞别而去，“便闻鸣笳动吹，响震山谷”①，方显支昙兰“靖念安禅，则功德森茂”②之效应。晋元熙（419～420）间在山中圆寂，时年八十三岁。

释法悟（411—489），齐（今山东淄博）人。家以田桑为业，有六个儿子已成年。法晤五十岁时丧妻，“举家郁然慕道，父子七人，悉共出家”。南至武昌，见樊山之阳可为隐居之处，遂“有意终焉”。时武昌太守闻而奇之，便为他们“剪径开山，造立房室”。法悟诵《大品般若经》《小品般若经》及《法华经》，修头陀行，有时坐禅树下经日不起。齐永明七年（489）卒于山中，春秋七十有九，“后有沙门道济，踵其高业。今武昌谓其所住为头陀寺焉”③。

释昙超（419—492），俗姓张，清河（今山东临清）人。“形长八尺，容止可观”，素食布衣，每天只吃中餐而足。初在京城建康龙华寺，南宋元嘉（424～453）末年南游，大明（457～464）中还都。齐太祖即位，被敕往辽东弘扬禅法，南齐建元（479～482）末又回到京城，不久适钱塘（今浙江杭州）之灵隐山。释昙超每次入禅，累日不起。有一次在定中有神异者前来求雨，释昙超应允，“咒愿说法”，遂降大雨，“岁以获收”。齐武帝永明十年（492）卒，春秋七十有四④。

在“诵经”科的高僧，有僧普明、释道嵩。“诵经”，也称“讽经”“讽读”“读经”，以出声读诵经文、偈颂而见长。

释普明，俗姓张，临淄（今山东淄博）人，年少出家，“禀性清纯，蔬食布衣”，以研习忏悔、诵经为业。诵《法华经》，每当诵至《法华经》中的《普

① 《高僧传》卷十一《支昙兰传》。

② 《高僧传》卷一四《序录》。

③ 《高僧传》卷十一《释法悟传》。

④ 《高僧传》卷十一《释昙超传》。

贤菩萨劝发品》，就会见到“普贤乘象，立在其前”。诵《维摩诘经》时，亦可闻“空中倡乐”。普明又善于以神咒救人，“所救皆愈”。有乡人王道真之妻有病，“请明来咒”，普明入门“妇便闷绝”，不一会就见一只像狐狸的东西从狗洞钻了出去，妇人病愈。有巫觋云：“神见之，皆奔走。”普明于南宋孝建（454～456）年间圆寂，终年八十五岁①。

释道嵩，俗姓夏，高密（今山东高密）人。十岁出家，少时沉稳不显有志向，具戒后“专好律学，诵经三十万言”。与人交往无论贵贱，均无“喜愠之色”。性好布施，“随获利养，皆以施人”。除了化斋的用具及身穿的衣服之外，“略无兼物”。宋元徽（473～476）中到京师，住钟山定林寺。“守靖闲房，忏诵无辍”，凡有造访者，“辄为说法训奖，以代馔焉”，从其请戒者甚众。后圆寂于山中，世寿四十九岁②。

列入“唱导”科的高僧，有释慧重。所谓“唱导”，即善于宣唱，以导众心。谓法会或斋会时，演说法理，声明教义。“唱导”之要，有声、辩、才、博之说：“非声则无以警众，非辩则无以适时，非才则言无可采，非博则语无依据。”③

释慧重（415—487），俗姓闵，鲁国（今山东曲阜）人，侨居金陵，早年信佛，“有志从道”，只是未能遂愿。但他“长斋菜食”，每当“率众斋会，常自为唱导”。如此累时即久，南朝宋孝武帝闻之，便于大明六年（462）敕命其到新安寺出家，“专当唱说”。慧重“禀性清敏，识悟深沉，言不经营，应时若泻”，凡听其唱说者，“皆留连信宿”，增其至信。后移止瓦官寺，永明五年（487）卒，年七十三岁。后有释法觉，“又敦慧重之业，亦擅名齐代”④。

列入《续高僧传》的高僧，仍以“义解”为众。有释法申、竺法护、释真玉、释道登、释僧密、释法贞、释僧建、释宝琼、释慧顺、释慧海、释道判等。

释法申（430—503），俗姓吕，任城（今山东济宁）人，世代寄居青州。年幼出家，“夙怀儒素，广学经论”。因“规空画有，日夜惆怅”，而被一隐士嘲

① 《高僧传》卷十二《释普明传》。

② 《高僧传》卷十二《释道嵩传》。

③ 《高僧传》卷十三《唱导论》。

④ 《高僧传》卷十三《释慧重传》。

之曰："三阳在节，明辰淑景，何不饮美酒、赋新诗？而终日竟岁，瞪视四壁。百年俄顷，知得成儒素以不？"法申以"盖是平生鄙好，何论得失？"回之。不久，即可明晰地阐述《成实论》，而"誉美州乡"。南朝刘宋太始（465～471）初年，"敕请度江，住安乐寺。累当师匠，道俗钦赏"。建元（479～482）之时，因本亲远丧而道途受阻，不能北归，于是"屏绝人事，杜塞讲说"。及齐竟陵王萧子良于永明（483～493）之中，请法师"弘宣讲授"，法申"苦相徵屈，辞不获免"。法申以"安闲守素，不狎人世"示人。梁武帝天监二年（503）卒，春秋七十有四[①]。

释法护（439—507），俗姓张，东平（今山东东平）人。少喜书法，长于草隶。其师道邕曾对法护云："观汝意气，必能振发遗法。"及至受戒，仍遭父忧，守丧四年，不预法事。南朝宋孝武孝建（454～456）年间至金陵，住建元寺。不尚流俗，言谈朴实，不求应和，趣通文理，"从其学者，百有余人"。齐竟陵王总校道释经典，定其真伪，于法云寺"建竖义斋，以法护为表领"，解难释疑，从不遗漏弃置。他洁身自好，"自从天子至于侯伯，不与一人游狎，皎然独坐"。无营苟利，唯以仁义存怀。梁天监六年（507）卒于住所，时年六十九岁[②]。

释真玉，俗姓董，青州益都（今山东青州）人。"生而无目"，其母哀之，年至七岁，习以琵琶，其天性聪明卓异，"不盈旬日，便洞音曲"。在乡邑大集，盛行宣讲佛法，母携真玉赴会，"一闻欣领，曰：'若恒预听，终作法师，不忧匮馁矣！'"母闻之，感其能成大器，乃弃其家务，专心赴集听讲，无问风雨险阻，必定以期相续。真玉"包略词旨，气摄当锋。年将壮室，振名海岱"。母亲离世，真玉舍法还家，守候于墓侧。哀毁三年，野宿奉斋，深得乡党敬重。守丧期满，道修前业。北齐天保（550～559）年间，文宣帝"盛弘讲席，海内髦彦"，咸聚天平寺。是时，"义学星罗，跨轹相架"，而真玉"独标称首，登座谈叙，罔不归宗"。所谈所叙追其根源，穷其义理，使人心智焕然，"耆年前达，稽首崇仰"。前来追随的道俗之人，各得所宜而不穷尽，"常徒学士，几百千人"。常令侍者读经，真玉必跪坐合掌而听。忽闻东方有莲花佛国，庄严世界，与彼不

① 《续高僧传》卷五《释法申传》。

② 《续高僧传》卷五《释法护传》。

殊，乃深思而曰“诸佛净土，岂限方隅？人并西奔，一无东慕，用此执心，难成回向”，愿生莲花佛国。又对徒众曰：“愿与运同，世非可乐，汝等助念莲华佛，令我得至彼岸也。”尔后卧病圆寂[①]。华严净土，是释真玉的理想王国。

释道登，俗姓芮，东莞（今山东莒县）人。道登“聪警异伦，殊有信力”，听闻徐州有僧药者“雅明经论”，于是从学之，由此研究《涅槃经》《法花经》《胜鬘经》。后又从师僧渊习《成实论》，知命之年誉动北魏之京师。“北土宗之，累信征请。”后到洛阳，“君臣僧尼莫不宾礼”，北魏孝文帝“策授荣爵”，其讲说之盛，四时不辍。景明（500～503）年间，终于报德寺，春秋八十有五[②]。

释僧密（433—505），氏族不详，乐安（今山东广饶）人。幼而出家，年至十六学友如林，“有闻乡党”。后出寺，从道明沙门受业，“一二年中，声华负海”。泰始（265～274）之初，渡江南下，住建康庄严寺，“器望凝练，风仪峻雅”，无经不讲，从者甚盛。梁天监四年（505）卒于江北，春秋七十三[③]。

释法贞（461—521），氏族不详，渤海东光（今山东沂水）人。法贞九岁出家，“俊秀之声，不齐凡类”，为沙门道记的弟子。十一岁“通诵《法华》”，及至年长，“善《成实论》，深得其趣”，讲说殊绝，在伊、洛之间与僧建不相推下。时人以为僧建在文句的解析上无有前者，法贞则在析理入微上独步法坛。法贞与僧建成为“义会之友”，道俗追随者有千人之众，随有布施造像千躯，分布供养。会北魏太武灭佛，法贞、僧建于梁普通二年（521）相率南下，不幸为“追骑所及，祸灭其身”，春秋六十有一[④]。

释僧建，清河（山东临清）人，沙弥时“慧俊出类”，及成人“好谈名理”，与慧聪、道寂，达有法贞，同师道记，“穷研数论”，平日听闻讲义的大众常常超过千人。僧建南下达于江阴，住何园寺。[⑤]

释宝琼（504—584），俗姓徐，东莞（今山东莒县）人，因避难迁居毗陵曲阿县。幼年出家，师从沙门法通法师。又从南涧仙师受业，“研精数论，名解映彻，洞殚义窟”。仙师曾阅览宝琼笔记，“三复嗟赏”，即普劝门徒传写。宝琼

---

① 《续高僧传》卷六《释真玉传》。

② 《续高僧传》卷六《释道登传》。

③ 《续高僧传》卷六《释僧密传》。

④ 《续高僧传》卷六《释法贞传》。

⑤ 《续高僧传》卷六《释法贞传》附。

“初受具年，已能覆述，未登五岁，便为法主”，可与仙公一同布行教化。梁高祖理疏三教妙旨，“选扬名德”，宝琼“爰降纶绂，入寿光殿”。后辞还乡里之建安寺，梁上黄侯晔封官此地，“每深尊敬，情兼师友”。后又受学侣请还梁都讲《成实论》。陈朝文帝之时，敕为京邑大僧正。至德二年（584）入寂，春秋八十有一。释宝琼讲说撰文颇多，凡讲《成实论》九十一遍，撰《玄义》二十卷，讲文二十遍，文疏十六卷。讲《涅槃》三十遍，制疏十七卷。讲《大品》五遍，制疏十三卷。余有《大乘义》十卷等。[①]

释惠顺（一作“慧顺”），俗姓崔，齐（今山东淄博）人，北魏侍中崔光之弟。慧顺“少爱儒宗，统知雅趣”，及长“厌尘网，为居士”。初听《涅槃》，漏失其义，因讲而睡。闻有言曰：“此解乃明，犹未为极”，其“心遂迟疑，伺决其病”。有闻京都光律师，“广涉大乘，文无不晓”，故前往洛阳，投光公而出家，时年二十五岁。寓其门下，讲《十地》《地持》《华严》《维摩》，并撰疏记。知命之年，欲大法本乡，“即传归戒，情无不惬”，随有集会，众必千余。年七十有二，终于邺下之总持寺。[②]

释慧海（541—609），俗姓张，清河武城（今山东德州武城）人，少年出家，师事邺都广国寺冏法师，听《涅槃经》《楞伽经》，“始通再遍，便能复述”，主位加赏，学徒佩服。又从青州大业寺道猷法师，研习大乘《摩诃衍》《毗昙》等诸经。北周大象二年（580），建江都安乐寺以居，“常以净土为期，专精致感”。隋大业五年（609）跏坐入寂，时年六十九岁。[③]

释道判（532—615），俗姓郭，曹州（今山东菏泽）人。三岁丧亲，十五岁游学，“般涉史籍，略综儒道”。十九岁出家，具戒后“历求善友，深厌俗累，绝心再往”。南朝齐乾明元年（560），结伴二十一人，前往邺都。因路途险阻，于北周保定二年（562）抵达京邑，武帝宇文邕“赏接崇重，仍令于大乘寺厚供享之”。两年后开始西游，度沙漠千五百里到达高昌国（汉族在西域的佛教国度），后又西行至可汗地域，“彼土不识众僧，将欲加害”。时有北周的使者规劝道：“此佛弟子也。本国天子大臣敬重供养。所行之处，能令羊马孳多。”可汗欢喜，并给羊

① 《续高僧传》卷七《释宝琼传》。

② 《续高僧传》卷八《释惠顺传》。

③ 《续高僧传》卷十二《释慧海传》。

只“以充恒食”，道判等放走羊只，而“煮菜进啖”。不杀众生，不食酒肉，所行既殊。可汗给其马乘，遣人送还，住于长安乾宗寺。会武帝灭法，道判奔于太白山。“逃难岩居，不忘讲授”。《中观论》《百论》等“四论”，“日夜研寻，恂恂奉诲”。后有北周宣帝嗣历，“寻改邪风，创立百二十人为菩萨僧”，道判即在其列，住陟岵寺。隋代立国，广弘佛法，“判道穆僧徒，历总纲任，部摄彝伦，有光先范”。开皇之时，颇有功德。大业十一年（615）卒，春秋八十有四。①

又有释明琛、法力，列《续高僧传》“感通”篇。

释明琛，齐（今山东淄博）人，年少游学于齐魏两河之间，“以通鉴知誉”“征难为心”。北魏间“释门云盛”，有智翼沙门名声振远，“学门若市”。明琛“不胜幽情”，私结密交，初为《屋子论义法》“立图着经”，复《撰蛇势法》，以蛇势论称道。其蛇阵犹如诸葛《阵图》常山蛇势，并以法数“傍蛇比拟”。后变蛇而去，有诸蛇相随。②

释法力，在《续高僧传》中题为“魏末鲁郡沙门法力”，氏族、籍贯不详，鲁郡（今山东曲阜）人。《传》云法力“精苦有志德”，欲在鲁郡立精舍，而财力不足，于是与沙弥明琛一起前往上谷，乞施舍一载。在返寺途中，忽遇野火，而车在下风头，“无得免理”。此时法力因倦眠未能及时发现，火势已及，法力举声称“观世音……”，然而未逮“世”音，大火应声风转，寻机熄灭，法力“安隐而还”③。

（二）大德名尼

梁释宝唱撰《比丘尼传》，弥补“僧事有录，而尼行难觅”之缺，由此与《高僧传》一僧一尼，相并而行。全书分十八科，载四百二十六人传记，凡三十余卷，入选者于法于史皆为大德有行之尼。但活动于北朝的尼僧不见其中，实为憾事。

安令首，俗姓徐，后赵时东莞（今山东莒县）人，自幼“聪敏好学”，言语清丽，本性虚淡，不乐俗事，“以佛法自娱”，成人后不愿受聘出嫁。以“端

---

① 《续高僧传》卷十二《释道判传》。

② 《续高僧传》卷二十六《释明琛传》。

③ 《续高僧传》卷二十六《释法力传》。

心业道，绝想人外，毁誉不动，廉正自足”，而力辞其父出嫁说劝。安令首剃发出家，从佛图澄及净检尼受戒，“立建贤寺”。佛图澄还把石勒所赠的“剪花纳七条衣”“象鼻澡罐”送予安令首。受戒后安令首“博览群籍，经目必诵，思致渊深，神照详远”，声名一时，道众“莫不宗焉”，因其出家者有二百余人。此后建寺立舍，“匪惮勤苦，皆得修立”，成就显然。其父徐仲曾出任后赵外兵郎，因其女功德，“石虎敬之”，升忡为黄门侍郎、清河太守。[①]

据《比丘尼传》卷一《安令首·附录》所载，其父之所以允许女儿不嫁并出家，是佛图澄发挥了关键的作用：

> 忡以问佛图澄，澄曰：“君归家洁斋三日竟，可来。”忡从之。澄以胭脂磨麻油傅忡右掌，令忡视之。见一沙门在大众中说法，形状似女，具以白澄。澄曰：“是君女先身，出家益物。往事如此，若从其志，方当荣拔六亲，令身富贵。生死大苦，向得其边。”忡还许之。（录引《十六国春秋》卷二一《后赵·徐仲》）

尔后才有安令首出家之事。是佛图澄的“法术”，让其父改变了原有的主意，这也正是佛教能在中土广泛传播的一种重要手段。佛图澄借用“胭脂磨麻油”让当事人信服。而《比丘尼传》所说的佛图澄预言得以实现，则是给事后的人看的。如此灵验，人们无法不信佛法的功力。

僧基尼（330—397），俗姓明，济南（今山东济南）人。少年之时便有出世之愿，遭到母亲的反对，将其“密以许嫁”，迎亲的日子临近，“女乃觉知”，即以绝食对之，“亲属共请”，而其意不改。终有信义之婿言说“人各有志，不可夺也”，其母从之，于是得以出家，时年二十一岁。出家之时，“内外亲戚皆来庆慰，竞施珍华，争设名供”，还惊动了当地的官员，“州牧给伎，郡守亲临”，隆重一时，“道俗咨嗟，叹未曾有”。僧基出家后，“净持戒范，精习经数”，与“名辈略齐”，甚至连皇帝都“雅相崇礼”。东晋建元二年（344），皇后褚氏为基尼立寺，名曰：延兴。“基居寺住，徒众百余人”，她“当事清明，

① 《比丘尼传》卷一。

道俗加敬”。东晋安帝隆安元年（397）卒，时年六十八岁[①]。梁释宝唱的《比丘尼传·序》，表其“立志贞固”。

竺道馨，俗姓羊，太山（泰山）人，“志性专谨，与物无忤”，在未受足戒的沙弥之时，“常为众使，口恒诵经”。二十岁诵习《法华经》《维摩经》等，具戒后探求理味，草菜为食，弥老弥至。道馨住洛阳东寺，“雅能清谈”，尤善《小品般若经》的讲说。她贵在对佛理的理解，“不事辞辩”，成为一方道学之宗。比丘尼诵经，“馨其始也”[②]，开历史之先河成为一个时代的里程碑。据《大宋僧史略》卷上《尼讲》所记，道馨主要活动在东晋废帝（342～386）年间[③]。

令宗尼，俗姓满，高平金乡（今山东金乡）人，“幼有清信，乡党称之”，后家遇丧乱，为虏寇所驱，难中“归诚慊至”，称佛诵经，拔眉托病，“求诉得放”。随路南归，又被贼寇追逐，“登上枯树，专诚至念”，再次脱险。到达孟津，无船可渡。惊惶之际“更称三宝”，遂有一白鹿神奇前来，“宗随鹿而济”，平安还家。如此经历，遂使令宗皈依佛门，“诚心冥诣，学行精恳，开览经法，深义入神”。晋孝武帝闻之，“遣书通问”。百姓遇有疾苦，令宗“倾资赈给”。七十五岁时，忽召弟子前来，于说梦中，猝然入化[④]。

法盛尼（368—439），俗姓聂，清河（今山东临清）人，因石虎之乱，避地金陵。南朝宋文帝元嘉十四年（437），在建福寺出家，时年已七十岁。她“才识慧解，率由敏悟”，自感年迈之时流徙于外，故乡之恋常在，因而唯有潜心探究佛法，方能排忧忘老。遂于道场寺偶法师受菩萨戒。自此“昼则披陈玄素，夕则清言味理”，神情清朗，虽届高龄，有逾壮年。元嘉十六年（439）圆寂，时年七十二岁[⑤]。在中国佛教徒史上，比丘尼受菩萨戒，法盛具有代表性意义。

昙简尼（？—494），俗姓张，清河（今山东临清）人，曾“游学淮海，弘宣

---

① 《比丘尼传》卷一。

② 《比丘尼传》卷一。

③ 《大宋僧史略》卷上《尼讲》：“东晋废帝大（太）和三年戊辰岁，洛阳东寺尼竺道馨……诵通《法华》《维摩》二部。”《事物纪原》卷七《尼讲》，亦有同样说法。

④ 《比丘尼传》卷一。

⑤ 《比丘尼传》卷二。

正法”。南朝齐建元四年(482)立法音精舍，在寺中“禅思静默”，通达三昧之机要，其“德声遐布，功化自远”，为道俗所敬仰。时有慧明法师精通禅学，“深爱寂静”，原住于道林寺，因僧众多重义学，因而“累讲经论，去来喧动”而欲去之。于是昙简将法音寺施于慧明法师而到了白山，“更立草菴”，“应时行乞”，以化缘维持所需。齐明帝建武元年(494)二月十八日夜，昙简登上平时堆积起来的樵木，“引火自焚”，舍肉身生死以供佛宝，道俗为之悲恸。[①]昙简为刘宋普圣寺法净尼的弟子，法净尼《比丘尼传》卷二有传。

昙勇尼(？—501)，俗姓张，清河(今山东临清)人，是为昙简尼的姐姐。她“为性刚直”，不随波而动，以禅律为务，衣食为轻。与昙简同住法音寺，“深悟无常，高崇我乐”。齐明帝建武元年(494)，随昙简移居白山。齐东昏侯永元三年(501)，积柴自焚，“以身供养”。[②]

慧绪尼(431—499)，俗姓闾丘，高平(今山东邹平)人，为人“高率疏远”，言吐“甚自方直”。七岁持斋，十八出家，住荆州三层寺，秉持戒律，为道俗所赞美。时江陵有隐尼见慧绪异于他人，结忘年之契，相携弘法，“共习般舟，心形勤苦”。豫璋王萧嶷宋升明(477～479)末，出镇荆、陕，知其道行，“迎请入内，备尽四事”。慧绪曾与名震一时的玄畅法师请受禅法，“究极精妙”。萧王还都，为慧绪起精舍于东田之郊，名曰“福田寺”。后武皇帝(萧赜)以东田之福田寺局迫，再建集善寺以居，“悉移诸尼还集善”。慧绪移寺后，“足不复入第者数年”。南齐永元元年(499)离世，卒年六十九。[③]

德乐尼(421—501)，俗姓孙，其高祖孙毓泰山人。[④]德乐生而有牙，及长，而于暗室内不借灯烛，“了了能见”。超凡离俗，八岁时与姊妹“同时入道”，成为僧尼。受持具足戒之后，一并“游学京师”，住永安寺。德乐尼“笃志精勤，以昼继夜，穷研经律，言谈典雅”，深得宋文帝喜爱。元嘉七年(430)，沙门求那跋摩到达京都，立有王国寺，请德乐尼移住于此。元嘉十一年(434)，德乐“重从僧伽跋摩受具足戒”。元嘉二十一年(444)，因受叛乱关联，王国

① 《比丘尼传》卷三。

② 《比丘尼传》卷三。

③ 《比丘尼传》卷三。

④ 《全晋文》卷六十七：“毓字仲，泰山人。魏时嗣父观爵吕都亭侯，仕至青州刺史。”

寺遭毁，德乐尼移居东青园寺，由此“咨请深禅，穷究妙境”。后移至剡之白石山（在今浙江嵊州）照明寺，“学众云集”“道盛东南”。齐永明（483～493）年间，德乐尼迁齐兴精舍，总领寺院，众尼莫不心悦诚服，“远近钦风”“皆愿依止”，有徒二百余人。南齐永元三年（501）卒，世寿年八十一[①]。

僧念尼（415—504），俗姓羊，泰山南城人（今山东新泰），英才早发，资质优异，“立德幼年，十岁出家”，为法护尼的弟子，从师居住在太后寺修行。“贞节苦心，禅思精密，博涉多通，文义兼美。”素食拜忏，老而弥笃。诵习《法华经》，日夜七遍。宋文帝、孝武帝赏其德行，“常加资给”。齐永明十年（492），移住禅林寺，“禅范大隆，诸学者众”。梁天监三年（504）圆寂，世寿九十。僧念，即建康招提寺名尼昙睿法师的姑母[②]。

惠晕尼（442—514），俗姓骆，青州（今山东青州）人，六岁乐道，遭父母反对，十一岁时，断绝荤辛，心性淡朗。读《大涅槃经》，诵《法华经》，及十七岁随父出都，“精进勇猛”，行人不如，父母遂听其所愿。十八岁出家，住乐安寺，听诵《成实论》《大涅槃经》诸经，十年中“郁为义林，京邑诸尼无不咨受”，法筵不绝，四方云集。讲说不怠，悉心禅诵，王公贵贱无不敬重。梁天监十三年（514）卒，时年七十三岁[③]。

第二节　泰山世族佛教的勃兴

世族，或称世家、门阀、士族、势族、门第等，是中国古代一个特殊的社会阶层。他们门第显赫，世代相续，是霸守一方的大姓望族。在政治上享有特权，经济上富有实力，文化上的优势更是始终如一，因为世族阶层本来就是依托“经术”发家的。关于世族的特点及优越的文化地位，正如陈寅恪所指

---

① 《比丘尼传》卷三。

② 《比丘尼传》卷四。

③ 《比丘尼传》卷四。

出："盖自汉代学校制度废弛，博士传授之风止息以后，学术中心移于家族，而家族复限于地域，故魏、晋、南北朝之学术、宗教皆与家族、地域两点不可分离。"[①]他们是传统文化的忠诚继承者，同时也是外来文化的积极吸收者。当佛教东来，由于社会地位及文化上的强势，无论是于传播方还是接受方，都会形成"双赢"的局面，两种文化间的沟通、融合，有着更大的空间度。正因为如此，佛教容易勃兴于世代累官、名士辈出的家族中。

泰山之域是中国古代经学的发源地，因此多有以经学传家的世族。这些望门家族，其渊源大可追溯到汉代。"家族的创始者及其后裔大都由通经致仕……因而能在较长的历史时期内保持其家族的文化传统，并具有较高的文化地位。"[②]魏晋南北朝，是中国历史上社会大动荡的时期，这些家族随着朝代的更替，而有了新的发展机遇，特别是政治地位迅速上升，由文化学术世家转化为官僚政治世家，这同样为佛教文化的传播带来了机遇。佛教在世族中的流行会成为社会的方向标，带动着其传播的深度与广度；同时，在这一融合发展过程中，也可窥视到佛教这一外来文化对中国主流社会的至深影响。泰山（太山）羊氏，琅邪颜氏、王氏，即是这一方面的代表。

一、泰山羊氏与佛教

作为世族，有着很强的地域性。其家族是以血缘为纽带、乡里为基点标志的表现形式出现，某一个姓氏落脚于某个地域，形成所谓的"郡望"[③]，由于在时间上区域上的相对稳定，此地也就成为某一显贵大姓的标志而以地名相称，所以就有了泰山羊氏、琅邪王氏等等的称谓。泰山羊氏，是近靠泰山而名（地望在今泰山南新泰），是以"清德"而著名的世族。未出仕就被誉为"今日之颜子"的羊祜，就是汉末著名的经学家，有着因通经而致仕的基本特征。在羊氏家族中，佛教信奉与弘扬多显示于治家之中，特别是女性崇佛表现得尤为突出。

---

① 陈寅恪：《隋唐制度渊源略论稿》，生活·读书·新知三联书店2001年版，第20页。

② 安作璋、王志民主编：《齐鲁文化通史》第四卷，中华书局2004年版，第44页。

③ 表示一定区域内的名门大族。"郡"是行政区划之名，"望"指名门望族。郡望，即是郡内的显贵家族。

（一）羊氏渊源

羊氏之姓，可追溯到春秋时期。《古今姓纂》云：羊，“晋羊舌大夫之后。生职，生赤伯华，生肸叔向，鲋叔鱼生食我。春秋末，始单姓为羊氏。秦乱徙居太山”[①]。即是说羊氏出自晋国，原是复姓“羊舌”，单姓“羊”始自春秋。

羊氏自秦乱迁徙泰山，历经二百余年的繁衍，至东汉“七世二千石卿校”，已成望族：羊侵，为安帝司隶校尉；羊陟，为桓帝河南尹；羊儒，为桓帝太常；而羊儒之子羊续，“以忠臣子孙拜郎中”，后“辟大将军窦武府”“复辟太尉府”“四迁为庐江太守”“拜续为南阳太守”，“灵帝欲以续为太尉”，最终“诏书褒美，敕太山太守以府赙钱赐续家”，灵光毕显[②]。三国时期，羊氏家族略显沉寂。羊续三子羊秘、羊道、羊耽皆为官（分别为：京兆太守、上党太守、太常）。羊鉴，其父羊济，“匈奴中郎将”；其兄羊炜，“历太仆、兖徐二州刺史”。羊鉴于元帝时，“为东阳太守，累迁太子左卫率”[③]。

直至有晋一代，羊氏家族声名鹊起，“世吏二千石，至祜九世，并以清德闻”。羊祜青云平步，功高一时：司马昭任大将军时，“公车征拜中书侍郎，俄迁给事中、黄门郎”；陈留王曹奂时期，“赐爵关中侯，邑百户”。羊祜被封为关内侯，食邑一百户；司马集团当政后，羊祜成为核心成员，“及五等建，封钜平子，邑六百户”；司马炎称帝，“进号中军将军，加散骑常侍，改封郡公，邑三千户”，但羊祜“固让封不受，乃进本爵为侯，置郎中令，备九官之职，加夫人印绶”；后又有“加车骑将军，开府如三司之仪”“得专辟召”的特殊待遇。咸宁三年（277），晋武帝“诏以泰山之南武阳、牟、南城、梁父、平阳五县为南城郡，封祜为南城侯，置相，与郡公同”。羊祜坚辞不受。“祜丧既引，帝于大司马门南临送”。“帝以祜兄子暨为嗣，暨以父没不得为人后。帝又令暨弟伊为祜后，又不奉诏。帝怒，并收免之。太康二年（281），以伊弟篇为钜平侯，奉祜嗣”。羊篇“位至散骑常侍”[④]。羊祜一生的清德及表现出的政治、军事才华，赢得了朝野的信赖与敬仰，也使泰山羊氏家族的声望达到了

---

① 《古今合璧事类备要续集》卷二十二。

② 《后汉书》卷三十一《羊续传》。

③ 《晋书》卷八十一《羊鉴传》。

④ 《晋书》卷三十四《羊祜传》。

历史的顶峰。

羊祜之兄羊发（前母所生），“官至都督淮北护军”。羊发长子羊伦，高阳相；次子羊暨，阳平太守；三子羊伊，“初为车骑贾充掾，后历平南将军、都督江北诸军事，镇宛，为张昌所杀，追赠镇南将军”。羊祜之伯父羊秘，官至京兆太守。羊秘之子羊祉，魏郡太守。羊秘之孙羊亮，“初为太傅杨骏参军”“累转大鸿胪”。羊亮之弟羊陶，为徐州刺史[①]。

羊琇（236—282），“景献皇后之从父弟也”。羊琇之父羊耽，“官至太常”，其兄羊瑾，“尚书右仆射”。羊琇与武帝“甚相亲狎，每接筵同席”，武帝即位后，“擢琇为左卫将军，封甘露亭侯，帝践阼，累迁中护军，加散骑常侍”。羊琇在职间，“宠遇甚厚”，卒后武帝手诏：“琇与朕有先后之亲，少小之恩，历位外内，忠允茂著。不幸早薨，朕甚悼之。”并“追赠辅国大将军、开府仪同三司”[②]。

东晋至南朝，泰山羊氏的代表性人物有羊曼、羊聃、羊欣、羊玄保等。

羊曼（274—464），为羊祜兄之孙（父羊暨），在元帝时，曾为“镇东参军，转丞相主簿，委以机密。历黄门侍郎、尚书吏部郎、晋陵太守”，是“中兴名士”，为“兖州八伯”之一，卒后“追赠太常”。羊曼之子羊贲，“少知名，尚明帝女南郡悼公主，除秘书郎”。其弟羊聃，“初辟元帝丞相府，累迁庐陵太守”[③]。

羊欣（370—442），曾祖羊忱，晋徐州刺史，祖父羊权，官至黄门郎。其父羊不疑，桂阳太守。羊欣善书，十二岁即得王献之“甚知爱之”。桓玄辅政，“以欣为平西参军，仍转主簿，参预机要”，后任“楚台殿中郎”。刘宋义熙中，高祖刘裕以羊欣“补右将军刘籓司马，转长史，中军将军道怜谘议参军”，又出任新安太守，后又转任义兴太守。而其称病归家，被授予中散大夫。羊欣“素好黄老，常手自书章，有病不服药，饮符水而已”。羊欣之弟羊徽，“一时美器”，也被高祖所重，“以为记室参军掌事”，后“迁中书郎，直西省”，又“为太祖西中郎长史、河东太守”。羊微之子羊瞻，“为世祖南中郎长史、寻阳

---

① 《晋书》卷三十四《羊祜传》。

② 《晋书》卷九十三《羊琇传》。

③ 《晋书》卷四十九《羊曼传》。

太守”[①]。

羊玄保（371—464），其祖羊楷，“尚书都官郎”，其父羊绥，“中书侍郎”。羊玄保于武帝时，为“镇军参军，库部郎，永世令”，复为“太尉参军，转主簿，丹阳丞”。少帝时，“入为尚书右丞，转左丞，司徒右长史”，“入为黄门侍郎”。羊玄保“善弈棋”，文帝与其“睹郡戏”，胜而“以补宣城太守”。羊玄保在郡为廷尉，后“迁尚书吏部郎，御史中丞，衡阳王义季右军长史、南东海太守，加辅国将军。入为都官尚书、左卫将军，加给事中、丹阳尹、会稽太守。又徙吴郡太守，加秩中二千石”。太祖文帝以羊玄保“廉素寡欲，故频授名郡”。文帝曾云：“人仕宦非唯须才，然亦须运命；每有好官缺，我未尝不先忆羊玄保。”世祖孝武帝即位，“以为散骑常侍，领崇宪卫尉。寻迁金紫光禄大夫”，“赐赉甚厚”。后“进位光禄大夫”“散骑常侍，特进”。羊玄保一直受到刘宋诸帝的关怀。其子羊戎，“官至通直郎”，因与王僧达谤议时政赐死。羊玄保兄之子羊希，“少有才气”，孝武帝时，“为尚书左丞”[②]。

晋亡，在南朝与北朝对峙时期，滞留北朝的泰山羊氏家族，以羊祉、羊深、羊侃、羊敦、羊烈为代表。

羊祉（458—516），为羊琇之六世孙，其父羊规之，宋任城令。北魏太武帝南讨，“赐爵钜平子，拜雁门太守”。羊祉“为司空令、辅国长史，袭爵钜平子”，景明初，羊祉“为将作都将，加左军将军。四年，持节为梁州军司，讨叛氐”。正始初，“王师伐蜀，以祉假节龙骧将军、益州刺史”。后加“平北将军，未拜而卒。赠安东将军、兖州刺史”[③]。

羊深（476—535），为羊祉之子，“早有风尚，学涉经史，兼长几案”。“自司空记室参军，再迁尚书驾部郎中”。“明帝行释奠之礼，讲《孝经》，深侪辈中独蒙引听，时论美之”。讨伐羌胡反叛，以羊深“为行台右丞、军司，仍领郎中”，不久“迁尚书左丞”。萧宝夤反，薛凤贤等作逆，“敕深兼给事黄门侍郎”，“事平，以功赐爵新泰男。灵太后曾幸芒山，集僧尼斋会，公卿尽在坐。太后引见深，欣然劳问之。顾谓左右曰：‘羊深真忠臣也。’举坐倾心”。“庄帝

① 《宋书》卷六十二《羊欣传》。

② 《宋书》卷五十四《羊玄保传》。

③ 《北史》卷三十九《羊祉传》。

践阼，除太府卿，又为二兖行台。”元颢入洛，“深兼黄门侍郎”。“普泰初，为散骑常侍、卫将军、右光禄大夫，监起居注。”“永熙三年，以深兼御史中尉、东道军司。”羊深的第七弟羊侃（495—549），位太山太守。羊深之子羊肃，“以学尚知名。乾明初，为冀州中从事”，“武平中，入文林馆撰书。寻为武德郡守”。羊祉之弟羊灵引，曾为三公郎，“赠平东将军、兖州刺史”。羊灵引之弟羊莹，为兖州别驾从事，其子羊烈①。

羊烈（512—586），即羊琇之八世孙，魏梁州刺史羊祉之弟子。羊烈“能言名理，以玄学知名”。魏孝昌中，羊烈从兄羊侃为太守。羊烈弱冠之时，“州辟主簿，又兼治中从事”。显祖初，为仪同三司，开府，仓曹参军事。天保初，授太子步兵校尉、轻车将军，寻迁并省比部郎中，除司徒属，频历尚书祠部，左、右民郎中，所在咸为称职。九年，除阳平太守，治有能名。是时，频有灾蝗，犬牙不入阳平境，敕书褒美焉。皇建二年，迁光禄少卿，加龙骧将军、兖州大中正，又进号平南将军。天统中，除太中大夫，兼光禄少卿。武平初，除骠骑将军、义州刺史②。羊烈之弟羊修，官至尚书左丞。史家称：“羊祉刚酷之风，得死为幸。深以才干从事，声迹可称。”羊敦、羊烈“持己所遵，殆时彦也”③。而别有影响的是，羊烈“家传素业，闺门修饬，为世所称”，“一门女不再醮。魏太和中，于兖州造一尼寺，女寡居无子者，并出家为尼，咸存戒行”。羊烈之弟羊修，其子羊玄正，武平末将作丞④。

羊敦，为羊祉之弟，以父羊灵引死王事，“除给事中。出为本州别驾”，“后为尚书左侍郎、徐州扶军长史。永安中，转廷尉司直，不拜。拜洛阳令。后为镇南将军、金紫光禄大夫，迁太府少卿，转卫将军、广平太守”。其“治有能名，奸吏局蹐，秋毫无犯”。朝廷以其清白，赐谷一千斛、绢一百匹。兴和（539～542）初卒，“赠都督徐兖二州诸军事、卫大将军、吏部尚书、兖州刺史”。武定（543～550）初，齐献武王以敦奉法，清约自居，乃上言请加旌录，诏曰其“善政闻国，清誉在民”，并赏帛一百匹、谷五百斛。羊敦之子羊隐，

---

① 《北史》卷三十九《羊祉传》。

② 《北齐书》卷四十二《羊烈传》。

③ 《北史》卷三十九《羊祉传》。

④ 《北齐书》卷四十三《羊烈传》。

武定时为开府行参军[①]。

从史料看，泰山羊氏宗族自秦末迁徙而来，起兴于东汉，至两晋及南北朝而盛，是名副其实的名门望族。家族成员世代为官，并与皇权政治结合在一起，倍受历朝的宠嘉，对当时的政治、社会、文化产生了重大的影响。对外来的佛教，泰山羊氏采取了积极吸纳与传播的态度。

（二）羊氏崇佛

羊氏崇佛，有着佛教初来与本土文化相融合的一般性特征。在《晋书·羊祜传》中有一段关于前生后世的记述：

> 祜年五岁，时令乳母取所弄金环。乳母曰："汝先无此物。"祜即诣邻人李氏东垣桑树中探得之。主人惊曰："此吾亡儿所失物也，云何持去！"乳母具言之，李氏悲惋。时人异之，谓李氏子则祜之前身也。

事有因缘，《法苑珠林》为此以"感应缘"详述此事：

> 晋羊太傅祜，字叔子，泰山人也。西晋名臣，声冠区夏。年五岁时，尝令乳母取先所弄指环。乳母曰："汝本无此，于何取耶？"祜曰："昔于东垣边弄之，落桑树中。"乳母曰："汝可自觅。"祜曰："此非先宅，儿不知处。"后因出门游，望迳而东行，乳母随之。至李氏家，乃入至东垣树下，探得小环。李氏惊怅曰："吾子昔有此环，常爱弄之。七岁暴亡。亡后不知环处。此亡儿之物也，云何持去？"祜持环走，李氏遂问之。乳母既说祜言，李氏悲喜，遂欲求祜还为其儿。里中解喻，然后得止。[②]

羊祜的前世，竟是李氏之子，且能记丢失"指环"之事，令人诧异。《晋书·羊祜传》于此后又云：

---

① 《魏书》卷八十八《羊敦传》。

② 《法苑珠林》卷二十六。

又有善相墓者，言祜祖墓所有帝王气，若凿之则无后，祜遂凿之。相者见曰“犹出折臂三公”，而祜竟堕马折臂，位至公而无子。

“李氏子则祜之前生也”，这是羊祜的前世；“位至公而无子”，是其后世。羊祜知前世，是因与李氏子有着转世的关系，而当世“折臂”“无子”之果，是因“祜遂凿之”祖墓所注定的，有着明显的佛教色彩。涉至因果，《法苑珠林》又云：

祜年长，常患头风。医欲攻治，祜曰：“吾生三日时，头首北户，觉风吹顶，意其患之，但不能语耳。病源既久，不可治也。”祜后为荆州都督，镇襄阳，经给武当寺，殊余精舍。或问其故，祜默然。后因忏悔，叙说因果，乃曰：“前身承有诸罪，赖造此寺，故获申济。所以使供养之情，偏殷勤重也。”①

羊祜自知因缘，拒绝医治“头风”，于武当寺忏悔，“前身承有诸罪”，尚需佛法的偏护。因果规律的这种观念，或有可能与著述者受当时思潮的影响有关，但综合羊祜某些作为看，又当别论。

羊祜喜黄老。《晋书 · 羊祜传》：

夏侯霸之降蜀也，姻亲多告绝，祜独安其室，恩礼有加焉。寻遭母忧，长兄发又卒，毁慕寝顿十余年，以道素自居，恂恂若儒者。

祜所著文章及为《老子传》并行于世。

而在羊祜身上，始终有着神秘的色彩：

（羊祜）尝游汶水之滨，遇父老谓之曰：“孺子有好相，年未六十，必建大功于天下。”既而去，莫知所在。

① 《法苑珠林》卷二十六。

《羊祜传》又云：羊祜“乐山水，每风景，必造岘山，置酒言咏，终日不倦。尝慨然叹息，顾谓从事中郎邹湛等曰：‘自有宇宙，便有此山。由来贤达胜士，登此远望，如我与卿者多矣！皆湮灭无闻，使人悲伤。如百岁后有知，魂魄犹应登此也。’”而这位深为羊祜所器重的邹湛，或许受到羊祜的影响，显露出才思的神异：

> 初，湛尝梦见一人，自称甄舒仲，余无所言，如此非一。久之，乃悟曰：“吾宅西有积土败瓦，其中必有死人。甄舒仲者，予舍西土瓦中人也。”检之，果然，厚加敛葬。葬毕，遂梦此人来谢。①

“果然”，是邹湛因梦所得的果。这与羊祜知前生有着同样性质的不同寻常。从以上资料结合佛教初入中土，人们都是将其看作是黄老之术的翻版这一历史看，在羊祜的身上的确有着佛教因果关系的浓重印迹。

羊氏宗族的羊欣，也有着与羊祜相同的性情背景：

> 素好黄老，常手自书章，有病不服药，饮符水而已。兼善医术，撰《药方》十卷。②

“饮符水”的本身，就是接受道术的举动。如果说羊祜、羊欣的所作所为与佛教没有显明关联的话，那么同样“以玄学知名”的羊烈，则是具有十足成色的佛信徒了：

> 烈家传素业，闺门修饰，为世所称。一门女不再醮。魏太和中，于兖州造一尼寺，女寡居无子者并出家为尼，咸存戒行。③

羊烈以“素业”为治家方略，受到世人的称赞，而他的大功德还在于兴建

① 《晋书》卷九十二《邹湛传》。

② 《宋书》卷六十二《羊欣传》。

③ 《北齐书》卷四十三《羊烈传》。

了一座尼寺，让“寡居无子者”出家为尼。或许是受这一家规的影响，羊氏家族有了在中国佛教史上有着显赫名声的竺道馨、僧念两位比丘尼。1993年春，在山东兖州城东南泗河河床中，发现北齐造像残石，造像记相对完整。其中有一段文字如下：

> ……大齐河清三年岁次实沉，于沙丘东城之内优婆夷比丘尼之寺，率彼四众，奉为太上皇帝陛下、师僧、父母，俾闰含灵，一切有识……乃敬造阿弥陀连座三佛。①

“实沉”应是“时辰”的音转，而所谓的“优婆夷”也就是在家信教之女子，这个“比丘尼之寺”，有的学者就推测是泰山羊氏在兖州所建的“尼寺”②。

又有羊烈墓志云：

> （羊烈）入老室以练神，安庄领以全朴。睿如冲壑，豫若涉川，遂注道、佛二经七十余卷，仍似公纪作释玄之论，昭晋无已；辅嗣制指例之篇，肸向不息。③

羊烈还注有《道》《佛》两经，具体内容不可得知，但有“释玄”之论，可明了羊烈佛道双修，或者在他看来就是一回事。

汶上水牛山也有一则关于羊氏崇佛的资料，在水牛山《文殊般若波罗蜜经》碑的碑侧有铭记曰：

> 经主白石比丘……邑人兖州主羊穆□□邑人羊释子□□□，经主厉威

---

① 樊英民：《兖州发现北齐造像记》，《文物》1996年第3期。

② 参见赖非《山东北朝佛教摩崖刻经调查与研究》第四章第三节：“此题记中的比丘寺，很可能就是羊氏当年所造的瑕丘尼寺。”科学出版社2007年版，第203页。另，同时出土的另一造像石，其造像记残毁严重，但可识有“大魏延昌三年岁次……驾泰山……须昌伯东平……泰山□□颢仲……”等字样，也与泰山佛事相关（樊英民：《山东兖州金口坝出土南北朝石人》，《文物》1995年第9期）。

③ 泰安市泰山区档案馆编：《周郢文史论文集》，山东文艺出版社1997年版，第76页。

> 将军、兖州东阳平太守、□州五城上郡太守太山羊钟，郡功曹東市贵，邑人奉朝请羊善，邑人羊万岁，白石寺……[1]

其羊氏世族的羊穆、羊释、羊钟、羊善、羊万等，显名于题记之中，可见家族奉佛之风。

在泰山羊氏家族中，女性也有着很大的社会影响。西晋就出过两位皇后，一位是景献皇后羊徽瑜，一位是惠皇后羊献容。而羊氏在佛教史中，也有其特殊的地位，这就是在比丘尼史上著名的竺道馨。在竺道馨沙弥之时“常为众使，口恒诵经”，到了二十岁诵习《法华经》《维摩诘经》。受持具足戒以后，她“研求理味”，不曾一日懈怠。道馨在洛阳寺时，“雅能清谈，尤善《小品》”，与当时崇尚的谈玄说道之风相适应，擅长宣讲大乘佛教般若类经典《小品般若经》。她在讲经之时，“贵在理通，不事辞辩”，即是注重经义内在脉络的贯通，不求外在词语的巧辩，因此倍受崇佛之人的尊重，“一州道学所共师宗”[2]。而精通佛理并善讲的道馨，还是佛教史比丘尼第一个讲经的人，故释宝唱《比丘尼传》云“比丘尼诵经，馨其始也”，成为中国佛教史上里程碑式的人物。

在《比丘尼传》卷一，同时还记述了道馨被人毒害的经过，使人们更加崇敬她的品德：

> 晋太和中，有女人杨令辩，笃信黄老，专行服气。先时人物亦多敬事，及馨道王，其术寝亡。令辩假结同姓，数相去来，内怀妒嫉，伺行毒害。后窃以毒药内馨食中，诸治不愈。弟子问：“往谁家得病？”答曰：“我甚知主，皆籍业缘，汝无问也。设道有益，我尚不说，况无益耶？”不言而终。

道馨被杨令辩用药所害，她相信的是“业缘”，因此“不言”。她是佛法的理

---

① 赖非：《山东北朝佛教摩崖刻经调查与研究》第三章第一节《汶上水牛山〈文殊般若波罗蜜经〉碑》，科学出版社2007年版，第168～169页。

② 《比丘尼传》卷一。

解者，更是执行者，最后以死的行为弘法。“舍生取义”，也正是中国传统文化中人们所崇尚的。

对道馨遇害的记述，同时也折射出当时黄老与佛教的抗争。杨令辩是黄老一侧的化身，道馨则是佛家一侧的代言人。先是杨令辩被人“多敬”，而道馨立足弘法之时“其术寝亡”，反映的是黄老与佛教地位的变化及生死对抗。说明当时佛教在中土已经立稳脚跟，可不再依附黄老之术传法，从相融的相依变为了对立的双方。

在羊氏家族中，同为比丘尼的还有南朝的僧念：

> 僧念，本姓羊，泰山南城人也。父弥，州从事史。念即招提寺昙睿法师之姑也。珪璋早秀，才监明达，立德幼年。十岁出家，为法护尼弟子，从师住太后寺。贞节苦心，禅思精密，博涉多通，文义兼美。蔬食礼忏，老而弥笃。诵《法华经》，日夜七遍。宋文、孝武二帝，常加资给。齐永明十年，移住禅林寺。禅范大隆，谘学者众。司徒竟陵王，四时供养。①

僧念尼的父亲羊弥也是从官者，而在招提寺的昙睿法师同是羊氏，为僧念的侄女。僧念十岁出家成为法护尼的弟子，在太后寺修行。她操守坚定专一，道业精勤，诵习《法华经》，一日一夜可达七遍之多。对佛典博涉通明，其表达“文义兼美”。宋文帝、宋孝武帝，嘉其道行，给以供施。齐永明十年（492），她在名震时下的禅林寺，“禅范大隆”，从教者众。

出家为尼是一种特定的修行形式，但更多的应是在家的佛弟子，因为在当时这是一种普遍现象，所以不会引起关注而失记。1983年在羊氏故里新泰徂徕山光华寺出土的佛造像，刻于北魏太和三年（479），为一佛二菩萨（图3-3、3-4），像高浮雕，主佛内着僧祇支，外披褒衣博带袈裟，施无畏、与愿印，跣足于莲花座上，两侧分立持有莲蕾、净瓶的二菩萨。背面铭文曰：

---

① 《比丘尼传》卷四。

图3-3　羊银光佛造像

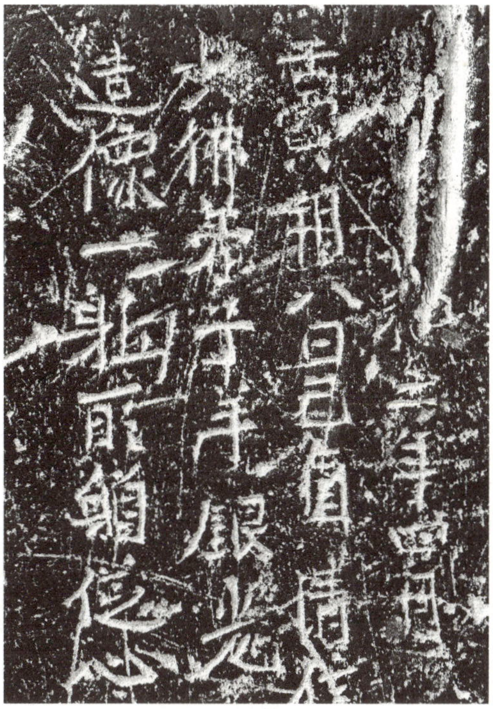

图3-4　羊银光佛造像题记拓片

□□（维太）和三年四月壬寅朔八日己酉，清信女佛弟子羊银光造像一躯，所愿从心。

造像者羊银光，是一位在家的羊氏佛信徒。

泰山羊氏，还用功于佛教的经刻。计有《文殊般若经碑》《文殊碑》《兴圣寺造像碑》等。[①]

二、琅邪王氏与佛教

琅邪王氏，因地望近于琅邪台（亦作“琅琊”，秦汉时期有琅邪郡之设）故名。秦末迁徙琅邪皋虞（今山东青岛即墨），西汉时移至临沂（今之临沂兰山区）。据《晋书》所记，琅邪王氏为汉谏议大夫王吉之后，而王吉“少学明经”，在汉武帝时“以郡吏举孝廉为郎”，是较为典型的以经取仕，至魏晋位

① 周郢：《泰山羊氏金石考》，《山东科技大学学报》（社会科学版）2001年第3期。

列三公，成为振兴琅邪王氏家族的奠基人。琅邪王氏作为两晋南北朝时期的世族显贵，在与佛教文化的交流中，有着更多的融合色彩。在这一过程中，没有一个世族能像琅邪王氏那样，与当时佛教著名僧人及佛教活动有着广泛的接触。而且，在由玄入佛、从佛尊儒、道佛相融的理论实践中，有着突出的贡献。琅邪王氏在信仰文化上的特色，有着鲜明的时代气息。

（一）王氏源流及影响

作为一般姓氏特征的王氏，源自周灵王太子晋。在《潜夫论·志氏姓》中，言其王姓是由其爵位演变而来："周灵王之太子晋，幼有成德，聪明博达……世人以其豫自知去期，故传称王子乔仙。仙之后，其嗣避周难于晋，家于平阳，因氏王氏。"《姓解》亦云："周灵王太子曰晋，世传晋登仙，是王家之太子，遂称王氏。凡二十一望，各以分封食菜，随地而立也。"于是《元和姓纂》有云：

> 王氏，出太原、琅邪，周灵王太子晋之后。北海、陈留，齐王田和之后。东海，出姬姓毕公之后。高平、京兆，魏信陵君之后。天水、新平、新蔡、新野、山阳、中山、章武、东莱、河东者，殷王子比干子孙，号王氏。

对于王氏起源及其分支、变迁，进行了综合分析。但就琅邪王氏而言，在《新唐书·宰相世系表》有如此世系：

> 王氏出自姬姓。周灵王太子晋以直谏废为庶人，其子宗敬为司徒，时人号曰"王家"，因以为氏。八世孙错，为魏将军……（十五世孙）翦，秦大将军。生贲、字典，武陵侯。生离，字明，武城侯。二子：元、威。元避秦乱，迁于琅邪，后徙临沂。四世孙吉，字子阳，汉谏大夫，始家皋虞，后徙临沂都乡南仁里。

即是说：王氏始祖是周室后裔太子晋之子，其十八氏孙王元，为避秦乱而迁于琅邪，到了西汉的王吉又移至临沂。司徒守敬为王姓之始，王元为琅邪王氏的开基始祖。

在琅邪王氏中，王元是一个开创者，但有关其史料不详。故在谈及琅邪王氏时，以王吉作为琅邪氏起始的一个亮点。《汉书·王吉传》有如下记载：

> 王吉字子阳，琅邪皋虞人也。少好学明经，以郡吏举孝廉为郎，补若卢右丞，迁云阳令。举贤良为昌邑中尉……起家复为益州刺史，病去官，复征为博士、谏大夫。

关于王吉的“明经”之道，《传》云“吉兼通《五经》，能为邹氏《春秋》，以《诗》《论语》教授，好梁丘贺说《易》”，并且，“令子骏受焉”。王骏秉承家学“经明行修”，“以孝廉为郎”，“迁谏大夫，使责淮阳宪王”，后至“御史大夫”，居位三公之列。王骏之子王崇，“以父任为郎，历刺史、郡守，治有能名”，“以河南太守征入为御史大夫”，后又“代为大司空，封扶平侯”①。

王吉“好学明经”“通《五经》”，其子“经明行修”，清楚地表明琅邪王氏在汉代就已由经学世家转化为官僚世家。在王崇之后，家族略有衰微。时值王祥时代，琅邪王氏家族的振兴昌盛达到了高峰。

王祥（184—269），处于汉、魏、晋变易之时，从一位州郡小吏直到位列三公。祖父王仁，为青州刺史。父融，公府辟不就。王祥以“笃孝纯至”著名，并成为后来所谓《二十四孝》中“卧冰求鲤”的主人翁。王祥于汉末避乱隐居三十年，徐州刺史召为别驾，时人歌之曰：“海沂之康，实赖王祥。邦国不空，别驾之功。”后“举秀才，除温令，累迁大司农”。高贵乡公曹髦即位，“与定策功，封关内侯，拜光禄勋，转司隶校尉”。因讨伐毌丘俭有功，“增邑四百户，迁太常，封万岁亭侯”。武帝司马炎建晋即位，“拜太保，进爵为公，加置七官之职”。王祥有五子：王肇、王夏、王馥、王烈、王芬。王肇，仕至始平太守，其子王俊，守太子舍人，封永世侯。王俊子王遐，郁林太守。王馥嗣爵，拜上洛太守，其子王根嗣，任散骑郎。②

王览（206—278），是王祥之弟（同父异母），“孝友恭恪，名亚于祥”，历经东汉、三国和西晋三个时代。王祥入仕，王览也应郡召之命，“迁司徒西曹掾、清河太守”。东晋明帝司马绍复建五等爵，封即丘子，邑六百户。晋武帝

① 《汉书》卷七十二《王吉传》。

② 以上所引见《晋书》卷三十三《王祥传》。

司马炎泰始末，除弘训少府，后转太中大夫，禄赐与卿同。王览有六子：王裁、王基、王会、王正、王彦、王琛。王裁，为抚军长史、镇军司马。王基，为治书御史。王会，为侍御史。王正，为尚书郎。王彦，为中护军。王琛，为国子祭酒。[①]

王导（276—339），为王览之孙，其父王裁为镇军司马。王导是琅邪王氏南下后的最具影响者，为其铺路的是同族的太尉王衍，在辅佐东海王司马越的掌权期间，王衍开始策划王氏家族的未来发展。他让王导随琅邪王司马睿赴镇东大将军任，出镇建康，以其弟王澄为荆州刺史、持节、都督，领南蛮校尉的族弟王敦领青州刺史，这就是所谓的“狡兔三窟”之计，最终以王导方完胜。

王导辅佐司马睿建立东晋，历经元帝、明帝、成帝三朝，高居宰辅之位，使琅邪王氏家族成为江左世族之首。在元帝还是琅邪王的时候，“与导素相亲善”，为安东司马。永嘉之末，迁丹阳太守，加辅国将军。因“德重勋高”，“拜宁远将军，寻加振威将军”。元帝登基，王导“进骠骑大将军、仪同三司”。后又以讨华轶之功，“封武冈侯。进位侍中、司空、假节、录尚书，领中书监”。明帝即位，“受遗诏辅政”，迁司徒。平王敦反叛，“进封始兴郡公，邑三千户，赐绢九千匹，进位太保”，特许带剑上殿，入朝不拜，威风一时。王导薨，“帝举哀于朝堂三日”，安葬之时规格之极，场面之隆，“中兴名臣莫与为比”。史家有《赞》：“赫矣门族，重光斯盛。”王导有二弟：王颖、王敞，“少与导俱知名”[②]。

王羲之（321—379），是王导的堂侄。其祖父王正，官至尚书郎，父亲王旷，为淮南太守。幼讷于言，及长善辩，“尤善隶书，为古今之冠”，后人称之书圣，深受从伯王敦、王导的器重，与王承、王悦并称“王氏三少”。“起家秘书郎，征西将军庾亮请为参军，累迁长史”，又“迁宁远将军、江州刺史”，至“右军将军、会稽内史”，故人称“王右军”。其子著名者凝之、徽之、操之、献之。王凝之，“亦工草隶，仕历江州刺史、左将军、会稽内史”。王徽之，初为大司马桓温的参军，又为车骑桓冲骑兵参军，后为黄门侍郎（徽之子王桢，历位侍中、大司马长史）。王操之，历侍中、尚书、豫章太守。王献之，

① 以上所引见《晋书》卷三十三《王祥传》。

② 《晋书》卷六十五《王导传》。

工草隶，善丹青。“起家州主簿、秘书郎，转丞，以选尚新安公主。”得谢安赏识，“请为长史”。后至建威将军、吴兴太守，征拜中书令。[1]王羲之以书法盖世，影响深远。

琅邪王氏南下称雄者甚众，现仅就王导一支翻于案面。王导有王悦、王恬、王洽、王协、王劭、王荟六子。王悦“弱冠有高名”。王恬迁中书郎，除后将军、魏郡太守，加给事中，领兵镇石头。王洽“诸子中最知名”，历散骑、中书郎、中军长史、司徒左长史、建武将军、吴郡内史。

王珣（349—400），是王洽之子，王导之孙，珣封东亭侯，转大司马参军、琅邪王友、中军长史、给事黄门侍郎。太元十年（385）王珣迁侍中，“孝武深杖之”。又转任辅国将军、吴国内史，“在郡为士庶所悦”。太元十五年（390），王珣被征召为尚书右仆射，领吏部，次年转尚书左仆射，加征虏将军，复领太子詹事。隆安初，迁珣尚书令。王恭起事平定，上所假节，加散骑常侍。王珣卒后，追赠车骑将军、开府，桓玄辅政时，改赠司徒。珣五子：弘、虞、柳、孺、昙首，“宋世并有高名”[2]。

王珉（351—388），王导之孙，少有才艺，善行书，名出珣右。辟州主簿，后历著作、散骑郎、国子博士、黄门侍郎、侍中，代王献之为长兼中书令。二人素齐名，世谓献之为“大令”，珉为“小令”。但英才早逝，追赠太常。王珉尚幼之时，就显露出特有的佛缘，有沙门妙解法理，为王珣兄弟讲《毗昙经》，“讲未半，便云已解，即于别室与沙门法纲等数人自讲”。有“僧弥”小名之称，时人语云：“法护非不佳，僧弥难为兄。”王珉有二子，王朗、王练，并历侍中。[3]

王谧（360—407），王导之孙，王劭之子，拜秘书郎，袭父爵，迁秘书丞，历中军长史、黄门郎、侍中。桓掌权后，拜建威将军、吴国内史，未至郡又改以为中书令、领军将军、吏部尚书，又迁中书监，加散骑常侍，领司徒。刘裕破恒玄，王谧以本官加侍中，领扬州刺史、录尚书事。其卒后，追赠侍中、司

① 《晋书》卷八十《王羲之传》。

② 《晋书》卷六十五《王导传》。

③ 《晋书》卷六十五《王导传》。

徒，谥曰文恭。王谧三子：瓘、球、琇，“入宋，皆至大官”①。

王劭，历东阳太守、吏部郎、司徒左长史、丹阳尹。因桓温器重，迁吏部尚书、尚书仆射，领中领军，出为建威将军、吴国内史。去世后，赠车骑将军。其三子：王穆，临海太守。王默，吴国内史，加二千石。王恢，右卫将军。王穆三子：王简、王智、王超。王默二子：王鉴、王惠，“义熙中，并历显职”。王荟，少历清官，除吏部郎、侍中、建威将军、吴国内史。后徙尚书，领中护军，复为征虏将军、吴国内史。转督浙江东五郡，左将军、会稽内史，进号镇军将军，加散骑常侍。离世后，赠卫将军。其子王廞，历太子中庶子、司徒左长史。②

王昙首（394—430），为王导的曾孙，王珣的幼子，王弘之弟。初为琅邪王司马德文的大司马属，宋文帝继位，王昙首为侍中，领骁骑将军。后迁太子詹事、侍中。王昙首深得皇帝信任，兼管东宫及内朝事，而其兄王弘则以扬州刺史、录尚书事掌握朝权。元嘉七年（430）王昙首过世时，中书舍人周纠云：“王家欲衰，贤者先殒。”文帝则答：“直是我家衰耳。”将王氏之衰，看作是国家之衰，足见宋文帝对王昙首的倚重；追赠其左光禄大夫，加散骑常侍；后又追封豫宁县侯，食邑千户。③

王僧绰（423—453），王昙首之子。他承袭父爵豫宁县侯，并娶宋文帝之长女东阳献公主。王僧绰初为司徒参军，至元嘉二十六年（449）迁尚书吏部郎，元嘉二十八年（451）二十九岁时，“迁侍中”，后转吏部尚书。孝武帝即位，追赠金紫光禄大夫。王僧绰之子王俭（452—489），袭爵豫宁县侯。宋明帝时，选尚阳羡公主，拜驸马都尉。历任秘书丞、义兴太守、太尉右长史等职。齐高帝即位，改封南昌县公，升尚书左仆射，领吏部、兼丹阳尹。齐武帝时遗诏，为侍中、尚书令，镇军。永明二年，领丹阳尹。三年，领国子祭酒，又领太子少傅。王俭之弟王逊，南朝宋升明中为丹阳丞，建元初，为晋陵太守。王僧绰长子王骞，历位“黄门郎、司徒右长史”“度支尚书，中书令”“领射声校尉”，卒后“赠侍中、金紫光禄大夫”。王骞之子王规（488—536），“居丧有至性”，

① 《晋书》卷六十五《王导传》。

② 《晋书》卷六十五《王导传》。

③ 《宋书》卷六十三《王昙首传》。

以“孝童”著称，十二岁即“略通《五经》大义”，“起家秘书郎，累迁太子洗马”。“袭封南昌县侯，除中书黄门侍郎”。武帝嘉其诗文，“授侍中”，后为晋安王长史，王立为太子，“仍为散骑常侍、太子中庶子，侍东宫”。寻为吴郡太守，又“征为左户尚书”。卒后，“赠光禄大夫”。[①]

王暕（477—523），为王骞之弟。“弱冠选尚淮南长公主，拜驸马都尉，历秘书丞”。齐明帝时，“除暕骠骑从事中郎。天监中，历位侍中、吏部尚书，领国子祭酒”“尚书左仆射”。有子王承、王训，皆“通显”。王承初为秘书郎，累迁中书黄门侍郎，兼国子博士。因“唯承独好儒业，迁长兼侍中，俄转国子祭酒”，其祖父王俭、父亲王暕，皆为此职，“三世为国师，前代未之有”。后又为东阳太守。王训，在十六岁时，得梁武帝赏识，“除秘书郎，累迁秘书丞”“拜侍中”，有“文章为后进领袖”之说。[②]

王僧虔（426—485），仕宋、齐两朝，官至尚书令，是为王僧绰之弟、王昙首之子。宋孝武帝时，为武陵太守，后为御史中丞，领骁骑将军。明帝时，泰始（465～471）年间为吴兴太守，后徙会稽太守。元徽（473～476）中，为吏部尚书，寻加散骑常侍，转右仆射。升明二年（478），为尚书令。僧虔以书法见著，且好文史，解音律，时齐高帝辅政，“转侍中、丹阳尹”，又“迁湘州刺史”。武帝即位，“迁侍中、左光禄大夫。开府仪同三司”，固辞不受。薨后“追赠司空，侍中如故”。[③]

王僧虔之子名慈，历位吴郡太守、大司马长史、侍中、领步兵校尉、司徒左长史。深受齐武帝爱怜，兹因脚疾而有敕“听乘车在仗后”，被史家认为“江左以来少例也”。卒后“赠太常”。[④]慈之弟王志，“弱冠，选尚宋孝武女安固公主，拜驸马都尉、秘书郎”。累迁至中书侍郎。又“征拜黄门侍郎，寻迁吏部侍郎”；出为宁朔将军、东阳太守；入为吏部尚书。梁天监元年（502），“迁冠军将军、丹阳尹”。终为“散骑常侍、金紫光禄大夫”。慈之子王泰，梁天监元年为秘书丞，历中书侍郎，掌吏部郎事，又“累迁给事黄门侍郎、员外

① 《南史》卷二十二《王昙首传》。

② 《南史》卷二十二《王昙首传》。

③ 《南史》卷二十二《王昙首传》。

④ 《南史》卷二十二《王昙首传》。

散骑常侍”，终有“吏部尚书，衣冠属望”的地位。①

王导是一个政治家，辅佐建构了东晋大业，而作为世族在江南的领袖，组织起一个以血缘为纽带的宗族体系，与一个朝代同时运行，两者相互依附缺一不可，由此形成“王与马，共天下”的格局。直到南朝结束，王氏后裔一直处于政治的中心。在一个特殊时期、特定文化背景下，完成了一个世族不可能完成的历史辉煌。

（二）王氏与佛教之传播

琅邪王氏崇佛，在两晋南北朝时期有着广泛的影响。由玄入佛、以身弘法，在当时的世家大族中具有代表性意义。

由玄入佛，广结善缘。早在西晋元康（291～299）间，王澄（王导的堂兄）就和阮瞻、庾凯等六位名士，与首讲《放光经》的名僧支孝龙结为知音，时号“八达”。《高僧传》卷四云：“支孝龙少以风姿见重，加复神彩卓荦，高论适时。常披味《小品》，以为心要。陈留阮瞻、颍川庾凯，并结知音之友，世人呼为‘八达’。”在“八达”中，王澄以“放荡不拘，时谓之达”②同列其中，立身行事，玄佛趋同。时值晋魏，“《般若》理趣，同符《老》《庄》。而名僧风格，酷肖清流，宜佛教玄风，大振于华夏也”。名僧名士相比拟，“名人释子共入一流。世风之变，可知矣”③。

在魏晋南北朝期间，最具影响力的是王导。汤用彤在谈及这一时期佛教传播时即指出：“南朝世族，首推王、谢。晋司徒王导，奖进僧徒，于江东佛法之兴隆颇有关系。”④可见王导所起到的作用。

王导位极人臣，同时也是江东清谈的核心人物。王夫之谓其“内戢强臣，外御狄患，暇则从容谈说，自托风流”⑤。而此时的僧徒，为弘佛法也多借世变之风以尚玄包装自己，不但长于清谈，并且在行为方式上与时赏的清谈名士相迎合，深得王导的心许。《高僧传》卷一《帛尸梨蜜传》云：

① 《梁书》卷二十一《王志传》。
② 《世说新语》第二十四《简傲》注引邓粲《晋纪》。
③ 汤用彤：《汉魏两晋南北朝佛教史》，武汉大学出版社2008年版，第105页。
④ 汤用彤：《汉魏两晋南北朝佛教史》，武汉大学出版社2008年版，第293页。
⑤ 王夫之：《读通鉴论》卷十五《文帝》。

> 帛尸梨蜜多罗，此云吉友，西域人，时人呼为高座。……蜜天姿高朗，风神超迈，直尔对之，便卓出于物。晋永嘉中，始到中国，值乱，仍过江，止建初寺。丞相王导一见而奇之，以为吾之徒也，由是名显。太尉庾元规、光禄周伯仁、太常谢幼舆、廷尉桓茂伦，皆一代名士，见之，终日累叹，披衿致契。导尝诣蜜，蜜解带偃伏，悟言神解。时尚书令卞望之，亦与蜜致善，须臾望之至，蜜乃敛衿饰容，端坐对之。有问其故，蜜曰："王公风道期人，卞令轨度格物，故其然耳。"诸公于是叹其精神洒厉，皆得其所。……太将军王处仲在南夏，闻王周诸公皆器重蜜，疑以为失鉴，及见蜜，乃欣振奔至，一面尽虔。

王导见到这个西域来的僧人吉友，"以为吾之徒也"，也就是把僧人看作与自己是一类的人，可见吉友具有当时名士的风采。而仅仅是"一见"，吉友由此而名声大显，也引来了有着太尉、光禄、太常、廷尉头衔的"一代名士"前来相见，见到吉友后，无不推诚相与、情投意合。王导前去"诣蜜"，时为尚书令的卞望之也"须臾"而至，王导起着示范作用。而吉友在接待上也别具一格，一个是"解带偃伏"相语，一个是"敛衿饰容"端坐以对，为何有如此的区别？吉友解曰：王导是"风道期人"，卞望之是"轨度格物"，所以待王可解衣倒卧，而对卞则必须整衣修容，行动举止一派名士的自由洒脱，显示出吉友极强的辨识迎合能力，诸公无不"叹其精神洒厉"。大将军王敦（王导的堂兄）感到王导对吉友的行为有所过分，"疑以为失鉴"，但当他见到吉友时竟也欣喜若狂，"一面尽虔"。表达出的不仅是对吉友的欣赏，也包含着对王导识人待物的敬佩。

王导与名僧康僧渊、竺法义等，也有着很深的交往。康僧渊，原本是西域人，生于长安。"貌虽梵人，语实中国……晋成之世，与康法畅、支敏度等俱过江……琅邪王茂弘，以鼻高眼深戏之，渊曰：'鼻者面之山，眼者面之渊，山不高则不灵，渊不深则不清。'时人以为名答。"[①]琅邪王茂弘即王导（字茂弘），他以相貌戏弄康僧渊。在王导之前，有陈郡人殷浩以俗世之性情辩佛经之深意未了，后被康僧渊改变了观点。接下来王导之戏，有"时人以为名答"的说法，

① 《高僧传》卷四。

最终的结果应该是王导也被折服。在《世说新语·排调》中，也有同样内容的记述：

> 康僧渊目深而鼻高，王丞相每调之，僧渊曰："鼻者面之山，目者面之渊；山不高则不灵，渊不深则不清。"

这里的"王丞相"就是王导，"每调之"的"每"字，说明不止一次，是王导常常调侃僧渊的相貌，有内在的"美"，是康僧渊会意的妙答。关于与竺法义的关系，《高僧传》卷四有云：法义"栖志法门，从深（竺道潜）受学。游刃众典，尤善《法华》。后辞深出京，复大开讲席，王导、孔敷并承风敬友"。这个"承风"秉承的应当是清谈之风，由此而成为相互尊敬的好友。其实，王导对于法义，还是法义对王导，还有另一层关系：法义所从学的深公竺道潜（字法深），是王敦之弟，而王敦则是王导的堂兄。因此王导与法义的关系，就多了一份"亲缘"在里面。

在本节我们还谈到了王导有六个儿子：悦、恬、洽、协、劭、荟。王荟信佛，崇敬竺道壹，"于邑西起嘉祥寺，以壹之风德高远，请居僧首"。道壹向寺庙捐赠了僧人所备的"六物"，并"造金牒千像"。竺道壹，还与琅邪王氏的王珣兄弟"深加敬事"[①]。王珣，是王导之孙，也就是王洽之子。在王导"诸子中最知名"的是王洽，同时奖进僧徒，也是最有影响的。他与支遁、竺法汰都有交游来往。王洽作为"一代名流"，"著尘外之狎"[②]，是支遁的尘世之外相亲相热的朋友。支遁所作《即色游玄论》，即是与王洽的问答录。[③]对于竺法汰，王洽"钦敬无极"[④]。《世说新语·赏誉》载："初，法汰北来，未知名，王领军供养之。每与周旋，行来往名胜许，辄与俱。不得汰，便停车不行，因此名遂重。"王导的第五子王劭，曾兴建枳园精舍。南朝梁人沈约的《枳园寺刹下石记》云："佛教东流，适未尤著。始自洛京，盛于江左。晋故车骑将军琅琊王

---

① 《高僧传》卷五。

② 《高僧传》卷四《支遁传》。

③ 《出三藏记集》卷十二《杂录》载陆澄《法论目录·第一帙》："《即色游玄论》支道林。王敬和问，支答。"

④ 《高僧传》卷五。

劭，玄悟独晓，信解渊微，于太祖文献公清庙之北，造枳园精舍。”[①]

东晋成帝末年，南朝佛教颇为消沉，清谈者寝息，“然清流名士多居东土，而以王羲之、谢安为之首”[②]。王羲之崇奉天师教，但这并不影响他崇佛。知竺昙猷有禅定之法，“王羲之闻而故往，仰峰高挹，致敬而反”[③]。王羲之与高僧交往最深的是支遁。

支遁，字道林，与王洽结为好友。他以谈《庄子·逍遥游》而声名鹊起，“群儒旧学，莫不叹服”[④]。王羲之由是与其相敬相亲：

> ……王羲之时在会稽，素闻遁名。未之信，谓人曰：“一往之气，何足可言。”后遁既还剡，经由于郡，王故往诣遁，观其风力。既至，王谓遁曰：“《逍遥》篇可得闻乎？”遁乃作数千言，标揭新理，才藻惊绝。王遂披衿解带，流连不能已。仍请住灵嘉寺，意存相近。[⑤]

王羲之是带着疑问与道林相见，不想最终有“披衿解带，流连不能已”的情境。对于这种现象，汤用彤在《汉魏两晋南北朝佛教史》中曾指出：“东晋名士崇奉林（道林）公，可谓空前。此其故不在当时佛法兴隆。实则当代名僧，既理趣符《老》《庄》，风神类谈客。而‘支子特秀，领握玄标，大业冲粹，神风清萧’（《弘明集》《日烛》中语），故名士乐与往还也。”而就王羲之好道又好佛的双重性，则认为：“王羲之亦奉天师道，而均优礼僧人。此固可见东晋佛道门户之见不深，无大抵触。实尤因当时名士好玄学，重清谈，认佛法玄妙之极，而名僧风度又常领袖群伦也。”[⑥]

在王导第三代的孙辈中，更不乏崇佛之人，《高僧传》就曾说到王珣兄弟对佛事“深加敬事”。王珣还与释慧持相敬重。释慧持是慧远之弟，“遍学众经，游刃三藏”，居京师东安寺，“晋卫军琅邪王珣，深相器重。时有西域沙门僧

---

① 《广弘明集》卷十六。

② 汤用彤：《汉魏两晋南北朝佛教史》，武汉大学出版社2008年版，第125页。

③ 《高僧传》卷一一。

④ 《高僧传》卷四。

⑤ 《高僧传》卷四。

⑥ 汤用彤：《汉魏两晋南北朝佛教史》，武汉大学出版社2008年版，第123、127页。

伽罗叉，善诵四《含》，珣请出《中阿含经》。持乃校阅文言，搜括详定后还山”[①]。王珣有汉文译本《中阿含经》(此经为佛教经典，汉译四阿含之一，是早期佛教基本教理)，由释慧持法师亲手“搜括详定”，校阅完成之后才“还山”以寺。早在此之前，王珣就曾“集京都义学沙门释慧持等四十余人，更请提婆重译《中阿含》等，罽宾沙门僧伽罗叉执梵本，提婆译为晋言”[②]。王珣与僧伽提婆之交，很能体现当时外来佛僧与高官名士的关系：

> 隆安元年，(提婆)来游京师，晋朝王公及风流名士，莫不造席致敬。时卫军东亭侯琅玡王珣，渊懿有深信，扶持正法，建立精舍，广招学众。提婆既至，珣即延请，仍于其舍讲《阿毗昙》，名僧毕集。提婆宗致既精，词旨明析，振发义理，众咸悦悟。时王僧珍(王僧弥)亦在座听，后于别屋自讲。珣问法纲道人：“僧珍所得云何？”答曰：“大略全是，小未精核耳。”其敷析之明，易启人心如此。[③]

僧伽提婆，罽宾人，“学通三藏，尤善《阿毗昙心》，洞其纤旨”，苻氏建元(365～385)中来长安。在隆安元年(397)提婆至东晋都城建康，到达之时“风流名士，莫不造席致敬”，即见佛风在名士中的热行。卫将军东亭侯王珣自然就是主角，他正法、建舍、招徒，对佛教的弘法几尽心身之力。王珣请提婆到精舍讲《阿毗昙经》，名僧全都到场了。之所以“毕集”，一是提婆的影响大，同时也表明王珣的号召力，与提婆到来名士“莫不造席致敬”一样，王珣请讲，自然也会“名僧毕集”。提婆也确有魅力，意旨明晰，义理显扬，“众咸悦悟”，就连年幼小儿都能记其大概，启心如此之强。这个幼儿王弥，是王珣的弟弟王珉(有小名“僧弥”之称，在前面已提及，《晋书》有传)，祖脉相承，心有灵犀。

在《高僧传》卷六中，有段王珣与豫章太守范宁的书信对话，能真切地表现出对佛僧的感情。王珣将慧远、慧持作比较，谁会更强？“但令如兄，诚未易

---

① 《高僧传》卷六《释慧持传》。

② 《高僧传》卷一《僧伽提婆传》。

③ 《高僧传》卷一《僧伽提婆传》。

有，况弟复贤耶”，没有结论。在他看来，兄长慧远已属难得，而也没有比慧持更好的弟兄，字里行间，流露出对沙门高僧的钦佩。

王劭之子王恢，虔诚向佛。晋义熙十三年（417），宋武帝西伐长安在凯旋途中，王恢从驾游山遇到释智严法师，遂一同还都，回京后住始兴寺。因智严师性好清静，王恢便在东郊建了枳园寺，请释智严主之。《高僧传》卷三《宋京师枳园寺释智严传》记载了此事：

> 时始兴公王恢从驾游观山川，至严精舍，见其同止三僧，各坐绳床，禅思湛然，恢至，良久不觉，于是弹指，三人开眼，俄而还闭，问不与言。恢心敬精奇，访诸耆老，皆云：“此三僧隐居求志，高洁法师也。”恢即启宋武帝，延请还都，莫肯行者。既屡请慊至，二人推严随行。恢怀道素笃，礼事甚殷，还都，即住始兴寺。严性爱虚静，志避喧尘，恢乃为于东郊之际，更起精舍，即枳园寺也。

王劭之子王谧，也多与名僧交往，如慧元、鸠摩罗会等。他将释慧远视为师长，因感早衰而致信慧远。《高僧传》卷六《晋庐山释慧远传》载：

> 司徒王谧、护军王默等，并钦慕风德，遥致师敬。谧修书曰：“年始四十，而衰同耳顺。”远答曰：“古人不爱尺璧，而重寸阴，观其所存，似不在长年耳。檀越既履顺而游性，乘佛理以御心，因此而推，复何羡于遐龄耶？聊想斯理，久已得之，为复酬来信耳。”

慧远少为儒生，“博综六经，尤善《庄》《老》”。王谧少有美誉，但遐不及年，年四十八而卒。王谧与慧远的问答，留下了两者的情义。王谧与鸠摩罗什的问答，同样见证他对罗什的敬重。

据《法论目录》，列有王谧致书提问若干问题的篇目：《问实相》《问涅槃有神不》《问灭度权实》《问清净国》《问佛成道时何用》《问般若法》《问般若称》《问般若知》《问般若是实相智非》《问般若萨婆若同异》《问无生法忍般若同异》《问礼事般若》《问佛慧》《问权智同异》《问菩萨发意成佛》《问法身》《问成佛时断何累》《问得三乘》《问三归》《问辟支佛》《问菩萨生五道中》《问七佛》《问不见弥勒不见千佛》《问佛法不老》《问精神心意识》《问十数法》《问神识》等。[1]《法论目录》，还载有《心无义》《桓敬道与王稚远书往反九首》，都是王谧有关佛学的问答与讨论。《弘明集》卷十二中，还保存着王谧的《答桓太尉书》四种，集中体现了他敬佛事礼的观点。

在以王导为代表的琅邪后世中，仅《高僧传》提到的还有南朝宋时的王弘、王练、王徽、王增达、王琨、王景文，齐时的王俭、王奂、王肃、王融、王斌、王慈、王峻，梁时的王筠，陈时的王克、王固等。这是一个累世为官、名士荟萃的特殊群体，为佛教的传播提供了多方面的支持，所以谈到高僧弘法都不会遗漏他们。

以身弘法，以济苍生。在琅邪王氏家族中，奖进僧徒、信佛崇佛者众，但也有以身弘法出家为僧者。其中竺法潜、释道宝、释道敬，均列入梁释慧皎所撰的《高僧传》。

《高僧传》卷四《晋剡东仰山竺法潜》云：

> 竺法潜，字法深，姓王，琅玡人，晋丞相武昌郡公敦之弟也。年十八出家，事中州刘元真为师……潜伏膺已后，剪削浮华，崇本务学，微言兴化，誉洽西朝，风姿容貌，堂堂如也。至年二十四，讲《法华》《大品》，既蕴深解，复能善说，故观风味道者，常数盈五百。

法深是王敦之弟，出家后消尽尘世浮华，崇尚根本之道而用功习法，盛名于西晋王朝。永嘉（307～313）初年为避乱过江，东晋元帝、明帝以及他的本家王导都“钦其风德，友而敬焉”。法深讲席三十余年，或《方等》，或《老》《庄》，从习之人“内外兼洽”。应哀帝征请，入宫开讲《大品经》，“上及朝士并称善焉”。此时简文作相，称法深为“道俗标领”，及至简文登基，“虔礼弥笃”。后还剡之仰山，隐于林皐之间。支遁曾这样评价法深：

> 上座竺法深……体德贞峙，道俗纶综。往在京邑，维持法网，内外具瞻，弘道之匠也。顷以道业靖济，不耐尘俗，考室山泽，修德就闲。今在

① 《出三藏记集》卷第十二。

剡县之仰山，率合同游，论道说义，高栖皓然，遐迩有咏。[①]

法深于晋宁康二年（374）卒于山馆，世寿八十有九。烈宗孝武皇帝有诏曰："深法师理悟虚远，风鉴清贞，弃宰相之荣，袭染衣之素。山居人外，笃勤匪懈，方赖宣道，以济苍生，奄然迁化，用痛于怀。"竺法潜玄学佛学兼洽，深得名士之风。当法潜于简文帝处遇见沛国的刘惔，嘲笑他身为道士何以在朱门游走？潜曰："君自睹其朱门，贫道见为蓬户。"[②]颇露清谈辩解之韵。

《高僧传》卷四《晋剡葛岘山竺法崇》附《道宝》：

时剡东仰山，复有释道宝者，本姓王，琅玡人，晋丞相导之弟。弱年信悟，避世辞荣，亲旧谏止，莫之能制。香汤澡浴，将就下发，乃咏曰："安知万里水，初发滥觞时。"后以学行显焉。

释道宝，是王导之弟。在弱冠之年觉悟而信从佛教，后以学问与品行并显于世。

《高僧传》卷一三《宋山阴法华山释僧翼》附《道敬》：

时有释道敬者，本琅玡胄族，晋右将军王羲之曾孙。避世出家，情爱丘壑，栖于若耶山，立悬溜精舍。敬后为供养众僧，乃舍具足，专精十戒云。

道敬为王羲之子王凝之的孙子，为避尘世而出家，专精小乘沙弥戒律。《佛祖统纪》卷二十六有云：

法师道敬，琅邪王氏。祖凝之刺江州，遂从远公出家。年十七，博通经论，日记万言。每叹戒律，终身难全，愿净六根，但禀一戒，以为得度之要。远公知其坚正，许之。笃志念佛，蚤夜弗替。远公归寂，乃入若耶山。宋永初元年，谓众曰："先师见命，吾其行矣。"即端坐唱佛而化。众

① 《高僧传》卷四《晋剡东仰山竺法潜》。

② 《高僧传》卷四《晋剡东仰山竺法潜》。

见光明满室，弥时方灭。春秋五十二。

道敬是在祖父王凝之为江州刺史时出家，师从慧远于庐山。因叹戒律难全，“但禀一戒”（只求沙弥戒），得到慧远的许可。宋武帝永初元年（420）圆寂，时年五十二岁。

“王氏自司徒导以来奉佛教，世世不绝。”[①]琅玡王氏后代大多承其“家传道训”[②]，或信佛崇佛，或以身弘法，推动了佛教在东晋南北朝时期的传播，其意义深远。在谈及魏晋南北朝佛教与世族的关系时，钱穆认为佛教传播对世族的依存是明显的，“门第与佛教自有一种相互紧密之关联。门第为佛教作护法，佛教赖门第为檀越”[③]。因此，魏晋南北朝佛教能在中土迅速发展壮大，与世族的支持不可分割。

第三节　冲突与融合中的泰山

佛教影响着中土社会的各个方面，必然也会反映到文学作品中去。“檄魔文”的大量出现以及志怪小说的繁荣，即是佛教文化直接或间接作用的结果。“檄魔文是用檄文宣扬佛教降魔成佛观念而产生的一种新文体”[④]，而以记叙神异鬼怪故事传说为主要内容，产生和流行于魏晋南北朝的志怪小说，无疑受佛教报应轮回新思想影响所致。在一种融合与冲突的环境中，泰山信仰也在发生着前所未有的巨大变化。

① 汤用彤：《汉魏两晋南北朝佛教史》，武汉大学出版社2008年版，第295页。

② 《弘明集》卷十《豫章王主簿王筠答》有曰：“弟子世奉法言，家传道训。”

③ 钱穆：《略论魏晋南北朝学术文化与当时门第之关系》，《中国学术思想史论丛》卷三，安徽教育出版社2004年版，第185页。

④ 刘林魁：《佛教檄魔文的文体价值》，《山西师大学报》（社会科学版）2010年第5期。

一、《檄太山文》及神祇信仰的裂变

在南朝梁僧祐所撰的《弘明集》中，有一篇《檄太山文》。所谓檄文，原本是军队起兵讨伐的一种誓言，分为两种：一是自己的军队战前的誓师宣言；其二是发给对方讨伐宣战的誓词。《檄太山文》属于后者，但它改变了原有写实的创作精神而富有戏剧化特征，成为宣扬佛教观念的一种文体。它以自身正义为基点，用自己的宗教标准抨击对方"假"与"伪"。《檄太山文》是对泰山神祇的挑战书，反映的却是双方思想冲突的矛盾点。

《檄太山文》所题作者是释竺道爽。竺道爽，在《续高僧传》卷十六《齐林虑山洪谷寺释僧达传》中，有其名号。道爽是僧达的弟子，曾受师之令，"为山神读《金光明经》"。有关道爽的其他活动失载，不过以其师释僧达的情况作为背景材料，可有助于我们对道爽的了解。

据《续高僧传》卷十六记载，僧达俗姓李，上谷（今河北怀来县南）人，十五岁出家。僧达"游学北代"，受北魏孝文帝器重，曾被邀"阐弘《四分》"。梁武帝时，僧达于京师的重云殿为武帝宣讲《地论》，"连席七宵，帝叹嘉瑞，因从受戒"。僧达离开建康北返后，梁武帝还常常向北遥礼，表达敬重之意。僧达北返至兖州，时任兖州行台的侯景为其"造二寺"。后僧达至邺都，"暨齐文宣，特加殊礼，前后六度归崇十善"，同样受到北齐文宣帝的礼遇。就僧达所能，一是"宗轨毗尼"，遵循研习的是戒律；二是主要讲《四分律》《十地经论》，前者为戒律之学，后者则是菩萨修行论说。僧达与山林之神有所交通，是在由兖州到达邺都之时：

> 达反邺京，夜有神现，身被黄服，拜而跪曰："弟子是载山神也。王及三谷正备供养，愿不须还。"达曰："在山利少，在京利多，贫道观机而动，幸无遮止！"又经静夜，有推户者称曰山神之妻："白日无暇，今故参拜。"并奉米糕一筐，进而重曰："僧无偏为，礼佛之时，请兼弟子名也。"达答："糕可将还，后当为礼。"因令通为之时，一拜兼唱。其含幽识明，皆此类也。达遣弟子道爽，为山神读《金光明经》，月余，有虎来将狗去。达闻之，曰："此必小道人懈怠，不为檀越读经。"具问之，果云三日来别诵

《维摩》耳。乃烧香礼佛，告曰："昨虽诵余经，其福亦属檀越。若有灵鉴，放狗还也。"至晓狗还，看于项上有衔啮处。斯又接统神明，殆不可测。[1]

僧达梦中的山神及山神之妻，分别前来参拜，并均卑称自己为"弟子"，并有利物之施。文中僧达的弟子道爽，受命为山神读《金光明经》，僧达确信此经的威力，但"月余，有虎来将狗去"，断定弟子有所不为，经问查果然是三日来，有所懈怠而"别诵《维摩》"经，致使没有达到预期的功效，后又"烧香礼佛"，最终"放狗还也"。经文之神力、僧达之判断力，跃然纸上。山神以施主"檀越"的身份出现，求拜佛僧以化解不祥。说到对猛虎的役使，僧达确有不凡的表现。北齐文宣帝因僧达"性爱林泉，居闲济业"，于是在林虑山黄华岭下立洪谷寺。僧达经营山寺，将入谷口之时，有虎踞其前。乃祝曰："欲造一寺，福被幽灵，若相许者，可为避道。"言毕而虎去。如果从《弘明集》所录的《檄太山文》看，道爽对山神的懈怠是有原因的，"沙门竺道爽，敢告太山东岳神府及都录使者！"就是他对泰山山神的公开宣战。

在文中道爽矛头直指时俗的"东岳神府及都录使者"，但并未对本体的泰山发难。泰山是中土传统观念中的主生主死的生命之山，被社会各个阶层所认同。佛教在中土传播下的地狱观，也是以泰山为基础而构建。因此，道爽无论站在外来文化传播者的角度，还是纯粹佛教徒的立场，都表现出对传统观念的认可及对泰山的尊重（在他看来这是"真神"）：

沙门竺道爽，敢告太山东岳神府及都录使者！盖玄元创判，二仪始分。上置璇玑，则助之以三光；下设后土，则镇之以五岳。阴阳布化于八方，万物诞生于其中。……此皆禀气运实，无邪之秽；神道自然，崇正不伪。因天之覆，顺地之载；敦朴方直，淡然玄净。进道四运之端，退履五教之精。内韬通微之资，外朗道德之明。上达虚无，下育苍生。含德潜通，无遐不彻；游步九崖，翱翔玄阙。故能形无正始，呼吸阴阳；握揽乾坤，推步八荒。[2]

① 《续高僧传》卷十六《齐林虑山谷寺释僧达传》。

② 《弘明集》卷第十四《檄太山文》。

玄元一二仪一璇玑一三光一后土一五岳，从万物本源，到天地分化，后有五岳；阴阳、万物、四运、五教、乾坤、八荒……所用术语直引中土传统的哲学命题，这也是道爽的立论之本。并由此引出对时俗之神的批判：

> 夫东岳者……荡消众秽，其道自然，而何妖祥之鬼，魍魉之精，假东岳之道，托山居之灵；因游魂之狂诈，惑俗人之愚情。雕匠神典，伪立神形；本无所记，末无所经。外有害生之毒气，内则百鬼之流行；昼则谷饭成其势，夜则众邪处其庭。此皆狼蛇之群鬼，枭蟒之虚声。自三皇创基，传载于今，历代所崇，未睹斯响也。①

在声讨的过程中，道爽仍然是以中土传统观念中“名不正、言不顺”的伦理秩序作为基本论断。东岳神府“本无所记，末无所经”，“假托”的是泰山的“岳之道”与“山之灵”，从而认定是“狼蛇”“枭蟒”乌合之众，是“妖祥之鬼，魍魉之精”。其本其末“无记”“无经”，则必然是移花接木，伪立神形。名不正如何言顺，言不顺如何成事？因此“历代所崇，未睹斯响也”。道爽又引《零征记》所云：“夫神正者……乃灵翔之妙节，清虚之神道。若神不正者，则干于万物。因时托响，传惑于俗……精神离迸，痛伤元气。”仍在强调“正”与“不正”的利害关系，也是真伪之辩。在《檄太山文》中，“违道本经”“假托生人”“鬼魅假形”“托称其圣”“非其神也”“非为真正”“非生人应府”“毁辱真神”“非其道也”“邪不处正”“复汝本形”，正与伪、真与假的辩证之词，充满全篇。

那东岳神府的罪行是什么？道爽列举有三：一是杀生；二是无福报；三是假托生人。不杀生，是“应天而食，不害众命”的基本原则，“此乃灵翔之妙节，清虚之神道”。这是《零征记》的说法。而所引《枕中戒》也有“含气蠢蠕，百虫勿婴，无食鸟卵，中有神灵……焉可害生？”的训诫。而泰山神府有悖“顺天不杀”的天理，“害猪羊而饮其血”，实属“逆理”“违道”之行径，理当受到讨伐。

关于福报，道爽言泰山神府有其名无其实，枉费信用：

① 《弘明集》卷第十四《檄太山文》。

自汝妖祥，渐逾六载，招来四远，靡不响应。送疾而往者，如小水归海；获死而还者，哀呼盈路。重者先亡，便云算尽；轻者易降，自称其福。若使重患难济，则汝无恩；中容之疾，非汝所救。二者无效，焉可奉事？乃令群民投身归命，既无良医善药，非散发之能降。经旬历月，曾无影报，以此推之，有何证验？①

病老、生死无所依附，几尽巧言应服，无能无德致使“影报”无果。并以“太元桓王”为据痛说其虚妄，“体婴微疾，谓汝之祇，能感灵德”，于是“诣汝神殿，献荐三牲，加赠珍异”，然而桓王却不能“消疾获安”，“既无响应，乃奄薨逝”。

在主导“生人”方面，道爽指出泰山神府是假借真神名而行之不道：

又五岳真神，则精之侯……而汝矫称，假托生人，因虚动气，杀害在口。顺之则赐恩，违之则有祸；进退谄伪，永无贤轨。毁辱真神，非其道也。

……

又昔太山石立社移，神灵降象，遐声万代，此则乾坤之所感，显为时瑞。汝托称其圣，既不能兴云致雨以表神德，图妖邪以损真道，正使汝能因盘动箸，举杯尽酒，犹为鬼幻，非为真正。况无其征，有何神也？

又太山者，则阎罗王之统，其土幽昧，与世异灵。都录使者，降同神行，定本命于皇记，察都籍于天曹；群恶无细不拾，纤善小而无遗。总集魂灵，非生人应府矣。而何弊鬼，诈称斯旨，横恣人间，欺殆万端？②

泰山一向被认为是主生主死之地，道爽也是清楚的，因此有“假托生人”“非为真正”“非生人应府”之说，均以真与假、是与非立论。在道爽看来，时俗的泰山神府不明其理，“毁其真神”。而“阎罗王”“都录使者”，“总集魂灵”是主死之使，自然也就没有了对“生人”的操控。因而是“诈称斯旨，横

① 《弘明集》卷第十四《檄太山文》。

② 《弘明集》卷第十四《檄太山文》。

恣人间”，并非真神。

杀生，是佛教戒律所禁止，如小乘五戒、大乘十重禁戒等，都把“杀生”置于戒之首。因而评判泰山神府的杀生之罪，大逆不道。道爽所说的“影报”，在这里是指“验证”，也就是对信仰者的回报。泰山神府既不能“通乾坤致妙”，也不能“兴云致雨以表神德”，也就不可能对信奉者有所响应，其“影报”也就无从说起。而当泰山成为阎罗王之统、都录之使，又有何资格管理人世间的生者之事，是谓“毒钟王境，为害滋甚”。表面上看，杀生、无福报、假托“生人”是对泰山神府的抨击，其实是对中土传统信仰的蔑视。因为对神祇祭祀使用牺牲，是中国传统宗教信仰的基本制度，有求有应是人与神的交往关系，也是朴素的中土信仰。如果说，在杀生的问题上道爽是以佛教的规矩评判另一文化类型的制度；那么在福报的观念上，道爽则是以中土的法则来反诘中土的信仰，因为在佛教的回报问题上尚有来世之说，不相信有这种直接的利益关系。而所谓的泰山阎罗、都录，是佛教信仰与中土信仰“混血”的结果，如果没有佛教的外来，泰山就没有地狱之说，原本的泰山主死，只是主生命题的另一个方面（如同天地、阴阳，两者是不可分割的）。因此可以说，道爽的《檄太山文》是佛教在异土站稳脚跟后对中国传统信仰的宣战。

道爽始终以正义者的面目出现，在谴责泰山神府种种罪行后，即实施最后的通牒：

> 夫云雾蔽天，群邪翳正；自汝妖异，多所伤害……推古验今，邪不处正。吾将荡秽，光扬圣道……既令群民无倾财之困，鸟兽无罗网之卒。若复顾恋望餐不去者，吾将宣集毗沙神王、恕罗子等，授以金刚屯真师。勇武秋霜，陵动三千，威猛难当，曜戈明剑，拟则摧山。降龙伏魔，靡不稽颡；汝是小鬼，敢触三光？鹤毛入炭，鱼行镬汤；倾江灭火，朝露见阳。吾念仁慈，愍汝所行！占此危殆，虑即伤心；速在吾前，复汝本形！长归万里，沧浪海边；勿复稽留，明顺奉行！[①]

既然“邪不处正”，道爽要“光扬圣道”，宣扬“降龙伏魔”的威猛兵将，严正

①《弘明集》卷第十四《檄太山文》。

警告泰山妖异，现出“本形”，别离人境。

檄文所引经典有三部：《零征记》《枕中戒》《玄中记》。这几本书人们多以道教之典说事，但从内容看应是僧徒假托道书之名的伪作。如《零征记》中所赞赏的“行厨不设，百味自然”，而实际上设立“行厨”是道教引以为豪之事[①]。而《玄中记》中所列种种神祇的指谓，亦为道书所不见：

> 夫自称山岳神者，必是蟒蛇；自称江海神者，必是鼋鼍鱼鳖；自称天地父母神者，必是猫狸野兽；自称将军神者，必是熊罴虎豹；自称仕人神者，必是猨猴狐玃；自称宅舍神者，必是犬羊猪犊。[②]

蟒蛇相对于山岳神、鼋鼍鱼鳖相对于江海神、猫狸野兽相对于天地父母神、熊罴虎豹相对于将军神、猨猴狐玃相对于仕人神、犬羊猪犊相对于宅舍神，多与中土的信仰观念风马牛不相及。道爽所引书籍，疑似僧人借鬼神之事而作。

《檄太山文》极力宣称自身的正义，以斥责对方非正义行径。其言语犀利，口气逼人，时有谩骂之能。道爽的《檄太山文》，是较早的一篇檄魔文。“檄魔文宗教观念实体化的写法，虽有中土文化的根源，但更多是印度文化的影响。”韩愈有一篇著名的散文《祭鳄鱼文》，两者的创作精神及文章组织结构都有相似之处，可称之为传檄之体，“韩愈《祭鳄鱼文》的创作灵感就来自竺道爽《檄太山文》”[③]。

二、志怪小说中的泰山“地狱”

魏晋南北朝时期，文化精神空前活跃，人们的意识形态发生着巨大的变化，势必反映到文学领域。因此以记叙神异鬼怪故事传说为主体内容的志怪类文学作品，在这一时期产生和流行，并成为中国古典小说的形式之一。应当注意的是这一文化现象，与佛教、道教的畅行，有着密切的关系。诚如鲁迅所言：

---

① 《老君变化无极经》：“乘云驾龙到南阳，饮食行厨布腹肠。”

② 《弘明集》卷第十四《檄太山文》。

③ 刘林魁：《佛教檄魔文的文体价值》，《山西师大学报》（社会科学版）2010年第5期。

中国本信巫，秦汉以来，神仙之说盛行，汉末又大畅巫风，而鬼道愈炽；会小乘佛教亦入中土，渐见流传。凡此，皆张皇鬼神，称道灵异，故自晋迄隋，特多鬼神志怪之书。其书有出于文人者，有出于教徒者。文人之作，虽非如释道二家，意在自神其教，然亦非有意为小说，盖当时以为幽明虽殊途，而人鬼乃皆实有，故其叙述异事，与记载人间常事，自视固无诚妄之别矣。①

在以佛、道为“张皇鬼神”的志怪小说中，作为主生又主死的泰山自然是一个不可缺失的描写对象，因为人们无法脱离生死而“志怪”。在志怪小说中，作为地下神或地狱吏官名其曰“泰山神”“泰山府君”“泰山令”以及部属“泰山伍伯”“泰山录事”等。

《列异传·蔡支妻》有云：

临淄蔡支者，为县吏。曾奉书谒太守，忽迷路，至岱宗山下，见如城郭，遂入致书。见一官，仪卫甚严，具如太守。乃盛设酒肴，毕，付一书，谓曰：“掾为我致此书与外孙也。”吏答曰：“明府外孙为谁？”答曰：“吾太山神也，外孙天帝也。”吏方惊，乃知所至非人间耳。②

县吏蔡支，奉命拜见太守而迷路到了泰山（阴间），这里如同世间，有“城郭”之设，其官“仪卫甚严，具如太守”，当太山神自报家门之时，蔡支方觉是“非人间”的地府。从字面上看，还没有佛教地狱的色彩。同书《胡母班》条中，有了“泰山府君”的称呼：

胡母班为太山府君赍书诣河伯，贻其青丝履，甚精巧也。③

此即河神传书故事最初的版本。但到了《搜神记》，发生了大的变化：

---

① 《中国小说史略》，《鲁迅全集》第九卷，人民出版社1953年版，第47页。

② 《太平广记》卷三百七十五引。

③ 《太平御览》卷六百九十七引。

胡母班，字季友，泰山人也。曾至泰山之侧，忽于树间逢一绛衣驺，呼班云："泰山府君召。"班惊愕，逡巡未答。复有一驺出，呼之，遂随行数十步，驺请班暂瞑。少顷，便见宫室，威仪甚严。班乃入阁拜谒。主为设食，语班曰："欲见君，无他，欲附书与女婿耳。"班问："女郎何在？"曰："女为河伯妇。"班曰："辄当奉书，不知缘何得达？"答曰："今适河中流，便扣舟呼'青衣'，当自有取书者。"班乃辞出。昔驺复令闭目，有顷，忽如故道。遂西行，如神言而呼青衣。须臾，果有一女仆出，取书而没。少顷，复出，云："河伯欲暂见君。"婢亦请瞑目。遂拜谒河伯。河伯乃大设酒食，词旨殷勤。临去，谓班曰："感君远为致书，无物相奉。"于是命左右："取吾青丝履来！"以贻班。班出，瞑然，忽得还舟。

遂于长安经年而还。至泰山侧，不敢潜过，遂扣树自称姓名，从长安还，欲启消息。须臾，昔驺出，引班如向法而进。因致书焉。府君请曰："当别再报。"班语讫，如厕，忽见其父着械徒作，此辈数百人。班进拜流涕问："大人何因及此？"父云："吾死不幸，见遣三年，今已二年矣。困苦不可处。知汝今为明府所识，可为吾陈之，乞免此役，便欲得社公耳。"班乃依教，叩头陈乞。府君曰："生死异路，不可相近，身无所惜。"班苦请，方许之。于是辞出，还家。

岁余，儿子死亡略尽。班惶惧，复诣泰山，扣树求见。昔驺遂迎之而见。班乃自说："昔辞旷拙，及还家，儿死亡至尽。今恐祸故未已，辄来启白，幸蒙哀救。"府君拊掌大笑曰："昔语君'死生异路，不可相近'故也。"即敕外召班父。须臾，至庭中，问之："昔求还里社，当为门户作福，而孙息死亡至尽，何也？"答云："久别乡里，自忻得还，又遇酒食充足，实念诸孙，召之。"于是代之。父涕泣而出。班遂还。后有儿皆无恙。[①]

原来仅有的二十几字，扩展到了数百字。从胡母班至泰山见泰山府君，到持信送达返回再见泰山府君，故事内容丰富。一如同前的是：官场如现世，"便见宫室，威仪甚严"，但大不同的是，胡母班之父"着械徒，作此辈数百人"，父言死后在此已经二年，"困苦不可处"，如何无法置身，文中没有详

① 《搜神记》卷四《胡母班致书》。

说，但在泰山府君这里，已有了地狱的影子。在《搜神记》中，还有蒋济亡儿的故事，在地下官署有“泰山令”“泰山伍伯”“泰山录事”之设。

地狱基本特征得到充分展现，见于《冥祥记》中。其《李旦》篇言，南朝刘宋的李旦，在文帝元嘉三年正月十四日，得暴病而死，七天后又苏醒过来，“宿昔复常”。自云：

> 有一人持信幡来至床头，称府君教唤，旦便随去。直北向行，道甚平净。既至，城阁高丽，似今官阙。遣传教慰劳问。呼旦可前至大厅事上见。有三十人单衣青帻，列坐森然。一人东坐，披袍隐凡。左右侍卫，可有百余。视旦而语坐人云：当示以诸狱，令世知也。旦闻言已，举头四视，都失向处，乃是地狱中。见群罪人，受诸苦报，呻吟号呼，不可忍视。寻有传教，称府君信：君可还去，当更相迎。因此而还。至六年正月复死，七日又活。述所见事，较略如先。[①]

泰山府君呼李旦前去，也见城阁高耸，如现世宫阙。在大厅之上众人威严，“左右侍卫，可有百余”，场面壮观。狱中罪人“受诸苦报，呻吟号呼”，惩罚苦报，“不可忍视”。同书《陈安居》篇，也有着大致相同的故事情节。

也在南朝刘宋之时，襄阳的陈安居突然“得病发狂”，三年后病发而死，只是“心下微暖，家不敢殓”，在第七天时，发现其尸足间如有风来，“飘动衣衾，苏而有声”。起初家人怕是“尸蹶”，躲而避之。不过他稍能活动便要“饮浆”，家人方有欢喜，问其缘故，陈安居“具说所经见”：

> 初有人若使者，将刀数十，呼将去。……行三百许里，至一城府，楼宇甚整。使者将至数处，如局司所居。末有人授纸笔与安居曰：可疏二十四通，死名安居。即如言疏名成数通。有一侍从内出，扬声大呼曰：安居可入。既入，称有教付刺奸狱。吏两人，一云：与大械；一云：此人颇有福，可止三尺械。疑论不判，乃共视文书。久之，遂与三尺械。有顷，见有贵人，翼从数十，形貌都雅。谓安居曰：汝那得来？安居具陈所由。贵人曰：汝伯有罪，但宜录

---

① 《法苑珠林》卷六《宋广陵李旦》引。

治。以先植小福，故暂得游散，乃敢告诉。吾与汝父幼少有旧，见汝依然，可随我共游观也。……贵人将安居遍至诸地狱，备观众苦，略与经文相符。①

在这里虽未谈及地狱的具体设置，但有“大械”“三尺械”作铺垫，陈居安的地狱之行所见“备观众苦”就可体察狱中之苦难，更有“略与经文相符”之文，即知是佛教地狱大概。

在《冥祥记》详述地狱之状的，最典型的莫过于《赵泰》篇。

赵泰与李旦、陈安居在去地狱之前，有着相似的经历，忽然心痛而死，留尸十日而“俄而苏活”。自述刚死之时梦有一人前来，后又有二人乘黄马，并有两从者，劫持赵泰而去。

先看地狱场景：

至一大城，崔嵬高峻，城色青黑，状锡。将泰向城门入，经两重门，有瓦屋可数千间。

……入百里城。……复见一城，方二百余里，名为受变形城。地狱考治已毕者，当于此城，更受变报。……见有土瓦屋数千区，各有坊巷。正中有瓦屋高壮，栏槛采饰。②

狱中官吏部署：

（大城）吏着皂衣，有五六人，条疏姓字，云：当以科呈府君。……府君西向坐简视名簿讫……有人着绛衣，坐大屋下，以次呼名。问生时所事，作何罪？行何福善？谛汝等辞以实言也。

（复见一城）有数百局吏，对校文书……③

狱中苦刑惨状：

---

① 《法苑珠林》卷六十二《宋陈安居废祀神事佛有征》引。

② 《法苑珠林》卷第七《晋居士赵泰》引。

③ 《法苑珠林》卷第七《晋居士赵泰》引。

所至诸狱，楚毒各殊。或针贯其舌，流血竟体；或被头露发，裸形徒跣，相牵而行。有持大杖，从后催促。铁床铜柱，烧之洞然；驱迫此人，抱卧其上，赴即焦烂，寻复还生。或炎炉巨镬，焚煮罪人，身首碎堕，随沸翻转。有鬼持叉，倚于其侧。有三四百人立于一面，次当入镬，相抱悲泣。或剑树高广，不知限量。根茎枝叶，皆剑为之。人众相訾，自登自攀，若有欣竞。而身首割截，尺寸离断。[①]

在地狱官署，城门“双重”即表明有“瓮城”之设，如防守的城池一般有着防御的军事部署。城中房舍有“数千区”之巨。而地狱不仅仅是这一座城设，出此地狱，要“入百里城”；又有“变形城”，“方二百余里”，房舍有数千区，“各有坊巷”。而在数千区的房舍中，还有“土瓦屋”与“瓦屋”之别，后者高居于正中，并且“栏槛采饰”。这是一个由多个城府组成的“集团”式都城。每个城府有着不同的功能，在“大城”主要是审查来人的履历功德，科呈泰山府君，并于此接受各种刑罚；百里城负责“奉法众生也”；在变形城，地狱考治已完成，于此“更受变报”。

地狱的酷刑，让人不寒而栗。“针贯其舌”“铁床铜柱”“炎炉巨镬”，等等，真可谓“楚毒各殊”，都无不让人恐惧、惊抖（图3-5、3-6、3-7、3-8、3-9）。在变报之时，有“对校文书”的宣判：“杀生者当作蜉蝣，朝生暮死；劫盗者当作猪羊，受人屠割；淫泆者作鹤鹜獐麇；两舌者作鸱枭鸺鹠；捍债者为驴骡牛马。”[②]如果说苦刑主要是对肉体的蹂躏，而此惩罚则是对其心灵上的侮辱——人不足以为人。佛教的来世报应，于此得到了揭示。在佛教中有“十恶道”（亦称“十恶业道”“十不善业道”）的说法，

图3-5　岱庙所藏清代水陆画地狱中的“屠割”场景

① 《法苑珠林》卷第七《晋居士赵泰》引。

② 《法苑珠林》卷第七《晋居士赵泰》引。

图3-6　岱庙所藏清代水陆画地狱中的“炎炉”场景

图3-7　岱庙所藏清代水陆画地狱中的“铜柱”场景

图3-8　岱庙所藏清代水陆画地狱中的“铁床”场景

图3-9　岱庙所藏清代水陆画地狱中的“锯解”场景

列举有十种必获恶报的罪过。《赵泰》篇中所说的“杀生者”“劫盗者”“淫泆者”“两舌者”“捍债者”五种，前四种即在“十恶道”内。而“捍债者”，生来“做牛做马”的偿还形式倒是十分符合中土流行的通俗说法。

在地狱中的官吏，有着一定的身份等级，有穿皂衣的低级官吏，有穿绛衣的军卒，在此最有权威的则是泰山府君。泰山府君是地狱的统领，还负责“恒遣六部使者”，在人间查访善恶之行。在不同的职责岗位，有为数不一的人员把持。在变报之城仅“对校文书”者，就有“数百局吏”，这是一个庞大的组织机构。但有一点要注意，也是与中土冥世信仰最大的不同，即有了一位外来名号为“世尊”的“度人之师”，即是说在地狱审查断案中泰山府君是最高首长，而在狱外的“开光大舍”中为狱人说经超度的法师却是最尊贵的，泰山府君也要为其致敬。只有通过这位尊师，人们方能脱离地狱。而入狱之人，更是多得不可计数：一次入狱就有“数千人男女”，一次出狱“时云：有百万九千人”。而入狱的赵泰，因官宦世家并无恶行，泰山府君“乃遣泰为水官监作使，将二千余人，运沙裨岸”，他勤奋尽职，“后转泰水官都督，知诸狱事”，并给兵马，有了“案行地狱”的特权。

在《幽冥记》（亦名《幽冥录》）中，也有着类似《赵泰》篇对地狱的描述：

> 康阿得死三日，还苏，说：初死时，两人扶腋，有白马吏驱之。不知行几里，见北向黑暗门；南入，见东向黑门；西入，见南向黑门；北入，见有十余梁间瓦屋。有人皂服笼冠，边有三十余吏，皆言府君，西南复有四五十吏。阿得便前拜府君……问得：欲归不？得曰：尔。府君曰：今当送卿归，欲便遣卿案行地狱。即给马一匹，及一从人。东北出，不知几里，见一城，方数十里，有满城土屋。因见未事佛时亡伯、伯母、亡叔、叔母，皆着杻械，衣裳破坏，身体脓血。复前行，见一城，其中有卧铁床上者，烧床正赤。凡见十狱，各有楚毒。

初死——扶腋——城门——瓦房——府君——地狱——土屋——杻械——楚毒，经过、处所、刑罚等，诸节点的关键词大同小异。说明当时人们对地狱的认识有着这样一个几乎固定的模式。

在同书中的《舒礼》篇，泰山地狱有新的形象出现：

> 晋巴丘县有巫师舒礼，晋永昌元年病死。土地神将送诣太山。……礼文书名已至太山门，而又身不至到，推土地神。神云：道见数千间瓦屋。即问吏，言是道人，即以付之。于是遣神更录取。礼观未遍，见有一人，八手四眼，捉金杵，逐欲撞之。便怖走，还出门。神已在门迎，捉送太山。太山府君问礼：卿在世间，皆何所为？礼曰：事三万六千神，为人解除、祠祀，或杀牛犊、猪羊、鸡鸭。府君曰：汝罪应上热鳌。使吏牵着鳌所。见一物，牛头人身，捉铁叉，叉礼着鳌上。宛转，身体焦烂，求死不得。已经一宿二日。府君问主者：礼寿命应尽，为顿夺其命？校录籍，余算八年。府君曰：录来。牛头人复以铁叉叉着鳌边。府君曰：今遣卿归，终毕余算。

勿复杀生淫祀。礼忽还活，遂不复作巫师。[1]

巫师舒礼死后被押至泰山，并在狱中“身体焦烂，求死不得”，其对狱中情形的描写与《冥祥记》并无二致。但有两点值得注意：一是“牛头人身”形象的出现；二是舒礼因杀生而“上热鏊”。

图3-10　牛头马面图（采自晚唐五代《佛说十王经》之一种“第二七日过初江王”画面）

先说“牛头人身”。牛头狱卒的形象，出现在东晋西域沙门竺昙无兰所译的《五苦章句经》中。其云：“狱卒名傍，牛头人手，两脚牛蹄，力壮排山。持钢铁叉，叉有三股。一叉罪人数百千万。”在民间影响甚广的“牛头马面”的“牛头”，即是由此发展而来，都有益于佛教在中土的广大（图3-10）。唐代中叶般剌密谛所译的《楞严经》卷八，也有其形象地表达：“牛头狱卒，马头罗刹，手执枪矟，驱入城门，向无间狱。”使“牛头”与“马面”配双成对。“牛头马面”，为佛教地狱较为典型的狱卒形象，也被道教容纳吸收成为阴曹地府的一员。接下来要说为“杀生”而受到惩罚。关于这一问题与前面谈到的《檄太山文》中，道爽问罪泰山神府三大罪状之一就是“杀生”。舒礼的杀生与他的职业有关，是“为人解除祠祀”，主持祭祀有牺牲之备是中土传统的礼仪方式，在这里表现出佛教与中土传统宗教的冲突。道爽笔下的泰山神府接受“三牲”之祭是罪恶，而对于舒礼在泰山府君这里则因其杀生而定罪，不同文化的冲突与融合都会有原则上的选择性。

泰山地狱与人世间的沟通关系，在《冥祥记》的《孙稚》篇有所展示：

① 《法苑珠林》卷六十二《晋巴丘县有巫师感神》引。

> 晋孙稚，字法晖，齐国般阳县人也。父祚，晋太中大夫。稚幼而奉法。年十八，以咸康元年八月病亡。祚后移居武昌。至三年四月八日，沙门于法阶行尊像经家门。夫妻大小出观，见稚亦在人众之中，随侍像行。见父母，拜跪问讯，随共还家。祚先病，稚云：无他祸祟，不自将护所致耳。五月当差。言毕辞去。其年七月十五日复归，跪拜问讯，悉如生时，说其外祖父为太山府君。见稚，说稚母字曰：汝是某甲儿耶？未应便来，那得至此。稚答：伯父将来，欲以代谴。有教推问，欲鞭罚之，稚救解得原。稚兄容，字思渊，时在其侧。稚谓曰：虽离故形，在优乐处，但读书无他作。愿兄勿复忧也，但勤精进，系念修善，福自随人矣。我二年学成，当生国王家。同辈有五百人，今在福堂，学成皆当上生第六天上。我本亦应上生，但以解救先人因缘缠缚，故独生王家耳！到五年七月七日，复归。说：郏城当有寇难。事例甚多，悉皆如言。家人秘之，故无传者。又云：先人多有罪谪，宜为作福。我今受身人中，不须复营，但救先人也。愿父兄勤为功德作福，食时务使鲜洁。一一如法者，受上福；次者，次福。若不能然，然后费设耳。当使平等，心无彼我，其福乃多。祚时有婢，稚未还时，忽病殆死，通身皆痛。稚云：此婢欲叛，我前与鞭，不复得去耳。推问，婢云：前实欲叛，与人为期，日垂至而便住云云。①

这是一个冥世与现世相互关联交叉的社会场景。在这里不见了地狱的苦状，反之而来的是“虽离故形，在优乐处”的福果。之所以如此，是因为孙稚信奉佛法，且还能为其父伯领罪。不过最重要的还是其外祖父就是泰山府君，从“见稚，说稚母字”，又道“汝是某甲儿耶”的言辞看，亲情在主导着一切。而在故事中，孙稚所表现出的对父母的孝道、对兄长的关心，很好地传达了人间真情的存在。佛教的教化精神与传统的纲常家风很好地融合在了一起。孙稚虽死成鬼，却为他游历于人世与冥世之间提供了便利。“但以解救先人”“但救先人”，始终为孙稚所坚守，乃至不能“上生”也无怨无悔。为了保护家族的利益，不忘对“欲叛”的婢女施以惩罚。也就是说，孙稚奉佛的精进修善，并不影响他对道德伦理的维护，两者的相辅相成，也应是当时人们所

---

① 《法苑珠林》卷九十一《晋俗人孙稚》引。

需求的。

孙稚所言“今在福堂，学成皆当上生第六天上”，其“福堂”还称之为“福舍”，是佛弟子在狱中的住所。《幽冥录·康阿得》有如此描绘：“复见七八十梁间瓦屋，夹道种槐，云名‘福舍’，诸佛弟子住中。”即是说在地狱中，不同身份的狱中之人，有着不同的待遇，而奉佛者为上等。而对待此种人，泰山府君的审查也会更认真。同书中的康阿得在审讯中，泰山府君得知其有奉佛的经历，赞曰：“卿大福德。”按程序继续审核时，出现了处罚失职官员的场面：

> （泰山府君）问都录使者：“此人命尽耶？”见持一卷书伏地案之，其字甚细，曰：“余算三十五年。”府君大怒曰：“小吏何敢顿夺人命？”便缚白马吏着柱，处罚一百，血出流漫。

泰山府君之所以勃然大怒，关键就在于康阿得曾有“家起佛图塔寺，供养道人”的福德。而泰山府君判案的“法定”依据，则是都录使所掌握的“生死簿”。“生死有命，富贵在天”[①]，人之寿命由天而定这是佛教所没有的。

从以上列举的故事中，可见南北朝时期佛教思想对志怪小说有至关重要的影响。这一时期关于地狱的故事，有一个大致的情节模式：死亡——入冥——断案——受报——复活，集中起来就是两个字：“生”与“死”。然而生死对于不同的民族有着不同的文化释解，佛教为了更有效地传播采取了与中土文化相适的方式，即迎合中土传统的信仰观念，创造性地将其自己的地狱观与对方的冥世相融合，从而完成中土地狱的构建，从南北朝志怪小说中可看到佛教最终的成功。因为文学作品更容易体现人们现实生活中的精神状况，因此志怪小说中反映出的场景应当是那一时期社会心理活动的形象写照。

在这些故事情节的表现中，有几个特点值得注意，在佛教传入之前中土的冥世中是不曾有的。

其一，地狱中报应与惩罚，最具佛教特色。在构建生与死、死与生的这一情节模式中，“业报”是一个基本的环节。所谓“业报”，是“业”与“报”的合

① 《论语》第十二《颜渊》。

称。“业”为“因”，“报”为“果”，也就是俗称的因果报应。《冥祥记》中的赵泰，有“父兄仕宦”“亦不犯恶”的因，而有在狱中“为水官监作使”“后转泰水官都督，知诸狱事”，后有“还生”于世的果。晋人孙稚，因“幼而奉法”，不受刑罚而入住“福堂”。《幽冥记》中的舒礼，因杀生孽重，“上热鏊”，身体焦烂，求死不得。因缘有果，各得其所。

其二，刑罚残忍，场面血腥恐怖。在中土自然有对冥世的恐怖，但这种心理反应是来自于对死的恐惧，而不是对冥世的本身。无论是赵泰游历地狱所见的“铁床铜柱……赴即焦烂……炎炉巨镬，焚煮罪人，身首碎堕，随沸翻转……身体割截，尺寸离断”；还是康阿得地狱所见的“卧铁床上……烧床正赤。凡见十狱，各有楚毒……刀山剑树，抱赤铜柱”；还有舒礼亲历的“上热鏊”，都会让人产生强烈的心理反应。《佛说分别善恶所起经》有载：“太山地狱中，毒痛考治，烧炙烝煮，斫刺屠剥，押肠破骨，欲生不得……铁柱正赤，身常抱之。”志怪小说中出现的残忍酷刑就翻版于佛经，故《冥祥记》中的《陈安居》篇有云：“备观众苦，略与经文相符。”用佛门的话说：“谈无常，则令心形战栗；语地狱，则使怖泪交零。”[①]

其三，接受考问与审判，依善恶施以惩罚。人死后要接受审查、宣判，一方面是“业报”的考量；另一方面是量刑的需要。因此，这也成为志怪小说不可遗漏的一个环节。《冥祥记》的“条疏姓字”是初步登记，要呈府君一阅。“有人著绛衣，坐大屋下，以次呼名。问生时所事，作何孽罪，行何福善？谛汝等以实言也”，就是考问了。还有“六部使者常在人间，疏记善恶，具有条状，不可得虚”的措施，以证回话的真实性。同书对孙稚的“有教推问”，是为审讯。对巫师舒礼，太山府君问：“卿在世间皆何所为？”舒礼回以因做祭祀之事或有牛犊猪羊鸡鸭之杀，而获“热鏊”之刑，杀生需用重典。而赵泰、孙稚是幸运的，因无恶事也就免除了皮肉之苦。这种情形，在中土原来的冥世中是不存在的，没有灵魂在这里接受惩罚的说法。阴间冥世只重在管理，是以“生死簿”来确定是否押解归狱。即便来了冥世，而阳寿还有，不妨再回世间。

---

① 《高僧传》卷十三《论曰》。

需要指出的是，在所描写的地狱中，传统的宗教意识仍然存在。如前所述，地狱如若世间的官署，有着相应的办公处所，配备着等级不同的官吏，并有着与世间一样的人情世故，有着不可少的伦理情感。佛教地狱的出现，泰山府君主宰冥世的权威性有所弱化，这并不影响泰山（太山）作为地主的神圣性，人们当时所接受的只是与地狱观相关联的一个方面。

第四章

隋唐时期的佛教（上）

在中国佛教史上，隋唐时期有两个特点最为突出：一是寺院经济有了很大的发展，其规模前所未有地扩大。唐代之所以三令五申颁布度牒限制度僧，而又用卖度牒的方式以充国库，就是因为佛教寺院的迅猛发展影响了正常的经济秩序，能征收度牒之费说明费源丰厚不菲。二是各种佛教宗派逐步形成。随着全国的统一，南北两地社会发展渐趋一致，不同的思想文化相互沟通融合，也就为各家宗派的形成提供了条件，至时所谓的“中国佛教”发展成熟。汤用彤先生曾总括隋唐佛学具有四个特性，即“统一性”“国际性”“自主性（独立性）”“系统性”[①]，可以看作是这一时期佛教发展的基本走向。泰山佛教作为中国佛教的一个组成部分，这一特征明显突出。泰山佛教的发展有关统治者的态度，有关社会结构的变化，有关思想观念与中国传统文化与区域文化相融合的程度。无疑，它是中国佛教发展的一个缩影。

---

① 汤用彤：《隋唐佛教史稿》附录三《隋唐佛学之特点》，北京大学出版社2010年版，第253页。

第一节　隋唐帝王对佛教的态度

隋唐是继秦汉之后，再度统一的王朝。魏晋南北朝的社会纷争，使文化走向多元，而这种文化的开放，促进了佛教在中土的迅速发展。而隋唐的统一，又使文化在一个社会稳定、经济发展的基础上得以繁荣，至时佛教在中土的发展达到鼎盛。一种文化的传播，与一代帝王不无关系，尤其在高度集权的大一统帝国，皇帝的好恶至关重要。或信仰之必须，或治国之策略，或两者兼而有之，佛教成为社会中不可或缺的精神支柱。如结合对泰山信仰的崇奉，隋文帝、唐高宗、武则天、唐玄宗等帝王，可作为我们重点的研究对象。

一、隋文帝崇佛

隋文帝杨坚从小耳濡目染于佛教的氛围之中，与佛教有着特殊的情愫。关于隋文帝杨坚幼年的特殊经历，《隋书·高祖纪》《续比丘尼传》等，均有相似的记述，但以《续高僧传》为详：

> 大兴国寺……帝以后魏大统七年六月十三日生于此寺中，于时赤光照室，流溢外户，紫气满庭，状如楼阁，色染人衣，内外惊禁。奶母以时炎热，就而扇之，寒甚几绝，困不能啼。有神尼者，名曰智仙……及帝诞日，无因而至，语太祖曰："儿天佛所祐，勿忧也。"尼遂名帝为"那罗延"，言如金刚不可坏也。又曰："此儿来处异伦，俗家秽杂，自为养之。"太祖乃割宅为寺，内通小门，以儿委尼……及年七岁，（智仙尼）告帝曰："儿当大贵，从东国来，佛法当灭，由儿兴之。"……初在寺养帝，年十三方始还家……及登位后，每顾群臣追念阿阇梨，以为口实。又云："我兴由佛法，而好食麻豆。前身以从道人里来，由小时在寺，至今乐闻钟声。"①

① 《续高僧传》卷二十八《释道密传》。

杨坚生而有异，尼智仙断言有“天佛所祐”，并躬自抚养。其父杨忠“乃割宅为寺”，将杨坚托付于比丘尼智仙。杨坚跟随智仙生活到十三岁才回到家中。[①]这种特殊的生活经历，对杨坚影响深远。杨坚即位后，“每顾群臣”就会想到神尼之言，而云“我兴由佛法”，表明对幼年记忆的清晰与复兴佛法的抱负；而“好食麻豆”“乐闻钟声”，又见其习以为常的生活烙印。“割宅为寺”，名之谓“般若尼寺”，杨坚称帝后将此寺改称“大兴国寺”。

北周有废佛之举，而宣帝、静帝复兴佛教，“疑实出丞相杨坚之意。故佛法再兴，实由隋主也”[②]。杨坚建立隋朝后，大力弘法，在度僧、建寺、造像、写经诸方面卓有成效。关于隋文帝兴佛之功行，僧道世在《法苑珠林》曾作如下概说：

> 开皇三年，周朝废寺，咸乃兴立之。名山之下，各为立寺。一百余州，立舍利塔。度僧尼二十三万人，立寺三千七百九十二所。写经四十六藏，一十三万二千八十六卷，修故经三千八百五十三部。造像十万六千五百八十区。自余别造，不可具知之。[③]

立寺、建塔、度僧、写经、造像，数量如此之巨，让人莫不惊叹。而隋文帝在弘法中最具影响的，则是向全国分送舍利并建塔。

隋文帝舍利之来源及送舍利于各州的动机，《广弘明集》有载：

> 皇帝昔在潜龙，有婆罗门沙门来诣宅，出舍利一裹曰：“檀越好心，故留与供养。”沙门既去，求之不知所在。其后皇帝与沙门昙迁，各置舍利于掌而数之，或少或多，并不能定。昙迁曰：“曾闻婆罗门说，法身过于数量，非世间所测。”于是始作七宝箱以置之。神尼智仙言曰：“佛法将灭，一切神明今已西去，儿当为普天慈父，重兴佛法，一切神明还来。”……皇

① 此经历在《隋书》卷一《高祖纪》及《续比丘尼传》卷一，均有记述。

② 汤用彤：《汉魏两晋南北朝佛教史》，武汉大学出版社2008年版，第372页。

③ 《法苑珠林》卷一百《兴福部·隋高祖文皇帝》注。

帝皇后于京师法界尼寺，造连基浮图以报旧愿，其下安置舍利。①

舍利来自沙门，而送舍利于全国则是不辜负神尼所托，“故于天下舍利塔内，各作神尼之像焉”。隋文帝在仁寿元年（601）六月十三日，也就是他生日的这一天，决定在全国三十州分舍利建塔，“修营福善，追报父母之恩”。据《广弘明集》卷十七所载，三十州建塔者分别有：雍州仙游寺、岐州凤泉寺、泾州大兴国寺、秦州静念寺、华州思觉寺、同州大兴国寺、蒲州栖岩寺、并州旧无量寿寺、定州恒岳寺、郑州定觉寺、嵩州闲居寺、亳州开寂寺、汝州兴世寺、泰州岱岳寺、青州胜福寺、牟州巨神山寺、隋州智门寺、襄州大兴国寺、扬州西寺、蒋州栖霞寺、吴州大禹寺、苏州虎丘山寺、衡州衡岳寺、桂州缘化寺、番州灵鹫山寺、交州禅众寺、益州法聚寺、廓州法讲寺、瓜州崇教寺。另有虢州，“不奉舍利，亦请众僧行道”。泰山得舍利之寺为“泰州岱岳寺”②。岱岳寺为隋文帝所立。开皇元年（581）闰三月，诏于五岳之下各置一寺③。关于隋代所立的这一岱岳寺，其地望待考。据《续高僧传》卷二十八《慧重传》所载，泰州舍利由沙门慧重受敕所送，到达泰山之时，瑞象尽显：

初至放光，乃至入塔，相续流照。岳上白气三道，下流至于基所。岳神庙门无故自开，如是者三，识者以为神灵归敬故也。

在泰山地区，诏中有寺名的还有牟州巨神山寺④，由僧慧畅奉敕颁送。《续高僧传》卷十有云：“释慧畅，姓许氏，莱州人也……仁寿置塔，敕送舍利于牟州巨神山寺。帝为山出黄银，别敕以塔镇之。”巨神山寺，一说“拒神山寺”。所谓“拒神山”，山在州治东五里，“昔始皇取石为桥，此山拒而不去。因遂名焉”⑤。

---

① 《广弘明集》卷十七。

② 隋文帝诏云有寺名者，“嵩州嵩岳寺、泰州岱岳寺、华州思觉寺、衡州衡岳寺、定州恒岳寺”并列，嵩、泰、华、衡、定是为五岳之地，故“泰州”即泰山所在地。

③ 《历代三宝记》卷十二。

④ 牟州，隋开皇十六年（596）置，治所掖县（今山东掖县）。

⑤ 《续高僧传》卷十《释慧畅传》。

在所送舍利没有寺名的名单中，泰山之左的青州也在其列。据考证其寺为胜福寺。现山东青州市博物馆收藏有隋文帝仁寿元年（601）《舍利塔下铭》石刻一方（图4-1）①，可知其当时的基本情况。铭曰：

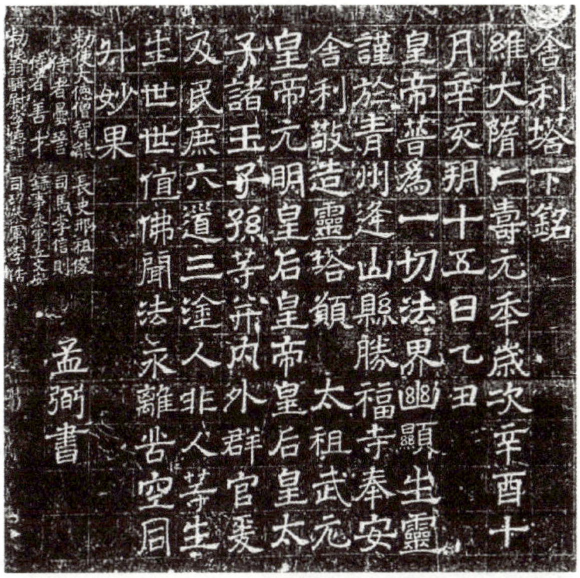

图4-1　青州胜福寺《舍利塔下铭》石刻拓片

> 维大隋仁寿元年岁次辛酉，十月辛亥朔，十五日乙丑。皇帝普为一切法界幽显生灵，谨于青州逢山县胜福寺奉安舍利，敬造灵塔。愿太祖武元皇帝、元明皇后、皇帝、皇后、皇太子、诸王、子孙等，并内外群官，爰及民庶、六道三涂、人非人等，生生世世，值佛闻法，永离苦空，同升妙果。

从其所表述的内容看，这是隋文帝的发愿文，所祈需的是“永离苦空，同升妙果”。在其愿文之末，落有“敕使”及“书”者之名。其中排第一位的“敕使大德僧智能”，《续高僧传》有传，谓其“开皇之始，观道渭阴，随奉资行，住转轮寺。仁寿置塔，奉敕召送于青州胜福寺中”②。

仁寿二年（602），隋文帝在全国又进行了一次分布舍利营建佛塔活动，以达“同崇胜业，共为善因”之需求。这一次分舍利于五十一州（据《广弘明集》），出现在泰山周边的有齐州、德州、莒州、莱州、兖州、曹州等。

齐州神通寺③，即泰山朗公寺。隋开皇三年（583），文帝以通征屡感，故改曰“神通”也④。齐州人释法瓒奉敕送舍利于神通寺，舍利达寺之时，有“罕闻

① 李森：《青州隋仁寿元年〈舍利塔下铭〉石刻考鉴》，《北方文物》2005年第2期。

② 《续高僧传》卷二十八《释智能传》。

③ 齐州，北魏皇兴三年（469）置，治所历城县（今山东济南）。隋大业初改为齐郡。后屡有置省。

④ 《续高僧传》卷十《释法瓒传》。

于古”的瑞应出现。《续高僧传》卷十云：

> 仁寿置塔，敕令送舍利于齐州泰山神通寺。……初至寺内，即放圆光，乍赤乍白，时沉时举，或如流星，人众同见。井水涌溢，酌而用之，下后还复。又感群鹿自然至塔，虽鼓吹众闹，驯附无恐。又感鹅一双，从四月三日，终于八日，恒来舆前，立听梵赞，恰至埋讫，迹绝不来。斯之感致，罕闻于古。

济州崇梵寺[①]，由释明驭奉送舍利。舍利将下，神奇丛生：

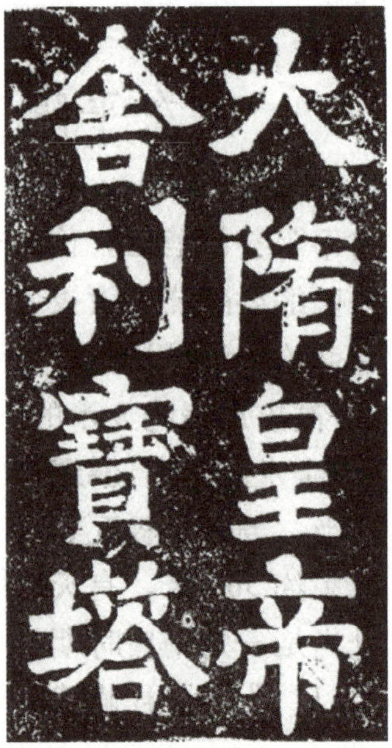

图4-2　济州崇梵寺《大隋皇帝舍利宝塔石函》函盖铭文拓片

> 仁寿中年，敕请送舍利于济州崇梵寺。……克日将下，寺有育王瑞像，乃放三道神光，遍于体上，金石榴色，朗晃夺精，经一食顷，乃遂渐歇。又闻磬声，摇曳长远，寺东岩上唱善哉声，清畅彻心，追寻莫委。又，舍利函上，光高三尺，状如花树。本送舍利，分为二粒，出琉璃瓶相随而转，并放光明。有黄白云从西南来，声如雨相，流音乐声，正当塔上，凝住不动。复见二花从云中出，或时上下，大鸟群飞，回旋塔上。又于云中现仙人头，其数无量。[②]

1982年于山东省平阴县洪范池，发现“大隋皇帝舍利宝塔”石函，即为此次敕送舍利的遗物（图4-2）[③]。

---

① 济州，北魏泰常八年（423）置，治所碻磝城（今山东茌平西南），隋后屡有省废。崇梵寺在今山东平阴洪范，现遗址尚存（参见赖非：《山东北朝佛教摩崖刻经调查与研究》第四章，科学出版社2007年版，第187～191页）。

② 《续高僧传》卷二十八《释明驭传》。

③ 邱玉鼎、杨书杰：《山东平阴发现大隋皇帝舍利塔石函》，《考古》1986年第4期。

德州会通寺[1]，奉送舍利之僧为释道贵。当舍利来临，福运即至。《续高僧传》有云：

释道贵，并州人……及建塔之初，下敕流问，令送舍利于德州会通寺，至治之日，放赤光明，如大瓮许，久之方灭。有一妇人躄疾多载，闻舍利至，舆来塔所。苦心发愿，乞蒙杖步，依言立愈，疾走而归。将下塔时，忽有大鸟十二，形相希世，不识名目，次第行列，旋绕空中，正当塔上，覆讫方逝。[2]

莒州定林寺[3]，奉送舍利的是莒州人释昙观。有关神异之事，《续高僧传》载：

仁寿中岁，奉敕送舍利于本州定林寺。初停公馆，即放大光。掘基八尺，获铜浮图一枚，平顶圆基，两户相对，制同神造，雕镂骇人，乃用盛舍利，安瓶置内，恰得相容。州民禽巨海者患哑六年，闻舍利至，自书请瑞。见本一粒分为三分，色如黄金，乍沉乍举；又见三佛从空而降，即能陈述，词句如流。[4]

莱州弘藏寺[5]，奉敕送舍利者为僧世，本地青州人。舍利至寺，“夜发赤光”，安奉之时，“复放大光”，《续高僧传》有云：

开皇入京，住兴善寺……仁寿下敕，召送舍利于莱州之弘藏寺。四年，又敕送密州茂胜寺。行达青州，停道藏寺，夜放赤光，从房而出，直指东南。尔夜，密州城内又见光明从西北来，相如火炬，丛焰非一，绕城内外，

---

① 德州，隋开皇九年（589）置，治所安德县（今山东陵县），隋大业初改为平原郡，后屡有置省。

② 《续高僧传》卷二十八《释道贵传》。

③ 莒州，北周置，治所团城（今山东沂水）。

④ 《续高僧传》卷二十八《释昙观传》。

⑤ 莱州，隋开皇五年（585）置，治所掖县（今山东莱州），大业初改为东莱郡。

朗彻如日。预有目者，无不同睹。后乃勘究，方知先告。既至治所，两夜放光，如前绕城，朗彻无异。及世举瓶欲示大众，忽然不见。后至寺塔，复放大光，通照寺宇。行道初日，打刹教化，舍利二粒见于瓶内，及造石函，忽变为金，如枣如豆，间错函底，余处并变为青琉璃。因具图表，帝大悦也。[①]

兖州普乐寺[②]，敕送舍利者释法性为兖州本地人。有关舍利瑞像，《续高僧传》云：

释法性，兖州人……仁寿之年，敕召送舍利于本州普乐寺。初营外函，得一青石，错磨始了，将欲蓥饰，变成玛瑙，五色相杂，文彩分明。函内斑剥，杂生白玉，凝润光净。函之内外，光如水镜，洞照无障。当入函时，正当基上，白鸟一双，翱翔绥飞，绕塔而转。塔西柰树，枝叶并变为真金色。[③]

曹州法元寺[④]，有本地人释法楷奉敕送舍利。舍利达州，“广现神瑞”，神瑞景象之多，“学未经远，难得遍知”。《续高僧传》就“日别异见”，有如下记述：

于三月十四日中时，见佛半身，面白如玉。舍利舆前，佛顶之上，黄赤光起。

二十九日，夜降甘露，味甜逾蜜。见于赤光，遍于城上，须臾流照，达于塔所。

四月五日，舍利上踊，白色鲜明。其日申时，帐上北面忽见光影，中有白云，气中生树，状如青桐，下有青色师子，面西而蹲。

六日卯时，复有光影见，云气内有三莲华。两厢双树下有佛像，楼阁、树林，重沓而出，上有立菩萨像。辰时，又见金色光明，出没渐大。巳时，

---

① 《续高僧传》卷二十八《释僧世传》。

② 兖州，汉武帝所置十三刺史部之一，东汉、三国、南宋之时治所多有变动，但均在今山东境内。隋大业二年（606）改为鲁州，次年又改为鲁郡。

③ 《续高僧传》卷二十八《释法性传》。

④ 曹州，北周改西兖州为曹州，治所在左城县（今山东曹县西北）。

复见重阁，阁上有树，叶如贝多，旁立圣僧。午时，复见双树之形，下列七佛。申时，双树又见一佛二菩萨像，三花承足；又见天人擎花在空、黄师子等。亥时，帐后见千佛形，舍利室内出黄白光。

四月七日，又见双树、黄雀一头及以光云师子等像。辰时，又见金翅鸟身飞龙树林、宝盖等像，傍现二菩萨及黄师子。巳时，又见宝幢、树林，下有菩萨、黄衣居士，白色师子蹲踞石上。又有云气、树林、楼阁、菩萨。午时，又见白色云气、宝幢、树林、青色师子。申时，又现双树繁茂，须臾变为宫殿、楼阁，佛坐花台，其色黄白。亥时，云起西北，雨润三寸，云上六天一时见身。

四月八日，将欲下塔，平旦之时，天雨白花，飞飏不下。卯时，又见诸天宝盖，树侧菩萨及黄师子。辰时，又见大盖两重，众宝庄严，下坐菩萨，及白师子踞在石上。帐上又见光影云气，气中金光乍大乍小，下有莲华，时开时合。又雨天花，大者在空，面阔尺余；小者堕地，状如桃花。巳时，帐后见三诸天、三师子及莲花水池。午时将下，又见双树，并立菩萨。舍利忽分以为五粒，流转光曜。

四月九日，填平已后，帐后板上光影之内叠石纹生。又见大树，青衣沙门执炉而立。又感奇香，郁烈人鼻。

其舍利之瑞应，被认为是“自仁寿创塔，前后百余，感征最优”者[①]。

仁寿四年（604），隋文帝又下诏三十余州起塔，第三次敕送舍利，以补“其间诸州犹有未遍”之憾，《续高僧传》卷二十二《释洪遵传》，记述了这一事件：

仁寿四年，下诏曰：“朕祇受肇命，抚育生民，遵奉圣教，重兴像法。而如来大慈，覆护群品，感见舍利，开导含生。朕已分布远近，皆起灵塔，其间诸州，犹有未遍。今更请大德奉送舍利，各往诸州，依前造塔。所请之僧，必须德行可尊，善解法相，使能宣扬佛教，感悟愚迷。宜集诸寺三纲，详共推择，录以奏闻。当与一切苍生，同斯福业。”遵乃搜举名解者用

① 《续高僧传》卷二十八《释法楷传》。

承上命。登又下敕，三十余州一时同送。

在此次奉送舍利的诸州中，泰山之左的沂州即在其列，其寺名曰：善应寺，释法彦是为奉送舍利者。舍利之景瑞，同样是神奇别异。《续高僧传》载：

> 仁寿造塔，复召送舍利于汝州。四年，又敕送于沂州善应寺。掘基深丈，乃得金沙，涛汰成纯，凡二升许，光耀夺目。又感黄牛自至塔前，屈膝前足，两拜而止，回身又礼文帝，比景象一拜。及入石函，三万许人并见天云五色，长十余丈，阔三四丈，四绕白云，状如罗绮，正当基上空中，自午及未，方乃歇灭。灭后复降五色云，从四方来，状同前瑞。又感玄鹤五头，从西北来，回旋塔上，乃经四度，去复还来。复感白鹤于上徘徊，久之乃逝。又感五色蛇屈盘函外，长可三尺，头向舍利，惊终不怖，如此数度……[①]

在这次置塔的活动中，无不有祥瑞出现。即便虢州虽没有舍利所奉，但也有“异鸟来集”，“听经不惊不动”，一天一夜后“乃下止于读经之床”，法佛师为之“受戒”后，“良久乃去”[②]。舍利的瑞应，纷杂多彩，但最突出的是“光”的景象。这与安置舍利的初始有关。当初“皇帝、皇后于京师法界尼寺，造连基浮图，以报旧愿，其下安置舍利。开皇十五年季秋之夜有神光：自基而上，右绕露盘，赫若冶炉之焰，一旬内四如之”[③]。正因如此，当舍利分送全国，各州的瑞景也就有了基本的特征：“初至放光，乃至入塔，相续流照”“初至寺内即放圆光”“放三道神光，遍于体上”“至治之日，放赤光明”“初停公馆，即放大光”“停道藏寺，夜放赤光”“现于赤光，遍于城上”“佛顶之上，黄赤光起”等，光影闪烁，庄严神异，如出一辙。

隋文帝分舍利于全国的活动，可谓空前绝后。这一举动不亚于历代的帝王封禅活动，以国家的行政手段，主导一个牵动全国的宗教行为，具有很强的政治性。但隋文帝崇佛，并没有影响他对传统宗教信仰的遵循。尤其对封禅之仪，

① 《续高僧传》卷十《释法彦传》。

② 《广弘明集》卷十七《舍利感应记》。

③ 《广弘明集》卷十七《舍利感应记》。

始终是隋文帝所期待的，只是不便大张旗鼓。

开皇九年（589），“时朝野物议，咸愿登封”。文帝诏曰：“岂可命一将军，除一小国，遐迩注意，便谓太平。以薄德而封名山，用虚言而干上帝，非朕攸闻。而今以后，言及封禅，宜即禁绝。”其年，“冬十一月壬辰，考使定州刺史豆卢通等上表，请封禅，上不许”。鲁州刺史薛胄，也曾“以天下太平，登封告禅，帝王盛烈，遂遣博士登太山，观古迹，撰《封禅图》及仪上之。高祖谦让不许”[①]。下有屡次请封，文帝不许。

封禅事大，“每易姓而起，以致太平，必封乎太山，所以告成功也……封禅者，高厚之谓也。天以高为尊，地以厚为德，增太山之高，以报天也，厚梁甫之基，以报地也。明天之所命，功成事就，有益于天地，若天地之更高厚云”。故在开皇十四年（594），群臣再请封禅，而高祖不纳。尔后晋王广又率百官抗表固请，文帝有所应允，“命有司草仪注”。于是有臣“创定其礼”，奏之文帝，而“帝逡巡其事，曰：‘此事体大，朕何德以堪之。但当东狩，因拜岱山耳。’十五年春，行幸兖州，遂次岱岳。为坛，如南郊，又壝外为柴坛，饰神庙，展宫悬于庭。为埋坎二，于南门外。又陈乐设位于青帝坛，如南郊。帝服衮冕，乘金辂，备法驾而行。礼毕，遂诣青帝坛而祭焉”[②]。隋文帝于泰山为坛以祭天，实际上就有了封禅上的意义，只是不言封禅罢了。

到了仁寿元年（601），在隋文帝如火如荼地进行分舍利于全国的同时，冬至之南郊祭天，“置昊天上帝及五方天帝位，并于坛上，如封禅礼”。在他的诏书中是这样说的：“省俗巡方，展礼东岳，盲者得视，喑者得言，复有躄人，忽然能步。”[③]可见隋文帝的政治抱负及心理需求。

就道教而言，在建国之初隋文帝曾利用道教所谓的“受命之符”，为他取得北周的政权而广造舆论；隋文帝也曾有“都下畿内造观三十六所，名曰玄坛，度道士二千人”之举[④]，对道教的发展有一定的促进作用。但因隋文帝的特殊经历，自称“我兴由佛”，故有隋一代道教发展滞后于佛教的发展，道教始终处于从属的地位。

---

① 《隋书》卷二《高祖纪》。

② 《隋书》卷七《礼仪志》。

③ 《隋书》卷七《礼仪志》。

④ 杜光庭：《历代崇道记》。

二、唐高宗、武则天的佛道兼重

唐高宗、武则天，传统宗教、佛教并用。在麟德三年（666），封禅泰山，高宗执封礼以祭天，武则天执地礼以祭地。并易泰山之中庙为岱岳观，先后多次遣员修斋建醮。在尊重传统宗教信仰的基础上，唐高宗、武则天也充分利用了佛教在中土已有的广泛影响。

唐代李氏家族有着信佛的传统。在高祖身为隋郑州刺史时，曾为其子世民之疾祈福，于荥阳大海佛寺"造石像一躯"[1]。高祖"义旗初指"，于华阴"望祀灵坛，以求多祉，神祠之右，式构伽蓝"。及即帝位，"写像书经，备修禔福"，于京师造会昌寺、胜业寺、慈悲寺、证果寺、集仙尼寺，舍旧居为兴圣寺，并州造义兴寺。"又为太祖元皇帝、元贞皇后，造栴檀等身像三躯。"[2]

太宗继位，在贞观元年（627）之春，就集京师德行之僧，"入内殿行道"。三年（629），"简精诚宿德并侍者二七人"，于天门街祈雨；也曾"令京城僧尼七日行道"。为太武皇帝造龙田寺，为穆太后造弘福寺，又为穆皇后造慈德寺[3]。将通义宫（高祖潜龙旧宅），立为尼寺；为太穆皇后追福，立宏福寺。为抚慰战乱亡灵，让大德高僧入宫设斋行道，并诏令天下度僧三千人。又于曾征战的战场，下诏置伽蓝：破薛举于豳州，立昭仁寺；破宋老生于吕州，立普济寺；破宋金刚于晋州，立慈云寺；破刘武周于汾州，立弘济寺；破王世充于邙山，立昭觉寺；破窦建德于郑州，立等慈寺；破刘黑闼于洺州，立昭福寺，以慰阵亡将士之灵[4]。

太宗最为敬重玄奘（602—664）。玄奘自西域归来，唐太宗亲制《圣教序》，敕令天下度僧尼，计一万八千人，均从玄奘之请[5]。特别在太宗晚年，尤信佛法。于其在世的最后一年，即贞观二十三年（649），太宗驾幸翠微宫，即由皇太子与玄奘法师陪从。深信玄奘有关因果报应的阐述，感叹："朕共师相逢

① 《旧唐书》卷一百七十一《张仲方传》。

② 《法苑珠林》卷一百《兴福部》。

③ 《法苑珠林》卷一百《兴福部》。

④ 《唐会要》卷四十八。

⑤ 汤用彤：《隋唐佛教史稿》，北京大学出版社2010年版，第13页。

晚，不得广兴佛事。”弥留之际，还“留法师宿宫中”[①]。但总的说来，太宗崇佛主要服从于政治上的需求。

就治国而论，唐太宗所笃守的还是传统的宗教信仰，其中就包括对泰山封禅的期待[②]。太宗贞观六年（632）平突厥之后，即有群臣请封泰山，因为封禅是太平统一、国泰民安的象征。太宗曰：“议者以封禅为大典。如朕本心，但使天下太平，家给人足，虽阙封禅之礼，亦可比德尧、舜。”太宗表面上虽有非议，但封禅毕竟是自古以来受命显功的特殊之礼，暗里仍在为封禅做准备，关心两汉时封山之仪注，于是遣官考“太山上七十二帝坛迹”，只因是年“两河水潦，其事乃寝”。贞观十一年（637），群臣再次劝太宗登封，太宗集群臣而议其礼，“议者数十家，递相驳难，纷纭久不决”。于是重臣房玄龄、魏征、杨师道，“博采众议，堪行用而与旧礼不同者奏之”，太宗从其议，仍令附之于礼。贞观十五年（641），太宗下诏封禅泰山，但车驾至洛阳宫，遇有彗星之变，乃罢其事[③]。太宗封禅泰山之礼，于此梦成黄粱。

高宗同样敬重玄奘法师。《述三藏圣教序记》，是为太子时读《大唐三藏圣教序》之后的感言。赞其父皇“显扬正教，非智无以广其文；崇阐微言，非贤莫能定其旨。……岂与汤武校其优劣，尧舜比其圣德者哉”。而对玄奘法师赞曰：“以中华之无质，寻印度之真文，远涉恒河，终期满字。频登雪岭，更获半珠。问道往还，十有七载，备通释典，利物为心。……引大海之法流，洗尘劳而不竭，传智灯之长焰，皎幽暗而恒明，自非久植胜缘，何以显扬斯旨。所谓法相常住，齐三光之明，我皇福臻，同二仪之固。”为其母文德皇后“追崇福业”，而建慈恩寺，“寺成之日，当别度僧”，并“令充”玄奘为慈恩寺上座。在玄奘法师入住慈恩寺时，“迎像送僧入大慈恩寺”，举行了隆重的仪式，唐太宗和皇太子及后宫等，于福安楼执香炉目之，观礼者有“数亿万人”[④]。

---

① 《大慈恩寺三藏法师传》卷七。

② 封禅，是在泰山封以祭天、禅以礼地的祭祀大典。《史记·封禅书》云：“自古受命帝王，曷尝不封禅？盖有无其应而用事者矣，未有睹符瑞见而不臻乎泰山者也。虽受命而功不至，至梁父矣而德不洽，洽矣而日有不暇给，是以即事用希。”史传古有七十二王封禅过泰山。自秦至唐太宗时，有秦始皇、汉武帝、汉光武帝登封过泰山。

③ 以上所引见《旧唐书》卷二十三《礼仪志》。

④ 《大慈恩寺三藏法师传》卷七。

高宗即位后，永徽三年（652），玄奘以“安置西域所将经像，其意恐人代不常，经本散失，兼防火难”为由，奏请于慈恩寺内造石浮图。高宗闻奏后，恐工程难就，宜改砖造，“于是用砖，仍改就西院”。“其塔基面各一百四十尺，仿西域制度，不循此旧式也，塔有五级，并相轮、露盘，凡高一百八十尺。层层中心皆有舍利，或一千、二千，凡一万余粒。”[①]这即是著名的大雁塔。砖塔后因结构受限，塔身受损严重，后又有武则天重建，高至十层。

显庆元年（656），高宗亲自撰写《慈恩寺碑文》，玄奘列队迎接《慈恩寺碑文》；显庆二年（657），高宗以洛阳为东都，让玄奘随去；显庆三年（658），玄奘又随高宗返回长安。麟德元年（664），玄奘法师圆寂，高宗悲恸，在《痛悼玄奘法师诏》中云：“朕失国宝矣！……朕国内失奘师一人，可谓释众梁摧矣，四生无导矣。”[②]遂宣布罢朝数日。玄奘遗体运回长安，安放于大慈恩寺译经堂内，也为高宗旨意。总章二年（669），高宗敕令将玄奘法师墓迁葬到长安南郊，修建了五层灵塔。次年，又因塔建寺。从高宗与玄奘的关系中，即可看到他对佛法的尊重与信任。

与高宗相比较，武则天在对佛法的尊崇上有过之而无不及，这与武则天的特殊经历有关。武则天十四岁时，被太宗召入宫中立为才人，太宗崩，“遂为尼，居感业寺”。高宗即位后，“于寺见之，复召入宫”[③]。武则天这种出身经历，决定了她对佛教所持的基本态度，因为尊佛也是对她身份的尊重，况且拥护高宗崇佛，也是她必然的选择，这有利于她社会地位的提升。永昌元年（689），有沙门怀义、法朗等上表的《大云经疏》，“盛言神皇受命之事”，为她名正言顺取得最高统治权带来了机缘。因为在《大云经》中，有女性为主之文，故有言武则天是弥勒下生，作阎浮提主之说，特上表之。于是“制颁于天下，令诸州各置大云寺，总度僧千人”。是年九月，“革唐命，改国号为周。改元为天授……加尊号曰圣神皇帝，降皇帝为皇嗣”[④]，武则天自立皇后，开始独掌其政。因此说，武则天对佛教有着特殊的感情。武则天时期，立寺

---

① 《大慈恩寺三藏法师传》卷七。

② 《大慈恩寺三藏法师传》卷十。

③ 《旧唐书》卷六《则天皇后本纪》。

④ 《旧唐书》卷六《则天皇后本纪》。

造像，盛行一时。据统计在河南龙门石窟中，显庆五年（660）至长安四年（704）开凿的窟龛占唐代窟龛总数的三分之二以上[①]，可显示出“二圣”时期与武则天时期崇佛之盛况。

高宗、武则天的崇佛，尤胜于有唐一代其他的帝王，在对传统宗教的继承中也表现出前所未有的特色，最为突出的则是在泰山的天地之祀。泰山祭祀，在中国传统的宗教史上有着特殊的地位。史学家司马迁在《史记》中有专卷《封禅书》，用以阐述泰山祭祀作为国家宗教的性质与历史。一代王者一旦取得了天下，就必须在泰山向天、地报告成功。这就是《五经通义》所云：“易姓而王，致太平，必封泰山，禅梁父，何？天命以为王，使理群生，告太平于天，报群神之功。”在大众层面上这里的“报功”有双重含意：一是感恩，感谢天地的佑护之功；二是报告成功，向天地汇报所取得的功德而祭天祭地。

但在唐代，道教的发展优于佛教。李唐王朝利用老子同为李氏的关系，攀附为同宗。道教的教主老子被尊为唐宗室的“圣祖”，而李唐王朝也就是老子的“圣裔”。有了这一层“血缘”关系，李唐王朝有了信仰上的靠山，老子也有了政治上的依托，道教在唐代的长足发展也便顺理成章。唐高宗、武则天的崇尚道教与泰山信仰相融合，可见于现收藏于泰山岱庙的《双束碑》。

图4-3　原立于泰山中庙——岱岳观的《双束碑》，现移存岱庙

《双束碑》的形式有点特别。一般的碑由碑身、碑座、碑帽组合而成，这三者《双束碑》都具备，但它的碑身不是一个而是两个，两个碑体与碑座、碑帽合用，这也就有了“双束”的特征，故得此名。而其双双并立，不独一而在，又有了《鸳鸯碑》的俗称（图4-3）。《双束

① 参见温玉成：《试论武则天与龙门石窟》，《敦煌学辑刊》1989年第1期。

碑》上，有自高宗至德宗137年间，唐皇室在泰山岱岳观举行皇家斋醮的详细记录。在诸多的斋醮事项中，尤以武则天为显。先是显庆六年（661）二月，“敕使东岳先生郭行真”及诸弟子，“奉为皇帝、皇后七日行道，并造素像一躯，二真人夹持”（图4-4）。铭言皇帝、皇后，即为高宗、武则天；而东岳先生，即谓主东岳之事的道士，而先生之称，是因“未有赐号，但谓之先生”[①]。可知当时该庙（原为泰山中庙）已成为道教专用的宫观。永徽六年（655），武则天被立为皇后，自显庆时“威势与帝无异，当时称为‘二圣’”[②]。此时郭行真为武则天所赏识，“出入禁中，尝为厌胜之术”[③]。因东岳事大，故由他主掌之。

图4-4　唐显庆六年（661）造像记（《双束碑》拓片局部）

在五岳中东岳主生，这个“生”，既包括人之寿命，也包括朝代更迭后的新生，武则天对此有着清醒的认识。显庆六年（661）的七日道场及造像，实际上是一个“显号”的前奏，接下来就是“革唐命，改国号”。于“改元为天授”的第二年（691）春，中岳先生马元贞等“奉圣神皇帝敕，缘大周革命”，于五岳四渎投龙作功德。在泰山行道“章醮投龙，作功德一十二日夜。又奉敕敬造元始天尊像一铺，并二真人夹侍，永此岱岳观中供养”。此后大凡改元，武则天几乎都会遣员来泰山行道建醮。万岁通天二年（697），遣道士来泰山，行道造像，是为“庶兹景福，永奉圣躬”。圣历元年（698），来泰山设“金箓宝斋”。金箓斋法，早在刘宋《洞玄灵宝五感文》中记有灵宝斋九法，将其列为第一法，言云“调和阴阳，救度国正”；在南梁《太上洞玄灵宝业报因缘经》中，也将金箓斋列为斋法第一，释曰“天地破坏，日月亏盈……安国宁人”；隋

① 《金石萃编》卷五十三。

② 《旧唐书》卷六《则天皇后本纪》。

③ 《资治通鉴》卷二百一《唐纪十七》。

代《洞玄灵宝玄门大义》、唐代《要修科仪戒律抄》，也都把金箓斋法放在第一位，旨在“上消天灾，保镇帝王”“救度国王”。久视二年（701），奉旨所进行的斋醮，“伏愿我皇万福，宝业恒隆。敬勒昌龄，冀同砺而无朽”，旨意直白明了。长安元年（701），于泰山岱岳观灵坛，也修金箓斋，“又于观侧灵场之所，设五岳一百廿盘醮礼，金龙玉璧，并投山讫”。这即所谓的投龙，以祈社稷平安。长安四年（704），有两次行道：第一次投龙，“用能天地清和，风云静默，神灵效祉，表圣寿之无穷者也”；又于岱岳观中建金箓大斋后，“设醮奏表，投龙荐璧”，并有造像、壁画、写经等功德，以“奉福圣躬”[①]。

在高宗即位后，公卿数请封禅，而皇后武则天“又密赞之”，高宗决意封禅。麟德二年（665），即“车驾发京，东巡守”，诏令礼官、博士撰定封禅仪注。十二月，车驾至山下。按照有司所进奏仪注，“封祀以高祖、太宗同配，禅社首以太穆皇后、文德皇后同配，皆以公卿充亚献、终献之礼”[②]，然而武则天对此提出抗表。

在武则天看来，封禅之仪中的禅地有缺失，行事皆以公卿不合事理。“乾坤定位，刚柔之义已殊；经义载陈，中外之仪斯别。瑶坛作配，既合于方祇；玉豆荐芳，实归于内职。况推尊先后，亲飨琼筵，岂有外命宰臣，内参禋祭？详于至理，有紊徽章。”一是天地之礼，要“刚柔”有序；二是皇室内事，要“中外”有别。如公卿用事，不合阴阳之规，不明内外之礼。高宗准其所奏，“于是祭地祇梁甫，皆以皇后为亚献，诸王大妃为终献”[③]。

麟德三年（666），高宗、武则天封禅泰山。高宗“亲祀昊天上帝于封祀坛，以高祖、太宗配飨。己巳，帝升山行封禅之礼。庚午，禅于社首，祭皇地祇，以太穆太皇太后、文德皇太后配飨；皇后为亚献，越国太妃燕氏为终献。辛未，御降禅坛”[④]。这是中国历史上第一次由女性参与祭祀天地的封禅大礼。

封禅之后，“改麟德三年为乾封元年”，诸从封文武官员皆有升阶，并大赦天下。此时的高宗，也对道教及佛教别有倚重，于兖州界置有紫云、仙鹤、万岁

---

① 以上所引，均录自岱庙所藏《双束碑》。

② 《旧唐书》卷二十三《礼仪志》。

③ 《旧唐书》卷二十三《礼仪志》。

④ 《旧唐书》卷五《高宗本纪》。

三道观，封峦、非烟、重轮三佛寺。天下诸州各置观、寺一所[①]。

封禅之礼，为传统宗教所属，故多有道士参与其中。道士刘道合先是受高宗赏识而被召入宫中，后又在高宗封禅中立有汗马功劳。“及将封太山，属久雨，帝令道合于仪鸾殿作止雨之术，俄而霁朗，帝大悦。又令道合驰传先上太山，以祈福祐”，在封禅的前前后后，均受到高宗之赏赐[②]。华山道士李播也为高宗封禅解惑。高宗疑问泰山久雨，不知可否封禅，于是遣仆射至华山一问究竟，而李播又需讨教泰山府君。唐高宗——封禅——道士——泰山神，各方之间也就有了某些关联：

> 高宗将封东岳，而天久霖雨。帝疑之，使问华山道士李播，为奏玉京天帝。播，淳风之父也。因遣仆射刘仁轨至华山，问播封禅事。播云：“待问泰山府君。”遂令呼之。良久，府君至，拜谒庭下，礼甚恭。播云：“唐皇帝欲封禅，如何？”府君对曰：“合封。后六十年，又合一封。”播揖之而去。时仁轨在播侧立，见府君屡顾之。播又呼回曰：“此是唐宰相，不识府君，无宜见怪。”既出，谓仁轨曰：“府君薄怪相公不拜，令左右录此人名。恐累盛德，所以呼回处分耳。”仁轨惶汗久之。播曰：“处分了，当无苦也。”其后，帝遂封禅。[③]

高宗尊崇道士，道士信奉泰山府君，而朝廷命官有失礼统而“惶汗久之”，一个“处分”显示着泰山府君的基本职责。官方与道士、道教，泰山神与官方、道士，相互间的依赖、依存关系即在其中。

三、唐玄宗对佛教的排斥与利用

李唐皇室始终以与老子“圣祖”有“血缘”关系而标榜，但到了武则天时

① 见《旧唐书》卷五《高宗本纪》；《唐会要》卷四十八也有云：“乾封元年正月十七日。兖州置观寺各三所。观以紫云、仙鹤、万岁为称。寺以封岳、非烟、重轮为名。各度二七人。”

② 《旧唐书》卷一百九十二《隐逸传》。

③ 《广异记·李播》。

期崇佛尤于崇道，并以“弥勒”化生大兴舆论，称帝后即下制言佛法“开革命之阶……自今以后，释教宜在道法之上，缁服处黄冠之前”[①]，佛教处于明显的得势状态。玄宗李隆基的青少年时代，就是在武则天专权时期渡过的，对武氏利用佛教的所作所为就有所厌恶，称帝后即实行崇道抑佛的政策，“载弘道教，崇清静之化、畅玄元之风”，将道教奉作“万教之祖”[②]。

李隆基即位后，即采取了对佛教的限制措施。仅开元二年（714），玄宗所下的抑佛诏书就有《禁百官与僧道往还诏》《禁创建佛寺诏》《禁坊市铸佛写经诏》《禁士女施钱佛寺诏》等。先是对官员的约束，“自今已后，百官家不得辄容僧尼道士等，至家缘吉凶”，否则“令御史金吾，明加捉搦”[③]。于庶民百姓，“自今已后，禁坊市等不得辄更铸佛写经为业”，瞻佛就寺拜礼，读诵经者于寺取读，经本均由僧写为供。关于佛寺，“自今已后，更不得创造”，明令不得新置[④]。因化度寺及福先寺，每年正月四日有“天下士女施钱”之举，被认为是“多肆奸欺”，“即宜禁断”，其藏钱付为官府所有[⑤]。可以看出，唐玄宗登基后，即从各个方面抑制佛教的发展。唐玄宗采纳宰相姚崇的建议，针对富户剃发以避徭役的时弊，“令有司隐括僧徒，以伪滥还俗者万二千余人”[⑥]。玄宗的这一举措，与自己的信仰有关，更重要的还是社会发展的需要。

唐玄宗在对待佛教的态度上也有两面性，同样是稳定社会秩序的需要，在抑佛的同时也在利用佛教广泛的影响，为其政治统治服务。开元十八年（730），唐玄宗召释、道二教论议，沙门道氤与道士尹崇对辩，并下旨将论议编入藏典，题曰《开元佛道论衡》。这是一次旗鼓相当的论辨，但在之前，佛教与道教相比较多受打压，因此被看作是佛教的胜利。释家的代表是氤雄，道教的代表是尹谦，在佛家看来，氤雄之论，“河倾海注”，而道士尹谦则“对答失次”，而受到玄宗“再三叹羡，诏赐绢伍伯匹，用充法施”[⑦]。开元二十四年（736），唐

① 《唐大诏令集》卷一百十三《释教在道法之上制》。

② 《混元圣纪》卷八。

③ 《全唐文》卷二十。

④ 《全唐文》卷二十六。

⑤ 《全唐文》卷二十八。

⑥ 《旧唐书》卷九十六《姚崇传》。

⑦ 《宋高僧传》卷五《唐长安青龙寺道氤传》。

玄宗为《金刚般若经》作注，“诏颁天下，普令宣讲”[①]。开元二十六年(738)，一改开元初不得“创造”佛寺之令，“敕天下诸州郡立龙兴、开元二寺”[②]。玄宗也御注《道德经》，下敕每州各以形胜道观“改以开元为额”，这样将佛教与道教等量齐观的做法，明显地改变了即位之初时对佛教的认识。开元后期，是唐玄宗对佛教认识发生变化的重要时期。

在敦煌遗书中，有一《大唐玄宗皇帝问胜光寺法师而造开元寺》卷文，对认识唐玄宗对佛教态度的转化具有启发性：

> 帝曰：“佛有何恩，得致使人臣舍父舍君而师侍之？若说无凭，朕当灭。”法师奏曰：“我佛之恩，恩越天地，明过日月，亲过父母，义极君臣。”帝乃责之：“天地日月，有造化之功；父母君臣，兆民之本。何得将佛言其圣哉？再具分宣，不宜讹谬”。法师又奏曰：“天但能盖而不能载，地但能载而不能盖；日则昼明而夜不能朗，月则夜朗而昼不能明；父只能训诲，母只能慈育；君王若圣，臣下尽忠，若不圣，臣当娇(骄)佞。以此而推，各具其一。我佛之恩，即不然矣。覆则四生普覆，载则六道具般；明则照耀乾坤，朗则光辉三友(有)；慈则牢笼苦海，悲则济及幽冥；圣则众圣中尊，神则六通自在；存亡皆普，贵残(贱)同遵。伏望天恩，回心敬仰。”帝乃虔恭谓法师曰：“佛德实大，非师莫宣。朕今发愿，永为佛之弟子。敕〔天〕下诸州府，每州造寺一所，额号开元。一任有力，造寺以表。朕之敬仰。”[③]

法师的说教，显然不会是玄宗又建开元寺的直接原因，但从两者的对话中真切地表现了玄宗当初对佛教的蔑视。“天地日月”“父母君臣”“造化之功”，这“天地君亲”“兆民之本”，才是玄宗宗教信仰的遵循所在。只是到了晚年，玄宗才沉迷于道教长生不老之术及深陷佛法永在的活动之中。

天宝三年(744)，玄宗“敕两京、天下州郡取官物铸金铜天尊及佛各一躯，

① 《宋高僧传》卷十四《唐越州法华山寺玄俨传》。

② 《佛祖统纪》卷四十。

③ 引自马德：《从一件敦煌遗书看唐玄宗与佛教的关系》一文，《敦煌学辑刊》1982年第3期。

送开元观、开元寺”[1]，释、道相提并论。又据《宋高僧传》所记，天宝五年（746），释不空“奉敕权止鸿胪。续诏入内立坛，为帝灌顶”。是年，不空受玄宗诏令祈雨，受命立坛，“未尽三日，雨已浃洽”，玄宗大悦，“自持宝箱赐紫袈裟一副，亲为披擐，仍赐绢二百匹”[2]。晚年的唐玄宗，对佛教已是刮目相看。

整体而论，唐玄宗是儒、释、道并重，他为《金刚经》《道德经》作注，也为《孝经》作注。天宝三年（744），还“诏天下民间家藏《孝经》一本”[3]。唐玄宗的泰山封禅，即是对儒家礼制的弘扬与阐发。

开元十二年（724），文武百官及四方之学，上书请修封禅之礼，而“玄宗谦冲不许”，而中书令张说“累日固请”。玄宗在“王公卿士，罄乃诚于中；鸿生硕儒，献其书于外”的情况下，应允封禅。拟于开元十三年（725）十一月十日，“式遵故实，有事太山”。接下来，是对封禅礼仪的认定。

封禅之礼，是祭祀天地之大礼。皇帝献礼以祭天（是为初献），一向未曾改变过，而献礼以祭地在有唐之前也均由皇帝执事，但在唐高宗乾封之时以皇后为亚献、诸王大妃为终献，故而成为一个关键点。“王者父天而母地”，祭地由女人升坛在大臣们看来也算说得过去，只是不能以皇后配地祇，当以皇母为尊。因此乾封之礼由皇后武则天为亚献，越国太妃为终献，皆为不洁，所以有了“易姓之事”，造成“宗社中圮，公族诛灭”。因此事“未及逾年，国有内难”，为了避免女人执祭者“多亦夭卒”的发生，大臣们建议“以睿宗大圣贞皇帝配皇地祇，侑神作主”[4]，玄宗从之。

开元十三年（725）十一月至泰山，唐玄宗“御马而登”。玄宗以为“灵山清洁，不欲多人上”，初献于山上祭天坛行事，亚献、终献于山下地坛行事。礼官仪注云，“昊天上帝”与“五方时帝”同为帝名，但君臣位异，“陛下享君位于山上，群臣祀臣位于山下，诚足以垂范来叶，为变礼之大者也。礼成于三，初献、亚、终，合于一处”，得到玄宗赞许。“于是敕三献于山上行事，其五方帝及诸神座于山下坛行事。”庚寅之时，玄宗于山上封台之前坛祀昊天

① 《旧唐书》卷九《玄宗本纪》。

② 《宋高僧传》卷一《唐京兆大兴善寺不空传》。

③ 《旧唐书》卷九《玄宗本纪》。

④ 《旧唐书》卷二十三《礼仪志》。

上帝，高祖神尧皇帝配享，邠王、宁王完成亚献、终献之礼。“皇帝就望燎位，火发，群臣称万岁，传呼下山下，声动天地。”玄宗自山上赴祭地之处社首，辛卯之时，“享地祇于社首之泰折坛，睿宗大圣贞皇帝配祀”[①]。

唐玄宗的封禅，有着原始本意上的“易姓而王”，具有重建李氏王朝秩序的意义。与东汉光武的封禅有着同样性质：王莽篡汉，刘秀要为大汉“正名”；武氏代李，改唐为周，玄宗也要通过泰山封禅为大唐“正名”。同时，“岩岩岱宗，衎我神主”[②]，他将受命寄托在了泰山，期待五岳之宗的泰山能成为李唐王朝的精神靠山（图4-5）。

图4-5　唐玄宗封禅泰山摩崖纪功刻石

① 《旧唐书》卷二十三《礼仪志》。

② 《纪泰山铭》摩崖刻石。

玄宗封禅之时，也曾出现天气异常的现象。玄宗车驾至岳，有大风从东北而来，“自午至夕，裂幕折柱”。如依唐代的常规做法，必有道士出场，但此次却没了道士的从封，只有封禅史张说倡言“此必是海神来迎也”。及至泰山下，“天地清晏”，玄宗如意登山，但到了次日，却是“劲风偃人，寒气切骨”。玄宗因之不食，露立至夜半，仰天称叹：“某身有过，请即降罚。若万人无福，亦请某为当罪。兵马辛苦，乞停风寒。”玄宗祈求有验，“应时风止，山气温暖”。在行事之时，又有“日扬火光，庆云纷郁，遍满天际”之气象[①]。玄宗在如此重大的国事活动中，抛开精于“祈福避祸”的道士而自我为之，但在封禅之际，又出人意料地召见了泰山道士王希夷。

据《旧唐书》载，王希夷曾师法嵩山道士黄颐四十年，学其闭气导养之术，颐卒而更居泰山之南的徂徕山。他“好《易》及《老子》，尝饵松柏叶及杂花散”。由此看来，王希夷以养生之术著称，但他又以儒家之学的“字人之术”，名满一方。“刺史卢齐卿就谒致礼，因访以字人之术，希夷曰：孔子称‘己所不欲，勿施于人’，可以终身行之矣。”在唐玄宗封禅之时，“召至驾前”已九十六岁，“上令中书令张说访以道义，宦官扶入宫中，与语甚悦”，可以领略到唐玄宗对其抚治百姓“道义”之法的欣赏。在过去一年多的时间之后，玄宗还曾记起这位泰山的道士：“朕为封峦展礼，侧席旌贤，赍然来思，克应嘉召。虽纡绮季之迹，已过伏生之年，宜命秩以尊儒，俾全高于尚齿。”[②]在对待王希夷的态度上，可见此时的玄宗对儒的尊崇胜过对养生祈年的追求。封禅前在对封禅仪注的讨论中，唐玄宗与中书门下及礼官、学士宴于集仙殿。唐玄宗就因“仙者凭虚之论，朕所不取”，而将其集仙殿更名为“集贤殿”[③]。这也表明：玄宗在关乎治国之道时，取儒而舍道。

不过，对道的寄托也是情理之中的事，特别是在对自身长生的希冀上。早在封禅之前的开元八年（720），唐玄宗为祈长生曾遣使来泰山做功德。现藏泰山岱庙的《双束碑》有载：“我皇有意于神仙，敕使正议大夫内给事梁思陀、寺伯俱玄明等，与道士任无名，于东岳太山投龙合练，宠以紫绨，送以缃钱，皇皇焉，

① 《旧唐书》卷二十三《礼仪志》。

② 《旧唐书》卷一百九十二《王希夷传》。

③ 《资治通鉴》第二百一十二卷。

济济焉，乘传而来矣。”[①]此次来使与主东岳之事的道士任无名“投龙合练”，一同为玄宗祈福，这也就是《旧唐书·礼仪志》所云的“玄宗御极多年，尚长生轻举之术……天下名山，令道士、中官合炼醮祭，相继于路，投龙奠玉”。

封禅之后的开元十五年(727)，道士司马承祯因上言：“五岳皆有洞府，有上清真人降任其职……请别立斋祠之所。”玄宗从其言，于是“敕五岳各置真君祠一所”[②]。司马承祯也以“有服饵之术”著称于世而得到玄宗赏识。当年玄宗封禅回宫就曾问过司马承祯：“五岳何神主之？”对曰：“岳者山之巨，能出云雨，潜储神仙，国之望者为之；然山林之神也，亦有仙官主之。”[③]所谓的“仙官”，也就是主仙成之官。据《双束碑》载：开元十九年(731)，都大宏道观主张游雾、京景龙观大德杨琬，于岱岳观“修斋三日三夜”。说来奇怪，玄宗封禅礼毕，曾“封泰山神为天齐王，礼秩加三公一等”，而回宫后却问道士“五岳由何神主之”？这一现象恰好说明，玄宗在“修身”与“治国”两者不同目标选择上的双重性。治国需要儒家的礼制，修身需要道教的法术。这在玄宗看来始终不能得到统一，其矛盾的心理迷惑也就不可避免。

第二节　寺院的发展及其胜迹

寺院的存在与发展，是佛教发展到一定阶段的标志。从朗公在泰山建立第一座寺院起，到隋代佛教寺院已林立于泰山。南北朝时期，泰山成为佛教在北方传播的一个中心，隋唐时期这种区位优势毅然保留了下来，并有了进一步的发展。隋文帝曾敕令河南王杨昭、齐王杨暕、华阳王杨楷，分别为泰山神通寺、神宝寺、宝山寺(灵岩寺)三大道场的檀越，受到王室的扶持，延至唐代这三处寺院乃是泰山最有影响的佛寺。

---

① 《双束碑》开元八年《投龙记》。

② 《文献通考》卷八十三《郊社考》。

③ 《太平广记》卷二十一《司马承祯》。

一、神通寺

有隋一代，神通寺是泰山地区佛教发展最具代表性的寺院。

神通寺的前身是朗公寺，在中国东部佛教发展史上具有标志性，是泰山最早也是最有影响的佛寺。朗公寺易名“神通寺”，与隋代的最高统治者有着直接的关系。

《泰山道里记》云：

> 自历城县东南经柳埠村至八十五里，山西北为神通寺，道元云“竺僧朗大起殿舍”，旧称朗公寺。隋开皇三年，文帝以通征屡感，故曰“神通”也。

聂鈫所引，出自《续高僧传·释法瓒传》，其云：

> 仁寿置塔，敕令送舍利于齐州泰山神通寺……寺立已来，四百余载，佛像鲜莹，色如新造，众禽不践，于今俨然。古号为“朗公寺”，以其感灵即目故，天下崇焉。开皇三年，文帝以通征屡感故，改曰“神通”也。

朗公寺于开皇三年（583），因隋文帝“通征屡感”而更名“神通寺”。神通寺是皇帝所赐之名，也是皇帝与神通的一种象征。关于隋文帝因何而“通征”？通常的说法，与隋文帝杨坚思母有关。

《隋书·高祖纪》载：“皇妣吕氏”，生高祖时“紫气充庭”，尔后高祖杨坚由僧尼“躬自抚养”。“皇妣尝抱高祖，忽见头上角出，遍体鳞起。皇妣大骇，坠高祖于地。尼自外入见曰：‘已惊我儿，致令晚得天下。’”“初入太学，虽至亲昵不敢狎也”，杨坚遂与其母失去联系。《隋书·外戚传》载：杨坚兵灭北齐后，曾“求访”母之家人，没有结果。“至开皇初，济南郡上言，有男子吕永吉，自称有姑字苦桃，为杨忠妻。勘验知是舅子，始追赠外祖双周为上柱国、太尉、八州诸军事、青州刺史，封齐郡公，谥曰敬，外祖母姚氏为齐敬公夫人。诏并改葬，于齐州立庙，置守冢十家。”而有传说，在寻母过程中隋文帝在梦中曾受佛的点化，言明其母家亲就在济南，故而有获。文帝生而有异与佛有缘，寻母族亲又有佛法相助，所以有了“佛有神通，法力无边”的说法，“通征屡感”即与此相关，于是有了“神通”之名。其实，隋文帝的“通征屡感”，用心来自于泰山的神通。

隋文帝有着特殊的泰山情结。后晋的刘昫在他领衔编写的《旧唐书·礼仪志》中曾写道：“封禅之礼，自汉光武之后，旷世不修。隋开皇十四年，晋王广率百官抗表，固请封禅。文帝令牛弘、辛彦之、许善心等创定仪注。至十五年，行幸兖州，遂于太山之下，为坛设祭，如南郊之礼，竟不升山而还。”“竟不升山而还”，一个“竟”字，道出对隋文帝不封泰山的不解与遗憾。不过，于泰山下为坛祭天就已有了封禅的性质。而在仁寿元年（601）冬至的南郊，“置昊天上帝及五方天帝位，并于坛上，如封禅礼”①。明言“封禅”，也表现出对封禅这一传统大礼的推崇。

由于隋文帝特殊的生活经历，以及政治上的需要，其一生崇尚佛教，对于泰山也是格外用心。先是开皇十四年（594）柴燎泰山之时，准允随驾的大法师释昙迁“上诸废山寺并无贯逃僧，请并安堵”②，使无籍僧人有安定之所。隋文帝又敕令王室杨昭、杨暕、杨楷诸王，在泰山的重要佛寺神通寺、神宝寺、宝山寺（灵岩寺），充当檀越，给予扶持。隋文帝将杨氏家族的福运，都押在了泰山之上。隋文帝“又委迁简齐鲁名僧，来住京辇”③，使泰山佛僧受到特殊的礼遇。

隋文帝对泰山名僧多有器重。如齐人释法瓒，“隐于泰岳之阜，开蒙训接”。开皇十四年（594），文帝巡视四方，“招访名德”，因其清明旷达，文帝“乃下敕延之”，法瓒与文帝一同进入京都，住胜光寺④。文帝仁寿置塔，敕令法瓒送舍利于泰山神通寺。炀帝为晋王之时，“高祖之祠太山也，领武侯大将军”⑤，一同前来泰山，对神通寺也多有关怀，“乃手书寺壁”，以示弘护正法。杨广在神通寺还留有一些异事奇闻：杨广在释法安的陪同下，来到神通寺的山谷口，见有一僧着弊衣乘白驴而来。杨广问是何人，法安答曰：“斯朗公也。”即神通寺的创建者，故来迎引。到达寺中，“又见一神状甚伟大，在讲堂上，手凭鸱吻，下观人众”。杨广又问，法安答曰：“此太白山神，从王者也。”凡

---

① 《隋书》卷六《礼仪志》。

② 《续高僧传》卷十八《释昙迁传》。

③ 《续高僧传》卷十八《释昙迁传》。

④ 《续高僧传》卷十《释法瓒传》。

⑤ 《隋书》卷三《炀帝纪》。

此诸多之奇多矣，《传》云“不可广录”[①]。

关于神通寺的规模，已不可考。《续高僧传》卷十云：

……泰山神通寺，即南燕主慕容德为僧朗禅师之所立也，事见前传。燕主以三县民调用给于朗，并散营寺，上下诸院，十有余所，长廊延袤，千有余间。三度废教，人无敢撤，欲有犯者，朗辄现形，以锡杖撝之，病困垂死，求悔先过，还差如初。井深五尺，由来不减，女人临之，即为枯竭，烧香忏求，还复如故。寺立已来，四百余载，佛像鲜莹，色如新造，众禽不践，于今俨然。[②]

这是唐人道宣的记述。从上述文字分析神通寺在三次灭佛中因“人无敢撤”，对其影响并不大，而其神异性有增无减“于今俨然”。道宣在《集神州三宝感通录》卷三中也有大致的记述，“今居一堂，门牖常开，鸟雀莫践，咸敬而异之。其寺至今，三百五十许岁，寺塔基构如其本焉。隋改为神通道场，今仍立寺”。从现存资料看，神通寺的前身朗公寺南北朝时期达到发展的顶峰，在有隋一代仍不失佛教兴盛之风貌，唐后渐衰。因此，后世神通寺规模宏大之记载，大多应为隋唐时期的旧制。以下记述可供参考：

明弘治《神通寺纪略》碑：

（神通寺）面山曰金舆，桥梁曰通圣。东一台，台之上有浮图，为门四，为方五。西一台，台之上有钟鼓楼、转轮藏，殿凡若干楹，相传为古戒坛也……大殿二：一以供佛及十八罗汉二十四诸天；一以供五百阿罗。天王殿四楹。伽蓝、祖师二殿亦如之。殿之后为方丈，左为禅堂，又其后为法堂，两廊翼列。[③]

清乾隆《泰山道里记》：

① 《续高僧传》卷二十六《释法安传》。

② 《续高僧传》卷十《释法瓒传》。

③ 引自〔清〕《乾隆历城县志》卷十八。

（神通寺）其制门阁两重，北为大雄殿，东曰伽蓝殿，西曰达摩殿……北为千佛殿，圮。……北为方丈，东为禅堂，又北为法堂，两翼斋廊……旧有藏经堂、转轮藏、钟鼓楼，圮。又有一台，有四门塔，极崇丽，皆石为之。塔前古柏一株，九顶苍秀，传云汉植。

现神通寺遗址南北长约500米，南宽约300米，北宽约100米，总面积约50000平方米。1984年，文物部门对遗址曾进行小规模清理，于遗址中部发现有殿堂遗址一处（图4-6）。殿堂平面呈长方形，面阔五间，进深三间，东西宽19.75米，南北深12.43米。墙用石块砌筑，前后有门址，均设石质门槛。殿前砌月台，东西残宽16.9米，南北残深12.1米。殿址残存石柱础22个，有方形素面、圆形覆盆、重层覆莲、覆莲幢础、覆莲础等不同形制。在殿堂中部试掘探沟中，文化堆积可分为四层，其中第三层“殿堂铺地砖以下的堆积层，出土遗物有晋、南北朝、隋、唐、宋（金）、元等时代粗细绳、布纹砖、滴水、瓦当、残壶门石刻、陶瓷碎片等，厚1.5～3米”[①]。从出土的遗物分析，该大殿约在唐末毁坏，经北宋、金、元、明不断修葺，明代又进行了大规模重修，约在清代乾隆时期，殿堂彻底坍塌焚毁。“种种迹象表明，此殿很可能是从隋代神通寺所建殿堂的基础上延续下来的。”[②]现神通寺遗址上尚保留有隋四门塔、唐龙虎塔、唐千佛崖造像、宋元明墓塔、元明清碑碣、石柱等建筑与遗物。四门塔，是我们所知我国现存最早的单檐石塔。

图4-6　神通寺殿堂遗址

① 王建浩：《山东济南市神通寺殿堂遗址的清理》，《考古》1996年第1期。

② 赖非：《山东北朝佛教摩崖刻经调查与研究》，科学出版社2007年版，第175页。

二、灵岩寺

唐代的灵岩寺，是泰山佛教发展到鼎盛时期的标志。

灵岩寺位于泰山主峰西北向的灵岩山，古称“方山”“玉符山”。《水经注》云：“济水又东北，右会玉水，水导源太山朗公谷，旧名琨瑞溪，有沙门竺僧朗……隐于此谷，因谓之朗公谷……水亦谓之琨瑞水也。其水西北流迳玉符山，又曰玉水。”[①]《读史方舆纪要》亦云：“方山……即《水经》所云玉符山也。四面方正，因名。峰峦高耸，泉流环绕。东南有琨瑞谷，苻秦时沙门僧朗隐此，亦曰朗公谷。山北有灵岩寺。”[②]灵岩寺即位于朗公寺（神通寺）之西北约15公里。关于灵岩的说法，方志多云朗公曾往来于此说法，猛兽归伏，乱石点头，故有灵岩之名（图4-7）。

图4-7　位于方山下的灵岩寺外景

唐人释道宣所撰《续高僧传》说：隋文帝开皇十四年（594）柴燎岱宗之时，敕“华阳王为宝山檀越，旧灵岩寺也”[③]。表明隋代之时，灵岩寺易名宝山寺。

① 《水经注》卷八《济水》。

② 《读史方舆纪要》卷三十一。

③ 《续高僧传》卷十八《隋西京禅定道场释昙迁传》。

图4-8　灵岩寺隋唐时期遗址

至唐，复名灵岩。唐高宗麟德二年（665）十月“皇后请封禅，司礼太常伯刘祥道上疏请封禅……十二月丙午，御齐州大厅。乙卯，命有司祭泰山。丙辰，发灵岩顿”[①]。文中“灵岩”即灵岩寺。《续高僧传》卷二十三云：“释慧萧……开皇初游学邺城，博综经律，乃贯练众部，偏宗《四分》。闻泰山灵岩寺，幽栖洁行之宅也，乃往从焉”。由此推测，灵岩寺恢复旧名当在隋末唐初（图4-8）。

关于灵岩寺的始建年代，因判断标准不一，故有不同的说法。唐天宝元年（742）《灵岩寺碑颂并序》（图4-9）：

……或真空以悟圣，或密教以接凡，谓之灵岩允矣……晋宋之际，有法定禅师者，景城郡人也，尝行兰若……若是者历年，禅师以劳□人，逝将辞去，忽有二居士……建立僧坊，弘宣佛法，识者以为山神耳。[②]

该碑下部残缺。残存文字显示在晋宋之际，有法定禅师于灵岩修行弘法。

又宋大观二年（1108）《齐州灵岩崇兴桥记》：

灵岩胜境，仙圣所居，金石可见。自后魏正光中，法定师复兴是寺，迄今已六百年。

① 《旧唐书》卷四《高宗本纪》。

② 据现存《灵岩寺碑颂并序》残碑录文。

图4-9　唐天宝元年（742）《灵岩寺碑颂并序》局部

在宋代以金石所记，法定禅师“复兴”灵岩寺，具体时间是“魏正光中”，时在公元520～525年。这在金皇统七年（1147）《济南府灵岩寺祖师观音菩萨托相圣迹序》中也有相似记述：“夫灵岩大刹，昔自祖师观音菩萨，托相梵僧曰法定禅师，于后魏正光元年始建道场，兴梵宫。”只是说法定禅师始建灵岩道场，是为“祖师”。

朗公是第一位“移卜泰山”的高僧，并“别立精舍”，创造了第一座佛寺。因其“孜孜训诱，劳不告倦”，德行远遐，上至王者，下到百姓，为时人所敬。秦主苻坚、燕主慕容德、晋孝武、魏主拓跋珪，无不致书致物，而当地民众，“犹呼金舆谷为朗公谷也”[①]。在《续高僧传》中，关于朗公寺的建筑规模有了具体的描述：“燕主以三县民调用给于朗，并散营寺，上下诸院，十有余所，长廊延袤，千有余间。”[②]得益于最高统治者的扶持，其寺院规模巨大。但文中

① 《高僧传》卷五《竺朗公传》。

② 《续高僧传》卷十《释法瓒传》。

的“并散营寺”，显示了其规模的布局特点：“上下诸院”是散落的，并不集中，“长廊”“千有余间”，是“延袤”的总计，也不会是一个长廊的长度。这一信息表明，《续高僧传》所说的朗公所营建的寺宇，并不全部集中在朗公寺，而是遍布朗公经常布道的周围区域，可包括西到方山（灵岩），东到谷山（玉泉）。

在《续高僧传》卷二十六《魏泰山朗公谷山寺释僧意》中载有：“释僧意……元魏中，住泰山朗公谷山寺，聚徒教授，迄于暮齿，精诚不倦。”直言“朗公谷山寺”，同时也宣称：“寺有高骊像、相国像、胡国像、女国像、吴国像、昆仑像、岱京像，如此七像并是金铜。”这与《集神州三宝感应录》卷中所云“西晋泰山金舆谷朗公寺者……故有高丽、相国、胡国、女国、吴国、昆仑、北代七国所送金铜像”相重合。说明谷山寺与朗公有着必然的联系，两寺因与朗公的关系可相互称谓，或谷山寺就是朗公寺的别院。谷山寺位于朗公寺之东，相距约17.4公里。而就方山（灵岩）来说，有关文献就记有朗公于此说法之事，“灵岩”之说就起自朗公，朗公所谓的“上下诸院十有余所”，应包括灵岩在内。综合有关资料，并结合这一区域佛教发展情况看，法定禅师是灵岩寺道场的复兴者，以“兴梵宫”成就灵岩之规模而论，法定是开拓者，敬尊其“祖师”也是合适的。

有关隋唐时期灵岩寺的面貌，李邕《灵岩寺碑颂并序》有所描绘，但碑刻文字剥蚀残缺，较有价值者，可见下文：

> ……高宗临御之后，克永光堂。大悲之修，舍利之□，报身之造，禅祖之崇，山上灯□□切宇内。舍那之构，六身铁像。次者，三躯大□金刚□增袤。远而望之，云霞炳焕于丹霄；即而察之，日月照明□□道。此皆帝王之力，舍以国财……①

所谓“临御”，是为唐高宗麟德二年（665）十月将封泰山，十二月曾驻跸灵岩寺，此段所描写的即是高宗封禅之后寺宇严整的情况。计有“大悲”“舍利”“报身”“禅祖”等，或堂，或塔，或殿，或像等等建筑及神设。“六身铁像”“三躯大□金刚”，则是当时灵岩引以为豪的陈设。这些均为唐

① 引自温玉成据《八琼室金石补正》、王荣玉等编《灵岩寺》的录文，并经现场校对的合校碑文。

高宗用帝王之力“舍以国财”的成就。该碑还记有“武德阿阁，仪凤堵波”，即是说当时还有唐高祖武德（618～626）年间的佛阁、高宗仪凤（676～679）年间的佛塔。

据《读史方舆纪要》卷三十一《方山》记载：“方山……山北有灵岩寺，唐李吉甫《十道图》以润之栖霞、台之国清、荆之玉泉，与此为四绝也。”李吉甫（758—814）为唐宪宗的宰相，以何具体标准评判“四绝”不得而知，但毫无疑问应是当时全国范围内最有影响者。宋人对“四绝之伟者”理解，不外乎有如下四个方面的意义：

> 高倚青山，俯临寒泉，茂林修竹，厌瘱户牖，奇花异石，罗列庭楹，或景趣果。如是，则为地望之绝也，岂忝矣！
>
> 至若黄金涂像，碧瓦凌空，回廊大殿，莹然尘外，层楼峻塔，倬彼霄际，倘缔构果。如是，则为庄严之绝也，不诬矣！
>
> 又若千里辐辏，群类子来，珍货希宝，缁白善舍，香顶艾臂，男女日至，耐诱掖果。如是，则为供施之绝也，诚韪矣！
>
> 设若割慈父母，脱躧妻孥，貌渐心顿，相本生灭，表动内寂，洞澈正觉，笃行愿果。如是，则为精进之绝也，真奇矣！①

依此释“四绝”，是为“地望之绝”“庄严之绝”“供施之绝”“精进之绝”。由此可反映出灵岩寺在唐代的影响与地位。住京师弘福寺的僧灵润，当时已“誉满京师”，“闻泰岳灵岩寺僧德肃清，四方是则，乃杖策寻焉。既睹副师，遂从谘训，乃习般舟行定……于时同侣五百余人，各奉行定，互相敦励”②，足显灵岩寺的影响与僧侣之众。唐京师大兴善寺释法侃，也曾“闻泰山灵岩行徒清肃，瑞迹屡陈，远扬荥泽，年未登冠，遂往从焉”③，灵岩寺的吸引力可见一斑。泰山的高僧大行，还曾受诏“入内宫，寝于御殿，敕赐号常精进菩萨”④。在唐代

---

① 〔宋〕嘉祐六年（1061）《齐州灵岩寺千佛殿记》碑，据清《岱览》卷二十四、《济南府志》卷六十八整理。

② 《续高僧传》卷十五《释灵润传》。

③ 《续高僧传》卷十一《释法侃传》。

④ 《宋高僧传》卷二十四。

还有为数不少的法师来到灵岩寺，并载入《高僧传》中。如：释藏师，自以为与少皞之墟有缘，寻入泰山之灵岩，有“东岳降魔藏师”之称，被认为是“金舆谷朗公行化之亚”[①]；释道鉴，“居历下灵岩山寺”，以“踪迹神异不测”而著名[②]；释怀晖，“寓齐州灵岩寺”，元和三年（808）受诏入京师[③]。

三、神宝寺

唐代的神宝寺，也可与灵岩寺互为甲乙。

神宝寺，位于泰山主峰玉皇顶之西北方，因东有神谷、北有宝山，故称神宝寺。神宝寺建于魏正光年间，兴盛于唐代。现收藏于岱庙的开元二十四年（736）《大唐齐州神宝寺之碣》（图4-10），对神宝寺的历史及在唐代的基本情况记载颇详：

图4-10 《大唐齐州神宝寺之碣》

> 神宝寺者，宝山阳面，岱宗北阴……粤有沙门讳明，不知何许人也。禅师德隆四辈，名优六通，僧徒具归，群生宗仰。晨□棘□，四念经行，夜宿榛□，六时礼敬。貔豹枕膝，禅心寂而不惊；虺蟒萦身，戒定澄而不乱。水瓶朝满，羽杖夜来，事迹非凡，故非凡测，

① 《宋高僧传》卷八。

② 《宋高僧传》卷十八。

③ 《宋高僧传》卷十。

亲题□记，自叙因由曰：明以正光元年，象运仲秋，于时振锡登临。思同鹫岭，徘徊引望，想若鸡峰，欻弹指发声，此为福地，遂表请国主，驱策人神，立此伽蓝，以静默为号，自梁齐已来，不易题榜。属隋季经纶，生人版荡，革鼎推变，真俗各虚，今之所存，殆将半矣。至我大唐御宇，重迁九鼎，再修二仪，四海廓清，万邦一统。用光正道，建三宝以传灯；化洽垂衣，统□生于寿域。乃格命天下，有固废伽蓝先有额者，并使□修。于时，有乡人王□应答州县申闻，以此寺北有宝山，东有神谷，因改为神宝寺尔。

神宝寺由僧明于魏正光元年（520）选址始建，名为“静默寺”，至隋“今之所存，殆将半矣”，于唐重建，因所处山水之名改称“神宝寺”。据《续高僧传》，隋文帝开皇十四年（594）“柴燎岱宗”之时，敕“齐王为神宝檀越，旧静默寺也”①，表明在隋代神宝寺曾受到皇廷的爱戴，并有“齐王”作为施主，其政治、经济地位自然会有好的保障。但到了唐代神宝寺已出现“殆将半矣”的破败之状，这自然与杨、李相易，社会动荡有关。在谈及神宝寺之规模时，碑文言曰：

其寺也，望鲁开基，临齐作镇，堂宇宏壮，楼阁岧峣，砌□□璜，阶涂金碧，□容有晬，瑞相无违。发妙彩于天金，罄奇遗于龙石。手轮含字，临□缀而披纲；眉宇舒毫，鉴璧珰而上月。寺内有石浮图两所，各十一级，舍利塔一所，众宝庄严，胡门洞启，石户交晖，返宇锵锵，飞檐巘巘。半天鹏起，遥遥烟雾之容；一地龙盘，宛宛丹青之色。挹朝霞之旷旷，濯夜月之湛湛。风牵则宝铎铊铊，日照则花盆晶晶。迢迢亭亭，郁郁青青，皓皓盰盰，焕焕烂烂。②

从以上记述看，开元间的神宝寺堂宇、楼阁恢宏庄严，特别是十一级的浮

---

① 《续高僧传》卷十八《释昙迁传》。

② 《大唐齐州神宝寺之碣》，1965年移至岱庙保存，高256厘米，宽128厘米，厚28厘米，硕大雄浑，气韵丰卓，非盛唐所不可为，显示着神宝寺的辉煌。

图4-11　神宝寺残存四方佛造像

屠塔就有两座。大量叠字的运用，充分表现出撰文者对神宝寺寺貌的自豪与自信。遗憾的是，现神宝寺遗址仅见四面佛残像（图4-11）。

四方佛由一巨石雕凿而成，佛像残损严重。佛像四面，与四门塔四面佛形式基本相同，东、南、西、北应分别为阿閦、宝相、无量寿、微妙声。佛像均形体丰满壮硕，袒右胸，着通肩禅衣，衣纹轻薄贴体。四佛均作说法状，其中有三佛为结跏趺坐，一佛善跏趺坐。“四佛造型洗练，比例适度，形体丰圆，表现了盛唐时期佛教造像的风格。佛身下为束腰莲座，座平面，上承四佛。束腰部南面为半圆小龛，龛内浮雕三尊伎乐天；北面素面无饰；东、西两面浮雕五个穹隆状宝珠，宝珠周围有花牙子式包皮。束腰上下均出叠涩层，再上下为仰覆莲花瓣。整个莲座造型庄重古朴，装饰精美华丽。”①

四、四门塔与四面像

四门塔位于神通寺遗址东南部，为单层亭阁式方形石塔，石质为当地的青色石灰岩石（图4-12）。塔身高15.04米，塔边宽7.4米。塔四面各开半圆形拱门，“四门塔”之称即源于此。“塔檐部挑出叠涩五层。塔顶用二十三行石板层层叠筑，成四角攒尖方锥形屋顶。顶端由露盘、山华蕉叶、相轮等构成塔刹。整个形体简洁朴素，浑厚大方，是单层塔的早期建筑范例。”②塔室中心为石砌方形塔心柱，十六根三角形石梁。塔心柱与塔墙之间有拱板，三者一起托住塔顶，塔心柱下四方平台与四面塔身间形成回廊。

① 王晶：《神宝寺四方佛》，《文物》1986年第8期。

② 于廷：《四门塔》，《文物》1978年第4期。

图4-12　神通寺四门塔

自塔门进入，是塔心室，入塔后通过环廊可以环绕其间。塔心柱四面各置圆雕佛像一躯。从北面一躯佛像保留有原来的须弥座看，四躯造像都应是须弥座。现南、西、东三面的方形座，为后人所配置。

四尊造像风格一致：螺发，肉髻高平，面部长硕，外披敷搭双肩下垂式袈裟，内着僧祇支，结跏趺坐，施禅定印，裳悬覆台。

从造像风格看，四尊佛像应雕于隋代，特别是袈裟钩纽的形式，是泰山地区隋、唐时期造像所采取的基本程式。1936年，梁思成先生曾来神通寺考察四门塔，从其留下的资料看，在每尊造像的两侧还有侍者，有可能是后人附加所致（仅从衣纹特征等方面看，两者具有一定的区别）[①]。

关于造像与四门塔有无直接关系，学界尚没有统一的认识。据《续修历城县志》卷三十一记载，其南向宝座有造像题记：

> 武定二□□月乙卯朔十四日戊辰，冠军将军司空府前西阁祭酒齐州骠大府长流参军杨显叔，仰为□考忌十一日敬造石像四躯，愿令亡者生

① 参见郑岩、刘善沂编著：《山东佛教史迹——神通寺、龙虎塔与小龙虎塔》，法鼓文化事业股份有限公司2007年版，第67～69页。

常值佛[①]。

现存题记，为1972年有关部门依据金石记录补刻。由于四门塔的建造年代未见文献记载，故有人以题记中的“武定”纪年断代，但此佛座是否即当初原有的佛座，也曾引起过人们的怀疑，因此有关四门塔之建造时间未有定论。1973年，因四门塔塔顶石板出现断裂、塔身出现裂缝，在进行保护性维修时，于塔顶一块石拱板上发现了“隋大业七年造”的刻记，并在塔心柱正中，距地面1.6米处发现了石舍利函、铜舍利函、舍利等重要文物[②]，从而获得了四门塔确切的建造年代。从现存的四尊佛像表现手法上看，“与杨显叔东魏造像记的关系并不太大，而与四门塔则更密切、更直接”[③]。因而可以认为：造像与四门塔两者有着相互依存的关系。在四门塔是否为隋仁寿舍利之塔的问题上，因塔内有舍利函、舍利出现，而隋文帝又有仁寿间三次向全国敕送舍利的做法。因此有学者断定：“四门塔是为供奉隋文帝钦赐舍利而建的舍利宝塔，始建于隋仁寿元年（601），建成于大业七年（611）。”[④]不过，从现今已把握的资料看，神通寺四门塔与仁寿之舍利塔无关。

从文献及考古资料分析，四门塔中已发现的舍利不是隋文帝所敕送的舍利。一是将佛舍利放置于塔心柱上的做法，不合舍利存放的规制；二是发现的舍利函形制与隋文帝所敕令的形式不符。瘗埋舍利有一定的制度，基本做法是将舍利埋于塔基中（早期没有地宫，将舍利石函直接埋入塔基夯土中），并有相应的供养物器。“在塔基地宫（石函）埋舍利的同时，舍入法器、经卷和财宝等为供养，其后，在塔身和塔刹上也舍入经卷、造像和供养物品作功德。”[⑤]隋奉送仁寿舍利先后三次，都是全国性的统一活动，装有舍利石函的放置也有一个基本的模式。隋文帝在仁寿元年（601）第一次分送舍利的诏书中说：

---

① 民国《续修历城县志·金石考》；北京图书馆金石组编：《北京图书馆藏中国历代石刻拓本汇编》第6册。

② 陈冬梅：《四门塔应是隋文帝为供舍利而建》，《中国文物报》，2002年8月30日第七版。

③ 赖非：《山东北朝佛教摩崖刻经调查与研究》，科学出版社2007年版，第175页。

④ 陈冬梅：《四门塔应是隋文帝为供舍利而建》，《中国文物报》，2002年8月30日第七版。

⑤ 徐苹芳：《中国舍利塔基考述》，《传统文化与现代化》1994年第4期。

分道送舍利，往前件诸州起塔。其未注寺者，就有山水寺所起塔。依前山旧无寺者，于当州内清静寺处建立。其塔所司造样，送往当州……率土诸州僧尼普为舍利设斋。限十月十五日午时，同下入石函。[①]

就塔而言，有“造样”；于舍利，同时“下入”石函。一个“下”字，表明即在塔下。《广弘明集》中王劭的《舍利感应记》亦云：

……隋室受命乃兴复之。皇帝每以神尼为言云：我兴由佛。故于天下舍利塔内，各作神尼之像焉。皇帝皇后于京师法界尼寺，造连基浮图以报旧愿。其下安置舍利。

在唐景福元年（892），沙门南叙《幽州悯忠寺重藏舍利记》，曾谈到仁寿间建宝塔之事：“创造五层大木塔，饰以金碧，扃舍利于其下。”后木塔毁于大火，到宣宗初登宝位，敕修废蓝，“得石函于故基下”[②]。也直接表明了，舍利函就位于灵塔之下的塔基中。

于塔下瘗埋盛有舍利的石函，也是以往常规做法。如仁寿二年（602）释法侃受令前往宣州安置舍利，“令掘仓光之处，果得石函，恰同官样，不须缮造”[③]。原有的舍利石函就埋在地下，并“同官样”有重新利用的价值；释明诞奉敕召送舍利于襄州上凤林寺，于寺之东院“凿地数尺，获琉璃瓶，内有舍利八枚”，于地下发现了以前的舍利，于是“与今送同处起塔”[④]；释慧诞在仁寿中奉敕召起塔于杭州天竺寺，“初构塔基，多逢伏石，掘得一所，是古石函……因用今造，置古函中，大小和可，宛如昔契”[⑤]。说明隋文帝诏令建塔时，发现诸多的舍利石函都在地下，仁寿置塔承袭了以前的做法。

从已经出土的舍利石函考古发现看。1982年，山东平阴县洪范池村民取土平整道路时，发现隋代石函。“石函出土于台地的东北部，周围是一片夯土。以

① 《广弘明集》卷第十七《立舍利塔诏》。

② 《金石萃编》卷一一八。

③ 《续高僧传》卷十一《释法侃传》。

④ 《续高僧传》卷二十八《释明诞传》。

⑤ 《续高僧传》卷二十八《释慧诞传》。

石函为中心，夯土东西各长8米，距台地东缘4.5米；夯土向北延2.5米即至台地边缘……在石函以南5米的新断崖上仍可见到夯土，夯土厚2.5米，夯层厚10～15厘米。”石函内外两重，出土时外函已破碎，内函也被撬起，显然是早年被盗。内函函盖为盝顶，与函身扣合严紧。盖顶分两行刻“大隋皇帝舍利宝塔”八个字[①]。此处在隋代属济州管辖，隋文帝在仁寿二年（602）所分送舍利的州中即有济州。参考《续高僧传》：瀛州人释明驭，仁寿中“敕请送舍利于济州崇梵寺”所述[②]，石函出土地点为当时济州的崇梵寺。

1969年，陕西省耀县村民在距地面深2米处，发现隋文帝仁寿四年（604）的一座塔基，“内有置放塔铭的石函”，“石函的四周及盖上均有长条形或方形的护石包裹，周围又砌有砖墙”，盖面上篆书“大隋皇帝舍利宝塔铭”九字，盖下有模仿墓志款式的“舍利塔下铭”，平嵌于石函内口上，犹如石函的内盖。舍利函在塔基中，塔铭放置在石函内。在塔铭下的函洞中，放有涂金盝顶铜盒，内装舍利子以及隋五铢铜钱、金环、玉环等；此外，函内还放置有玛瑙器、铜饰器、料珠、水晶等供养物品。据出土文物及相关文献记载，“此舍利塔当是仁寿四年、隋文帝在宜州宜君县神德寺‘奉安舍利’所建的‘灵塔’”[③]。

济州崇梵寺、宜州神德寺石函的出土，为仁寿舍利的瘗埋方式提供了佐证。也就是说，当时的做法是石函瘗埋塔基之中。还有，在仁寿舍利塔铭中通常有“塔下铭”之题记。在已经发现的仁寿塔铭中，均有“舍利塔下铭”的题记。如：青州胜福寺塔铭，首题“舍利塔下铭”[④]；雍州仙游寺塔铭，首题“舍利塔下铭”[⑤]；岐州凤泉寺塔铭，无首题而于尾题“舍利塔下铭”[⑥]；信州金轮寺塔铭，也为末题“大隋皇帝舍利宝塔下铭”[⑦]；邓州大兴国寺塔铭，首题“大隋

---

① 邱玉鼎、杨书杰：《山东平阴发现大隋皇帝舍利宝塔石函》，《考古》1984年第4期。

② 《续高僧传》卷二十八《释明驭传》。

③ 朱捷元、秦波：《陕西长安和耀县发现的波斯萨珊朝银币》，《考古》1974年第4期。

④ 现藏山东省青州博物馆。李森：《青州隋仁寿元年〈舍利塔下铭〉石刻考鉴》，《北方文物》2005年第2期。

⑤ 蒋福泉：《仙游寺、法王塔及地宫秘密》，《西安教育学院学报》1999年第1期。

⑥ 现实物不存，文见《金石续编》卷三、《隋唐石刻拾遗》卷上。

⑦ 现实物不存，文见《八琼室金石补正》卷二十六。

皇帝舍利宝塔下铭”①；潞州梵境寺塔铭，尾题“大隋皇帝舍利宝塔下铭”②；宜州神德寺塔铭，无首题于尾题“舍利塔下铭”③。以上塔铭，或首或尾，均题记有“塔下铭”。这个“塔下”，强调的就是石函所在塔的位置，表明灵塔的核心在其塔下。

既然隋文帝当时建塔有“造样”，那对舍利函的文字是否有一定要求？我们不妨将青州《舍利塔下铭》石刻，与陕西耀县的《舍利塔下铭》作一下对比。

青州《舍利塔下铭》：

舍利塔下铭

维大隋仁寿元年岁次辛酉，十月辛亥朔，十五日乙丑。皇帝普为一切法界幽显生灵，谨于青州逢山县胜福寺奉安舍利，敬造灵塔。愿太祖武元皇帝、元明皇后、皇帝、皇后、皇太子、诸王、子孙等，并内外群官，爰及民庶，六道三涂，人非人等，生生世世，值佛闻法，永离苦空，同升妙果。

敕使大德僧智能（其他略）④。

耀县《舍利塔下铭》：

维大隋仁寿四年岁次甲子，四月丙寅朔，八日癸酉，皇帝普为一切法界幽显生灵，谨于宜州宜君县神德寺奉安舍利，敬造灵塔。愿太祖武元皇帝、元明皇太后、皇帝、献皇后、皇太子、诸王、子孙等，并内外群官，爰及民庶，六道三涂，人非人等，生生世世，值佛闻法，永离苦因，同升妙果。

舍利塔下铭。

送舍利大德法师沙门僧晖。⑤

---

① 现实物不存，文见《金石萃编》卷四十、《平津读碑记》卷三。

② 现实物不存，文见《山左石刻丛编》卷三。

③ 朱捷元、秦波：《陕西长安和耀县发现的波斯萨珊朝银币》，《考古》1974年第4期。

④ 李森：《青州隋仁寿元年〈舍利塔下铭〉石刻考鉴》，《北方文物》2005年第2期。

⑤ 朱捷元、秦波：《陕西长安和耀县发现的波斯萨珊朝银币》，《考古》1974年第4期。

铭文基本要素：时间、目的、州地、佛寺、愿文、送舍利大德等，两者均有，只是在时间（不是同一次活动）、州地、寺名有变化，其他的表述、语词均相同（仅有个别字词的差异）。表明隋文帝送舍利于各州确实有一定的“造样”，在铭文上也一丝不苟。

以上分析可以明确：四门塔中发现的舍利函，不具备隋仁寿奉安舍利的基本条件。一是石函没有瘗埋，有悖当时的常规做法；二是石函规格不高，没有出现通常需要特别说明的铭文。所以在塔心柱出现的舍利石函，与仁寿奉安活动没有直接的关系。隋文帝的“仁寿置塔”，言明塔有“造样”，再从石函的制作看，也有特定的模式，因此从四门塔的形式、特征分析，四门塔与隋文帝的“仁寿置塔”活动无关。

关于仁寿所建之塔的样式，所看到的资料有限。在唐景福元年（892）《幽州悯忠寺重藏舍利记》刻石中，有记如下：

> 兹舍利者，昔隋文帝潜龙日，有梵僧自印土至，授舍利一瓶曰：“此释迦佛遗形耳，檀越可为主。”洎登宝位，年号开皇，至廿年改“仁寿”。至仁寿二年壬戌正月，敕天下大州一百处建舍利塔。时幽州节制窦抗，创造五层大木塔，饰以金碧，扃舍利于其下。至大唐文宗皇帝太和八年甲寅，经二百卅三年，天火焚塔。①

据这一记载，悯忠寺安置舍利的灵塔为五层的木塔，在唐文宗太和八年（834）被大火所毁。隋文帝在仁寿元年（601）第一次敕令三十州建三十座舍利塔，曾下诏名言“建立其塔，所司造，送往当州”。既然有下发各州的“造样”，那么全国所建灵塔的形式应该是统一的，幽州是五层木灵塔，其他各州也应是这样的样式。

关于仁寿塔的样式，早在二十世纪五十年代，建筑学家刘敦桢先生针对苏州的云严寺塔的建造年代问题时就曾指出：

> 云严寺塔八角七层，砖造，因位于虎丘山上，一般称为虎丘塔。它的

① 《全唐文》卷九百二十。

> 建造年代，最容易和隋仁寿舍利塔混为一谈，但杨坚（文帝）建塔诏书，与杨雄等庆舍利感应表，以及后来幽州悯忠寺重藏舍利记，很明白地告诉我们，仁寿元年所建舍利塔三十处，全是“有司造样送往当州”的木塔。按照当时木塔式样，塔的平面是方形，和现在云严寺塔根本不合。[①]

因此可以说，神通寺四门塔内发现的舍利及舍利函与隋文帝的仁寿活动是没有关系的；而且四门塔，也不是奉安舍利的灵塔。四门塔的起建，与在海岱地区佛教信仰发展的特点相关。四门塔建筑服务的核心对象，是四方佛像而不是舍利。

让我们再关注到塔中的四方佛上。关于四方佛的信仰，最早出现在《观佛三昧海经》。该经全称：《佛说观佛三昧海经》，东晋天竺三藏佛陀跋陀罗译。此经重点阐示应怎样观佛、念佛，由此可获得超乎寻常的功德。有关四面佛的形成，经曰：

> 时会大众见十方佛……财首菩萨所散之华，当文殊上即变化成四柱宝台，于其台内有四世尊，放身光明，俨然而坐。东方阿閦，南方宝相，西方无量寿，北方微妙声[②]。

这是在一次法会上，佛子财首恭敬礼拜世尊，又礼文殊师利足，因为文殊受到世尊的善赞，“若能观佛者，当知此人与文殊师利等无有异”。财首将天曼陀罗华、摩诃曼陀罗华、曼殊沙华、摩诃曼殊沙华散向全场。所散之华及佛、文殊及阿难。华至文殊时，即发生了特别的情形：生有四柱宝台，台上有四佛，以东、南、西、北的方位为序，分别名为阿閦、宝相、无量寿、微妙声。从方位上盖之“十方佛”，分别是：东方善德佛、南方栴檀德、西方无量明佛、北方相德佛、东南方无忧德佛、西南方宝施佛、西北方花德佛、东北方三乘行佛、上方广众德佛、下方明德佛[③]。而此四方之佛的出现大有代表“十方佛”的味道。

---

① 刘敦桢：《苏州云严寺塔》，《文物考古资料》1954年第7期。

② 《观佛三昧海经》卷九。

③ 《观佛三昧海经》卷六。

经文接着说，“时四世尊以金莲华散释迦佛，未至佛上化为华帐，有万亿叶，一一叶间百千化佛，化佛放光，光中复有无数化佛”①。从经文看，四方佛可代表十方诸佛，甚至三世十方无数化佛。也可以这样说，四方佛应是在十方佛的基础上发展起来的。释迦牟尼在经中发话：

> 念我昔曾空王佛所出家学道。时四比丘共为同学，习学三世诸佛正法，烦恼覆心，不能坚持佛法。宝藏多不善业，当堕恶道。空中声言：汝四比丘，空王如来虽复涅槃，汝之所犯谓无救者，汝等今当入塔观佛，与佛在世等无有异。我从空声入塔，观像眉间白毫相，即作是念：如来在世光明色身，与此何异……得三昧已诸佛现前授我记莂，东方有国，国名妙喜，彼土有佛，号曰阿閦，即第一比丘是。南方有国，国名曰欢喜，佛号宝相，即第二比丘是。西方有国，国名极乐，佛号无量寿，第三比丘是。北方有国，国名莲华庄严，佛号微妙声，第四比丘是。②

释迦牟尼说，他曾师从“空王佛”学道，当时同学三世正法的有四比丘，但他们杂念不息，宝藏不善，空王佛于空中声告四比丘：我虽已涅槃，你们犯名不可救，欲灭罪者可入我塔中，观我形象与我在世无异。后来四比丘终竟成佛，并有国分别于东、南、西、北各方，国名妙喜、欢喜、极乐、莲华庄严。这一说法，还见于后世的佛教文献中。

唐沙门飞锡撰《念佛三昧宝王论》卷三《持戒破戒但生佛想门》有云：

> 昔有四比丘，犯律为耻，将无所怙。忽闻空中声曰，汝之所犯，谓无救者，不然也。空王如来，虽复涅槃，形像尚在。汝可入塔，一观宝像眉间白毫。比丘随之泣泪言曰：佛像尚尔，况佛真容乎？举身投地，如大山崩。今于四方，皆成正觉。东方阿閦佛、南方宝相佛、西方无量寿佛、北方微妙声佛，是四破戒比丘也。所以如来名此观佛三昧，为大宝王戒品海者。可以涤破戒之罪垢，得尘累之清净也。此四比丘，一观宝像，佥为世

① 《观佛三昧海经》卷九。

② 《观佛三昧海经》卷九。

雄。念佛之人，岂得惑于破戒之僧欤？

在《金光明经·寿量品》中，也有四面佛的说法：

> 其室四面，各有四宝上妙高座，自然而出，纯以天衣而为敷具，是妙座上，各有诸佛，所受用华，众宝合成。于莲华上，有四如来：东方名阿閦、南方名宝相、西方名无量寿、北方名微妙声。是四如来自然而坐师子座上，放大光明照王舍城，及此三千大千世界，乃至十方恒河沙等诸佛世界，雨诸天华，作天伎乐。

四佛方向及佛名与《观佛三昧海经》无异，但就形式而言，是分布于室的四面。《金光明经》，全名为《金光明最胜王经》。本经中四方四佛的现身，为了说明佛寿的长远，别无更多的含意。因此，从四面佛的表现形式及主题内容看，四门塔之四方佛来源于前者《观佛三昧海经》。而隋代智顗释说《金光明经》云："四方四佛护持者，四方者四门也，四佛者四门果上觉智也。"[①]将四面佛之四方，又释为"四门"，倒是贴近了四门塔的形式构思。

在《观佛三昧海经》，出现有"空王佛"，他是四比丘（四面佛）的导师。"空王佛"在佛典中，作为过去古佛之一多出现于述事之中。对于"空王佛"的理解，山东省东平洪顶山出现的摩崖刻石"大空王佛"很能说明问题。刻石高9.3米、宽4.9米，从下而视，非仰观而不能全其雄，气势恢宏，直冲云天。"大空王佛"，一"大"（气势之大，字本意之大），一"空"（一切皆空，一切皆能），形象上的感受盖过对它的释意。"大空王佛"即为最高、最大之佛，在其旁的题记中残存的"……书经……此功德具神通"字样，即是一个旁证。而"大空王佛"之刻不独于此，在其周围就有多处，并延伸至泰山的徂徕山，邹城尖山，平阴的云翠山、鼓山、书院等，计十有余处[②]。"大空王佛"，成为山东地区南北朝时期摩崖刻石的一个突出特点。由此，我们应注意到在这一地区般若经刻石也是最具代表性的特点。

---

① 《金光明经文句》卷一。

② 赖非：《山东北朝佛教摩崖刻经调查与研究》，科学出版社2007年版，第24页。

泰山周边刻经内容最多的是般若类经典，“特别是《文殊般若经》的节文，共出现了十处”。此外尚有《大品摩诃般若经》《小品摩诃般若经》《仁王般若经》及《思益梵天所问经》等。刻经中般若经典盛行，可以从多个角度来阐释，但“《文殊般若》与禅宗关系密切，刻经环境之中确实也有坐禅与壁观的条件，因而这些般若经在禅宗起源方面起重要作用，所以应更重视或了解般若空观在禅宗形成时所起作用”①。“大空王佛”“般若经系”刻石的众多分布，说明这一地区南北朝时期“空王”观念及“般若经”的流行。这为隋代四门塔的建造，提供了历史的铺垫与广泛的信仰基础。四门塔四面佛的出现，在这一地区也不是孤立的。在神通寺的近邻神宝寺，现仍存有唐代四面佛造像残体。该造像连座残高129厘米，其中佛座高68厘米，宽100厘米，佛像坐高61厘米，佛像头均失。佛座为四连体束腰仰覆莲式，下层为宝装莲瓣，上层单瓣仰莲。南北佛座束腰处刻出一周球形状宝珠，东佛座束腰为素面，西佛座束腰处雕刻伎乐。莲座上四面各雕一尊佛像，其中东面一尊为倚坐，其余三尊均为结跏坐佛。从佛像样式和佛座的形制分析，这尊佛像的雕刻年代应是唐代中宗至玄宗初期②。从现存金石记录来看，在青州地区有北魏建义元年（528）所造的四面佛尊像；在泰山南麓的徂徕山大云寺有东魏兴和二年（540）胡元方所造四面石柱像（此石柱四面皆刻佛像）③；而在四门塔旧有东魏武定二年（544），杨显叔所造的石像四躯，应即所谓的四方佛。

四门塔佛与塔结合的形式，是对石窟中心塔柱四面造像的承接与发展。中心塔柱式可回旋的空间，也是佛徒入定前后绕塔柱右旋礼佛的通道，这是为了禅修进入禅定的需要，以便尽快地得见诸佛。在《观佛三昧海经》中，明确地提出了观佛即念佛的思想，并对如何观像做出了详尽的说明。从读经到观像的发展，展示了禅宗所独有观念。“禅观空间的形成，经历了一个从念佛到观佛、再到观像的过程。这个过程是和从佛塔崇拜向佛像崇拜过渡同步并行的。”④像、塔的结合，很好地呈现了这一变化过程。

---

① 张总：《山东碑崖刻经经义内涵索探》，载《北朝摩崖刻经研究》（续），香港天马图书有限公司2003年版，第31页。

② 李裕群：《灵岩寺石刻造像考》，《文物》2005年第8期。

③ 陈清香：《神通寺四门塔探源》，《中华佛学学报》2004年第17期。

④ 黄河涛：《禅与中国石窟艺术的盛衰》，《中国文化研究》1993年第1期。

总之，四方佛为四门塔性质的认定提供了主题依据。四门塔是观佛之塔，是禅宗修定的特定空间。四门塔是《观佛三昧海经》的经典展示，独一无二。四门塔这一建筑，是海岱地区佛教发展的一个里程碑，既反映了般若信仰的流传，又展示了禅宗重修的特征，成为北方佛教承前启后发展的象征性标志。

第三节　高僧与海岱摄论学派的兴盛

僧是佛的使者，续佛慧命，传扬佛法，在佛教的传播发展中起着特殊的作用，而德行崇高之僧伽，则谓之高僧，是佛教界的领军者。因此一个地区佛教是否兴盛、有影响力，往往与高僧密切联系在一起。隋唐时期，在泰山地区最活跃的当数摄论学派的摄论师，而与此同时习禅、读诵、义解等不同科别的高僧来往传法于海岱之间。

一、摄论学的传播

摄论学派，亦称“摄论宗”，是中国佛教的一个学派，因研习和弘扬《摄大乘论》而得名。摄论学说起初产生于南朝，但真正形成全国性的影响是在隋至唐初。在海岱地区摄论学派的高僧十分活跃，与全国活动中心的京师西安遥相呼应，诸多的摄论师奔波于两地之间，成为中国佛教历史上摄论学派发展东扩的传播中心。

《摄大乘论》(简称《摄论》)北传，释昙迁(541—607)是个标志性的人物。《摄论》有多个译本，其中以真谛译本对南北朝佛教发生影响最大，并形成摄论学派[①]。真谛“虽广出众经，偏宗《摄》论”，陈文帝天嘉四年(563)“翻《摄大乘》等论，首尾两载，覆疏宗旨”。真谛将卒，以手指西北曰：“此方有

① 任继愈主编：《中国佛教史》第三卷，中国社会科学出版社2010年版，第265页。

大国，非近非远，吾等没后，当盛弘之。”[1]据《续高僧传》的记载，昙迁是在桂州刺史蒋君的家宅，获得《摄大乘论》，“以为全如意珠。虽先讲《唯识》，薄究通宗，至于思构幽微，有所流滞。今大部斯洞，文旨宛然，将欲弘演未闻，被之家国”。当隋立国昙迁北归，道宣强调他“捧持《摄论》”，渡过江水之险，“安流达岸”。昙迁到达江北彭城（今江苏徐州），“始弘《摄论》”，“《摄论》北土创开，自此为始也”[2]。昙迁对《摄论》在北方的流行，有着特殊的贡献。开皇七年（587），昙迁应诏入京城大兴善寺，长安也由此而成为弘扬《摄论》的中心。

释昙迁与泰山发生关系，时在开皇十四年（594）隋文帝“柴燎岱宗”。隋文帝应允昙迁“诸废山寺并无贯逃僧请并安堵”的上书，并“敕率土之内，但有山寺一僧已上，皆听给额，私度附贯”。又敕令河南王“为泰岳神通道场檀越……齐王为神宝檀越……华阳王为宝山檀越”。同时“又委迁简齐鲁名僧，来住京辇。其为世重，诚无以加”。在泰山，请求安顿好泰山诸废寺之逃僧，是为昙迁之首功；争取只要山寺有僧一人以上，“皆听给额，私度附贯”，是昙迁又一功焉；而又有河南王、齐王、华阳王为泰山之寺后盾，是昙迁之三功矣；而选拔齐鲁名僧，来住京师，是为昙迁之四功矣。

在昙迁的弟子中，有不少是海岱地区的人。释明驭，瀛州（今河北省河间）人，“初学《涅槃》，后习《摄论》，推寻理源，究括疑滞”。隋开皇八年（588），“来仪帝里，更就迁师询求《摄论》”。在仁寿敕送舍利的活动中，送舍利于本域济州（今山东平阴）崇梵寺[3]。释道哲，俗姓唐，齐郡临邑（今山东省临邑）人。初投颍川明及法师，学《十地》《地持》，受具足戒后，又跟从魏郡希律师秉承《四分》。也曾从昙询禅师学习禅法，后步行至长安住仁觉寺从昙迁受《摄论》，“研味至理，晓悟其文”[4]。

在海岱之域，道奘是摄论学派的坚守者。关于道奘其人，在高僧传中不见其本传，但从其他高僧的经历中可知是一位资深的摄论师。《续高僧传》卷十五

---

① 《续高僧传》卷一《拘那罗陀传》。

② 《续高僧传》卷十八《释昙迁传》。

③ 《续高僧传》卷二十八《释明驭传》。

④ 《续高僧传》卷二十《释道哲传》。

《释灵润传》记述：释灵润在泰山灵岩寺习般舟行定时，闻“有道奘法师擅名海岱，讲《摄大乘》，又往寻焉”，并“既承师有本，即奉奘以为和上”。之后才在净影寺弘扬《摄论》，成一代摄论师。在《续高僧传》卷十一《释道宗传》中，对道奘也有所记载：道宗“少从青州道藏寺道奘法师，学通经论”。由此可知，道奘是在青州（今山东青州）道藏寺弘法，而灵润、道宗是为弟子。《传》中称道奘法师“明达识慧，标举河海，名播南北，立四种梨耶、闻熏、解性、佛果等义，广如别传”。

释灵润，“家世衣冠，乡闾望族”，依灵粲法师出家，住兴善寺，深受寺内大德高僧赏识。仁寿间隋文帝敕送舍利于各州，灵润受诏前往怀州，“既达河内，道俗服其精通，敬其行范”，归戒者莫不从焉，“名厉河北，誉满京师”。闻泰山灵岩寺，“僧德肃清，四方是则，乃杖策寻焉”。后又返京还兴善寺。隋大业十年（614），被召入鸿胪寺敷讲经论，并在本寺翻新经本。唐贞观八年（634），太宗敕造弘福寺，灵润复被征召，为译场正义，“同伦纠位，斯人最上。京邑释门，寔惟僧杰”。

灵润先习《涅槃》，“年十三，初听《涅槃》，妙通文旨”。灵润于灵岩寺，乃习般舟行定，同侣五百余人，“惟润独节秀出”。闻有道奘法师，“擅名海岱，讲摄大乘”，而从学《摄论》，大戒后，“方诣律司，《十地》诸经，略观文体”。还返京师后，演习《摄论》，声名京华。在兴善寺西院时，“常讲《涅槃》众经”受业者众。大业十年（614），召入鸿胪寺，“宗辖有承，无亏风彩”。贞观八年（634），召住弘福寺，其间“敕追洛东安置，化行郑、魏，负帙排筵”，弘讲《涅槃》。仆射房玄龄叹其曰：“大德树言，词理俱至，名实之副，诚所望也。”敕追再住弘福寺，“居宗扬化《涅槃》正义，惟此一人”。灵润弘法唯重《涅槃》《摄大乘论》，并各造《义疏》一十三卷、《玄章》三卷。其犹子智衍，“勖以教宗，承明词义”，讲《摄论》《涅盘》，“统律成匠，亟动时誉”①。

释道宗（563—623），俗姓孙，莱州即墨（今山东即墨）人。作为海岱本地人，年少时即跟随道奘法师学习《摄论》，“受业《智论》《十地》《地持》《成实》《毗昙》，大小该博”。道宗于其本州岛建游德寺并住之，“房堂园圃，悉是经论，声名雄远，玄素攸仰”。大致在隋末住洛阳慧日道场，“常讲《成实》，

① 《续高僧传》卷十五《释灵润传》。

弘匠后学”。唐初，“召入西京，住胜光寺，复延入弘义宫，通宵法集，群后百辟，咸从伏听。披阐新异，振发时心……学者推焉”。武德六年（623）卒，世寿六十一岁[①]。

释道因（587—658），俗姓侯，濮阳（今河南濮阳）人。七岁丧亲，免丧之后，“出家之志，人莫我移”，于是到泰山灵岩寺求师诵习，不过十天，竟通《涅槃经》两函，“举众惊骇，谓为神童”。落发后，“砥砺其行，揣摩义章，即讲《涅槃》，宿齿名流，咸所叹服。及升上品，旋学律仪”[②]。后离开灵岩寺，于彭城（今江苏徐州）从靖嵩法师讲习《摄论》。靖嵩为真谛嫡传弟子，主要在徐州崇圣寺弘扬《摄论》，撰《摄论疏》六卷、《杂心疏》五卷，又撰《九识玄义》《三藏玄义》《三聚戒玄义》《二生死玄义》等，“并流于世。为时所宗”。隋文帝开皇十四年（594）十二月柴祀泰山之时，有众多高僧跟随前后，靖嵩就是其中一位，也因为能从祭泰山，更受时人的推崇。一如道宣所说：“隋文封禅岱宗，銮驾齐鲁，关中义学因从过于徐邦，诣嵩法肆，伏膺受业。由此门徒拥盛，章疏大行。”[③]

释靖嵩授徒有着特殊的做法，对于年少沙门先行习律，通晓《四分》者方能入室听讲。而道因虽幼，“业行攸高，独于众中，迥见推揖”，受到靖嵩法师的青睐，“每敷《摄论》，即令覆讲”。离开靖嵩法师后，道因又回隐泰山，“凡经四秋”。后至四川，居于成都多宝寺，“好事者素闻道誉，乃命开筵《摄论》《维摩》，听者千数”。之后又于彭门山寺，习道安居。因此寺“往经废毁，院宇凋敝”，道因“慨然构怀，专事营缉，未移再稔，蔚成净场”。并于寺之北岩刻书经典。此后又追赴京邑，在大慈恩寺与玄奘法师翻译校定梵本，“兼充证义”。显庆三年（658）卒，春秋七十有二。道因一生著述颇丰，“其专业者，《涅盘》《华严》《大品》《维摩》《法华》《楞伽》等经，《十地》《地持》《毗昙》《智度》《摄大乘》《对法》《佛地》等论，及《四分》等律”。但仍以《摄大乘论》《维摩》为重，并著章疏[④]。

① 《续高僧传》卷十一《释道宗传》。

② 《宋高僧传》卷二《道因传》。

③ 《续高僧传》卷十《释靖嵩传》。

④ 《宋高僧传》卷二《道因传》。

释法侃也是一位从泰山灵岩寺走出去的摄论师。法侃（551—623），俗姓郑，荥阳（今河南荥阳）人，“弱年从道，志力坚明，体理方广，常流心府”。也如灵润法师，“闻泰山灵岩，行徒清肃，瑞迹屡陈，远扬荥泽。年未登冠，遂往从焉”。在灵岩受具戒后，“励节弘规。预在清训，务机登践。后周流讲席，博览群宗，随闻戢戴，有伦前达”。当时有渊法师“妙通《十地》，尤明《地持》”，法侃又从其学，“听其开释，皆周涉正理，遵修章彩”。受北齐灭佛的影响，“南度江阴，栖迟建业”。隋灭陈之后，又北止江都安乐寺。法侃从师“明解《摄论》，真谛亲承”的曹毗，“三业归从，玄义请决”。“侃每于隐义发明铺示，既允惬当，毗皆合掌称善”，成为上接真谛法系、学知曹毗的摄论师。时值晋王杨广重其名器，入住长安日严寺。仁寿二年（602），加入高僧敕送舍利行列，还京邑后，“讲授相寻”。李唐建国，设立“十大德”以理佛务，法侃“遂之斯任”。“晚移兴善，讲道无替。”武德六年（623）卒，春秋七十三矣。法侃专心《摄论》，“蹑足亲依，披析幽旨，涣然标诣，解义释名，见称清澈，诸赴听者，欣其指况”，被认为得真谛之真传[①]。此时，还有一位来自青州的禅师释保恭（542—621），参加“十德”的选拔，却未能“登及”。高祖闻之，言曰：“恭禅师志行清澄，可为纲统，朕独举之。”得到无上的信任，居大德之右[②]。还有住京师大兴善寺慧重（？—626），隋雍州（今陕西西安）人，“净持戒地，明解《摄论》。履游名教，清迥不群”。仁寿元年置塔，奉敕召送舍利于泰山之岱岳寺[③]。

释功迥，俗姓边，汴州浚仪（今河南开封）人。年六岁欲出家，先由母亲为其口授《观音经》，及十六岁始遂其志，“舍俗服，志愿山居，因入泰岳，苦心忘倦”。年二十五，事弘法师住汴州惠福寺。在泰山之时，“《十地》《胜鬘》已曾讲解”，及游城邑，“诸经论等，亦备敷说”。“晚以《法华》特为时要”，撰疏五卷。其《佛地》《般若》，制疏并讲。又撰《无性摄论疏》，“厥功始成”[④]。

摄论学派有影响的活动并不长，主要是在隋末到唐初这一时期。在以往

---

① 《续高僧传》卷十一《释法侃传》。

② 《续高僧传》卷十一《释保恭传》。

③ 《续高僧传》卷二十八《释慧重传》。

④ 《续高僧传》卷十三《释功迥传》。

的研究中，对海岱地区摄论学派的特点考虑不足。从以上材料看，活动在这一区域的摄论师大多与泰山特有的文化相关。一是泰山祭祀文化在中国传统的信仰中有着特殊的地位，它由最高统治者执事，而能参与其中活动者必能显其贵（无论是朝中权臣还是宗教信徒），因此摄论师多会借势说事。摄论学说在北方的开拓者昙迁，充分利用跟随隋文帝“柴燎岱宗”的机会，劝说文帝对泰山佛教的发展以特殊的照顾。真谛的亲传弟子靖嵩法师，也在“隋文封禅岱宗，銮驾齐鲁”之机，“由此门徒拥盛，章疏大行”。二是在隋唐时期，泰山灵岩寺以清修禅定盛名，故吸引着众多高僧汇集泰山。最具代表意义的有灵润、法侃。灵润在灵岩寺先习禅定，又追随道奘法师习《摄论》，后返长安演习《摄论》，闻名京华。法侃在灵岩寺受具戒后才从师曹毗“明解《摄论》”。在隋唐时期，海岱之域摄论师的活动异常活跃这一现象，尚需进一步的探讨与研究。

二、往来于泰山的其他高僧

在隋唐时期，除了摄论学派的宗师外还有众多的高僧来往于泰山。

释慧斌（574—645），是从泰山灵岩走出去的一位大德高僧。《续高僧传》卷二十有其传：“释慧斌，姓和氏，兖州人也。博览经艺，文义洞开。偏晓字源，尤明章曜。”少有出世之意，二十三岁“方预剪落”，听习经律，修其静虑，有十年之久，后“乃往泰山灵岩诸寺”，三十四岁时“方隶官名”，正始为僧。又与泰山诸寺，“更寻律部，博听经论，而性狎禅林，誉彰遐迩”。时值隋文帝的独孤皇后崩逝，文帝兴修禅定寺，下敕诏请慧斌入京。唐太宗时，为追荐太穆皇后建弘福寺，“京室同美，勿高斌也”，于是下诏征延慧斌为弘福寺主。唐贞观十九年（645）十月，终于弘福寺，时年七十有二。这一年正月，玄奘法师自西域归来住弘福寺，所携回的佛舍利、佛像、大小乘经律论等，均置于此寺。并于是年三月，奉敕于此寺开办译场，先后译出《大菩萨藏经》等诸经。玄奘法师初入弘福寺之时，正值慧斌主寺，两人当有佳话，只是见存文献语焉不详。

慧斌自入佛门，以行道为先，用心咒业，灭欲却我，“通僧仰属，道俗归戒”。高宗、太宗时，长安寺庙名僧最多者，当推慈恩寺、西明寺、弘福寺三寺。而于太宗时，弘福寺最盛，是太宗常常御临之地，于此诏为寺主，显示出慧斌在佛教界的崇高威望。“魏王以下，内外懿亲，及梁、宋诸公，皆承戒素”[1]，于时皇室权臣，莫不崇之。慧斌兼通儒学，也是受到最高统治者崇爱的重要原因，唐高宗就曾说：“朕所好者，唯尧、舜、周、孔之道，以为如鸟有翼，如鱼有水。失之则死，不可暂无耳。”[2]慧斌早年就以“博览经艺”著名，十九岁就被“乡党所崇，为州助教”。这有赖于家学渊源，其父在朝，“家世儒宗”。因此还成就了慧斌僧门孝子的美名。在《缁门崇行录》中的《孝亲至行》篇，有《凿井报父》条云：“唐慧斌，兖州人。父朗在朝，年迫期颐，爱敬无繇。乃于汶水之阴，九逵之会，建义井一区，以报父恩。”

僧法瓒，隋代齐州（今山东济南历城）人，“安心寂定，乐居岩穴，头陀苦行，是所经怀”，隐居于泰山之阜。隋开皇十四年（594），文帝招访天下名德，法瓒以“清旷”著称，隋文帝于开皇十五年（595）祭祀泰山之时“下敕延之”，法瓒与文帝同归京邑，住胜光寺，“以身范世”，受人赞扬。仁寿二年（602）置塔，法瓒受令送舍利于齐州泰山神通寺（即朗公寺）。“后导以禅定，时扬法化，言无严切，而密附怀抱，遂终没于所住。”[3]隋代的释道辩，也为齐人，住泰山灵岩寺，“居无常所，游行为任。经史洞达，偏解数术”。在七十岁高龄的情况下，还与同邑僧神辩，相随杖策，登临于山水之间[4]，是一个十足的游行和尚。

释道鉴，也是以云游而知名的高僧。道鉴俗姓冯，唐吴郡（今江苏苏州）人，年十岁学浮屠法，居泰山灵岩寺，以“踪迹神异”而被称为“不测僧”。唐宪宗元和（806～820）年间，有一同姓乡人侨寄长安，与道鉴相见，鉴曰：“吾庐在齐州灵岩之西庑下，薄游神京，至今正十年矣。幸得与子游，今归旧所，故来相别。”两人相约于灵岩寺会面。后乡人关东赴任，至灵岩寺访之，僧言此寺无道鉴。乡人不解，独游寺中，行至西庑下，“忽见壁画一僧与鉴师貌同”。乡人惊嗟：“鉴师果异人欤，且能降神与我交。”其相旁题曰：“冯氏子，吴郡人也……以道行有闻，卒年七十八。”[5]

释藏师，俗姓王，唐赵郡（今河北赵县）人。幼时便以胆大无畏闻名，“七

① 《续高僧传》卷二十《释慧斌传》。
② 《资治通鉴》卷一百九十二。
③ 《续高僧传》卷十《释法瓒传》。
④ 《续高僧传》卷二十七《释道辩传》。
⑤ 《宋高僧传》卷十八《道鉴传》。

岁，只影闲房，孤形迥野”，及至年长，“弥见挺拔，故号降魔藏”。曾从师于广福院明赞禅师，“俾诵《法华》，踰月彻部，登即剃落，受具习律”。“次讲南宗论，大机将发。”时值北宗昌盛，“便誓依栖”。神秀曾问曰：“汝名降魔，我此无山精木怪，汝翻作魔邪？”答曰：“有佛有魔。”神秀又问：“汝若是魔，必住不思议境界也。”答曰：“是佛亦空，何不思议之有。”时众莫不惊异而钦之。神秀师预言“汝与少皞之墟有缘”，降魔藏遂寻入泰山，“数年，学者臻萃，供亿克周”，被赞为“金舆谷朗公行化之亚”[①]。因在泰山，于是也就有了“东岳降魔师”“泰山降魔师”的名号。

释大行，又称妙行，姓氏无考，唐齐州（今济南历城）人。乾符（874～879）年间，乃入泰山，“结草为衣，采木而食”。专行《法华》三昧、普贤忏法，如是三年，感普贤现身。叹命无常，未知来世何处受生，遂信手取卷，乃获得阿弥陀经，于是专心诵读，感见“十方佛犹如明鉴中像”，教化道俗，远近风从。唐僖宗闻其德望，召入宫中寝于御殿，敕赐号“常精进菩萨”，受“开国公”之爵[②]。

释子邻，俗姓范，唐兖州乾封（今山东泰安）人。其父不喜三宝，凡见到僧侣必反感呵斥，而年幼子邻见到袈裟“则生慕羡之意”。唐开元（713～741）初，东都广爱寺庆修律师游于泰山，适范氏之宅，“邻一见之，喜贯颜色，拜求出家”。因怕令堂有阻不辞而别，随师及至洛寺，“受教之易，若甘之受和焉”，缁衣、削发，“或名志邻”。及至十一年之久，“忽思二亲，辞归宁觐”。然其父失明，母终已三载矣。于是，子邻诣岳庙，求知母之地狱之所在，“即敷坐具，诵《法华经》”，以期见到泰山天齐王（岳神）。当夜天齐王召见子邻，相问事由。子邻问曰：“母今何在？”天齐王曰：“系狱受苦。”问之何罪，天齐王乃云：“生和尚时，食鸡卵，又取白傅头疮。”这一切皆由你而生。子邻“悲号委顿，求王请免”。天齐王给了子邻能见到母亲的办法——礼拜阿育王塔。子邻按照天齐王的说法，到句章山寺叩头祈诉，“五轮着地，礼毕投策，至四万数”，不一会儿忽闻空中有呼声，子邻望空见云气中母亲，谢曰：“承汝之力，得生忉利天矣，故来报汝。”言毕“倏然不见”。之后子邻“求解经论”至于关

① 《宋高僧传》卷八《藏师传》。

② 《宋高僧传》卷二十四、《佛祖统纪》卷二十七。

辅，“外学兼通，美声籍甚。以名僧之选，恒入肃宗内殿应奉”，敕赐紫方袍，充供奉僧。代宗时重译《仁王护国密严》等经，子邻分职证义①。

与释子邻祈求泰山神见地狱中受苦之母相类似的，还有行坚求见同学僧的故事。释行坚，“常修禅观，节操惟严”，隋大业（605～618）年中“偶事东游，路出泰山”，日色已晚，意欲夜宿泰山庙。庙令言曰：这里没有可宿之地，唯廊庑下可以寄宿，但往来者“必有罹暴死之殃”。行坚苦于无奈息于庑下。行坚端坐诵经，一更之时屋内传出“环佩之声”，泰山神出殿，“衣冠甚伟，部从焜煌”，行坚问：在此寄宿者为何会死？神曰：是闻我声音害怕而死，没有人害之。行坚又问：“世传泰山治鬼，宁有之邪？”神曰：“弟子薄福有之，岂欲见先亡乎？”行坚说有两个同学僧已死，“愿得见之”。神问其姓名后说：一人已生人间，一人还在狱中。于是行坚起身，不远便见一处狱火，“光焰甚炽”，进入院中，“遥见一人在火中号呼，不能言语，形变不可复识，而血肉焦臭，令人伤心”。行坚不忍“历观”，又回到庑下向泰山神讨教有没有救同学僧的办法。神曰：“可，能为写《法华经》，必应得免。”行坚依照泰山神所说，“经写装毕，赍而就庙宿”。神出如初，神曰：“弟子知已。师为写经，始书题目，彼已脱免，今生人间也。然此处不洁，不宜安经，愿师还送入寺中。”因行坚四方云游，“居处不恒，莫知终毕”②。

释怀晖（754—815），俗姓谢，泉州（今福建泉州）人。“宿植根深，出尘志远，迨乎进具，乃尚云游。”唐贞元（785～805）初，礼洪州大寂禅师。后潜隐岱之徂徕山，次寓灵岩寺，又移卜百岩寺。元和三年（808），奉召入长安章敬寺毗卢遮那院，怀晖既居上院，讲法禅要，朝中多有名士参访。复诏入麟德殿赐斋，推居上坐。元和十年（815）示疾灭度，春秋六十有二③。

又有沙门慧晓，厥姓傅氏，禅绩斐然，“北游齐壤，居止灵岩”数十载。起初并不被众僧所识，及至有慧晓造访乡里之事才知其才德出众。事因慧晓离乡年久，回乡问亲，行至县门，使人通知县令茌山，适茌山令有客人而不能见，踟蹰之间，慧晓催促通引，然会客仍未结束，“令且更延”。慧晓领悟而曰：“非令之

① 《宋高僧传》卷三《子邻传》。

② 《宋高僧传》卷二十四《行坚传》。

③ 《宋高僧传》卷十《怀晖传》。

为进退，乃吾之爱憎耳，岂乡壤之可怀耶？”于是让人取之纸笔书《释子赋》，“纸尽辞穷”。告曰：“若令问觅，可以此文示之，吾其去矣。”于是慧晓“潜遁”。及后茌山令追至灵岩寺，穷讨慧晓而不见，于是“出赋示僧”，众僧“方知晓之才也”。释慧晓“寻诸名岳，养素栖心”，时隐人世，卒不知其终[①]。

在历代高僧传中，按照所录僧人突出的品行业绩分为十科。梁《高僧传》有“译经”“义解”“神异”“习禅”“明律”“亡身”“诵经”“兴福”“经师”“唱导”。唐《续高僧传》，改“神异”为“感通”，“亡身”为“遗身”，“诵经”为“读诵”，合“经师”“唱导”为“杂科”，另增“护法”，亦为十科。《宋僧传》演习《续高僧传》不变。本节重点谈到的摄论学派，主要有习禅、义解、感通、译经等科。与此之外的高僧中，有习禅、义解、感通、读诵、译经等诸科，而以习禅者为多，应当与隋唐时期泰山灵岩寺有禅定清修传统有着密切的关系。

① 《续高僧传》卷十七《释慧命传》下《慧晓》。

第五章

隋唐时期的佛教（下）

乘南北朝之兴而来的佛教，在隋唐时期走向繁荣与鼎盛。这与隋唐帝王的宗教态度相关，也与佛教在中土已深深扎根自我发展意识的提高不无关系。大量的高僧成为社会有影响力的人物，西行取经以及梵文的翻译与整理达到历史的高峰；为适应信仰的普及与需求，佛教造像遍布大江南北，都标志着佛教在中土的成功。作为中国佛教发展的一部分，泰山佛教进入一个前所未有的快速发展阶段。

三藏义净禅师走出泰山，继法显、玄奘之后西行求法并圆满归国，是中国佛教史上的大事，更是泰山的荣耀。一方禅寺，高僧禅修的一种茶饮，竟能影响到半壁江山的生活习俗，同样是佛教影响力的呈现。而佛教造像的大量出现，更无疑是泰山佛教蓬勃发展的历史见证。

第一节　佛之造像

随着隋唐时期佛教的发展，与佛教信仰及其宗教生活密切相关的造像活动也兴盛起来。泰山地区的佛教造像以摩崖窟龛造像为其大宗，分布于泰山周围。而佛塔造像也随着这一时期佛塔的大量建造，集中地出现在一些重要的佛寺中。佛之造像的大量出现，是佛教兴盛的重要标志，同时也为我们了解隋唐时期佛教信仰在这一地区的某些特点，提供了重要依据。

一、摩崖窟龛造像

（一）隋代造像

白佛山隋代石窟造像

东平白佛山石窟造像，位于泰山之西南向东平县须城乡焦村北白佛山之阳的半山腰，2001年公布为全国重点文物保护单位。白佛山，又名危山、金螺山，因“山石尽白”，又有大佛在山，故俗称白佛山。造像计有四窟，分别开凿于隋、唐、宋三个时期。

东平白佛山隋代造像有两窟，分别以一号窟、二号窟编序：

一号窟，是白佛山规模最大的石窟造像，窟高达805厘米，宽450厘米，进深450厘米。此窟在自然溶洞的基础上开凿而成，于靠山体一面正中造主佛一尊（面南），像高695厘米，善跏趺坐，窟顶雕华盖之形。主

图5-1　东平白佛山隋代一号窟造像

像体态硕壮，自胸上部圆雕，下部半圆雕。螺发明显，肉髻扁平，面廓长圆，颐颊饱满，弯眉厚唇，嘴角微上翘，双目平视。手施无畏印、与愿印，内着僧祇支，外着交领钩纽式袈裟，衣纹简略（图5-1）。在窟口有一石砌的高墙，将窟口封堵，墙体下方正中仅留一高226厘米，宽110厘米的拱形门洞。据门额石题刻所记，此墙建于元至元六年（1269）。建墙时莲花台座及佛像的双膝以下受到损毁。

主尊的钩纽式袈裟，在山东地区隋唐时期极为流行，被认为是这一地区佛像所特有的样式①。据相关研究，“隋代佛教造像的钩钮式袈裟、交领衫以及大佩和绶直接模仿自当时贵族或僧人在日常生活中的装饰，与印度、西域佛教造像样式有所不同，意味着佛教造像的汉化或本土化”②。

在一号窟主尊的东西两壁，开凿有较为规则的若干小龛。东壁开龛九层，计有37龛，西壁开龛也为九层，计有29龛，每层开龛最多者6龛，少者仅一龛。龛内造像有佛像、菩萨和比丘等，以单躯为多，间有一铺三躯、一铺五躯者，最多的一铺九躯，出现在东壁的最下方。此龛也是众龛中最大的，高47厘米，宽120厘米（如与其上部的小龛相比，是四个并排龛宽度的总和），是为释迦涅槃图。释迦仰卧于床榻之上，上身裸露肋骨尽显，十大弟子呈悲痛状，围坐其身旁（图5-2）。两壁均以方型龛为主，间有圆拱龛、尖拱龛。两壁各有一铺首联珠纹龛，东壁在第一层，西壁在第八层，均一铺五躯。除此有较强的装饰性

图5-2　东平白佛山隋代一号窟东壁造像——涅槃图

① 李裕群：《驼山石窟开凿年代与造像题材考》，《文物》1998年第6期。

② 〔韩〕梁银景：《隋代佛教窟龛研究》，文物出版社2005年版，第132页。

外，东壁的二、三层，在龛之左右两侧多刻联珠，或龛楣雕帐幔，而以下诸层龛均无装饰。西壁有装饰的还有最上的一、二层，而其他诸龛又不见。

在龛与龛之间布满造像主的题名。从其像主的身份看，除了“沙门”“道方”“比丘”等外，当地的官吏也参与其中。因地处恽州须昌县境内，“县令”“县丞”“县尉”等官员，也都有名在列，而更多的则是无名号的平民“象主”，他们是小龛造像的主力军。在西壁第五层，有“十六王子主万义绪张基”的题记（图5-3）。此题记可以有两种理解：一是有一躯“十六王子”像，因为释迦佛陀就是“十六王子”之一；二是可以解释为有“十六”个“王子”之像，是为16躯。张总认为：

图5-3　东平白佛山隋代一号窟西壁第五层造像局部及“十六王子主万义绪张基”题记（右侧）

两壁龛像上面都有一排五龛弟子像，下面又分别列有三龛弟子像，即西壁的第五排一龛，第六排两龛；东壁的第六排三龛……这样计来，两壁各有八身弟子像（每龛一身），合计恰为十六沙弥形象。[①]

① 张总：《白佛山等十六王子像概述》，《敦煌研究》1998年第3期。

从东西两壁这16龛造像来看，所呈现的姿态一致，均为立像，双手拱于胸前，以童面光头的形象为特征（东西两壁中五龛联排的帐形龛装饰也都一样）。小龛造像中是“十六”个“王子”的形象这一说法是成立的（图5-4）。

图5-4　东平白佛山隋代一号窟造像——十六王子像（东壁部分造像形象图）

十六王子的说法，源自《法华经·化城喻品》：

> 佛告诸比丘：大通智胜佛寿五百四十万亿那由他劫……其佛未出家时，有十六子。
>
> ……十六王子皆以童子出家而为沙弥，诸根通利，智慧明了。已曾供养百千万亿诸佛，净修梵行，求阿耨多罗三藐三菩提。
>
> ……十六菩萨沙弥，知佛入室寂然禅定，各升法座，亦于八万四千劫，为四部众广说分别《妙法华经》。
>
> ……彼佛弟子十六沙弥，今皆得阿耨多罗三藐三菩提，于十方国土现在说法，有无量百千万亿菩萨、声闻以为眷属……第十六我释迦牟尼佛，于娑婆国土成阿耨多罗三藐三菩提。

佛说：在过去无量无边极其久远年代的阿僧劫前，有一位大通智胜如来，具足佛的十号之德。他的寿命长达五百四十万亿“那由他劫”。大通智胜如来未出家时，有十六个儿子。他们在听说父亲已证得“无上正等正觉”后，皆“往诣佛所”。十六位王子皆以童子之身出家为沙弥，他们曾经供养过千万位佛陀，并且净修梵行，以求“无上正等正觉”。大通智胜佛演说《妙法莲华经》时，十六位发菩萨心的沙弥完全信奉受持。大通智胜佛在八万四千劫的时间里，一直讲说《妙法莲华经》，尔后于静室禅定，又经历了八万四千劫。十六位菩萨沙弥知道大通智胜佛于静室禅定，于是就自升法座，在大通智胜佛安住于禅定的八万四千劫中，为比丘、比丘尼及家男、女居士等四部讲说《妙法莲华经》。大通智胜佛从禅定出定，来到他的法座上，对众生宣告了十六位发菩萨心的沙弥，都将获得与如来智慧无二的无上正等正觉的果位。释迦牟尼告诉诸比丘：这十六位菩萨沙弥，常常乐于宣说《妙法莲华经》，他们教化的众生，生生世世都将与这些菩萨在一起，跟随他们听闻法义，并能深心理解。所以现在告诉你们，那位大通智胜佛的弟子——十六位沙弥，如今皆已得到无上正等正觉。十六王子皆成佛果。

《妙法莲华经》，简称《法华经》，为大乘佛教的重要经典之一。“妙法”，是说其教法的微妙；“莲华（花）”，比喻经典的洁白清净。《法华经》由于调和了大小乘的各种说法，故传播极为兴盛。后人曾将其与《楞严经》《华严经》并称，誉为“经中之王”。在《化城喻品》中，佛陀宣示了与《法华经》的因缘。

白佛山一号窟十六王子像和铭刻，也毫无疑义地证明了此处石窟像与《法华经》的关系。两壁都出现的铺首联珠龛中的造像内容及东壁的涅槃图（图5-5），也与《法华经》有着内在的关联[①]。在此窟外西侧崖壁上，刻有“大隋开皇七年寺主王子华”的题记，开凿的时间明确。可以说，白佛山一号窟的造像及题记，弥足珍贵。

图5-5　东平白佛山隋代一号窟西壁一铺五躯铺首形龛造像

白佛山造像隋代二号窟。二号窟位于一号窟的西侧，距地约15米的峭壁上。窟有两口，一南向，一西向。南口外即为悬崖，用石垒堵至半；西口用石砌圆拱形门洞，高144厘米，宽66厘米，观者可从崖下攀爬而上由此入

① 详见张总：《白佛山等十六王子像概述》，《敦煌研究》1998年第3期。

窟。窟似在自然溶洞的基础开凿而成，窟高约310厘米，宽约315厘米，进深400厘米，内有造像一佛二菩萨。主尊为圆雕半身佛像，面南，高242厘米。肉髻广圆，面廓长硕丰满，两耳垂肩。眉弓隆起下弯，眉间饰白毫，双目微合，鼻梁高挺（稍有残损），嘴纹棱面分明，唇薄丰润，整个面部比例匀称，精细磨光。身着半披式佛衣，袒胸露乳，右手施无畏印。与头部相比上身雕刻粗犷，衣纹处理简单。左右胁侍两菩萨，为高浮雕。左侍菩萨像高155厘米，戴冠，唇有髭须，面容威严，左手置于膝部，右手残失，右舒相坐，左脚踏台；右侍菩萨像高135厘米，戴冠，面相慈善，左手抚膝，右手扪胸，右舒相坐，左脚下垂露出。两菩萨像均头戴宝冠，臂钏项圈，璎珞繁缛。现窟内东壁和北壁有三处重修题记，能辨其纪年者为明代。

二号窟面西的门洞，上额题“佛云龛”三字，左侧题“创修云梯”，右侧题记有“嘉靖四十一年八月”年款，可知此入窟之门为明代人所加。在二号窟外下面南的岩面上，题记有“大隋开皇十年岁次庚戌□□，发心主沙门昙献、刘子贵、任祖峰、周子让、张胡解、建昌妻王、西门浪犊，并造一切经。□□人等，在此危山，敬造阿弥陀象一区。上为皇帝陛下，一切有影，同沾斯庆”之铭，可知二号窟的主尊为阿弥陀像，两菩萨应为观音像与大势至像。二号窟即以“西方三圣”为题材的造像。

从以上两窟隋代佛造像的内容特点可以看到，此时崇尚《法华经》，对“西方三圣”也有着特殊的感情，这在相关文献资料中也可得到印证。赞宁所撰《宋高僧传》卷二十四《隋行坚传》中记述，释行坚“偶事东游，路出泰山，日之夕矣，入岳庙，谋之度宵”，他在岳庙经泰山神的指点，见到了已死的同学僧，正在“火中号呼，不能言语，形变不可复识，而血肉焦臭”，行坚“不忍历观”，请教泰山神有没有救往昔同学的办法。泰山神告之：“能写《法华经》，必应得免。”释行坚按照泰山神的要求去做，“始书题目，彼已脱免，今生人间”，足见《法华经》之威力。

《宋高僧传》卷二十四《唐兖州泰岳大行传》亦有崇尚《法华经》一例：释大行，“入泰山，结草为衣，采木而食，行《法华》三昧，感普贤现身”。他担忧来世何处投生，“遂入藏内信手探经，乃获西方圣教，遂专心思念阿弥陀佛”。

（二）唐代造像

1.峋峪阴佛寺唐代造像

阴佛寺造像，位于泰安市岱岳区峋峪镇苏庄村南，玉皇山东北坡峭壁上。造像可分为两部分，一是石窟造像，一是摩崖小龛造像。

图5-6　峋峪阴佛寺唐代造像——石窟佛头像

石窟造像位于造像群的东部，利用一近乎直立的崖壁开窟而成。窟为圆弧形顶，高230厘米，宽164厘米，内雕坐佛一尊。佛像高220厘米，善跏趺坐，螺发，肉髻扁平，两耳垂肩，双目微眯，鼻梁高耸，双唇轮棱角明显，面廓圆润，神态慈祥（图5-6）。内着僧祇支，外披钩纽式袈裟。右手残失，左手置膝手心向上，接握衣角[①]。在石窟口外东侧，有"咸通十四年"题刻。

在石窟外的西侧崖壁，是摩崖小龛造像。小龛造像破坏严重，佛像、菩萨像的面部及手臂，绝大部分被毁坏（图5-7）。像龛可分为三层，最上一层有二龛，均圆拱形龛，一龛高36厘米，宽26厘米，深0.35厘米，未刻像；另一龛高45厘米，宽44厘米，内雕坐佛一尊，外披垂领式袈裟，内着僧祇支，裳悬覆坛。中层计有四龛：从东向西第一龛为横长方形，高35厘米，宽117厘米，内有四佛联坐；第二龛为长方形幔帐龛，高33厘米，宽47厘米，内雕一佛二菩萨。在其龛外的崖壁上，还残留有线刻的帐幔。从岩壁表皮风化脱落的迹象看，上述的第一龛也应有这种刻画的装饰帐幔纹。第三龛，为方形帐幔龛，高64厘米，宽66厘米，内有一佛二菩萨，坐佛结跏趺坐，施禅定印，袈裟敷搭双肩下垂，遮漫左右两臂，裳悬覆坛。左右胁侍菩萨，头戴冠，缯带下垂于膝，帔帛着裙，双手捧物而立于带

① 石窟造像不但手臂有所残失，其佛头也曾被盗割，遭身首分离之殃。后来佛头被追回，但怕祸患再起，故未再复原其身，原佛头封存于文物库房之中。现有信众自发地在原有的造像上重塑了一个佛头。对佛像的描述与所测数据，依据原有的痕迹及追回佛头的形象。

图5-7　峄峪阴佛寺唐代造像——小龛造像全景

茎的莲蓬之上；第四龛（图5-8），高110厘米，宽82厘米，龛口为尖拱形，龛柱由火焰、莲花、宝珠组成。内开长方形龛口，高60厘米，宽52厘米，内雕一佛二菩萨。佛像上身残损严重，似施禅定印，裳悬覆坛；左右菩萨，立于莲蓬之上，形体衣饰，大致如第三龛。最下一层为横式长方龛，高51～54厘米，东侧起端处崖角损毁，现存长度为420厘米，内雕十尊坐佛。其中位于中部的三尊较为突出。三佛中间的一尊，像通高52厘米，内着僧祇支，胸前束带，外披钩纽式袈裟，结跏趺坐。左侧坐佛，从残存的形体看，应为结跏趺坐，施触地印；右侧坐佛似善跏趺坐，左右两佛的服饰与中间坐佛大致相同。在这一摩崖造像的西部（据说还有一部分造像，已被土石所覆，其面貌不得而知）。

图5-8　峄峪阴佛寺唐代造像——小龛造像

在摩崖小龛造像之南，还有一个崖壁断面，上有一个很小的龛刻坐佛，周围有题记的痕迹，但文字漫漶不可识。据石窟造像窟口题记，此石窟开凿于唐咸通十四年（873）。其西侧的小龛造像，也具唐代造像的风格特点。崅峪阴佛寺造像群，均为唐代开凿。

2.灵岩寺方山唐代石窟造像

方山石窟造像，因有唐代“修方山证明功德记”之铭，方志称其为积翠证明龛，亦称证明功德龛、方山证明龛。又因明嘉靖三十八年（1559）于龛口外增建石室，墙垩朱丹，故又称为红门。石窟位于泰山灵岩禅寺东北的方山之巅的岩壁上。

窟口面南，高580厘米，宽420厘米。窟内平面大致呈长方形，窟为平顶，高514厘米，面宽500厘米，进深390厘米。窟内靠北壁凿出台坛，高84厘米，宽500厘米（与窟宽相同），进深295厘米。北壁雕一坐佛，左右两侧（东壁、西壁）雕二弟子、二菩萨。窟口内东西两侧各雕一狮子，两向对视。据唐大中八年（854）《修方山证明功德记》记述，还应有二力士像，现已无存，仅留有基本形体的痕迹。

图5-9　灵岩方山唐代石窟造像——释迦牟尼

窟内佛像高460厘米，肉髻扁平，面廓长硕圆润，双耳垂肩，眉间饰白毫，颈饰蚕节纹三道。外披敷搭双肩下垂式袈裟施钩纽，内着僧祇支。右手施无畏印，左手握拳置膝，结跏趺坐于台上（图5-9）。

佛像左右两侧的东西两壁，各置一弟子、一菩萨（弟子像于内、菩萨像于外）。左侍弟子像高240厘米，光头，上披袈裟，下着裙裤，双臂抬于胸前，做抄手状；右侍弟子像高242厘米，光头，双手已残，似抱手于胸前，形体衣着大致同左侍弟子。两弟子不同的是，左侧弟子额头有三道皱纹，颧骨与鼻翼间也有三道皱纹，显老相（图5-10）；而右侧弟子则脸部光滑，显少壮。两位弟子应是释迦牟尼十大弟子中的大迦叶与阿难。

图5-10 灵岩方山唐代石窟造像——左侍弟子

图5-11 灵岩方山唐代石窟造像——左侍菩萨

左侍菩萨像高240厘米，戴冠，垂绶，璎珞组绶，戴腕钏，双手相合于胸前（图5-11）。长短重裳，披帛下垂；右侧菩萨像高265厘米，面部已残，右手握左手于胸前，形体衣着大致同左侍菩萨。两菩萨均跣足立于一小型圆台上。

在台坛前，有明代嘉靖三十一年（1552）所置的石供桌，横额题曰“南无本师释迦牟尼佛”。窟口砌有一石墙，窟口两侧两石狮的部分头部被垒在了墙中。墙正中开有拱形门，门高282厘米，宽160厘米。于这一石墙外侧建有一室，又形成一个相对独立的空间。室顶呈圆拱形，高445厘米，宽422厘米，进深545厘米，南向再开一门（高210、宽150厘米）。

在窟内台坛的南向面、窟之东西两壁，甚至狮子的身上，都刻有题记（以游记为显）。在台坛上的题记，多有题记覆盖前题记者。可识年款的有“元祐”“天禧”等。其中台坛南面右上部唐大中八年（854）关于造像事由的题记《修方山证明功德记》，虽被宋代“元祐”间的游记所打破，但部分记文大致可读。

关于灵岩寺方山石窟造像的缘由及年代,《修方山证明功德记》有云:

> 此山前面有石龛，龛有石像，从弥勒佛并侍卫、菩萨至神兽等，计九躯。按《寺记》云：唐初有一童儿，名善子，十岁已下，自相魏间来，于此山舍身，决求无上正真之理。□启首□，四体遂堕，未及半虚，五云封之西去。其音乐□□，天风错□，毕寺缁白，无不瞻听。乃凿此山成龛，立像旌之，曰证明功德。暨乎会昌五年，毁去佛□，天下大同，凡有额寺五千余所，兰若三万余所，丽名僧尼廿六万七百余人，所奉驱除，略无遗孑，惟此龛佛像俨□，微有□残。大中五年，奉旨许于旧踪，再起精舍。寺主僧从心闻于州县，起立此寺。[①]

此铭刻为修缮之记，不过在记中阐述了造像的由来，并依《寺记》所云确定为唐初开凿此窟，对其缘由、经历作了记述。由此我们也会得知，此窟造像没有留下造像记，所以只能依据《寺记》来确定它的年代。《修方山证明功德记》称其主尊为弥勒是为臆说，应以明代嘉靖三十一年(1552)所置的石供桌所题“南无本师释迦牟尼佛”为是。马大相《灵岩志》亦称：“证盟功德龛，内有释迦佛大石像。”其实，仅从主尊两侧所侍弟子是大伽叶与阿难来看，就不难判断主尊是释迦牟尼，而不会是弥勒。

关于题记所云《寺记》，已经无从稽查。从造像风格看，有着与东平白佛山隋代石窟造像相近的直观感受。如窟为平顶、主尊面部长硕等。有学者研究认为：其造像风格与山东地区的隋代造像相吻合，尤其接近神通寺四门塔之造像，“因此，我们有理由怀疑证明龛开凿年代可能在隋代后期的说法”[②]。因为隋代(581～618)有国较短，其造像风格“隋代后期”与唐初不会有大的区别。我们不妨遵循《修方山证明功德记》中“唐初”之说，作为灵岩寺方山石窟造像的开凿时间。

3.神通寺千佛崖唐代造像

千佛崖位于神通寺殿堂遗址西侧白虎山东麓，在南北长60余米，高7米的

① 《岱览》卷二十四《灵岩上》。

② 李裕群:《灵岩寺石刻造像考》,《文物》2005年第8期。

范围内，开凿有大小窟龛百余处，目前尚存造像200余躯，有纪年题记10余则（图5-12）。神通寺千佛崖造像，是泰山周边规模最大、保存最好、雕刻最为精美、造像主身份最为丰富的摩崖造像群。重要造像中题记多有纪年，造像时代明确，而未有纪年者，造像风格特点也与其大致相同，均应是初唐时期的遗存。根据题记中纪年，分别为武德、贞观、显庆、永淳及文明五个时期。

图5-12　神通寺千佛崖唐代造像群局部

图5-13　神通寺千佛崖唐代造像——“大唐武德”题记（郑岩旧存）

武德时期造像

武德二年（619）造像，位于千佛崖造像群的南部。龛为圆拱形，龛高46厘米，宽75厘米，一铺三躯，为一佛二菩萨，残损严重。主尊为坐像，高38厘米，螺发，肉髻，面部已不可识。外着袈裟，内着僧衹支，施禅定印，结跏趺坐于莲台上。两菩萨为立像，左像可见跣足立于一莲花，右像仅见其形体轮廓。在其造像下侧铭有题记，多漫漶不清，可识者有“桑门僧沙栋”“大唐武德二年厥年七十”等诸字。其上部，开有若干圆拱形小龛，大多残损不可识。从保存现状及风格特点看，应为同时开凿。“武德二年”，这是千佛崖摩崖造像群所出现的最早纪年（图5-13）。

在题记有“武德”造像龛南侧，有一圆拱形龛，龛高185厘米，宽226厘米，坐像高132厘米，高肉髻，面部残损，轮廓丰满，二耳垂肩。外着敷搭双肩下垂式袈裟，内着僧衹支，双手残失（似禅定状），结跏趺坐于台，台高38厘米。在主尊造像左侧，开五个小龛，分两层排列，每龛造像一尊，均为坐像。从此龛风化情况及风格看，造像时间应晚于左侧的“武德二年”之龛。

贞观时期造像

贞观十八年（644年）造像，位于武德造像龛之北。窟口为圆拱形，龛高234～230厘米，宽375厘米，内雕两尊坐像。左尊像高176厘米，肉髻磨光，高

图5-14　神通寺千佛崖唐代造像——僧明德造像（贞观）

圆宽大，两耳垂肩，面廓长圆，着敷搭双肩下垂式袈裟施钩纽，两手抚膝，结跏趺坐于莲台，台高30厘米。右尊像高186厘米，其态势大致如左像，双手残失，有线刻项光。在两像之间，上下开有两个拱形小龛，上龛造像，像高62厘米，倚坐方台；下龛造像，高47厘米，施禅定印，结跏趺坐于莲台（图5-14）。于龛口之北侧题记：

> 大唐贞观十八年，僧明德，知风烛难……石像两躯，上报……

所题文字较多，但风化严重，多不得识读。在此龛的上方刻有若干龛，保存较好，雕刻精美，多有造像记（无纪年）。

显庆时期造像

这一时期的造像，在千佛崖岩造像中有着突出的位置，计有四窟，主要是唐皇室造像，数量多，规模也大。

显庆二年（657）纪年造像，在千佛崖造像群中有一处，位于摩崖造像群的最南端，是为南平公主所造。圆拱形龛，龛高134厘米，宽103厘米，内有造像一尊，像高100厘米，纵深40厘米。螺发，肉髻扁平，双耳垂肩，面颊饱满，项光宽大，呈桃形，内设三重，中有七化佛，外着敷搭双肩下垂式袈裟，内着僧祇支，束腰。双手残损，结跏趺坐于束腰圆形莲座（图5-15）。造像题记于龛口之左侧：

> 显庆二年，南平长公主为太宗文皇帝敬造像一躯。

图5-15　神通寺千佛崖唐代造像——南平公主造像

在龛口外的上部，凿有七个圆

形卯眼，说明应有构筑物的存在，现在利用原有的两个卯眼，构筑有一土木结构的遮檐，以防雨水冲刷造像。

显庆三年的造像，在千佛崖造像群中有题记的三处。

其一，为驸马刘玄意所造（图5-16），位于贞观十八年造像之北。方形龛，尖拱形龛楣，以火焰、莲柱为饰，龛高92厘米，宽67厘米，内有坐像一尊，像高68厘米，肉髻扁平，两耳垂肩，颈部蚕节三道。桃形项光宽大，光轮三重，内为莲瓣纹。敷搭双肩下垂式袈裟施钩纽，内衣束带于胸前，施说法印，倚坐莲花台座，双腿自然下垂，呈倒“八”字形。在龛之左侧，雕金刚力士像一躯，像高60厘米，雄猛威武；在龛之右下侧，雕一踞狮，以守门户。龛之右上部题记：

> 大唐显庆三年九月十五日，齐州刺史上柱国驸马都尉渝国公刘玄意，敬造像供养。

图5-16　神通寺千佛崖唐代造像——驸马刘玄意造像

图5-17　神通寺千佛崖唐代造像——赵王李福造像

图5-18　神通寺千佛崖唐代造像——赵王李福造像左尊像局部

图5-19　神通寺千佛崖唐代造像——赵王李福造像右尊像局部

其二，为赵王李福所造，位于造像群的北端（图5-17）。此龛开凿规模较大，一窟两门，中间有透空岩柱相隔，略有石窟的感受。北则一门，龛口高240厘米，宽158厘米；南侧一门，龛口高232厘米，宽193厘米，龛内两佛像盈门而坐（图5-18）。北像高235厘米，螺发，肉髻扁平，双耳垂肩，面部丰润，桃形项光。外着钩纽式袈裟，内着僧祇支，胸前束带，结跏趺坐，坐姿前倾，施禅定印，裳悬覆台（图5-19）。南像高218厘米，面容、衣着、坐态与北像大致相同。龛内壁及门柱，不规则的开有若干小龛，雕有造像19躯（佛、侍者），题记多处，两门间石柱有永淳二年（682）题记。窟内造像，均有饰彩痕迹，在两尊佛像之间题记：

> 大唐显庆三年，行青州刺史清信佛弟子赵王福，为太宗文皇帝敬造弥陀像一躯，愿四夷顺命，家国安宁，法界众生，普登佛道。

其三，为僧人明德所造，位千佛崖造像群的南端，右邻南平长公主造像。龛为圆拱形，龛高260厘米，宽186厘米，深154厘米，内有坐佛一尊，像高250厘米，螺发，扁平肉髻，面部丰满，双耳下垂，圆形项光，饰莲瓣纹，外着钩纽式袈裟，内着僧祇支。双手施禅定印，结跏趺坐，裳悬覆台（图5-20）。于像之右侧题记：

> 大唐显庆三年，僧明德敬造。

在龛内左壁刻小佛像七尊，右壁一尊。

于此龛右下侧，开有一小龛，龛高66厘米，宽41厘米，像高55厘米，像已残损。于明德造像龛的左侧，造有一龛佛塔，龛高155厘米，宽103厘米，塔高150厘米，宽74厘米。塔身正面塔门内雕有一佛，形如在千佛崖南面的隋代四门塔。

在明德造像与造像塔上方之摩崖处，开有三层小龛：上层一铺二身；中层两龛，一为一铺一身，一为一铺两身，有题记；下层为一铺三身，有题记。三层小龛计有造像八身，均为坐佛，项光皆施红彩，应为同一时期的造像。

图5-20　神通寺千佛崖唐代造像——僧明德造像（显庆）

永淳时期造像

在显庆三年青州刺史赵王福所造龛中间立柱上，于永淳二年（683）刻有两个圆拱形小龛。上龛高31厘米，宽23厘米，像高19厘米，结跏趺坐；下龛高24厘米，宽23厘米，像高18厘米，施禅定印，结跏趺坐。在两龛之间题记：

> 永淳二年六月内为天灾旱，侧近诸村史同、王方百余人等，于朗和尚广所祈请，遂蒙甘泽，发心设斋，造像造经□□□□。

文明时期造像

这一时期的造像，计有三龛，造像开于文明元年（684），均位于千佛崖造像的南端。

其一，为拱圆形小型龛，内有坐佛一尊。在其龛外右下角铭题记：

> 文明元年九月四日，陶得义为亡考敬造像一躯供养。

其二，为拱圆形小型龛，内有坐佛一尊。在龛外左上角题记：

> 文明元年，清信女阿□为亡父□□□敬造像一躯供养。

其三，位于驸马刘玄意所造龛之北，为圆拱形小型龛，龛高26厘米，宽16厘米。内有坐佛一尊（头部缺失），像高16厘米。于龛之下部题记：

> 文明元年四月□日，赵旰妻□为亡父母，敬造佛像一躯。

有纪年的造像之外，另有几个规模较大的造像龛。如在千佛崖造像群的北端，有一个造像龛为圆拱形，龛口高225厘米，宽225厘米，内有坐佛一尊，像高265厘米。佛像螺发，肉髻高平，面部饱满，桃形项光。身着敷搭双肩下垂式袈裟施钩纽，内着僧祇支衣，束带。右手上举胸前，左手置于足部（这种做法与千佛崖造像群其他佛造像的手印有所不同），结跏趺坐，裳悬覆台（图5-21）。

图5-21 神通寺千佛崖唐代造像——北侧无纪年大龛造像

从千佛崖造像群的题记看，神通寺千佛崖造像始自唐武德二年（619），经贞观、显庆、永淳时期，止于文明元年（684），历时65年。从造像主看，先有僧人在此开凿，继而有皇室国戚闻声而起，后又有普通百姓顺势而为，其规模由小到大，势头由弱到盛，一时间又戛然而止，造像风格鲜明，有很强的时代性。可以说，千佛崖造像不但纪年明确，“而且其造像风格也具有典型的时代特征，能够代表当时的造像艺术风格，甚至可以与当时洛阳地区龙门石窟相媲美”①。

关于龛窟特点及造像组合

千佛崖造像或龛或窟，绝大多数为圆拱形，无装饰，如驸马刘玄意方形造像龛及有门楣装饰是少有的个例。造像或大或小，绝大多数以龛的形式出现，即便是较大的龛，除了赵王李福造像，由于石柱的出现，在空间上给人以石窟的感受外，其余进深均不大（不到100厘米）。在千佛崖造像群中，造像组合较为单一，即一龛一身为主体，有一龛二身、三身、四身、五身者，甚至也有一龛十身者，均为少数或是个例。而在所有造像中，主尊无一不是坐像。在佛像的着装上，钩纽式袈裟最为流行，外披的袈裟从双肩下垂，右衣角再由左肩下

① 〔韩〕梁银景：《山东神通寺千佛崖的铭文分析与造像特点》，《艺术史研究》第八辑，2006年。

垂的钩组拉起。造像的手印，绝大部分以禅定为主，这种禅定印不同于常规形态，即双手相叠于腹前，而是两手放置于腹前（双手不相交），或放置于膝部。造像中持禅定印，而当时的僧人又有“禅师”之称，说明禅修在此时大为盛行。

关于造像主的身份及特点

在千佛崖皇室造像最为抢眼，一是规模较大，二是雕刻制作精致，体现出造像主所特有的地位。赵王李福造像，是神通寺千佛崖规模最大的一窟。关于赵王，在《旧唐书》中有传：

> 赵王福，太宗第十三子也。贞观十三年受封，出后隐太子建成。十八年，授秦州都督，赐实封八百户。二十三年，加右卫大将军，累授梁州都督……中兴初，封蒋王恽孙思顺为嗣赵王。[①]

李福，为唐太宗第十三子，其母杨贵妃，贞观十三年（639）受封。据题记赵王李福是在显庆三年，以青州刺史的身份为太宗文皇帝造像，此时已是太宗驾崩后的第九年，在千佛崖造像为家国祈福。

在千佛崖最南端的造像，题名“南平长公主”，即“太平公主”，是唐太宗的第三女，因为她是在位皇帝的姐姐，故有“长公主”之称。南平公主先是下嫁王敬直，因贞观十七年（643）太子李承乾谋反与王敬直有牵连，被流放岭南，南平公主遂与其绝婚，“更嫁刘玄意”[②]，于是也就有了刘玄意以驸马的身份在千佛崖的造像。

刘玄意是开国功勋刘政会之子，刘政会去世时，太宗曾手敕曰：“举义之日，实有殊功，所葬并宜优厚。”后配飨高祖庙庭[③]。南平公主的造像是在显庆二年（657），题记言名为亡去的父亲而有所用心。驸马刘玄意也是这一年于千佛崖造像，身份是齐州刺史，还有他袭爵后改封的“渝国公”，又因娶了南平公主，授“驸马都尉”。与公主不同，他没有明言造像的具体用意，但这一时期的千佛崖造像，凡有题记明确佛尊的均是西方的教主——阿弥陀佛，与南平公

① 《旧唐书》卷七十六。

② 《新唐书》卷八十三。

③ 《旧唐书》卷五十八。

主一样是为了已故的唐太宗祈福极乐净土。

在千佛崖造像之前的永徽元年（650），刘玄意任汝州刺史，就在都城洛阳龙门石窟宾阳南洞内造有两个造像龛及一躯金刚力士像，其中有“敬造阿弥陀像一龛”[①]。当时皇室流行这种做法。如唐太宗时，第四子魏王李泰，于贞观十五年（641）完成了龙门宾阳南洞主尊造像；太宗的第六女豫章公主，也于贞观十五年（641）在龙门宾阳南洞地壁开了两个造像龛；太宗的第十子纪王慎的母亲韦妃开凿了敬善洞等[②]。千佛崖南平公主、驸马刘玄意以及赵王李福摩崖造像，代表了当时王朝皇室所流行的时尚做法。

皇室向有重视泰山佛寺的习惯。早在隋代之时，文帝开皇十四年（594）柴祭泰山，敕河南王为神通寺的檀越，齐王为神宝寺的檀越，华阳王为宝山寺的檀越[③]。神通寺（朗公寺）、神宝寺（静默寺）、宝山寺（灵岩寺），三寺相邻，均为当时泰山最有影响的佛教圣地。唐代延续了隋代的这种传统。

除了皇室成员，一般的地方官员也参与到造像活动之中，如有题记“像主前旅师上骑都尉刘君操供养”“像主章丘令王怀贤妻邓敬造像两躯”。上行下效，在朝官员同样信佛造像祈福的做法也很盛行。

千佛崖造像的小型龛更多为普通信士所造，从题记铭文中可以了解到当时民间信仰的一些特点：

> 像主清信女段婆为亡父母敬造一躯。
> 元毛德供养，德妻田供养。
> 李树生敬造像一躯。
> 恭礼圣像，张直题。
> 陵感敬造弥陀像一躯。
> 像主刘操亡妹顺妃供养。
> 像主周世轨为父母敬造。

---

① 龙门石窟研究所编：《龙门石窟碑刻题记汇录》，中国大百科全书出版社1998年版，第45、49页。

② 参见〔韩〕梁银景：《山东神通寺千佛崖的铭文分析与造像特点》，《艺术史研究》第八辑，2006年。

③ 《续高僧传》卷十八《释昙迁传》。

像主王元亮，被蛊魅得恙，造像设斋，愿合家平安，法界众生，咸同斯福。

永淳二年六月内为天灾旱，则近诸村史同、王方百余人等，于朗和尚广所祈请，虽蒙甘泽，发心设斋，造像造经……[1]

造像的目的性，更容易地体现于平民百姓的祈愿文中。从上述祈愿看，可分为四类：一是为亡者祈福（此类也是最多的）；二是为生者供养；三是因避病恙；四是于神通祈愿灵验报恩。关于所造佛像的神尊，只出现了“弥陀”（阿弥陀佛），其他都没出现，表明当时流行阿弥陀信仰，从多为亡者造像的愿文看，也反映了这一点。因此所造之像，也就没有必要一一注明。

“高道卯为比丘尼真海沙弥感师敬造像一铺，普及法界众生，咸同斯福”[2]，造像自然离不了传教的僧人。桑门僧沙栋，是神通寺千佛崖造像的“开山者”，唐武德二年（619）在他七十岁时，第一个在千佛崖造像，或许没有他的作为就不会有皇室以及他人的造像跟随而来。不过，最有影响力的还是僧明德。

僧明德在他的贞观十八年（644）造像记中，有“知风烛难倚”之字句，可推测在晚年之时造坐佛两尊，有为自己修福的意思在里面。十四年后的显庆三年（658），在原来造像的南侧又造坐佛一尊。本来已经风烛残年，造像后十几年过去了仍健在于世，这种寿长现象必定在社会上产生一定的效应，促进着神通寺的造像活动。义净在所撰的《南海寄归内法传》中，谈到自己的恩师遇善、慧习禅师时，说他们原来就是竺僧朗禅师所创建的神通寺的大德，而当时的住持就是明德禅师[3]。

4.白佛山唐代造像

白佛山唐代造像位于二号隋窟的下方，龛口呈拱形龛，高118厘米，宽91厘米，进深95厘米，内又开尖拱形龛，高62厘米，宽62厘米，内雕一佛二弟子。佛像高42厘米，头饰螺髻，额中饰白毫，面部丰满，身着双领下垂式袈裟，衣纹流畅，袒胸露乳，善跏趺坐，手施无畏印，像后饰桃形背光，端坐

---

① 刘继文主编：《济南神通寺》，山东友谊出版社2012年版，第60～61页。

② 刘继文主编：《济南神通寺》，山东友谊出版社2012年版，第60页。

③《南海寄归内法传》卷四：“斯二师者，即是继踵先圣朗禅师之后也。朗禅师乃现生二秦之时，扬声五众之表，分身受供，身流供者之门……及亲教二师，并余住持大德明德禅师等，并可谓善闲律意，妙体经心。”

平台。佛像左右各有一位侍者，高在36厘米左右。窟内西壁有：“大唐故节度使……知齐州司马清阿张府君弥勒像□文并序……”题记。由此可知，此龛造像的主尊为弥勒佛。为文者张府君，是为齐州司马。当时的司马虽不具实质性的职权，但作为刺史的助手毕竟是一位州官。而题记中有“节度使”之谓，造像具体时间则在唐景云之后①。

5.东平理明窝唐代造像

理明窝造像，位于东平县斑鸠店镇六工山之西南麓，造像集中分布在一条东西长1400厘米，高约220厘米的岩壁上，开有大小龛11个（图5-22），题记18则，纪年分别为长安三年（703）、开元八年（720）、咸通十四年（873）②。

图5-22　东平理明窝唐代造像群

唐长安造像

长安造像，位于整个摩崖造像群的中心部位，有三尊主造像组成（整体造像群西起第五尊、第六尊、第七尊）。此龛高220厘米，宽330厘米，三尊像均为坐像，西侧一尊，像高179厘米，肉髻高耸，中有宝珠严，白毫凸起，面廓丰满圆润。施桃形项光，轮内有莲花、七身化佛及缠枝纹，外轮饰火焰纹。佛像

① 参见《资治通鉴》第二百一十卷唐纪二十六：唐睿宗景云元年（710年），有节度使之名。景云二年，节度使成为正式的官职。

② 笔者曾于1985年、1996年两次探访理明窝摩崖造像。在撰本书的过程中，2016年10月又一次来到这里实地考察造像形制。遗憾的是二十年的时间造像的面貌发生了很大的变化，尤其抢眼的是两尊佛头被凿，留下的斑斑白点及深灰色的断面犹如新作。而在张总、郑岩先生为撰《山东东平理明窝摩崖造像》一文（发表于《文物》1998年第8期）来此考察时，还曾见到“在龛前的地面上有一残石，恰是此像左膝等部分损失的一块”，如此之损坏，令人发指。现在有一新筑的仿古大殿将摩崖造像罩在了室内，平时铁将军守门，但原有的摩崖自然之气韵不再。此次考察因有的造像面目全非，而原来的调查记录又有遗漏，故对理明窝造像的描述依据及造像铭文多以张总、郑岩先生发表的调查报告为参考，在此一表谢忱！

体态丰润，内着祇支衣，纹络轻柔，外披敷搭双肩下垂式袈裟。右手残失，左手抚膝，应施无畏印，善跏趺坐。佛座为束腰须弥座，座底前刻一兽头，口吐两挺莲蕾以托佛之双足。座下刊有两小龛，内设供养人。中间一尊，像高177厘米，头部特征、形体衣着以及项光装饰，大致同前佛，而坐态为结跏趺坐。佛座中空，在束腰转角处刻有立兽也为前尊佛像所没有。东侧一尊，也为结跏趺坐，像高170厘米。佛之形体、装饰与前尊无太大的变化，佛座的形制也与第二尊相同。佛座下设小龛，龛内造像及题记的位置，相同于西侧造像，无论形式与内容，均两相对应（图5-23）。

图5-23　东平理明窝唐代造像——中心组造像

在这一组造像龛中，计有五处题记。其中有两处题记篇幅较大，位于中间造像的两侧。左侧题记：

大唐长安三年，清信女、比丘尼、王八元妹江妃，敬造弥陀像一躯，普为法界仓生，俱时利苦。

右侧题记辨识度差，有“长安三年”“王八元”字样。其他三处题记：其一，位于西侧造像下部两个小龛之间，记有“大象主王八元”等文字；其二，位于中间主尊造像右侧铭记的上部，题有“弥勒院”三字；其三，位于左侧造像下部的两小龛之间，记有“大程村五方”诸字。

这一龛造像位于造像群的中心部位，也是体量最大、雕刻最为精美的一组。特别在项光的处理上，精雕细刻，颇为讲究，七身化佛用浮雕处理，细微之处一丝不苟，从项光现残存的色彩痕迹看当时饰以彩绘，可以想象其所具有的富丽堂皇。其发髻表现也相当精致，发丝细密极富质感。在此龛上方，设有垂帷形龛楣，其雕刻也非常精细。由龛楣下垂像间的瑞兽，后肢蹬壁，前肢跃起，呼之欲出。从题记看，“长安三年”也是理明窝造像的最早年代，因此三尊造像，无论从所具位置及装饰之华丽，均有独特之处，是理明窝造像的核心，同时也是理明窝摩崖造像开创之始。

在三尊造像之东的一龛造像（中间隔有两龛），也应是这一时期的造像。龛为尖拱顶，造像结跏趺坐，连座通高174厘米。肉髻漫圆，面部丰腴，额饰白毫。外着半披式袈裟，内衣束带于胸前。左手已失，右手为触地印。桃形项光，轮内有七身化佛及缠枝纹。座为束腰莲台，台面两层叠涩。龛之上方的联珠垂帷，与中心三佛上的垂帷应为一体，造像风格也与三佛的特征相近，可以认定该龛造像与前所述的三尊造像是同一时期。

唐开元造像

开元造像，计有三尊主造像，其中有两尊位于核心造像的西侧，有一尊位于核心造像的东侧。西侧的两尊紧靠中心造像，由外到内第一尊，像高163厘米。半跏趺坐，肉髻漫圆，面廓宽润，桃形项光，内饰七化佛。外披敷搭双肩下垂式袈裟，内着僧祇支，左手残失，右手抚膝，应施无畏印。右腿置台座，左腿下垂足踏于座前莲台。第二尊，像高171厘米，为善跏趺坐像。佛像螺髻高圆，中饰宝珠严，面廓丰圆，桃形顶光，轮内三重素面无饰。佛像内着僧祇支外披袈裟，左臂抬起，右臂下垂，其衣着与手势与常规造像左右相反，双足踏于莲台。两造像间有两处题记，靠近第一尊一侧的为：

> 大像主栾思骰肯妻罗男□□冀□主，合家大小，愿天长地久此像恒存，普为郡生咸登，解脱利苦。开元八年七月十一□记。

靠近第二尊一侧的题记为：

> 大像主合家大小供养，愿天长地久此□常存，普为郡生咸登，解脱利苦，开元八年七月十一日撰。

像主、祈愿文、年款，两题记形式、内容相同，纪年也同为“开元八年”。再从台座看，两座相连一体，形制略同，应为一并规划开凿。

开元造像的另一龛，紧邻长安造像龛的东侧。龛呈尖拱型，龛高180厘米，宽80厘米，龛楣两端饰兽头，其右端打破中心造像所设的垂帷龛楣。造像为一佛二菩萨，佛像结跏趺坐，连座通高180厘米。佛像高肉髻，眉间饰白毫，面廓丰满。桃形项光，内饰莲花，中有一圆轮雕七身化佛。外着披敷搭双肩下垂式袈裟，内衣束带结于胸前。左手抚膝，右手残失，从其体态看应施无畏印。座为仰莲，花瓣舒立，莲茎高挺，座下右侧立有一狮。菩萨立于佛之两侧，右胁侍菩萨高76厘米，左胁侍菩萨高61厘米。皆束高髻，饰项圈，斜披络腋，下束裙，帔帛环绕，足踏带茎莲台，桃形项光。像之左侧刻有像主题记，其文有“开元八年七月十一”字样，与中心造像西侧的两尊“开元”造像纪年相同，可见“开元”三龛，是同一时日一并开凿的。

唐咸通造像

咸通造像位于理明窝造像群的最西端。造像结跏趺坐，像高112厘米。头饰螺髻，面形圆润。桃形项光，火焰纹突出，内饰缠枝圆轮，中有化佛七身。右手残失，左手抚膝，应施无畏印。袈裟敷搭双肩下垂，外层作半披式，内着僧祇衣。莲花座，裳悬覆台，座下有两力士顶立。在像的右上侧，有“咸通十四年二月”的纪年铭记。

其他没有纪年的几龛造像

除去上述有纪年题记的造像外，还有大小七龛造像。较大的有四龛，分布于造像群的东、西两端。西端的造像位于咸通造像的东侧，像高165厘米，为善跏趺坐像，肉髻高圆，面廓丰满。圆形项光，三重轮，中饰缠枝莲纹，间有七化佛。内着祇支衣，外着敷搭双肩下垂式袈裟。右手残失，左手抚膝，应施无畏印。双腿下垂，两足分踏于两莲台。此龛造像风格与长安造像相接近，特别是项光的处理几乎一致，但此像与其东侧的“开元”造像有打破关系，即是说因西侧有一岩缝，造像时侵占了“开元六年”造像的边缘部分，因空间的限制佛像与两侧的造像相比也“瘦了”很多，所以此造像比“开元”造像要晚，但其下限肯定会早于咸通造像。

东端较大的有三龛，其中两龛位于紧邻中心造像的东侧。一龛高138厘米，宽49厘米，龛内造像已失，仅留立像之痕迹，在龛的西上侧，有“大程村王方

□□张氏”题记。“大程村王方”曾出现在“长安三年”造像的题记中，年代应大致相当。其东侧的一龛，龛形无法辨识，有一立像残存，雕刻粗劣，颇显异类，当为后世改刻。

另一较大造像龛，位于造像群的最东端，龛高68厘米，宽35厘米，像高55厘米。内雕一身结跏趺坐佛，施无畏印，台座为一带莲茎的仰莲。佛座的这一特点，与西侧相邻“开元”造像的佛座形式相一致，但雕刻较为粗糙，倒是接近于最西端的“咸通”造像，应当为唐代后期的作品。

在中心造像东侧两立像的上方，有两个小龛，西侧一龛高68厘米，宽60厘米，内雕一佛二菩萨，佛像结跏趺坐，着右袒式袈裟，右手指地，左手上举。两胁侍菩萨，束髻，同垂右手，左手上举，足踏带茎莲台。于龛沿右下侧，题记：“大象主□妃供养夫栾□供养□□□合家供养”。东侧一龛，为两层龛，上层五坐佛，下层四坐佛。上述两龛，从整个布局位置分析，也应是唐代所为。在中心造像的龛楣之上还有两小龛，形体较小，除此之外，在顶部还有数个方形榫眼，及“H”形槽沟，似为附属建筑所留遗痕。参考摩崖上有北宋“治平六年二月”铭记，崖顶的小龛造像及榫眼、槽沟，应为这一时期所留。

从造像的题记看，“长安三年（703）”是最早的纪年，其所处的位置为中心部位，雕刻的也最为精美，三尊造像应是理明窝造像群的核心佛像，围绕于此，有了“开元八年（720）”“咸通十四年（873）”不同时期的造像，上下170年贯穿初唐、盛唐与晚唐。有关佛像的尊格，在题记中有明确指向的是长安三年的“弥陀像”，其他均未提及，不过在这一时期的题记中有“弥陀院”之款，这样说来理明窝造像表现的主题应是弥陀信仰。那么长安造像的三尊佛，是否都是弥陀佛？没有明确的答案，如果从长安时期造像流行的特点看，左边的一尊倚坐像（其他两尊均为结跏趺坐），有可能是弥勒佛。

“弥陀”，即“阿弥陀佛”的简称，“弥陀”意为“量”，故又译为“无量佛”，通常称之为“无量寿佛”，被视为西方极乐世界的教主。铭记中的“弥陀院”，应是以弥陀为主尊的寺院，其特征是净土信仰。所谓的“净土”，是与现实世俗相对应的佛国，佛无量，净土也无量，修行追求是“往生”，也就是死后去处。在敦煌《阿弥陀佛讲经文》中，对无量寿佛国有如此描述：

> 今言无量寿国，或言净土，或称极乐世界，或称常乐之乡，或称安养

之方……无有刀兵，无有奴婢，无有欺屈，无有饥馑，无有王官，即是无量寿佛为国王，观音势志（至）为宰相，药上、药王作梅录，化生童子是百姓。不是纳谷纳麦，纳酒纳布。唯是朝献花香，暮陈梵赞，更无别役。[①]

这是一个理想的国度，没有战争，没有贫困，人人平等。《讲经文》按世间的现实愿望勾画出来了一个新的世界，形象地反映了民众的心声。更有现实意义的是，在弥陀信仰中有"持名念佛"的说法，即谓一心称念"阿弥陀佛"圣号，就可解除罪障。"若一念称阿弥陀佛，即能除八十亿劫生死之罪"[②]，其简便易行的修持方法，无疑会拉近了与普通民众的距离，这也是隋唐以降弥陀信仰在民间兴盛的原因之一。

净土信仰，在中土除了弥陀信仰外，还有弥勒信仰。弥勒信仰最有影响的时期是在南北朝，有学者对龙门两个全盛时期，弥勒信仰佛造像中的释迦、弥勒、弥陀作过统计，弥勒在北魏出现的最多，而弥陀在高宗、武则天时期最为兴盛，同在唐代阿弥陀造像数量甚至超出了释迦的12倍还要多一点。[③]不过唐代的弥勒像也有一定数量的出现，这与武则天特别注重有关。理明窝长安造像中有弥勒佛像，也应是情理之中的事情。除核心造像能确定有阿弥陀、弥勒外，其他造像没有明显的特征说明其具体的身份。不过，既然这里是"弥陀院"，其造像题材应大都与弥陀信仰有关是没有问题的。

从理明窝造像施主看，没有出现有"名号"的显贵达人，社会的中下层民众是摩崖造像群的领军者。在题记中，多次出现女性信仰者，其中"妻"3次、"女"4次、"妹"1次，可以明确为女性的就有8次之多，还有题记中的"大象主□妃供养夫□"，这个以"妃"为名的人，也应是女性。往往一个家庭的男女主人都参加，表明净土信仰面向社会更广泛的层面普及，并成为家庭生活的基本内容。

理明窝，本名六工山，以"窝"为名是俗称。弥陀院始建于何时，明正德八年《重修建福寺记》有所记述：

---

① 项楚：《敦煌变文选注》（增订本），中华书局2006年版，第1294页。

② 《安乐集》卷上。

③ 详见孙昌武：《中国佛教文化史》第四册，中华书局2010年版，第1873页。

……山名六工，俗呼为理明窝，故老以为昔有高僧佣锡于幽谷间演法，以觉众生，因命名为理哉……于唐武后长安甲辰，有比丘尼命工就岩壁刻如来像凡十二尊，逮懿宗咸通癸巳。历百余年，有释僧增广，殿堂庄严，佛加于旧。越五季、宋、辽以及金源氏熙宗皇统初又高，凡四百余年。得近山善知识郝镇紫五人，延释明寿为住持，而寺之规制益加宏壮……于正德戊辰，偕吾邑堂子村檀信巩富者，协心倡议，修复旧规，既而满学摹像，侯捐赞助耿性，巩富之力居多焉，遂于上下岩重建大殿，环立廊庑丈室，像设图绘，或绘或因，纤息具备……[①]

如果将这个重修记与造像题记结合起来看，有两种可能：一是弥陀院是建福寺的前身；二是弥陀院是建福寺的一部分。前者是有了造像才有了佛寺，后者则是弥陀院是建福寺的一部分，两者同时存在。弥陀院创建于唐长安三年（703），逮之咸通十四年（873），有释僧增广其宇，庄严殿堂，佛像有加于旧。后历经五代、宋、辽及金几百年间，“寺之规制益加宏壮”。到了明代正德三年（1508），上岩的弥陀院，下岩的佛寺，都有增修之举。

二、寺院佛塔造像

隋唐时期，是历史上摩崖窟龛造像最为兴盛的阶段，不同程度地反映出佛教发展的一些特点。这一时期也是佛塔建设的鼎盛期，凡具有一定规模的寺院都会建有佛塔。我们从相关的记载中，就会看到这一特点。除了佛塔应有的价值外，塔体上的造像真实客观地反映了当时信仰的特征与变化。从隋唐时期现存的佛塔看，大部分集中于灵岩寺、神通寺及周边，为我们展示着这一历史阶段佛塔造像的时代风采。

（一）四门塔造像

四门塔，位于神通寺内，建于隋大业七年（611），因东、南、西、北各辟一门故名。关于塔的基本形制，在第四章中已有阐述，在此仅就塔心室结构及

① 张总、郑岩：《山东东平理明窝摩崖造像》，《文物》1998年第8期。

四面佛形制，作一简要叙述。

四门塔平面呈正方形，塔身高7.4米。塔身由规整的大型石灰岩（俗称青石）方石砌成，四面正中设券门，门上安置圆拱形门楣。门洞高1.94米，宽1.44米。塔内置塔心室，正中用石块砌成方形塔心柱，每边宽2.32米。塔心柱底部是方形平座，高0.78米，边长4.03米。在塔身墙壁与塔心柱、平座之间形成净跨1.79米、净宽0.89米的回廊，可环绕而行。佛像四尊，均为圆雕，面门而坐。

南面造像，像高151.5厘米，螺发，肉髻高平，面颊长圆，眉间饰白毫。外披敷搭双肩下垂式袈裟，左肩下垂吊带，以纽作结直接套入钩环之中，拉起内层袈裟的一角，内着僧祇支，结跏趺坐，施禅定印，裳悬覆台（图5-24）。

西面造像，像高141厘米，螺发，肉髻较低，面颊圆润，外披敷搭双肩下垂式袈裟，内层袈裟搭左臂，内着僧祇支，腹前束腰结带，结跏趺坐，施禅定印，裳悬覆台（图5-25）。

图5-24　神通寺四门塔隋代造像——南面佛像

图5-25　神通寺四门塔隋代造像——西面佛像

北面造像，像高134厘米，面部长圆，螺发，肉髻高耸，眉间饰白毫。外披敷搭双肩下垂式袈裟（钩纽系带形式如南面造像），内着僧祇支，双手自然下垂于膝上，结跏趺坐，施禅定印，裳悬覆台（图5-26）。

东面造像，像高132.5厘米，面部丰颐，螺发，肉髻扁平。外披敷搭双肩下垂式袈裟，左肩下垂吊带，以纽穿钩并系结袈裟的一角，内着僧祇支，腹前束腰结带，结跏趺坐，施禅定印，裳悬覆台（图5-27）。

图5-26　神通寺四门塔隋代造像——北面佛像

图5-27　神通寺四门塔隋代造像——东面佛像

四面佛下置有台座，北面佛像下保留了原来的须弥座形式，其他三面佛像的须弥座皆失，现置方座为后来所加。面东的佛像，现可见项部留有横向的裂缝，是为复合之痕迹。1997年3月7日夜佛头被盗。2002年经多方努力，丢失的佛首由台湾圣严法师送回，后经文物专家精心修复，阿閦佛得以身首复合，恢复了原貌①。

（二）神通寺龙虎塔造像

龙虎塔位于神通寺遗址的北部、千佛崖之东。塔由塔基、塔身、塔檐、塔刹四部分组成，通高12.28米（图5-28）。

塔基　由三重须弥座构筑而成。第一重高225.5厘米，于束腰处每面各开长方形龛两个，龛高42厘米、宽62厘米、深26厘米，龛内中空。第二重高83.5厘米，束腰处每面各开长方形龛两个，龛高19厘米、宽38厘米，深7厘米，内各雕乐伎或舞伎。第三重高98.5厘米，束腰处每面中部开三个壶门，门内刻乐伎动物等，转角处各有一壶门，分别雕一角神。

塔身　由四块巨石扣合而形成长方形柱状塔身，高221厘米，边长210厘米。在塔柱四面的下部中央，各辟一门洞，洞高64～81厘米、宽57～61厘米。

① 于军：《济南四门塔形制及佛造像特征》，《中国文物报》2013年11月29日，第6版。

图5-28　神通寺龙虎塔

在门洞外壁，饰以高浮雕造像。在扣合的石壁中央，形成塔心室。心室平面呈长方形，东西152.5厘米，南北98厘米，四面门洞均与其相通。塔心室中央立塔心柱，柱高180厘米，南北68厘米，东西62.5厘米，四面刻四方佛。

塔檐　青砖砌筑双重塔檐。第一重以砖在塔身四壁及塔心柱的顶部封顶。在此之上砌出下重塔檐的阑额，其上安装以砖为木的斗栱，四角转角铺作各一朵，每面两角间置铺作三朵，均为五铺作重栱偷心造。檐口以上作叠涩内收，再作束腰，其上为重檐斗栱，其四角铺作各一朵，每面两角间置铺作一朵，也均为五铺作重栱偷心造。上重檐替木以上，以砖雕砌两重山华蕉叶，其上为塔刹。

塔刹　原塔刹残损严重，1974年根据旧存遗迹、并参考同时期的相关资料重新设计安装，尽力保留了原有的结构与风格。

塔座及塔身的造像，是我们要分析了解的重点。

塔座的造像均在须弥座的束腰处。第一重为空龛，或备临时安像之用。第二重每面两龛，四面计有八龛，高浮雕乐舞伎人物（每龛一身）。人物均为女性，面部丰满，身姿婀娜，动作飘逸，但人物肢体多有残失，特别是面部损伤严重。东面，均为乐伎，乐器为鼓类；南面，均为舞伎；北面，为两个持鼓乐伎；西面，二人为吹笛乐伎。塔座第三重，束腰石四角刻角神，四面开壶门，每面三个。壶门内浮雕乐伎人物或动物，人物均为女性，着裙，披帛，动物为马、狮、象等。四面所刻均为动物在中，乐伎分列两侧。四角角神，均为力士，或手，或头，或肩，力顶塔身。

塔身是佛塔造像最为集中的部位，可分为塔身外壁造像、塔心室造像两部分。

1.塔身外壁造像

在其塔身四面外壁，满布雕刻图案。人物、动物，多采取高浮雕及透雕，装饰性纹样采用浅浮雕来处理。图案以门洞为中心，左右对称分布。

图5-29　神通寺龙虎塔东面塔身造像

东面造像（图5-29）：两砧石上刻蹲狮，门洞左右两侧分立二力士。右侧力士（天王），面部已残，宝缯上扬，身体左倚，左手叉腰，右手拄戟，着甲，腹部及下肢部分残损，左脚下有一蛇升首探出；左侧力士，面部及胸部残损，身体右倚，右手上举至肩，左手持杵，小腿裸露，赤足。力士之外侧，左右分立有两比丘。右侧比丘，光头，面目和蔼，身着钩纽式双领下垂袈裟，身态微躬，双手持如意，足着履，立于莲座之上。在其身后，升一莲台，上托乘象普贤。是为左舒相，饰圆形项光，着双领下垂式袈裟，内着僧祇支，右手抚膝，左手持莲蕾，坐于象背的莲花座。象有六牙，其首向内；左侧比丘，身态衣着大致如右比丘，头微低含笑，双手拱于胸前，跣足立于莲花之上。其上升一莲台，上托乘狮文殊。文殊为右舒相，饰圆形项光，着双领下垂式袈裟，内着僧祇支，左手抚膝，右手持钵，坐于狮背的莲座上。

门洞上的尖拱形门楣内左右对称排列有五身造像，中为释迦牟尼立像，着通肩袈裟，双手做说法状，立于莲台之上，饰身光与项光。其左右两侧各有一供养菩萨，皆跪于莲台上，托盘供于佛前。在菩萨的两侧，各有一内朝向的蹲狮。在门楣外左右两侧，各雕有一象鼻形怪兽的头部，应为摩羯鱼的面目。在尖拱形门楣之上，也对称排列有一组雕像。中为一兽头，口衔向外侧腾出的双龙，其左右又有双龙对称而出。在兽头与四龙的上部并列有五个莲座，座上各有一身造像。中央的一尊，为立像，已残，面目不可识。其左右两侧莲座上各

图5-30　神通寺龙虎塔南面塔身造像

有一舞伎，再外莲座之上，各有一抱膝而跪的人物，头部残损。

南面造像（图5-30）　与东面相比，画面更加密实、精细。门砧石各雕一狮。门洞左右两侧雕力士：右侧力士，束髻，怒目圆睁，额与头部残损，右手残失，左手执杵，上身裸露，胸肌突显，腰部束带，巾带缠身，跣足而立。力士右侧下部，雕一狮，体朝外侧，头向于内，狮奴在其内侧，左手抚狮，右手持力士裙边；左侧力士，装束与右力士相近，右手握拳至左肩，左手持巾带。力士左侧下部，也雕有一狮与狮奴，其左手抚狮，右手牵力士裙边。

尖拱形门楣内，于顶部及门楣两侧刻三身化生童子，门楣下部正中刻一兽头，间饰漫卷的花叶。在拱尖之上，刻一怒目圆睁的兽头，鬣鬃耸立，口衔二龙向两侧腾出，两侧有两龙下俯回首，兽头与群龙之上，列有三佛，均饰身光、项光，坐于莲花座上。居中一佛，面部丰圆，结跏趺坐，左手抚膝，右手残损，着通肩袈裟。两侧佛像，衣着特征近于居中之佛，均为半跏趺坐。在三佛的左右两侧，还分列有乐伎、迦陵频伽（人面鸟身）、共命鸟（人面双首、鸟身）等。右侧由内到外分别是：抚琴的乐伎、迦陵频伽、吹笛的乐伎。左侧由内到外分别是：作吹状的乐伎（乐器残毁）、共命鸟、吹筚篥乐伎。另外，还有四身乐伎及迦陵频伽，分布于两力士的右、左上方。在上述的物像之外，间施浮雕的莲叶、莲花、莲茎，重轻适度，疏密有致。

西面造像（图5-31）　在龙虎塔塔身外壁的四面雕刻中，此面是较为简洁的。如同其他各面一样，门砧石上雕两蹲狮，门洞两侧雕力士。右侧力士：束高髻，双目突起，斜视前方，双手持杵置于身体的右侧，小腿裸露，赤脚立于一山石；左侧天王：面部残损，着明光甲，双臂置于腹前（右手持匕），下身着裙，腿裹行縢，穿靴，下踏小鬼。力士、天王的外侧，雕两弟子。右侧弟子：头部已

图5-31 神通寺龙虎塔西面塔身造像

失，上着双领下垂式袈裟，双手置腹前，捻珠下垂，下着裙立于莲台之上。其形体修长，衣纹简洁流畅。其上部刻上升云团，云之上为左舒菩萨，右手抚膝，左手持钵，坐于须弥座上，右脚踏莲，饰有身光与项光；左侧弟子，面部残损，衣着大致同右侧弟子，右臂抬起，手已残失，左手置于腹前，立于莲台。其上为上升的云团，托右舒相菩萨，其像坐于须弥座上，左脚踏莲，其后饰身光、头光。

在拱尖门楣的下缘，刻一兽，前肢左右分开，后肢下蹲，作威武状。巨兽之上，刻有一奔跑的六牙大象，背负为火焰珠。大象两侧刻飞天、普贤菩萨及文殊菩萨。门楣尖拱之上，为一大巨兽面，口衔双龙，在双龙之左右侧，又俯冲有两龙。位于中间的兽面之上刻一舞伎，立于莲台上，在舞伎的左右两侧，分别刻一人面鸟身的迦陵频伽，亦立于莲台之上，右侧一身持琵琶，左侧一身持小鼓。在迦陵频伽之外侧，又刻有两乐伎。

图5-32 神通寺龙虎塔北面塔身造像

北面造像（图5-32） 整个画面处理较为粗糙，个别物像似未有全面完成，在图案内容方面也有所简化，并且此面风化也较为严重。

门砧石未刻物像。门洞两侧仅雕力士像。右侧力士：束髻，方颐，双目怒睁，缯带飞扬。上身赤裸，胸、臂肌肉突显，右臂内屈，手持金刚杵，左臂上伸（只雕出块面），腰束帛带，着战裙，脚踩小鬼；左侧力士：方颐，目突齿露。身躯只刻出大体块面，未作细刻。尖形门楣内，中为持钵菩萨，两侧刻飞天。门楣之上刻两交龙，其两侧再刻由上向下俯冲的两龙。交龙上部中央刻一兽面，其左右两侧，刻有若干体量较小的人物及动物。在门楣右侧刻文殊师利，头部已残，双手合于胸前，坐于莲台上。门楣左侧刻维摩诘，右手执尘尾，左手抚膝，坐于方形台座之上，下有莲花承托。

2.塔心柱四面造像

塔心柱四面皆开一龛，分别雕刻一尊佛像，均坐于方形须弥座之上。龛外饰帷帐，其上部以垂鳞纹与垂幛纹为底，刻有双飞天，均为浅浮雕。柱额下部饰宝相花。

东面佛像　高肉髻，面廓方圆，面部已残，右手抚膝，左臂抬起，小臂及手部残失。外披两层袈裟，内着僧祇支，腹部系带。项光两重（内为圆形、外为桃形）、身光（舟形）两重，善跏趺坐，裳悬覆台，赤足，脚尖各踏一莲花。

南面佛像　肉髻扁平，面部圆润，右手置于腹前，手托一方盒，左手抬起，屈小指与无名指，其他三指舒展，手心向前。外披两层袈裟，内着僧祇支，腹部系带。桃形项光，内饰莲瓣纹，身光舟形。半跏趺坐，裳悬覆台，左脚赤足，脚尖踏莲花。

西面佛像　高肉髻，面部方硕丰满，右臂上抬，手部已残，左手抚膝。外披两层袈裟，内着僧祇支，腹部系带。项光、身光均为双重，项光内为圆形，外为桃形，身光均为舟形。结跏趺坐，裳悬覆台。

北面佛像　肉髻扁平，面部方圆，右手如南面造像的左手手势（屈二指伸三指），左手抚膝，外着双领下垂式袈裟，内着僧祇支。项光、身光均两重，形同西面造像。结跏趺坐，裳悬覆台。

龙虎塔之名，早见于神通寺明弘治十年（1497）《重修神通寺碑记》。研究者认为，名称的由来，与塔身上刻有龙虎图像有关。由于此塔无建塔铭记，建造年代尚不明确。在泰山的部分志史中（如《泰山道里记》《岱览》《泰山志》等），在提到此塔时，均言“最有古意”，而被称作“朗公塔”，故而也被认为是僧朗时期的佛塔。这种说法显然出于附会。从佛塔自身的建筑结构及风格看，不是一个时间完成的。塔基、塔身是一个时期，塔顶则属另一个时期。据文物专家王建浩的研究，以石构筑的基座至塔身部分，应建于盛唐（717～845），而现存的以砖构筑的塔檐应建于北宋绍圣（1094～1098）年间[①]。这一结论被学术界所认同。

（三）小龙虎塔造像

所谓“小龙虎塔”，是就上面所述神通寺龙虎塔而言的。在神通寺周边分布的几座唐代构筑的石佛塔，这些佛塔的形式及装饰与神通寺佛塔相近似，只是体量较小，故谓之小龙虎塔。

1.历城突泉皇姑庵小龙虎塔

此塔原位于济南市历城区柳埠镇突泉村，1973年迁至神通寺青龙山西麓，与神通寺原有的龙虎塔隔谷相望。该塔为七级密檐式石塔，由塔基、塔身、塔檐、塔刹组成，现存六级，残高3.64米。除部分塔檐及塔刹佚失外，其他部分保存基本完好。

塔的基座由两重须弥座构成。第一层须弥座束腰石四角各立一角柱（其中一角柱石已失），圆雕抗顶力士。束腰石四面开有一龛刻乐伎（东面缺失）。第二层须弥座束腰石四面，高浮雕乐伎（东、西两面各有残损）。在基座以上的平座石上刻勾栏，其四面转角处雕刻坐狮及狮奴。勾栏四面有踏道，其北面踏道左右各雕一匍匐人物，阶顶刻卧犬，踏道两侧刻乐舞伎。

塔身高83厘米，由两块巨石扣合而成。塔身四角，各雕一盘龙柱，龙柱底部刻力士，顶端刻坐佛（残损严重）。塔身四面，仅在南面有造像。

塔身下部辟有一门洞。门洞左侧刻一天王，戴冠，着铠甲，左手举塔，右手叉腰，左脚踩一小鬼；门洞右侧刻一力士，头戴冠，上身赤裸。右手上举，左手叉腰，下着短裙。尖拱形门楣刻一兽头，楣左右两侧各刻一乐伎。门楣之上雕一化佛，桃形项光，结跏趺坐于莲蓬之上，施禅定印。化佛的左右两侧及上部，雕有四龙，下部两龙作卧状，后足及尾上扬，龙首向外；上两龙，龙首高昂，两两相对，口吐水花。

门洞通塔心室，后壁造像。造像五身，为一佛、二弟子、二菩萨。佛像高肉髻，面廓丰满，面部已残，颈有三圈，双手抚膝，结跏趺坐于须弥座上，座侧各引出两条上升的莲茎，茎端为四个莲蓬，弟子与菩萨分立于莲蓬之上。在

---

① 王建浩：《我所参与的龙虎塔维修工程》，载郑岩、刘善泊编：《山东佛教史迹——神通寺、龙虎塔与小龙虎塔》，台湾法鼓文化事业股份有限公司2007年版，第175～176页。

塔身的东壁，题有铭记：

开元五年岁次丁巳，二月辛丑朔八日戊申，大浮图主棓贯王、兄李生、弟李成、弟文剑等，上为国王帝主，下及师僧父母，普为法界苍生，咸同斯福。

可知佛塔建于开元五年（717）。在主体塔身向上第一至第四层塔檐之间的塔身上，有三层分别开有三个佛龛，而在第五层至第六层塔身上，开有两个佛龛，在第六层至第七层之间的塔身上开有一个佛龛，龛呈拱形，内有坐佛一尊，皆作禅定印。在小龙虎塔的东、西两面，塔檐间也开有佛龛，形制等同于上述一面（南面）。

2.长清灵岩寺佛塔

该塔在1995年对灵岩寺鲁班洞及般舟殿遗址进行发掘时被发现，位于般舟殿前，当时尚存塔的基座及半截塔身，其他构件散落于附近的遗址中，经复原获得如下资料：

图5-33　灵岩寺复原的唐代小龙虎塔

佛塔为七级密檐式石塔，由基座、塔身、塔檐、塔刹组成，复原后尚缺第四、五、七级塔身、塔檐及塔刹，残高2.73米。基座由两重须弥座组成，第一层须弥座束腰的每个面开两龛，边角处及两龛间饰以竖带卷草纹饰。龛为尖拱形，内线刻一乐伎，计有九身。第二层须弥座的束腰，每面各开两龛，边角处及两龛间饰以珠柱。龛为尖拱形，龛内浮雕一乐伎，计有八身。

主体塔身高76厘米，边长51.5厘米，由两石构合而成。南面辟门造像，门两边各雕一戴冠披甲天王。尖拱形门楣内无纹饰，于尖拱门楣之上，浮雕一兽头，其左右两侧，各对称分布有两飞天。兽头之上刻双龙，两两相拥，龙首相对，口吐水柱，龙尾下垂。在两龙首两侧，刻迎头飞翔的双鸟（图5-33）。

门洞内塔心室北壁，开半圆形龛，内雕一佛、二弟子、二菩萨。佛尊结跏趺坐于须弥座上，饰有桃形项光，造像残损严重。两弟子着袈裟，双手合十立于座，二菩萨均戴冠，赤足立于座。

在主体塔身的东、西、北均有铭刻。题记中有三个纪年，一则是："维开元二十三年岁次乙亥七月"；再一则是："天宝二年岁次癸未十月"；另一则是："维大宋天禧元年岁次丁巳五月"。再从随同的记文看，此塔建于唐开元二十三年（735），是为"临淄郡王处简寸敬造浮图一所"。唐天宝二年（743）题记、宋天禧元年（1017）题记，均为后人追加之记。

3.灵岩寺所藏唐塔塔石

灵岩寺除了上述开元二十三年的小龙虎塔外，还存有两个小龙虎塔的塔石：一石嵌于宋代所建的辟支塔中；另一石收藏于灵岩寺文物管理所的库房中。

嵌于辟支塔中的塔石：灵岩寺内现存的辟支塔建于宋代，是一座八角九级楼阁式砖塔。在塔的第一级塔身内东北壁的塔石，即是一小龙虎塔主体塔身的一面。塔身高88厘米，宽50.5厘米，于下部正中辟一方形门洞，门砧石上各雕一蹲狮，门两侧的雕刻已残损。尖拱门楣内饰卷草纹，尖拱门楣以上浮雕兽面已残，其左右两侧各高浮雕一云龙，龙尾在上，龙首向下作俯冲状。

收藏于文物库房中的塔石：为主体塔身的主面，石高84.3厘米，宽51厘米，门洞左右两侧雕力士。左侧力士右手举至肩部，左手持戟；右侧力士，左手抬起，右手下垂。门楣内装饰及尖拱以上雕刻内容与上石相近似。

此石左右两侧皆有刻经。右侧刻《佛说观无量寿佛经》的第十观、第十二观；左侧刻《佛说观无量寿佛经》的第十六观，并有开元二十三年（735）的纪年题记。

从灵岩寺所存的塔石看，分属不同的佛塔，加上唐开元二十三年（735）的石塔，当时即有三座之多。关于这种小型龙虎塔，郑岩曾做过重点的研究，类似这样形制的佛塔，从有纪年的看，最早在开元五年（717），最晚的在天宝十四年（755），"能够幸存至今又能被研究者发现的小龙虎塔，实际上只是当时所修建的小龙虎总量中极小的一部分"。"在山东、河南这一较集中的区域内，在不到四十年的时间内修建出现了如此一批数量众多、风格独特的石塔，这几乎是一次宗教与艺术的‘运动’。”从石塔的铭记可以看出，“这些小龙虎塔的建造完全是一种民间活动”[①]。

三、佛塔造像的性质与信仰倾向

较之于摩崖的龛窟造像，佛塔造像更容易展示造像主的意愿，它是一个多维度的空间，无论表现形式还是展示内容要远比一龛造像要丰富得多。上述的佛塔造像，所表达的愿景是清晰的，为我们了解当时的宗教信仰倾向，打开了一个窗口。

（一）四门塔四面佛之性质

四方佛（俗称四面佛）之说，来自于《观佛三昧海经》，“东方阿閦，南方宝相，西方无量寿，北方微妙声”[②]。同时可代表“十方佛”[③]。入塔观佛，是修行的一种方式，先是入塔观佛之眉间白毫，加以忏悔诸罪，可消除罪业，免于坠入恶道，受持而念佛之三昧，便可佛前授记。四比丘就是从入塔观像而成佛的。经文有云：

> 我从空声入塔观像眉间白毫相，即作是念：如来在世光明色身与此何异？佛大人相，愿除我罪。作是语已，如大山崩，五体投地，忏悔诸罪，观佛眉间。忏悔因缘，从是已后八十亿阿僧祇劫不堕恶道，生生常见十方诸佛，于诸佛所受持甚深念佛三昧，得三昧已，诸佛现前，授我记别。东方有国，国名妙喜，彼土有佛，号曰阿閦，即第一比丘是；南方有国，国名曰欢喜，佛号宝相，即第二比丘是；西方有国，国名极乐，佛号无量寿，即第三比丘是；北方有国，国名莲华庄严，佛号微妙声，即第四比丘是。[④]

---

① 郑岩：《八世纪的民间造塔运动——小龙虎塔所包含的一些问题》，《山东佛教史迹——神通寺、龙虎塔与小龙虎塔》，台湾法鼓文化事业股份有限公司2007年版，第393～395页。

② 《观佛三昧海经》卷九。

③ 《观佛三昧海经》卷六。

④ 《观佛三昧海经》卷九。

四比丘按照空声指示入塔，观佛之白毫相，“五体投地”忏悔众罪，从此八十亿阿僧祇劫不堕恶道，世世常见十方诸佛，得诸佛现前授记，分别于四方成佛，也就有了东方阿閦佛、南方的宝相佛、西方的无量寿佛，以及北方的微妙声佛。可见入塔观佛既是禅修的一种方式，又是净化业障的方便门径。

这种入塔观佛的形式，与摩崖石窟造像中在窟之中心设立中心柱这一做法是一脉相承的。中心柱窟是早期石窟流行的一种洞窟形制，窟内塔柱周围留有甬道，可以环绕观瞻所展示的佛像。有学者对北魏至隋代之时的敦煌中心柱窟进行过调查与研究，敦煌石窟以莫高窟为中心，中心柱窟始见于北魏，历经西魏、北周、隋代、初盛唐，直至晚唐仍有营造，但以北魏至西魏为盛。北周至隋代的敦煌洞窟四壁的佛像有了“方位佛”的题记，“可见，此期敦煌十方佛信仰开始兴盛”①。石窟中心塔柱的设立，有了便于环绕的空间，佛徒可绕塔柱右旋礼佛。而四门塔与四方佛相结合形成的观佛样式，同样具备了这一特点，应是对石窟中心塔柱四面造像的继承与发展。

在《观佛三昧海经》中所提出的“入塔观佛”，在四门塔的形式与结构上得以完整表达，可形象地诠释其目的与要求，是对佛教经典禅修实践的新贡献。四门塔与龙虎塔四方佛的出现，同时也反映出这一时期人们对禅修的期许及禅宗的兴盛。

（二）龙虎塔塔心柱四方佛尊格的确定

就龙虎塔而言，塔心柱是其核心所在，四面的佛造像是其要展示的主题。塔心柱东向的佛像，为善跏趺坐，这种坐式在唐代表示弥勒或释迦牟尼。从塔心柱外塔身东壁的造像内容看，在尖拱形门楣内正中，有身光与项光的人物是释迦牟尼，跪于两侧的菩萨是龙王的化身，托盘中所呈现的是摩尼宝珠，该图像譬喻的是佛陀的诞生（图5-34）。在塔身外东壁的造像中，有乘象的普贤、乘狮的文殊，也表明塔心柱上的主尊就是释迦牟尼，因为普贤、文殊是佛陀的胁侍菩萨。从以上特征可知，塔心柱东面上的佛尊是释迦牟尼。

① 于向东：《北魏至隋代敦煌中心柱窟图像布局的演变》，《南京艺术学院学报》（美术与设计）2016年第5期。

图5-34　神通寺龙虎塔东面塔身门楣中“佛陀诞生”图（采自《山东佛教史迹》）

图5-35　神通寺龙虎塔南面塔身门楣中“化生童子”图（采自《山东佛教史迹》）

塔心柱南向的佛像，与其他三面相比是唯一项光中有莲花的一尊。而门洞之外壁，莲花及叶茎布满整个画面，可以确定其佛尊是阿弥陀佛。在尖拱形门楣内，三个化生的童子在点明此塔心主人的身份的特点（图5-35）。门楣之外的坐佛及不明身份的小型人物，甚至飞天、乐伎、迦陵频伽、共命鸟[①]，无一不

① 《阿弥陀经通赞疏》卷中记：“迦陵频伽者，此云妙音鸟也。声音美妙，身体疏常，闻之者侧耳倾心，见之者怡神悦思，妙音鸟也。共命者，亦云命命，美音演法，迅羽轻飞，人面禽形，一身两首，故云共命也。”

在莲茎簇拥中坐于莲花之上。化生童子、化生乐伎、化生一切，皆从莲花中再生。化生莲花无处不在，是阿弥陀佛西方净土的特有景象，在这个极乐世界里，众生不再是胎生，而是由莲花化生。

塔身西向的造像，仅从佛像的基本特征看，其具体的身份无法确定，但从服务于塔心主尊造像的塔身外壁造像中的一些特点，均可找到相应的端倪。其中最具特色的，是两个弟子像之上的两尊有身光与头光的人物。其左侧造像，右舒相左脚踏莲花，像的面部虽残，但右手上抬，以托面部作思维状的态势是明确的。这种思维相从已发现有铭记的造像看，是释迦牟尼或弥勒菩萨，但释迦牟尼在塔心室东面已经出现，所以此造像应是弥勒菩萨。在《观弥勒菩萨上生兜率天经》中对弥勒菩萨的处所“兜率天宫”有如描述：

> 莲华上有无量亿光，其光明中具诸乐器，如是天乐不鼓自鸣。此声出时，诸女自然执众乐器，竟起歌舞……时诸阁间有百千天女，色妙无比，手执乐器，其乐音中演说苦、空、无常、无我诸波罗蜜……尔时十方无量诸天命终，皆愿往生兜率天宫。

这天女音色、歌舞，可同样在尖拱门楣以上雕刻的内容中看到相应的表现：在画面的最上层，中为舞伎、两侧的迦陵频伽也持有了乐器，再侧又有两身乐伎也手持乐器，或蹲或立，均有莲花相托，应是兜率天宫的缩写。还有，门洞两侧的弟子像，一位年轻，体形健硕；一位年长，肋骨凸显。两者的形象，是佛造像中时常配伍出现的摩诃迦叶和阿难，而迦叶以深居鸡足山迎候弥勒的下世而著名。从以上几点看，塔心柱西面的佛尊应是弥勒。

关于塔心柱北向造像的尊格。先看塔身尖拱形门楣外侧上方两位对称而坐的人物——文殊与维摩诘，据《维摩诘经》所述，这应是两者对坐论辩的故事①。文殊双手合十，结跏正坐，十分恭敬的样子；而维摩诘，双腿自然盘屈，左手抚腿，右手执扇，漠然以对。再看尖拱形门楣内的内容，中为一菩萨双手持钵将钵中食物倾倒而出，两侧各有一位菩萨，左侧一位双手持钵飞行向上，右侧一位下

① 故事见于《维摩诘经》卷中《弟子品》。

行离去，表现的应当是“请饭香土”的故事[①]。在塔身外壁最上一层的浮雕中，有一狮子背负宝座，譬喻的则是“借座灯王”的故事[②]。维摩诘的出现及“请饭香土”“借座灯王”的表现情节，也就不难判断塔心柱北壁造像的尊格。在《维摩诘经》中，阐明了维摩诘的由来：“佛告舍利弗：有国名妙喜，佛号无动，是维摩诘于彼国没，而来生此。”维摩诘来自妙喜世界，也就是阿閦佛国。因此，塔心柱北面的佛像应是阿閦佛。

（三）龙虎塔塔身外壁雕绘经变的基本内容

从以上分析，塔心柱上的造像：东为释迦牟尼、南为阿弥陀佛、西为弥勒佛、北为阿閦佛，而外壁的雕刻则是相应的净土变。“净土”，是大乘佛教所谓佛所居住的清净世界，亦称“佛国”“佛土”，与世俗众生世界所居住“秽土”“秽国”相对。所谓的“变”，即根据有关佛经所述佛国庄严而形象化的图画，故而也称为“经变”，或“变相”。龙虎塔塔身四面的雕刻内容，也即释迦灵山净土变、弥勒净土变、阿弥陀佛净土变、阿閦佛净土变。

灵山净土变，是为释迦牟尼于灵鹫山之法化说法变。《法华经·如来寿量品》说：释迦佛“为度众生故，方便现涅槃，而实不灭度，常住此说法”。灵鹫山被看作是释尊报身常住之净土。按照《俱舍论》的说法，“器世界”（物质世界）在最后毁灭之时，出现“劫末火”，将其化为灰烬。而大火燃烧时，唯此净土不受毁坏。这也就是所谓的“下时众谓佛无常国土磨灭，故明常在灵鹫山净土不毁”[③]。这里“天人常充满。园林诸堂阁，种种宝庄严。宝树多花果，众生所游乐。诸天击天鼓，常作众伎乐，雨曼陀罗华，散佛及大众”[④]。

在刻于塔身外壁的图案中，门楣内释迦佛的诞生故事是其表现的主题。《中尼迦耶》的《未曾有法品》中，有如下的记载：菩萨出母胎，毫无污迹，不受水污，不受液污，不受血污，不受任何污，洁净无垢。正如摩尼宝珠放在迦尸布

---

① 造像中的化身菩萨将香饭从钵中倒出的情节，在唐代的其他造像中也时有出现。如在四川摩崖造像中“维摩诘经变皆涉及此内容，多数表现了化菩萨送香饭或倾倒香饭情节”（参见卢少珊：《四川唐代摩崖浮雕维摩诘经变分析》，《故宫博物院院刊》2014年第4期）。

② 故事见于《不思议品》。

③ 《法华玄论》卷九。

④ 《法华经·如来寿量品第十六》。

上，珠不污布，布不污珠。原因在于两者皆纯洁[①]。因此时释迦牟尼佛还未得觉悟，故以“菩萨”称之。为了表示菩萨（即乔达摩·悉达多太子）出生时没有受到污染，经文以摩尼宝珠做比喻。《未曾有法品》接着说：菩萨出母胎，空中涌两泉，一凉一温，浇灌菩萨与母亲。于此，也有了以水沐浴的故事。

《修行本起经》卷上说：释迦佛诞生之时，“有龙王兄弟，一名迦罗，二名郁迦罗，左雨温水，右雨冷泉”。《过去现在因果经》卷一也有这样的说法：“难陀龙王、优波难陀龙王，于虚空中，吐清净水，一温一凉，灌太子身。”《中阿含经》卷八《未曾有法品》也有“世尊初生之时，上虚空中雨水注下，一冷一暖，灌世尊身”之记载。龙虎塔门楣图案中的释迦佛，右手上扬，左手下展，背有神圣身光与头光，确有“天上天下，唯我为尊，三界皆苦，吾当安之”[②]的伟岸气势。其左右有两龙王着天衣跪于两旁，各有物品上奉，其中左侧龙王所持的物品即是摩尼宝珠。以跪姿为特征的龙王，也见于石窟造像中[③]。

弥勒净土变。弥勒是被释迦佛确定的将来一定成佛的菩萨，入灭上升到兜率天，作为未来佛，将来会回到人间继释迦佛之后教化众生。弥勒净土信仰，早在晋代随着弥勒经系的传译而开始传播，于北朝时期在社会上层及民间广为流行。在弥勒净土的兜率天宫，歌舞升平，庄严妙好；下生人间，“其土安稳，无有怨贼劫窃之患，城邑聚落无闭门者，亦无衰恼水火刀兵，及诸饥馑毒害之难”[④]。无忧无虑、幸福安乐。

在为弥勒佛尊服务的塔身外壁的雕刻中，其上部一字排列的五尊舞伎、乐伎，代表的即是“诸天伎乐不鼓自鸣”“诸女自然，执众乐器，竞起歌舞”的兜率天。在下部两侧的大迦叶与阿难，是释迦佛最为看重的两大弟子，与弥勒也同样有着特殊的关联。佛陀入灭后，大迦叶成为统领者，于王舍城召集了第一次经典结集活动。直到阿难成为法之继承者，大迦叶于摩竭陀国鸡足山入定，以待弥

---

① 郭良鋆：《佛陀和原始佛教思想》，中国社会科学出版社2011年版，第30～31页。

② 《修行本起经》卷上。

③ 在新疆克孜尔石窟第99窟右通道外侧壁所刻《诞生图》，有灌浴情节，龙王身着天衣，以跪姿列于太子两侧。参见耿剑：《犍陀罗佛传浮雕与克孜尔佛传壁画之“释迦诞生”图像比较》一文，《美术观察》2005年第4期。

④ 《佛说弥勒大成佛经》。

勒佛的出世[①]。而弥勒菩萨对阿难也情有独钟，弥勒菩萨在兜率天宫时，曾下来参与了第一次佛典的结集，与诸天一起竭力褒扬阿难，并将手中之花洒在阿难身上，以表其结集佛经的伟大功绩[②]。

阿弥陀净土变。弥勒净土和弥陀净土，是中国佛教净土信仰中最为庞大的两个流派。弥陀净土是弥陀居住的世界。人们习惯所说的“极乐世界”，指的就是弥陀净土。弥陀是阿弥陀佛的略称，“阿”，意为“无”，“弥陀”，意为“量”，故又译“无量佛”，通常称作“无量寿佛”。根据三国曹魏康僧铠所译《无量寿经》的说法，在过去久远的自在王佛时，有一国王发无上道心，舍弃王位，出家为僧，名为法藏比丘，发“四十八本愿”，历劫修行，终成佛果，居西方净土，“其佛世界，名曰‘安乐’”。“十方来生，心悦清净。已至我国，快乐安隐”“清净安隐，微妙快乐”。具体说来：所居众生，无生、老、病、死之苦，也无怨、憎、恚、爱、别离、所欲不得之种种苦恼，享尽诸多快乐，彻底解脱生死轮回。随心所欲，衣食无忧。

弥陀净土，“众宝莲华，周满世界”[③]，以莲为根本，化生万物。莲花在佛教中是纯洁的象征，更是西方弥陀净土的象征。在其塔身外壁的雕刻画面中，几乎被莲花莲叶所覆盖，表现的主题就是化生。门楣内有三个赤身的童子，中间的一位倒立于莲花中，两侧的童子则嬉戏于莲叶中，活泼可爱，洋溢着生命的光彩。最上方的九身造像，各有各的莲花座，间饰以缜密的莲叶纹。中间的五身，三人有头光与身光，二人有头光，应是所谓的“阿弥陀五身像”[④]。在弥陀佛国，“常有种种奇妙杂色之鸟”，其中人面鸟身的迦陵频伽、一身两首人面鸟形的共命之鸟也出现在九身造像群中，“皆是阿弥陀佛，欲令法音宣流，变化所作”[⑤]的结果。

阿閦佛净土变。阿閦佛，是为东方现在佛。有关佛典记述：大目如来为诸

---

① 夏金华：《阿难与大迦叶的矛盾冲突考述——佛陀眷属及相关问题研究》，《南京晓庄学院学报》2013年第1期。

② 《增一阿含经·序》：“弥勒兜术寻来集，菩萨数亿不可计。弥勒梵释及四王，皆悉叉手而启白：一切诸法佛所印，阿难是我法之器……弥勒诸天皆称善，释迦文经得久存。弥勒寻起手执华，欢喜持用散阿难。此经真实如来说，使阿难寻道果成。”

③ 《无量寿经》卷上。

④ 汪悦进：《魂系他方——龙虎塔浮雕变相刍议》，载《山东佛教史迹——神通寺、龙虎塔与小龙虎塔》，台湾法鼓文化事业股份有限公司2007年版，第190页。

⑤ 《佛说阿弥陀经》。

菩萨摩诃萨说“六度无极之行”，有一比丘发愿断嗔恚、断淫欲，“乃至成最正觉”，大目如来赐号阿閦，遂于东方成佛[①]。在大乘佛教的观念中，十方诸佛有无数的净土，但其中影响较大的有阿閦佛东方妙喜世界、阿弥陀佛西方极乐世界、弥勒菩萨兜率天净土、药师佛琉璃光净土等。而在四种净土中，阿閦净土与弥陀净土是最为著名的东、西方二大净土。阿閦佛净土相对简单朴实[②]，一般认为在净土思想的发展史上应该是十方世界的最早形态。有关东方妙喜世界的变相，以维摩诘的故事为代表。

维摩诘，来自妙喜世界[③]。他原是妙喜世界的大菩萨，来到现世成为一位在家的居士。维摩居士早已成佛，他的前身是金粟如来(也就是妙喜佛)，也可以说是一位在家佛。由于发愿要利益众生，所以化身来到这个世界。关于维摩诘变相故事，尤以“借座灯王、请饭香土、手接大千、室包乾象”[④]，最为出名。这在北面塔身外壁的雕刻中，大多有所表现。

一切故事，缘起于“问疾”。《维摩诘经》卷上《弟子品》中说：有一天，维摩诘说自己病了。佛陀知道他的用意，就让大弟子舍利弗(号称智慧第一)去探望一下，舍利弗不敢去，因为有一次在树林中打坐时，曾被维摩居士训斥过，领教过维摩诘言辩的利害。佛又让大弟子大目犍连(号称神通第一)去，大目健连也不愿前往，因为大目犍连在城中巷内为居士们说法时，也被维摩诘教训过。佛又派大迦叶去，也受到推辞，同样是在说法时遭到过维摩诘的责难。接着又问须菩提、富楼那、迦旃延等直到阿难，十位大弟子都不能担当此任。接着又问其他弟子，“如是五百大弟子，各各向佛说其本缘，称述维摩诘所言，皆曰：不任诣彼问疾”。他们都有着在维摩诘面前出过丑的经历。下面就轮到菩萨们了，《菩萨品》云：弥勒白佛言：“世尊！我不堪任诣彼问疾。”光严白佛言：“世尊！我不堪任诣彼问疾。”持世白佛言：“世尊！我不堪任诣彼问疾”……诸菩萨皆不

---

① 《佛说阿閦佛国经》卷上。

② 《佛说阿閦佛国经》卷上云：“三千大千世界，诸妊身女人皆安隐产，盲者得视，聋者得听。”“阿閦佛刹女人，妊身产时身不疲极，意不念疲极，但念安隐亦无有苦。其女人一切亦无有诸苦，亦无有臭处恶露。”

③ 《维摩诘经》卷下《见阿閦佛品第十二》：“佛告舍利弗：‘有国名妙喜，佛号无动，是维摩诘于彼国没，而来生此。’”

④ 〔后秦〕释僧肇：《注维摩诘经·序》。

能前往。最后佛陀让文殊师利菩萨代表他去探视维摩。文殊也有为难之色，但“当承佛圣旨，诣彼问疾”[①]。于是就有了文殊师利与维摩诘问疾对辩的故事。

关于“借座灯王”故事，见于《维摩诘经》卷中《不思议品》：当舍利弗在听文殊与维摩对辩时，发现维摩的房间竟没有座位，维摩诘立即知了他的心思，便向舍利弗发难：你为法而来，还是为座位而来？但维摩诘还是运用他的神力，向东方一个佛世界“须弥相”，“其佛号须弥灯王”，借来了“三万二千”狮子宝座，让前来听法的人都有了座位。这便是著名的维摩“借座灯王”的故事。在雕刻画面的右上方，出现的从上而降的狮子宝座，所表现的就是这一故事。

“请饭香土”，故事出自《维摩诘经》卷下《香积佛品》。文殊与维摩对论至晌午，舍利弗心生疑念：现在到了吃饭的时间，诸众菩萨吃什么？他的这个念头一动，维摩就知其意而言曰：“佛说八解脱，仁者受行，岂杂欲食而闻法乎？”舍利弗又受了一次奚落。“若欲食者，且待须臾，当令汝得未曾有食。”说归说，客人还是需要招待的，他要让你吃到不曾吃过的东西。维摩入定，即显神通，让众人看到了遥远的香积国所呈现的一切皆香的景象，当然此时最关注的是饭香，于是维摩诘告诉自己的化身菩萨起身前往取食。化身菩萨回来后，把香积佛给予的一钵香饭交给了维摩，香饭之香，连三千大千世界都闻得到。只是众人担心这点香饭不够众人食用。而最后的结果是：“钵饭悉饱众会，犹故不儩”，尽现维摩诘的神通。这一变相出现在尖形门楣中，由三个化身菩萨的不同形体表现完成了故事所要表达的内容，构思奇妙，形象生动（图5-36）。

图5-36　神通寺龙虎塔北面塔身门楣中“请饭香土”图（采自《山东佛教史迹》）

① 《维摩诘经》卷中《文殊利问疾品第五》。

如果仔细辨识塔身外壁雕刻最上端的部分，“手接大千”的变相在画面中也表达得比较明确。所谓“手接大千”，就是维摩诘运用神力，以其右手“断取妙喜世界”，把无动佛及其菩萨、声闻之众，乃至日月山河、城邑聚落等，都接到了他与文殊师利对辩的现场①，让在场的诸菩萨等众，都看到了妙喜世界的一切。画面有两个值得关注的信息：一是在图案的左上角，有大象宝座出现；二是有水的情节出现，部分人物在水中活动。根据有关考古资料及相关经文阐述，阿閦佛的台座就是大象②，图中的大象宝座象征的是阿閦佛。尽管此面雕刻没有进行细加工，多是块面的勾勒，但在画面的最上部仍可看出是水的形态（图5-37）。特别是左右两端的人物，是在水中的状态。而这流动的大水，应是《阿閦佛国经》中所说的“八味水”③。在左上角有一在水中的人物，双手伸出，面对大象宝座似有求救的形态，印合了《维摩诘经》所讲的在妙喜世界移动过程中，有了神通的人立刻就感觉到了，“谁取我去？愿见救护”，于是有了

图5-37　神通寺龙虎塔塔身北面上部“借座灯王”“手接大千”图（采自《山东佛教史迹》）

① 《维摩诘经》卷下《见阿閦佛品第十二》：“作是念已，入于三昧，现神通力，以其右手，断取妙喜世界，置于此土。”

② 在五方佛中，阿閦佛，方位东，台座为象。如：敦煌石窟吐蕃晚期前段洞窟（9世纪初至839年左右），在第158窟窟顶与自然方位相合的十方净土图像中出现了密教四方佛图像，位于东方净土的阿閦如来，身呈黑色，右手施降魔印，坐象座；莫高窟藏经洞出土、收藏于法国集美博物馆（Guimet Museum）的金刚界五佛，是归义军时期（9世纪后半～10世纪后半）的作品，五趺坐佛，右下方白色的东方阿閦佛，手持金刚杵，坐象座。参见殷光明：《敦煌显密五方佛图像的转变与法身思想》，《敦煌研究》2014年第1期。在佛教的有关经文中也讲到在五佛体系中，位于东方的阿閦佛台座为象（参见杨清凡：《五方佛及其图像考察》，《西藏研究》2007年第2期）。

③ 《阿閦佛国经》卷上：“佛语舍利弗：阿閦如来佛刹，有八味水，是诸人民所为，悉共用之。人民意念，欲令自然浴池，有八味水满其中。用人民故，即自然有浴池，有八味水满其中。意念欲令水转流行，便转流行；意欲令灭不现，即灭不现。”

向阿閦佛求救的这一情节。这些都可以说明：画面所表现的即是维摩诘“手接大千”的故事情节。

（四）龙虎塔雕塑的宗教信仰取向

净土信仰是龙虎佛塔所表现的核心价值。净土之由来，是相对于现实世界污秽，在佛之国土也就没有了俗世间无尽的苦恼。在现实走向佛土的过程中，“往生”即是它的途径，而目标的实现还要有各种方式、方法，于是也就有了不同的修行从而可到达不同的净土佛国以获得新生。在那里有着世俗所没有的种种好处，既可以获得精神上的无限娱乐，又可满足一切物质上的需求，所以也就有了众多的信仰者。龙虎塔即是满足信众需求，而构筑的精神向往之塔。

塔，是随着佛教的东来，经过与中国原有楼阁建筑的结合，所演变形成的一种新的建筑形式，最初的功用是供奉或收藏佛骨、佛像、佛经等，均与佛家有关，故而称之为“佛塔”，目前我国现存的古塔大多是佛塔。龙虎塔即是佛塔的一种，是佛寺的标志之一，也是另一个世界——佛家净土的承载体。这个世界是一种向往，是脱离俗世的，这也决定了这种佛塔造像的基本内容。

在神通寺龙虎塔的塔基第二、三层，须弥座束腰四面，均开龛刻有乐伎、舞伎，这是一个铺垫，因为在佛教的净土中这都是少不了的符号。有了它们，就标志着进入了另一个世界，脱离了现有的尘世。塔心柱上的四方佛，是佛教各种净土的代表性佛尊。在大乘佛教观出现以前，只有释迦一佛，“最初的多佛思想是依时间扩展的，首先形成的过去、现在、未来‘三世佛’的概念，是以释迦佛为中心的依时间轴发展多佛思想。同时，与此相对，依空间轴也扩展出了多佛思想，即十方诸佛的概念，以此渐渐形成大乘佛教的‘三世十方佛’之说”[①]。随着大乘佛教的传布，表现多佛思想的四方佛造像逐渐盛行起来。同在神通寺的四门塔，就是这方面的杰出代表。从神通寺走出去的义净法师，西去求法归国之后，所译的《金光明最胜王经》，其中《序品》有四方佛名：

> 尔时，薄伽梵于日晡时，从定而起，观察大众，而说颂曰：金光明妙法，最胜诸经王。甚深难得闻，诸佛之境界。我当为大众，宣说如是经。

---

① 殷光明：《敦煌显密五方佛图像的转变与法身思想》，《敦煌研究》2014年第1期。

并四方四佛，威神共加护：东方阿閦尊，南方宝相佛，西方无量寿，北方天鼓音。

为认识四面佛的性质，提供了经典和义理上的根据。据殷光明的考察，“敦煌唐、五代时期的四方佛，多出自《金光明最胜王经》，主要绘制于窟顶四披千佛中央，周围多绘有十方佛赴会，说明四方佛代表十方三世佛”①。

关于四方佛，在不同的经典中佛名有所差异，但所表达的意境是一致的。在四方佛的尊格中，最有影响的是弥勒佛与阿弥陀佛。反映在塔身外壁的造像上，体现阿弥陀的南面雕绘与体现弥勒西面的雕绘，较之其他两面（东面和北面），其形式与内容更为繁富。特别是表现阿弥陀佛的南面造像尤其突出，是在四个外壁画面中最为注目者。在其石壁结构的安排上，南北两面整个面由一个整石构成（东、西两面由三个石面构成，中有两条竖石缝），而没有影响画面完整性的石逢，也在显示着南、北两面的重要性。四方造像中所雕绘的变相故事，将其相应的经文经义生动形象地反映了出来，使人更加容易理解与把握。这也是净土信仰注重直观性、可视化宣传的一个基本特点。

如果按四方佛的方位排列，神通寺的布置显然不合原有的规则。按义净所译的《金光明最胜王经》：东方为阿閦佛、南方为宝相佛、西方为无量寿、北方为天鼓音，神通寺四门塔中的四方佛就是这样安排的。而龙虎塔打破了这种布置：东面是释迦佛、南面是阿弥陀、西面是弥勒佛、北面是阿閦佛。这主要是释迦牟尼加入四方佛中，这在佛教经典上是找不到依据的，世尊的到来预示着原有的格局必然会打破。

从龙虎塔所在的地理位置看，它在千佛崖的东面，正对着的是位于千佛崖中南部，青州刺史赵王李福为唐太宗祈福所开凿的大型造像龛，这种选址是独具匠心的。南北向的千佛崖在地理形胜上，成为龙虎塔自然的靠山。而就其摩崖造像与佛塔造像的性质而言，具有内容表现的一致性。因此，千佛崖造像与龙虎塔构成特定的依存关系。这种关系的存在（自然的、人文的），使龙虎塔的朝向安排也发生了的变化，将习惯传统中的南北向（以南为尊），变成了东西向（以东为尊）。释迦牟尼也就理所当然地占据了东方。东方佛阿閦的位置没有

① 殷光明：《敦煌显密五方佛图像的转变与法身思想》，《敦煌研究》2014年第1期。

了，在接下来的安排上也就充满了不确定性，无法依次安排其他三方之佛。设计者的选择是：南向阿弥陀佛（本来在西方）。这个位置就佛塔的方向性来说是仅次于东向的，体现了对阿弥陀的重点关照；弥勒佛（本来应在北方）依次转移到了西向，这是佛塔的第三个位置；最后一个位置北方，安排了本来在东方的阿閦佛。这是一个大的调整与转换，同时也是一次信仰利益的再分配。最大的受益者，是阿弥陀佛。突出阿弥陀佛，这也正是造塔者的初心。

（五）阿弥陀佛信仰的最大化

设计者的这种选择，最大程度地体现了当时诸位佛尊最大化的信仰担当。受益最大者，也是影响的最大者，关于这一点，我们也可以从小龙虎塔找到相应的答案。

在前面我们已经对小龙虎塔做过分析，之所以称之为小龙虎塔是因为建造的基本形制以及装饰特征与神通寺的龙虎塔是近似的，只是体量相比之下小了而已。

神通寺龙虎塔与隔谷相望的小龙虎塔（原在历城突泉皇姑庵），塔基如同龙虎塔，开龛雕有乐伎、乐舞，其塔身外壁、塔心柱也有造像，但仅在其南面雕刻图案、佛尊，这是一种省略。塔身外壁的图案也有所简化，塔心柱的造像一铺五身，主尊是何种身份因无铭记而不能明确其尊格。不过，从这种“莲茎连理”（主尊座下分出四个莲茎，莲茎的顶端有莲蓬，分别承托二弟子、二菩萨）的模式看，可以确定主尊就是阿弥陀佛，这是唐代造像的基本特征[①]。

1995年，对灵岩寺鲁班洞及般舟殿遗址清理时，发现的小龙虎塔具有龙虎塔的基本形制。这也同于神通寺的小龙虎塔，塔身、塔心柱只一面造像。塔心柱面南的造像也是一铺五身，因残损严重，具体形制不可知。在已见报道的小龙虎塔中，塔身、塔心柱只在南面造像是普遍规律，而塔心柱所造之像基本都是一铺五身，且具有“莲茎连理”的特征。如同四方佛可代表十方佛，阿弥陀

① 有的学者将这种模式称之为“同茎莲花座”，这常见于龙门石窟唐代初期的造像中，在670年至700年左右，“龙门石窟中出现了大量的主尊坐佛及其胁侍弟子像、菩萨像位于由一根莲茎相连的莲花座上的这种特殊的形式。而且，这些造像大多有‘阿弥陀’铭文”（参见姚瑶：《初唐时期龙门石窟中同茎莲花座初探》，《中国美术研究》2015年第3期）。

佛也可承担起四佛的职责。郑岩曾对小龙虎塔做过较为细致的考察，“从总体上看，小龙虎塔很明显是模仿或简化了龙虎塔所代表的一种造塔的基本样式”。针对龙虎塔与小龙虎塔之间的这种关系，从“宗教美术”的角度，提出了“统一的样式”在视觉形象中的重要作用。人们不必在铭记中叙说自己的具体祈求，仅仅通过这种塔的形式，就足以向不同的社会层面传递出他们要表达的心声[①]。

至此，我们可感受到当时龙虎塔盛行，其背景是阿弥陀佛信仰的盛行。神通寺龙虎塔背靠着的千佛崖，也是龙虎塔的“背景”。千佛崖的造像，以皇家造像为中心，有显庆二年（657）的南平公主造像、显庆三年齐州刺史上柱国驸马都尉渝国公刘玄意的造像、青州刺史赵王李福的造像。其中南平公主与赵王李福的造像，指明为唐太宗（598—649）追福而建，在赵王李福的造像中，有“敬造弥陀像”之铭，直接表明了所造之像的尊格。可以认定，南平公主追福的佛尊也应是阿弥陀佛。千佛崖除了皇室官僚的造像外，也有民间的造像分布其中，凡有题记者也多表明是为故人追福而造像。千佛崖的造像群，大多没有表示佛的尊格，而点明其主尊的只有阿弥陀佛。这似乎是这一时期在这里造像的约定俗成，因此其主尊就是弥陀佛而没有必要一一标出。

这也就不难理解，龙虎塔把阿弥陀佛放在正南位置的实际意图，尽管从时间上要比千佛崖造像晚一些。龙虎塔的建造，也同千佛崖主造像的开凿一样，应出自皇宫或地方官员之手，只是因整个工程半途因故停顿而未留下铭记。小龙虎塔则是民间信仰运动的兴起，而林立于各寺庙中，信奉的主尊仍然是阿弥陀佛。

在郑岩与刘善沂编著的《山东佛教史迹——神通寺、龙虎塔与小龙虎塔》一书中，尽可能地收集了有关小龙虎塔的资料，在这些资料中能辨识塔心柱造像为一铺五身（一佛二弟子二菩萨）的小龙虎塔有：

历城突泉皇姑庵唐代开元五年石塔；

长清灵岩寺唐代开元二十三年石塔；

青州段村石佛寺唐代天宝二年石塔；

平阴庙海唐代天宝八年石塔；

① 郑岩：《八世纪的民间造塔运动》，载《山东佛教史迹》，台湾法鼓文化事业股份有限公司2007年版，第398～399页。

阳谷关庄唐代天宝十三年石塔；

青州市博物馆所藏唐石塔塔心室散石之一、之二；

长清东障唐代塔。

以上均为泰山神通寺周边发现小龙虎塔的情况。该书收集的资料计有九处，其中仅有两处不具备“一铺五身”的这一特征。而在山东的周边的小龙虎塔，也有“一铺五身”的普遍性。如豫北唐代石塔（开元十七年东塔、天宝年间西塔）、陇西尹公天宝十四年（755）石塔、裹固石塔；河南安阳灵泉寺唐代石塔东塔（大历六年）、西塔等。而在上面所列神通寺周边小龙虎塔的前六座石塔，以及安阳灵泉寺唐代石塔之西塔，均具有“莲茎连理”的基本特征。

这些小龙虎塔，都是民间信众的造像塔，寄托了他们对“往生”的理解。可以说，阿弥陀佛的净土信仰得到了更广泛的时代认同，而成为当时佛教传播发展的主流。

第二节　三藏义净与他的二亲师

在中国佛教史上，义净是西行求法运动中最有影响的高僧之一。“综观中国僧人西行求法的历史，从三国魏时的朱士行算起，到北宋为止，其间时近千年，人逾数百，但是真正能够到达印度本土，又学有成就，最后回到中国传译经典，著书立说的并不多，只有法显、玄奘、义净三人而已。”[①]义净“特致力于律部，声名极一时之盛。盖兼通华梵，中国人自行译经，净师仅亚于奘师也。而其所撰《大唐求法高僧传》及《南海寄归内法传》，则为现代研究中印历史者之要籍也”[②]。如果说竺僧朗是泰山来的第一位誉冠齐鲁的高僧；那么，义净法师则是从泰山走出的名蜚中外的求法者。

---

① 王邦维：《义净和他的〈南海寄归内法传〉》，《文献》1989年第4期。

② 汤用彤：《隋唐佛教史稿》，北京大学出版社2010年版，第56页。

一、从泰山走出去的义净法师

释义净（635—713），俗姓张，字文明，齐州山茌人（今济南长清张夏），祖籍范阳（今河北涿州）。他出身于历代仕宦之家，其高祖为东齐郡守，曾名震一时，但到了祖、父两代，“俱厌俗荣，放旷一丘”[①]，闲隐世外。义净七岁之时，辞亲落发于土窟寺[②]，礼拜善遇法师为亲教师、慧习禅师为轨范师。十四岁时获官府公度，成为正式僧人。十五岁时，“仰法显之雅操，慕玄奘之高风”，萌其“欲游西域”之志[③]。及二十岁，以慧习禅师为得戒和尚受具足戒。受戒夜晚行道之际，慧习禅师焚香供佛教诲义净。说到戒律的行持，慧习禅师涕泪交加：“大圣久已涅槃，法教讹替，人多乐受，少有持者。汝但坚心重禁，莫犯初篇，余有罪愆设令犯者，吾当代汝入地狱受之。”义净听其教诲，决心“随力竭志”，不辜负亲师的期望。此后的五年间，“精求律典”，无论法砺律师的文疏，还是道宣律师的钞述，习学之后，慧习师总会让他讲习一遍，解说圆满，方听习经论，不曾一日有废。为了让义净有更多的见识，慧习师劝其“勿废听读，而空住于此”[④]，鼓励他走出去。于是义净遵循亲师的嘱托，外出游学。先后到了东都洛阳、西京长安，潜心研习《对法论》《摄论》《俱舍论》《唯识论》等。

咸亨元年（670），游学的义净感到已经具备了西行的条件，于是“重归故里”，回到他出家的土窟寺，拜见了届以年迈的慧习轨范师，向他讲述了自己的心愿。师傅听后赞许“尔为大缘，时不可再”“见尔传灯，宜即可行，勿事留顾”，并催促他尽快成行。义净又来到亲教师善遇禅师的墓前，作辞行之礼，愿以传承佛法的成就，报答亲师的培育之恩。咸亨二年（671）十一月，37岁的义净终于踏上了他梦寐以求的西行之路。

他由广州起程，举帆南海，辗转航行一年多，于咸亨四年（673）二月，到

---

① 《大唐中兴三藏圣教序》或曰《大唐龙兴三藏圣教序》，唐中宗为三藏法师义净所作，全文收入《全唐文》卷十七，更名《三藏圣教序》。

② 土窟寺：又称土门寺，宋称四禅寺，明称四禅永庆寺，位于今济南市长清区张夏镇土屋村，现遗址仅存宋代的经幢及明代的石钟亭，以及部分明清时期的墙基。

③ 《宋高僧传》卷一《唐京兆大荐福寺义净》。

④ 《南海寄归内法传》卷四《古德不为》。

达东印度之海口，由此登上了佛地国土。关于义净在印度的行程，《三藏圣教序》中有所归纳：

> 渐届天竺，次至王城。佛说《法华》，灵峰尚在。如来成道，圣躅仍留。吠舍城中，献盖之迹不泯。给孤园内，布金之地犹存。三道宝阶，居然目睹。八大灵塔，邈矣亲观。所经三十余国，凡历二十余载。[①]

义净“遍礼圣迹，周礼圣踪”，走遍了印度各地的佛教圣地。驻足最长的是那烂陀寺，玄奘在此曾住留5年，义净则10年有余，由此可看到那烂陀寺在他们心目中的地位。该寺建于五世纪初，历代屡加扩建，遂成为古印度规模宏大的佛教寺院，同时也是佛教的最高学府。《大唐西域记》卷九谓：其地原为庵摩罗长园，佛陀曾于此说法三月，佛涅槃后，帝日王即于此处创建伽蓝。尔后历代陆续扩建，“如是六帝相承，各加营造，又以砖垒其外，合为一寺，都建一门，庭序别开，中分八院……印度伽蓝数乃千万，壮丽崇高，此为其极”[②]。地域神圣，历史延续长，规模之宏大，是那烂陀寺的一个显著特点。

寺内诸国高僧大德云集，“僧徒数千，并俊才高学也。德重当时，声驰异域者，数百余矣。戒行清白，律仪淳粹，僧有严制，众咸贞素，印度诸国皆仰则焉……故异域学人欲驰声问，咸来稽疑，方流雅誉”[③]。当时印度的著名佛教学者在此修持讲学，异域僧人也负笈前来，“僧徒主客常有万人”[④]。该寺兼有大、小二乘而以大乘为主，同时旁及印度其他宗教哲学派别。此外，逻辑学、语言文字学、工艺历算学、医学等方面的知识与学问在这里也可得到研习，“明德哲人，联晖继轨”[⑤]。即是说：那烂陀寺不仅是佛法传承的圣地，同时也是一座包含有诸多学科的高等学府。

在那烂陀寺的10年间，义净“屡入坛场，希心此要”，“遂泯斯怀，为广异

① 《全唐文》卷一七。

② 《大唐大慈恩寺三藏法师传》卷三。

③ 《大唐西域记》卷九。

④ 《大唐大慈恩寺三藏法师传序》。

⑤ 《大唐西域记》卷九。

听”[1]，努力学习佛教的各种经典，并搜集准备将来回国时要带回的各种梵本佛经。当时的那烂陀寺内藏经典数量极大，有宝彩、宝海、宝洋三大殿专门藏书，藏书量多达九百万卷，这为全面了解梵本要典无疑提供了方便。而10余年在那烂陀寺的生活，为他有机会细致了解考察佛寺的各项轨仪制度提供了时间上的保障，这为回国后对寺院管理提供了可参考的模式，乃至为撰写《大唐西域求法高僧传》《南海寄归内法传》，积累了可靠、翔实的第一手资料。在那烂陀寺，义净还初译了《根本说一切有都部毗奈耶颂》《一百五十赞佛颂》。

垂拱元年（685），义净离开那烂陀东归。他走的仍是海路，基本上是按来时的路线向回走，但又在室利佛逝前后停留了六年多，其间还曾回到过一次广州。武周长寿二年（693）夏，义净从室利佛逝再次回到广州，并在广州停留了一年。这犹如玄奘的归来，一路匆忙却在于阗停顿了七、八个月，直到唐太宗有诏书到达，才又重新出发。深思熟虑的义净，也在等待隆重露面的最佳时机。

证圣元年（695）五月，义净从广州起程北上洛阳。洛阳当时称为东都，是女皇武则天的常住之地。义净的到来，受到了这位改唐为周的女皇帝的热情迎接：

> 天后敬法重人，亲迎于上东门外。洛阳缁侣，备设幢幡，兼陈鼓乐在前导引。敕于佛授记寺安置。所将梵本，并令翻译。[2]

虽然没有直接的文字表明，义净是接到了武则天的诏令来京都的，但他的到来竟有如此迎接之礼，以及相关事宜安排，显然不是临时之举措，而义净前来，肯定是武则天的意思，名正言顺地受诏而来应在情理之中。在《大唐龙兴翻经三藏义净法师之塔铭并序》中有“证圣元年届于东洛，敕命有司具礼兼遣，洛邑僧众尽出城迎”的记述，似乎也可以证实这一点。

武则天于载初元年（690）九月，“革唐命，改国号为周”，自立为帝，改元天授。二年（691）四月，“令释教在道法之上，僧尼处道士女冠之前”，将佛教列于道教之上。也是在这年的上半年，义净写完了《大唐西域求法高僧传》与

---

① 《大唐西域求法高僧传》卷下。

② 《开元释教录》卷九。

《南海寄归内法传》，于五月派另一位僧人带着他写给朝廷“西方造寺”的表文，以及新完成的书稿等送往长安。而早在永昌年间，薛怀义与僧法明等进《大云经》，言武则天是弥勒下生，当作阎浮提主，所以才有了武则天的革命称周。义净的出现，给武则天带来了千载难逢的机缘，而武则天的称帝同样为义净的隆重出场带来了绝佳的时节。不谋而合，又恰到好处，于是也就有了一代女皇“亲迎于上东门外”的礼遇，远远超出了当年迎接玄奘法师的规格[①]。

义净一定知道这时的武则天要借佛教的影响为她的合法性提供支持；同样，武则天也一定清楚心怀抱负的义净弘法需要自己的帮助，并会成为她坚定的拥护者。事实也是这样：义净一到洛阳，这种关系便得到了印证：

> 则天尝得玉册，上有铭十二字，朝野不能识，义净能读其文，曰：“天册神皇万岁忠辅圣母长安”，证圣元年五月上之，诏书褒答。[②]

武则天得到一个玉册，上面铭刻有12个字，竟然无人能识，但义净能读得出来，内容的核心是：“神皇”与“圣母”。义净自告奋勇识读的结果，自然是武则天所期待的，义净也得到了嘉奖。早在垂拱四年（688），武则天作为太后时加尊号“圣母神皇”，载初元年（690），武则天废睿宗，自立为帝就开始自称“圣神皇帝”。所以，证圣元年读识玉册的故事，是一个两相情愿的合作，一个慷慨献礼，一个欣然接受，义净与武则天，双方心知肚明。就在当年的九月，武则天改元“天册万岁”了，这里面自然有义净的功劳。武则天有一个重要的恩典，是义净入洛阳授记寺不久，武则天就对义净“敕加三藏之号”[③]，使其与三藏玄奘法师相并列。

义净此次西行求法，带回来的佛典圣物颇丰，“得梵本经律论近四百部，合五十万余颂，金刚座真容一铺，舍利三百粒”[④]。义净入东都洛阳后，武则天将

---

① 玄奘回长安时，由宰相房玄龄遣右武侯大将军、雍州司马和长安县令出城奉迎，而义净却是由武则天皇帝亲自出城门外迎接。

② 赵明诚《金石录》卷二十五，采录于《大唐龙兴三藏圣教序》碑侧之铭文。

③ 《贞元新定释教目录》卷十三：“以证圣元年，届于东洛，敕命有司具礼兼遣……缁素骈阗，延于授记之寺。寻又敕加‘三藏’之号。”

④ 《宋高僧传》卷一《义净传》。

他安排在佛授记寺，翻译梵本。初与于阗三藏实叉难陀等僧人共同翻译《华严经》，圣历二年（699）完成后，于久视元年（700）开始自立译场，翻译佛经。至景云二年（711），据《开元释教录》卷九的记述，在这段时间里，义净共译经本五十六部，二百三十卷。据王邦维的研究："他实际翻译的佛经，数量不止于此。现存的他翻译的根本说一切有部的多种律中，至少就有七部五十卷没有包括在内。"①

在翻译佛经的同时，义净也在教授学生，这在《开元释教录》中就有所记载：

> 译缀之暇，曲授学徒。凡所行事，皆尚其急。滤漉涤秽，特异常伦。学侣传行，遍于京洛。②

这表明义净在授徒方面，也有一定的建树。

在义净的译经过程中，始终得到宫廷王室的提携与支持。久视元年（700），在义净译出《入不定印经》时，武则天写了《大周新翻圣教序》，文中称义净"缁俗之纲维，绀坊之龙象"③，以示褒奖；神龙元年（705），唐中宗即位，作《大唐龙兴三藏圣教序》，为义净新译的佛经作序，还"御洛城西门，宣示群辟，净所新翻，并令标引"。二年（706）义净"随驾归京"，唐中宗敕令于大荐福寺，"别置翻经院"，专门用于义净的翻译之所。三年（707），唐中宗召义净入宫，"并同翻经沙门九旬坐夏"。当义净在宫中大佛殿译《药师琉璃光七佛本愿功德经》时，"帝御法筵，手自笔受"④。从史料记载的种种迹象看，在武则天、唐中宗时期，很多重要的活动义净是伴随其左右的。

太极元年（712），义净"道茂年衰，示有微疾"。这一年的二月，门人为他画了像，时皇帝唐睿宗为画像写了《赞》。七月，唐睿宗传位唐玄宗，改元"先天"。二年（713），义净因久病不愈"欲归齐州"，上书太上皇要求返回故乡，但终因卧床不起，无力东归。正月六日，太上皇睿宗派内常侍前来问

① 参见王邦维：《南海寄归内法传校注》，中华书局1995年版，第23～24页。

② 《开元释教录》卷九。

③ 《全唐文》卷九十七。

④ 《开元释教录》卷九。

候。正月十七日入夜初，义净让诸弟子准备好纸笔，对自己的一生作个了结。时二更遗书书讫，至后半夜，义净“寂然而终”于长安大荐福寺翻经院[①]。世年七十九岁，法腊五十有九。

葬礼于二月七日举行。是日：

> 诰遣中使吊慰，又内出花树、香盘、幢幡、盖舆等，六百余事……令充葬仪。及赠孝子门人，动余万数。辍舂罢相，凄惨城邑。声明文物，晖曜郊衢。弘法之功远矣，哀荣之典备矣。[②]

太上皇睿宗诰遣中使吊赠，尽显皇家威仪。长安城辍舂罢市，凄惨郊衢，弟子万人送葬，葬仪场面隆重。义净安葬在长安延兴门外东陈张村阁院内，院内建灵塔。五月十五日灵塔建成，塔铭“大唐龙兴翻经三藏义净法师之塔铭并序”。四十年后，唐萧宗乾元元年（758）在此地又建起一座寺院，名“金光明寺”，以彰显义净翻译《金光明最胜王经》之功。虽然义净法师生前回故乡的愿望未能实现，但是他的弟子们在他出家的土窟寺（四禅寺），建了一座真身塔，并将唐中宗皇帝为义净法师所做的《大唐龙兴三藏圣教序》刻碑，立于塔前[③]，以示崇敬之心，并彰显他对“总三藏之元枢，明一乘之奥义”[④]的功德。

苏辙曾专程游访过四禅寺，赋有《四禅寺》诗：

> 山蹊容车箱，深入遂有得。
> 古寺依岩根，连峰转相揖。
> 樵苏草木尽，佛事亦萧瑟。
> 居僧麋鹿人，对客但羞涩。

---

① 《贞元新定释教目录》卷十三。

② 《贞元新定释教目录》卷十三。

③ 所言真身塔及《大唐龙兴三藏圣教序》碑，现已无存。赵明诚《金石录》卷二十五有跋云：“右《唐中兴圣教序》，中宗为三藏法师义净所作，唐奉一书。刻石在济南长清县四禅寺。寺在深山中，义净真身塔尚存。”四禅寺的前身即义净出家的土窟寺，位于今济南市长清区张夏镇土门村，遗址上仅存宋代经幢及明代石钟亭。

④ 《大唐龙兴三藏圣教序》。

双碑立风雨，八分存法则。
云昔义净师，万里穷西域。
华严具多纸，归来手亲译。
蜕骨俨未移，至今存石室。
遗文尽法界，广大包万亿。
变化浩难名，丹青画京邑。
粲然共一理，眩晃莫能识。
末法渐衰微，徒使真人泣。①

历说求法弘法之功德，表达了苏辙对义净的崇敬之情。诗中讲到了“双碑”及“石室”。“石室”应是赵明诚所说的“真身塔”，而碑是“双碑”，既然是双碑，除了《圣教序》外，还有何碑？不得而知。

二、亲教师善遇、轨范师慧习

义净七岁出家土窟寺，有两位恩师让他始终不能忘怀。一是“恩励父严”的善遇法师，一是“慈中母爱”的慧习法师。在义净的眼中，两位恩师是得法门的僧朗之后：

斯二师者，即是继踵先圣朗禅师之后也。朗禅师乃现生二秦之时，扬声五众之表。分身受供，身流供者之门；随事导机，事惬机情之愿。但为化超物外，故以神通而命寺焉。神德难思，广如别传所载。当是时也，君王稽首，僚庶虔心。初欲造寺，创入则见虎叫北川，将出复闻马鸣南谷。天井汲水而不减，天仓去米而随平。虽神迹久湮，而余风未殄。及亲教二师并余住持大德明德禅师等，并可谓善闲律意，妙体经心。烧指焚肌，曾无此教。门徒训匠，制不许为。并是亲承，固非传说。②

① 苏辙：《栾城集》卷五。
② 《南海寄归内法传》卷四《古德不为》。

文中所表，多本于《高僧传》。圣朗禅师即竺僧朗，前秦时期卜居泰山，是第一个来泰山的高僧，他创建的朗公寺即是神通寺的前身。因其德行高尚，受到前秦苻坚、后秦姚兴、燕王慕容德、北魏拓跋珪、东晋孝武帝等时主的敬重而多有关照，僧朗成就显赫，声名远播。善遇、慧习二师本来也是神通的禅师，和当时的主持明德一样，“善闲律意，妙体经心”，秉承的是僧朗之“余风”，而非“烧指焚肌”无门之教。义净在此以僧朗为楷模，痛斥修行毁身之陋习。也就是说，二亲师及明德禅师，都是僧朗的“亲承”者。反对燃指供佛，是义净持律思想中的一个重要表现，而从上文中我们可得知：善遇、慧习本是神通寺的禅师。

义净出家在土窟寺，亲教师是善遇，轨范师是慧习，那么二亲师本来是神通寺的大德，为何又在土窟寺？对此，义净是这样阐述的：

> 二德以为山居独善，寡利生之路，乃共诣平林，俯枕清涧，于土窟寺式修净居，即齐州城西四十里许。[①]

理由很简单，为的是“式修净居”，所以一同到了土窟寺。

事实上，僧人的活动修行，不限于某一个寺院。朗公创建了神通寺，灵岩寺也是他弘法的下院，而玉泉寺又是他居住修行的另一个道场[②]。对善遇禅师与慧习禅师而言，如果土窟寺是最早来到的寺院，并不影响他在神通寺的活动；如果二亲师原本就在神通寺，而于土窟寺弘法也是他们的本分。土窟寺位于神通寺之西，距离较近（15公里），在地理上说往来也很方便。总的来讲：神通寺毕竟是朗公创建的寺院，会有着更多的社会内涵在里面。义净说二亲师是“继踵先圣朗禅师之后”的嗣法大德，其荣誉与自豪感显而易见。义净的修行学习也是这样，出家于土窟寺，也来往于神通寺，最后走出泰山西行求法，终成一代宗师。毋庸置疑，义净的成功与神通寺有关系，更是与他的两位恩师的教诲分不开。

关于记录善遇、慧习法师的资料很少，大部分集中在义净的《南海寄归内法传》中。

---

① 《南海寄归内法传》卷四《古德不为》。

② 灵岩寺位于神通寺的西南方，双方直线距离17公里；玉泉寺位于神通寺之南，直线距离17.4公里。

（一）善遇法师

善遇法师（538—646），德州（今山东德州）人。关于善遇的其人其事，义净在《南海寄归内法传》卷四中总结为七德。

其一，“博文也”。善遇法师以佛学为本，顾及百家。佛家理论与世间的学问“俱备”，而儒家的经典也无不“通备”。义净曾自述，“少寻周孔，以礼乐为常；长习老庄，将恬淡而为乐”，可能就受益于善遇法师的教诲及影响。善遇法师还涉及天文地理、阴阳历算，每每经心，“则妙贯神府”。而于文字学、训诂学也有一定造诣，其作品“颇传于世”。自言，“我若不识，则非是字”，即是他自信的自白。

其二，“多能也”。“巧篆籀，善钟张”，善遇法师工于大篆、小篆，而隶书、楷书还有草书，也都是他所能把握的。“听丝桐若子期之验山水，运巧斧等匠石之去飞泥”，义净以“高山流水”，及“匠石运斤”的典故，喻善遇书法境界的高远与技艺的精湛。比如，有一年的二月十五日，是释迦牟尼涅槃日，僧俗齐聚朗公圣迹之所神通寺，纪念僧朗法师。当时的齐王率领属下的诸多文学之士，也“悉萃于此，俱怀笔海，并擅文峰”，都想一展身手。大家推举善遇法师先作诗颂，法师当仁不让，“援翰写壁，曾不停毫，走笔成篇，了无加点”。诗成，才子如林的现场，“竟无一和耳”。其诗文、书法略见一斑。

其三，“聪慧也”。善遇法师的记忆力超出常人。他读《涅槃经》40卷，一天便可读完。四个月的时间能把此经背诵出来。隋朝末年，善遇法师迁徙扬州，诸僧见其貌，“咸云鲁汉，休多质朴”，不相信他能背诵《涅槃经》，遂让善遇师当众诵来，并派了两个小师父持本核对。于时，善遇法师“慷慨喉吻，激扬音旨，旦至日角，三帙已终”，众人“莫不庆赞”，让他不必再背诵了，相信他有背诵整部《涅槃经》的能力，感叹其聪慧稀有。

其四，“度量也”。“但有市易，随索随酬，无论高下，曾不减价。设有计直到还，亦不更受，时人以为雅量超群也”，义净以市场交易为例，谈了善遇法师的为人处事。此所表现的是善遇法师与他人关系的处理，尊重对方，不与人计。在他看来，这也是一种修行。

其五，“仁爱也”。有仁爱之心，体恤他人。有一个隆冬之月，外来的僧人道安因冒雪远行腿足皆被磨破，在村中停留了数日，伤口溃烂流脓，村人用车把他送到寺中。善遇法师给他做了一件新的袈裟，想不到他竟将袈裟“掩其脓血”，旁边的人上前制止，善遇法师却说：“交济严苦，何暇求余。”体现出法师的仁慈和蔼。

其六，“策励也”。孜孜勉励，勤奋自为，是善遇法师的又一种品行。八部《般若》[1]，他各读百遍，并转其他佛典，每次都有始有终。“修净方业，日夜翘勤”，“躬自忘倦，毕命为期”。在诵读诸经之余，念“阿弥陀佛”圣号，在行、住、坐、卧之时，不曾有丝毫的闲歇。

其七，“知命也”。或许勤奋的精修，有了知命的能力。善遇法师预知将终，在往生前一年内便做好辞世的准备。他把往日所有的文章书籍集中起来，“裂作纸泥”，为寺内新造的两躯金刚和泥之用。之所以这样做，是他担心留下这些东西贻误子弟。他将《说文》及解说字形及音义的书籍，交给了净义，嘱托他“略披经史，文字薄识”即可，把时间和精力用在精研佛法上，不要被其他所累。义净所敬佩亲师的“博文”之德，在善遇法师自己看来虚过光阴，有“废正业”。在临终之时告于弟子：“吾三数日定当去矣，然于终际，必抱扫帚而亡。”数天后的清晨，在一白杨树下善遇法师“孑然独坐，执彗而终”，“春秋六十三矣”。

（二）慧习法师

慧习禅师[2]，生卒时代不详，贝州（今河北邢台）人。慧习禅师是义净的轨范师。轨范师是梵文的意译，是教授、纠正弟子行为的导师，故称之为轨范师，也译作“正行”。“专意律仪，澄心定潋”，慧习是一位以律学为长的禅师。义净西游求法，最关注的也是律学，其志趣或就源自这位轨范师。

慧习禅师以勤奋恒久著称。诵《法华经》60余年，“每日一周，计二万余遍”。即便在隋末的动乱时代，“然此契心，曾无有废”。每日一遍，天天如此，其恒心、毅力，不是常人所能比。

诵读是慧习禅师的硬功夫，而音律、书法也是“天纵其然”。在书法上“尤精草隶”，而以抄写《法华经》为要，心至所诚，竟能在抄写的经本上感生出佛

① 《般若经》有十万颂、二万五千颂、一万八千颂、八千颂、四千颂、二千五百颂、六百颂、三百颂八种之说。

② 慧习禅师的资料及引文采录于《南洋寄归内法传》卷四。

舍利。“经成，乃帖以金字，共银钩而合彩，盛之宝函”。麟德二年（665）高宗皇帝东封泰山，得知原委，将禅师供养的《法华经》及舍利“请将入内供养”。

年少出家土窟寺，慧习师体贴入微的关心让义净法师始终不能忘怀。“童年尚小，辍爱抽悲”，失去父母恩爱的幼童，“辍爱抽悲”。慧习禅师总是想尽办法循循诱导，让其感受到家庭的关爱。每至夜晚义净不胜寂寞之时，禅师会讲“黄叶止儿啼”的典故，以解除“忆母之忧”；有时会说“乌禽反哺”的故事，希望他长大后要有报养之德。要好好做佛事，不“虚弃一生”。每至五更，义净就室参请之时，禅师一定会手抚其弱肩以示亲近，“实如慈母之育赤子”。“或餐甘膳，多辍味见贻”，如有什么乞求，“无违所请”，由义净去做。如果说善遇师是严父，那慧习师则是慈母，“天性之重，诚无以加”。

慧习禅师是义净年满进具戒的和尚，鼓励他“勿废听读”，杖锡游学于东魏、西京。十个年头后义净游学归来，亲师言“宜即可行，勿事留顾”，让他尽快实现愿望已久的西游求法之行。义净“既奏慈听，难违上命”，遂“举帆南海，缘历诸国”。如果没有慧习支持，义净的西行求法或许难以料定。

对于恩师善遇、慧习二师，义净有文赞云：

> 令哉父母，旷劫相持。粤我龆龀，携就明师……倖命两曜，比德双仪……提携鞠育，亲诲忘疲。中宵废寝，日旰停饥。上德不德，远而莫知。埋光岱岭，蕴德齐涯……年在弱岁，一留一遗……酬恩死别，报德生离。愿在在遭会而延庆，代代奉训以成褫。积义利乎同岳……

由衷表达看义净对二亲师的感恩之情。

第三节　灵岩禅修与吃茶之风

中国饮茶的历史尚早。茶本作“荼”，出现在古典文献中，其义与当今的“茶”也不尽相同。据顾炎武的研究，尽管文献中早有“荼”的出现，但与“茶”

没有关系，而“张载《登城都白菟楼》诗云‘芳茶冠六清’，孙楚诗云‘姜桂茶荈出巴蜀’，《本草衍义》‘晋温峤上表，贡茶千斤，茗三百斤’。是知自秦人取蜀而后始有茗饮之事”[①]。尽管“荼”与今之“茶”相提并论，出现的时间上学界还没有一致的意见，但从地域上讲茶起源于巴蜀大致不误，或者说茶起源于我国的南方是肯定无疑的。“荼”字作“茶”字，始自中唐，标志着吃茶之习已经遍布大江南北。这一习俗的形成与兴盛，与泰山的僧人有关、与佛僧的禅修有关。

一、茶与佛缘

茶的出现，最初或许是为了药用，发展到日常生活所需则经历了一个漫长的历史过程。而让茶上升到一个精神的层面，肯定又是后来的事。茶与佛寺、佛僧，起初只是一种物质上的把握，与精神无关。所谓的“茶禅一味”的精神衡量，有着复杂的发展肌理及脉络。

（一）茶、佛之缘

古代对茶的研究，最权威者要算是陆羽了，被誉为“茶圣”。他的《茶经》是我国第一部关于茶的专著。《新唐书》将陆羽列为隐逸之列，说他“嗜茶，著经三篇，言茶之原、之法、之具尤备，天下益知饮茶矣”[②]。《茶经》是他总结整理过去以及当时，有关茶的历史状况、发展过程而形成的一部综合性茶典。他以文献记述为线索，梳理了上至神农炎帝，下到当朝的徐英勣，历数其中的茶事，形成了《茶经》十个章节中的《七之事》。这与顾炎武“自秦人取蜀而后始有茗饮之事”相比，后来者的认识显然具有更多的实际性。

陆羽小的时候被僧人收养，长大后不愿削发为僧，“以《易》自筮”，得《蹇》卦之中《渐》卦，卦上说：“鸿渐于陆，其羽可用为仪。”于是以陆为姓，以羽为名[③]。在他《茶经·七之事》历述的几十件的茶事中，其中有三则是相关僧人的。

---

① 顾炎武：《日知录》卷之七。

② 《新唐书》卷一百九十六。

③ 《新唐书》卷一百九十六。

一则：

> 释道该说《续名僧传》：“宋释法瑶，姓杨氏，河东人。永嘉中过江，遇沈台真，请真君武康小山寺，年垂悬车，饭所饮茶。永明中敕吴兴礼致上京，年七十九。”

此段文字，多有讹误。文中所说宋释法瑶，在慧皎《高僧传》卷七中有《传》，题曰：《宋吴兴小山释法瑶》[1]。参考此传，是说僧人法瑶，元嘉（424～453）年间过江，在武康小山寺遇见了沈台真，那时已是垂老之年，用饮茶当饭。大明（457～464）年间受诣进京，法瑶已有七十多岁了。

二则：

> 《艺术传》：“敦煌人单道开，不畏寒暑，常服小石子。所服药有松、桂、蜜之气，所余茶苏而已。”

事引《晋书·艺术志》[2]。单道开在慧皎的《高僧传》中也有传[3]，其修行如同仙道，服食养性的手法很多，所食物品也多种多样，而与他人最大的不同是饮“茶苏”。

三则：

> 《宋录》：“新安王子鸾、豫章王子尚，诣昙济道人于八公山，道人设茶茗，子尚味之曰：‘此甘露也，何言茶茗？’”

---

① 《宋吴兴小山释法瑶传》云：“释法瑶，姓杨，河东人。少而好学，寻问万里。宋景平中，来游兖、豫。贯极众经，傍通异部。后听东阿静公讲，众屡请覆述，静叹曰：吾不及也。元嘉中过江，吴兴沈演之特深器重，请还吴兴武康小山寺，首尾十有九年……大明六年，敕吴兴郡礼致上京……宋元徽中卒，春秋七十有六。”

② 《晋书》卷九十五。

③ 《高僧传》卷九《晋罗浮山单道开传》：“单道开，姓孟，敦煌人。少怀栖隐，诵经四十余万言。绝谷饵柏实。柏实难得，复服松脂，后服细石子……后徙临漳昭德寺……”

昙济道人，在慧皎《高僧传》卷七《释昙斌传》列有附传：“以学业才力见重一时”。其师释昙斌，还与吴兴小山寺的法瑶有过一同研习佛经的经历。昙济以茶待客，来客则以“甘露”相赞。两位客人王子鸾、王子尚，是南宋孝武帝的两个儿子[①]。看来此时的饮茶之风尚未流传至宫廷，但已成为僧人招待贵宾的首选饮品。

在诸多的茶事中，还有几则是说仙道的。

一则：

《神异记》：“余姚人虞洪入山采茗，遇一道士牵三青牛，引洪至瀑布山，曰：‘予，丹丘子也。闻子善具饮，常思见惠。山中有大茗，可以相给，祈子他日有瓯牺之余，乞相遗也。’因立奠祀。后常令家人入山，获大茗焉。”

这一故事表明俗道对吃茶都有爱好。道士知道哪里可采到茶，并将“大茗”送予采茶人，而采茶者虞洪“善具饮”，两者互惠互利，各得其所。要知道这位道士就是大名鼎鼎的元丹丘，“云台阁道连窈冥，中有不死丹丘生”，就是李白《西岳云台歌送丹丘子》中的诗句，丹丘子是长生不老仙人的化身。“岑夫子，丹丘生，将进酒，杯莫停”，在李白的代表作《将进酒》中也曾出现。同朝诗人又是茶僧的皎然（704—785），在茶诗中也写到丹丘子：“丹丘羽人轻玉食，采茶饮之生羽翼。”[②]“孰知茶道全尔真，唯有丹丘得如此”[③]。

二则：

陶弘景《杂录》：“苦茶，轻换骨，昔丹丘子、黄山君服之。”

在有“山中宰相”之誉的陶弘景看来，苦茶可以让人轻身换骨。在这里丹

① 《宋书》卷八十：“孝武帝二十八男：文穆皇后生废帝子业、豫章王子尚……殷贵妃生始平孝敬王子鸾。”

② 皎然：《饮茶歌送郑容》。

③ 皎然：《饮茶歌诮崔石使君》。

丘子又一次出现，而黄山君以“年数百岁，尤有少容”[1]著称。

以上是《茶经》中佛道两家涉茶的案例，除此之外，更多的还是俗人俗事。饮茶习俗始自南方，直至南北朝时期，北方没有饮茶的习惯。在《洛阳伽蓝记》卷三中有如此记述：

> 时给事中刘缟慕肃之风，专习茗饮。彭城王谓缟曰：“卿不慕王侯八珍，好苍头水厄。海上有逐臭之夫，里内有学颦之妇，以卿言之，即是也。”其彭城王家有吴奴，以此言戏之。自是朝贵宴会，虽设茗饮，皆耻不复食，唯江表残民远来降者好之。

江北的刘缟，敬仰王萧的好茶之举，专心习之。王萧本是琅琊人，曾入住江南有了饮茶之习，回到北魏之初，不食羊肉及乳汁之物，常以鲫鱼羹为食，“渴饮茗汁”，京师士子对其有“一饮一斗”的说法，而被称之“漏卮”。数年后，这一习惯又改变了。有一次，孝文帝拓跋宏殿会王萧，见其食羊肉及酪粥甚多，感到奇怪，就问羊肉与鱼羹，茗饮与酪浆哪个更好？王萧说：“以味言之，甚有优劣。”并进一步阐述道：“羊比齐鲁大邦，鱼比邾莒小国，唯茗不中，与酪作奴。”高祖大笑。当然，这里面包括更多的政治含义，是一种立场的选择。从上文的记述中可知，在南北朝时期饮茶之习为江南所崇尚，而在江北则人所不齿，倍受讥讽。

佛道对茶的介入，是随着世人的步伐前行的，当与自身的修行自觉结合时，才逐步有了自己的说法，这是魏晋之后的事了。但北方之茶兴，是佛家的大功德。

（二）释藏师的禅修与茶事

在上面引用的材料中，最有意义是《茶经》引《艺术传》中单道开的故事。《艺术传》来自《晋书·艺术传》，对于单道开其人进行了概括。与茶相关之事，《晋书·艺术传》有如细致的描述：

---

[1]《神仙传》卷一。

单道开，敦煌人也。常衣粗褐，或赠以缯服，皆不著，不畏寒暑，昼夜不卧。恒服细石子，一吞数枚，日一服……后徙临漳昭德寺。于房内造重阁，高八九尺，于上编菅为禅室，常坐其中。季龙资给甚厚，道开皆以施人。人或来谘问者，道开都不答。日服镇守药数丸，大如梧子，药有松蜜姜桂伏苓之气，时复饮茶苏一二升而已。自云能疗目疾，就疗者颇验。[①]

单道开在重阁内建一禅室，在日服“镇守药”时，再饮一二升“茶苏”。他说这样能治眼病，前来疗疾者颇有灵验。如果按照中医的说法，这“茶苏”有“引药归经”的作用（俗称药引子），似没有独立的疗效，与修行也没有直接的关系。但是，“禅室”“茶苏”同时出现，于“禅茶”之说算是有了一点由头。

让茶直接用于僧人的禅修，并将饮茶之风席卷江北的是东岳降魔禅师——释藏。唐代封演《封氏闻见记》卷六《饮茶》云：

茶，早采者为茶，晚采为茗。《本草》云：“止渴，令人不眠。”南人好饮之，北人初不多饮。开元中，太山灵岩寺有降魔师大兴禅教，学禅务于不寐，又不夕食，皆许其饮茶。人自怀挟，到处煮饮。从此转相仿效，遂成风俗。

封氏总结了南、北方饮茶的状况，而在北方形成饮茶之风气，始自开元（713～741）年间，肇启者是泰山灵岩寺的降魔禅师。降魔禅师的动机很简单——为更好地习禅。如前面所说，禅宗是以坐禅为“守心”的法门，夕不能食、夜不能寝是其坐禅修行的基本要务，因而就选择了饮茶来消减僧人们长期坐禅而带来的困扰。由于当时降魔禅师的影响大，习禅的僧人众多，一时成为一种时尚，“转相仿效，遂成风俗”：

自邹、齐、沧、棣，渐至京邑。城市多开店铺，煎茶卖之，不问道俗，投钱取饮。其茶自江淮而来，舟车相继，所在山积，色额甚多。

---

① 《晋书》卷九十五。

降魔禅师所为，当初无非是为了僧人能消除困倦，却不想影响到当地的广大民众，饮茶之风从齐鲁渐达京师。同时，茶叶也就成商贾的抢手货，种类、数量不输江南。

在佛教“中国化”的历程中，禅宗可谓是各宗派中最富有中国传统文化特色的一宗。隋唐时期，是中国佛教的黄金时代，正式形成了诸多宗派，“禅宗的创立标志着佛教中国化的最终完成”[①]。所谓的“禅”，是古印度各教派普遍采用的一种修行方式，它源自“瑜伽”，以静坐调节心志，超越喜忧。禅宗，也就是以此为主要修行方式的佛教宗派，因托始于达摩，故又称“达摩宗”，又因以觉悟众生自心为主旨，亦称“佛心宗”（简称“心宗”），而与其他宗派相对应，即为“禅宗”。禅宗又有南宗、北宗之分，泰山灵岩寺是为北宗的重镇，而释藏师则是唐代灵岩寺最有影响的大德高僧。北方饮茶之风，也由他开启。

禅宗以达摩为始祖，而其奠基者弘忍的弟子神秀、慧能分别在南北两地传法，分为了南、北二宗，这样也就有了“南能北秀”的说法。降魔藏师是神秀的著名弟子之一，在《宋高僧传》中有如此传略：

> （释藏师）稚齿寻师，居然慕法，而性好独处。谯多厉鬼，持魅于人。藏七岁，只影闲房，孤形迥野，尝无少畏。至年长，弥见挺拔，故号降魔藏欤。[②]

禅师少幼之时就能独来独往，以胆大无畏著称，及至年长，身材伟岸，故有了“降魔藏”的名号。在神秀身边时，师徒二人有段精彩的对话：

> 秀问曰：“汝名降魔，我此无山精木怪，汝翻作魔邪？”曰：“有佛有魔。”秀云：“汝若是魔，必住不思议境界也。”曰：“是佛亦空，何不思议之有！”[③]

---

① 方立天：《中国佛教》，中国人民大学出版社1912年版，第113页。

② 《宋高僧传》卷八《唐兖州东岳降魔藏师传》。

③ 《宋高僧传》卷八《唐兖州东岳降魔藏师传》。

一问一答，深藏辩证的智慧与哲理，让众僧“莫不异而钦之”。神秀对藏师寄予很大的期望，对他说“汝与少皞之墟有缘”，藏师寻入泰山。果不其然，数年后“学者臻萃，供亿克周”，最终成为继泰山佛教开拓者——朗公之后最有影响力的高僧之一。神秀及其弟子在北方大兴禅教，成为北方势力最大、影响最广的禅宗派系。虽然，在唐代中期以后南宗的慧能一系反传北方，得势于江北，但这并不影响北宗所开创的僧人饮茶之风，以及民间饮茶习惯的进一步普及，迨至宋代达到顶峰。

佛教与茶，有着不解之缘。而佛教徒吃茶的一种行为，会影响到一方区域的生活习俗，令人惊叹。以致每当说到茶饮，不能不说佛教；提及茶饮的普及乃至“禅茶”，不能少了唐代东岳降魔藏禅师的功德。

二、茶饮在北方的兴盛

当人们的一种行为，成为一种生活方式并相沿以传形成风俗习惯，也就具有了它制度的稳定性。开元（713～741）之后，北方饮茶之习兴盛开来。有关这方面的记述很多，其中唐代日本僧人圆仁所撰写的《入唐求法巡礼行记》（下简称《入唐记》），可较为集中地反映了中唐之后北方饮茶习俗的流行。圆仁于唐文宗开成三年（838），到唐宣宗大中元年（847）间在唐求法，历时九年七个月。圆仁的活动区域都在长江以北，南起扬州，东到山东半岛，北至山西五台山，西达京都长安，所见所闻形成了日记式的《入唐记》。圆仁的记录时间明确，地点具体，活动性质明了，依此谈北方的饮茶之习俗，具有一定的代表性与典型性。因此，我们不妨从记录中了解茶事在北方的流行。

（一）有关茶事在寺院的记录

（承和五年十一月）十八日，相公入来寺里……相公及监军并州郎中、郎官、判官等，皆椅子上吃茶。（卷一）

（开成四年四月）七日……未时，到兴国寺……寺主煎茶，便雇驴三

头，骑之发去……啜茶之后，便向县家去。（卷一）

（开成四年六月）八日，暮际，请益法师及惟正、惟晓等登寺，偶谒寺家。诸僧等卅有余，相看啜茶，夜宿闲房。（卷二）

（开成五年三月）四日，国忌。使君、判官、录事、县司等，总入开元寺行香。使君、判官等库头吃茶，唤求法僧等赐茶，问本国风俗。（卷二）

（开成五年四月）六日，早朝，主人施粥，又差一人相送指路。正西入谷，行过高岭，向西下坂，方得到醴泉寺果园，吃茶。（卷二）

（开成五年五月）十六日……大花严寺……吃茶之后，入涅槃道场，礼拜涅槃相。（卷二）

（开成五年五月）廿日，始巡台去。从花严寺向西，上坂行七里许，到王子寺吃茶。（卷三）

（开成五年五月）廿一日，斋后，却到中台菩萨寺吃茶。（卷三）

（开成五年五月）廿二日……斋后，寻岭向东，渐上坂廿里，来到东台。台东头有供养院，入院吃茶。（卷三）

“椅子上吃茶”“啜茶之后，便向县家去”“相看啜茶”“库头吃茶”“醴泉寺果园吃茶”“王子寺吃茶”“菩萨寺吃茶”“入院吃茶”“吃茶之后，入涅槃道场”，如此看来到佛教寺院吃茶，在当时是一种常态。无论僧人还是俗人，以茶相待已是习俗，不是什么特殊的礼遇。对僧人而言，吃茶也是一种生活模式。在《入唐记》的记录中，还有一种“茶饭”的说法：

（开成四年闰正月）三日，当寺庆僧正入寺，屈诸寺老宿于库头官茶官饭，百种周足，兼设音声。（卷一）

（开成五年四月）廿三日，早朝，吃粥。向西北行廿五里，到黄山八会寺断中，吃茶饭。（卷二）

（开成五年七月）十三日……头陀自从台山为同行，一路已来，勾当粥饭茶，无所阙少。（卷三）

（开成六年二月）八日……蓝田县从八日至十五日，设无碍茶饭，十方僧俗尽来吃。（卷三）

“茶饭”“饭茶”，同题表述，表明当时吃饭与喝茶是连在一起的，不可分割的，同样也可“僧俗尽来吃”。有时寺方为答谢施主，还可以用茶作为馈赠之礼。如：

（开成四年三月）三日，相公于开元寺设斋，供六十余僧，舍钱七贯五百文，以充斋傣二色。斋后，天台山禅林寺僧敬文从扬州来……遣惟正慰问，兼赠细茶等。（卷一）

朝廷也将茶叶作为赏赐寺院的物品：

（开成五年六月）六日，敕使来，寺中众僧尽出迎候。常例每年敕送衣钵香花等。使送到山表施十二大寺：细帔五百领、绵五百屯、袈裟布一千端青色染之、香一千两、茶一千斤、手巾一千条，兼敕供巡十二大寺设斋。（卷三）

这是唐文宗遣使赐予五台山的六种物品，其中就有茶叶一项，数量有“一千斤”之多。朝廷作为常例每年都会这样做，说明茶叶是佛寺中的一个重要用项。

佛寺对茶的不可或缺，使人们更容易理解茶与佛寺的关系，因此在当时还有以“茶铺”为名的店舍：

（开成五年四月）廿七日，发，从山谷向西行廿里，到张花普通院，共

九僧断中，院有粥饭。斋后，行谷十里，到茶铺普通院。（卷二）

从记录来看，这是一处以“茶铺”为名的普通院。所谓的“普通院”，是僧俗均可“赴宿”的店铺，在这里“长有饭粥，不论僧俗，来集便僧宿，有饭即与，无饭不与”[①]，因僧俗都可吃住，故曰“普通院”。

茶对僧人而言，已经是生活的一部分，对人来说是一种享用，那么就有理由成为佛的贡礼，因此在礼佛的过程中也就少不了茶。圆仁和尚看到了来自泰山灵岩寺供主在五台山竹林寺所设的礼仪：

（开成五年五月）五日，寺中有七百五十僧斋，诸寺同设，并是齐州灵岩寺供主所设。竹林寺斋礼佛式……堂中傍壁，次第安列七十二贤圣画像。宝幡宝珠，尽世妙彩，张施铺列。杂色毡毯，敷遍地上。花灯、名香、茶、药食供养贤圣。（卷二）

茶与花灯、名香等供品并列，以“供养贤圣”。以茶作为贡品的理由很简单，凡是人们感到好而可用的物品或食品，都可以用来供奉所崇拜的对象。茶为人们所喜爱，自然就可以事佛。五代时期的《云仙杂记》卷六记述：觉林院僧人所收的茶叶分为三等，各有各的用途，“待客以惊雷荚，自奉以萱草带，供佛以紫茸香。盖最上以供佛，而最下以自奉也”。

（二）有关茶事在官署村野的记录

（开成五年三月）三日，早朝，县长官使来，屈赴长官所相见。入州见录事，又入判官衙见判官了。从载门入参见使君，邀上厅里啜茶。（卷二）

（开成五年三月）十三日，早朝。发，西行廿里，到战斋馆于东桓宅斋。主人极悭，乞一盘菜，再三而方与。斋后发，西行廿五里，到乘夫馆吃茶。（卷二）

① 《入唐求法巡礼行记》卷二。

（开成五年四月）二日……尚书唤入衙前，传语：所施轻少，不足言谢。劳和尚来，好去。次入节度副使张员外院辞别。员外唤入衙里，给茶饼食，啜茶。（卷二）

（会昌五年七月）九日……仍作状入县见长官，请停泊当县新罗坊内，觅船归国。长官相见哀恤，唤祇承人处分，令勾当茶饭饮食。（卷四）

（开成五年八月）二日，雨下，早朝。到何押衙宅茶语，押衙设断中。（卷三）

官署请人入衙、客路停泊、友人告别安抚等，均有茶水侍候。即便在官员的家中做客，吃粥吃茶同样重要。而将茗茶作为礼品，也会馈赠客人：

（开成四年三月）廿三日，未时，刘慎言细茶十斤、松脯赠来，与请益僧。（卷一）

（会昌五年三月）十五日，出府到万年县，府家差人送到。大理卿、中散大夫、赐紫金鱼袋杨敬之曾任御史中丞，兼令专使来问何日出城、取何路去？兼赐团茶一串……今交郎君将书来，送潞绢二匹、蒙顶茶二斤、团茶一串、钱两贯文，付前路书状两封，别有手札。（卷四）

（开成五年四月），一日，朝衙得公验。尚书赐给布三端、茶陆斤。斋时，当寺有斋。今日尚书郎君生日，因设长命斋。（卷二）

对官署来说，茶已成为接待客人、公事应付、友情往来不可少的一种物品。而对于乡村田野来说，茶饮也是无处不在：

（承和五年七月）廿日，卯毕，到赤岸村……未时，到如皋茶店，暂停。（卷一）

（会昌五年六月）九日……行十五里，回头望西，见辛长史走马赶来，三对行官遏道走来，遂于土店里任吃茶。（卷四）

行走在乡村间，随处都会有茶店，让你吃上一杯茶。而就某一个家庭而言，在当时也有以茶待客的习惯：

（开成五年三月）十四日，发，行卅里，到图丘馆王家断中。主人初见不肯，每事难易，终施盐菜周足。斋后，行十里，到乔村王家吃茶。（卷二）

（开成五年三月）廿三日，早朝。赴萧判官请，到宅吃粥，汤药茗茶周足。（卷二）

（开成五年四月）五日早，发。西北行十里，到长山县。从县西行十里，到张李断中，主人殷勤。斋后，西行十五里，到长白山东面。日欲申时，于仙人台前不村史家吃茶，问醴泉寺。（卷二）

（开成五年四月）廿二日，早朝，主人施粥。向正北行廿里，到南接村刘家断中。主人从来发心，长设斋饭，供养师僧，不限多少。入宅不久，便供饭食，妇人出来慰客数遍，斋了吃茶。（卷二）

在萧判官的私宅，吃粥与吃茶同等重要。而于“王家”“史家”“刘家”，“斋了吃茶”也是平常之举。在会昌五年（845）七月十六日，回日本途中的圆仁和尚在登州，曾记录到“山村县人，餐物粗硬，爱吃盐茶粟饭”的生活习惯，还让他心存余悸，“涩吞不入，吃即胸痛（卷四）”。

茶在当时的重要性，还表现在以茶易物上：

（开成五年三月）十七日，平明，发，向西南行。错入密州路，行五里，偶然人教，得赴正路。行十五里，到潘村潘家断中。主心粗恶。不作礼数。就主人乞菜、酱、醋、盐，总不得，遂出茶一斤，买得酱菜，不堪吃。（卷二）

这是圆仁和尚一段不愉快的记录，天刚亮就上路，走了五里后，发现路走错了，在别人的指点下回到正路，又走了十五里，到了潘村潘家，这时就到了用斋的时候了，可主人“不作礼数”，向他乞求斋饭而不得，只好“出茶一斤”，“买”来酱菜，却不堪受用。不过，这种“以茶易斋”的交换方式进一步表明：茶叶是不可或缺的生活资料，故在当时具有特定的流通性。

《入唐记》记录下的北方，于寺院、于官署、于普通百姓家，吃茶均已经成为人们常见的生活方式之一，“人自怀挟，到处煮饮”的说法名副其实。正是由于饮茶习俗在全国范围内的盛行，茶叶的需求量大幅度上升，刺激了茶叶交易的迅猛发展，其市场广阔，利益丰厚，于是茶税成为唐代税收的一个重要税种。

据《旧唐书》所载：唐德宗建中三年（782）九月，“每贯税二十文，竹、木、茶、漆皆什一税一”①，在杂税名下起征茶税；贞元九年（793），立茶税法②，正式以单一税种征收税茶；唐文宗开成元年（836），“复贞元之制”③。大中六年（852），“又立税茶之法，凡十二条”④。茶税虽多有兴废，但最终是越征越多。如当初是“十税一”，到了唐穆宗长庆元年（821）之时，“乃增天下茶税，率百钱增五十”⑤。武宗即位，“又增江淮茶税”，“庐、寿、淮南皆加半税，私商给自首之帖，天下税茶增倍贞元”⑥。茶税之利，占比几何？《新唐书》有云：“开成元年，复以山泽之利归州县，刺史选吏主之。其后诸州牟利以自殖，举天下不过七万余缗，不能当一县之茶税。”⑦全国山泽之税的总和，竟然赶不上一个县的茶税，由此略见茶税在整个税收中的比重。

茶的出现，与佛教原本没有什么关系，但僧人的推波助澜，使人说茶就会想到佛教。更让人想不到的，是泰山僧人所谓“禅茶”的一个举措，能让茗饮横渡长江，走进寺院，走进官署，走进乡野，改变了北方不饮茶的格局。

---

① 《旧唐书》卷十二《德宋本纪》。
② 《旧唐书》卷四十九《食货志》。
③ 《旧唐书》卷四十九《食货志》。
④ 《旧唐书》卷四十九《食货志》。
⑤ 《新唐书》卷五十四《食货志》。
⑥ 《新唐书》卷五十四《食货志》。
⑦ 《新唐书》卷五十四《食货志》。

有了喝茶的人，就有了买茶、卖茶的，买卖越来越多，交易之利也就越来越大。茶税的出现，表明当时有着广阔的税源，有利可征。茶税能值得朝廷几番用心，说明税源之广、之大，税收之多、之重。依此可以想见，当时饮茶风气之盛。

第六章

宋元时期的佛教

宋元时期，中国佛教跨入进一步社会化的历史阶段，各门宗学派异彩纷呈，适应着时局的变革与变迁。佛教进入中土时逢两汉交际，而迅速传播发展则是在社会动荡而文化活跃的南北朝时期。隋唐一统，佛教发展遂进入有序、规范的发展阶段，也是与中国传统文化全面融合的一个过程，在传播途径、思想学说、信仰形态、修行方式等诸方面，都有了新的飞跃，从而形成了独特而系统的中国佛教。唐后五代十国，国家进入分裂，诸方经济、政治、军事的独立，使文化上的地方性突显、差异性加大，佛教的发展及生存面临危机，后周世宗时期还发生了一次“法难”。北宋统一全国，同样面临着文化上的统一。宋王朝在总结历史经验与教训的基础上，对待佛教采取了扶持与控制并用的管理政策。佛教从五代的低谷走向中兴，又得到了一次新的发展机遇。金、元之时，宗教变革大致同宋时的状况相接近，佛教发展相对平缓。

泰山灵岩寺的“十方丛林”制度，就是在宋代建立起来的，并在地方政权的倡导支持下，寺院的建设也达历史最大规模。在诸宗门派的发展中，仍以禅宗为主流，但也呈现出多样化的特点。而其信仰的平民化、世俗化，也是整个佛教信仰发展光大的必然。泰山毕竟是传统信仰名山，佛教的传播必然会受到来自道学阶层的排斥。“泰山学派”的创始人石介，旗帜鲜明、首当其冲地站在了第一线。这同样是不同文化走向交流、融合过程中的必然。

第一节　寺院的发展及其制度

北宋的建立，结束了五代十国的分裂局面，随之而来的中央集权贯穿到社会的各个层面，国家至上，君主为尊，成为这一时期的主旋律。将佛教的发展纳入到国家发展的层面（特别是经济调控），是宋代的一个特点。十方丛林制度的确定、度牒买卖的出现、紫衣师号以及寺额的赐予，都是这一背景下的产物。在金、元两朝，这些做法也都得到了推行。虽然利弊相伴，但对佛教的发展提供了一定的保护作用。以寺院的成长壮大为标志，泰山佛教又有了一次长足的发展。

一、宋元之时的佛教方略

北宋建国之初，宋太祖对佛教基本持包容态度。乾德五年（967）六月，“秋七月丙申……先是诸道铜铸佛像，悉辇赴京毁之。丁酉，诏勿复毁，仍令所在存奉，但毋更铸”[①]。可以看到宋太祖的矛盾心态，但对佛像有“存奉”之姿态，表明他所实行的是限制与利用的宽容政策。宋太宗、宋真宗对佛教的态度是扶持和限制并用。太宗对赞宁和尚的重用可以了解他对佛教的基本态度：太平兴国三年（978），他让两浙僧统赞宁奉释迦舍利塔入见于滋福殿，而且还“一日七宣，赐号通慧大师”，并除翰林。八年（983），奉诏编纂《大宋高僧传》，又“诏译经院，赐名传法”。淳化元年（990），“敕充左街讲经首座”，翌年任史馆编修[②]。宋太宗曾以新译经五卷示宰臣，谓之曰：“浮屠氏之教，有裨政治，达者自悟渊微，愚者妄生诬谤，朕于此道，微究宗旨。凡为君治人，即是修行之地，行一好事，天下获利，即释氏所谓利他者也。”[③]从其言语中，可体味出当时对佛教尚有限制的氛围，但宋太宗的心思已经很明确。而宋真宗对佛教采

① 《续资治通鉴长编》卷八。

② 《佛祖统纪》卷四十四。

③ 《续资治通鉴长编》卷二十四。

取的是多加利用的政策。

咸平元年（998），宋真宗作《崇释论》，有云："释氏戒律之书与周、孔、荀、孟，迹异而道同。"[①]将佛教与正统的孔孟之道相提并论。景德三年（1006），又说道："道释二门，有助世教，人或偏见，往往毁訾，假使僧、道士时有不检，安可废其教耶？"[②]再次强调对佛教不要持有偏见，对佛教的扶持会有利于社会的教化。

寺院的数量与僧尼的数量，往往是衡量一个地区佛教兴盛的重要标志。宋初之时，宋太祖采取的是不佞不限的政策，其在册的佛教僧尼只有67403人[③]。太宗时僧尼数量有所增长，也实施了一定的限制措施，抑制僧尼数量的过分增长。到宋真宗之时，释道得到同步发展：因封禅泰山，道教受崇并得到快速发展的同时，也不排斥佛教，在普度道士、女冠的问题上，僧尼也会得到关照。

图6-1　宋真宗泰山封禅纪功刻石　《登泰山谢天书述二圣功德铭》（大部分文字被后世铭刻所覆盖）

① 《佛祖统纪》卷四十五。

② 《续资治通鉴长编》卷六三。

③ 《宋朝事实》卷七："国家两京诸州僧尼六万七千四百三人，岁度千人。"

泰山封禅，是宋真宗梦寐以求的愿望，因此对支持封禅的人，他会另眼看待。大中祥符元年（1008）三月，“兖州父老吕良等千二百八十七人及诸道贡举之士八百四十六人诣阙陈请，而宰臣王旦等又率百官、诸军将校、州县官吏、蕃夷、僧道、父老二万四千三百七十人五上表请”。十月真宗有事于泰山[①]（图6-1）。僧道在此立了一功，于是大中祥符二年（1009）正月，以封禅行庆，诏：“天下宫观寺院内十人度一人，不满十人者亦度一人。”[②]以示褒奖之意。

有人曾对全国僧尼的人数做过统计：在宋真宗之时，僧尼数量多达45万余人，这是继南北朝后的一个高潮，是唐代至清代僧尼总和的最高数字。但是，南、北方的发展是不平衡的。北方地区总数为115188人，南方总数约为327000人，南方人数近北方的3倍，此为宋代佛教分布的基本格局[③]。这种状况与后周“灭佛”有很大关系。后周统治的主要区域局限在北方，所以在毁佛运动中受害严重是必然的。在这种情况下，泰山一域仍凭借着隋唐时期所留下的宏大根基，更加显示出北方佛教发展的中心地位，即便就全国而言，仍然不失其优势的一面，支撑着北方的半壁江山。可以说，自宋真宗始，扭转了北宋建国之初佛教发展的低迷状况，佛教的活力得以恢复。在仁宗、神宗之时，佛教发展达到宋代的高峰。

金代立国，先是受到辽国佛教的影响，南下占领北宋的都城汴京后，宋地的佛教成为金代佛教的主体。一如《大金国志》所云：“浮图之教，虽贵戚望族多舍男女为僧尼，惟禅多而律少。在京曰国师，帅府曰僧录、僧正，列郡曰都纲，县曰维那。披剃威仪，与南宋等。”[④]对佛教实行多加利用的方略，佛教的发展平稳推进。

元代立国，结束了南宋、金、西夏、西辽、大理、吐蕃等诸国分立的局面，走向了大一统。元统治者对各民族宗教信仰，包括佛教，实行了平等对待的政策与态度。在宪宗蒙哥时期，对佛教比起其他宗教更为关爱。他曾对那摩国师言：“我国家依着佛力光阐洪基，佛之圣旨敢不随奉？……今先生言道门最高，秀才人言儒门第一，迭屑人奉弥失，诃言得生天，达失蛮叫空谢天赐与。细思根本，

① 《宋史》卷一百四《礼志》。

② 《宋朝事实》卷七《道释》。

③ 程民生：《论宋代佛教的地域差异》，《世界宗教研究》1997年第1期。

④ 《大金国志》卷三十六《浮图》。

皆难与佛齐。”[1]在忽必烈时期因政治形势的需要，确定了依靠藏传佛教的宗教政策，故又有帝师制度的出现。在这种情况下，汉地佛教的发展受到了巨大影响。

二、“钦差”与“赐额”的敕牒制度

敕牒作为诏书的一种，是皇帝代表国家向天下臣民发布的文书，所包含事项类别繁杂多样。敕牒代表着皇权的威仪，也常用于对宗教的管理。对寺庙而言，一通敕牒碑就是一座最好的靠山，显示着威严、合法、荣耀。在泰山以敕牒的形式公布为十方寺的是灵岩寺，时间在宋神宗熙宁三年（1070）。现今仍矗立在灵岩寺中的《敕赐十方灵岩寺碑》（图6-2），“牒至准敕，故牒”，记录着关于灵岩寺敕差住持的文书。这也是我们所见到的直接明确灵岩寺为十方寺的官方文书。

图6-2　宋熙宁三年《敕赐十方灵岩寺碑》

《敕赐十方灵岩寺碑》，铭刻的是当时处理政事的最高权力机构——中书门下的系列文书。文中详细叙述了灵岩寺敕差住持的缘由经过，以及选补的基本程序。此公文涉及多个部门：开封府、齐州、京东转运司、左街僧录司，后由中书门下发文；涉事人有灵岩寺原寺主、左右街僧录、新差十方寺主以及降敕者（皇帝）。上下行文往还十余次，所有事项套结在一起，使其内容层次较为复杂。以公文行文顺序，事项办理大致如下：

第一，事由、呈文过程。

① 《辨伪录》卷三。

> 中书门下
>
> 牒
>
> 开封府奏
>
> 先准中书札子
>
> 京东转运司奏
>
> 据齐州申，准开封府牒。据僧永义状经府披诉，情愿吐退灵岩寺主。勘会齐州灵岩寺在山谷，去州县遥远，有僧行一二百人，逐年四方烧香，送供人施利至多。诸处浮浪聚集，兼本寺庄田不少，全藉有心力僧人住持主管。今访闻得僧永义，只是一向修行戒行，经开封府有状，吐退难为住持山门。本司虽已指挥本州县：常切辨认觉察，止绝浮浪之人，不得彼处聚集。去讫伏乞朝廷下左右街僧司，别选差有德行心力僧一名充寺主，及许令于在京或外处指摘僧五七人，同共前来充本寺掌事，依十方寺院住持勾当，所贵同心协力，住得山门，伏候敕旨。奉圣旨：依奏。札付开封府，寻札付左右街僧录司。

因灵岩寺住持僧义管理不善，不宜再做寺主，请求朝廷选差一位有德行有心力的高僧充当寺主，并选派五七僧等共同前来掌事本寺。其程序是：开封府据灵岩寺主持“吐退”寺之忧，让齐州“勘令”。齐州向开封府提出处理意见，开封府呈报京东转运司，转运司核实情况做出决定后上报中书门下，中书行文再向皇帝陈奏候旨，皇帝“依奏”。中书门下以文书的形式下发至开封府，尔后再交会掌管僧尼名籍、僧官补任等事宜的僧录司。

第二，确定人选、担保及办理过程。

> 依详前项中书札子内圣旨指挥施行，仍具寺院法名及三纲主首，并僧司结罪保明申府。回据左右街僧录智林等状申：智林等依前项府札子内、中书札子内圣旨指挥，同共定到左街定力禅院讲《圆觉经》、赐紫僧行详一名，充齐州灵岩寺主勾当住持，及取到本院主鉴文，保明行详有行止，稍有心力，即目别无过犯，委是德人。诣实结罪文状：智林等保明行详堪差赴灵岩寺住持，如后异同甘受重罪，不词所是。掌事僧人候得上命指挥，差本僧讫，却令指摘别具状申上。次乞指挥府司，寻出给公据付僧行详收执。仰详前项中书札子内圣旨指挥：许令在京或外处指摘僧五七人，同共前去充本寺

掌事，依十方寺院住持勾当，具寺院法名申僧司，令申府。仍立便起发前去，至齐州住持灵岩寺，并札付左右街僧录司。亦仰详此勒令僧行详于在京或外处指摘僧五七人，同共前去充本寺掌事，具寺院法名申府，便发遣僧行详等起发前去，往彼住持齐州灵岩寺。至今，左右街僧录司未申到闻。

按照中书门下文书中圣旨的要求实施推荐人选事宜，并依照相关的程序进行办理。左右街僧录司提出的人选为赐紫僧行详，充当灵岩寺住持，其所在的定力禅院为其提供了介绍鉴文及担保文状，确定了一并前往共同掌事的僧人，并办理相关手续。

第三，被推荐者僧行详提状陈免，候旨以待。

今据寄住左街定力禅院讲《圆觉经》、赐紫沙门行详陈状：窃以行详近蒙僧录司选定，依准录降圣旨指挥，保明住持齐州灵岩寺。行详属以衰老多病，已废心力，必恐难为住持，寻曾有状陈免。至今月初二日，准开封府差人降到公据一道，已据僧录司保明定差，令指摘掌事僧五七人前去。行详既承上命敦遣，固亦不敢辞避，辄有诚恳披告乞敷奏者：一行详窃闻：灵岩寺僻在山谷，徒众颇盛，累因住持人不振，遂致废隳纲纪。今既再烦圣旨选差，则与州郡差请特异。伏见润州金山寺，每差住持人并从朝廷特降付身宣命，行详欲乞据此体例，乞赐敷奏，特乞给一为国焚修传教住持宣札付身前去，所贵有以弹服远人，废寺易为兴葺，积集功德，上赞圣祚；行详窃闻：灵岩寺旧是甲乙住持，昨虽改为十方，缘未曾有十方敕旨。窃见西京龙门山宝应寺、奉先寺，旧亦是甲乙住持，创新降敕改为十方，敕语内明言院中受业徒弟并不得作知事勾当，欲乞据此体例，特降敕牒约束，付身前去住持；一行详窃闻：灵岩寺素来最是凶恶，浮浪聚集，前后□六七次住持不得，虽今来许令指摘掌事僧五七人，亦虑难为照顾。行详欲乞特度随身童行十人，贵得以为心手照顾，指使焚修，免有疎虞。府司所据僧行详状陈乞事件，伏候敕旨。

僧行详被选定住持齐州灵岩寺后，行详曾想以“衰老多病”为由提状陈免，坦言为承“上命敦遣”而未辞，但提出了三点乞求：一是付身“为国焚修传教住持宣札”；二是敕旨言明“院中受业徒弟并不得作知事勾当”，也就是不得采用甲乙之法传业；三是“特度随身童行十人”，以得心身照顾。开封府、僧录司将僧行详的陈请事项再次向上陈乞，等候敕旨。

第四，结果：准敕、布告敕旨。

> 牒奉敕，行详依奏宜差充齐州灵岩寺主，仍在寺徒弟并不得差作知事勾当，所乞度行者不行。
>
> 牒至　准
>
> 敕
>
> 故牒

皇帝准奏，依僧行详所乞请：仍在灵岩寺的徒弟不得参与事务管理，不能度剃行者。奉敕以牒。

第五，敕牒时间、宰相具官姓名。

> 熙宁三年八月（空）日牒
>
> 右谏议大夫、参知政事王石
>
> 吏部侍郎、参知政事韩　假
>
> 礼部尚书、平章事陈　假
>
> 左仆射兼门下侍郎、平章事　假[1]

中书门下颁发敕牒的时间是熙宁三年（1070）八月，官员有：王石、韩、陈，属题姓画押，这是宋代牒文的常见做法[2]。不过有了熙宁的年月、每个人的职衔，查《宋史》可知四人分别是王安石、韩绛、陈旭、富弼，都是宋神宗的宰相。

---

① 《敕赐十方灵岩寺碑》，可参《岱览》卷二十四《灵岩上》（录文或有讹误，以碑刻校改）。

② 《敕赐十方灵岩寺碑》所刻牒文，以“中书门下”（牒文的颁发机构）为文首，文末“牒奉敕”“故牒”，是宋代牒文的格式用语，最后有“宰相具官姓名”也是牒文基本的署名方式。姓名后有一“假”字，是“押”的假借字。具官画押，则是宋代公文所需的表达形式。

图6-3 金大定二年（1162）《四禅寺牒记碑》（残存上层）

《敕赐十方灵岩寺碑》敕牒，相当于皇帝给予行详的委任状，他的到任是为“敕差”；另一项作用就是明确了灵岩寺是“十方”寺而不是“甲乙”寺。早在宋真宗时，灵岩寺已被赐额“齐州景德灵岩寺”，是否也有敕牒？现在已经不得而知。在泰山及周边的寺院中发现有众多的敕牒碑，主要集中在金代。

让我们先看一下位于泰山之南《四禅寺牒记碑》（图6-3）所载《尚书礼部牒》内容：

尚书礼部牒

泰安军奉符县天封寺僧法润、东平府普照寺受业僧普汶、太平镇庆成院受业僧义政，状告见住本□□□□□□□□四禅庵。本庵房屋系五十间已上，自来别无名额，依奉上畔，已经本军军资库纳讫，合有钱数，乞立寺额，须至给赐者。

牒奉敕，可特赐“法云禅寺”。

牒至 准

敕

故牒

大定二年二月（空）日

令史向升（押）

主事安（押）

中宪大夫、行员外郎李

宣威将军郎中耶律

侍郎

正奉大夫礼部尚书兼翰林学士承旨知制诰修国史王（押）①

上述敕牒的内容细分包括五部分：一是颁牒机构；二是寺院申请，也就是“申状”；三是“准敕”结果；四是颁牒时间；五是押牒官具名画押。以上诸要素是敕牒的固定格式。如果我们将此牒文与上面分析的宋熙宁三年（1070）《敕赐十方灵岩寺碑》所记的敕牒相比较，会发现有所不同。这种差异反映出金代寺院管理的某些变化。

其一，颁发牒文的机构由“中书门下”变为了“尚书礼部”。宋代的“中书门下”，是由门下省、中书省与尚书省最高长官共同参与行政的机构。金代实行单一的“尚书”省制，下设六部，“礼部”是六部之一。也就是说牒文颁发机构的级别，下降了一级。

其二，由于颁文机构发生了变化，具名官员的身份也相应降低。在《敕赐十方灵岩寺碑》具名的王安石等四位官员，均为宰相。而在此签押的只有礼部的官员，品级较低②。主官王（押），是为王竞，《金史》有传。

清代学者钱大昕针对宋金时期赐额敕牒制度曾有如下总结：

> 凡寺院赐额，宋初由中书门下给牒，元丰改官制以后，由尚书省给牒，皆宰执亲押字，金则仅委之礼部，而尚书、侍郎并不书押，惟郎官一人押行而已。但宋时寺院皆由守臣陈请方得赐额，金则纳钱百贯便可得之，盖朝廷视之益轻而礼数亦替矣。③

钱氏的概说，指出了宋、金两代敕牒的差异。不过，“尚书、侍郎并不书押，惟郎官一人押行而已”之说，就四禅寺敕牒而言不确，王尚书也有书押之

---

① 此碑残存敕牒及部分《寺记》，现置四禅寺遗址。〔清〕金棨：《泰山志》卷十七《金石记》在《四禅寺牒》之下又有《法云寺牒》，两碑文唯在敕牒日期上有点差异（前者“大定二年二月”，后者“大定二年十二月”），还有前者“状告见住本□□□□□□□□四禅庵”，后者文字完好不缺：“状告见住本军奉符县羊栏村四禅庵”，其他文字完全相同。

② 《金史》卷五十五：礼部“尚书一员，正三品。侍郎一员，正四品。郎中一员，从五品。员外郎一员，从六品……主事二员，从七品”。

③ 钱大昕：《潜研堂金石文跋尾》续卷六。

举，并且不是“一人押行”。

敕牒刻于《四禅寺牒记碑》面的上层，下层刻四禅寺之经历及刻碑缘由，其文曰：

徂徕山之西路有寺基，相传曰古四禅寺。数代老宿，结庵居之，仅就绪矣。大定二年冬，有住持法润等，经官纳钱，赐额：法云……檀越乃命福灯……窃见形势峻侧，山水冲注，难以修盖……故址瓦砾犹在，因欲兴建，遂具状告官，许令移徙今所建之地……恐后□□□不知其由，谨将寺□敕勒诸贞石，为远久之传云。

时大定岁次壬辰庚戌月甲午日纪。

（下为南王村维那首、西朱村维那首等人具名，“劝缘住持沙门福灯立石”字样及木、石匠具名。）[1]

此碑立于“大定岁次壬辰”，即大定十二年（1172），而给牒是在大定二年（1162）二月。四禅寺始建于北齐河清二年（563），至金荒废。在大定二年由奉符县天封寺僧法润等，“经官纳钱”，得赐寺额。“纳钱”之数，没有明言（牒文中只说“合有钱数”），在大定十七年《重修法云禅寺之记》中，可知其具体数目：

大定之初，天下鸿宁，释教大兴。□□□住庵僧润公等，与善知识数□□大发□意，裒集钱三百贯，依奉上畔，经本军军资库纳讫钱数，乞示寺额，伏蒙朝廷特赐“法云禅寺”。[2]

有学者研究：金代非官方寺观获得敕额的主要方式是“纳缗投状”。所谓“纳缗投状”，即是僧道为获得合法地位向朝廷缴纳钱粮并呈请乞额奏状。“纳缗”是获得敕额的根本条件，“投状”则是履行审批制度的一般程序。寺院乞额纳讫钱数不一而论，差异缘于寺院的等级有所不同。“纳钱100贯得到的敕额是院额，纳钱300贯得到的是寺额。在呈交朝廷的申状中，僧道必须注明所要奏请

① 〔清〕金棨：《泰山志》卷十七《金石记》。

② 〔清〕金棨：《泰山志》卷十七《金石记》

的是院额还是寺额。当然，这完全取决于僧道的意愿，尤其是看他们能否缴足相应的钱数。”[①]这种说法，与“法云禅寺”纳钱数与乞额要求相符合。同是大定二年（1162），东平府平阴县清凉院乞额纳钱一百贯文[②]，也在此范围之内。

在金大定时期，泰山周边获牒的寺院除上述之外，见于方志著录的还有：清凉院（在今山东莱芜，大定二年）、释迦院（在今泰安东平，大定三年）、妙觉寺（在今泰安岱岳区，大定三年）、大觉寺（在今泰安新泰，大定三年）、普照寺（泰山南麓，大定五年）、大云寺（在今泰安岱岳区，大定五年）、佛隐寺（在今济南，大定年间）等。

在金代，即便是同一权属的两个寺院，要得到一个单独的寺院之名，也需办理相应的敕额手续。下面看一下《谷山寺敕牒碑》的记载。碑文刻文两层，上层为“玉泉禅寺”牒文，下层为“香岩禅院”牒文：

（上层）

尚书礼部封

尚书礼部

泰安州奉符县第一乡泰山佛峪，谷山寺受业第三代住持勤僧尊□僧智崇，自办于沂州纳米准钱，承买到洪字第一百二十五号寺额一道，乞书填作“玉泉禅寺”者。

牒奉敕可。特赐“玉泉禅寺”。

牒至　准

敕

故牒

泰和六年十一月（空）日

令使丁介桂

主事韩琎（印）

承德郎、守员外郎，兼左补阙孙

朝散大夫、郎中，兼国子监丞王

① 冯大北：《〈金代官卖寺观名额和僧道官政策探究〉补正》，《宗教学研究》2010年第3期。

② 《清凉院碑》，《八琼室金石补正》卷一百二十五。

承德郎、试礼部侍郎，兼□□□秘书少监乔

中奉大夫、礼部尚书，兼翰林学士、知制诰、同修国史□□□□张（押）

寺额付僧智崇（印）

（下层）

尚书礼部　封

尚书礼部

泰安州奉符县佛峪谷山玉泉禅寺住持僧智崇，于大安元年三月内，赴泰安州仓纳讫白米贰拾叁硕壹斗贰升肆合，承买到□字第陆拾壹号院额壹道。今将本寺在城常住柴水下院，其地东至城大巷，西至街，南至李官人，北至刘善友，乞书填作“香岩禅院”名额者。

牒奉敕，可特赐“香岩禅院”。

牒至　准

敕

故牒

大安元年三月（空）日

令使王（空）

主事翟昌言

奉直大夫、翰林修撰、同知制诰、权员外郎赵

朝请大夫、礼部员外郎纳兰

中宪大夫、礼部郎中，兼国子监丞王

翰林学士、□□□□知制诰，兼礼部尚书、同修国史、□□□□张（押）

皇弟、开府仪同三司、判礼部尚书韩王

付僧丘智崇

此碑立于金泰和六年（1206），原在谷山玉泉寺院内，1984年移置岱庙（图6-4）。碑由碑首、碑身、碑座组成，碑首与碑身连体，方座。圆首，饰盘龙，

图6-4　金泰和六年（1206）《谷山寺敕牒碑》局部

中置尖拱形龛，内雕释迦坐像。碑身阳面，刻两牒文；碑身阴面，刻《玉泉禅寺规戒》。上敕牒《玉泉禅寺》颁布于泰和六年（1206）十一月，下敕牒《香岩禅院》颁布于大安元年（1209）三月，中间相隔不到三年时间。从牒文的内容可以看出，香岩禅院隶属玉泉禅寺，为“本寺在城常住柴水下院”。在碑阴《玉泉禅寺规戒》中，对下院的管理有明文规定：“州之下院并不许差住持、院主二□申发牒度文牒，惟差库头□管本寺□□到物料并修理菜园。”香岩禅院权力职责只是限于玉泉禅寺有关生活物资的供应，没有其他关于佛事活动的权力。《谷山寺记》谓之“柴水院”，“惟许存上院积贮之物”。而香岩禅院的院额也是由玉泉禅寺的住持僧丘智崇，“纳讫白米”而购得，即便是这样的附属寺院，同样需要乞讨赐额，交纳钱粮[①]。

金代的官卖寺额政策虽时有罢停，但由于能给朝廷带来巨大的经济利益，总呈现出停而不废、间又发展的趋势。从玉泉禅寺敕牒所表现出的具体内容来看，发生了一些微妙的变化。如在本碑大定年间的牒文“申状”中，固定申状语“自来别无名额”没有了。这在当时可是无额佛寺申请赐额的前置条件，唯此才满足“非官建及无旧据的授名者”之要求[②]，否则就没有资格申乞寺额。如果前朝已有了赐额，也无须再次申请寺额。还有，在这时的敕

① 金代的寺与院有着不小的差异。仅从“纳缗投状”看，数额（寺额300贯，院100贯）差别就很大，社会地位及影响就会有所不同。一般情况下：寺，是僧俗公共佛事活动的承担者；院，则主要是僧众研习及生活的提供者。玉泉禅寺与香岩禅院相比较，禅院是禅寺的一部分（下院）。内部的寺规就明确规定，禅院不得从事社会佛事活动，仅为禅寺提供生活物资上的保障。

② 《大金涞水大明寺碑》：“国朝爰立新法，有能匡摄而非官建及无旧据所授名者，计立屋楹数若干以为院，若干以为寺，许等第输镪，以给新额，用正其名。”（《八琼室金石补正续编》卷六十二）

牒有了一个特定的序号：玉泉禅寺为“洪字第一百二十五号寺额”；香岩禅院为“□字第陆拾壹号院额”。这种情况在大定时《四禅寺敕牒》等牒文中，却是没有的。在《玉泉禅寺敕牒》《香岩禅院敕牒》中，都有“乞书填作”的文字（乞书填作“玉泉禅寺”、乞书填作“香岩禅院”），与金大定《四禅寺敕牒》牒文是有区别的。虽然都是尚书礼部颁发的敕牒，但前者是“实名敕牒”，后者是“空名敕牒”。“玉泉禅寺”“香岩禅院”之名，是后期由地方官署补填于敕牒之上的。

关于“空名敕牒”，《岱览》大云寺《金华藏世界海图并敕牒碑》案云：

> 空名敕牒，从礼部颁发，各路转运司填名发卖，有官管勾谓之发卖所，每买一牒，给钱三百贯，文省。他寺敕牒、公据，皆未详其制，独此碑可见金时寺额给牒之法。金时以军兴需费卖额，牒文、公据，皆称益都府定慧禅院者，益都府官卖名额故也。①

大云寺故址在今泰安岱岳区祝阳镇姚庄，其碑立于大定五年（1165）九月。碑阳刻图并序，碑阴额题《大云禅寺敕黄碑记》，下为敕牒、公据，再下为当寺诸僧名。此碑现已无存，碑阴之牒文、公据因“文繁不具录”，上述文字为《岱览》之按语。从这段文字看，所谓的“空名”敕牒，是从尚书省礼部颁发给各路转运司的敕牒，这种敕牒没有寺院具体的申状理由及所乞之额名，发放到地方专司衙门后，由他们负责代行填写。也就是说，寺院如果需要敕额的，直接于此申领即可，当然“纳缗”是绝不可少的。当时的卖价是三百贯文，与金大定时同价。这种空名敕牒，由礼部官员署押后颁出，后由地方官署填空发至寺院，原来的空名敕牒也就具备了与实名敕牒同样的法律效力。这种给牒方式的改变，有两个好处：一是办事手续有所简化，寺院要办理此事可节省时间；二是有利于推销，可能会给地方上的专司衙门一点好处，刺激他们向一些无名的寺院发起动员。能多办出一个敕牒，就会多得一份钱粮。这种“给牒之法”的实行，最终的目的还在于多收银两，以补国库之虚。

在宋神宗改官制之前由中书门下出牒，后由尚书省出牒，到了金代则尚书

① 此碑已失，见《岱览》卷十四《岱阳之东·金华藏世界海图并敕牒碑》。

省委之礼部出牒。金代所实施的“纳缗投状”制度，在前后期也有变化，前期的申状要求相对严格一些，后期对条件的把握变得更加灵活。前期的办理程序级次太多，后期直接在当地有关署衙就可办理。降低敕牒颁布机构的级别、减少申状的具体要求、简化敕牒申领程序等，其目的性很明确：争取更多的受众面，以获得更多的经济利益。这些都是有金一代对佛教利用管理所呈现出来的一些特点。正如有学者所指出的：“官卖寺观名额，这在中国历史上是绝无仅有的，虽然唐、宋、元、明政府都曾经多次实行过官卖僧道度牒政策，但它们都不曾实行官卖寺观名额政策。金世宗及后来的金章宗、金宣宗皆实行官卖寺观名额政策，这反映了金代社会宗教生活的一种特殊风气，又形成了中国古代宗教管理制度上的一大特色。”①

三、十方禅寺的稳定发展

在宋元时期，禅宗寺院一般分为两类，一是十方寺院，一是甲乙寺院。这两种禅院的划分，主要是以住寺住持的身份来确定的。“十方”，是来自禅宗界各方的大德尊宿前来主持本寺，并由官方任命；而所谓的甲乙，则是由本寺的内部僧人产生主寺的住持，因其为师徒自相传承而故名。如细分还有敕差寺与功德寺、坟寺②，前者由皇帝直接任命住持，后者住持一般由舍造寺院者自行延请。泰山地区以禅宗为主流，故自宋以来禅寺多有十方之寺，在此之前普遍是甲乙之寺。

自有了皇帝的敕赐，灵岩寺就成为十方敕差住持的寺院。在此之前，灵岩寺已经具有了十方寺的属性。在《敕赐十方灵岩寺碑》的疏文中，有“灵岩寺旧是甲乙住持，昨虽改为十方，缘未曾有十方敕旨”之陈述（言出僧行详陈免之状文），表明在此之前就是十方寺③，只是没有皇帝的“敕旨”。关于十方寺制

① 白文固：《金代官卖寺观名额和僧道官政策探究》，《中国史研究》2002年第1期。

② 功德寺，包括皇室、贵戚、勋臣为宗祖作功德祈福而建立的寺院；坟寺，包括皇帝陵旁的陵寺、皇室坟寺、贵戚勋臣的坟寺，以及富民商贾的坟庵寺等。

③ 张掞作于熙宁三年（1070）的《诗送新灵岩寺主义公上人》，诗中“金地阙人安大众，玉京选士得高僧”（《岱览》卷二十五《灵岩中》《张掞诗刻》）之句表明，僧行详前任的住持永义，就是由官府选送的。

始于何时？史无确载。但在北宋之前，“十方”，“未见其名”[①]。不过，在宋之前一些禅寺已具有了“十方”的属性（住持不再是甲乙相续）应是没有疑问的。一种制度的诞生，一定会有历史的基因存在（某些做法被后来的模式所沿袭）是普遍现象。以致在宋代人那里，说以前的禅寺已是“十方住持”“十方禅刹”的说法，也就不足为怪。有学者认为，“十方寺制起源于唐代禅林内部，原非政府所定”[②]，应是符合客观实际的。灵岩寺十方敕选住持的意义在于，标志着一种制度的成熟与完善。《敕赐十方灵岩寺碑》所记录的中书门下牒文，不仅是展示灵岩禅寺历史发展的重要文献，也是中国佛教史中不可多得的史料佐证，可弥补有关早期十方敕差制度文献之不足。

十方寺制度，是朝廷控制佛教过速发展，而建立起的一种制约与利用的措施。但对佛教自身组织结构建设而言，无疑是一个进步。十方寺延请诸方名德以任住持，而甲乙徒弟寺的住持为同寺师徒相授，两者相比较，前者更有利于佛教自身发展，特别是各门派间的交流会变得更加顺畅。尤其是作为禅宗南宗所具有的各方面优势，会融入于北宗的发展之中。以十方敕牒为标志，灵岩寺也由此开始了新的历程。正如有学者所指出的：

> 这道敕令，是灵岩寺由衰落重新走向复兴的转折点。其意义体现在两个方面：一是提高了灵岩寺的政治地位；二是打破了以往禅宗北宗对灵岩寺的控制。因为以往灵岩寺主持由本寺僧众自行推选，北宗以外的宗派根本就没有进入的机会。主持改由朝廷任命，所谓“前后主僧，非一时高名大德，时君不轻付畀”，而当时著名的高僧大多出于占主导地位的禅宗南宗，如此一来，禅宗南宗就得以进入灵岩寺。[③]

时隔三年，宋神宗熙宁六年（1073），禅宗南宗的云门宗即来泰山灵岩“唱道”：

> 主僧永义，律行孤介，以接物应务为劳，力辞寺事。时开封僧行（详）

---

① 刘长东：《论宋代的甲乙与十方寺制》，《四川大学学报》（哲学社会科学版）2005年第1期。

② 刘长东：《宋代五山十刹寺制考论》，《宗教学研究》2004年第2期。

③ 范学辉：《论北宋时期的山东佛教》，《齐鲁文化研究》2003年总第二辑。

> 方以《圆觉》密理讲示后学，众共推举，可以住持，乃更命详实来代义，仍改甲乙以居十方之众，实熙宁庚戌岁也。越三年，癸丑，仰天元公禅师以云门之宗始来唱道，自是禅学兴行，丛林改观，是为灵岩初祖。[①]

这是党怀英《十方灵岩寺记》中的一段文字。党怀英将仰天元公禅师看作是南宗前来的“始祖”，表明在他掌握的材料中，在此之前灵岩寺尚未有南宗的涉足。由此也可见，十方寺对禅宗不同门派均可来往的优越性，打破了甲乙师徒相继、封闭自守的局面。宋徽宗政和四年（1114），临济宗黄龙派妙空禅师住持灵岩寺，他主寺28年之久，期间创建转轮藏，修建钟鼓楼、海会塔等，“名德既著，四方供施者，岁时辐凑，惟恐其后”[②]。宣和六年（1124），有五百罗汉之像，“自闽而北，历水陆几五千里，而后至于齐之灵岩。齐人作礼，叹未曾有”也[③]。

在十方寺中，住持有朝廷敕差与官府疏请之分。灵岩的十方寺由甲乙寺发展而来，成为十方后住持由朝廷敕差也可由官府疏请，并不是一成不变的。如苏轼在熙宁十年（1077）初，应齐州（今山东济南）知州李常之托，所写的《齐州请确长老疏》，就是为灵岩寺聘请住持的疏文，即官府之疏请。说明尔后的灵岩就变为疏请住持。苏轼此前知密州（今山东诸城）时，也曾写有《密州请皋长老疏》，是为本县石城院所做的官府疏文，这个石城院也是十方寺，其住持也为官方所疏请。十方寺中敕差毕竟是少数，以官府疏请者众。

灵岩寺在北宋时期，还有一次敕差住持的做法。据灵岩寺大观二年（1108）所立《齐州灵岩崇兴桥记》碑：灵岩寺自熙宁之时，“正名为十方，以容召天下大名德、大长老为住持主”。徽宗嗣位之时（1100），“诏以仁钦为灵岩住持主”，仁钦禅师赐号“净照大师”。这是我们能看到的灵岩寺在北宋时期再次由敕差住持的记述。关于净照大师的功德，此碑载：

> 钦公至寺之一年，寺境清；二年，学人来；三年，佛法明；四年，天下四方知灵岩有人，而岁时香火供事遂再盛。

---

① 金棨：《泰山志》卷十七《金石记》。

② 灵岩寺墓塔林《济南府灵岩山第八代敕差主持传法妙空大师塔铭》。

③ 《施五百罗汉记》，《岱览》卷二十五《灵岩中》。

钦公之时，起献堂、建后阁，“再新证明功德殿，以快四方礼谒”，并建“崇兴桥”，“上施屋五楹，旁辟栏楯……以善利济人，以直路指人，以不谢之功施人，以不朽之事遗人”[①]。从文献资料及考古清理调查看，此时的灵岩寺达宋代之最大规模。早在嘉祐（1056～1063）年间曾有赐紫僧重净（号琼环）住持灵岩寺，拓修千佛殿（图6-5），在此之前有“仁宗皇帝、章圣皇帝，悉以御书为锡命焉”，重净“次第以轮奂焉”[②]。另建有大雄殿北五花阁（图6-6），“上供三大士，下供圆通菩萨。阁四面各五楹，门四，曲廊绕之”[③]。

图6-5　灵岩寺千佛殿

图6-6　千佛殿前的五花殿等遗存

① 《齐州灵岩崇兴桥记》，《岱览》卷二十五《灵岩中》。
② 《齐州灵岩寺千佛殿记》，《岱览》卷二十四《灵岩上》。
③ 《岱览》卷二十四《灵岩上》。

金元时期，灵岩寺作为十方寺一方的代表，仍然起着领军的作用。

金代的灵岩寺，仍保持官府疏请住持的制度。皇统元年(1141)，妙空圆寂，定光禅师接任灵岩寺住持。金阜昌六年(1136)，定光禅师是为灵岩寺第九代住持，曾应疏住持济南普照寺。“一切以清规从事，晨参夕请，钟鼓一新。其于诲导，尤示慈悲纳子，仰之为指南”。应命主灵岩，“众化其德，无不尽心”。定光师“玄学渊深，勤于接物，初机请益，循循忘倦，于是四方翕然，谓获宗匠。学者向慕道风，踵至筹室，自兵火以来未之有也”[①]。灵岩第十代住持法云禅师(字巨济)，先是请居兖州普照寺六年，“大辟禅关，俾一方之众，知有此道者，师之化也。后灵岩虚席，朝廷遴选其人主之”[②]，计有四年时间。

图6-7　金皇统九年(1149)灵岩寺宝公《开堂疏》碑

金皇统九年(1149)，“济南府今请灵岩禅寺宝公长老开堂演法，为国焚修”[③](图6-7)。金大定二十三年(1183)，左平章政事疏请湬公长老住持“济南十方灵岩寺”，坚持的仍是“为国焚修，开堂演法”，以“一百年丛林浩浩，三千里香火憧憧”[④]为傲。“此疏独为左平章政事所请，则其礼愈隆矣”[⑤]。

① 《济南府十方灵岩禅寺第九代定光禅师塔铭》,《岱览》卷二十六《灵岩下》。

② 《济南府灵岩山省差住持传法第十代云禅师塔铭》,《岱览》卷二十六《灵岩下》。

③ 《请宝公开堂疏碑》,《岱览》卷二十五《灵岩中》。

④ 《请湬公开堂疏碑》,《岱览》卷二十四《灵岩上》。

⑤ 《请湬公开堂疏碑》唐仲冕《案》,《岱览》卷二十四《灵岩上》。

元代的净肃禅师（号足庵）曾主十方灵岩八年。净肃禅师是为曹洞一宗。行秀（号万松），“复嗣雪庭裕，裕嗣足庵肃”。行秀禅师，为曹洞宗第十四代宗主，与当时江南的天童如净并称为曹洞宗二大宗匠。而福裕禅师（号雪庭），是嵩山少林曹洞正宗的创立者，声名同样显赫。净肃曾就命开法于少林万寿堂，后入主灵岩八载，“广阁大厦，椽梠差脱。人不堪其忧，公为之一新。其余，僧舍增新者百有余间。自来修营缔构，无出其右”①。

元至正元年（1341），十方灵岩寺住持定岩禅师立《大元泰山灵岩寺创建龙藏之记》碑，以纪创建龙藏殿以藏本寺佛教经卷的功勋。早在至元二十四年（1287），第三十代住持宝峰顺禅师以为“名山大刹，大众云集，受学之人，必资讲诵。我佛之教，其言传于世者为经，历代高识发扬翼成者，曰律、曰论、曰疏，增衍广大，至五千万卷”，灵岩理当必备，故前往杭州普宁寺以购。至元二十六年（1289）到寺，“权置寺之五花殿”。时过45年后，先有息庵让禅师“图建外三门”，后有定岩禅师“乃相旧轮藏之基”，“度为藏殿三楹”，工始于后至元二年（1336），毕工于六年（1340），“宏敞虚静，位置崇整，匾其额曰：‘龙藏’。中为龛帐，以庥像设。以覆藏函，供张器皿。殿所宜有，种种备具。金碧绚烂，芗灯芬灼。装严佛界，观者起敬”②。终始47年之久，经卷终得归宿。为元代的灵岩寺，留下精彩一笔。

觉达禅师（字彦通，自号桂庵），继息庵让禅师为灵岩寺第三十一代住持。至元二十二年（1285），应奉州椴谷山龙岩禅寺疏请，出世开堂，住持四载，急流勇退，遂为退院。觉达禅师曾栖于齐河西庵，“灵岩诸师闻师到此，请看转藏经，其留连如此，日来月往，宝峰退院，灵岩虚席，遽疏礼请师”。觉达禅师推辞不免，“殷勤六载常住。事产无者有之，旧者新之，破者完之，地土窄隘者宽阔之，园林斫伐者，告给言护持之”③。元贞（1295～1297）年间，于塔宝峪口，创建新庄一所，中有佛殿三间，曰“北庄”也④。

十方灵岩第三十二代住持，是为福海禅师（号普耀，自称月庵）（图6-8）。

---

① 《灵岩足庵肃公禅师道行碑》，《岱览》卷二十六《灵岩下》。

② 《创建龙藏殿记碑》，《岱览》卷二十五《灵岩中》。

③ 《灵岩寺第三十一代桂庵达公禅师道行之碑》，《岱览》卷二十六《灵岩下》。

④ 《灵岩山门五庄之计》，《岱览》卷二十五《灵岩中》。

大德二年（1298）领疏主灵岩禅寺，“隆殿堂于久替，新丈室三十余楹，诸栋宇无一不备”。大德六年（1302），“以己资饭僧万起”[①]。普就禅师（晚年自号古岩），是为灵岩寺第三十三代住持。此时曹洞宗万松，“建立丛林，光扬祖道，声传四海，天下指为祖道中兴。复嗣雪庭裕，裕嗣足庵肃，肃嗣古岩就观”。普就禅师，是净肃禅师的嗣法弟子。早年普就遍参多宿之时，“谒灵岩足庵肃，朝□问道，如救头然，依栖八载”。大德六年（1302），福海禅师（月庵）退堂，灵岩具疏，请普就师开堂住持。大德十一年（1307），受皇太子命旨，又受圣旨护持，山门产业前后一新，受赐“妙严弘法大禅师”之号，“日月往来，匡持八载”[②]。

图6-8　灵岩寺第三十二代住持海公道行之碑

图6-9　灵岩寺第三十四代住持慧公禅师塔铭

① 《十方灵岩禅寺第三十二代普耀月庵海公禅师道行之碑》，《岱览》卷二十六《灵岩下》。

② 《灵岩禅寺第三十三代古岩就公禅师道行之碑》，《岱览》卷二十六《灵岩下》。

灵岩寺第三十四代住持，是为智慧禅师（号涌泉），十六年出家，礼灵岩寺住持足庵肃公长老为师，落发受具为大比丘。月庵师退席，接踵住持灵岩禅寺数载（图6-9）[①]。

灵岩寺义让禅师（号息庵），是行秀万松门下的继承者。落发出家后，遍参名宿，后于风龙山谒古岩禅师受到欣赏。古岩禅师受请住持灵岩寺，义让“邃之巾侍数载。晨昏参请，机缘相契”。先开堂于他寺，次主灵岩，“凡所住之处，皆革故鼎新，百废俱举”。义让禅师，被视为灵岩禅寺第三十九代住持。至元十三年（1276），又迁少林[②]。

四、田园寺产的保护与衰微

田园经济，是寺院生存与发展的基本保障，故历代寺院均重田园的囤积与保护。日本僧人圆仁在入唐求法的过程中，就看到了这种情境。在登州文登县的赤山法华院，“长有庄田，以充粥饭。其庄田一年得五百石米”，土地所得，对寺院来说是经济来源的一个大头。在长山县有醴泉寺，“寺舍破落，不多净吃。圣迹陵夷，无人修治。寺庄园十五所，于今不少。僧徒本有百来僧，如今随缘散去，现住寺者，三十向上也”[③]，可见寺院田产颇多。寺院兴盛时僧徒百来人，圆仁造访时寺内仅有三十余人，而“庄园十五所”，却一概不少，仍被僧人所占据。这是北方山东半岛的情况，佛寺庄园规模不可小觑。

宋元时期，寺院从总体上远不比唐代，但田园经济仍是寺院所依赖的支柱经济。田园的多少、好坏直接影响着一个寺院的生存与发展。灵岩寺

---

① 《灵岩寺第三十四代慧公禅师寿碑塔铭》，《岱览》卷二十六《灵岩下》。

② 《灵岩禅寺第三十九代息庵让公禅师道行之碑》，《岱览》卷二十六《灵岩下》。该碑由日本国山阴道但州正法禅寺住持沙门邵元撰并书。唐仲冕案：“日本在宋时，屡以僧来通贡。元世祖至元间，尝遣使持国书往，讽其来朝，不应加之以兵，丧师而还。成宗大德三年，遣僧宁一山者，加妙慈宏济大师，附商舶徉使日本，而日本人竟不至，史传所纪止此，则是终元之世未尝有日本僧来也。自大德三年至至正元年，越四十三年矣。此印（印为邵之误，下同）元僧，或自慕中华释教之盛，附舶访道而来，非奉国王使命也……印元之住山阴道但州正法禅寺，自系日本之旧刹，其在中国知住何刹宇。文不自叙其所在住之处，但云小师胜安‘不远千里乞文’，大约不出大都燕京诸处也。海夷方外，不必论文字之工拙。书尚流动有法。”

③ 《入唐求法巡礼行记》卷二。

图6-10　金明昌六年(1195)《十方灵岩寺田园记》碑

金代《十方灵岩寺田园记》(图6-10)云:“济南灵岩,自法定禅师肇建道场,于今几千载矣。峰峦奇秀,祠宇雄丽,号天下四绝之一。比丘恒二百余众,虽四方布施者源源而来,然其衣食之用,出于寺之田园者,盖三之二。其地实亡,盖宋景德间所赐也。”[1]是说寺院的衣食费用,其中三分之二是由田园来解决的。为了田园不被侵犯,最常见的做法就是在田园立碑,以示寺院的所有权。

灵岩寺的寺院土地,为宋真宗所赐。这种形式一般是大型佛寺获取土地的基本方式。当时就立有石碑,“纪其当时所得顷亩界畔”。在天圣(1023～1032)初年,就出现“侵冒”的现象,但主寺者没有依规处置。到了绍圣(1094～1097)年间,“掌事者稍怠”,侵冒者“遂伺隙而取之”。“至废齐时”,按天圣间碑刻所记,“悉归所侵地”。

时至金阜昌(1130～1137)年间,因原记事碑年久“驳缺”,寺僧记事尚或不清,于是请示官府所管部门主事,再与故老、近邻共立界至碑。金天德(1149～1153)年间,又有“指寺之山栏为东岳火路地者”,经勘验阜昌记事碑,府司给文,失地复得。金大定六年(1166),朝廷实行推恩政策,以山泽赐贫民。由是诸多山林受到侵害,“惟灵岩山林,以其有得地之本末,故独保完”。

① 《岱览》卷二十四《灵岩上》。

明昌三年（1192），“提刑司援他山例，许民采伐”，灵岩田园再次受到侵扰。尽管长老广琛诉于部、省，然得地不过十之一二。明昌五年（1194），广琛长老奔走京师陈奏，“断用阜昌、天德所给文字为准，尽付旧地”。尚书省的命令既下，又陈于济南府，再给公贴，复刻于石，“以为后人之信”[①]。从而可看到住持有所作为的重要性，以及《田园记》不可替代的作用。

而在保护寺院田园中，最有效、最权威的还是《圣旨执照碑》。皇权高于一切，有了圣旨，就有了尚方宝剑。因此在寺院中只要有圣旨下，就会有圣旨碑：

> 大禅寺经今千有余年，全凭本寺地土山场四至内诸树，修理殿宇房廊、养赡僧家，已有累降圣旨事意。四至，碑文为验。[②]

元皇庆元年（1312），灵岩寺钦受御宝圣旨，圣旨明言：无论是谁，凡是占有寺院的田地，都要归还，“但属寺家的，并下院田地、水土、园林、碾磨、竹子、山场、解典库、浴房、店铺，不拣什么他的拣的是谁，休侵夺要者”。

寺院田园，主要来源有三个途径：一是朝廷赏赐；二是典买所得；三是开垦荒地。如泰安城中冥福禅院，一部分田园是赏赐所得，并立有《特赐冥福禅院土地之记》的敕牒碑。碑之首行云：“敕中书门下宣赐冥福禅院产业地土。”下述地土四至，分有十段。末云“右付冥福禅院准此”，“长兴四年九月二十三日”。月日之上钤以：中书门下印。署款“枢密使、检校太傅、平章事、驸马都尉赵（押），枢密使、检校太傅、平章事范（押）”，皆姓而不名，押上用印[③]。冥福禅院，故址位于泰山下岱庙之东南，“唐开元间创建，后唐释智顺、后晋志隐皆相继增修。伪齐时海岩重建，改曰崇法禅院，元重修之”[④]。

典买的形式是以寺院支会典金获得土地（财产），有两种情况：一种是承典

---

① 《十方灵岩禅寺田园记》，《岱览》卷二十四《灵岩上》。

② 〔元〕《宣赐灵岩圣旨之碑》，《岱览》卷二十四《灵岩上》。

③ 〔后唐〕《宣赐冥福寺产业地土》碑，《岱览》卷十三《岱阳下》。

④ 《泰山道里记》。

人支付典金占有出典人所有权的土地，承典人有权在双方约定的典期内享有该土地的使用权和收益权，约定期满，出典人收回土地。另一种形式是直接购买，承典人取得该土地永久的使用权和收益权。天历二年（1329），灵岩寺提点智举的一次施钞所典买土地，采用的是直接买入的形式：

> 谨以典买到四项地土，计中统钞柒千两，正施常住，永远为主。
>
> 开坐如后：
>
> 一姚家前，典到活业，南北畛带桑地一段，约十五亩。该钞贰阡壹佰肆拾两；
>
> 一买到庄西王马驹带桑菜园壹所，钞壹阡壹佰伍拾两；
>
> 一买吉二带桑菜园壹所，钞贰阡贰佰两；
>
> 一买刘三带桑菜园壹所，钞陆佰两。
>
> 用报四恩，永资三有。余希法轮恒转，祖道兴隆，岁稔时丰，远安迩肃。
>
> 时天历二年岁次己巳正月下旬吉日。
>
> 当山住持古渊野衲智久记。[①]

碑文最后为提点、监寺等众上石人。对此次典买，清代唐仲冕作《岱览》于此碑案曰：“此碑乃灵岩寺提点智举施钞买地充寺产，而住持智久为之撰记刻石也。中统钞七千两买地四所，中统钞每两不知比今所直几何。而以其典姚家前活业一段计之，地约十五亩，该钞二千一百四十两，是每亩价直百四十两有奇矣。以今之南北地价较之，大约中产每亩十余金，是中统钞只直今十之一耳。然尚是活业，若买到者，又不知增直几何也。”中统钞，指“中统元宝交钞”，是由官方正式印刷发行的纸币。因刻板印制于元代中统元年（1260）故名。唐氏以清币较之元币，衡量此次典买的成败，重在表说举公提点的功德。

举公提点施财所购是家田，官田可以同样购得。至顺元年（1330），灵岩寺僧贞提点买得的是一份官地。“官给二照：一为泰安州所给；一为奉符县所

① 《举公提点勤绩施财记》，《岱览》卷二十四《灵岩上》。

给。”[①]如此看来，尽管是合理合法所得土地，也需要执照凭证。这还不够，也需要立碑予以公示，一防入侵，二来可为将来出现纠纷提供证据（纸制凭证示众面小并易于损坏）。即便在田园四至内，建设门殿，开荒为地，也要立碑一示。如元贞（1295～1297）年间建山门五庄，于元皇庆二年立碑为证：

> 自元贞年间，于塔宝峪口选吉地创建新庄一所，曰北庄也。建佛殿三间……绕庄开荒地数顷有余，尽在寺家山场界至内，遂作一偈出示诸人。偈曰：置罢南庄置北庄，春秋普请好开荒。休辜壮志琛公老，祖父田园要主张。独鹤泉宜开旧地，曰中庄也；水屋头开地栽桑，曰东庄也；覆井坡可盖新房，曰南庄也；中坞店西，曰西庄也。已上这五庄，只在这灵岩产业界至内起建，永远赡济常住，供给众僧，不为无益，以示来者。他日百千年后，使诸人共知，山门外有五庄在。[②]

“尽在寺家山场界至内”“只在这灵岩产业界至内起建”，“界至”，始终是碑刻强调的重点。

大德十年（1306），灵岩寺的下院神宝寺，“时常有一等不畏公法僧俗人等，往往于寺家山场内置立炭窑，斫伐树木，损坏常住产业，久而荒废，搔扰僧众，有碍念经”，于是寺僧又一次进京上告，“状禁治事，得此会验，钦奉圣旨”，又有圣旨碑立于神宝寺[③]。

至正元年（1341），灵岩因寺产问题又遇挫折，定岩长老寻求国师法旨来保护寺产，于是就有了《大元国师法旨碑》立于寺中（图6-11）。碑文由汉藏两种文字书写（碑面分上下层，上层藏文，下层汉文）。国师，是元代封授藏族僧人的官号。“从这一通法旨碑内容看来，国师管着儿咸藏能够颁布此等文告，能起法律作用，说明国师的权限还是不小的。”（管着儿咸藏：人名，意译为“宝幢”。）之所以用藏文、汉文对照的形式颁发法旨，可能是为了提高这一法旨的权威性及神秘性。因为元代所设宣政院，是由藏族（特别是萨迦派）的上层喇嘛

① 《宣赐灵岩圣旨之碑》碑阴，唐仲晚案，《岱览》卷二十四《灵岩上》。

② 《灵岩山门五庄记》，《岱览》卷二十五《灵岩中》。

③ 《灵岩寺下院圣旨碑》，《岱览》卷二十六《灵岩下》。

图6-11　元顺帝十二年（至正元年，1341年）《大元国师法旨碑》

主持的机关①，用藏文在宗教层面高贵一等理所当然，但在一般情况下（藏文不被所识），也就有了更为唬人的一面。国师法旨的中心内容，乃是皇庆、大德圣旨的重申。

由此可见，寺院内的田园不时会受到侵损，有效的办法是立界至碑避免纠纷，而最具震慑力的是圣旨碑，所以只要可能就会进京陈状，以祈皇帝颁旨。但随着佛教的逐步衰弱，其寺即便立碑也得不到保护已经处于常态之中，无论是界碑还是圣旨碑，不免就成了寺中的摆设，代表的仅是往日的一丝荣耀。

第二节　宗派的变迁及影响

佛教宗派既盛，起于隋、唐，于宋、金、元各有发展。在北方禅宗是大宗，而其临济宗、曹洞宗，在泰山的发展最为活跃，一时支撑起禅宗的半壁江山。

① 王尧：《山东长清大灵岩寺大元国师法旨碑考释》，《文物》1981年第11期。

律宗在北方也是根深蒂固，同时戒律又为佛教各宗所秉持，尽管可以“革律为禅”，但律宗的影响始终不衰。

一、禅宗之临济宗

宗派的兴起，有两个基本的要素：一是统治阶层的支持；二是来自信众的响应。“中国之宗派，其于广大民众中有较大之影响者，为禅宗与天台宗。以禅宗而论，以不立文字，摒弃烦琐教义及规仪而行其教，因之易于在大众中流行，为我国历史上最盛之一佛教宗派”①。如就其地域而论，地处北方东部的泰山几乎是禅宗的一统天下，尽管也有其他宗派穿插其中，但这并不影响禅宗基本的受众面。

如来拈花，迦叶一笑②，是谓禅宗之源起。迦叶为印度禅宗初祖，至二十七祖般若多罗授法于菩提达摩。达摩来华，于是成为中国禅宗的初祖。达摩、慧可、僧璨、道信、弘忍、慧能依次相传，慧能被称为禅宗六祖。慧能与同学神秀各自在南方与北方传法，于是禅宗分为了南北二宗，这也就是所谓的“南能北秀”。南北两宗各有发展，门派辈出，各领风骚。至唐末，慧能弟子门下的曹洞、云门、法眼三宗，与弟子怀让门下的沩仰、临济二宗，合为“五宗”，“至唐末他宗衰歇，而禅风益竞矣”。③

在禅宗的五宗中，活跃在北方的只有临济宗、云门宗、曹洞宗三宗。“沩仰一系入宋不传，法眼一系在延寿（904—975）以后衰落。宋代禅宗主要有临济、云门和曹洞三派，而在宋代前中期，相当于宋太祖到哲宗时期（960～1100），主要由临济和云门两派推动禅学发展”④。金元时期，曹洞宗后来居上，在泰山几乎是万松行秀一系的一统天下，同时也成为曹洞宗在北方发

---

① 汤用彤：《隋唐佛教史稿》，北京大学出版社2010年版，第174页。

② 典出宋释普济《五灯会元·七佛·释迦牟尼佛》：“世尊在灵山会上，拈花示众，是时众皆默然，唯迦叶尊者破颜微笑。”世尊曰：“吾有正法眼藏，涅盘妙心，实相无相，微妙法门，不立文字，教外别传，付嘱摩诃迦叶。”这也是禅宗以心传心，不立文字之由来。

③ 汤用彤：《隋唐佛教史稿》，北京大学出版社2010年版，第155页。

④ 魏道儒：《中华佛教史》（宋元明清佛教史卷），山西出版传媒集团、山西教育出版社2013年版，第50页。

展的重要基地。

慧能弟子怀让，再到怀让弟子道一的洪州一派（道一曾居洪州，大扬怀让之教旨，有洪州宗之称），到唐末分为临济、沩仰二宗。临济宗始于义玄。义玄（？—866），俗姓邢，曹州南华（今山东菏泽东明）人。幼负出尘之志，及落发进具，便慕禅宗，“参学诸方，不惮艰苦”。初在黄檗随众参侍，有着“三问三打”的经历，在此机锋棒喝间，“师于是大悟”[①]；后北归乡土，受请住持临济寺院。其门派名临济，即来于此。

在宋代临济宗最有代表性的人物是灵岩寺妙空禅师，属临济宗黄龙派的嗣法传人。黄龙派为慧南（1002—1069）所创，慧南曾跟随怀澄学云门宗，得怀澄赏识，令分座接物，名震诸方。北宋景祐三年（1036），慧南至隆兴黄龙山开堂，法席盛极一时。北宋熙宁二年（1069）示寂，嗣法弟子有黄龙祖心等，门叶繁茂，形成临济宗黄龙派。妙空（？—1141），号净如，俗姓陈，福建侯官县（今福建福州闽侯）人，受具戒于福州开元寺。妙空净如《塔铭》云：“闻道于荐福英禅师，英实开元琦道者嫡子。琦出于江西黄龙老南禅师，师即黄龙之裔孙也。”荐福英，即荐福道英，嗣法于开元子琦，而开元子琦又嗣法于黄龙慧南。由此表明妙空是黄龙一系的传人——黄龙之裔孙。在泰山主灵岩寺时期，创建转轮藏，修建钟鼓楼、海会塔等，收复灵岩被他人占去的田园，又置五百罗汉之像于灵岩，“名德既著，四方供施者，岁时辐凑，惟恐其后”[②]。

妙空净如于政和四年（1114）来到汴京，受赐“妙空”之号。出京之时，“卿相巨公与缁素迎送者肩摩接踵，光显宗门，为一时美事。既至灵岩，开堂演法，大振玄法，参徒常不减数百。历廿八载，迄无间言，可谓超越前人

---

① 《宋高僧传》卷十二《唐真定府临济院义玄传》；《景德传灯录》卷十二。《景德传灯录》卷十二：详义玄起初在黄檗门下随大众参侍，有一次首座鼓励他上前问话。义玄问“如何是祖师西来意？黄檗便打。如是三问三遭打”。义玄不明事理，提出辞行。首座跟黄檗说，义玄来辞行时请您再帮他一把。第二天，义玄前来告别。黄檗说，你可以去见一直大愚和尚。义玄见到大愚，将“三问三遭打”的遭遇诉苦于大愚和尚。大愚说：“黄檗恁么老婆，为汝得彻困，犹觅过在。”义玄大悟。

② 灵岩寺墓塔林《济南府灵岩山第八代敕差住持传法妙空大师塔铭》。

者也”[①]。妙空于金皇统元年（1141）于灵岩寺圆寂，是为灵岩寺第八代住持（图6-12）。

图6-12　灵岩寺第八代敕差住持妙空大师塔铭

皇统五年（1145），灵岩寺僧义由在《妙空禅师颂赞碑》中写道：“妙空老师嗣法荐福，英和尚出于大宗师门下，两坐道场，仅四十载。凡示徒，贵机用，唯棒喝，可语言，知客道德。”[②]在他赞颂妙空、道英的同时，忘不了妙空“棒喝”的手法，不逊色于临济宗创始人义玄之师黄檗边喝边打的“赐棒”之术。秉承祖风，一脉相随。

道询（1086—1142），俗姓周，扬州天长义城（今安徽滁州天长）人，号定光。出家礼本县兴教寺常住首座僧德安为师，纳戒于本州，“师在众持头陀行，精严斋戒，平治心地。其师召谓之曰：怀与安，实败名，汝器识远大，未可量也，盍游方以广学问”。道询“即诣本州建隆寺依住持，因禅师为侍者。未几，参问入室，颇领玄妙”。遵师“当务遍参，以卒远业”之命，云游四方。金皇统元年（1141），受命住持灵岩寺[③]。

道询是继妙空之后的又一位临济宗住持。“自临济义玄禅师，凡十二世系出黄龙慧南，南出照觉常总，总出广鉴行瑛，瑛出舒州法华证道禅寺住持永言，言

① 《济南府灵岩山第八代敕差住持传法妙空大师塔铭》，《金文最》卷一百一十。

② 《宋妙空禅师颂赞碑》，《岱览》卷二十五《灵岩中》。

③ 《济南府十方灵岩禅寺第九代住持定光禅师塔铭》，《岱览》卷二十六《灵岩下》。

图6-13　灵岩寺第九代住持定公禅师塔铭

即师嗣法师也。”[①]永言者，查无可考，不过永言上承的是行瑛，瑛为北宋有名的禅师，是为黄龙慧南的再传弟子。以此可知，道询为慧南四传弟子。阜昌六年（1135），济南普照虚席，应选主寺。皇统元年（1141），泰山灵岩寺住持妙空禅师圆寂，受请任灵岩寺第九代住持（图6-13）。道询，出家、具戒于扬州，“持头陀行，精严斋戒”，深受律宗的影响。因为两宋之际律宗勃兴于杭州，一些高僧的活动就活跃在这一地区[②]。从相关资料来看，道询应是初入律宗，后进禅门。

法云（1103—1149），俗姓林，字巨济，泉州同安县（今厦门同安）人。自幼灵异，六岁出家，受业于本县化度禅院，礼尊宿德新为师。“不喜群居”，“修习禅定”。曾至大伦山梵天禅寺，投于孜禅师门下，“孜嗣大相国寺智海禅院清禅师，清嗣云居祐禅师，祐嗣黄龙南禅师”[③]。云居祐，即云居元祐禅师，《禅林僧宝传》云：“二十四得度具戒。时南禅师在黄檗，即往依之十余年。”有了云居祐的身份与慧南的关系，那么法云禅师的来龙去脉也就清楚了：黄龙慧南—云居元祐—智海清—孜法师—灵岩法云。从这一法脉上看，法云即慧南的四传弟子。也就是说，法云禅师是临济宗黄龙派的第四代传人。法云每与同参论道，相约“名山大刹不

① 《济南府十方灵岩禅寺第九代住持定光禅师塔铭》，《岱览》卷二十六《灵岩下》。

② 参见鲁海军：《论宋代佛教律宗的传承特质》，《湖北社会科学》2015年第7期。

③ 《济南府灵岩山省差住持传法第十代云禅师塔铭》，《岱览》卷二十六《灵岩下》。

可不游”，“遂率诸道友遍历祖席，航海而至密州（今山东诸城），密人扶老携幼，相迎于途者，无虑数千人”[①]，可见其影响的广大。时兖州普照寺虚席，兖守闻法云之名，请居普照六年。后灵岩虚席，“朝廷遴选其人主之”（此即谓之“省差住持”），法云禅师成为十方灵岩的第十代住持（图6-14）。

图6-14　灵岩寺第十代住持云公禅师塔铭

至此，妙空、道询、法云三位临济宗黄龙派的传人，相继住持十方灵岩（第八代、第九代、第十代），这对禅宗之临济门派发扬光大，无疑起着巨大的作用。这一历史过程，与灵岩寺由甲乙寺变制为十方寺有着直接的关系。打破师徒相继的故步自封，遴选全国各地的高僧大德走向开放，也是中国佛教历史发展的必然趋势。

关于禅宗之云门宗，在上一节中已有所提及，灵岩由甲乙寺成为十方后不久，就由禅宗南宗的云门宗来泰山灵岩“唱道”。云门宗由晚唐五代的文偃禅师（864—949）开创，因其居韶州云门山（今广东乳源北）宣扬宗风，故被称作云门宗。该宗以“云门三句”“一字禅”等施设接引学人[②]。

北宋时期，云门宗盛极一时，不少高僧奉诏住入京师名刹。金元时期，在

① 《济南府灵岩山第八代敕差住持传法妙空大师塔铭》，《金文最》卷一百一十。

② “云门三句”，即所谓“函盖乾坤、目机铢两、不涉万缘”三句（《五家宗旨纂要》卷下）。“一字禅”，又叫“一字关”，即在禅宗中禅师对于修行者的种种质问，用一字来表达。而以云门之“一字关”为著名。这也成为云门宗风的说教特色。

北方云门宗仍与临济宗、曹洞宗，同为禅宗发展的三大流派。在至元三十年（1293），大都报恩禅寺传法住持、嗣祖林泉老衲从伦所撰的《灵岩足庵肃公禅师道行碑》中写道："青州法祖渡江已来，至朔方居万寿立曹洞一宗，与圣安竹林、晦堂佛日而鼎峙焉，故三派渊源，于今愈盛。"[1]文中的"晦堂、佛日"，代指的即为临济宗与云门宗。表明在元代，三宗仍有持续发展。

宋神宗熙宁六年（1073），云门宗北上，进住十方灵岩。"仰天元公禅师，以云门之宗始来唱道"，金代的党怀英在《十方灵岩寺记》中留载了这一历史事实。《十方灵岩寺记》碑立于明昌七年（1196），党氏大赞灵岩由甲乙之寺改为十方之寺，"自为禅学兴行，丛林改观，是为灵岩始祖"，灵岩"法席或缺，则请名德以主之，而不专一宗"。这位大学士将元公禅师作为灵岩新纪元的开始。在他铭刻此记之时，"暨今琛公禅师廿代矣"，已是临济之宗主十方。

二、禅宗之曹洞宗

唐大中十三年（859），良价禅师云游至宜丰洞山，并在此创寺讲法。其弟子本寂得良价衣钵，后又到曹山进一步弘扬首创的禅宗新法，故后世称之为"曹洞宗"。在曹洞宗的传承过程中，分为了南北两个支系。"弘传于北方金元之际的净因自觉系则因金末元初万松行秀之崛起而绵延不绝，实为明清曹洞之正脉。据历代禅史之记载，此系之传承如下：鹿门（净因）自觉—青州辩—大明宝—王山林—雪岩满—万松行秀。"[2]而金元之际北方曹洞名僧，就出自青州希辩这一法脉中，十方灵岩再次成为临济宗发展的中心。

关于净因自觉、青州辩的情况，《元一统志》有云："希辩师，本江西洪州黄氏，族系甚大，且多文人，有闻于世者。始参云门、临济，得法于鹿门觉公，至沂州礼芙蓉和尚印证授记，后住青社天宁，城破乃北来，人称之为青州和尚。"希辩出身一个大家族，得法于鹿门自觉，并在沂州（今山东临沂）得到自觉师芙蓉道楷的认可授记，住青州天宁寺，世人称之为"青州和尚"。而在希

---

① 《灵岩足庵肃公禅师道行碑》，《岱览》卷二十六《灵岩下》。

② 李辉、冯国栋：《曹洞宗史上阙失的一环——以金朝石刻史料为中心的探讨》，《佛学研究》2008年第12期。

辩的弟子中，大明宝就走进了泰山。

法宝（1114—1173），俗姓武，磁州（今河北磁县）人，十九岁投本州寂照庵礼祖荣长老，法号“法宝”。天眷三年（1140），“试经具戒”。参临济宗旨不契，遂北上燕都万寿禅寺投希辩禅师门下，深得赏识，“礼荐三年，应系洞下宗旨”，“辩以法衣、三颂付之”。皇统九年（1149）灵岩虚席，济南府具疏邀请，法宝禅师开堂演法，成为十方灵岩第十一代主持（图6-15）。

图6-15　灵岩寺第十一代住持宝公禅师塔铭

天德二年（1150），青州希辩圆寂，尚书令张浩遣使赍疏，请法宝禅师住持仰山栖隐寺。贞元三年（1155），法宝以荣公（即大法宝之剃度师祖荣）垂老为由，南还滏阳。回归之时，“郡人迎师，远近趋风，踵相接野”。又有南阳郡王，“慕师德日甚一日，遂将己奉三千万持买大明寺额，并给付符文，行下相磁，仰师住持”。法宝因创建大明禅寺，并驻锡于此，故世人称之“大明宝”，即缘于此。大定十三年（1173），法宝圆寂，俗寿六十，僧腊三十四。嗣法门人除当山住持惠才外，蔚州人山住持、太原王山住持、中都万寿住持、磁州大明住持等，均前往圆寂之处。“焚化之后，分布灵骨于灵岩、大明、祺峪”[①]。其中，太原山的住持觉体，也是法宝的法嗣门人，即为后来名震一方万松行秀的师祖。

---

① 灵岩寺墓塔林《宝公禅师塔铭》尚在，但字迹大多模糊不可识，录文参见《北京图书馆藏中国历代石刻拓本汇编》第46册、《金文最》卷五十六《灵岩寺宝公禅师塔铭》。

万松行秀为金元之际北方佛教著名领袖。宋末元初，禅宗五叶中的临济、曹洞宗大兴，时有“临天下，曹一角”之说。曹洞宗威震东南，影响深远。

行秀禅师（1166—1246），号万松老人，俗姓蔡，河内（今河南怀庆）人。15岁参拜邢州净土寺赞允禅师，剃度出家。南下磁州大明寺，嗣法于雪岩慧满禅师。得法后回邢州，于净土寺建“万松轩”自适，由此就有“万松”之号。万松之师雪岩慧满（1136—1206），磁州（今河北磁县）人。出家后云游参学，先是南下郑州，后嗣法于王山觉体禅师（曹洞宗第十三代法嗣）。王山觉体，是青州希辩与万松行秀之间的重要传承者。

王山觉体（1121—1173），法名觉体，俗姓郭，太原交城（今山西太原交城）人。弱冠礼本县净慧为师，得法名“觉体”。金皇统二年（1142）23岁试经得度，云游各地。皇统八年（1148）29岁时，投至于长清灵岩寺法宝门下（觉体在灵岩时期的情况缺考）。法宝迁仰山栖隐、磁州大明时，觉体均随同前往。正隆五年（1160），辞法宝回山西，次年居王山（这也是“王山觉体”的由来）。大定二年（1162），觉体所主寺院赐号十方圆明禅院。大定十三年（1173）圆寂于天守寺，春秋五十三。

在法宝圆寂后，前去祭吊的嗣法门人中，列第一位的是“当山住持惠才”，也是曹洞宗青州希辩——万松行秀一系的重要传承者，十方灵岩寺第十七代住持。

惠才（？—1187），自号方山野人，俗姓韩，睢阳（今河南商丘）人。十五岁出家，依开元寺智昭为师，习《上生经》《肇论》等佛典。金皇统二年（1142），“恩赉普席”，剃度受具戒。后“遍游诸方”，皇统九年（1149），参法宝于灵岩寺。法宝受南阳郡王张公浩之疏请迁往仰山，惠才携师一并前往。贞元三年（1155），法宝受杖责归滏阳，惠才游方他处。后又回归滏阳法宝处。大定（1161～1189）初年，长清灵岩寺开法，惠才辞而不受，先后隐于邓州熊耳寺与东平灵泉寺。东平（今山东东平）灵泉寺始建于唐代初期，现遗址尚存。惠才行头陀数年，大定中期，受灵岩寺再请，开堂说法。大定十八年（1178），灵岩寺所立《释惠才山居吟刻》碑文曰：“方山野人因乐道，自兴作《山居吟》示诸禅者。当山监寺首座焚香礼求上石，余不能伏笔。灵岩方丈惠才书。”[①]惠才自称

① 《释惠才山居吟刻》，《岱览》卷二十五《灵岩中》。

图6-16 灵岩寺第十七代住持才公禅师塔铭

"方丈"，是为住持灵岩时所作。离灵岩遂隐于西山白岩。后又历住潞州之天宁寺、大舟之延庆寺、沂州之普照寺。再后又住灵岩寺六年，住东平兴化禅院四年。大定二十七年（1187），乃示寂于兴化寺。惠才禅师住灵岩为第十七代（图6-16）。关于门生嗣法，《塔铭》载："其嗣法：东平之兴化宗源、中都之万安浦涤、益都之普照宗如、义州之大明善住、单州之普照道明、大舟之延庆圆明。"[①]其中的万安浦涤，后来也成为灵岩的住持。

关于浦涤的情况，我们所了解得不多。灵岩寺立有《请涤公开堂疏碑》，所说的涤公就是万安浦涤。现将疏文录入于下：

左平章政事，今请涤公长老住持济南府十方灵岩禅寺，为国焚修，开堂演法，祝延圣寿者。窃以达摩不西来，孰能荐祖；卢公既南度，始见分枝。虽无毫发示人，要在乘风取证，例开法施，各踞名坊。厥有济南灵岩佛寺，利洽邹齐，襟吞兖鲁，一百年丛林浩浩，三千里香火憧憧。飞阁莲宫，粹容金界，不期伟匠，焉振宏纲。伏维涤公长老，守文三代，接武四禅，应历下之机缘，续方山之胜蹈。遂使白莲真迹，无根而郁郁腾芳；青社余光，不镜而绵绵照世。正好高提祖印，独步大方。祝吾皇万载之昌图，

① 《松禅师塔铭》，《北京图书馆藏中国历代石刻拓本汇编》第46册。

继古佛一乘之慧寿。谨疏。

大定二十三年九月（空）日疏。

金紫光禄大夫、平章政事、宗国公蒲察通。[①]

《岱览》的作者唐仲冕于此案曰："皇统九年《宝公开堂书》，请者为济南府尹，此疏独为左平章政事所请，则其礼愈隆矣。"可见，规格之高，引起了唐氏的好奇心。由此，也说明了浦涤禅师在当时的影响很大。

时值入元，以万松行秀为旗帜的曹洞宗，发展势头更为强劲：

青州法祖渡江已来，至朔方居万寿，立曹洞一宗，与圣安竹林、晦堂佛日而鼎峙焉，故三派渊源，于今愈盛。青州之下，四传而得万松，光映丛林，声传四海，天下指为祖道中兴。复嗣雪庭裕，裕嗣足庵肃，其余龙象，硕大光明，表表可纪……[②]

曹洞宗青州一系进入元代后，在北方大有一枝独秀之势，灵岩寺仍然是其弘法的重要基地。文中所说的"足庵肃"，即是灵岩寺的大德高僧。

净肃禅师，号足庵，俗姓孙，金台永平（今河北平乡）人，幼礼香山明公落发，"给侍之余，令阅梵文，目击千言，娓娓成诵"，颇显聪慧。后游历诸方，遍参名宿。值雪庭福裕主万寿寺，闻其"才学博瞻，道德丰盈，遐迩云臻，慨然辐辏"，得雪庭青睐，"遂以衣法而并付之"，成为法嗣门人。第二天一早，便卷衣而去。时嵩山少林阙人，受命开法于万寿之堂。次主泰山灵岩，历时八载，"广阁大厦，椽梠差脱，人不堪其忧，公为之一新"。后会万寿虚席，受命补其空缺。凡此，主少林之万寿、泰山之灵岩、京者之万寿三大刹，"立丛林、宏祖道"。最终"退居香山寿圣故刹，寿及耳顺，而归寂焉"[③]。净肃足庵上承雪庭裕，下嗣古岩就观：

① 《清涤公开堂疏碑》，《岱览》卷二十四《灵岩上》。

② 《灵岩足庵肃公禅师道行碑》，《岱览》卷二十六《灵岩下》。

③ 《灵岩足庵肃公禅师道行碑》，《岱览》卷二十六《灵岩下》。

西乾四七，东震二三，莫不名高天下。盖为根深蒂固，源远流长，心心相印，祖祖相传，故曹洞渊源于今愈盛。青州之下四传而得万松，建立丛林，光扬祖道，声传四海，天下指为祖道中兴。复嗣雪庭裕，裕嗣足庵肃，肃嗣古岩就。[1]

曹洞之系门徒，莫不以万松中兴为傲。古岩就，是为灵岩寺第三十三代住持（图6-17）。

图6-17　灵岩寺第三十三代住持就公道行之碑

普就禅师，自号古岩，俗姓刘，真定在城（今河北正定）人。年长十五，厌俗境，好空门，径往封龙山禅房寺，礼赞公山主为师，“落发亲炙，博通经业，令登坛受具”，后遍参名宿。谒灵岩足庵，闻道如救，依栖八载。在至元十三年（1276），赴顺德大都，两处登坛受具，蒙赐度牒。至元十八年（1281），万寿虚席，足庵受命住持，普就却不与师前往，成了后人所不解的疑惑。大德六年（1302），福海禅师（月庵）退堂，灵岩具疏，请普就开堂住持。大德十一年（1307），受皇太子命旨，又受圣旨护持，山门产业，前后一新，受赐“妙严弘法大禅师”之号，“日月往来，匡持八载”。以

① 《灵岩禅寺第三十三代古岩就公禅师道行碑》，《岱览》卷二十六《灵岩下》。释大休宗林《见桃录》卷二《道号颂》于“一宗”云：“东震二三传派脉，西乾四七叫同流。天龙佛法无多子，振起玄风竖指头。”

为大刹不可久居，故退隐灵栖庵。后曾出山受命住持龙山禅房寺二年，复还灵栖庵。又值祖庭少林阙人，其寺知事持疏不远千里而来，谨请接续住持。普就禅师深感为佛弘法，接物利生，平生足矣！在其塔铭中，再次申明其宗系之嗣："青州之下，四传万松。中兴祖道，大振宗风。雪庭亲孙，足庵嫡嗣。质朴真纯，常行二利。大哉古岩，面目严冷。接生利物，提纲振领。"[①]

在泰山灵岩寺，与曹洞宗密切关联的还有月庵福海、桂庵觉达、息安义让。

福海禅师（1241—1309），号普耀，自称月庵，俗姓李，翼城（今山西翼城）人。幼为童行，披剃受具戒后，"西入安西达禅师参究"，闻宝应嵩岩禅师与复庵"重足一迹，器量沈雅，禅风大振，存诚敬谒，遂入嵩岩室"。至元丙子（至元十三年，1276），闻复庵受大都万寿寺疏，遂北上入复安室，因其"颖悟特达，即以衣颂付之"。大德戊戌（大德二年，1298），领疏移席于灵岩禅寺（第三十二代住持），"遽命籧师錾凿广平，隆殿堂于久替，新丈室三十余楹，诸栋宇无一不备"。后退席，又受疏挂锡南阳丹霞山。至大己酉（至大二年，1309），以疾示寂，寿六十有八，为僧五十一腊。茶毗灵骨，自万寿始，余分于灵岩、香山、法王、丹霞诸寺。《塔词》曰："乾乾梵师，乃眷中土，繄西四七，实为东祖。道本于一，离而乃五。派分世异，昭牒著谱。青州崛起，用彰曹洞。巍乎万松，当代纪统。"[②]以衣颂付之于月庵的复庵，名圆照，字寂然，潞州上党（今山西长治）人，十六岁登坛受具。遂游山东参学，时间长达十多年，复庵圆照与雪庭福裕同为万松行秀的得力弟子，均住持过少林禅寺[③]。

觉达禅师，字彦通，自号桂庵，俗姓李，汴梁尉氏县（今河南尉氏）人。父母视其出家儿相，遂许为佛子。年甫十二三，礼龙门山宝应寺嵩岩和尚为师，披剃之后，登坛受具。无童行气，有老成心，遂于本师告香入室。尊师劝谓，云游讲肄。闻南京温公讲主明《唯识》海义，遂师听学，一通百了，遂得法师之名。曾自警曰："道离文字者禅，不离文字者教。今既学道，可不离文字而入道乎？"闻邢州资戒大会，复还洛阳，问本师崧岩曰："赴会之

---

① 《灵岩禅寺三十三代古岩就公禅师道行之碑》，《岱览》卷二十六《灵岩下》。

② 《十方大灵岩禅寺第三十二代普耀月庵海公禅师道行碑》，《岱览》卷二十六《灵岩下》。

③ 嵩山法王寺《嵩山大法王寺禅寺第九代复庵和尚塔铭并序》碑。

余，其行藏云何，其依止云何？”崧岩回答：“削发在洞下之前，成名于曹山之后，他宗异派不可外寻。”又闻燕京遂后有资戒大会，有复庵和尚住持万寿寺，为曹洞宗师，遂造访万寿寺。“复庵一见，待若故人，遂授以衣钵掌之。三五年间，求一言半句之教。”至元二十二年（1285），受疏请，于奉圣州椵谷山龙岩禅寺出世开堂。后值灵岩虚席，遽疏礼请，住持六载。“常住事产，无者有之，旧者新之，破者完之，地土窄隘者宽阔之，园林斫伐者告纶言护持之。”[①]元贞（1295～1297）年间，又于塔宝峪口，创建新庄一所，中有佛殿三间，曰北庄也[②]。

义让禅师（1223—1280），号息庵，俗姓李，真定（今河北正定）人。在其《道行之碑》首句就言明了与万松的关系：“大万松秀国师下，有雪庭总统三世，而继其灯者，息庵也。”禅师幼时就于本府华严寺剃落受戒。曾周游燕赵之间，遍参宗匠。后往风龙山，参见古岩宗师，深得古岩欣赏。后古岩禅师受请住持灵岩寺，义让乃侍往。皇庆（1312～1313）中，古岩师却少林之请，义让又巾侍数载。“晨昏参请，机缘相契。”至治（1321～1323）年间，义让先开堂于洛之天庆，次主长清之灵岩，“凡所住之处，皆革故鼎新，百废俱举”。至元十三年（1276），又迁少林[③]。至元十七年（1280）于少林圆寂，阇维门人分灵骨重塔于灵岩，其世寿五十七，僧腊三十六。门弟子百有余人，嗣法者一十三人。日本国山阴道但州正法禅寺住持沙门邵元撰文并书，叹赞：“自我万松大宗师去后，天下禅林而道风鼓舞二严获者，惟师也……以至嫡嗣古岩大和尚，而天下禅老谁能出于其右乎！主于灵岩天下名刹，谁闻而不仰其风欤！”

临济宗黄龙派的传人，先后成为十方灵岩第八代、第九代、第十代住持。从第十一代始，曹洞宗做主灵岩。金之法宝，元之惠才、浦洚、净肃、普就、月庵、桂庵、觉达、义让等，无不是声名远扬的十方灵岩之住持。灵岩寺当之无愧地成为禅宗曹洞北系传法的重镇。这里高僧云集，嗣法者众，延续之长，影响之大，在曹洞宗发展史上有着特殊的贡献。

① 《灵岩寺第三十一代桂庵达公禅师道行之碑》，《岱览》卷二十六《灵岩下》。

② 《灵岩山门五庄之计》，《岱览》卷二十五《灵岩中》。

③ 《灵岩禅寺第三十九代息让禅师道行之碑》，《岱览》卷二十六《灵岩下》。

三、律宗及其他诸宗

律宗以重研习和传持戒律而得名。因唐代的道宣被认为是实际的创始人，因其曾久居终南山，故亦称“南山宗”或“南山律宗”。由于律宗的教理根据是“五部律”中的《四分律》，故亦称“四分律宗”。律宗的重大影响在唐代，宋代再盛，发展中心在北方。金元时期，律宗仍有一席之地。

自佛入华，大致东晋时期戒律乃渐完备，佛图澄、释道安、竺法汰等皆重律藏。最早来到泰山的高僧竺僧朗，初随佛图澄习戒，后兼学般若。僧朗在泰山西北向的金舆谷昆仑山建立精舍，遂成为北方佛教传播的中心。其门下弟子以戒律严格著称。苻坚整顿僧众，曾另外下诏：“朗法师戒德冰霜，学徒清秀，昆仑一山，不在搜例。”[①]因其戒律严明，而不在当朝清理的范围之内。可以看到，泰山佛教发展之初，其戒律尤为突出，声名远扬。

隋唐时期的释慧萧（568—640），曾入嵩山求师出家，“强识前闻，而以戒行见称”。开皇初游学邺城，“博综经律，乃贯练众部，偏宗《四分》”，闻泰山灵岩寺为幽僻栖止的洁行之处，遂乃从往。道宣在《续高僧传》中，将慧萧列入《明律部》，直接表明了他律宗的身份。灵岩寺是他向往的去处，或可说明当时的灵岩寺是以律宗戒持为要的律宗寺院。后慧萧复还中岳，时龙门明朗河东持律之最，“闻萧道声籍甚，不远从之”。后有河东郡丞丁荣者，“敬服德音，招住仁寿，长弘律藏，学者肩随”。唐贞观十四年（640）终于蒲州仁寿寺，春秋七十有三[②]。

隋唐时期的灵岩寺，多被习律或习禅重律的僧人所关注。释慧斌（574—645），俗姓和，兖州（今山东济宁兖州）人。二十三岁落发，寻即历听经律，二年后目睹“讲席喧挠，唯论声势”，而入台山修静，八年后“乃往泰山灵岩诸寺，以行道为务先”。灵岩寺，是修律僧人的理想之地。慧斌三十四岁，方隶官名，住泰山梁父甑山存道寺，“更寻律部，博听经论”，后诏征为弘福寺

① 《高僧传》卷五《僧朗传》。

② 《续高僧传》卷二十三《释慧萧传》。

主。唐贞观十九年（645）圆寂，时年七十有二[①]。

律宗以戒律为先，所以不能不再说一下“特致力于律部，声名极一时之盛”的义净[②]。关于义净的事迹略见前章，幼时辞亲落发于泰山土窟寺，礼拜慧习法师为轨范师。慧习师“专意律仪，澄心定潋”。义净也曾随师在神通寺修行，该寺即是朗公所创的精舍。义净以二亲师“继踵先圣朗禅师之后”而自豪。从师五年间，“精求律典。厉律师之文疏，颇议幽深；宣律师之钞述，窃谈中旨”[③]。“厉律师”，即法厉；“宣律师”，即道宣。义净求法西游，特考戒律。他在《南海寄归内法传》序中说：

> 凡此所论，皆依根本说一切有部，不可将余部事见糅于斯。此与《十诵》大归相似。有部所分三部之别，一法护；二化地；三迦摄卑。此并不行五天，唯乌长那国及龟兹、于阗，杂有行者。然《十诵律》亦不是根本有部也。[④]

对此汤用彤先生指出：“此根本一切有部律大旨近乎《十诵》，惟义净志复中华僧迦于天竺之旧规，亦非同情中国江南之十诵也。义净译律，于中土似无多大影响，或因四分之律已根深欤。”[⑤]义净所译根本一切有部律，为中土带来了新的气息。义净所译计有十八部：《根本说一切有部毗奈耶》《根本说一切有部苾刍尼毗奈耶》《根本说一切有部毗奈耶杂事》《根本说一切有部尼陀那目得迦》《根本说一切有部戒经》《根本说一切有部苾刍尼戒经》《根本说一切有部百一羯磨》《根本说一切有部毗奈耶颂》《根本说一切有部毗奈耶杂事摄颂》《根本说一切有部尼陀那目得迦摄颂》《根本说萨婆多部律摄》《根本说一切有部毗奈耶药事》《根本说一切有部毗奈耶破僧事》《根本说一切有部毗奈耶出家事》《根本说一切有部毗奈耶安居事》《根本说一切有部毗奈耶随意事》《根本说一切有部毗奈耶皮革事》《根本说一切有部毗奈耶羯耻那事》。

---

① 《续高僧传》卷二十《释慧斌传》。《传》云“泰州梁父”，应为“泰山梁父”之误。

② 汤用彤：《隋唐佛教史稿》，北京大学出版社2010年版，第56页。

③ 《南海寄归内法传》卷四《古德不为》。

④ 《南海寄归内法传》卷一《序》。

⑤ 汤用彤：《隋唐佛教史稿》，北京大学出版社2010年版，第151页。

义净所在的土门寺，其轨范师慧习法师“专意律仪”，应与朗公所传戒律精神有关。慧习所授法厉文疏，即是法厉在智首律师《四分律疏》的基础上所著《疏》之别行；而所授道宣钞述，即是道宣律师以智首《大疏》为本，所著《删补律钞》三卷[①]。可见土门寺深受律宗的影响，抑或是律宗在泰山的一支。

在宋熙宁二年（1069），灵岩寺曾有律宗做住持。这是灵岩受敕为十方灵岩的前一年，由京师选派的僧永义主灵岩。但是不到一年的时间，僧永义就“情愿吐退灵岩寺主”，辞职离开住持的岗位。其理由是“诸处浮浪聚集，兼本寺庄田不少”，全凭寺中有心力的僧人主管。官方堪会的结果是“僧永义只是一向修行戒行”[②]，而无心寺院管理。对此金代人在谈到此事时，也说“主僧永义，律行孤介，以接物应务为劳，力辞寺事”[③]。

僧行详所言“灵岩寺素来最是凶恶，浮浪聚集”“住持人不振，遂致废隳纲纪”等缘故，恐怕不是变换寺主的主要原因。之所以易主，与僧永义所推行的律宗有关，没有得到僧侣的支持，只好一意孤行，背离众僧，最后被迫离开灵岩寺。为什么官方上奏除住持外还要求“许令于在京或外处指摘僧五七人，同共前去充本寺掌事，依十方寺院住持勾当”，要的是“同心协力”。而候选的新住持行详，上任之前还提出三个条件：“特降付身宣命”“院中受业徒弟并不得作知事勾当”“特度随身童行十人，贵得以为心手照顾”，无非为了提高其身份、威德，以获取更多的自主权。因此说，灵岩此次易主，主要矛盾不是外来的干扰，而应是出自内部的宗派分裂。

在宋代北方地区流行的佛教以律宗为主。[④]金代的《天宁万寿禅寺碑》云：“琅琊之佛祠，在郡治者凡六区，其五为毗尼，其一为禅那。”[⑤]“毗尼”是梵文的音译，其义即“律”，此代指律宗；“禅那”，代指禅宗。是说当时琅琊郡的佛寺有六个，其中五个是律宗寺，只有一个是禅宗寺。南宋末年曾北上出使金朝的洪皓，曾滞留燕京多年，他说：“燕京兰若相望，大者三十有六，然皆律

---

① 《宋高僧传》卷十五《如净传》。

② 《敕赐十方灵岩寺牒碑》，《岱览》卷二十四《灵岩上》。

③ 党怀英：《十方灵岩寺记》，《岱览》卷二十四《灵岩上》。

④ 参见程民生：《论宋代佛教的地域差异》，《世界宗教研究》1997年第1期。

⑤ 《金文最》卷六十五。

院。自南僧至，始立四禅，曰太平、招提、竹林、瑞像。”[①]上述这种状况，可能延续的就是宋代律宗的基本局面。但从泰山的主要佛寺看，宋代的这种发展态势不明显，并持续到金代，其主流仍是禅宗。

净土宗，则是修持而借他力往生之教了，因其专修往生阿弥陀佛极乐净土而故名。先有北魏的昙鸾（476—542），倡导专念阿弥陀佛，撰有《礼净土十二偈》《安乐集》，广传于世。后有隋朝道绰（562—645），承继昙鸾净土之业，著《净土论》，说教若一念称阿弥陀佛，即能除却八十亿劫生死之罪。自此禅定之念佛，开始盛行口唱之念佛。净土宗尊昙鸾为初祖，道绰为二祖。至唐，善导（613—681）继道绰之业，以“三经一论”为要旨，以“持名念佛”表现方式弘法，形成了净土宗所特有的宗义、行仪，人们视其为净土三祖。从净土宗作为一个门派的形成看，善导是实际的创立人。

善导（613—681），俗姓朱，临淄（今山东临淄）人。幼年出家，入密州（今山东诸城）明胜法师门下，诵《法华》《维摩》。忽有一日自思，进入教门非一道一途，若无机缘，功即虚设，于是投手《大藏经》，探得《无量寿观经》，便喜诵习于十六观，切如心愿。后“历访名德，幽求妙门”。闻僧道绰“晋阳开阐”，遂于贞观十五年（641），至并州西河石壁谷玄中寺拜见道绰，“绰公即授与无量寿经”。贞观十九年（645）道绰圆寂，善导西赴长安，先入光明寺，后至实际寺[②]。在长安的情况，唐道宣在《续高僧传》有如下记述：

> 近有山僧善导者，周游寰寓，求访道津。行至西河，遇道绰部，唯行念佛弥陀净业。既入京师，广行此化，写《弥陀经》数万卷，士女奉者，其数无量。时在光明寺说法，有人告导曰：“今念佛名，定生净土不？”导曰：“念佛定生。”其人礼拜讫，口诵“南无阿弥陀佛”，声声相次，出光明寺门，上柳树表，合掌西望，倒投身下，至地遂死。事闻台省。[③]

道宣与善导大致是同时代的人，其记可信度强，并有亲身感受的色彩在

① 《松漠纪闻》卷一。

② 《新修往生传》卷中《唐往生高僧善导》。

③ 《续高僧传》卷二十九《释会通传》。

里面，能进入他所撰的《高僧传》，说明善导在当时已有了很高的知名度，“士女奉者，其数无量”，是他广行净业的成果。他的“念佛定生”，与他人相比较有着独到之处而受到人们的青睐。面西口诵“南无阿弥陀佛”的果验，竟“事闻台省”，其影响力可见一斑。另一位净土的高僧慧日，也来自海岱之域。

释慧日（680—748），俗姓辛，东莱（今山东莱州）人。唐中宗朝得度，及登具足。后见义净西游求法返回，“造一乘之极，躬诣竺乾”，心生敬慕，“遂誓游西域”。嗣圣十九年（702）泛舶渡海，历三年达印度，谒圣迹，求梵本，历十三年始归，开元七年（719）得返长安，玄宗赐号“慈愍三藏”。天宝七年（748）卒，报龄六十九。因“遍问天竺三藏学者，所说皆赞净土”，并得观世音摩顶：“汝欲传法，自利利他，西方净土极乐世界弥陀佛国，劝令念佛诵经，回愿往生，到彼国已，见佛及我，得大利益。汝自当知净土门法，胜过诸行。”故皈信弥陀，弘布净土。“生常勤修净土之业”，著有《往生净土集》（今佚）。其道与善导“异时同化”①。不过，“慈愍三藏之念佛，非如善导之念佛，遗后世以绝大影响；而善导流之念佛，实可谓为后世念佛教之根本”②。

第三节　儒佛的抗争与融合

士大夫，是中国古代社会中一个特殊的群体。在国家政治、经济、文化变革中，他们往往旗帜鲜明，发挥着民族精英的作用，是文化文明演进的重要维护者、传承者。佛教传入，如果没有士大夫这个群体的参与，不可想象中国佛教的存在与发展壮大。而在佛教中国化的历程中，士大夫也在不遗余力的抗争、吸收、融合，才有了“三教合一”的历史趋势。

① 《宋高僧传》卷二十九《慧日传》。

② 蒋维乔：《中国佛教史》，武汉大学出版社2012年版，第116页。

一、泰山学派对佛教的排斥

泰山学派，是北宋初期理学开始崛起而出现的一个学派，以泰山书院的创立为标志，形成了以孙复、石介为中心人物的理学团体，开宋明理学之先声。黄宗羲有《宋元学案》存世，全祖望于卷首序录中案："宋世学术之盛，安定、泰山为之先河，程、朱二先生皆以为然。"[①]黄百家于《宋元学案·泰山学案》中，引南宋理学家黄震（文洁）的话说："宋兴八十年，安定胡先生、泰山孙先生、徂徕石先生始以师道明正学，继而濂、洛兴矣。故本朝理学虽至伊洛而精，实自三先生而始。故晦庵有'伊川不敢忘三先生'之语。"[②]黄震文中所云"胡先生"，即指胡瑗；"孙先生"，即孙复；"徂徕石先生"，即石介；"濂、洛"，指周敦熙及程颢、程颐所创的"濂学""洛学"；"伊洛"，指二程之学；"晦庵"，是为朱熹（号晦庵）；"伊川"，是为程颐（伊川人）。由此即见，泰山学派对程朱理学之影响。

程朱理学，是宋明理学主要的派别之一，也是理学学派中对后世影响最大的学派。作为传统道统的捍卫者，对外来文化的侵入自然持否定的态度。自从佛教外来，在绝大多数中国儒家的心中长期以来就存有一个心结，这就是佛教是"夷狄"之教，自然也是异端邪说。泰山学派不但排斥佛教，对本土产生、发展起来的道教也同样持反对态度。在他们看来，凡有违儒家道统的行为及学说，皆是大逆不道，都应是否定的对象。因此可以说，泰山对佛教的排斥针对的是"异说"，侵犯了道统的"正说"，理应奋而反之。

（一）孙复对佛教的批判

孙复（992—1057），字明复，晋州平阳（今山西临汾）人。曾长期客居泰山讲学，学者称"泰山先生"。宋天圣五年（1027），范仲淹因母丧寓居南京应天府，受知府晏殊之请执掌府学。此时因家境贫寒的孙复流落南京，拜见了

① 《宋元学案》卷一《安定学案》，此"泰山"之谓，即孙复，因有"泰山先生"之名，故称。

② 《宋元学案》卷二《泰山学案》。

范仲淹，并得到了捐助。到了第二年，孙复又去了南京，再次得到范仲淹的施舍。这一次范仲淹得知了孙复的家境：一边游学，一边养活年迈的母亲，非同于一般的乞讨者。于是范仲淹在南都学舍为他谋了个学职，并传授其《春秋》。孙复励志苦读，受到范仲淹欣赏。范仲淹守丧期满复职上任，孙复也随机离开了南京。之后，孙复入考科举，但屡告失败，在景祐元年（1034）第四次应举落第后，遂游学于泰山之南的汶、泗流域。景祐二年（1035），孙复在石介的帮助下，于泰山创办了书院。至庆历二年（1042）七年间，孙复潜心研习经学，完成了他的《易说》《春秋尊王发微》。后曾职国子监直讲，寻迁殿中丞。嘉祐二年（1057），孙复去世，享年六十六岁。其著作除前面提到的之外，尚有《睢阳子集》十卷，然大部佚失，现存《孙明复小集》一卷，后收入《四库全书》“别集”。

孙复的排佛言论主要集中在他的《儒辱》《无为指下》两篇文论中：

> 噫，儒者之辱始于战国，杨朱、墨翟乱之于前，申不害、韩非杂之于后。汉魏而下，则又甚焉。佛、老之徒横乎中国，彼以死生祸福，虚无报应为事，千万其端，绐我生民。绝灭仁义，以塞天下之耳；屏弃礼乐，以涂天下之目。[①]

佛老“横乎中国”，是儒之大辱。他认为儒者之辱在战国时期就已经出现，更糟糕的是汉魏以来，又出了佛老之患，以生死福祸、因果报应借事发端，害我生民。这是“绝灭仁义”“屏弃礼乐”的大逆不道之为。其后果是：

> 天下之人，愚众贤寡，惧其死生祸福报应人之若彼也，莫不争举而竞趋之。观其相与为群，纷纷扰扰周乎天下，于是其教与儒齐驱并驾，峙而为三。吁，可怪也。且夫君臣父子夫妇，人伦之大端也。彼则去君臣之礼，绝父子之戚，灭夫妇之义，以之为国则乱矣，以之使人贼作矣。[②]

① 《孙明复小集·儒辱》。

② 《孙明复小集·儒辱》。

因此，“儒者不以仁义礼乐为心则已，若以为心，则得不鸣鼓而攻之乎”，号召有“心”之士，要群起而攻之。

> 噫，圣人不生，怪乱不平，故扬墨起而孟子辟之，申韩出而扬雄距之，佛老盛而韩文公排之。微三子，则天下之人胥而为夷狄矣。[①]

“夷狄”，它触动着国人最敏感的神经。华夏——中国，是文明、强大、昌盛的化身，而夷狄，是愚昧、弱小、落后的代名词。同样，也是内外之分、好坏之别的一个突出标志。这种分类法，几千年来始终潜隐于我们这个民族的意识之中。文中的“杨墨”指杨朱和墨翟，“申韩”指申不害、韩非子，在孙复看来，这些人都有悖圣贤之道，杨墨、申韩、佛老，都是异端。如果没有孟子、杨雄、韩愈这些先贤，“天下之人胥而为夷狄矣”！此为大是大非的问题，“人胥”“夷狄”的分类最容易调动、激发国人的感情了。这种时机被孙复捕捉到了。

在《无为指》篇中，批评佛老对“无为”是知其然，而不知其所以然。“无为者，其虞氏之大德欤，非旷然不为也”，而三代以下：

> 则枉引佛老虚无清净、报应因果之说，交乱乎其间，败于君德。吁，可痛也。观其惑佛老之说，忘祖宗之勤，罔畏天命之大，靡顾神器之重，委威福于臣下，肆宴安于人上，冥焉莫知其所行，荡焉莫知其所守，曰我无为矣。至纲颓纪坏，上僭下逼，昏然而不寤者，得不痛哉！且夫天下之广，亿兆之众，一日万几，兢兢翼翼，犹惧不逮。而佛老之说，其可惑乎。祖宗之勤，其可忘乎。天命之大，其可罔畏。神器之重，其可罔顾肆于人上乎。斯何沉惑不闻，如是甚也。[②]

他将历史上出现的“纲颓纪坏，上僭下逼”乱局，说成是佛老惑众的必然。并例证：“昔秦始、汉武，始则惑于虚无清净之说，终则溺于长生神仙之事；梁武、齐襄、姚兴，始则惑于因果报应之说，终则溺于解脱菩提之事，卒皆沦胥

---

① 《孙明复小集·儒辱》。

② 《孙明复小集·无为指下》。

以亡，势不克救。”[①]

（二）石介对佛教的批判

石介（1005—1045），字守道，兖州奉符（今山东泰安）人。举子时寓学于南都，以苦学著称。欧阳修曾赞曰“固穷苦学，世无比者”。石介比孙复要幸运得多。天圣八年（1030），二十六岁的石介先后参加了礼部的省试和仁宗亲自主持的殿试，与欧阳修、蔡襄等人同登进士门第，尔后便入朝为官。宝元元年（1038）、康定元年（1040），父母先后去世，石介还家，居丧徂徕山。期间，石介在徂徕山创立书院，开门聚徒讲学，人们始称“徂徕先生”。徂徕书院在当时影响很大，被称列天下四大书院（徂徕、金山、岳麓、石鼓）之首[②]。后来到任国子监直讲，开有宋一代新风。欧阳修在为其撰写的《墓志铭》中写道：“太学之兴，自先生始。”[③]

石介早在景祐元年（1034），调任南京留守推官兼提举应天府书院期间，结识了孙复，并对他的道德文章推崇备至。第二年冬天，石介为重建师道，在泰山拜孙复为师。用石介的话说，“道可服兮身可屈，北面受业尊为师”。石介与胡瑗、孙复，并称“宋初三先生”。

石介排佛的言论，比孙复更为激烈，针对佛老批判的文论主要有《怪说》《明四诛》《中国论》等。但总的来说，和孙复的论点目的大致相同，一方面维护儒家尊严，要巩固其“独尊”的地位；另一方面则指出佛老是夷狄之教，坚决予以攻之。

> 尧、舜、禹、汤、文王、武王、周公之道，万世常行不可易之道也。佛、老以妖妄怪诞之教坏乱之，杨亿以淫巧浮伪之言破碎之。吾以攻乎坏乱破碎我圣人之道者……吾不可不反攻彼也。[④]

① 《孙明复小集·无为指下》。

② 〔宋〕范成大：《骖鸾录》：“始诸郡未命教时，天下有书院四：徂徕、金山、岳麓、石鼓山，名也。”

③ 《徂徕石先生墓志铭》，《徂徕集》附录。

④ 《徂徕集》卷五《怪说下》。

同孙复一致，他的批判不专对佛老，而是与中国历史上出现的所谓异端相题并论。既然是异端，也就同儒家的道统相违背，其所扬称的一定是怪说，所以就必须加以反对。在反佛老的观点上，同样上升为夷狄之乱：

> 彼其灭君臣之道，绝父子之亲；弃道德，悖礼乐，裂五常；迁四民之常居，毁中国之衣冠，去祖宗而祀远裔；汗漫不经之教行，妖诞幻惑之说满，则反不知其为怪，既不能禳除之，又崇奉焉……彼其孙、其子、其父、其母，忘而祖宗，去而父母，离而常业，裂而常服，习夷教祀夷鬼，则反不知其怪，既灭胜之，又尊异焉。[①]

这是站在伦理纲常的角度对佛老进行批判，尔后归结为夷狄之乱。在儒家的世界观中，没有了君臣，没有了父子，三纲五常也就沦落了，中国正常的社会秩序也就没有了。佛道如此之“汗漫不经之教”“妖诞幻惑之说”，不觉为怪，反而崇之，实在是怪之又怪了。长此以往，与夷狄有何区别。“夫天处乎上，地处乎下，居天地之中者曰中国，居天地之偏者曰四夷。四夷外也，中国内也。”在中国君臣、礼乐、衣冠、冠昏、祭祀等有序有为，而四夷“被发文身”“雕题交趾”“被发衣皮”“毛衣穴居”，皆“有不火食者”“有不粒食者”。文明与野蛮，不可相容，“相易则乱”[②]。

在石介看来，除儒之外均为异端，儒代表正宗，也代表中国。佛老是夷狄，在儒的面前肯定也是异端：

> 夫佛老者，异端之人也。而佛老以异端之教法，乱儒者之教法；异端之衣服，乱儒者之衣服；异端之言语，乱儒者之言语，罪莫大焉而不诛。夫不以尧、舜、禹、汤、文武、周公之道事其君者，皆左道也。[③]
>
> 闻乃有巨人名曰“佛”，自西来入我中国；有庞眉名曰“聃”，自胡来入我中国。各以其人易中国之人，以其道易中国之道，以其俗易中国之俗，

① 《徂徕集》卷五《怪说上》。

② 《徂徕集》卷十《中国论》。

③ 《徂徕集》卷六《明四诛》。

以其书易中国之书，以其教易中国之教，以其居庐易中国之居庐，以其礼乐易中国之礼乐，以其文章易中国之文章，以其衣服易中国之衣服，以其饮食易中国之饮食，以其祭祀易中国之祭祀。①

石介直言：佛老就是狄夷异端之辈。中国有中国之语言，中国有中国之教法，中国有中国之礼俗、衣食，若以夷狄之教易中国之道，“罪莫大焉”。离开尧、舜之道，皆旁门左道，均应诛之、驱之。石介将排斥佛老，提高到了维护华夏文明这个理论的高度。如何处理这种内与外、正与异的关系，他认为：

各人其人，各俗其俗，各教其教，各礼其礼，各衣服其衣服，各居庐其居庐，四夷处四夷，中国处中国，各不相乱，如斯而已矣。则中国，中国也；四夷，四夷也。②

这是石介提出的处理佛道最好的方法，若安好，则各行其道。中国与四夷，道统与异端，两者无法相融，那只有各归其处，佛老理当退出中国，回到应去的夷方。

（三）孙复、石介的影响

从孙复、石介的言论分析，两人论点是一致的。佛老之为是异端之为；佛老之教，是夷狄之教。在对待佛老的问题上，异端与夷狄是画等号的。石介的《怪说》有三，“上篇言佛、老，下篇言杨亿，佛、老、杨亿信怪矣”。佛、老的“妖妄怪诞之教”，杨亿的“淫巧浮伪之言”，此“三怪”，是石介所不能容忍的。前两者是宗教，后者是文风，如何能并列同行，一起受到批判，同样让人难以想象（也应算是一怪吧）。但这个谜底石介自己揭开了：“吾非攻佛、老与杨亿也。吾学圣人之道，有攻我圣人之道者，吾不可不反攻彼也。”③反我道者，我必反之，是石介的是非标准。为反对而反对，这也就难怪他的批判会有失偏颇

① 《徂徕集》卷十《中国论》。

② 《徂徕集》卷十《中国论》。

③ 《徂徕集》卷五《怪说下》。

（水准）。也就是说：石介排斥佛、道，是捍卫儒家的正统地位的态度，而不在佛老本身的自我存在是否合理。孙复对佛老的批判，自然也存在着这种局限。

孙复、石介所尊崇的儒家道统，有着基本一致的表述：

> 吾之所为道者，尧、舜、禹、汤、文、武、周公、孔子之道也。孟轲、荀卿、扬雄、王通、韩愈之道也。①

> 道始于伏羲，而成终于孔子。道已成终矣，不生圣人可也。故自孔子来二千余年矣，不生圣人。若孟轲氏、扬雄氏、王通氏、韩愈氏祖述孔子而师尊之，其智足以为贤。②

> 尧、舜、禹、汤、文王、武王、周公之道，万世常行不可易之道也。③

在这个道统中，其中孟子、韩愈是孙复与石介特别尊崇的。《孟子》一书本在子部，而不在经部。到了南宋时朱熹将《论语》《孟子》与《礼记》中的《大学》《中庸》合编为《四书》，作《四书章句集注》。自此，孟子与孔子得以相提并论，人们遂把孟子的学说与孔子的思想合称为“孔孟之道”。“在孟子地位的提升过程中，泰山学派发挥了巨大的作用”④。

对于韩愈，孙复、石介有着直接继承的发展关系。孙复、石介的道统（尧—舜—禹—汤—文—武—周公—孔子之道）说法，就源出于韩愈：

> 尧以是传之舜，舜以是传之禹，禹以是传之汤，汤以是传之文、武、周公，文、武、周公传之孔子，孔子传之孟轲；轲之死，不得其传焉。荀与扬也，择焉而不精，语焉而不详。⑤

① 《孙明复小集·信道堂记》。

② 《徂徕集》卷七《尊韩》。

③ 《徂徕集》卷五《怪说下》。

④ 仝晰纲：《泰山学派与宋代儒学的复兴》，《光明日报》2003年7月15日。

⑤ 《韩昌黎集》卷十一《原道》。

孙复、石介有所发展（孟轲—荀卿—扬雄—王通—韩愈之道），把韩愈加了进去。而孙复、石介的反佛，更是以韩愈为榜样。孙复说："扬墨起而孟子辟之，申韩出而扬雄距之，佛老盛而韩文公排之。微三子，则天下之人胥而为夷狄矣。"[①]石介说："宪宗迎佛骨，群臣无敢言者，独吏部论之。"[②]"佛老之教，蠹于中国千百年矣，韩愈愤然于千百年，下孤力排毁，不避其死。"[③]孙复、石介的反佛正是以韩愈作表率，旗帜鲜明，攻之犀利。

在岱顶有一处"五岳独尊"的石刻，已经成为泰山的标志性景观，刻文出处即来自石介的《泰山》诗：

七百里鲁甸，北瞻何岩岩。
诸山知峻极，五岳独尊严。
寰宇登来小，龟蒙视觉凡。
此为群物祖，草木莫锄芟。[④]

表现的就是对儒道之正统的信守。"七百里鲁甸，北瞻何岩岩"，是对《诗经·鲁颂》"泰山岩岩，鲁邦所詹"的摹写；"寰宇登来小"，又是对《孟子》说孔子"登泰山而小天下"的承续。既然泰山是"群物祖"，为万物之长，那么"五岳独尊严"也就无可非议。泰山又是历代圣贤所登临的圣山，泰山之尊，也就是儒道之尊。石介"五岳独尊严"的提出，不同于一般的赞语，而是对一个正统命题的认定。他要借泰山自古即是正本清源的象征，重新树立儒家道统独尊的地位。

泰山学派，始终以维护儒家的道统为己任。孙复来泰山后所建的讲学处，最初的名字叫"信道堂"（图6-18）。他在《信道堂记》中说："圣贤之迹，无进也，无退也，无毁也，无誉也，唯道所在而已。"因"道处是堂"，所以叫"信道堂"。孙复说：为道者，是尧、舜、禹、汤、文、武、周公、孔子之道，向下而序，就

① 《孙明复小集·儒辱》。
② 《徂徕集》卷八《辨谤》。
③ 《徂徕集》卷十四《与士建中秀才书》。
④ 《徂徕集》卷四《泰山》。

图6-18 位于岱庙东南一隅的信道堂旧址

有孟子、荀子、杨雄、王通、韩愈之道[①]。对于这个“道”，石介说“定以为经，垂于万世”[②]。自古以来的圣贤之道，是不可改变的。他们办学的目的很明确，就是要拯救“斯文”，倡兴道统，排斥有悖于儒的一切异说，特别是佛、道两教。

泰山书院以倡导孔孟儒道为目标，授学传道，从学者众。无论出身、不分穷富，有教无类，以致佛、道之徒前来求学者弃旧从儒。如道教门下的张生、孟生，在石介圣贤之道的影响下，“弃其师，事吾儒师；裂其服，被吾儒服；斥其礼，行吾儒礼；掷其书，读吾儒书”[③]。从中可以看到孙复、石介的传道释惑的魅力。

庆历二年（1042），石介守孝期满，归任国子监直讲。而孙复也在范仲淹、欧阳修、石介等人的推荐下，离开了泰山，出任秘书省校书郎、国子监直讲。

① 《孙明复小集·信道堂记》。

② 《徂徕集》卷五《怪说下》。

③ 《徂徕集》卷七《宗儒名孟子》。

孙复、石介初至国子监时，“然生徒不上三十人”。而孙、石直讲，“由是听徒日众，未几，遂盈数千”[①]，成为太学兴盛的标志。所讲授的道统、文统，也被更多的学子所接受。

朱熹在《宋名臣言行录前集》卷十引《家塾记》说：《怪说》一出，“于是新进后学不敢为杨、刘体，亦不敢谈佛、老”。由此可见，孙复、石介站在儒家独尊的立场上，对佛、老两教发起的进攻虽然在理论上存在着很大的局限，但就实际效果来看在当时曾产生了很大的影响。

二、苏轼为代表的佛门情怀

北宋之时，泰山地区隶属京东东路，而京东东路一向被看作是根本之地：“京东西两路，中国根干，畿甸屏蔽，缓急所资，常须安静，以镇天下。”[②]故被朝廷所重视。对此，苏轼也曾说道：“山东自上世以来，为腹心根本之地，其与中原离合，常系社稷安危。”[③]

苏轼于熙宁七年（1074）九月，由杭州通判升任密州（今山东诸城）知州，十一月到任，成为山东一域的官员。熙宁九年（1076）九月移知河中府，十一月离密州赴任，在密州有整整两年的时间。

苏轼对佛教的态度如何？先看一下他的《密州请皋长老疏》：

> 安化军据霍郎中、陈郎中、褚郎中、宋驾部、傅虞部、乔太傅及莒县百姓侯方等状，乞请忻州马鞍山福寿禅院长老惠皋住持本县石城院开堂说法者。右伏以山东耆宿，言不足而道有余；胶西士民，信虽深而悟者少。当有达识，为开群迷。长老皋上人，德宇深醇，慧身清净。一瓶一钵，本来自在随缘；万水千山，所至皆非住处。愿体众心之切，毋辞数舍之遥。翻然肯来，慰此勤想。谨疏。[④]

① 《儒林公议》卷上。

② 《续资治通鉴长编》卷一百五十九。

③ 《东坡全集》卷五十二《论河北京东盗贼状》。

④ 曾枣庄、舒大刚主编：《三苏全书》第15册，语文出版社2001年版。

密州，在当时隶属京东东路安化军。按照佛教的有关清规，禅宗寺院的住持选任由官方认定，各官自有请疏。此文即苏轼作为地方官延请忻州马鞍山福寿禅院长老惠皋，住持石城院开堂说法之请的文书。为民请命，自是一方官员的责任所在。但从字里行间透露出他对佛教的理解，“为开群迷”是其要旨所在。

不仅自己所辖的一方土地，他方有请苏轼也乐此不疲。再看他的《齐州请确长老疏》：

盖闻为一大事因缘，优昙时现；传吾正法眼藏，达么西来。直指心源，不立文字。悟道虽由于自得，投机必赖于明师。齐有灵岩，世称王刹。寔先圣启封之国，乃至人建化之方。图志具存，丛林为盛。久虚法席，学者何依。旁采舆言，宁臣有请。特降睿旨，慎择主僧。询于众中，无如师者。宜念传衣之嘱，敬仰佛恩；勿忘利物之心，上资圣化。不烦固避，以称宠休。谨疏。①

从该文书中可明显地感受到苏轼对佛法充满敬仰之心，且深明佛法义理。此疏写于熙宁十年（1077）初，当时苏轼知徐州路过齐州（今济南），应知州李常所托，是为灵岩寺聘请住持长老之事，苏轼乐而为之。其疏情真意切，并对佛教的传承法则及特点了然于心。

苏轼为齐州而用心，尽力佛事的还有他的《齐州长清县真相院释迦舍利塔铭并叙》，是铭作于元祐二年（1087）：

……（元丰）七年，轼自齐安蒙恩徒临汝，过而见之。八年，移守文登，召为尚书礼部郎。过济南长清真相院，僧法泰方为砖塔十有三成，峻峙蟠固，人天鬼神所共瞻仰，而未有以葬。轼默念曰：予弟所宝释迦舍利，意将止于此耶。昔予先君文安主簿赠中大夫讳洵，先夫人武昌太君程氏，皆性仁行廉，崇信三宝。捐馆之日，追述遗意，舍所爱作佛事，虽力有所止，而志则无尽。自顷忧患，废而不举，将二十年矣。复广前事，庶几在此。泰闻踊跃，明年来请于京师。探箧中得金一两，银六两，使归求之众

① 《东坡文集》卷六十二。

人，以具棺椁。铭曰：

如来法身无有边，化为丈六示人天。
伟哉有形斯有年，紫金光聚飞为烟。
惟有坚固百亿千，轮王何育愿力坚。
役使空界鬼与仙，分置众刹奠山川。
棺椁十袭閟精圜，神光昼夜发层巅。
谁其取此智且权，佛身普现众目前。
昏者坐受远近迁，冥行黑月堕坎泉。
分身来化会有缘，流转至此谁使然？
并包齐鲁穷海壖，犷悍柔淑冥愚贤。
愿持此福逮我先，生生世世离垢缠。[①]

从塔铭所记，可知他的父母"皆性仁行廉，崇信三宝"，是虔诚的佛教信奉者，这也就不难理解苏轼对佛教的关爱与支持。文中所说的真相院旧址在泰山西麓长清县城内，始建于宋嘉祐（1056～1063）年间，元丰（1078～1085）年间又起舍利塔。苏轼是在元丰八年（1085）十一月，至登州任时路过济南长清真相院，看到了十三层的舍利塔，苏轼为之感动，舍以所藏舍利，后又施金置棺椁，并为其撰写了塔铭。1965年，此地因修建道路，此塔地宫被发现，苏轼的《齐州长清县真相院释迦舍利塔铭并叙》刻石重见天日。

长清县真相院释迦舍利塔，在1963年前尚有残存。地宫发现后所出土的文物遂即流失于群众手中，文物部门闻知后赶到现场将绝大部分文物收回。1987年，适时对地宫进行了清理。其中苏轼刻石石灰岩质，长方形，长83厘米，宽62.5厘米，铭文为阴刻楷书；从右至左22行，每行6～25字，计有479字。一并出的10件银质人像，其中的光头弟子像，堪为珍贵（余一像为女供养人）。

弟子银像高10.1～11.5厘米，在其中一尊银像的足下，有一周阴刻的铭文：

邹□法钊氏施银一两，打十大弟子一尊。

---

① 苏轼撰书：《齐州长清县真相院释迦舍利塔铭并引》刻石，《文物》1983年第6期。

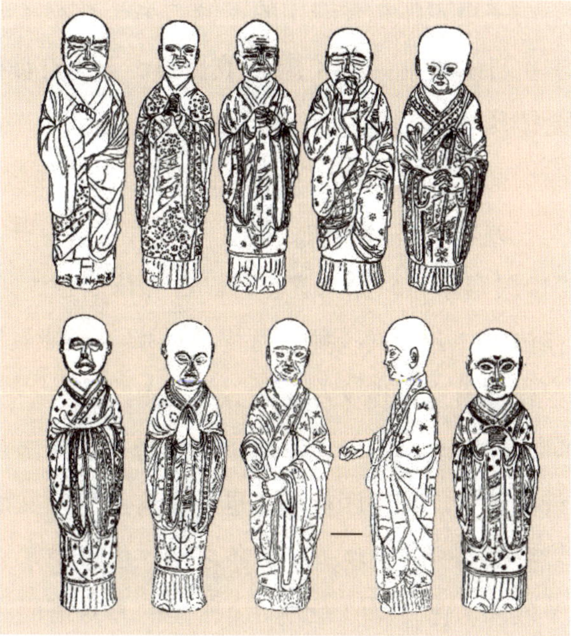

图6-19　长清真相院释迦舍利塔出土的银质弟子像（采自《山东长清县宋代真相院释迦舍利塔地宫》）

由铭文题记可知，所出土的银质人像是为释迦牟尼十大弟子[①]。这组弟子像身着袈裟，光头肃立，各有不同的表情流露，但表达的都是悲伤之情。既然是“十大弟子”，为何只有9位，是否存在从群众手中收集时还有遗漏者？其实应该只有9位弟子。因为银像所表现的应当是释迦牟尼入灭时，弟子们的悲恸情形，其中的舍利弗已经先佛入灭，所以十大弟子在现场也就少了一位。“这些人物雕像铸造的比例适度，小巧精细，神态各异，形象动人，表现出匠人丰富的想象力和高超的制作工艺”[②]，是难得的佛教艺术品，更为罕见的是佛陀涅槃十大弟子即景个像（图6-19）。

苏轼在齐州，还留有不少的诗文。其较著名的泰山诗是与苏辙的和作。苏辙于熙宁六年（1073）冬至熙宁十年（1077）二月在济南任齐州掌书记，兄弟二人感情甚笃[③]。苏辙在齐州曾寄给苏轼许多诗文，其中有《次韵韩宗弼太祝送游泰山》诗，苏轼即作《和子由四首》相赠。其一为《韩太祝送游泰山》，“恨君不上东封顶，夜看金轮出九幽”之诗句，表达着苏轼在泰山看日出的幸运以及

① 《维摩诘经》卷上《弟子品》：维摩诘称病，世尊委派身边的弟子前去问疾，念到有十位弟子。他们分别是：舍利弗、大目犍连、大迦叶、须菩提、富楼那弥多罗尼子、摩诃迦旃延、阿那律、优波离、罗睺罗、阿难。在《佛本行集经·舍利目连因缘品》《增一阿含经》卷三等经卷中，对其经历、专能都有所介绍。

② 济南市文化局文物处、长清县博物馆：《山东长清县宋代真相院释迦舍利地宫》，《考古》1991年第3期。

③ 《宋史》卷三百三十九《苏辙传》云：“进退出处，无不相同，患难之中，友爱弥笃，无少怨尤，近古罕见。”

弟弟子由不能东登泰山的遗憾。另一首赠《送杨杰并叙》诗，诗的前两联专写泰山日出景象："天门夜上宾出日，万里红波半天赤。归来平地看跳丸，一点黄金铸秋橘。"还有一首《送顿起》，诗句有"岱宗已在眼，一往继前躅……天门四十里，夜看扶桑浴"，同样是写日出。他对泰山日出情有独钟。

苏轼的弟弟苏辙还留有《四禅寺》一首，是他拜谒长清四禅佛寺之诗作："山蹊容车箱，深入遂有得。古寺依岩根，连峰转相揖……双碑立风雨，八分存法则。云昔义靖师，万里穷西域。华严具多纸，归来手亲译。蜕骨俨未移，至今存石室。遗文尽法界，广大包万亿……末法渐衰微，徒使真人泣。"四禅寺，原名土窟寺，大致建于隋末唐初。这里是唐代高僧义净禅师少年出家并修行的地方。义净西行求法也是在这里与师父辞行踏上征途的。从诗中描写的情境看，四禅寺已经处于萧条之状。但唐中宗为义净法师所书的《大唐龙兴三藏圣教序》碑，及门人为义净所建的真身塔尚在。"末法渐衰微，徒使真人泣"，表达出苏辙对四禅寺衰微的惋惜与哀伤。

苏轼还有一《荐诚禅院五百罗汉记》，也是热心佛事的用心之作。熙宁十年（1077），黄河决口，时值苏轼知徐州，苏轼亲率军民筑堤抗灾，僧人应言建策疏导积水，被苏轼采纳，"水所入如其言，东平以安"，应言有功，民众为其请赏，应言和尚推辞不受。元丰二年（1079），苏轼移知湖州，应言从郓州（今山东东平）而来，对苏轼曰：

> 吾郓人也，少为僧，以讲为事。始钱公子飞使吾创精舍于郓之东阿北新桥镇，且造铁浮屠十有三级，高百二十尺。既成，而赵公叔平请诸朝，名吾院曰荐诚，岁度僧以守之。今将造五百罗汉像于钱塘，而载以归，度用钱五百万，自丞相潞公以降，皆吾檀越也。[①]

第一次见面之时，苏轼就感到他的言行异于他人，再次相逢，"益知言真有过人者"。时过六年后的元丰八年（1085），苏轼路过此地，应言和尚又一次找到他："像已成，请为我记之。"这让苏轼对应言和尚十分敬佩，由衷感叹："使天下士皆如言，论必作，作必成者，其功名岂少哉！其可不为一言。"这是苏轼

---

① 《东坡全集》卷三十七。

之所以为记的事由本原。“论必作，作必成”，成为苏轼的名言名句，而“论事易，作事难，作事易，成事难”的警句，也出自这篇叙记中。

同时，我们从记事中可了解：北宋时期在东阿北新桥镇（今东阿县鱼山乡驻地正东，黄河岸边）的荐诚禅院，因有十三级的铁塔而著名，后又有五百罗汉庄严禅院。金皇统八年（1148），院中又增置菩萨像。在沂州防御使邵世衍的《东平府东阿县荐诚院慈氏菩萨记》中，描写了当时信众的朝拜情况：“四众云集，如水凑川，如风入阿，奔前轶后，惟恐不及；扶老携幼，酌水捧花，随意稽敬。”①如今的东阿铁杨村，荐诚禅院遗址尚存，铁塔、菩萨像没有了，但苏轼撰写的《荐诚禅院五百罗汉记》石碑尚存。

佛教的勃兴，离不开当朝天子的扶持，更少不了在朝的百官要员及文人雅士的擂鼓助威。当十方灵岩有新的住持到任，总会在士大夫阶层引来不少的欢呼声。熙宁二年（1069），永义禅师主灵岩，龙图阁直学士、尚书工部侍郎、群牧使张掞作《新灵岩主义公上人》诗，有云“金地阙人安大众，玉京选士得高僧”。十方寺敕差住持更是一种荣耀。熙宁三年（1070），僧行详奉敕赴任，作为朝散大夫、尚书户部侍郎的张掞，又作《敕差灵岩寺主大师详公赴寺》之诗：

黄纸除书下九天，岱宗西麓镇金田。
鹫峰肃肃臻多士，兰杜熙熙抚众贤。
像室光华辉晓日，禅心清净擢秋莲。
山泉自此增高洁，云集十方结胜缘。②

此诗所强调的是“黄纸除书”，这不是一般官方升迁文书，是皇帝的敕牒。“镇金田”“增高洁”，期望带来一个福果。张掞（996—1074），齐州历城（今山东济南）人，北宋名吏。他为家乡有这样一方禅寺而感到自豪。早在二十年前，知掖县时就曾来灵岩，并留《题灵岩寺》诗一首。

皇帝敕差是件大事，僧行详奉命到泰山灵岩寺被朝臣所关注，不少宰臣以诗相赠，表达心情，以示庆贺。在灵岩寺中有一碑刻，额曰“宋朝贤赠行诗”，

① 《东平府东阿县荐诚院慈氏菩萨记》，《东阿县志》卷十九《艺文志》。
② 《宋张掞诗刻》，《岱览》卷二十五《灵岩中》。

立于“殿大门壁，北向”①。在《敕赐十方灵岩寺碑》牒文中居官画押的宰相王安石，在此还留有一首《诗送灵岩法师》诗：

灵岩开辟自何年，草木神奇鸟兽仙。
一路紫苔通窈窕，千崖青蔼落潺湲。
山祇啸聚荒禅室，象众低摧想法筵。
雪足莫辞重趼往，东人香火有因缘。②

诗中表达出对灵岩寺当时难以维持现状的担忧，期待行详法师重整旗鼓，给一方百姓造福。王安石的诗，刻于诗碑的上层。同碑所刻还有俞公达的《诗送灵岩法师》、蔡延庆的《诗送详禅师住灵岩》等，诗者均是当朝的名臣。他们都在为灵岩敕差僧行详唱赞。

三、“三教”一家的继承与发展

佛教之所以能在中土传播并发展开来，说明中国传统信仰与佛教信仰两者之间没有根本的利害冲突。自两汉之交佛教东来发展至今，近两千多年的历史表明，相融互补、共同发展是必然的结果。最高统治者可以因政治、经济、文化的需要，以及个人的好恶，对佛教进行打压，甚至有“三武一宗”法难的发生，但终不能也不可能终结佛教在中国的真实存在。

道教是从中国传统宗教中分离出来的一种宗教，两者血脉相连，相互补充，是传统宗教的一部分，弥补着原有传统宗教所带给信仰者的不足，否则道教也不会产生。中国的传统宗教，是在原始宗教信仰的基础上发展起来的。它以天地祭祀为核心，在维护国家社会秩序上儒家的思想意识发挥了巨大的作用。也可以说，自西周后，特别是西汉“独尊儒术”的局面形成，儒家学说发挥出了它的宗教作用，而宋代程朱理学的出现，使其所具有的宗教属性越来越强。把西方“宗

① 《岱览》卷二十五《灵岩中》:《朝官送详禅师诗刻》。

② 《岱览》卷二十五《灵岩中》，碑作“安石”，唐仲冕案“安石，当是荆公，方为参政”，即王安石。

教”的概念套用在中国的宗教观上，或许是不尽合理的。但不管你承认不承认儒家学说也是宗教学说，在历史上人们已自觉不自觉地将其与佛教、道教相提并论。传统宗教以礼制为主干，这正是儒家所专长的，也是社会所需要的。

在南北朝时期，已经把儒、释、道三家并列在一起，称之为“三教”。北周天和四年(569)，武帝敕召有德众僧、名儒、道士及文武百官二千余人，论释、道、儒三教之优劣。“帝升御座，亲量三教优劣废立”，尔后甄鸾上《笑道论》，群臣论之，以为“伤蠹”道士，遂焚于殿庭。“世号玄门二杰”之一的道安，慨然上《二教论》，言“三教虽殊，劝善义一，教迹诚异，理会则同”[①]。周武帝于建德二年(573)，又“集群官及沙门道士等，帝升高座，辨释三教先后。以儒教为先，道教次之，佛教为后”[②]。他将儒排在了第一位，道、佛以次之。这也成为后来诸代的大势。“六朝以来，三教中曾出现过不少三教归一论者，如慧远、孙绰、张融、顾欢、陶弘景、王通等，或倡导儒佛一致，或主释道不二，或说三教归一”[③]，三教相互渗透、相互补充，是不同历史时期宗教理论与宗教实践发展的基本趋势。特别是北宋以来，儒、释、道三家中，更多的人倡导三教归一。如高僧赞宁《三教总论》：“三教是一家之物，万乘是一家之君。”[④]大儒晁迥“善吐纳养生之术，通释老书，以经传傅致，为一家之说”[⑤]。著名道士张伯端：“教虽分三，道乃归一。”[⑥]“三教合一”的宗教信仰格局，也正是官方所期待的。

在宋元时期，泰山与道教关系密切的是真大道教和全真教。刘德仁(1122—1180)是大道教的创始人，号无忧子，沧州乐陵(今山东乐陵)人。金皇统二年(1142)创立大道教(后称真大道教)。金正隆六年(1161)，金廷召见刘德仁，赐居京师天长观；大定七年(1167)，赐“东岳真人”之号。此教有“九戒”，其中就包含了儒家的忠孝诚信、佛教的戒酒色及茹荤等方面的内容，“三教合一”思想尤为鲜明。真大道教在泰山较为活跃。2003年，在泰山东平发

---

① 《续高僧传》卷二十四《释道安传》。

② 《北史》卷十《周高祖纪》

③ 任继愈主编：《中国道教史》，上海人民出版社1990年版，第528页。

④ 《缁门警训》卷三。

⑤ 《宋史》卷三百〇五《迥善传》。

⑥ 《悟真篇·自序》。

现元代真大道教九祖玄应真人张清志《尧帝延寿宫真大道真人道行碑记》，阴面刻“真大道宗派图”。碑文云：真大道创始者刘德仁，由《道德经》而悟真阐教，“绝去嗜欲，屏断酒肉。勤力耕种，戒行严洁。一时翕然宗之”。碑载：其五祖郦真人（即郦希诚），曾受当时东平总管严实之托，“督修尧帝延寿宫，兼管四季祭礼”，并为住持[①]。郦希诚深受金宪宗垂青，赐真人号曰“太玄”，始名真大道。他到泰山行教，曾于岱岳观、白龙潭施法，“其效验乃尔，人不知其然而然也”[②]。

“合一三教，是全真道的鲜明特征。”[③]全真道的创始人王喆（1112—1170），字知明，号重阳子。他出身儒门熟谙儒典，又一度研习过佛教。在立教之初建立“五会”，皆以“三教”为旗帜，主以“三教圆融”“识心见性”“独全其真”为立教宗旨，不囿道教之一说。他在《金关玉锁诀》中就说“太上为祖，释迦为宗，夫子为科牌”，劝人佛经、道经、儒典同诵。在山东的文登、宁海、福山、登州、莱州等地传教布道。由于王重阳仙逝较早，丘处机成为全真教“三教合一”思想主要的阐示者与实践者，将全真教理论加以丰富和完善。

丘处机（1148—1227），字通密，号长春真人，山东栖霞人。丘处机主张将内修心性与外修功行相结合，“在外修功行方面，他主要吸取了儒家仁、义、礼、智、信等说教，作为全真教信徒行事的准则”。在性与道的关系上，丘处机也融合了儒家的人性论，认为道教之“道”，与儒学之“天命”“天道”并无区别。在丘处机的著作里，还经常宣扬儒家的“仁爱”“忠孝”理论，要求教徒要有仁爱之心，讲孝道[④]。丘处机有诗称：“儒释道源三教祖，由来千圣古今同。”[⑤]他在王重阳思想的基础上又赋予全真教“三教合一”之新义。丘处机曾居泰山之长春观，据方志记载，观内有丘处机牒及成吉思皇帝敕旨

---

① 杨浩、王平：《山东东平发现元代真大道教九祖玄真人碑》，《碑林集刊》（十一）2005年第12期。

② 元至元二十八年（1291年）《重修隆阳宫碑》，《道家金石略》，文物出版社1988年版，第823页。

③ 任继愈主编：《中国道教史》，上海人民出版社1990年版，第527页。

④ 朱亚非：《论丘处机》，《文史哲》1998年第3期。

⑤《磻溪集》卷一。

碑[①]，今皆亡。

宋元时期“三教合一”的这种格局，在摩崖造像及佛寺祭祀中同样有突出的表现。

东平司里山以“千佛崖”著称。山巅有二块巨大岩体，上面遍布不同历史时期的造像，而以居中的东崖岩体造像最为集中。山东地区北齐最大的佛造像，就位于这一岩体的南断面，是为一佛二弟子，佛像通高6.5米。在大佛像的东端，分布有8层56龛造像，在最下层东端的一个造像龛内（左上角，即为铭记有“大齐皇建二年……敬造弥勒下生”造像，被此龛所打破），分别有孔子、释迦牟尼、老子的造像，因造像题记中有“三教通连”的说法，我们称其为“三教通连”造像（图6-20）。

图6-20　东平司里山宋嘉祐二年（1057）“三教通连”摩崖造像

在“三教通连”造像中，释迦牟尼居中，孔子居右，老子居左，每尊造像的左右均置有两侍者（无论主尊还是侍者，面部均被严重毁坏）。

释迦牟尼，头后有线刻的桃形项光，外披施钩纽的敷搭双肩下垂式袈裟，内着僧祇支，束腰结带。右臂抬至胸前，手已残，似说法状，左手抚膝，结跏趺坐于莲花台上。侍者立于左右两侧，上披交领袈裟，下着裙裤，双手合十肃立。

孔子，褒衣博带，两手持笏于胸前，正襟危坐。左右侍者亦着褒衣，手持

① 〔明〕汪子卿《泰山志》卷二《列仙》载：丘处机“不知何许人。尝居泰山南址长春观，以全真为教”。《灵宇》载：“中统碑刻元和子为女冠訾守慎作《记》，丘神仙牒刻成吉思皇帝敕旨，俱存。《记》称祖师谓丘神仙，妙真则守慎之赐号也。”〔明〕查志隆《岱史》卷九《灵宇纪》亦云：“长春观，在州城西北隅……丘神仙牒刻成吉思皇帝敕旨，俱在。”

笏板，拱腰而立。在主尊造像头部的右侧，榜题“文宣王”。在释迦牟尼与孔子造像的头部之间有铭记，其记前半部分漫漶不清，可辩者有“宿州”“嘉祐二年四”等字样，后半部分为“母张氏、妻王氏、长男乙哥、次男二哥、丈母、小姑”题名。

老子，身着交领袍服，双手持一博山炉于胸前，盘腿端坐于须弥座。两侍者上着袍服，下着裙裤，双手捧物于胸，恭敬而立。在主尊造像头部的左侧，榜题“太上老君”。

在老子与释迦牟尼造像的头部之间，铭记有：

> 三教通连，个个真见。□神通□、处厚喻伽。大论释迦，身镌在名，山□的真。

“三教通连”造像在配伍上，均为一主二辅；在造像尺度的把握上，也平分秋色，高低相同，宽窄同度。因此说，除了在布局（释迦居中）外，一切都是同等的。关于座台的不同，是造像者为区分三者的身份而有意为之。

宋嘉祐二年（1057）的“三教通连”造像，形象地显示了儒、释、道三家融合相处在社会上的共同认知。造像者以他们对儒、释、道的理解多有表现。虽然表现空间一致，同起同坐，但服饰、手执、台座，各有张扬。“惟恐这样处理不到位……在三组协（胁）侍身上作了细部的区别：孔子身边的两位弟子身着圆领官服，双手也捧着笏板；老子的徒弟们则捧着丹盒类的东西；释迦牟尼的弟子们双手合十，呈礼拜的姿态。主教不同，身边随从也各不相同。这种从主要人物到陪衬形象严格区别的造型手法，使三位大圣的形象更加鲜明。”①

说到佛造像中的“三教合一”，最著名的是大足石窟造像的三教造像，“突出反映了儒、佛、道三教的渐次融合历程和在造像题材上的多样化与兼容性特点。其主要表现是，在传统的佛教石窟中，出现儒、道的独立造像及三教合区、合窟的造像形式”。先是在同一造像区内，出现有孔子与老子的造像（分别造像于宋元祐戊辰，1088年；元丰六年，1083年），后出现两处儒、释、道“三教

① 张从军：《司里山摩崖造像展现“三教合一”思想》，《走向世界》2005年第5期。

合一”的同窟造像。一为马蹄形布局，即释迦牟尼居窟之主壁，孔子与老君居窟之侧壁，相对而坐。此窟开凿于南宋天元甲子年（1144）；一为三主尊一字形并列（与泰山的“三教通连”布局相同），这种样式平等的意味多了些。此窟开凿于南宋乾道八年（1172）。从造像年代序列中可以看出，由最初的独立造像，到合区造像，再到同窟造像，直至最后的有机统合造像，体现了三教思想渐次融合发展演变的进程[①]。

泰山司里山的“三教合一”造像，如果同大足的相比较，从时间上看要早得多。如果以相同布局的造像（“有机统合造像”）而论，早了一个多世纪。更有意义的是，造像记中有了“三教通连”的铭记。

“三教合一”表现在现实的祭祀传法之中，灵岩禅寺可作为这一方面的代表。

在灵岩禅寺方丈院墙上嵌有一块石碑，名为《天津信众妆修泰山圣母等神像碑》，其曰：

> 直隶天津卫左所杨官店香头殷龙，于嘉靖二十八年三月，开手妆修泰山圣母东西两配殿、后寝宫，玉皇大帝、东岳天齐阴间天子，温关二大元帅、勾愿司、左青龙、右白虎、山神都土地、灵岩后土圣母，各庙神祇见新。[②]

妆修的诸神，严格意义上与佛教没有什么关系，却与儒、道密切相关，甚至出现了“灵岩后土圣母”，与山神、土地神，都应为民间俗神。这是佛寺所不宜设置的，出现这样的情况，应是寺庙适应、尊重广大信众的信仰而设，即见当时宗教信仰融合性的特征。碑立于明嘉靖二十八年（1549），但文尾云“神祇见新”，说明这些神像的设立肯定早于是年。灵岩寺郭思《游灵岩记》碑，有云：

> 大观戊子八月，思既朝见岳帝，即走灵岩，礼谒五花殿下，升顶泉轩，见钦禅师，闻大法，眼秘密印。食已，至上方，拜后土祠，瞻谒置寺普萨，闻青蛇引路、双虎驮经之异……入夜，钦公见过，皓月在庭，山籁林风，

① 李光明：《大足石刻造像与三教融合初探》，《中原文物》2015年第5期。

② 录自张用衡：《泰山石刻全解》，山东友谊出版社2015年版，第932页。

阒见夜景，太清境界，换人肌骨。思不忍寝为，书此于壁，识我者，当察余之告于狂志也。[①]

参考郭思这段记述，我们可以清楚地了解到天津信众所妆修的诸位神仙，早在宋大观戊子年（即大观二年，1108）就有了。想拜见东岳大帝，在灵岩禅寺即可；在这里同样也可于“后土祠”祭祀土地之神（祭天不行，那是皇帝才有的特权）。后土是中国传统宗教中与天神（昊天上帝）相对应的最重要的神祇。寺中的菩萨要祭拜，也要领略由青蛇引路、双虎驮经相陪的法定禅师之神异[②]。文中所说的钦公，即十方灵岩禅寺赐号净照大师的住持释仁钦。书写于壁的作者郭思，见过仁钦大师，在寂静的夜晚，于月光之下，听着山间的林涛之声，郭思竟有了“太清境界”的感受。

郭思题壁是在大观二年（1108）八月，之后为仁钦大师所建造的崇兴桥他又撰写了《齐州灵岩崇兴桥记》，同年九月立石。其署款身份为“朝奉郎、新差权通判岷州军州，管勾学事、兼管内劝农事、兼管勾给地牧马事、云骑都尉、赐绯鱼袋”。郭思（1055—1130），字得之，北宋大画家郭熙之子。郭熙早年信道，游于方外，以画山水名，“为翰林院待诏”。郭思最后“徽猷阁直学士、提举西京嵩山崇福宫郭思致仕”[③]，崇福宫是当时名儒名道汇集修行之所。

仁钦大师虽在禅门，也以儒家的人伦之德为本。在他创建灵岩崇兴桥时就说道：“国家设道场、广利益，一以增阐善因，二以资佑国福。方今钦崇祖宗，以本仁孝，吾知国恩者也。愿吾桥成，以崇兴为名。”国恩祖德，仁义孝道，始终不能忘怀。在佛教有“五苦”之说，谈到“生苦”钦公说：“生来从四大，假合依六尘。妄识投胎卵，执情为我身。几回劳父母，恩爱强分亲。”带着人伦之常情劝导人生，而不像《析玄记》：“生老病死苦谓众生初受生时，在母腹中窄隘不净。及出胎时，冷风触身，如被物刺。”冷冷冰冰，无亲情可言。钦公述有

① 录自张用衡：《泰山石刻全解》，山东友谊出版社2015年版，第920页。

② 来自法定禅师始来灵岩观音托相，二虎伏经，青蛇引路之圣迹故事。后有金代刻法定师像：右手持锡，左右各有一虎，背有鞯，上有双鹤飞鸣状，前有蛇引路，一猿捧果回顾，有樵翁对立东指，畚插置地。

③ 〔宋〕李心传：《建炎以来系年要录》卷三十八。

《五苦颂》，让门人镌刻于碑，“幸希省觉”来者[①]。现此碑仍有残存，置于灵岩寺般舟殿东侧。

第四节　佛教的民间化与世俗化

宋元时期，佛教更加注重与中国传统思想的调和。为适应社会及信众的需要，佛教的神圣性被世俗化所减弱，以现实生活为基本诉求的观念与信仰越来越强。适应这一趋势的发展，乡村寺院得到了新的生机；同时罗汉信仰也在民间发展起来。以信仰为纽带，会社的组织及功能显示出强大的生命力，成为寺院发展的重要支柱。

一、寺院从集中向分散的转移

灵岩寺在唐代之时，与浙江天台国清寺、江苏南京栖霞寺、湖北江陵玉泉寺，同为天下寺院“四绝”[②]，灵岩寺有“四绝第一”的盛誉。“名厉河北，誉满京师”的高僧灵润，“闻泰岳灵岩寺僧德肃清，四方是则，乃杖策寻焉。既睹副师，遂从咨训，乃习般舟行定”，“于时同侣五百余人，各奉行定，互相敦励”，足显灵岩寺的影响与僧侣之众。后“有道奘法师，擅名海岱，讲《摄大乘》，又往寻焉”[③]，又见海岱之区高僧云集。唐京师大兴善寺高僧释法侃，同是“闻泰山灵岩，行徒清肃，瑞迹屡陈，远扬荥泽，年未登冠，遂往从焉”[④]，灵岩寺的吸引力可见一斑。泰山的高僧大行，还曾受诏“入内宫寝

① 《五苦颂碑》,《岱览》卷二十五《灵岩中》。

② 〔宋〕《齐州景德灵岩寺记》：“唐相李吉甫纂《十道图》，以润之栖霞、台之国清、荆之玉泉，合兹寺为四绝。”《岱览》卷二十六《灵岩下》。

③ 《续高僧传》卷十五《灵润传》。

④ 《续高僧传》卷十一《法侃传》。

于御殿，敕赐号常精进菩萨”[①]。有“降魔”之称的释藏师，知“与少皞之墟有缘，寻入泰山”，故又名东岳降魔藏师。释藏师于灵岩寺，兴禅而“皆许其饮茶”，兴一代禅风[②]。更有义净三藏，西行印度圆满归来，其“传度经律与奘师抗衡”，而其著述盛于奘师[③]。

五代帝王，对佛教采取限制政策，尤其是后周世宗毁佛，使佛教遭遇重创。但泰山脚下的冥福禅院仍是一个具有较大影响的佛寺。冥福寺位于今泰山岱庙之东南，创建于唐开元年间，后唐、后晋相继增修。于后唐长兴四年（933）获赐禅院土地，从其《特赐冥福禅院地土之记》的牒文看，可知其大致规模及诸方条件构成[④]。

冥福禅院此次所确定的所有权土地，共分为十段，分布于当时的寨城内

---

① 《宋高僧传》卷二十四《大行传》。

② 《封氏闻见记》卷六《饮茶》：“南人好饮之，北人初不多饮。开元中，太山灵岩寺有降魔师，大兴禅教，学禅务于不寐，又不夕食，皆许其饮茶。人自怀挟，到处煮饮。从此转相仿效，遂成风俗。”

③ 《宋高僧传》卷一《义净传》。

④ 《岱览》卷十三《冥福院地土牒碑》《敕中书门下冥福禅院产业土地》：

第一段：在岳庙东。其地南至街，北至马司徒，东至姜二郎李子园为隔；东南至槐树；东北至张中舍。

第二段：西斛豆斗市近北街东面东北。东北至卞二郎，北至卞二郎，南至官省房，西至街。

第三段：清酒务西。南至街，西南二至灵派侯庙，西至溹河岸，北至路，东北二至街，东至酒务界墙。内有霍二□郎王庙，今临街有税地，相至霍二郎宅，南至本院地，东至大郓州街，南自至，西至小郓州街。

第四段：寨西门里。有街南里裹角地一阙。

第五段：大寨内。有地藏院所居地基并拐子地，计三亩捌分叁厘叁毫，并系冥福禅院地基。

第六段：大寨里。本院东菜园一坐，计地九亩大。

第七段：寨城东。东北路菜园一座，计地三亩大；路南拐子地一角，计地一亩大；东至翟家，南至道，西至成家，北至南宫地。

第八段：本院。庄上菜园一座，计地五亩大，四面自至。

第九段：宣赐冥福禅院税户□。在昭告亭东，有庄，计地一十二顷大，东至沙河，南至张中舍，西至王官人，北至成三郎。内有短头地身在北边西北角，东北角至韩五郎、赵二伯。庄南一段四十四亩大，东至张八郎，南自至，西至张二郎，北自至。雍家庄后有地一段，南至张教书，西至古道，北至东北角二自至。

第十段：泰山下本院所止。地基南北长六十三步，阔五十六步六分，及殿后拐子地，东西长四十一步□分，阔五步六分，约地一十五亩大，并系赐到院地基。

图6-21　冥福禅院大型经幢（现置岱庙）

外。因历史的辗转推移，现已无法确定冥福寺所属的具体地界，但就现存的一些地点名，就可知道当时冥福寺大致的势力范围。冥福禅院在寨城（大寨里）中的“岳庙”之东，这是禅院的本院所在，“约地一十五亩大”。在其东、南都有禅院的一片属地，并且有“九亩大”的“菜园一座”；在院之北也有“计地五亩”的“菜园”；而再东至寨城外也有“计地三亩大”的菜园一座，并有一亩大的“拐子地”。而本院之西南到“灵派侯庙”，再西至“淙河岸”，也为其土地范围。寨城西门内有“裹角地一阙”“有地藏院”及“拐子地”，均为“冥福禅院地基”。所赐冥福禅院税户“有庄”，“计地一十二顷”；而在其庄南，也有一段地，“四十四亩大”。从其主要的几个数据看，菜园有三个，计17亩；税地（庄田）两处，总计约1236余亩。这应是一个颇具规模与经济实力的禅院。现存岱庙内汉柏院的《金刚经幢》《青州临淄县□生幢》《佛顶尊胜陀罗尼经幢》，以及中心院落天贶殿东南的大型莲花座八棱经幢：高6.4米，座径2.58米，身径1.43米（图6-21）等，皆为冥福禅寺遗物，也能反映出冥福禅院在当时兴盛的状况。

冥福禅院还以藏经著称。后晋天福八年（943）《东岳冥福禅院新写经藏经之碑》记述：藏经功德主僧志隐与施主李彦章等，“特建钟楼经藏。（禅院）虽斤斧丹青，焕乎毕备，而经文典诰，咸且阙诸。遂乃坚请主持，假其缘化。既从请托遂果，岁时莫不募修信心，资乎敏手，坚比移山之志，勤同覆匮之功。仅越十年，始就前愿，凡写藏内经、律、论及圣贤传记等，共五千四百八十卷。并新纸墨，咸得精详，永用缄藏，是图悠久”[①]。此次活动有几十位朝廷命官参与，一方面反映了当时官方对佛教的认可及笃诚；另一方面也表明，冥福禅院在当时具有一定的社会地位，以致引来后世史家“此为写藏经数千卷，立碑列官累累，可见佞佛之盛”的评说[②]。

北宋立国对佛教予以扶持，灵岩寺又可作为泰山佛教发展的代表。宋嘉祐六年（1061）《齐州灵岩寺千佛殿记》碑云：“自白马来东土，建寺院者几乎百千万所，则示形出相以化人者，非不多矣。其间烜赫中夏，辉映诸蓝。”灵岩得“四绝之伟者”是也。其绝“有四种义”者：一为“地望之绝”；二为“庄严之绝”；三为“供施之绝”；四为“精进之绝”。更加绝有的还有：其“左有泰山峋峋，与天为邻”；其“右则有洪河浑浑，厚地偕奔”；“其前则有邹鲁大国，洙泗钜防”；“其后则燕赵二御，山川四驰”；不可谓不绝。“加之野有良田，可以封万户；□有华屋，可以荫万夫；帑有羡资，可以苏万民；僧有方便，可以化万心，不甚盛欤！”并有“皇帝陛下降以御篆飞白以嗣之”。凡此种种，莫不引以为豪。

自宋熙宁三年（1070）始，灵岩寺正名为十方丛林，“容召天下大名德大长老为住持主”[③]。自此住持及僧官多是赐紫高僧，如嘉祐间由赐紫沙门重净住持；建中靖国、崇宁、大观间，由净照大师赐紫仁钦住持，是宋徽宗“诏以仁钦为灵岩寺住持主”；大观间的监寺、维那、首座等均为赐紫之僧[④]。据宋人张公亮《齐州景德灵岩寺记》，灵岩寺“高门嵯峨，长廊连延”，“我朝景德，方锡今额。……景祐中，主僧琼环者，即众堂东架殿两层，龟首四出，南向安观音像。文楣藻拱，颇极精丽。设虡刻鲸，以警昏晓。后主事者，复置殿之两楹，辟正门，叠石填涧，为回廊，庭除显敞，乃为大壮。寺有石三门，千佛殿与释迦殿、辟支佛塔，皆古制。……寺之殿堂、廊庑、厨库、僧房，间总五百四十”[⑤]。

在宋代很有影响的佛寺还有徂徕山之崇庆寺。该寺的前身即创建于北魏的

---

① 《冥福禅院新写藏经碑》，《岱览》卷十三《岱阳下》。

② 《冥福禅院新写藏经碑》唐仲冕《案》，《岱览》卷十三《岱阳下》。

③ 〔宋〕《齐州灵岩崇兴桥记》。

④ 〔宋〕《齐州灵岩崇兴桥记》。

⑤ 〔明〕《泰山志》卷二《灵宇·灵岩寺》。

光华寺，“唐有天下三百余年，衣钵相传，宗派不泯。继以五代之乱，寺从而废”，宋祥符七年（1014），复赐号“崇庆”，重振雄风，“而与明孔山之灵岩，相为甲乙”[①]，能与灵岩寺相比衬，可知崇庆寺在宋代之盛。崇庆寺于金之时，仍与灵岩寺相为次第，如为灵岩寺第九代住持定光禅师所立之塔，就由崇庆禅寺住持、嗣法惟素等主事[②]。

继宋之后的金代，佛教政策深受宋王朝的影响，佛教在泰山仍呈发展趋势。久负盛名的灵岩寺，仍不失天下名刹之风，“山门皆十方僧兼住持长老”。金明昌七年（1196）《十方灵岩寺记》碑云：灵岩寺“日增月葺，庄严为天下之冠。四方礼谒，委金帛以祈福者，岁无虑千万人。佛事□（愈）兴，而居者益众。分而为院者，凡卅有六”。在大定二十三年（1183）的《灵岩寺涤公开堂疏》碑中，称灵岩佛寺“利洽邹齐，襟吞兖鲁，一百年丛林浩浩，三千里香火憧憧。飞阁莲宫，粹容金界”。明昌六年（1195）《十方灵岩禅寺田园记》碑载：灵岩寺仍“峰峦奇秀，祠宇雄丽，号天下四绝之一，比丘恒二百余众”。诸碑之文辞虽有溢誉之嫌，却也能反映出灵岩寺十方丛林的庄严与气势。

创建于北齐河清二年（563）的徂徕山四禅寺，几经兴衰，于金大定二年（1162）赐额“法云禅寺”。据金《重修法云寺记》载，法云寺建有法堂、方丈、僧房各五楹八椽，寝堂三楹八椽。重修始于金大定十一年（1171），功成于十六年（1176），“栋宇雄壮，檐殿高揭，窗牖疏明”。“每当春冬农隙之时，或于精蓝，或就私第，举莲社，广斋供，延僧流，赞诵梵音。讲究贝书，瞻礼圣像……”这是一座适于农家生活的佛寺，“乡村繁阜，风俗协和，礼仪相睦”，梵音缭绕，颇有一番浓郁的乡情乡貌。

玉泉禅寺，即僧意始建于北魏时期的谷山寺，位于泰山东北麓的谷山。此处因传有罗汉在此显灵而俗称佛谷峪。寺东有古井，泉水清碧充盈，遇旱不减，有玉泉之称，故寺以泉名。据泰和元年（1201）《谷山寺记》碑所载：天眷（1138～1140）年间，有僧善宁远涉泰山至谷山寺旧址，独青此处山色，苦苦经营三十余年，被誉为谷山初祖。后有僧法朗继之，锄理荒险，不避寒暑，复又三十年而被尊为第二祖师。至金泰和元年（1201），有僧智崇继二祖之业，达

① 〔元〕《重修光化禅寺碑》，〔清〕《泰山志》卷十八《金石记》。

② 〔金〕《济南十方灵岩禅寺第九代住持定光禅师塔铭》，《岱览》卷二十六《灵岩下》。

到鼎盛时期。僧智崇被金代大文学家、赐紫金鱼袋党怀英，称之为北魏僧意的再现。在泰和六年（1206），住持僧智崇以资买到寺额一道，曰“玉泉禅寺”。除上述佛寺之外，在金代赐牒的著名佛寺还有妙觉寺、大觉寺、普照寺、大云寺等。

尽管佛教在泰山的发展，在某些方面仍保持一定的势头，但就整体而言，金代已有明显的衰落迹象。以灵岩寺为例，宋代尚有比丘五百余众，到金代仅有二百余人，田园也屡被侵占，纠纷四起。自北宋天圣（1023～1032）年间，逐渐有侵扰寺院田产的事件发生，至金代更加突出。田园收入在寺院经济中占有很重要的地位，原所赐田产至金代已名存实亡。如灵岩寺广琛禅师担任主持时曾先后于明昌三年（1192）、明昌五年（1194）两次奔走京师，诉求归还被占土地[①]。由此可以想见，在基本的经济来源都不能保障的情况下，其衰落已是不可避免。

元代虽以藏传佛教为国教，但并不排斥汉地佛教，同样采取宽容扶持的态度，加上社会环境的影响，佛教在泰山似有发展之势。以宗派而言，仍以禅宗为主流，尤其是万松行秀、雪庭福裕一系的曹洞宗迅速崛起，灵岩禅寺的几代禅师，即是这一系的承嗣者。久负盛名的灵岩寺，虽已失去唐、宋之时的辉煌，但仍不失大寺之风。继宋建有大雄宝殿、五花殿、般舟殿、辟支塔等重要建筑之后，灵岩寺于元代又创建龙藏殿，以藏佛家律、论、疏等“五千余卷”。工始于后至元二年（1336），六年（1340）藏殿建成，匾额曰“龙藏”。“中为龛帐，以庥像设，以覆藏函。供张器皿，殿所宜有，种种备具。金碧绚烂，芗灯芬灼，装严佛界，观者起敬。”[②]龙藏殿，清初尚存，可惜于乾隆十四年（1749）毁于大火。

泰山众多的寺院，在元代得到重修。据《重修光化禅寺之记》碑载，光化寺在“贞祐之变”中，“殿宇堂庑尽为灰烬，靡有孑遗”。在元大德（1297～1308）年间得以重修。据谷山玉泉《药师七佛阁记》，泰山东北麓的谷山玉泉寺，在沙门英悟大禅师普谨住持期间，“兴滞补敝，于劫火废坠之余，疏凿而泉，种艺而园，垦堛而田，斋庖之众，无虑数百”。于至元十七年（1280）春，又增建

① 〔金〕《十方灵岩禅寺田园记》碑。

② 〔元〕《灵岩禅寺创建龙藏之记》。

七佛阁，“揭檐为三，列楹惟五，其高九仞有奇”，至元二十一年（1284）落成。另外，得到重修的著名佛寺还有泰山西麓的延庆寺，南麓的东岳冥福寺，东南麓的法云禅寺，西北麓的神宝寺、神通寺、礼泉寺，等等。

随着佛教在元代的相对发展，泰山又创建了华岩寺、普门寺、藏峰寺等数座寺院。藏峰寺建于泰山西麓，先有僧定禄前往卜地结庵，意欲广作大缘，不料因病圆寂。至大德七年（1303），应施主敦请，泉州惠远僧福岩来寺住持。据元延祐六年（1319）《创建藏峰寺碑记》载：福岩来寺，凡丛莽之拥蔽者，伐刈之。复嫌基址迫隘者，恢扩之。殿舍寮堂，无一不备。在檀越的资助下，不到二十年的时间里，藏峰寺已成为泰山名刹。不过部分佛寺的兴盛，仍掩饰不住佛教衰微的总趋势。自金以来，就常有侵害寺院利益的事情发生，或侵占财产，或扰乱法事，使寺院不得不拿出皇帝的权威来维持局面，《圣旨碑》《执照碑》《法旨碑》，立了一幢又一幢。从一个侧面不难想见，泰山佛教衰落的景况。

二、走向民间的罗汉信仰

“罗汉信仰与罗汉造像作为一种哲学观念与物质形态并存的文化现象，完全是中国化的产物。”[①]罗汉观念源起于印度，但其信仰却在中国兴盛起来，并有着相对独立的发展脉络，这是难以想象的。罗汉无论是信仰的，还是艺术的，在中国找到了一片新的天地。如果谈佛教的中国化，可能没有哪一种信仰比罗汉信仰更能体现它的世俗化了。

罗汉，是阿罗汉的简称。国人初识罗汉的概念，来自三国时支谦所译的《太子瑞应本起经》：“一心之道，谓之罗汉。罗汉者，真人也，声色不能污，荣位不能屈，难动如地，已免忧苦，存亡自在。”在经中解说罗汉的前奏是对“沙门”的定义：“沙门之为道也。舍家妻子，捐弃爱欲，断绝六情，守戒无为，其道清净。得一心者，则万邪灭矣。”即是说出家清净是第一步，到了“一心”“万邪灭”之时，也就达到了罗汉的境界。罗汉果位，可通于大、小二乘，两者的果位中均有阿罗汉。不过通常狭义而言，则专指小乘佛教中所得之最高果位。尔后，也有不少所译佛典说到罗汉，但产生较大影响的还是唐玄奘所译

① 沈柏村：《罗汉信仰及其造像艺术》，《求索》1998年第1期。

的《大阿罗汉难提蜜多罗所说法住记》。

在《法住记》中，有了十六大阿罗汉的信仰体系。这十六位大罗汉，“一切皆具三明、六通、八解脱等无量功德，离三界染，诵持三藏，博通外典，承佛敕故，以神通力，延自寿量”。而且，“及与诸施主作真福田，令彼施者得大果报”，这是最关键的——能为信仰者带来大福报。

由此中土的罗汉信仰兴盛发展进入一个新的时期。由十六罗汉起始，又发展到十八罗汉和五百罗汉。尽管十八罗汉不见佛典，但这并不影响其在社会上的广泛传播。“罗汉信仰从附属于对佛陀的尊崇中析出独立而日趋成熟。”[①]伴随罗汉信仰发展的是其罗汉艺术的日臻完善，信仰与艺术，艺术与信仰，两两相宜，共同发展，成就了中国艺术史上一大批以罗汉为题材的大艺术家，在绘画方面，先后出现了众多的罗汉画大家。如画史中记载东晋戴逵曾画过《五天罗汉像》[②]；又如唐代的僧贯休，“虽曰能画，而画亦不多。间为本教像，唯罗汉最著”。他的罗汉画多有立异，为世间所爱：“罗汉状貌古野，殊不类世间所传。丰颐蹙额，深目大鼻；或巨颡槁项，黝然若夷獠异类，见者莫不骇瞩。自谓得之梦中，疑其讬是以神之，殆立意绝俗耳。而终能用此传世。太平兴国初，太宗诏求古画，伪蜀方归朝，乃获《罗汉》。”[③]五代时期的张元（玄），“善画释氏，尤以罗汉得名”，所画罗汉“得其世态之相，故天下知有金水张元罗汉也”[④]，时呼“张罗汉”[⑤]。宋代的李公麟，被认为是不让吴道子独步画坛者[⑥]，也以画罗汉著称，有《五百罗汉图》《白描罗汉图》存世[⑦]。

从历史上画史画谱著录的情况看，罗汉画成为中国画不可或缺的重要题材。仅见于《宣和画谱》的唐宋画家就有卢楞伽、左礼、李升、张元、僧贯休、孙知微、王斋翰、丘文晓、石恪、卫贤、王维、董元、崔白13位；收藏

① 沈柏村：《罗汉信仰及其造像艺术》，《求索》1998年第1期。

② 《历代名画记》卷五。

③ 《宣和画谱》卷三。

④ 《宣和画谱》卷三。

⑤ 《益州名画录》。

⑥ 《画继》卷三《李公麟（字伯时）》：“郭若虚谓：‘吴道子画今古一人而已。’以予观之，伯时既出，道子讵容独步耶？”

⑦ 参见《清河书画舫》卷七；邹秀火：《试论〈五百罗汉〉的艺术特色》，《南方文物》1994年第3期。

于皇宫内不同形态的罗汉画就有359件之多。[①]《宣和画谱》收录了宋徽宗宣和（1119～1125）年间收藏于宫廷的历代画作计有6396件，画家231位，分由道释、人物、宫室、番族、龙鱼、山水、畜兽、花鸟、墨竹、蔬果十个门类构成。除前三类外，其他动植物类画作数目占总数的53%，画家人数占画家总数的43%[②]。也就是说，道释、人物、宫室三个门类的画作大致只占一半。如依照这个比例来看，罗汉画约占1/10。这个数字表明：自唐以来罗汉画盛行于世。这一现象的出现，也彰显出罗汉信仰的盛行。在罗汉画名满天下的同时，又会有更多的人加入到罗汉信仰的队伍中。

与画家相比较，用功于罗汉的雕塑家却没有多少人能留下他们的名字。唐代的龙门石窟的罗汉塑像，是我们所见较早的雕塑作品，不难看出他们的艺术水准不逊于绘画者。尔后不同时期遗留下来的十六罗汉、十八罗汉、五百罗汉之像，其艺术成就可圈可点，大都无愧于他们所处的时代。遗憾的是这些雕塑作品，不像绘画作品那样能留下作者的姓名。罗汉不仅能给人带来福佑，而且他们本身的艺术形象也具有普通凡人的性格特征。艺术与信仰能如此完美地融合在罗汉的形象上，是中国佛教的一个亮点，更是罗汉信仰所特有的风采。

（一）泰山地区罗汉信仰综述

罗汉信仰及其崇拜，在泰山地区始终比较兴盛。东魏孝静帝（534～550）时神通寺佛殿内，曾见有失头罗汉一躯。其“体躯权衡优美，衣纹线条简劲”[③]。1984年对神通寺殿堂遗址清理时，也曾发现两件泥塑罗汉的头像。其一，为老年僧人形象（图6-22），头内木质骨架已被烧毁，内呈空洞状，泥质已被烧成红褐色，残高23厘米；其二，为青年僧人形象（图6-23），残高9厘米[④]。从图片考察，“老年僧人”，应为大迦叶；“青年僧人”，应为阿难。从造型看，面部饱满，比例匀称，具有唐代风格。同时出土的还有佛头像、少女头像、世俗人头像及力士半身像，其神态远不及罗汉头像的传神，表情呆板，制作也略显粗糙。

---

① 《罗汉画》及画家，见于《宣和画谱》卷二、三、四、六、七、八、十一、十八。

② 张钫：《画者的博物学：基于〈宣和画谱〉的考察》，《南京艺术学院学报》（美术与设计）2017年第4期。

③ 《中国佛教美术史》，书目文献出版社1996年版，第281页。

④ 王建浩：《山东济南市神通寺殿堂遗址的清理》，《考古》1996年第1期。

图6-22 神通寺遗址出土的“老年罗汉头”造像（采自《山东济南市神通寺殿堂遗址的清理》）

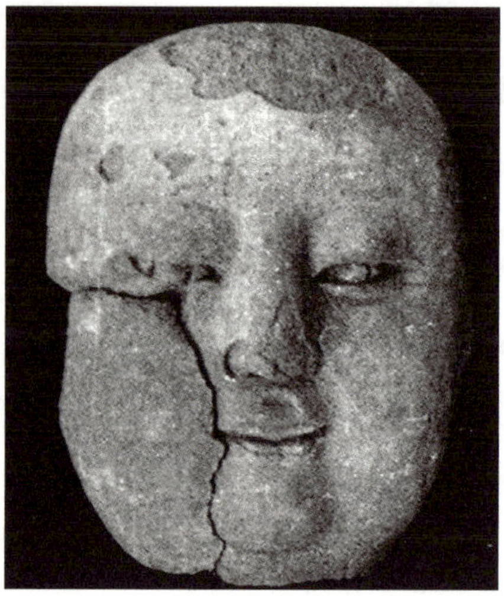

图6-23 神通寺遗址出土的“青年罗汉头”造像（采自《山东济南市神通寺殿堂遗址的清理》）

在十方灵岩寺，罗汉之像设是寺院不可缺少的重要组成部分。北宋庆历（1041～1048）间张公亮所撰《齐州景德灵岩寺记》，就有“寺有石三门，千佛殿与释迦殿、辟支佛塔，皆古制……前有洞，东、西、南三门相通，中设罗汉”的记述，罗汉之设独有风景。北宋宣和六年（1124），将金漆木雕五百罗汉造像“自闽而北，历水陆几五千里，而后至于齐之灵岩”，堪称盛事。五百罗汉由奉议郎、赐绯鱼袋宋齐古所施，在政和（1111～1118）初年之时他任官于闽中，闻“闽俗伎巧，甲于诸路，而造像之工，尤为精致，于是随月所入，留食用外，尽以付工人，洎乎终更，而五百之像成矣”。其罗汉之像“端严妙丽，奇庞古怪，颦笑观听，俯仰动静，无一不尽其态”。运至灵岩后，当地信众无不举手施礼，出现了前所未有的“因相生信，因信生悟”的信仰场景。

关于五百罗汉，《施五百罗汉记》碑序释云：

> 梵语阿罗汉，此云应受世间妙供养，盖具六神通，得八解脱，善超诸有，严净毗尼，真可以受世间之妙供矣。矧兹五百大阿罗汉者，亲受佛戒，荷护法轮，拔济未来，不入灭度。诚苦海之津梁，暗途之灯炬也。惟应真示化，灵迹至多，故貌像庄严，崇信愈众。[1]

① 《施五百罗汉记》，《岱览》卷二十五《灵岩中》。

其罗汉及五百罗汉的概念，皆取自佛典。此时的罗汉信仰，已被社会各阶层所接受。灵岩的五百罗汉从起意到功成，是由一官员齐古来完成的。在他看来，佛事最胜的灵岩巨刹，不能没有五百罗汉像，理应备置，所以才有施五百罗汉之举。表明罗汉信仰，已经深入人心，成为一个佛寺不可缺少的庄严而备受关注。

在灵岩一方致和元年（1328）《灵岩塑像题名碑》中，记载了寺中有关“妆塑圣像”之事，其中有三十二尊罗汉像，由“施主、院主思善”负责，思善即是寺僧同时又是施主。关于罗汉像的布置，《泰山志》按：

> 寺中塑像居中为释迦如来，左右为文殊、普贤。又有圣像一堂，不计位数，当在殿之左右列，与如来俱南向，故谓之“当阳”也。罗汉有十六尊者、有十八尊者，此是三十二尊，必左右列，东西相向也。①

有关罗汉群体数量，在玄奘《住法记》有明确的记述，是为十六尊罗汉，并各有说法。十八罗汉不见经传但在世间流行不绝，三十二尊者不知来自何说，《泰山志》之《按》也存有疑问。不过种种现象表明，罗汉崇拜在流行中，民间信仰的力量不可小觑。

现置灵岩寺千佛殿中的四十尊罗汉像，堪称镇寺之宝。自1981年，文物考古工作者对所存罗汉像实施了一次历时两年的保护维修工程。在工程中从部分罗汉像的残损体腔内发现了一批文物及题记，为解决四十尊罗汉像的确切年代提供了第一手资料，以确凿的实物资料证明，部分罗汉像塑造于宋治平三年（1066）。结合寺中有关碑刻资料，《灵岩塑像题名碑》所云的三十二尊罗汉像，即是宋代所塑，当时置于般若殿中②。

泰山之阴的谷山玉泉寺，始建于北魏，与当时的朗公寺相甲乙。玉泉寺有可能毁于唐与五代的灭佛活动，在金代之时，由僧善宁重建。在玉泉寺之下的山谷，有名佛峪，或称佛谷。这个“佛”名并不是针对佛寺而来，而是“土人得阿

---

① 〔清〕金棨：《泰山志》卷十八《金石记》：《灵岩寺塑像题名碑·按》。

② 济南市文管会、济南市博物馆、长清县灵岩寺文管所：《山东长清灵岩寺罗汉像的塑制年代及有关问题》，《文物》1984年第3期。

罗汉像于石隩，故名”[①]。金翰林学士党怀英作《谷山寺记》，对此分说缘由：

> 佛法自西方来，天下名山胜境化为道场，兴废因缘，自有时运……山光丛丛，高下隐见一峰，巍然秀拔，而下圜曰谷山也。沿涧少北，今寺基矣。尝有猎人行猎莲花峰侧，遇罗汉像而终日无所获，每遇之必然。猎夫怒，积薪将焚之。明日，迁坐于高险，薪燎不可及，猎夫愕而悔谢。是夕，山下老稚三四，同梦异僧久隐莲花峰，有猎者之厄。或问为谁，盖曰：意云。耆老十余辈，更相诱率，凡一再行，当石掩奥处果访得之，乃扶舆而下。至今所，忽重不可动，而峰岭重复掩抱，可兴寺场，众悟，遂止焉。[②]

由罗汉像导引，确定一座寺院的最终选址，是一个神异虚幻的故事。但从这个传说中所透露出的信息，却是阿罗汉在这一区域“土人”心目中的不可冒犯与灵异，其信仰深入人心。

由寺内的僧职施财修寺，是其常务之事，对罗汉之兴也格外重视。在元代泰定三年（1326），灵岩寺僧寿禅师作为施主，功德于寺之修葺：

> ……无奈年深岁久，殿宇既漏日风穿，可怜日往月来，圣贤尽仄身雨倒。幸有大施主本寺僧寿公禅师，特运虔诚，施中统宝钞叁仟缗，用助大殿缘事。又施宝钞壹仟伍百缗重修西三门。可谓昔时胜迹今日重兴，三十二尊镇山罗汉光生一千余岁。祝寿大堂具备，承斯妙善。愿皇基茂盛，共享尧舜之年。施主兴隆，俱获人天之福。[③]

其中又一次提及“三十二尊”罗汉。不记“大殿缘事”何事之有，而将“罗汉”单独明文列出：“镇山罗汉。”“镇山”突出罗汉在寺中的地位，而“光生一千余岁”，是在说灵岩寺立寺庄严佛土以来，至此又得到发扬光大。

---

① 《岱览》卷十八《岱阴之东》。

② 玉泉寺泰和元年《谷山寺记》碑。

③ 〔清〕金棨：《泰山志》卷十八《金石记·灵岩寺寿公施财修寺记》。

考古工作者针对1984年对神通寺殿堂遗址清理出来的一些遗物，结合神通寺遗址现存的明代碑刻记载内容分析，有如下判断：

> 据寺内明成化十年（1474）、正德四年（1509）碑记载：有大殿二：一以供佛及十八罗汉二十诸天，一以供五百罗汉。从出土遗物与一般寺院佛殿的配置情况看，该殿址中心大佛坛上，原应置主佛像多尊以及胁侍菩萨、诸天弟子等，组成殿内的主要崇拜偶像群；两稍间凹字形佛坛上，可能是安置十八罗汉的；大坛前的东西小坛上，可能置护法二天王像。因此，这座大殿，可能是原来的大雄宝殿遗址。①

分析说明，神通寺供奉罗汉有两个系统，一是十八罗汉，一是五百罗汉。清理的大殿遗址为大雄宝殿遗址，十八罗汉在稍间“凹字形”的佛坛上，即是说十八罗汉在神通寺的主殿陈设。而五百罗汉所在的殿堂因未清理而布局不明。罗汉的供奉资料虽然来自明代的碑记，但从出土文物整体的时代面貌分析，罗汉的群体存在当不会晚于宋元时期②。

泰山罗汉信仰的兴盛，也在摩崖造像中得到验证。如在东平的司里山，摩崖造像从北齐到明代，历代的造像遍布整个山头。在其山巅西侧岩体上，分布有较大面积的罗汉造像。

罗汉像位于此岩体摩崖的下二层，下层刻罗汉20尊，在从东至西第8尊西侧，有一裂缝将其东、西分成两个部分，即东部8尊，西部12尊；上层计有17尊，也是由于同一裂缝将其分为东、西两个部分，即东部8尊，西部9尊。从现场雕凿痕迹分析，下层东部的罗汉尚未雕刻完成，西部的罗汉像雕刻较为精细工整（图6-24）。上层罗汉均已完成，与下层造像相比，形制不尽相同。非常遗憾的是，所有造像的头部均被砸毁，不能见其面目。上下两层的罗汉像均坐态，但坐势不同。下层造像均端坐，但上肢多有变化。而上层的罗汉造像，多

---

① 王建浩：《山东济南市神通寺殿堂遗址的清理》，《考古》1996年第1期。

② 神通寺有罗汉之设较早。如前所述：神通寺佛殿内曾发现有东魏时期的罗汉像。此次发掘清理，也发现具有唐代风格的大迦叶、阿难泥塑头像。作为罗汉群体出现，当不会晚于宋元时期。

图6-24　东平司里山罗汉造像之一

呈现出较自由的灵活度。造像或端坐，或单脚上提踏台，或单脚下垂触地等，而上肢的态势也不一而论，或抱膝，或合十，或持物都有不同。而上身形态的变化也很丰富，或前倾，或后仰，或斜依，呈现出多样化。衣饰大致相近，外披袈裟，内着僧祇支，衣纹简练。在下层已经完成雕刻的罗汉像之侧均有榜题，但由于风化已不可辨识，但从其雕刻风格特点看，应是宋代作品。如与灵岩寺宋代的彩塑罗汉相比较，其形体动态有着很大的相似性。

在位于东侧岩体的背面，也有罗汉造像。造像分为上、下两层，计有造像11尊。由于风化严重，造像变得模糊，但其中上层的三尊罗汉像相对清晰（图6-25）。中间的一尊结跏趺坐，左臂自然上屈，小臂放于一台面，手掌下垂，右手扶膝上身前倾；左侧的一尊，身体右倾左腿盘屈坐，右腿下垂左手抚膝，右手左伸抚握左臂；右侧一尊，右手拄一长杖，左臂下垂，坐于台上。三尊造像的动态，亲近随和，坦然自若。作为罗汉的群体造像，不能以“十六”“十八”等列，其来由可能与当时人们对罗汉信仰的不同理解有关。从风化程度看，此岩体造像要早于西岩体的罗汉造像。

图6-25　东平司里山罗汉造像之二

综上所述，罗汉信仰出现后在泰山地区的影响持续不衰。特别是在宋代，对罗汉的崇拜发展到一个高峰，灵岩寺彩塑的出现，即是一个标志。因而我们继续以灵岩寺的彩塑罗汉为对象，进一步了解罗汉世界所呈现出的一些特点。

（二）灵岩寺彩塑罗汉

彩塑罗汉位于千佛殿中，殿内正中台坛上有大佛像三尊，周迴壁坛上即为40尊罗汉塑像。三尊大像“中祀毗卢，漆藤为之，配以药师、弥陀，范铜为之”[①]，均以莲花为座（图6-26）。

图6-26　灵岩寺千佛殿供奉的主尊像

大殿现周回四壁与屏壁上下，列置有小佛像，因其数量众多有千佛之称，故此殿以千佛殿谓之。小佛像下壁坛上即为整齐排列的罗汉像。罗汉像以殿门为界，分为东、西两部分，两侧分别置像各20尊（图6-27、6-28）。罗汉均为坐像，置于壁坛上，台座高80厘米（其中脚座高35厘米），像高146～165厘米。这40尊彩塑罗汉塑像，以其细腻传神的艺术感染力而名满海外，但对他们的“身世”与“经历”却始终迷惑不清，何时何人所塑，是五百罗汉之一部分，还是另有组合？这些问题的谜底直到20世纪的80年代才被揭开。

① 《泰山道里记》。

图6-27　灵岩寺千佛殿东部罗汉像（局部）

图6-28　灵岩寺千佛殿西部罗汉像（局部）

由于灵岩寺千佛殿紧靠岩壁，加之树木茂盛，排水及通风欠佳，地下水往往通过砖质的须弥座渗入塑像，以致泥塑层酥粉，木胎腐朽，尤其是塑像下部发生大面积脱落，使这些彩塑罗汉像受到严重的威胁。1981年5月，应山东省文物局的邀请，国家文物局文物保护科学技术研究所派专家前往灵岩寺，指导维修残损的泥塑罗汉像[①]。

在此次的维修保护工程中，从部分塑像体腔内获得种类较多的文物，其中能反映年代时间的主要是铜镜及钱币。铜镜有：双凤如意云纹镜、簇四球乳丁纹镜、双狮葡萄镜、亚字形缠枝草花镜、重环纹狻猊纽镜、八棱宝相花纹镜、莲花镜、缠枝草花镜、双凤镜等。钱币有隋“五铢”、唐“开元通宝”、宋“太平通宝”“淳化元宝”“至道元宝”“咸平元宝”“景德元宝”“祥符元宝”“祥符通宝”“天禧通宝”“天圣元宝”“明道元宝”“皇宋通宝”“至和元宝”“至和通宝”“嘉祐元宝”“嘉祐通宝”等诸种。

特别有价值的是在两尊罗汉体腔内发现了直接的制作铭记。一是工匠墨书题记：“盖忠立。齐州临邑，治平三、六月。”一是从一罗汉的体内，剥离出较完整的铁铸罗汉一尊，其动态与外层泥塑罗汉相同，其座铭曰：“大宋兴德军长清县和平乡，天花、南管寺庄、侯丘三村□，首创铁铸□罗汉。都维那头李宗平。时熙宁三年岁次庚戌□□月□日……”[②]两侧铭记都有制作的时间及所属区域，而第一侧墨铭还有具体的雕塑者。

从部分罗汉体内提取的文物，可以确定罗汉的大致时间段。从铜镜的纹饰看，有着宋代铜镜的基本特点，如结合一并出现的钱币来分析，铜镜铸于宋代是没有疑问的。钱币的年代下限在仁宗嘉祐（1056～1063）年间，表明罗汉的制作时间的上限大致在宋嘉祐年间。因此仅就铜镜、铜币所显示的时代特征，依据文物考古断代的一般性原则，可以确定从体内所提取出如上伴随物的罗汉像，应是制作于宋嘉祐（1056～1063）年间或稍后。

“工匠盖忠”的墨铭，为具体时间的确定提供了直接的证据。其铭记应是工匠盖忠在完成骨架制作时所留，其在治平三年（1066）六月，那么此时是该尊造像的具体时间。而从上述部分罗汉的伴随物品具有一定的时间共性特点表明，这一批的罗汉造像应是在同一个时期之内进行的。也就是说，40尊罗汉塑像中有一部分塑制于宋治平三年（1066）。

作为罗汉胎骨使用的铁罗汉，似与上述这一批治平三年的罗汉塑像无关。其

---

① 胡继高：《山东长清县灵岩寺彩塑罗汉像的修复》，《考古》1983年第11期。

② 济南市文管会、济南市博物馆、长清县灵岩寺文管所：《山东长清灵岩寺罗汉像的塑制年代及有关问题》，《文物》1984年第3期。

一，以胎骨为铁质，独立于其他罗汉像之外；其二，铁像座位置比彩塑的砖质须弥座高出5.5厘米，与其他塑像不合；其三，清理出来的铁像，与将其作为胎骨的塑像艺术效果反差大。“这尊彩绘泥塑的外形，几乎完全是依照其内胎铁罗汉的形象塑造的。但在艺术形象上，作为内胎的铁罗汉，格调远比泥塑高，也更符合人体解剖结构，更具有内在精神。”在当时进行维修保护工程时，将铁像吊离后发现，为了安放这一以铁像为胎骨的塑像，将原来砌好的须弥座砸开了一个洞。“从逻辑上讲，这一尊泥塑不仅明显晚于铁造罗汉像（宋熙宁三年）的年代，还应晚于须弥座砌造的时间”。[①]最后的科学检测，也证实了考古学家的论断。

国家文物局文物保护科学技术研究所碳-14实验室，对这尊泥塑体内木质样本进行了检测，结果是：“距今为530（1452）±65年；树轮校正年代距今530（1452）±70年。说明这尊彩塑的塑造时代最早不过明代。”[②]这也同时表明，千佛殿内的40尊罗汉彩塑像并非是同塑于一个时代，早期的塑作始于宋代，而晚期的塑作则到了明代。

图6-29　梁启超“海内第一名塑”题记碑

早在五十年代，张鹤云曾对千佛殿40尊罗汉像的年代问题作过梳理[③]。有关罗汉像为宋代的说法，以梁启超的影响最大，因为在二十世纪初千佛殿前就立有他题写的碑记：“海内第一名塑。”（图6-29）有什么依据让任公做出“宋罗汉”的结论不得而知。又有日本人大村西崖在《中国美术史》称：“宣和六年，成山东长清灵岩寺之五百罗汉像。前年南京之内学院告予云：‘灵岩寺之像，今只存四十尊

① 胡继高：《山东长清县灵岩寺彩塑罗汉像的修复》，《考古》1983年第11期。
② 胡继高：《山东长清县灵岩寺彩塑罗汉像的修复》，《考古》1983年第11期。
③ 张鹤云：《长清灵岩寺古代塑像考》，《文物》1959年第12期。

矣。’”[①]从文中可知，大村西崖没有到灵岩寺，只是听闻。由于美术史通常是艺术院校的教材，所以在美术界多持有这种说法。同是宋塑说，但与梁启超不同的是有了“宣和六年”的具体年代，也就留下了纰漏。这个年代来源于灵岩寺宣和六年（1124）所立的《施五百罗汉记》，但碑铭言名“内辨其质，莫非雕木”，是为木雕而非泥塑，所以这种说法就难以成立。但由于教科书的影响及宣传的力度大，在学术界大多持这种说法。张鹤云据当时所掌握的资料，得出了“属于宋代作品的可能性较大”的结论，是严谨务实的。

千佛殿不是罗汉原在的供奉之处，当由它殿迁址而来。对于这一点，在学术界有着一致的认识。据灵岩寺的碑刻及方志记载，千佛殿始建于唐代，北宋嘉祐六年重修，明万历及清康熙间也都有重修，现之形制多是明代的遗存。关于殿内的像设，40尊罗汉像不见于方志的著录中，其布置陈列也不尽符合一般的规制。因此专家分析，罗汉像在千佛殿出现不合理，是一种权宜之计。

一是罗汉像的陈设与其后的小佛布置有冲突。罗汉像的高度超过底层小佛像的高度，前者挡遮后者，说明罗汉的陈设打破了原先的设计。二是部分罗汉像坚贴大殿墙壁，出现背部未能着色的现象，而原来其背部是有彩绘的，说明塑像二次彩绘时不能像当初彩绘时那样不受阻碍，而留下缺失的彩绘面。三是据千佛殿内壁的题记，分别有清代的［嘉庆四年（1799）、嘉庆四年（1799）、康熙五十二年（1713）］三次题记相叠压，表明明万历十五年（1587）重修后至少粉刷过三次殿壁。“康熙时期题铭的内容给我们提供了是时罗汉像皆已存在的事实，故罗汉像迁于该殿的时间应较康熙五十二年为早。”在最下层，又有十儿则有关明德府、宁海府妆塑、妆修罗汉像者的题记，在千佛殿梁间脊枋上有“时大明万历十五年岁次丁亥九月初八日德府重修”的题记[②]，故罗汉像迁入时间的上限应在万历丨五年（1587），下限在康熙五十二年（1713）。根据寺庙重修后，一般情况下像设也会一并完成的规律，它的上限在万历十五年或稍后，就是罗汉像迁置于千佛殿的时间。

关于罗汉像原置何处史无明文，但可从相关记述中找到一点线索。最早记

---

① 〔日〕大村西崖：《中国美术史》，浙江人民美术出版社2016年版，第189～190页。

② 济南市文管会、济南市博物馆、长清县灵岩寺文管所：《山东长清灵岩寺罗汉像的塑制年代及有关问题》，《文物》1984年第3期。

述灵岩有罗汉之像设，出现在宋庆历（1041～1048）间张公亮的《齐州景德灵岩寺记》中："寺有石三门、千佛殿与释迦殿、辟支佛塔，皆古制……前有洞，东、西、南三门相通，中设罗汉。"（从这一记述看，千佛殿与罗汉无关。）单说罗汉之设，显然不是指单体的罗汉，应有一个群体的存在。而灵岩五百罗汉之说，在前面已经指出，与现千佛殿的罗汉无关。而有一定数目的罗汉出现在灵岩寺，见于致和元年（1328）灵岩《塑像题名碑》中："管周围妆塑三十二尊罗汉，施主院主思善。"从"周围"二字分析，三十二尊罗汉像应都在一个殿宇的空间内。结合上文所提的圣像有"释迦如来""文殊普贤二大士"，可以断定这是一个以"华严三圣"为主奉对象的殿宇，在三圣之左右分列有三十二尊罗汉。但是这个殿宇叫什么名字，文中没有答案。

有的专家认为泰定三年（1326）灵岩寺《寿公施财修寺记》，就是般舟殿的重修记，"无奈年深岁久，殿宇既漏……圣贤尽仄身雨倒"，所说的即是元代之时般舟殿残败的状况，所以寿公施财以修之，并提到了"三十二尊镇山罗汉"。1995年11月至1996年4月，考古工作者对灵岩寺部分遗址进行了清理发掘，其中就有般舟殿遗址。从清理出的现存柱网布局看，般舟殿面阔五间，进深四间，殿内中置三尊佛像的坛台，两侧及北侧砌有罗汉台。地面布以硕大柱础，其中明间两座柱础细雕龙凤花纹，雕刻精湛，纹饰精美，是为宋代典型特征[①]。其殿内布局，与《灵岩塑像题名碑》所表达的殿中像设要求相吻合。由此证明了般舟殿就是宋治平三年（1066）所塑制三十二尊罗汉像最初所在的殿宇。

般舟殿在明代又有荒废，罗汉像再次受到损害。直到明万历十五年（1587）千佛殿重修后，才将般舟殿所存罗汉像设迁入其殿中，根据殿内的空间布局重新设置组合。对迁入的罗汉像视其不同状况进行整理维修，因空间尚有余存，于是模仿旧作另行塑制，增添了部分本寺功德卓著的住持及其他高僧的塑像，最后添到了40尊，这种布局一直持续到现在。

（三）宋代罗汉彩塑的特点

专家对40尊彩塑罗汉像进行了综合分析，总结出了宋代罗汉像的基本特

---

① 常兴照、陈宾：《灵岩寺早期建筑遗址发掘收获点滴》，崔大勇等主编：《济南重大考古发掘纪实》，黄河出版社2003年版。

点，结合相关文物资料分辨出了宋代所属的作品。

从艺术风格上，宋塑注意解剖关系及内心世界的刻画，重视写实，较为生动传神（图6-30、6-31）。从面型特征看，一般为长方脸、高鼻梁、眉弓隆起、轮廓清晰，具有北方人的相貌特征。在衣纹的表现上，刚柔相济，衣褶横断面皆呈S形，整体组织疏密相间，繁而有章，疏而不僵。在工艺制作方面，内部骨架皆为木制，体腔分直式、折式两种，呈箱状，两侧均为独块木板，前后壁以板条拼堵、方铁钉固定。形态及前倾度都随动势的需要而定，制作规整，设计合理。木制体腔外一般皆敷粗泥，粗泥外通体绕麻皮一层，麻皮外捺厚麦糠泥，外加细沙泥盖平整形，最外层再用棉花泥压光。这种工艺与《营造法式》泥作制度极相似。与宋塑工艺相比，后世明代泥塑工艺显得简单粗糙，麻皮使用较少甚至不用，麦糠却用得较多，因而土质松散。“根据宋塑的上述特点，千佛殿四十尊罗汉像中，现已判定属宋塑的计二十七尊”，其中东部有十二尊，西部十五尊[①]。

图6-30 灵岩寺千佛殿彩塑罗汉之一

图6-31 灵岩寺千佛殿彩塑罗汉之二

---

① 济南市文管会、济南市博物馆、长清县灵岩寺文管所：《山东长清灵岩寺罗汉像的塑制年代及有关问题》，《文物》1984年第3期。

宋塑罗汉确定后，可知所谓的“三十二尊罗汉”在宋治平三年（1066）初置般舟殿，元致和元年（1328）再加妆塑。后般舟殿失修，明万历十五年（1587）千佛殿重修后，将残存的二十七尊罗汉像迁入千佛殿内，并根据殿内的空间布局增补至40尊，此即现置千佛殿罗汉彩塑之由来。

当我们确知40尊罗汉像最早的一部分为宋治平三年（1066）所塑，那么张公亮在庆历（1041～1048）年间《齐州景德灵岩寺记》中所云的“罗汉”，是要比此时间还要早一点的罗汉像，其数量、特点，我们就不得而知了。还有必要提及的是，在40尊罗汉像中有一尊被作为胎骨的铁罗汉像，铭文题记铸于宋熙宁三年（1070）。由此来看，灵岩寺至迟在宋代就有三个时期的罗汉造像，而最晚的铁罗汉像的铸造者自云“首创铁铸□罗汉”，那么张公亮所说的罗汉像一定不会是铁罗汉。

图6-32　灵岩寺宋熙宁三年（1070）铁罗汉像（采自《山东长清灵岩寺罗汉像的塑制年代及有关问题》）

清理出来的铁罗汉像，像下附像座，像通高164厘米（图6-32）。罗汉体态清秀，双手合抱于胸前，安详端坐。其衣饰、纹饰，与宋塑相同或相近，只是形体略显清瘦。眼睛是在铸造眼孔的基础上加以妆塑，如眼皮、眼球等都是用黄泥塑成，内镶黑色琉璃眼珠。从面部残留的痕迹看，这尊铁罗汉造像曾施以彩绘。铁罗汉作为宋代的铸铁艺术品不可多得，它的发现也为灵岩寺的造像增添了一个新的造像品类。铁像座上铭文所题记的县、乡、村之名，都可以与现在的地域之名相对应，表明铁罗汉是在当地铸造的。

还有部分罗汉所用材料，经技术部门的鉴定，也证明皆取材于本地。此与墨铭有“盖忠”题记中所涉及的地域相印证，“可知罗汉像的塑制地点仍属齐州范围”[①]。而最具价值的是

① 济南市文管会、济南市博物馆、长清县灵岩寺文管所：《山东长清灵岩寺罗汉像的塑制年代及有关问题》，《文物》1984年第3期。

作为彩塑工匠“盖忠”的出现，是雕塑史上不可多得的资料。前面我们曾经说到，绘罗汉像者多有名家显世，而为罗汉作塑者几近未名，何止表现在罗汉身上。工匠身处社会的低层，一向被社会所蔑视。对此，虞集深有感触：

> 予尝读张彦远《名画记》，录两京寺观祠宇画者数十人，塑者一二耳。计其运神之妙，致思之精，心手相应，二者略无彼此，而传世多少悬绝如此。良由画可传玩模拓久远，塑者滞一处，好事识者或不得而览观，使精艺不表白于后世，诚可慨也。①

不过，雕塑工匠盖忠不经意间的留名，打破了这世间的规矩，给我们带来了宋代民间的一丝清风。题记似用木炭所写“治平三、六月”的表述，也别具一格。题名用在泥塑中，还不同于石造像与金属造像的铭记，因为泥塑者清楚，当人们能看到他的题名时，也就意味着他的原始作品走到了尽头（“粉身碎骨”了）。这位民间工匠也肯定料想不到，他的作品在一千年后，成为“海内第一名塑”，足以能代表灵岩寺最高的艺术成就。而因为有了他的题记，我们也清晰得知道了这批彩塑的身世与经历。

三、佛土庄严与信众结社

辟支塔，是灵岩禅寺的标志性建筑；同时，也是佛教社会化、世俗化的重要标志。

辟支塔为八角九层楼阁式砖塔，平面呈八角形。从外形上看，塔檐与塔径自下而上逐层递减，塔形饱满而雄健。第一至四层塔内设有塔心柱，塔外墙与塔心柱之间，有回廊可行走，通过砖砌的楼梯直达上一层。自第五层至第九层，因外墙与塔心柱合而为一，成实砌塔体，故自第五层起就没有了回廊，其楼梯出口处即为塔檐平座。由第六层登至第九层，须从出口外之塔檐平座向右绕转，登临到上一层楼梯的入口。塔每层东、西、南、北四面各辟一门。一至四层为真门，五至九层除楼梯出口为真门外，共余皆为假门，均为壶门状拱门。塔顶

---

① 〔元〕虞集：《道园学古录》卷七《刘正奉塑记》。

图6-33　灵岩寺宝塔（辟支塔）

为铁质塔刹，由覆钵露盘、相轮、宝盖、圆光、仰月、宝珠等组成。自宝盖下垂八根铁链，由第九层塔檐角上的八尊铁质金刚相承接。

塔为密檐式结构，虽然是九级，却有十二层塔檐，一至三层为双檐，以上部分为一层一檐。塔通高54米，连基座与塔刹计十一层。层与层之间的高度和塔径，自下而上逐层递减，收分得体。从外观看整个塔体气势雄伟、造型凝练，层级结构严谨，线条明晰刚健，刹尖直冲云霄，大有刺破青天之势（图6-33）。

关于辟支塔的建筑年代，有着不同的说法。“辟支”之名，最早见于灵岩是在唐代：

> 因夫山者，土之至厚；谷者，墟之至深；水者，因定而清。林贝叶之经衡，廓莲花之独人，存法立事，著名扬空，矧乎辟支佛牙，灰骨起塔，海龙王意，贸金仍旧……[①]

这是唐代李邕《灵岩寺碑颂》的一个片断。此碑是灵岩寺保存下来最早的碑刻，也是“辟支”之名的最早记载。此碑目见于宋代赵明诚《金石录》卷七，文云：“《唐灵岩寺颂》，李邕撰并行书，天宝元年（742）十一月十五日。”

另一处对辟支塔记述较早的碑刻，是宋代张公亮的《齐州景德灵岩寺记刻》：

① 《岱览》卷二十四《灵岩上》。

> ……险尽地平，山势围抱，四面峭绝如堵墙。苍岩之下为寺，有石三门，千佛殿、般舟殿、辟支塔，皆古刹。[①]

尔后，凡说及现存灵岩寺高塔者均名其曰“辟支塔”。清代金棨所辑《泰山志》引文称：

> 此以辟支名塔者，殆塔上供辟支佛也。灵岩寺辟支塔，稽之《长清县志》，不详其兴建之由，即宋张亮《重修寺记》，亦只云辟支塔从古制，而不言建自何年。以臆度之，盖亦魏正光中法定禅师所建也。[②]

清聂鈫的《泰山道里记》云辟支塔建于唐代：

> 辟支塔，塔九级，每级门四窗六，皆砖石为之。唐天宝中建，宋嘉祐间重修，元、明相继修之。

从相关方志记载及碑刻记事的资料看，辟支塔的建筑年代存有各说。不过，《泰山志》引文所称辟支塔建于北魏正光说，应是主观猜测。即便是唐代说，也缺乏基本可信的例证。既然从文献的角度找不到辟支塔的始建年代，那只有从辟支塔自身的题记中去寻求答案。

1980年，有专家对辟支塔进行了一次较为细致的调查。在调查中发现了六处与塔相关的纪年题记[③]，其中几则为辟支塔的建造时间提供了重要依据。在辟支塔南侧，鲁班洞内的石壁上镌刻题记一则：“石作王万，于淳化五年岁次甲午仲秋月重回，塔基做八角，将男宝儿到记。”题记未能表明此塔就是辟支塔，但“塔基做八角”的特征点明，即为辟支塔。因为在灵岩寺尚未有其他平面呈“八角”的塔（也无遗址所存及文献所记）。王万在淳化五年（994）秋“重回”灵岩，表明他应是建造此塔的参与者。是时，八角塔或筹建，或开工，或塔基已

① 《岱览》卷二十六《灵岩下》。

② 《泰山志》卷十六《金石记·灵岩建辟支塔题名十石》。

③ 黄国康、周福森：《灵岩寺辟支塔》，《建筑历史与理论》（第二辑），1981年。

完成，均在其所表达的意思之内。无论何种情况，辟支塔建筑年代都应在淳化五年或前后是没有问题的。

在辟支塔第五层西外壁，嵌有“甲申岁次，庆历四年三月七日修第四、第五级塔记”，应是第五层的营建时间。塔铭首句“齐州禹县市西伍德移风并伦家镇内结社千邑，共修灵岩寺内宝塔”。塔东南壁外侧所嵌有嘉祐二年（1057）记事碑，上载助财修塔者姓名及所在地域。其记事碑六石相合（图6-34），雕造有致，规制较大，应是辟支塔“建塔工程基本总结时镌此以志”的记事碑①。更重要的是，在塔之西面塔基竖石（两侧为浮雕嵌板）上的题记，可给我们提供更加直接的信息：

……女召娘于嘉祐二……岩寺塔上施钱一百贯文……祐二年五月十五日灵岩寺……三贯伍佰文天……村税户周庆于灵岩寺塔上施钱一千五□贯文嘉祐二年五月□二十五日郓州……乡镇市户神吉于嘉祐二年三月二十八日同铸相……氏施铃一颗男良□施铃一颗男天留施铃一颗孙伴……良佐妻李氏施铃一颗永记②。

图6-34　灵岩寺辟支塔宋嘉祐二年（1057）记事碑

① 黄国康、周福森：《灵岩寺辟支塔》，《建筑历史与理论》（第二辑），1981年。

② 廖苾雅：《长清灵岩寺塔北宋阿育王浮雕图像考释》，《故宫博物院院刊》2006年第5期。

从残留字迹的内容看，有三项事宜：一是“灵岩寺塔上施钱”；二是“同铸相……”；三是“施铃”。除了第二项所铸的是何“相”不清楚外，其他两项都很具体。第三项所施之“铃”，并有三次之多。此“铃”所指应是塔上的风铃。风铃作为建筑外部装饰的物品，悬挂此物应是在建筑完成后的最后一道工序。当然，也还需要一定的钱两作为补充之用，所以要有施钱者。在内容不多，文字较少的情况下，所题记的纪年有四处，竟都在“嘉祐二年”。从所施物品用途的属性及时间点集中的特点看，“嘉祐二年”，应是辟支塔竣工的确切年份。

综上所述，辟支塔应始建于淳化（990～994）年间，完工于嘉祐二年（1057），大致历时六十余年。

还有一点要注意，“辟支塔”之名不应是此塔的本名。此塔第五层外壁所嵌碑刻题记有云：“结社千人邑，共修灵岩寺内宝塔。”前面说到的塔基题记也只云：“灵岩寺塔上施……”说明此塔当时没有别的名字，或曰灵岩宝塔，或曰灵岩寺塔。“辟支塔”，事起唐代李邕《灵岩寺颂》中所说“辟支佛牙，灰骨起塔”，是后人将李氏所云的“辟支”附会在了后世所建的宝塔上[①]。在有关灵岩寺的佛教文献及其他资料中，没有与“辟支佛”发生关系的事由。自宋以来灵岩“辟支塔”之谓，应是敷衍与附会之说。至于现塔是否始建于唐代的说法，也不应成立，因为从塔体本身的建筑结构而言，具有典型的宋代密檐式塔特征，也不存在从其他基础上重修的痕迹。即便金、元、明、清诸代都有修葺，但塔的结构特征也没有改变过。现塔体上镶嵌有唐代风格的石构件，当时只是为了保存利用，没有其他的特殊意义。

灵岩寺塔，自宋代以来在各种志书上，一直是灵岩寺的标志性建筑，但对其建筑的具体记述始终缺焉。这可能与该塔构筑的时间旷日持久，以及非官方所为有关。人们在赞叹此塔巍峨雄健之时，不可忽视来自民间信仰的力量。“结社千人邑，共修灵岩寺内宝塔”，这是一项广泛涉及民间信众的浩大工程。可能当时人们对工程之大、耗资之多认识不足，准备不充分，组织衔接有局限，使整个建筑从工始到竣工竟用了60多年的时间。虽然时间长了些，但总算完成了。如果没有相应的民间组织，没有足够的钱财施舍，尤其是没有广泛的信仰作基础，如此大的工程是不可能完成的。

---

① 因“辟支塔”之名已被人们所广泛接受，故在本书中仍称之为辟支塔。

在此次建塔的过程中，各地众多有组织的会社前来施钱施物，以保障物资供给。“建佛塔，立会社”，史文有载。早在隋代，就有造像、建塔社邑的出现。在宋代，此类社邑更是普遍存在[①]。因会社是就事而起，建塔就以“塔会”相称[②]，在塔会中多以一个村或乡为单位：

> 齐州禹城县移风乡阳村修塔社官王文素妻傅氏、宋氏、刘氏，社长刘均妻许氏，刘允妻管氏，徐记男，社政徐吉，社录赵祥、□□，社举王方婆宋氏、□□、王省、司坦、王吉、刘世宁、聂用、张刘、王刁、岳□。

这是齐州禹城县移风乡阳村修塔社的一段题记，塔社名称就是村名“十”事项——阳村修塔社。因有不同的组织分工，所以有“社官”“社长”“社政”“社举”之分。同是这个移风乡的杨村会社，领头者称之为“社头”：“齐州禹城县移风杨村社头李凝母王氏、新妇胡氏……”因为这种会社植根于社会的最下层，其职务之称，似没有十分严格区别，只是个所谓的官衔名堂而已。也有以佛寺中“维那”名称作为官职的：

> 永静军将陵县永宁乡六柱村并诸乡村善友俗施净财，修建银身金容菩萨一尊，铁莲华涌坐漆金花真容菩萨；施紫袈裟一条，修用银珠□并白□□□及僧供□供一百贯文，于嘉祐六年四月一日到院，具姓名如后：社人夏信、傅朝宗、傅从格……张成计家二十七口……助缘维那头郝敏母崔氏，计家共一十三口……

> 禹城县移风乡维那头韩从式妻刘氏、男□妻蹇氏、女二姐、次男大哥、男去哥。

> 禹城县移风乡修塔维那头高正品、蹇日忠、张用兴、韩从化、马忠、

① 史江：《宋代传统宗教会社综述》，《宗教学研究》2003年第1期。

② 以下所引均为辟支塔题记，引文录自谭景玉：《北宋前期山东地区的佛教结社初探》一文，《民俗研究》2014年第4期。

□方、张□、刘鼎、孙送、季兴，副维那头张在相，社录韩式、张□、刘惟政、徐从之……

齐州长清县孝义乡董村管维那头孙谭，社录郭坚白，妻孟氏，男十儿，次男得儿、亨儿、福儿，社长董赟、陆守忠、许帝，社正董根妻郭氏、弟董远妻刘氏，社举□郭化妻贾氏、贾美妻马氏，主掌李福、李经妻韩氏、孙守濬……

在上述题记中，移风乡修塔会的头目，有“维那”“副维那”之职，也只是个借名，从表达的信息来说并没有反映出与佛寺维那有相同的职能特点。“维那”与社长、社官没有什么区别，在有的会社就没有这一职务之设，而所进行的活动都是类同的。在董村管的会社，除了社录、社长、社正、社举外，又出现了“主掌”之职，也应当没有特别的职能，也就是为了有一个名号而已，叫者以示尊重，听者好听，为职者也有面子。

也有部分修塔会的领头人叫作“邑头”“纠首”者：

大名府朝城县司徒村邑头李从、周吉、周麻、周存、王□、李方、□义、泉训、泉化、杨顺、吕周、逯辛、逯化、逯懿、杨训。

棣州滴河县善政乡深义村女邑社头姜氏、何氏、苏氏、王氏、宝氏、耿氏、张氏、孙氏。

邹平县女邑社头王氏、田氏、徐氏、李氏、吴氏、马氏、刘氏、陈氏、王氏、綦氏、康氏、冯氏、马氏、岳氏、鲁赵氏……

禹城县南佰宜村修塔社纠首李□，社官……社政邓友，社录刘从，社举……荀能，主掌郭梅、薛恕、张元、赵用、聂曾。

以“邑”为首的叫法，早在南北朝时期就很流行。在这一时期的造像题记中，多有“邑仪”“邑义”之称。邑在这里不是单一的地域概念，而强调的是相同的意愿，因此又可称为“法义”。故有的学者将这类佛教信仰活动组织，统称为佛教结社，简称为“佛社”，是私社的一种[①]。修塔社以“邑头”相称，正是这种以“邑”为名民间私社的遗留。纠首的称谓，也是早期香社的普遍叫法，“纠”，集也。“纠首”，也就是召集人，是当之无愧的社首。在修塔会中，还有“女邑头”，深义村女邑社头姜氏及邹平县女邑社头王氏，所领导的信众是清一色的女性；与其相对应，司徒村邑头李从所带领的法邑，佰宜村修塔社纠首李某所组织的会社，全都是男人的天下。

在修塔会社的掌事人中，出现了“千人头”“百人头”“十人头”等种种叫法：

> 齐州禹城县仁和乡千人头耿遂良，百人头史□诚。

> 齐州禹城县移风乡百宜村百人头相寿□母毋氏、男相贵妻田氏、李遂、邵忠、张在忠、朱吉、霍义、杨沂、胡义宁……

> 齐州禹城县西伍德乡南宣美村十人维那头宋成妻张氏、刘照、明和妻宋氏、别□驴哥、王从宝……

> 朝城县西大李村维那头孙福、孙素……结邑十人刘振妻徐氏、晁光义……结邑十人头张文义妻郭氏，施主仇就，长男从巳、从吉，妻刘氏，施主刘志诚妻夏氏、三母刘氏、继母韩氏。

这些由人数而定头衔的领导者，应是依据他们发起组织的信众数量而确定的。“结一千人之社，合一千人之心”[②]，这也是一种功德。数量越多职位就越高，显示出的是组织者的号召力与威望。宋璋在太平五年（980），曾这样度量“千人邑”：“度功量费，价何啻于万缗。纠邑随缘，数须满于千室。乡曲斯听，人谁不从。独有檀那，潜征翠琰。所欲令闻不朽，咸可纪于石铭。惟希净办既坚，共勿轻于金诺，此所谓千人之邑耶。”[③]千人邑，在宋代是较为普遍的组织

① 参见郝春文《东晋南北朝时期的佛教结社》，《历史研究》1992年第1期。

② 《全辽文》卷四《重修范阳白带山云居寺碑》。

③ 《全辽文》卷六《广济寺佛殿记》。

单位，因而是民间惯用的叫法。在灵岩塔体上庆历四年（1044）修塔碑记："齐州禹县市西伍德移风并伦家镇内结社千邑，共修灵岩寺内宝塔。"其中的"结社千邑"，即是所谓的千人邑。齐州禹城县仁和乡的"千人头"，乃是千人邑之"头"。百人头、十人头，即为百人邑、十人邑，也就是会社以参与人的数量所确定的头衔。

此次建塔立会所涉及的地域主要集中在如下诸县：棣州滴河县（今山东商河县）、章丘县（今山东章丘市）、邹平县（今隶属山东滨州市）、齐州禹城县（今山东禹城市）、郓州东阿县（今山东东阿县，属聊城市）、郓州平阴县（今山东平阴县）、大名府朝城县（今山东聊城市莘县）、夏津县（今隶属山东德州）、大名府朝城县（今山东聊城市莘县南部及西部）、齐州长清县（今山东济南市长清区）、博州博平县（今山东茌平县内）、博州聊城县（今山东聊城市）、贝州（今河北邢台清河县）、永静军将陵县（今山东陵县）等，主要集中在今山东中西部地区，及邻近山东北部河北省南部边缘区域。据《岱览》对《建辟支塔题名十石》所记，其题记中舍铁者"远及于淮南（今安徽省淮南市）、楚州（今江苏省淮安）、宝应（今江苏省扬州宝应县）"等地。

从以上所述的会社分析，因修灵岩寺宝塔而形成修塔会的成员组合，主要是以家庭为基本单位。一个乡有一个或多个修塔会，一个村也可能有多个，一个会社的存在并不影响另一个会社的兴起。如禹城县移风乡杨村有维那头马利元组织的会社，同村也有社头李凝组织的会社。从性别上看，可以是混合的，不分男女；也可以是单性别的，士女分开。从年龄结构上看，上有母辈，下有孙辈，不一而论。就修塔会社的规模来说，有千人的，百人的，也有十几人的，自由组合没有限制。修建灵岩宝塔之时，主要的施者来自乡村，但也不乏佛寺的僧尼参加，如"贝州善戒寺讲《法华经》座主尼善德""博州王觉寺主尼惠德、讲《法华经》座主尼妙真、供养主尼从信、师德明"等。《岱览》中关于《建辟支塔题名十石》施财者的记录，助缘者中还有不少的商人市户及为官者。其助缘的市户"想是市易之行户。居官者惟靖顺之一人，登仕郎官，封州司理参军也。又有乡贡进士一人，乡贡学究一人，处士一人"。据《岱览》的统计，修塔题记"所载男妇子女约三千人"[①]。可以说这些人是修塔的主要助缘者。而

① 《岱览》卷二十五《灵岩中》。

组织这三千人的各个会社，是为修塔而存在，成员组织、成分结构、人数多寡，都有很大的不确定性。当施财的目标完成，这个会社也就会自动结束。辟支塔助缘者分布之广，参与人员如此之众，可反映出宋代当时佛教信仰的进一步大众化及社会化。

四、阿育王信仰中的地狱

1995年11月至1996年4月，山东省文物考古研究所在灵岩寺内清理发掘出一些重要的建筑遗址，其中包括被山洪淤土埋没的灵岩寺辟支塔塔基，发现塔基的8个立面均镶嵌着精致的浮雕嵌板，尚存图37幅。“浮雕嵌板采用连环画的形式表现阿育王的故事，画面形象生动，这是目前世界上仅有的阿育王故事组雕图像。”[①]现在我们所看到的浮雕嵌板，其次序已不是当初配置的原貌，经廖苾雅研究整理，灵岩寺塔基现存的37幅浮雕嵌板，依据其内容的异同可分为十四组。其中有一组，为阿育王造人间地狱图（由四块嵌板浮雕组成）。如果将其地狱图与《佛说分别善恶所起经》《六度集经》中所描绘的“太山地狱”相对照，会发现其融会贯通、相互补充的特点。

先看四幅浮雕图的内容：

第一幅（纵66厘米、宽65厘米）：四人游于海中，做收网状，网内有龟、鱼（图6-35）。

第二幅（纵66厘米、宽62厘米）：背景为一城门，内有烟气从城内冒出。城墙上有一人揪发拖拉一人。城门左右两侧各有一守门人，左侧者推搡一比丘，右侧者操棒而坐（图6-36）。

第三幅（纵66厘米，宽60厘米）：此幅画面由五个场景组成（图6-37）。其一，有一人被夹板捆绑，二狱卒拉锯此人。其二，一狱卒践碓，砸下的石碓下面有一人被置于臼中。其三，炉上置锅，炉内燃柴，锅上生出莲花，一比丘双手合十端坐于上。炉侧一狱卒左手持叉右手抚头，呆立一旁。其四，一狱卒推磨，有一人被倒装磨眼中，仅露双腿。其五，有一人屈膝跪坐，发髻及四肢被捆绑于柱上，前有一狱卒拉拔其舌。

---

① 廖苾雅：《长清灵岩寺塔北宋阿育王浮雕图像考释》，《故宫博物院院刊》2006年第5期。

第四幅（纵65厘米，宽62厘米）：画面中有一王者，身旁簇拥众差，面对一比丘端坐莲花，莲花下置有燃柴的锅炉（图6-38）。

图6-35 灵岩寺辟支塔网捕生灵图

图6-36 灵岩寺辟支塔“爱乐城”图

图6-37 灵岩寺辟支塔地狱酷刑图

图6-38 灵岩寺辟支塔比丘教化图

再看图画所表现的情节：

关于第一幅图画的故事，《阿育王经》卷一《生因缘》有云：“大臣成护白旃陀阿输柯王，如是所作，若打若杀，当付余人，不应自作。王即募觅能行杀者。是时山中有村，村中有人善织衣业，而生一子，其父字之名耆利柯，其人可畏，能行不仁，恒骂父母，家中男女悉皆打拍，乃至一切众生无不杀害。常以网捕为业，以其杀害多故……王觅恶人，而值遇之。”依此故事，图一所表现的是“恶人”耆利柯以网捕为业的画面。

在安世高所译的《佛说分别善恶所起经》中，也有类似的说法：“人于世间，喜杀生无慈之心，从是得五恶。何等五？一者寿命短；二者多惊怖；三者多仇怨；四者万分已后，魂魄入太山地狱中。太山地狱中，毒痛考治，烧炙烝煮，斫刺屠剥，押肠破骨，欲生不得，犯杀罪大，久久乃出；五者从狱中来，出生为人，常当短命，或胎伤而死，或堕地而死，或数十百日而死，年数十岁而死者。今见有短命人，若形瘢疮，身体不完，跛蹇秃伛，或盲聋喑哑齆鼻塞壅，或无手足，孔窍不通，皆由故世宿命屠杀射猎罗网捕鱼残杀蚑虻龟鳖蚤虱所致。如是分明，慎莫犯杀。"《阿育王经》《佛说分别善恶所起经》两者都是对杀生为恶的判定，但后者强调的是对杀生的惩罚。还有一个共同点，是对一类职业的敌视——"网捕"。前者说"常以网捕为业，以其杀害多故"，后者也在列举"罗网、捕鱼"所形成的"故世宿命"相关。在图一中出现了龟和鱼，在《佛说分别善恶所起经》中生灵在列的也有"鱼"与"龟"，这应不是巧合。对杀生一类的处理，经中也说得很清楚："魂魄入太山地狱中。"

关于第二幅图画的内容，依《阿育王传》所云，是海比丘乞食至华氏城误入爱乐狱的画面。"画面中的大城为华氏城。画面中用一人被断头来表现地狱之恐怖。城门外站立的比丘为海，提棒执比丘者则为恶人耆梨。"①在卷一《本施土缘》就讲述了这一故事，其云："时有长者夫妻，相将入海采宝，到于海中生一男儿，即为立字名之为海。经十二年乃出于海，逢五百贼，劫其财物，杀害长者，于是子海便出家学道，辗转乞食至华氏城。不识村落，入爱乐狱中，而作是言，外相可爱，内如地狱。便欲出去，耆梨不听，语比丘曰：'汝今于此当受死罪，如何欲出。'"

第三幅图画所展现的内容，是我们要重点关注的。图中有些故事在《阿育王传》中没有下落。其卷一《本施土缘》云：

> 时彼恶耆梨往到鸡头末寺。时彼寺中有一比丘，诵恶婴愚经言：喜镬汤者，以碓捣之；喜碓臼者，以镬煮之。在地狱中，吞大铁丸，融铜灌口。闻是语已，即自念言：我狱城中亦当作此。……时阿恕伽王见其宫人共他男子有爱着语，便生镇忿，付爱乐狱。耆梨寻时即以碓捣，杵下打头，眼精（睛）脱出。比丘见已，得厌恶心，而作是念，呜呼大悲。……耆梨心

① 廖苾雅：《长清灵岩寺塔北宋阿育王浮雕图像考释》，《故宫博物院院刊》2006年第5期。

恶，残害无罪，不信后世，作重瞋恚，便设大镬，以水置中，脂膏血髓，屎尿秽恶，俱充满之。即以比丘提掷着中，下然（燃）大火，薪草欲尽，不能令热。于是耆梨瞋然火者，以杖打之，手自着火，薪柴都尽，亦复不热。又以屋椽涂苏众叠，悉然（燃）使尽，水冷如故。怪其所由，便看镬中，见向比丘结枷趺坐，坐千叶莲花上。

图6-39　地狱酷刑——“碓捣杵头”图

无疑，第三幅画面内容的基本依据就来自此故事。特别是“碓捣杵头”之图、“镬生莲花”图极接近于《阿育王传》经说（图6-39、6-40）。但在《阿育王传》中描写地狱中的“以镬煮之”“吞铁丸”“融铜灌口”等情节，却没有形象化。而《传》中所未有的“项拔其舌”“锯解人体”“磨研人身”，却出现在画面中（图6-41、6-42、6-43）。研究者已经注意到了这一点：画面表现了人间地狱场景，但图中“诸地狱场景超出了《阿育王传》的记述，与《长阿含经》（《大正藏》第一卷）卷一九《第四分世记经地狱品》对比也有很大差距。其中有一些细节的刻画推测可能出自浮雕粉本创造者或指导者的想法”①。

图6-40　地狱酷刑——“镬生莲花”图

图6-41　地狱酷刑——“项拔其舌”图

① 廖苾雅：《长清灵岩寺塔北宋阿育王浮雕图像考释》，《故宫博物院院刊》2006年第5期。

图6-42　地狱酷刑——“锯解人体”图

图6-43　地狱酷刑——“磨研人身”图

第三幅画面中的一些内容的表现，可以在泰山地狱的惩治中找到原型。《佛说分别善恶所起经》：

> 佛言：人于世间，喜两舌谗人，喜恶口、妄言、绮语，自贡高诽谤圣道、嫉贤妒能、啤呰高才，从是得五恶。何等五？一者，多怨憎；二者，自欺身，亦从是人皆不信；三者，数逢非祸；四者，入太山地狱中——太山地狱中，有鬼从人项拔其舌，若以烧铁钩其舌断，若以烧铁鋃鐺刺其咽，欲死不得，欲生不得，不能语言——如是数千万岁；五者，从地狱中来出，为人恶口齿，或免缺弥筋蹇吃重言，或喑哑不能言语。今见有是曹人，皆故世宿命两舌谗人，诽谤圣道所致也。如是分明，亦可慎恶口。

拔舌之刑，出自泰山地狱。适刑者为“喜舌谗人”，也就是多个舌头的人：“喜恶口、妄言、绮语。”此者会入太山地狱中，在狱中就会受到拔其舌或断其舌之刑，不能言语数千万年。即便从地狱中出来，也“或喑哑不能言语”。惩治对象、所施手法、后果如何，都说得清清楚楚。

《六度集经》也如是说：“梵志截手拔舌者，斯一世之苦。妄以手捶，虚以口谤，死入太山。太山之鬼拔出其舌。”[①]关于图画中的其他酷刑，尽管在泰山地狱中没有得到直接表述，但看了下面的部分惩罚之法，也会想象到泰山地狱的手段无穷无尽、应有尽有：

① 《六度集经》卷五《六年守饥毕罪经》。

魂魄入太山地狱中——太山地狱中，毒痛考治，烧炙烝煮，斫刺屠剥，押肠破骨，欲生不得。犯杀罪大。

入太山地狱中——太山地狱中，铁柱正赤，身常抱之，坐犯他人妇女，故得是殃——如是数千万岁，形乃竟。

当入太山地狱，常销铜入口，焦腹中过下去，如是求生难得、求死难得，千万岁。

入太山地狱中——太山地狱中，有鬼从人项拔其舌，若以烧铁钩其舌断，若以烧铁䂍穳刺其咽，欲死不得，欲生不得，不能语言——如是数千万岁。[①]

以上是《佛说分别善恶所起经》所列具体的“考治”条目，其行刑有：“毒痛”“烧炙”“烝煮”“斫刺”“屠剥”“身抱赤铁”“销铜入口”等。但是还有“太山地狱中，考治数千万毒——随所作受罪”，“随所作受罪”的“数千万毒”，是什么“毒”？没有说。又有“入太山地狱中，毒痛考治数千万岁”“入太山地狱中，考治数千万岁”。有了“毒痛考治数千万岁”，后者仅注明考治的时间“千万岁”，那“考治”的手段呢？也没有说，那是留给了人们去想象的空间。其实都明了：需要什么样的手段，就会有什么手段，因此也就没有必要在佛典中一一列出[②]。

关于图四的内容，在《阿育王传》中也能找到依据。其《阿育王传》卷一《本施土缘》云：“尔时耆梨甚惊所以，便往白王，王即来看，坏墙而入。一切人民随从王者，数千亿万观此比丘。是时，比丘见无量众应受化者而作是言皆已聚集，即从镬出，衣服洁净，一切大众无不睹见。踊身虚空，作种种变，身上出水，身下出火，譬如大山，显于虚空中。王见此已生希有心，瞻仰恭敬，合掌观察而作是言……王闻是语，于佛法中深生信悟，合掌恭敬……”可知图四是为海比丘现神变，教化阿育王的故事。

---

① 《佛说分别善恶所起经》。

② 关于地狱的想象，小说家们发挥到了极致。如明代吴承恩在《西游记》中的第十回，将俗说的十八层地狱总结为：吊筋狱、幽枉狱、火坑狱、酆都狱、拔舌狱、剥皮狱、磨捱狱、碓捣狱、车崩狱、寒冰狱、脱壳狱、抽肠狱、油锅狱、黑暗狱、刀山狱、血池狱、阿鼻狱、秤杆狱，并都有着具体的惩治手法。

从辟支塔塔基浮雕故事图中的地狱图看，有着相对的独立性，其故事情节均来自《阿育王传》(如图二、图四)。其中一些说法，为其他的佛典中所不见。而图一、图三所展示的内容，有较多的兼容性，即是说某些说法或者是表现方式，为其他佛教文献所共有。特别是图三所展示的地狱酷刑手段，与《佛说分别善恶所起经》《六度集经》中的泰山(太山)地狱高度吻合。这种一致性，是为阿育王信仰更容易适应中土的接受能力而做出的调整。如同佛教初来，将佛教中的“地狱”，直接音译为“泥犁耶”“泥犁”，后有“地狱”的意译出现，反映了外来的佛教观念与本土语意的融合。又有甚者，安世高等直接将“地狱”译为“太山”，将在中土根深蒂固的泰山冥世观念拿来，以服务于佛教的说教，让更多的国人所接受。阿育王信仰，以连环画的表现形式出现在佛塔的塔基上，它平易朴实、容易传播的特点显而易见，同时也是佛教注重民间教化的一个重要体现。

第七章

明清时期的佛教

明清时期，佛教的发展进入一个特殊的历史阶段。朝廷在宗教的管理上大致如同宋元，采取控制与利用的策略整顿秩序、维持发展。但社会的整体环境已经发生了根本性的变化，随着宋明理学显学地位的确立，佛教的儒化已是大势所趋；而随着封建专制中央集权制度的空前强化，宗教在政治上的作用也在不断弱化，因此佛教逐步走向衰微不可避免。

满空禅师的到来，为泰山佛教注入一股清风，又显朝气与活力。元玉禅师的“援儒入佛”，使禅宗之临济宗又一次成功地影响社会。民间佛教在循序渐进地走向日常生活之中，“烧香拜佛”成为社会活动的一部分。晚唐五代所形成的十王信仰，在明清得到前所未有的展示。在最为常见的表现形式——水陆画、文学小说、说唱宝卷中，“泰山王”“七七斋”“奈河”等有关泰山的冥世信仰，都以不同的形式表现出来，成为泰山佛教显世的主旋律。

第一节　明清社会与佛教

一种宗教的昌兴与否，在很大程度上取决于最高统治者的态度，而明清两朝基于强化封建君主专制制度的需要，对于宗教的发展始终处于严格的控制状态。儒、释、道并行的合法存在，是以崇儒为前提的，因而释、道的发展受到很大限制。即便是以儒治天下，凡有损君主专权的礼制也在进行清理之列。皇权高于一切，在明清两朝走向极致。明太祖朱元璋在登位之时，就撤去全国所有神祇自古以来的所有封号并立碑天下，标志他对传统神灵信仰方向性调整的开始，所发出的是一个“唯人君独尊”的政治信号。清代大致如此，宗教管理中的限制越来越多，佛教的发展处于一种相对停滞的状态。

一、明代宗教制度的确立

一个朝代的建立，其基本的管理体系大致会沿袭上一朝的制度，故会有“汉承秦制”“宋承唐制”之说法，这是一般的发展规律，这个“承”，当然不会是全套照搬。然而明清两代有着自身的特殊性：明接元朝，元朝的建立者是外来民族；清接明朝，是外来民族又一次的建国立业。比同是汉族间各朝代的相继相承，会有更多的差异性。表现在宗教的管理上，也就会有不同状况的出现。

（一）明代宗教制度的特点

关于明太祖朱元璋对佛教的态度，《明史》载：“帝自践阼后，颇好释氏教。诏征东南戒德僧，数建法会于蒋山。应对称旨者辄赐金襕袈裟衣，召入禁中，赐坐与讲论。吴印、华克勤之属，皆拔擢至大官，时时寄以耳目。由是其徒横甚，谗毁大臣。”[①]是说作为皇帝的朱元璋，自即位就崇爱佛僧，致使僧人专横跋扈，其实这只是给外界的一种假象。因为朱元璋出家做过和尚，不

① 《明史》卷一百三十九《李仕鲁传》。

能让人说他“数典而忘其祖”，故可以“数建法会”，对僧人“辄赐金襴袈裟衣”，并与之坐而论道，也能将他们“拔擢至大官”。朱元璋深谙宗教对政治影响的奥秘，所以对佛教的控制始终是极为严格的。

建国之初，在佛道的管理上先是改门更张。洪武元年（1368）设立善世（佛教）、玄教（道教）二院[①]，罢斥元代掌管全国佛教事务的宣政院，废止唐代以来历代相沿的管领天下僧尼及道士女冠之功德使衙门。但到了洪武四年（1371），又将善世院、玄教院革罢[②]。凡佛道之事掌管均归礼部所隶之祠部（后易名为祠祭清吏司）。到了洪武十五年（1382）才正式推出僧官制度，始置僧录司、道录司，系统管理佛道的宗教事务。僧录司佛教最高管理机构，设左、右善世二人，正六品；左、右阐教二人，从六品；左、右讲经二人，正八品；左、右觉义二人，从八品。“僧、道录司掌天下僧道。在外府州县有僧纲、道纪等司，分掌其事，俱选精通经典、戒行端洁者为之。”[③]至此，朱元璋制定出了一整套僧官体系，机构齐备、品阶森严，僧官的任用、考核，仪仗、服饰无所不包，细致入微，透射出政治控制的强烈欲望。“与空前强化的皇权专制相适应，朱元璋创置的僧官制度，其体系之齐整、品式之完备、控制之严密、政治色彩之浓厚，均为以往各朝所罕见。”[④]

设置系统的宗教机构，是为更加有效地管理佛寺、道观以及僧道人员。洪武五年（1372）十二月，下诏给僧道度牒。但到了来年的八月，不到一年时间度僧道达九万六千余人。六年（1373）十二月，朱元璋“以僧道日多，蠹财耗民，莫此为甚。乃诏天下府州县止存大观寺一，僧道并处之。非有戒行通经典者，不得请给度牒。又禁女子年四十以下为尼者。并著为令”[⑤]。十五年（1382），在设置僧录司时就规定：僧凡三等：曰禅，曰讲，曰教。各有所职，不得混滥。洪武十六年（1383），定僧道常额及限年之禁，并榜谕天下。洪武十七年（1384），在设置僧道二司还不到三年中，全国的僧尼已经达到二万九百五十四人。礼部尚书建言：越来越多的僧尼求度，其实是以此为借口逃避差役，“请三

---

① 《明太祖实录》卷二十九、《明史》卷七十四《职官志》。

② 《明太祖实录》卷七十。

③ 《明史》卷七十四《职官志》。

④ 任宜敏：《明代佛教政策析论》，《人文杂志》2008年第4期。

⑤ 龙文彬：《明会要》卷三十九《职官》。

年一次出给度牒，且严加考试，庶革其弊。”朱元璋从之[①]。洪武二十年(1387)，又对志愿出家者年龄做出限制：“诏民年二十以上者不许落发为僧，年二十以下来请度牒者，俱令于在京诸寺试事三年，考其廉洁无过者，始度为僧。”[②]二十四年(1391)六月，命礼部清理释道二教，限僧三年一度给牒。凡僧道，府不得过四十人，州三十人，县二十人。民年非四十以上，女年非五十以上，不得出家。二十五年(1392)闰十二月，命僧录司造周知册颁天下[③]。二十八年(1395)十月，令天下僧道赴京考试给牒，不通经典者黜之[④]。

通过上述事件，可知朱元璋对待僧佛的控制政策是严厉的。朱元璋对僧人也有“法王”“佛子”“大国师”等封号，对道士有“大真人”“高士”等封号，赐银印蟒玉，加太常卿、礼部尚书及宫保衔，乃至有封伯爵者，“皆一时宠幸，非制也”[⑤]。龙文彬在他所编著的《明会要》卷三十九《僧道录司》的案中，针对朱元璋对待僧佛的举措时也指出：“太祖汰黜僧道，禁令颇严。”

明太祖朱元璋关于宗教管理的制度，基本框定了有明一代佛教发展的方向。太祖以后，虽有在短时间内的调整变动，但洪武所定的制度基本上得到了贯彻维持，与太祖的初衷一致，尽量消除对社会稳定的不利因素，发挥佛教维持统治秩序的作用。如果说有所变化的话，是在明代中期。宪宗崇佛，洪武制度的限定政策常常得不到很好地执行，为此进行了调整，佛教得以迅猛发展。这在弘治中尚书马文升的奏折中得到反映：

> 僧道，府不过四十名，州不过三十名，县不过二十名。今天下一百四十七府，二百七十七州，一千一百四十五县，共额设僧三万七千九十余名。成化十二年，度僧一十万；二十二年，度僧二十万；以前各年所度僧道不下二十余万；共该五十余万。[⑥]

---

① 《明会要》卷三十九《职官》。
② 《明太祖实录》卷一百八十四。
③ 《明会要》卷三十九《职官》。
④ 《明史》卷七十四《职官志》。
⑤ 《明史》卷七十四《职官志》。
⑥ 《明会要》卷三十九《职官》。

所谓的“定制”，即是洪武间所定的限额。仅成化十二年（1476）、二十二年（1486）两年，度僧便高达30万人。据《明宪宗实录》的记载，成化十七年（1481）以前，京城（南京）内外敕赐寺、观至639所，“后复增建，以至西山等处相望不绝，自古佛寺之多，未有过于此时者”①。到了明代后期，明王朝对宗教逐渐失去了有效控制，洪武制度形同虚设，佛教出现了综合复兴的浪潮。

（二）洪武改制与泰山祭祀

对宗教的限制利用，还表现在祭祀之礼中。洪武元年（1368）开始“定拟祀典”。二年，诏诸儒臣修礼书。三年告成，赐名《大明集礼》。“若夫厘正祀典，凡天皇、太乙、六天、五帝之类，皆为革除，而诸神封号，悉改从本称。”这一“革除”改制，被看作是“一洗矫诬陋习，其度越汉、唐远矣”②。其中，“诸神封号，悉改从本称”就涉及泰山。

> 三年，诏定岳镇海渎神号。略曰：“为治之道，必本于礼。岳镇海渎之封，起自唐宋。夫英灵之气，萃而为神，必受命于上帝，岂国家封号所可加？渎礼不经，莫此为甚。今依古定制，并去前代所封名号。五岳称东岳泰山之神，南岳衡山之神，中岳嵩山之神，西岳华山之神，北岳恒山之神。”……遣官以更定神号告祭。③

太祖宣称要“依古定制”，革除自唐宋以来对岳镇海渎的一切封号。他以为岳镇海渎之神受命于天，岂能有国家可以封号，应以其自然之名称之。泰山名其曰：东岳泰山之神，“遣官以更定神号告祭”。就在洪武三年（1370）诏告天下的同时，也专为泰山下制，并刻碑立于专祀泰山之神的东岳庙（岱庙），皇皇巨制，至今仍矗立于岳庙的中心区域（图7-1），文曰：

> 皇帝制曰：

① 《明宪宗实录》卷二百六十《成化二十一年》。

② 《明史》卷四十七《礼志》。

③ 《明史》卷四十九《礼志》。

图7-1　岱庙明洪武《去泰山封号碑》

磅礴东海之西，中国之东，参穹灵秀，生同天地，形势巍然。古昔帝王登之，观沧海，察地利，以安民生。

祝曰：泰山于敬则致，于礼则宜。自唐始加神之封号，历代相因至今。曩者元君失驭，海内鼎沸，生民涂炭。予起布衣，承上天后土之命，百神阴佑，削平暴乱，正位称职，当奉天地、享鬼神，以依时统一人民，法当式古。今寰宇既清，特修祀仪。因神有历代之封号，予起寒微，详之再三，畏不敢效。盖神与穹同始，灵镇一方，其来不知岁月几何。神之所以灵，人莫能测。其职受命于上天后土，为人君者何敢预焉！惧不敢加号，特以“东岳之神”名其名，以时祭神，惟神鉴之。

洪武三年六月二十日。

这是明太祖跟泰山要说的话，再次重复不封号的理由：“予起布衣”，出身寒微，虽受命上天后土“正位称职”，但不敢效仿往代的加封之举。人君为神封号，有违天理，故以“东岳之神”名其名，“以时祭神，惟神鉴之”。

给泰山神封号，始于唐玄宗。唐开元十三年（725），玄宗封禅泰山后，“封泰山神为天齐王，礼秩加三公一等”[①]；宋祥符元年（1008），“真宗封禅毕，加号泰山为仁圣天齐王”，后又加封为“东岳天齐仁圣帝”[②]；元至元二十八年（1291），世祖又加“大生”，号“东岳天齐大生仁圣帝”[③]。故如制诏所说自唐以来皆有封号，依次为“天齐王”“仁圣天齐王”“天齐仁圣帝”“天齐大生仁圣

① 《旧唐书》卷二十三《礼仪志》。
② 《宋史》卷一百二《礼志》。
③ 《元史》卷七十六《祭祀志》。

帝”。“为人君者何敢预焉”，表面上看，太祖谦恭不敢为神封号，实则不想让过多的“神灵”干扰他的作为。他要弱化神权对社会政治的干预，突出地表达了“皇权高于一切”的意愿。

明太祖自始至终坚持自己的政治信念，没有亲临泰山举行过祭祀之事。其之后的明代皇帝也都没有到过泰山，但明代的遣官祭祀活动，达到历史的高峰。在太祖“遣官以更定神号告祭”之后，洪武十年（1377）八月，遣曹国公李文忠等致祭于东岳泰山之神。并在岱庙立碑以志，祝文曰：

> 朕荷上天后土之眷命，蒙神之效灵，以致平群雄，息祸乱，君主黔黎于华夏，统控蛮夷，于今十年，中国康宁。然于神之祀，若以上古之君言之，则君为民而祷，岁有春祈秋报之礼。于斯之际，有望于神而祭者，有巡狩于所在而燎瘗者。今予自建国以来，十年于兹，国为新造，民为初安，是不得亲临所在而祀神也。特遣开国忠臣李文忠、道士吴永舆、邓子方，以代予行，奉牺牲祝帛于祠下，以报效灵。自今以后，岁以仲秋，诣祠致祭，惟神鉴之。尚飨。

在祝文中，明太祖阐明了即位十年后才派员前来祭祀的原因。如遵循古制，理应在春秋两季到泰山进行祭祀，但因建国初始无力顾及，及至十年国家初定，“国为新造，民为初安”，为国为民仍不能亲自前来以祀泰山之神，只好让“开国忠臣”代为祭祀，“以报效灵”。这也可以看作是明太祖去泰山历代封号的一个补充，让臣属代劳的祭祀形式既不失古之礼仪，又能显示出君皇之权威。礼制与皇权的关系，在这里也得到了充分体现。祝文中向泰山神承诺的“自今以后，岁以仲秋，诣祠致祭”，自然也不会得到很好地履行。

洪武十一年（1378），遣道士致祭，“时维仲秋，礼当报祀”，算是履行承诺。以后就没有了下文。洪武间还有二十八年（1395）、三十年（1397），致祭过泰山，事由均为西南诸夷事起，朝廷用兵遭遇瘴疠之害，祈求泰山神灵“赐清凉之气，以消烟岚，早定诸夷”，使“良民安业，军士速回，各得完聚，以养父母”。故“特遣人专香帛牲，先诣神所，谨告”。永乐五年（1407）的一次致祭泰山，也同样是为了“潜消瘴疠，俾降清凉，使将士安宁”。在洪武二十八年（1395）的祝文表明诉求后，言明“然予未敢轻告上帝，惟神鉴之，为予转达”[①]。朱元璋要泰山神向“上帝”（天帝）转达他的祈求，为何不直接向上帝诉说呢？从上文中“天下太平二十八年矣”的言辞就足以说明：这仍然是一种政治自信的表达。明太祖在随心所欲地处理着最高级别的国要政务。犹如派遣地方官员处理地方政务，或要下属部门办好上传下达所属权能一般，安排泰山神要履行本应职司的权能。这是皇权高于一切的具体表现。

人间的皇帝，既可给予神灵一定的荣誉、称号，也可以予以撤销这些名号，如同对待部属。并不像他当年所说的，去掉神的封号是为了对神的尊重。因为自古以来，“配天作镇”“始生万物”始终是泰山信仰的基本内容，所以对朝廷来说一方有乱，定会想到泰山一求平安。“瘴疠”之害影响到将士的安危，故祈泰山神灵予以帮助，以消灾祸。大到一个国家，小到一个人，都可以与泰山“生”的信仰关联在一起。朝代的更替，就会有一个国家的诞生，朝朝相续，也是本朝的又一次新生，人的新生乃至事物的发生，都在“生”的信仰之中。所以历朝历代会有到泰山受命的举措，历史上巡守、封禅的出现就是这种信仰的突出表现。皇室的子嗣，也同样是“生”之大事。正统元年（1436），明英宗即位，遣官祭告东岳泰山之神：“予嗣承大统，谨用祭告”。嘉靖十一年（1532），“储宫未立”，世宗皇帝“特具牲帛醴斋，遣官虔祷，伏望茂著神功，锡予元嗣，则我国家绵庆禩于无穷，而神亦享福于有永矣”。十七年（1538），世宗皇帝再次遣官来泰山，是为“昨丙申孟冬之吉，仰荷天赐元储，亦神所赞佑者”，特遣官致谢。万历元年（1573）神宗皇帝即位，遣官泰山：“兹予嗣承大统，谨用祭告，神其歆鉴，佑我国家”[②]。

明代皇帝遣官祭祀泰山的事由主要集中在自然灾害方面，因为泰山能“作镇东土，兴致雨云，茂育万物”。宣德十年（1435）、正统三年（1438）、景泰三年（1452）、景泰六年（1455）、成化六年（1470）、成化十三年（1477）、成化二十一年（1485）、弘治四年（1491）、弘治六年（1493）、弘治七年（1494）、正德五年（1510）、正德六年（1511）、嘉靖三十二年（1553）、嘉靖三十三年（1554）、隆庆三年（1569）等，或为干旱，或为水患，或为地震，命

① 〔清〕金棨：《泰山志》卷十一《秩祀志》。

② 《岱史》卷七《望典纪》。

官往祭，以祈“俾雨时顺，灾沴不生，百谷用成”“佑我国家，永庇生民”[①]。

据《岱史》所记，自洪武十年（1377）至万历元年（1573）的196年间，当朝皇帝遣官或遣道士致祭泰山计有25次，平均每7～8年来泰山致祭一次。

二、清代的宗教策略

清朝，是继元朝之后又一个建立全国统一政权的王朝。建国之初，不可避免地面临着如何建立起能适应不同民族、不同文化、不同生活方式的国家统治系统问题。在这个体系中，自然也少不了对宗教管理这一部分。如果说，元代从成吉思汗起就制定了以平等态度来对待各民族的宗教信仰，但最终将扶持的重心放在了藏传佛教喇嘛教一方；那么，清政府在尊重各民族宗教信仰的基础上，而将敬天尊孔的汉民族传统宗教放在了第一位。

（一）清代宗教制度的特点

清世祖在顺治十年（1653）下谕礼部“国家崇儒重道”[②]，将尊儒定为基本国策。十三年（1656）又谕：“朕唯治天下必先正人心，正人心必先黜邪术。儒、释、道三教并垂，皆使人为善去恶，反邪归正，遵王法而免祸患。此外乃有左道惑众，如无为、白莲、闻香等教名色，邀集结党。夜聚晓散。”[③]尊儒，但不排斥佛、道，三者“并垂”。将儒、释、道列为正教，那么三教之外的也就是“左门”的邪教了，如无为、白莲之流，必定黜之。世祖的这一宗教态度，确定了有清一代的基本走向。

清圣祖将儒学视为“万世道统之传，即万世治统之系也”。《论语》《大学》《中庸》《孟子》之书，是“天德王道之全，修己治人之要”，是“家国天下之所以齐治平也”的要旨所在。他的“每念厚风俗必先正人心，正人心必先明学术，诚因此编之大义，究先圣之微言，则以此为化民成俗之方用”[④]之言，与世祖

---

① 《岱史》卷七《望典纪》。

② 《清世祖章皇帝实录》卷七十四《顺治十年四月甲寅》。

③ 《清世祖章皇帝实录》卷一百四《顺治十三年十一月辛亥》。

④ 康熙钦定《日讲四书解义·序》。

“治天下”“正人心”“黜邪术”的思想一脉相承。

清圣祖将世祖的“崇儒重道”，细化为“圣谕十六条”。而清世宗则将“圣谕十六条”逐条申论，得万言书《圣谕广训》，于雍正二年（1724）颁发到全国。触及“三教”，清世宗在雍正九年（1731）谕中说：“域中有三教，曰儒，曰释，曰道。儒教本乎圣人，为生民立命，乃治世之大经大法。而释氏之明心见性，道家之炼气凝神亦于吾儒存心养气之旨不悖，且其教皆主于劝人为善，戒人为恶，亦有补于治化。”[①]以佛治心，以道治身，以儒治世。在他看来三教各有所取，但儒教为之根本，可“为生民立命”，是“治世之大经大法”。雍正十一年（1733）四月初八日“特谕”，进一步阐述三教之异同：

> 粤稽三教之名，始于晋魏。后世拘泥崇儒之虚名，遂有意诋黜二氏。朕思老子与孔子同时，问礼之意，犹龙之褒，载在史册，非与孔子有异教也。佛生西域，先孔子数十年，倘使释迦、孔子接迹同方，自必交相敬礼。盖五典九经、三物六行、治天下之大纲小纪，固始自二帝三王，而集成于我至圣，然必解脱诸相，而后此心，方能达万事万物之性理，此则其必然者。后世或以日月星比三教，谓某为日，谓某为月，谓某为星，朕意不必如此作拘碍之见，但于日月星之本同一光处，喻三教之异用而同体可也。[②]

老子与孔子同教无异，释迦与孔子“交相敬礼”，三教“异用而同体”。他将儒、释、道三教看作是同源一体的。

清高宗所坚守的仍是以崇儒为前提的，“朕幼颂简编，心仪先圣，一言一动，无不奉圣训为法程”[③]。清高宗对佛教的态度一如前代。乾隆三年（1738）完成《大藏经》经版雕刻，分赐天下寺院。九年（1744），改雍和宫为佛寺，成为清朝中后期全国规格最高的一座佛教寺院。六次朝礼五台山（清圣祖五次上五台山），在乾隆五十七年（1792）是他最后一次上五台山，留下了《灵鹫峰文殊寺瞻礼偶效禅语》诗。诗曰：“六度重兹到五台，默符天地数中该。不期再至却

① 〔清〕刘锦藻：《清续文献通考》卷八十九《选举》。

② 《御选语录》卷十二《上谕附录》。

③ 《岱览》首编（四）《诏旨》。

常住，既曰言归底幻来。大士如如据莲座，金容永永镇华垓。梵宗儒理本无二，七字因缘讵辩才。”[①]其中的“梵宗儒理本无二”，道出了对儒释同理同体“无二”的认知。高宗还六下江南，敬僧礼佛，吟诗题词，发扬乃父儒释道三教并行不悖、释道且有补于王道教化等观念，强调儒释同理、殊途同归等思想[②]。

还有清仁宗等，都在拥护继承着先辈的遗训，“佛具千相，予惟一心，出世住世，相为表里，殊途同归，非二理也”“佛法王道，原无异同”[③]。三教并重、一体尊崇的思想，是清朝历代皇帝的基本认同。

但作为统治者，他的终极目的还是为了政权的巩固、社会的稳定。与往代相比，清代处于一个特殊的历史时期，社会上以宗教信仰的名义秘密结社之风气愈演愈烈。据《大清会典》记载，康熙十二年（1673）议准：无为、白莲、焚香、混元、龙元、洪阳、圆通、大乘等社团为邪教[④]。有学者统计，清代被定为邪教的教门多达107种[⑤]。这些教门的出现严重威胁着清政权的稳固，也成为诸代皇帝的心头大患。那有什么教门能取代民间的种种信仰，如何确定正教与邪教的标准？传统意义上的儒、释、道“三教”被摆上了台面。“三教”可供不同要求的信仰者选择，是为正教；以此作区别，就有了判断邪教的标准。即是说儒、释、道三教之外的一切教门均为邪教，就应予严惩。在这一特殊的历史时期，不能把注意力再放在三教的优劣的评判上。这也是我们会看到清代的皇帝们在论及三教之时，一定会有对邪教抨击与批判的原因。

儒、释、道之所以为正教，主要在于三教能“尊王法”，这早在清世祖之时就已定调。那么，当三教有碍于“王法”时，就必须有所限制、有所整顿。因此对佛教的利用，除扶持外也就少不了控制。

一是严禁私建寺院。顺治二年（1645）谕：“京城内外不许擅造寺庙、佛像，必报部方许建造。”若有违反禁令者，住持募化，罪及阖寺；散众募化，

---

① 《灵鹫峰文殊寺瞻礼偶效禅语》，引自《五台山研究》1996年第1期。

② 任宜敏：《清代汉传佛教政策考正》，《浙江学刊》2013年第1期。

③ 崔正森、王志超：《五台山碑文选注》，《清凉山碑记》《五台赞碑文》，北岳文艺出版社1995年版，第131、136页。

④ 乾隆《钦定大清会典则例》卷九十二《礼部·方伎》。

⑤ 周向阳：《清代治理邪教犯罪研究（1644–1840年）》，中国政法大学，2008年博士论文；杨庆堃：《中国社会中的宗教》，上海人民出版社2007年版，第172～200页。

罪坐住持，并该管僧道官，一并治罪。康熙五十年（1711）敕谕：直隶各省寺庙，“除原有寺庙外，其创建增造，永行禁止”；又覆准：“直隶各省，严饬地方官概不许创造寺庙。该僧道官不时稽察，取具甘结呈报，并不得容留外来可疑之人。如有故违，致生事端，依律治罪”①。雍正十三年（1735）谕旨：“特欲兴寺观神祠者，必呈明督抚，具题奉旨，方准营建。若不俟题请，擅为兴造者，必加究治。”②并题准：“凡寺观庵院，除现在处所（先年额设）外，不许私自创建增置，违者杖一百，僧道还俗，发边远充军；尼僧女冠，入官为奴。”③

二是严禁幼年出家。康熙四年（1665）题准：“本户不及三丁，及十六岁以上，不许出家，违例者治罪。僧道官及住持知而不举者，一并治罪，罢职还俗。”④乾隆元年（1736）又覆准：“年少沙弥、道童，察其果无父兄可依者，应暂留寺观，造册备案。年至二十不愿受戒，及二十以内力能谋生愿还俗者听。至年少女尼，不准暂留庵庙。惟四体偏废、五官阙陷及实无所归，应照原题内僧、道残疾之例，暂行给牒，以赡余生。”若“有情愿为尼者，必待年齿四十以上，其余概行禁止”⑤。

三是从严到松乃至取消度牒。严禁私度，是历代朝廷所采取的措施。是否私度，度牒是判断标准，没有度牒而出家者，便为私度。清代的度牒制度，经历了从收费到免费再到完全废止的过程。关于度牒制度在世祖时期，官给度牒（不纳银）和纳银给牒交替进行，天聪六年（1632），“凡通晓经义、恪守清规者，给予度牒”；崇德五年（1640），“新收僧人，纳银送户部核收，随给用印度牒，令僧纲司分发”；顺治时，度牒颁发办法出现多次反复。二年（1645），“定内外僧、道，均给度牒，以防奸伪，其纳银之例停止”；六年（1649），“题准内外僧、道必有度牒，方准住持焚修”；八年（1651），“僧、道均免纳银”；九年（1652），“僧、尼、道士，已领度牒者，务恪守清规，用本等衣帽，住居本寺庙”；十五年（1658），“题准直省僧、尼、道士，已经给过汉字度牒者，

① 乾隆《钦定大清会典则例》卷九十二《礼部·方伎》。
② 《清实录乾隆朝实录》卷三《禁擅造寺观神祠》。
③ 光绪《钦定大清会典事例》卷七百五十二《刑部·户律户役》。
④ 乾隆《钦定大清会典则例》卷九十二《礼部·方伎》。
⑤ 乾隆《钦定大清会典则例》卷九十二《礼部·方伎》。

尽令缴出送部，照数换给清、汉字度牒，并确核先年已纳银者，换给新牒；未纳银者，纳银给牒”。十七年（1660），“僧、道度牒，免其纳银。令各该抚详开年貌、籍贯及焚修寺庙，备造清册，并送纸张投部，印给度牒”[①]。至此，清世祖恢复了当初度牒不收费只用以僧籍管理的做法。

康熙十五年（1676），“题准直省僧、道，停止给与度牒”。康熙二十二年（1683），“议准盛京僧、道仍给与度牒”。二十三年（1684），“福建、台湾，僧、道旧牒追缴送部，换给新度牒”。乾隆五年（1740），“僧、道亦穷民之一，朕不忍概从沙汰，故复行颁给度牒，使有所核察”[②]。三十九年（1774），准山西道御史之奏，“僧、道度牒，本属无关紧要，而查办适以滋扰，所有礼部奏请给发度牒之处，着永远停止”[③]。

清代度牒制度不断调整、修订，旨在解决或是应对当时所出现的社会矛盾。度牒的纳银与否，一方面是出于限制的因素，更重要的是可增加朝廷的库银。而度牒最终的取消，则主要是因为经济大策的实施，已经没了实际意义。在康熙、雍正、乾隆时期普遍实施的“摊丁入亩”赋役制度大变革，将历代相沿的人头税（丁税）废除，而并入土地税，以田亩的多少决定上交的赋税，与人口数量无关。这样一来，具有免役作用的度牒在为逃脱繁重的赋税而出家的僧、道面前，完全失去了吸引力。

四是管理机构的设定。皇太极于天聪六年（1632）：“定各庙僧、道，设僧录司、道录司总之。”[④]“其僧道等官，自天聪六年始设，顺治年间定品制，悉仿明旧。”[⑤]康熙十三年（1674）定：“僧录司，善世、阐教、讲经、觉义，左右各二人。左善世由右善世补，右善世由左阐教补，左阐教由右阐教补，右阐教由左讲经补，左讲经由右讲经补，右讲经由左觉义补，左觉义由右觉义补，右觉义以候补僧官补……”又“议准在外僧、道，府所属僧纲司、道纪司，州属僧正司、道正司，县属僧会司、道会司”[⑥]。府僧纲司设司都纲、副都

① 乾隆《钦定大清会典则例》卷九十二《礼部·方伎》。

② 乾隆《钦定大清会典则例》卷九十二《礼部·方伎》。

③《清实录乾隆朝实录》卷九百六十《山西道御史戈源奏》。

④ 乾隆《钦定大清会典则例》卷九十二《礼部·方伎》。

⑤《皇朝通典》卷三十九《僧录道录等司》。

⑥ 乾隆《钦定大清会典则例》卷九十二《礼部·方伎》。

纲；州僧正司、县僧会司各设僧正、僧会各一人①。整个体系，与明代洪武制度大致相同。

（二）"崇儒重道"与泰山祭祀

"崇儒重道"，是有清一朝始终遵循的治国之策，诸代当朝皇帝莫不守焉。圣祖康熙、高宗乾隆，是积极的践行者。泰山是有着几千年悠久历史的神山、圣山，即便在"三教"未出现，或形成之前已经成为"中国"传统礼制文化的承载者，以致有"古者封泰山禅梁父者七十二家"之说；孔子以复礼为己任，在他的眼里泰山是礼的标志而不容侵犯。秦皇、汉武、唐宗、宋祖，莫不以封禅泰山而宣示奉天承运，告天下太平；明太祖改制去泰山历代封号，也甚明"泰山于敬则致，于礼则宜"的古训。清圣祖三至泰山，高宗十至泰山，可知泰山在他们心目中的地位，而礼祀泰山的本身就是"崇儒重道"的具体体现。

清圣祖康熙先后六次南巡，尽管自言这不是古之由来已久的巡守，但用他的行为说明继承的即是自古以来的道统之礼。康熙二十三年（1684），首次南巡的第一次祭祀大礼即在泰山举行（因具古巡守之特征，故此次出巡亦称"东巡"）。《圣祖仁皇帝躬祀东岳仪》如此隆重庄严：

> ……驾发京师日，卤簿大驾，陈设如常仪。随从不随徙，王以下文武各官，各跪送随行如常仪。所过，鸿胪寺官先期传知百里以内地方官，率本地乡绅士民迎于十里之外；本地镇守满汉军，整队伍迎于十里之外。分文武东西，候驾至，跪迎送如常仪。十月壬寅，至于岱宗。
>
> 前期太常寺用白纸糊版，黄纸镶边，墨书祝版，不书御名。太常寺官具补服捧送庙中，安设祝案上。
>
> 其神位前陈设礼神制：帛一（青色），圆降真炷香一炷，黄速香一斤，白磁爵三，牛一、羊一、豕一，登一，铏二、簠二、簋二、笾十、豆十、酒一尊、烛二对、灯十盏。②

---

① 《清史稿》卷一百十六《职官志》。

② 《岱览》首编（六）《仪注》。

圣祖用的是大驾卤簿，这是皇帝出行时专用的规格最高、规模最大的车驾仪仗队。泰山神位前摆放的牺牲，也是古帝王所用最高等级的太牢规制。祭器配置安排，大致相近于祭天的规格。

陈设毕，礼部太常寺堂官奏请，皇帝具礼服升辇，仪仗全设扈从，王以下内大臣侍卫，文武官三品以上及地方文官知府以上，武官副将以上，俱朝服陪祀。其余文武各官，俱于行宫前两旁，朝服跪送。

皇帝入庙，至二门，降辇。赞引官、对引官恭导皇帝入殿中门，至拜位前，立。

典仪唱：执事官各司其事。赞引官奏：就位，皇帝就拜位，立。

典仪唱：迎神。赞引官恭导皇帝诣香案前，立，司香官捧香盒跪进于皇帝右。赞引官奏：上香。皇帝举炷香上炉内，又三上瓣香，毕。赞引官奏：旋位。皇帝旋位，立。赞引官奏：跪，叩，兴。皇帝行二跪六叩头礼，陪祀王以下各官，俱随行礼，兴。

典仪唱：奠帛爵，行初献礼。捧帛官至神位前，奠帛，三叩头，退次。捧爵官至神位前，立，献爵毕。次读祝官至祝案前，一跪三叩头，捧祝版跪案旁祗候。赞引官奏：跪。皇帝跪，王以下各官俱跪。赞引官赞：读祝。读祝官读祝，毕，捧祝文至神位前，跪，安帛匣内，三叩头，退。赞引官奏：叩，兴。皇帝行三叩头礼，兴。王以下各官俱随行礼，毕。

典仪唱：行亚献礼。捧爵官献爵于左，如初献仪。

典仪唱：行终献礼。捧爵官献爵于右，如亚献仪。

典仪唱：送神。赞引官奏：跪、叩、兴。皇帝行二跪六叩头礼，王以下各官俱随行礼，兴。

典仪唱：捧祝帛，恭诣燎位。捧祝帛官至神位前，跪，捧祝帛，三叩头。司香官跪，捧炷香，不叩，依次捧送燎位。皇帝转立东旁，候祝帛、香过，还位，立。祝帛焚半，赞引官奏：礼毕。皇帝升辇，还行宫，不陪祀文武各官，俱于行宫前排班跪迎，候驾过，各退。[1]

---

① 《岱览》首编（六）《仪注》。

图7-2　岱庙奉祠东岳大帝的宫殿——天贶殿（清称峻极殿，清康熙、乾隆皇帝于此殿内叩拜泰山神）

一切就绪后，太常寺礼仪官奏请，圣祖着礼服升辇，至岱庙配天门前降辇，由引官导入殿中至拜位前就位（图7-2）。“迎神”“上香”“跪，叩，兴”，随着赞引官、典仪官的唱颂，圣祖行初献、亚献、终献之三献礼。整个仪注规程严谨、细致，环环相扣，一丝不苟，尽显皇家之仪威。此次东岳之祭，其祝文曰：

> 朕惟五岳视三公，而泰岱为之长。古帝王巡行，时迈所过名山大川，必案图职方，敬修祀事，昭垂典礼，自昔为隆。是以《虞史》著望秩之文，《周书》有怀柔之颂。朕荷天眷命，罔敢宁居。省俗观风，勤求民隐。爰以良月，至于岱宗。惟神屹峙东方，育成庶类。天齐巨镇，功开万物之先；日观崇标，尊为百灵之府。吉蠲用享，虔事惟诚。宣气布和，遍神庥而沛泽；始元启泰，翊景运以征祥。祇荐馨香，神其歆鉴。[①]

从祝文表达的意思看，清圣祖的这次出巡，因循的就是巡守之礼。清圣祖在岱庙祭祀泰山神之前，曾先行“缓步登陟四十里”到山顶，观古人之圣迹。他自己写道：“入南天门，扪秦时无字碑。至‘孔子小天下处’，真可收罗宇宙，畅豁襟怀。”并题“普照乾坤”“云峰”诸字，现“普照乾坤”已经不见踪影，但“云峰”二字的题刻仍高悬于山顶大观峰的崖壁上[②]（图7-3）。

① 《岱览》首编（五）《祝文》。

② 〔清〕金棨《泰山志》卷一《天章·南巡笔记》。

图7-3　清康熙皇帝岱顶所题“云峰”摩崖石刻

早在清圣祖躬祀东岳泰山之神前，清世祖在顺治八年（1651）四月，也曾“题准每年恭遇万寿圣节，遣官致祭东岳仪”：

……祭日，陈设毕，教坊司作乐。赞引官引承祭官至盥洗所，盥洗毕，引至殿内行礼处，立。

典仪唱：执事官各司其事。赞引官赞：就位。承祭官，就位，立。

典仪唱：迎神。司香官捧香盒跪香炉左，赞引官引承祭官就炉前，立。赞：上香。承祭官上炷香炉内，又三上块香，毕。赞引官赞：复位。承祭官复位，立。赞引官赞：跪，叩，兴。承祭官行三跪九叩头礼，兴。

典仪唱：奠帛，行初献礼。捧帛官跪，献毕，三叩头，退。执爵官立，献爵于案上正中，退。读祝官至祝案前，一跪三叩头，捧起祝文，立。赞引官赞：跪。承祭官及读祝官俱跪。赞：读祝。读祝官读毕，捧祝文跪，安案上。捧帛官捧帛匣上，三叩头，退。赞引官赞：叩，兴。承祭官行三叩头礼，兴。

典仪官唱：行亚献礼。执爵官献爵如初献仪，献于案左，退。

典仪官唱：行终献礼。执爵官献爵如亚献仪，献于案右，退。

典仪唱：送神。赞引官赞：跪，叩，兴。承祭官行三跪九叩头礼，兴。

典仪唱：捧祝帛官恭诣燎位。捧祝帛官至案前，行一跪三叩头礼，捧起祝帛，司香官跪捧，不叩，依次送至燎炉。承祭官转立西旁，候祝帛过，仍复拜位，立。赞引官赞：诣望燎位。承祭官至燎所，祝帛焚半，赞引官赞：礼毕。退。[①]

其仪式程序与圣祖躬祀泰山神基本相同，但承祭官所行之礼为“三跪九叩头”。以其清制，国家有大典礼，差官致祭，俱用此仪。其《祝文》曰：“维年岁次月日，皇帝遣官至祭于东岳泰山之神曰：兹朕诞辰，惟神永远默佑，谨以牲醴庶品之仪致祭，尚飨。”[②]

此外，清世祖在顺治十八年（1661）八月初一日，也遣官致祭东岳泰山之

① 《岱览》首编（六）《仪注》。

② 《岱览》首编（六）《仪注》。

神："惟神天门挺秀，日观昭灵，吐纳风云，育成品物。朕诞膺天命，祇荷神庥，特遣专官，用申殷荐，惟神鉴焉。"[①]遣官致祭是清代常用的一种祭祀方式。在圣祖亲祀泰山神之前，也曾在康熙六年（1667）、十五年（1676）、二十一年（1682），"特遣专官"致祭泰山。

清圣祖在康熙二十三年（1684）十月十一日，完成泰山的躬祭之后，继续南巡。于十一月十七日至曲阜，次日清晨，御龙袍补服，乘舆出行宫实施祭孔大礼。"上乘舆入城，诣先师庙，至奎文阁前，降辇入斋，少憩，即步行升殿，跪读祝文，行三献礼，三跪九叩头，为旷代所无"。原本太常寺官员依其制并于行宫拟定行仪注："两跪六叩之礼""无乐"，先师同东岳之礼。圣祖皇帝不允，为尊祀先师故改行最高之礼"三跪九叩"礼，并"用乐"。[②]

清圣祖于康熙二十八年（1689）第二次南巡，再致泰山。"朕巡历所至，再经岱麓，重瞻祠宇，询其庙祝。知香火荒凉，日用难给……念泰山为五岳之长，载在祀典，有功社稷，不宜使之渐就寥落。合将每岁香税钱粮内量给数百金，使上下岳庙与元君诸祠守祀者，得有资赖，晓夜尽心，兼可时加修葺，以壮往来观瞻，示朕崇祀之意。"[③]四十二年（1703）第四次南巡之时，三上泰山亲祭泰山之神。诏令户部，南巡所经山东二十县州及有灾荒的二十五县州：康熙四十一年未完钱粮，"俱著蠲免"；其康熙四十二年"地丁钱粮，著分三年带征"[④]。

清圣祖康熙二十三年（1684）亲祀泰山之后，于二十七年（1688）、三十五年（1696）、三十六年（1697）、四十二年（1703）、五十二年（1713）、五十八年（1719），或"兹以皇祖妣孝庄仁宣诚宪恭懿翊天启圣文皇后神主，升祔太庙礼成"，或"迩年以来，郡县水旱间告，年谷歉登，早夜孜孜，深切轸念"，或"朕以剿除狡寇，三履遐荒，期扫边尘，乂安中外。今者祗承神佑，塞北永清，用告成功"，或"朕祗承休命，统驭寰区，夙夜勤劳，殚思上理，历兹四十余载。今者适届五旬，海宇升平，民生乐业。见舆情之爱戴，沛下土之恩膏"，或"兹御极五十余年，适当六旬初届，所幸四方宁谧，百姓乂和，稼穑岁登，

① 《岱览》首编（五）《祝文》。

② 孔尚任：《出山异数记》，〔清〕张潮辑。

③ 《岱览》首编（四）《诏旨》。

④ 《清实录·康熙朝实录》卷二百十一《康熙四十二年》。

风雨时若，维庶征之协应，爰群祀之备虔”，等等：不同祈愿因由，均“特遣专官”，致祭泰山。清世宗于雍正元年（1723）正月二十四日，“兹当嗣位之始，宜隆祀享之仪，特遣专官，虔申昭告”泰山之神。①

在康熙二十三年（1684）上元之时，就有奏请封禅或巡守之典者，但清圣祖以为：“虽邀天庇佑，四海荡平，万姓乐业，实未有丰功伟烈，足以昭来兹，何敢效法前人，铭功纪德。至于巡守，古天子所以周省侯国，使诸侯肆觐明堂，考其政绩。今天下之权统一于内，督抚之贤、不肖，朕皆得而知之，又无事于巡守之名也。”②当年出巡故曰南巡而不言巡守。

清高宗也效仿圣祖六次南巡，并躬祀泰山。乾隆十三年（1748）二月，《皇帝躬祀岱庙仪》：

先期，太常寺官一员，赴行宫奏。皇上御龙袍补服，乘舆出行宫，入庙大门，至配天门，降舆。赞引官、对引官恭导，皇上入配天门，至黄幄次内少憩。皇上出幄次，盥手毕。赞引官、对引官恭导，皇上进仁安门，由殿中门入，诣拜褥前，立。

典仪官唱：乐舞生就位，执事官各司其事。赞引官奏：就位。皇上升拜褥上，立。

典仪官唱：迎神。司香官捧香盒，至香案右旁，立。唱乐官唱：迎神，乐奏祈丰之章。乐作，赞引官恭导，皇上诣香案前，立。司香官跪，赞引官奏：上香。皇上立，举炷香，安香靠内，次三上瓣香，毕。赞引官奏：旋位。恭导皇上旋位，立。赞引官奏：跪，叩，兴。皇上行二跪六叩礼，乐止。

典仪官唱：奠帛爵，行初献礼。献帛爵官捧帛爵就神位前，立。唱乐官唱：初献，乐奏华丰之章。乐作，献帛官跪，献帛于案上正中，三叩头，退。献爵官立，献于爵垫正中，退。读祝官就祝案前，一跪三叩头，捧祝文至案前，跪，乐止。赞引官奏：跪。皇上跪。赞：读祝。读祝官读祝毕，捧祝版至神位前，跪，安帛匣内，三叩头，退。乐作，赞引官奏：叩，兴。皇上行三叩礼，兴，乐止。

① 《岱览》首编（五）《祝文》。

② 《岱览》首编（一）《天章·南巡笔记》。

典仪官唱：行亚献礼。献爵官捧爵就神位左旁，立。唱乐官唱：亚献，乐奏兴丰之章。乐作，献爵官立，献爵于爵垫左，退，乐止。

典仪官唱：行终献礼。献爵官捧爵就神位右旁，立。唱乐官唱：终献，乐奏仪丰之章。乐作，献爵官立，献爵于爵垫右，退，乐止。

典仪官唱：彻馔。唱乐官唱：彻馔，乐奏和丰之章。乐作，毕。

典仪官唱：送神。唱乐官唱：送神，乐奏锡丰之章。乐作，赞引官奏：跪，叩，兴。皇上行二跪六叩礼，兴，乐止。

典仪官唱：祝帛、馔，恭送燎位。捧祝香、帛、馔、官至神位前，跪。捧香、馔官不叩，捧祝帛官三叩头，各捧起，依次送往燎炉。时赞引官恭导，皇上转立东旁，铺拜褥官起，彻拜褥，俟祝帛、馔、香过毕，铺拜褥官仍铺拜褥，赞引官恭导，皇上还位，立，乐作。数帛官数帛。赞引官奏：礼毕。同对引官恭导，皇上出，乘舆还行宫。①

清高宗躬祀泰山神的仪式与康熙礼基本相同，皇帝行“两跪六叩之礼”，所不同的是有了乐奏：“迎神，乐奏祈丰之章”“初献，乐奏华丰之章”“亚献，乐奏兴丰之章”“终献，乐奏仪丰之章”“彻馔，乐奏和丰之章”“送神，乐奏锡丰之章”。用乐，无疑增加了对祭祀对象——泰山神的敬重程度。康熙二十三年（1684），清圣祖为岱庙奉祀泰山神的大殿赐额“配天作镇”，世宗于雍正九年（1731），赐额“岱封锡福”。高宗于乾隆十三年（1748）又赐额曰：“大德曰生”（图7-4），榜其楹曰：“青社开封峙者宗山称岳长，苍精降德圣惟产物与天齐。”礼成登山，“凡岱庙以上，庙之属十有六，亭之属三，行宫之属三，遍题额”②。

图7-4　清乾隆皇帝为岱庙大殿所题“大德曰生”匾额

① 《岱览》首编（六）《仪注》。

② 《岱览》卷六《岱庙上》；卷五《岱礼下》。

清高宗此次来泰山，直言是巡守之礼，延续的是自古以来“至于岱宗”“望秩于山川”的道统。他在乾隆十二年（1747）就谕旨曰：“朕寅绍丕基，抚兹熙洽，思以来年春孟月，东巡守。因溯洙泗、陟杏坛，瞻仰宫墙，申景行之宿志。复奉圣母皇太后懿旨：泰山灵岳，坤德资生，近在鲁邦，宜崇报飨。朕不敢违，爰遵慈训，亲奉銮舆，秩于岱宗，用答鸿贶。”①

清高宗皇帝的遣官致祭，更为频繁。在其即位后，于雍正十三年（1735）十二月初五日，“兹当嗣位之始，宜隆望秩之仪，特遣专官，虔申告祭”泰山之神（高宗即位在此年十月，仍用世宗年号）。尔后的乾隆十四年（1749）、十五年（1750）、十六年（1751）、十七年（1752）、二十年（1755）、二十二年（1757）、二十四年（1759）、二十七年（1762）正月两次、三十年（1765）、三十六年（1771）、三十七年（1772）、四十一年（1776）三月与五月两次、四十五年（1780）正月与三月两次、五十五年（1790）三月两次等，逢慈宁宫晋号、南巡过往泰山、平定叛乱、寿诞展庆、出巡遥思泰山之时，均会“特遣专官”，致祭泰山神②。

图7-5　清乾隆皇帝颁赐岱庙泰山祭器——〔明〕黄釉青花葫芦瓶

图7-6　清乾隆皇帝颁赐岱庙泰山祭器——〔清〕温凉玉圭

① 《岱览》首编（四）《诏旨》。

② 《岱览》首编（五）《祝文》。

历史上流行有为泰山神灵敬献祭品、祭器的做法。北魏晚期的郦道元，在汶水考察时于山下的泰山庙就看到过收藏于泰山神宝库的汉代乐器、神车及木偶，“皆靡密巧丽”，并记录在了《水经注》中。明清两代帝王，进献祭器更为盛行，若以数量而论清高宗为最。据初步统计，高宗御赐祭器33次，种类繁多，有金银器、玉器、瓷器、铜器、漆器、木器、玻璃器、印玺、服饰等，数量达344件之多(图7-5、7-6)。

在清高宗的祭器中，除传统的礼器及具有道教属性的祭器外，还有为数不少的佛教祭器，如天神八宝、王宝七珍、贲巴壶、贲巴瓶、法轮等，在他看来儒、释、道诸方的祭礼用品，都可以用来祭祀泰山之神(图7-7、7-8)。

图7-7　清乾隆皇帝颁赐岱庙泰山祭器——〔清〕泥金法轮

图7-8　清乾隆皇帝颁赐岱庙泰山祭器——〔清〕鎏金王宝七珍

第二节　满空禅师与元玉禅师

满空禅师与元玉禅师，是明清时期的高僧，对佛教在泰山的发展起到了积极的推进作用。满空是一位高丽僧人，明永乐间浮海达于京师，得朝廷礼遇，云游天下，参方礼祖，后驻锡泰山，光大佛法，功德圆满。元玉禅师在泰山则以三教一理，会通儒释而闻名。康熙东巡，泰山元玉奉命为其讲法。其文章功业，斐然可观。

一、满空禅师与普照寺

满空禅师是一位传奇式的人物。他由域外逃亡而来，在受到本国的追讨之时，永乐皇帝“不允请还”，并受到很高的礼遇。更幸运的是，宣德皇帝亦关怀有加，“敕令天下参方礼祖”。最后弘法于泰山，成就一方佛土。

（一）航海而来

满空（1388—1463），法名信云，字满空，高丽平安道妙香山（今朝鲜平安南道）僧人。有关满空禅师在华的大致历程及在泰山驻锡的基本情况，现存泰山

图7-9　泰山普照寺内《泰安州普照禅寺重开山第一代云公满空禅师塔碑铭记》

普照寺内明代正德十六年（1521）的《泰安州普照禅寺重开山第一代云公满空禅师塔碑铭记》（图7-9）有载。其初来华的经历铭记云：

永乐间，粤高丽僧云公满空禅师等数僧，航海而来，达于京师，钦奉圣旨，敕赐金襕袈裟及送光禄寺筵宴，遣官送赴南京天界寺住坐。宣德三年亦钦奉圣恩，着礼部各给度牒一道，敕令天下参方礼祖。

满空禅师是在永乐（1403～1424）年间由朝鲜航海来华，受到当朝皇帝的高规格接待。先是赐以金襕袈裟（以金缕织成的袈裟，又名：黄金叠衣、金色叠衣），并能享用到光禄寺筵宴[①]，明成祖皇帝又派专官送满空禅师住持当时京师三大佛寺之一的天界寺。宣德三年（1428），又受宣宗恩典，拿着礼部所颁发的度牒游方天下。满空禅师得明成祖、明宣宗两朝皇帝的礼遇，占尽风光。但满空如何从朝鲜而来，何等身份，塔铭语焉不详。在《朝鲜王朝实录》中《世宗庄宪大王实录》载，永乐（1403～1424）年间有高丽僧叛逃入明之记述，或可弥补塔铭所载之不足：

（永乐十九年）

（五月庚辰）囚僧尚强于义禁府。强堂弟僧适休与其徒信乃等九人，住平安道香山，乘桴渡鸭绿江，逃入辽东。上书于都司……都司送诣京师。其意欲诉本国不崇佛法，而依大明以兴行其道也。

戊子，通事林密回自京师……密又言还至山海卫，逢本国僧信乃等九人，问其所之，一僧云“向北京”，余皆不答。

六月……辛亥，以判承文院事曹崇德为奏闻使，请还逃僧。

壬子，通事崔云回自京师……又启：“到丰润县，闻本国逃僧到县。寻至递车所，八僧隐避，唯见一僧，问曰：‘汝乃我国僧耶？’答曰：

① 光禄寺负责“宫膳、节令筵席、蕃使宴犒之事”（《明史》卷七十四《职官志》）。当时相当于“御膳房”，主供皇帝用膳。《万历野获编》卷二十四：“京师向有谚语云：翰林院文章，武库司刀枪，光禄寺茶汤，太医院药方。盖讥名实之不称也。”这是后来者的讥语，但在永乐时期光禄寺则是规格待遇的象征。

‘然。’又问：‘何乡里人耶？’答曰：‘僧本游方，安有乡里。’辽东镇抚曰：‘上朝之人，不可共语。’臣等应之曰：‘四海一家，与本国僧语，何害！’”

七月壬戌，曹崇德赍请还逃僧奏本如京师。

八月……己亥，通事宣存义回自京师，言：“本国逃僧洪惠等，钦奉圣旨，前往南京，住天界寺。”

……（十月）己酉，奏闻使曹崇德回自京师，启“皇帝不允请还逃僧之奏”。[①]

此记述与《塔碑铭记》相对照，事发经过有着诸多的内在联系。有学者指出：《塔碑铭记》载满空等数僧来华与《实录》所录有僧叛逃事件的时间一致，都在永乐年间；《塔碑铭记》“航海而来”，《实录》“乘桴渡鸭绿江”，两者均渡水而至，手段相合；《塔碑铭记》“遣官送赴南京天界寺住坐”，《实录》“前往南京，住天界寺”，其结局相同。两者所载实为一事，“满空即是当年偷渡来华的九僧之一”[②]。再从《实录》所提到的囚僧九人的法名看，其中一名为“信云”，也与《塔铭》所称“僧云公满空”相吻合（按惯例“信云”可尊称为云公）。由此可知：“高丽僧云公满空禅师”，平安道妙香山内院寺僧人，法名信云，字满空。

满空禅师之所以能受到明朝廷的礼遇，一是有舍利所献，接受来僧也是对佛的一种尊重；二是有明一代不排佛，永乐皇帝朱棣尤好佛事，著名的永乐大钟就是他下令铸造的。钟体内外遍铸佛号、经文、咒语，共计一百多种，二十三万多字[③]，是我国现存最大的铜钟。满空等僧人提出的“本国不崇佛法，而依大明以兴行其道”请求收留的要求，没有理由拒绝。因此也就有了不给友邦脸面，“皇帝不允请还逃僧之奏”的圣谕，并给予了僧人很高的礼遇。

---

① 吴晗辑：《朝鲜李朝实录中的中国史料》，中华书局1980年版，第295～298页。

② 周郢：《泰山文化与韩国》，《当代韩国》2003年第3期。

③ 于弢：《明代皇室宗亲铸钟考》，大钟寺博物馆编：《北京古钟》（上），北京燕京出版社2006年版，第32页。

（二）卓锡泰山

在满空禅师“天下参方礼祖”之时，来到了泰山。“禅师因登泰山访古刹，始建竹林寺一所，殿宇圣像俱以完成”。此《塔铭》所云竹林寺，位于泰山之西麓傲徕峰下，始建于唐，屡有兴替。元代元贞元年（1295）僧法海重修。《重修竹林宝峰禅寺之记》云：“泰山竹林禅寺者，名冠天下。询诸萌肇，莫知其所由。自唐迄金，屡经兴替，讵可云哉。”僧法海闻“泰山竹林之古所，诚甲于余地，山水佳丽，人境幽僻”，遂“只影曳杖，独跨宝峰，达斯古础。斩草为庐，苟避风雨，宴坐习禅，方遂雅怀……未及旬日，门徒缁素，蹑踵相觅。愿奉衣飡者，继日不辍。从兹奉高一郡，谁不归崇。居之未久，云徒既众，欲广其厦，奄示维庥，召诸弟子付以衣盂而告之曰：‘吾缘尽矣，树此兰若，功输尔辈，勿忘我嘱。’言讫移时，溘然而逝”。后有弟子“于斯竹林相继住持，排肩戮力，几五世矣，方始见成。能仁有殿，祖真有堂，云宾有舍，庖食有厨，三门挟库及下院木场所宜用者，悉皆备矣”①。

《塔铭》云“始建竹林寺一所”，表明竹林寺在明宣德前又废，满空禅师又兴建制，故有“始建”之说。活跃于明晚期的泰山儒士宋焘（1572—1614）有诗曰：“多时不访竹林僧，茅径荒芜乱野藤。”表明竹林寺又趋荒废。

当满空禅师完成竹林寺的复兴后，又到与竹林寺相近的普照禅寺（竹林寺下院），大兴土木，庄严佛法：

> 复睹普照寺禅刹，颓零既久，乏人兴作，禅师遂驻锡禁足二十余载，以无为之化，俾四方宰官长者捐资舍贿，鼎建佛殿、山门、僧堂。伽蓝焕然以新，寓内庄严，绀像金碧交辉。僧徒弟子及湖海禅衲依法者，何止数千也，名公钜卿信向以师礼待之。②

普照禅寺（图7-10），位于泰山南麓，唐宋以来登封盘路的西侧，是为泰山的门户区域。史志所载自唐宋以来有寺焉，屡经兵火之灾，金大定五年（1165）奉敕重建，获赐额“普照禅寺”。后又废，至明代“基址犹存”，满

①〔清〕金棨：《泰山志》卷十八《金石记》。

② 普照寺明正德：《泰安州普照寺重开山门第一代云公满空禅师塔碑铭记》。

空禅师再建，故有“开山”之说。禅寺“伽蓝焕然以新”，而依法者众，受到僧俗之爱戴。天顺七年（1463）闰七月，禅师嘱弟子谛听其偈：“吾年七十五，万物悉归土。光明照十方，无今亦无古。”偈毕，坐脱而逝。三昧火自焚，舍利百有余颗。弟子念师之恩，发心建塔树碑，其铭曰：“扁舟航海兮，观光之美。圣恩赐度兮，五湖皆知。参方礼祖兮，为斯道也……建立法幢兮，宣扬正化。禁足坐禅兮，导引愚迷。宰臣信向兮，道德弥高。鬼神钦仰兮，戒月孤巍。只履西归兮，世缘一尽。”全面总结了满空禅师一生的经历与德望。

图7-10　泰山普照禅寺山门外景

二、元玉禅师与《石堂集》

图7-11　岱庙所藏〔清〕元王禅师画像

元玉（1628—1695），号祖珍，晚号古翁、死庵。因所居之处名石堂，故有石堂老人之号。俗姓马，江南通州（今江苏通州）人。元玉“辞婚出家”，“遍参尊宿”①，康熙九年（1670）受请住持泰山普照寺②。“参禅之余，善为文”③，一生著述颇丰。有《石堂集》《石堂近稿》《金台随笔》等，流传于世。他的三教一理、会通儒释的思想影响很大。清圣祖玄烨康熙二十三年（1684）东巡泰山，元玉禅师迎驾于御帐坪④。清乾隆四十三年（1778）《重修普照寺碑文》的“广其传儒家仁厚德即释氏慈悲心”之言语，表明他儒佛相融的学说在普照寺得到继承发扬。元玉在泰山期间，以诗会友结社名流，也成一时佳话（图7-11）。

（一）得法临济宗

元玉禅师自谓“忝为金粟天岸升和尚之子，平阳弘觉忞和尚之孙”⑤。道忞（1596—1674），字木陈，号山翁，受具于憨山德清，得法于天童密云圆明，崇祯十五

---

① 《石堂集》豹岩撰《泰山普照禅寺祖珍和尚塔铭》。另据《石堂集》卷三《寄三堂翁》中自云：“弟奉先人之命，割发空门。”

② 《石堂集》卷一《住泰山普照禅寺语》。

③ 《石堂集》张肇昌《序》。

④ 御帐坪为宋真宗封禅泰山时的驻跸之处，位于今云步桥北，五大夫松之南，原柱础痕迹尚存。

⑤ 《石堂集》卷一《住沂水县望仙山资庆寺语》；《住泰山普照禅寺语》：“忝为弘觉老人之孙，金粟老人之嗣。”

年（1642），继圆明住持天童寺。道忞于清顺治十六年（1659），奉诏为世祖皇帝说法，赐号弘觉禅师，以与顺治的问答机缘而名世。后至嘉兴金粟，营建会稽平阳。天岸和尚本升（1620—1673），字天岸。谒天童道忞圆具。祖珍辞婚出家，遍参尊宿，顺治十一年（1654）[①]，始依木陈老人座下。弘觉禅师应诏为清世祖于万寿殿讲法，其高足天岸禅师随同前往，元玉祖珍代为管理法庆院事务。弘翁南还，天岸师返回法庆院。祖珍始"受记"于天岸师，乃辞法庆院事务，持衣钵西往，禁足清源。

康熙六年（1667）重阳日，受淄川唐豹岩太史暨诸乡缙劝请，祖珍禅师于白云禅寺开堂[②]。康熙八年（1669）十一月，受泰山普照禅寺监寺欣然上座请于邹平县书堂山白云禅寺，至次年（九年）二月进寺[③]，四月，住持普照禅寺[④]。在青州大觉寺依随道忞师之时，祖珍即有登泰山寻谒小天下处的念头，十五年后祖珍有挂笠泰山之缘，始遂其志。此时普照寺，"比时见其残碑、废址，露寒烟蔓草中"。祖珍禅师历时八年，"欲建圣殿，于岱岳上"[⑤]，可谓"荒者修，废者举，居然为泰山一名刹"[⑥]。后又开堂于沂水之资庆禅院，立戒坛于陵大悲庵、淄川之慈寿禅林。所住之处，士大夫问道者无不接踵焉。康熙三十四年（1695），祖珍禅师扫墓北上，示寂于大悲庵。当时普照、马尚两寺，争相建塔，于是祖珍的门人及法嗣定议从师之志，将塔建于泰山普照寺[⑦]。

祖珍禅师，还以偈语见长。依随弘翁时，"所参语句，数呈偈于天岸师，皆不肯之"。归寮，读《庄子》中的"至人"，方"知非之为非，亦不知是之为非也，涣然冰释"，复呈偈于方丈，天岸师见之曰"悟矣"，遂上堂授予在禅宗中代表庄严的拂尘（据此可以上堂说法，或具有了法嗣的资格）。师有《天岸升禅师语录》二十卷，收入《明嘉兴大藏经》，其中一部分就是由祖珍（元玉）禅师记录的。康熙十二年（1673），天岸师在金粟示寂，墓塔建于姚江栖云之右麓。

---

① 《石堂集》卷三《复三堂翁书》云："弟自甲午随弘觉老人。"

② 《石堂集》卷一《住邹平县书堂山白云禅寺语》。

③ 《石堂集》卷一《住泰山普照禅寺语》。

④ 普照寺清康熙《重修泰安州泰山敕赐普照禅寺　永为十方常住传贤交待本愿记》碑。

⑤ 《石堂集》卷三《复三堂翁书》。

⑥ 《石堂集》张肇昌《序》。

⑦ 《泰山普照寺祖珍和尚塔铭》。

受天岸师的影响，祖珍禅师也善于用禅语的形式开悟于弟子与众信，有语录留世，收入于他的《石堂集》中。且看祖珍禅师的几段语录：

问：过去诸佛已过去，未来诸佛尚未来，现在诸佛不相识，即今一众善人当为顶礼阿谁？

师竖拂子，云：顶礼者个。

进云：莫非者个便是么？

师放下拂子，云：高着眼。

进云：恁么则人人顶礼，有分去也？

师云：可知礼也。乃云：白云从来不说法，三世诸佛、历代祖师亦皆口挂壁上，毕竟如何是不说之说……[1]

上堂：此事是死人做的，不是活人做的，白云恁么说了，你若不会，则你俱是真死人也。立在者里更有甚么用处。各各归寮，吃茶去。[2]

僧问：千年古刹，此日重兴。天下名山，岱岳为最。未审如何是普照境？

师云：四山环抱峰峦秀，二水交流溪涧灵。

进云：如何是境中人？

师云：木铎懒将摇浊世，宝刀时按坐当阳。

进云：如何是人中意（境）？

师云：掀翻海岳，拨转乾坤。

僧拟议，师即喝退。乃云：若论第一义谛，却无诸人语话分，既无诸人语话分，如何唤作第一义？不异以管窥天……[3]

上述几侧语录，表面上看词语含混不清，甚至答非所问，违背常理，而实则蕴含着高度的智慧及理辩。这正是禅宗“不立文字”“以心相传”特点的体现。

---

① 《石堂集》卷一《住邹平县书堂山白云禅寺语》。

② 《石堂集》卷一《住邹平县书堂山白云禅寺语》。

③ 《石堂集》卷一《住泰山普照禅寺语》。

“师竖拂子”，是“实相无相”的展示，而“不说之说”，是对“不说法”的继承。自从唐代赵州从谂禅师的一句“吃茶去”[①]，遂成禅宗经典公案。北宋临济宗的杨岐派发展到五祖法演（1024—1104）常以“归堂吃茶去”“巡寮吃茶”“不如归堂吃茶好”告诫学人[②]。法嗣天岸师又有“珍重归堂，吃茶去”的教诲[③]，而到了祖珍这里，就有了历久弥新的“各各归寮，吃茶去”。关于“境中人”，天岸师也有所阐示，问：“如何是人中境？”师云：“上元定是正月半”。进云：“如何是境中人？”师云：“嫂嫂元是大哥妻。”[④]两相比较，异曲同工。打破固成的思维模式，用“平常心”[⑤]去构建起一个新的认知系统，以达禅宗所追求的“禅悟”，“明心见性”，发现自己的真心，见到自己的本来真性而得到“开悟”。只有革故，才会有鼎新，事物的发展总在新与旧的交换之中。“禅宗公案表面看来扑朔迷离、荒诞不稽，充斥着矛盾与悖论，实际上正是这种对常理和规范的‘破坏’和‘偏离’，才有着一种‘神妙’的境界。”[⑥]

关于祖珍禅师上堂时的风采及当时的境况，清嘉庆间蒋大庆《重修普照寺碑记》有云：“至于开堂说法，尤出赵州机锋右。至今清规犹存，所遗故釜可饭百余僧，足想见当年之盛。”[⑦]

（二）崇儒归释

祖珍禅师自谓“崇儒归释，名本无嗣，释迦心宗临济直下第三十三世，法名元玉”[⑧]，非常清楚地阐述了自己的主张。“心宗”，即禅宗。不立文字、直指

---

① 《古尊宿语录》卷十四：“师问二新到：‘上座曾到此间否？’云：‘不曾到。’师云：‘吃茶去。’又问那一人‘曾到此间否？’云：‘曾到。’师云：‘吃茶去。’院主问：‘和尚，不曾到，教伊吃茶去，即且置；曾到，为什么教伊吃茶去？’师云：‘院主。’院主应诺。师云：‘吃茶去！’”

② 〔宋〕才良等编：《法演禅师语录》卷上。

③ 《天岸升禅师语录》卷一《住青州大觉禅院语录》（元玉记录）。

④ 《天岸升禅师语录》卷第五：《住青州大觉禅院语录》（溢玄记录）。

⑤ 马祖道一语。《景德传灯录》卷二十八《江西道一》：“道不用修，但莫污染。何为污染？但有生死心，造作、趋向，皆是污染。若欲直会其道，平常心是道。何谓平常心？无造作、无是非、无取舍、无断常、无凡无圣。”

⑥ 焦毓梅、于鹏：《禅宗公案话语的修辞分析》，《求索》2006年第12期。

⑦ 《岱粹抄存》卷一。

⑧ 《石堂集》卷一《住泰山普照禅寺语》。

人心，是禅宗所标榜的，故有心宗之称。祖珍禅师还把儒家之学列为心宗，只是到了孟轲发生了变化，“儒道释道门虽异，或舒或卷同相时”[①]。特别是儒释二家，“孔氏心宗与释氏拈花之旨，并流天下而渊源不绝”[②]。

论教行学，元玉始终将儒放在第一位，摒弃相异行为：

> 孝、悌、忠、信，乃修身之根本；礼、义、廉、耻，乃修身之绳目。学者一有所缺，则不足以全修身之德。若八者皆缺，则与禽兽无异。不必复说读书，不必复说是圣贤弟子，而况更说学圣贤乎。[③]

> 儒即释、即道、即天、即地、即君亲、即师友，乃至情与无情，森罗万象而俱不背之矣。若反是而背此天性之本始者，则何恩不负，何德不辜？故弟以不背儒者，为不背佛、不背天。盖天性之能统儒释达道之本、大道之原也。[④]

他以儒家倡导的“八德”，作为修身之要，缺一不可，如与其相悖，则是脱离了人之所为人的本质所在，就休谈什么读书、学人之事，资格尽失。他特别强调忠、孝，“夫忠臣孝子之心，即佛心也，即天性也。佛教一切众生之明心者，明此心也。佛教一切众生之见性者，见此性也”[⑤]。对天、地、人、君、亲、师的信仰，是儒家安身立命的核心。祖珍禅师认为儒就是释，那么无论是儒还是释，都不能“背之”，背儒就是背释、就是背天。

他主张要“传心守道”，不能为邪、伪所迷，就需整“纪纲”，定“邪、伪”，那依守的基本原则就是“圣贤、佛祖之道”。最终才能回报自然与社会给予你的恩德：

> 欲报天地君亲师友之恩，在能弘圣贤、佛祖之道；欲弘圣贤、佛祖之

① 《石堂集》卷七《梦师行》。

② 《石堂集》卷一《住泰山普照禅寺语》。

③ 《石堂集》卷三《石堂题座》。

④ 《石堂集》卷三《与三堂隐君书》。

⑤ 《石堂集》卷三《与三堂隐君书》。

道，在能整圣贤、佛祖教化纪纲；欲整圣贤、佛祖教化纪纲，在能定人之邪正真伪；既能定人之邪正真伪，又必能化人之邪而为正、伪而为真。方能开天下后世学者眼目，不致为邪术惑乱。此传心守道之第一要事也。①

“佛祖”与“圣贤”并列，“释”与“儒”同论。“释之言，化人悟自佛心为第一义；儒之言，化人体自天性为第一义。心与性，名别而理同；佛与儒，名异而理亦同。”②祖珍禅师本来就以为，儒亦为心宗，即便有所差异，也只是“名异”的问题。祖珍禅师曾自题“生我者天地，成我者尼父，知我者释迦，且道我是谁？善财参遍处，黑豆未生牙（芽）”③。出家人不言父母，“黑豆未生牙”，喻指全无形相前的本来状态。二十世纪九十年代，文化学者王鲁湘曾借这一禅林之语，为普照禅寺题联曰：“长松筛月不辨今古，黑豆未芽何分儒佛”，得题要旨。

祖珍禅师崇儒，清代朝廷也崇儒，他与官方的良好关系也就得到了确立。祖珍禅师从邹平县书堂山白云禅寺，受请到泰山普照禅寺的当日开堂上香，就表明了他对官方的态度。

当日上堂，拈香云：此一瓣香根盘大地，叶覆大千，奉为今上皇帝万岁、万岁、万万岁！惟愿皇图永固，等天地而恒隆；帝道遐昌，共日月而常照。次拈香云：此一瓣香，以孝悌为根，以德行为干，以忠信为花，以爵禄为果，奉为满朝文武、阖国公卿暨本州当道文武诸位尊官、十方护法、众姓乡绅，伏愿不昧灵山付嘱，永为金地屏藩，长承般若功勋，共作朝廷柱石。复拈香云：此一瓣香，不可名状，苦如白蜜，甜似黄莲，今日第二回拈出供养，见住浙江海盐金粟堂上底无面目老汉敛衣就座。④

第一炷香，是奉献给当朝皇上的。第二炷香，所献的对象比较复杂，一是

① 《石堂集》卷三《石堂题座》。
② 《石堂集》卷三《与三堂隐君书》。
③ 《石堂集·序》徐宗幹《石堂记》。
④ 《石堂集》卷一《住泰山普照禅寺语》。

朝廷命官（从国之满朝到本州当道）；二是十方护法；三是众姓乡缙。这一炷香的名堂也多，以“孝悌”“德行”“忠信”为说法，充满了对儒的尊崇。第三炷香，是敬献给来自传道授法天岸恩师禅寺的一方宾客。

祖珍对信众的开示，也往往将圣上、佛祖，甚至圣母、上帝关联在一起。每年的春天，泰山周围州县的人们，有集体朝山的习俗，他们求祖珍禅师为他们开示。师曰：

> 愿众信心动好念，口说好话，身为好事，便是体为上之心、体圣母之心、体上帝之心、体圣人之心、体佛祖之心。人人便是活泰山，人人便站在泰山峰顶上俯视一切。①

劝人以善，动好念，说好话，做好事，人人都可以成为伟岸的泰山。祖珍禅师还有一篇《石堂答》，也可代表他“平安为怀”的心境：

> 泰山愿天下人泰，泰山始是泰。愿天下人安，泰安始是安。若是一人不安，便是泰安不安；若是一人不泰，便是泰山不泰。②

康熙二十三年（1684），清圣祖皇帝南巡到泰山，祖珍禅师迎驾于御帐坪。先是学士高士奇问答数语，“已明本地风光。又豁淆讹流弊，不数言而一代纲宗，昭如日月焉”。后有康熙帝与其奏对机缘，“问答两语，儿为合盘托出”。康熙皇帝还“尽索语录、诗文，得经睿览”。而在“御座之前，时时麈尘竖拂”③的举动，则展示了祖珍禅师阐法说教、应对自如的法师风范。

（三）结社名流

祖珍禅师住持泰山普照禅寺期间，广交社会贤达。他们不分儒释，不分贫富，“以道相尚”，以心相交，在当地一时成为佳话。其中的“石堂八散人”，

---

① 《石堂集》卷一《住泰山普照禅寺语》。

② 《石堂集》卷三《石堂答》。

③ 《石堂集》高珩《序》。

最为有名。

“八散人者，三释五儒也”。三释者：一位是祖珍，另两位是他的弟子象干、丘止。五儒者：一为孔璧六，二为范惟纯，三为张坦，四为江天屿，五为赵瑗。“皆博学鸿才，亦圣门耆宿也。此八人者，齿不同也，地不同也，业不同也，贫富不同也，而其心则同也。其心何以同也？同其正直和平也，同其清洁温雅也，同其潇洒朴略而犹一烟霞之骨、山水之癖也。所以，此八人者，三日不见，则如有所失，三日不游，则郁郁不乐。”[①]

孔贞瑄，字璧六，号历州，曲阜人，孔子六十三代孙。顺治举人，曾官泰安学正，著有《泰山纪胜》《聊园文集》等。他的《泰山纪胜·小引》自云：“髫年登岱，未能领略其胜。岁癸丑，就禄泰安……五月既望，萧子天木、安子贞吉，檄予登山，携酒饵作二日游，始得与山水作周旋，云深尘远，怡然会心，思有以喻之于言。”为《石堂集》作序云：“古翁之于释非归也，寄也！”先是被其诗文风格“蕴藉”所折服，后又识古翁之释之道、儒之风，“愧得交古翁之晚”矣。而于祖珍禅师，则以“如此而儒，如此而释，如此相尚”[②]，来评价两人的关系。以道而互相尊让，以道而互同亲爱。

张坦，字方平，号一庵，泰安人。“负才俊异，年十五补弟子员，屡踬场屋，遂刻意厉行，时而放怀诗酒”。读书尤好《庄子》，自曰：“家居东岳千峰里，志在南华一卷中。”这与祖珍禅师由庄子语而悟，不谋而合。与孔贞瑄、赵瑗、祖珍等，“啸吟西山石堂”。著书甚丰，有《四书集注》《南华选注》《南华集评》《葵菽堂集》《黄老合解》《东游纪略》等。[③]

江天屿，字山民，江南淮阴（今江苏淮阴）人。流寓岱下，“修髯古貌，望之如神仙中人”，性喜梅，有《梅花七律》百二十首。唐梦赉炎之序，“谓在孤山处士伯仲间”。[④]

孔贞瑄、张坦、江天屿，另有岱中儒士范惟纯、流寓而来的耆宿赵瑗，往来石堂，与祖珍禅师及两徒僧“结生公之社，时称八散人，谓与竹溪六逸后光

① 《岱粹抄存》卷一张四教《石堂八散人记》。

② 《石堂集》卷三《与阙里孔璧六先生书》。

③ 民国《重修泰安县志》卷八《人物志》。

④ 民国《重修泰安县志》卷八《人物志》；《岱粹抄存》卷五：赵国麟《外祖江山名先生配黄孺人墓表》。

相映也”[1]。在石堂八散人之外，还有众多的文人学士与祖珍禅师有着莫逆之交。

为《石堂集》作序的唐梦赉，字济武，号豹岩，淄川人，顺治六年(1649)进士，著《志壑堂全集》。“盖务为韬晦，寄情山水，栖心禅悦，然词雅意和，无复怨尤”[2]。同为《石堂集》作序的高珩，字葱佩，别字念东，晚号紫霞道人，淄川人，崇祯十六年进士。撰《栖云阁诗集》十六卷，《拾遗》三卷，《文集》十五卷。“诗文皆似白居易。为人坦率，自适其适，而悲闵为怀，亦于居易为近。”[3]

当时的泰安州同张肇昌，于康熙九年(1670)来奉符之时，与祖珍禅师“对坐山堂，茶瓜竟日”，读其《入山偈》，“尘襟顿豁”，相见恨晚。“其行释也，其情儒也。”公以释通儒，“不惟足为余论文友，且可为明性友”[4]。而在祖珍禅师看来，“不贵成佛成祖，但贵以道相尚之人为友”，“一生得四五以道相尚之人为友，而吾心足矣”。[5]

祖珍禅师所居的石堂，位于普照寺的东侧(图7-12)。依禅师所言，建石堂之所的初衷，是为“予有所托，欲藉此以为自休老待死之地”。构石堂数楹，

图7-12　位于普照寺东侧的石堂遗址

① 《岱粹抄存》卷五赵国麟《外祖江山名先生配黄孺人墓表》。

② 邓之诚：《清诗纪事初编》卷六，上海古籍出版社1984年版，第665页。

③ 邓之诚：《清诗纪事初编》卷六，上海古籍出版社1984年版，第666～667页。

④ 《石堂集》张肇昌《序》。

⑤ 《石堂集》卷三《寄三堂翁》。

引流凿池，以为习静之所。工始于康熙十年(1671)，终于十七年，历时八年。事成，就内所立之景，一一题名，计有十二处，“盖以用志所创之意也”。因池、台、崖、壁、曲径、盘梯，俱一石成，命曰“石堂”[①]。关于石堂的景观格局，祖珍禅师的好友吴云有如下描述：

> 吾友古翁引流凿池，植莲莳竹，以为自乐之地。由东而上，则有石梯、石航、石屏、石廊。由西而上，则有石门、石壁、石盘、石砌。南以望若缘梯，而北以视若建瓴。每一池则间一台，一台则又间一池。环池皆峰，独虚其南。一面以望远山，凡岩云之出入，村烟之往还，林禽之语默，四时万物不一其状者，皆可于此堂而收之……[②]

祖珍禅师每至于此必吟咏，吟咏之时或不及笔墨，即取藤代管，书于竹粉之上，是谓石堂之乐也。关于所构石堂之用心，祖珍禅师自铭曰：

> 开予石堂，遵兹岱麓。种竹栽莲，暨诸卉木。若取幽娱，则非我心。池以标月，水以代指。作如是观，一花一石，灵山慧脉；不如是观，一石一花，肉眼尘沙。泛泛凫鸥，悠悠朝莫。而往而来，夫何益哉！[③]

阐明石堂绝非为了“幽娱”，而是识自本心，见自本性。佛说：“如人以手指月示人，彼人因指，当应看月。若复观指，以为月体，此人岂唯亡失月轮，亦亡其指。何以故？以所标指为明月故。岂唯亡指，亦复不识明之与暗。何以故？即以指体为月明性，明、暗二性，无所了故。汝亦如是。若以分别，我说法音为汝心者，此心自应离分别音有分别性。”[④]这是释迦告知阿难的话，此指是为月而非所手指，若视手指则本末相违，也就没有了明月，也就失去了手指的意义，同时也没有了明暗两性的意义。所以祖珍禅师言：“池以标月，水以代

---

① 祖珍《石堂铭》石刻；梅启熙：清光绪《重修普照寺碑记》。

② 《石堂集》吴云《石堂记》。

③ 《石堂铭》石刻。

④ 《楞严经》卷二。

指。”若以法性而观，石堂中的一花一石，是佛家修道场的灵感慧脉。如果不如是观之，那么一石一花则是污浊的有害之物。荡漾的凫鸥，从容不迫面对朝起暮落，如此往来，远离尘俗，是好是善。这种用心，一如反映在祖珍禅师对诸景观的命名题记中，如：

水云洞——水斯涌，堂斯出，泽物从龙承谁力？

玲珑岩——竹竹竹，汝得我，非孤独。竹竹竹，我得汝，非孤独。

慈航石——泛烟岚兮心悠悠，游莲池兮怀同俦。日之夕矣兮极素眸。

白莲池——一泓清水万芙蓉，极羡幽香澹若浓。日共烟霞相共赏，问人几陟最高峰？

友松石——松可友者，岁寒碧；吾心不可转者，非尝石。

眺远台——洙泗悠悠流古今，源头咫尺穷谁深。一陟斯台目四临。

振铎岭——化美风淳宇宙平，那比古铎更重鸣。携来岱岳埋还振，为对高山慰素情。

石堂——泉石屡多事，为我常饶舌。来者如知恩，则无吾交涉。[①]

现今石堂已圮，“十二景”部分遗存尚可见(图7-13、7-14)。

《石堂集》十卷：卷一为语录、卷二为颂偈、卷三为文、卷四至卷十为诗，大致分语录、偈颂、诗三大内容。诗又分为乐府、四言、五言古、七言古、五言律、七言律等，均以卷别分列，在《石堂集》中所占比重较大，可见祖珍禅师以诗为长。于文(语录、偈颂)，“大都以明伦弼教，报答君亲为第一义”[②]。而于诗，“颇近陶韦”。其文集“兼通儒学，尤精易理。论学论事，识解甚超，苦口诰戒，发人深省”[③]。不愧为泰山一代名僧，为社会所拥戴。

① 据《岱粹抄存》续编卷七及现有刻石整理。

② 蒋大庆：《重修普照寺碑记》。

③ 邓之诚：《清诗纪事初编》卷四，上海古籍出版社1984年版，第520～521页。

图7-13　石堂遗址元玉禅师题“慈航石”石刻

图7-14　石堂遗址元玉禅师题“眺远台”石刻

三、“西天东土”“尘世仙乡”——泰山信仰下的僧尼世界

儒、释、道本一家，是元玉禅师始终坚守的信念；同时也是佛教发展到一定历史时期的社会所需。清康熙十二年（1673），元玉在为斗母所撰写的《新建白衣殿记》云：

> 虽神佛之说固一虚诞杳冥之事，抑亦未常无响应也。于能响应不爽之中，碧霞元君、观音大士犹为至灵。由二神圣灵应殊常，慈心广被，则天下之民无论吉凶巨微等事莫不许之，朝礼归依，恭敬供养，以祈保焉……又何西天东土可分，尘世仙乡可别？

没有“西天东土”之分，没有“尘世仙乡”之别。或仙或神或佛，应以天下之民所需为第一要务，人们礼神礼佛无非是为了所祈求的愿望能得到保障。因此在泰山，碧霞元君与观音大士都是可以信赖的“至灵”神尊。

图7-15　位于泰山登山盘道一侧的斗母宫

斗母宫，位于入山口红门宫之北，地处龙泉峰下登山盘道之侧（图7-15），被认为是“泰山盘路第一精舍”，属禅林临济宗之寺庵。斗母宫为适应民众对信仰的需求，始终以泰山信仰中的“生”为核心，有着一个富有特色的信仰体系：

南瞻部州大清国京都顺天府南路厅文安县信士弟子香头高恩……暨领四府八县各里各甲众善人，献蜡进香于泰山圣母位前，而斗母宫更为灵应，求子得子，求孙得孙……①

……重修前殿，妆塑斗母娘娘像。次修后殿，中塑子孙圣母。各皆黝垩巍焕，艳丽宏敞，一切□子求孙无不响应，既□其善颂善祷，亦均乐输恐后。②

顺天府文安县信士人刘义厚同母高氏，捐舍资财，助造泰山娘娘大驾。功成上顶，特建碑于斗母宫，以志一时之诚敬……天仙座镇，圣母遥临，躬居碧霞，号称元君。聪明正直，福善祸淫。灵官护法，元女垂箴。功施寰宇，德济生民。虔心顶礼，宜子宜孙。至于泰山下院，曲径通深。禅房

① 清乾隆四十四年（1779）《高恩等进香碑》。
② 清乾隆四十四年（1779）《重修斗母宫前后殿东西配殿记》。

花木，斗母宫临。百子供奉，福荫万人。香客会集，祈祷弥真。[1]

明清之时，是泰山圣母碧霞元君信仰最为兴盛的时期。送“生”本是泰山圣母的基本职司，斗母宫的比丘尼抓住了民间信仰中这一特点，将泰山圣母与斗母娘娘关联在了一起。山上有碧霞圣母，山下有斗母娘娘，“而斗母宫更为灵应，求子得子，求孙得孙”。为了更加形象地表达这一主张，前殿置有斗母娘娘像，而后殿置子孙圣母像，一切求子求孙之愿，“无不响应”。更有甚者，施功德于泰山圣母，却“建碑于斗母宫，以志一时之诚敬”，并将斗母宫作为了泰山圣母的“下院”。

也有人为斗母宫这种“生”的信仰，找到了理论依据：

尝考《天文志》，南斗六星缠次东北，维其地为艮，艮象山，终古不移，有寿征焉。又为少男，有似续之义焉。且与震接壤，而岱位乎震，则斗母宫之建于岱，以待人之祈寿、祈嗣也，理亦宜矣。[2]

这无疑是为斗母宫所补做的功课。在此祈寿、祈嗣，名正言顺，理所应当。

斗母宫旧称龙泉观，是为道教宫观，何时创建无考。斗母宫是泰山登山要道（盘道）上唯一的一座佛教寺院，从现存碑所记大致在明代中期由道教的宫观改为佛教禅林。至20世纪60年代，最后一位比丘尼离开斗母宫，佛教在泰山中轴线上有所作为的历史结束。斗母宫内，有一通清道光二十四年（1844）《临济正宗比丘尼世系图》碑，为了解斗母宫比丘尼历史提供了第一手资料。其世系为：

智慧清净，道德圆明。
真如性海，寂照普同。
心源广绪，本觉昌荣。
能仁正果，长衍宽洪。

---

① 清乾隆五十四年（1789）《刘义厚捐资题名碑》。

② 清光绪元年（1875）《斗母宫重修山门钟鼓楼记》。

为传法印，金悟惠隆。

坚持戒定，永继祖宗。

现斗母宫比丘尼所立碑14通。最早的立于清康熙十二年（1673），为当时普照寺临济宗第三十三代住持祖珍禅师所撰。当时立碑者为“住持比丘尼性江及徒海住、海银”，参照其谱系住持性江为斗母宫第十一代，其徒海住、海银为第十二代。在所存14通碑刻中最晚的是民国十九年（1930），由斗母宫住持能庆所立。在其世系图中，为第二十五代比丘尼住持。从第十一代性江的立碑时间，到第二十五代能庆立碑，历经十四代257年，延续脉络清楚。如依上述世系与年代相推算，斗母宫比丘尼第一代住持，在公元1489年，时在明弘治（1488～1505）年间。

明代天启（1621～1627）初年，斗母宫“百工俱废，门户萧然”，各方信士，遂请泰安州萧府观音堂住持比丘尼性江入斗母宫主事。性江在观音堂之时，即“道名远振，真实可佳”。住持斗母宫后，遂“率诸徒侣，四方募化”，重修斗母宫。入清，“人杰地灵，香火益盛，而百废俱兴矣”。康熙五年（1666），性江自以为老迈，勤劳有限，即令弟子海住、海银代主其事。海住为泰山本地人，俗姓韩，幼年出家，原在泰安州城法华寺，“有徒十余人，备守清规，坚奉戒律，亦为苦行焚修”。受命住持斗母宫，募化四方，新建白衣殿。性江此时已近六十岁，又担忧“不德之人侵毁欺夺”[①]，故携师徒勒石，立碑以志。

道光二十四年《临济正宗比丘尼世系图》（图7-16），具体展示了自性江起，下至海、寂、照、普、同、心、源、广、绪、本、觉、昌诸辈，计有十三代。性江在明天启初年到清康熙初年住持斗母宫，具有重开山门的意义。因为此前的斗母宫，在相当长的一段时间尚无住持，香火日下，门户萧然。性江入住之后重修斗母正殿，新建白衣殿，并“于急流迅湍之间筑其崇台百十余丈”，于崇台之上“立其垣墙，整其门户，建其禅室、厨库等房”。后又重装斗母大悲一应神圣等像。至清初之时，“香火益盛，而百废俱兴矣”[②]。

① 清康熙十二年（1673）《斗母宫新建白衣殿记》。

② 清康熙十二年（1673）《斗母宫新建白衣殿记》。

图7-16　泰山斗母宫中的《临济正宗比丘尼世系图》碑刻

在斗母的诸代住持中，比丘尼心海，在泰山也是一位高僧大德。心海，号宽洪，乾隆元年（1736），受戒于京师善国寺，旋为天仙庵住持，其名远扬，十年后受请来泰山①。她“仪度庄雅，经卷通达”，众尼师事之。她慕爱名山，斗母宫又地僻人静，是理想的焚修之所，遂驻锡不归。四方游者受其感召，“喜出资材”，得一重修殿宇，庄严神像，斗母香火再盛。在心海住持斗母宫期间，新增东西配殿，又于东殿之后更辟门户，曰其“听泉山房”②。后又“建楼筑台，悬钟置鼓于其中”③。

清末民国初，斗母宫迎来又一个兴盛期。民国三年（1914）《重复斗姥宫增修记》云：心海圆寂之后，“有本三、绪魁者，通文字，善酬对，凡游山妇女、宦室瀛眷，皆入庙作休息地；而冠盖之往来，亦慕名而詹礼焉。香火之盛，为群庙冠。钟声佛号，日夕无虚，而斗姥宫再盛”。比丘尼借助性别优势，取得女香客的信赖，而识文解字又获得官宦夫人的赏识，故均慕名而至，香火胜于他庙。诸代相续，二十年后，斗母宫再衰，以致官方驱逐比丘尼易之以道士，“复名曰龙泉观”。此时的僧尼法霖，自告奋勇，以修复为己任，“陈于邑宰，

① 清道光二十四年（1844）《重修斗母宫后殿西配殿记》。

② 清乾隆四十四年（1779）《重修斗母宫前后殿东西配殿记》。

③ 清乾隆五十三年（1788）《创修斗母宫钟鼓楼记》。

邑宰感其诚，为复旧名，仍令住持其中”。三年后大功告成，“一时轮焉奂焉，庄严宝相，顿复旧观，香火日盛”。为志其功德，刻石立碑。衍圣公孔令贻，陆军上将、武卫前军军统长江巡阅使张勋还参与了立碑活动。

泰山斗母宫与京都善国寺还有一定的渊源关系。心海剃度于善国寺，其弟子源兴、源志，也来自善国寺①。其下一代住持比丘广平，“为京都善果寺宗派”②。

斗母宫作为佛教精舍在泰山要冲的盘道上大致延续了将近五百年，之所以能有如此辉煌的业绩，与比丘尼们将佛教信仰与泰山信仰、特别是与民间信仰相依相融的做法密不可分。

第三节　佛道共享的水陆画

水陆画，是举行“水陆法会”（或称作“水陆大会”“水陆道场”等）时，悬挂于坛场以备供奉的人物画。水陆法会，是中国佛教忏法仪式中最为隆重的一种，是为超度亡灵、普济水陆一切鬼神而举行的一种佛事活动③。“水陆”之名，《施食正名》有云：“水陆者，所以取诸仙致食于流水，鬼致食于净地

① 清嘉庆七年（1802）《重修斗母宫记》（碑阴）。

② 清咸丰五年（1855）《重修斗姥大殿观音配殿暨东殿记》。

③ 关于水陆法会的性质特点，明代《天地冥阳水陆仪文》有着较为详尽的阐释：“夫水陆大斋者，乃不可思议功德之海也。示相超绝，缘起非常。虑有未闻，聊伸梗概，且示相者。此斋供养法界诸佛，十方菩萨，缘觉声闻，明王八部；欲界无色，诸天之星曜云趋；岳渎灵坛，大地之龙神雨骤，修罗主伴；今古人伦，水陆空居，羽毛鳞角；地狱则八寒八热，近边孤独；饿鬼则九品三阶，针咽炬口，阵亡饥殍，枉夭横殁，无主无依，孤魂滞魄。如斯等众，类趣实繁。若细举之，则虽亿万而未备；若总束之，则唯二八而已周。是以帝代明龟，标位则一十六异；方今仪轨，约类乃百二十殊。大抵若圣若凡，有色无色，灵感众圣，凭秘密之总持，仗檀那之殷勤，普齐等施，各冀证真。所谓竭济幽冥，尽沾优劣，愈增色力而顿出苦沦，资长慧命而遄登乐国。胜缘广大，其利是乎。”（《天地冥阳水陆仪文》卷上《大雄氏水陆缘起》。引自黄运喜、张兰石主编，陈俊吉重绘：《天地冥阳水陆仪文》，台北新文丰出版公司2017年版，第1页。）

之谓也。”[①]水、陆是布施法界圣凡之时的最佳之处，也就是众生的受报之处，故有“水陆”相称。在泰山脚下的岱庙馆藏有几百幅明清时期的水陆画，或以佛、道的主尊，或以民间信仰中的神祇作为供奉对象，成为这一时期水陆画的主角。

依《水陆仪轨》的说法：水陆法会全称为“法界圣凡水陆普度大斋胜会”，“法界”是指诸佛与众生本性平等，理常一故，通称法界；而“圣凡”，则是指四圣（佛、菩萨、声闻、缘觉）六凡（天、人、阿修罗、地狱、饿鬼、畜生），即泛指一切众生；水陆空三界，主要依栖水陆，而空中飞行之生物，也会依陆而休，故以水、陆两处为重。“普度”，是要六道众生解脱饥饿之苦；“大斋”，是指要不受限制地给予众生以食。“胜会”，就是“法施”，通过一定的仪式超度受苦之众生。从法会性质所言，也就决定了水陆画所表现的对象主要是“四圣”及“六凡”的职司者。

一、泰山岱庙水陆画

岱庙所藏水陆画，现整理入档的计有275幅。从装裱形式上可分为卷轴与画片两种。卷轴165幅，画片110幅。在这些画中，有明确纪年的65幅：明万历（1573～1620）12幅；清康熙（1662～1722）15幅、雍正六年（1728）2幅、光绪（1875～1908）36幅。

明代水陆画，均为卷轴。在卷轴下端的背面，贴有标签。题曰：

> 大清神轴
> 大明万历年御制
> 皇清光绪年岱庙道纪张文斋重修

这种水陆画在清代谓之“神轴”；此类水陆画为明代万历（1573～1620）间由皇宫专制，清光绪（1875～1908）间由岱庙的管理者重修。明代的这些画轴，均为绢本，构图严谨，画风工整。人体比例均称，结构舒适。衣纹线条流畅，

① 〔宋〕遵式：《金园集》卷中。

着色厚重。人物表情凝重，威严神圣。称其“御制”，即皇帝所为，皇宫之物品能到泰山岱庙只能是御赐。在万历二十七年（1599），神宗曾下旨御赐《道藏》一部于岱庙[①]，这些神轴或许是神宗一同颁赐岱庙的。

明代12幅神轴画的神尊：玉清元始天尊（纵181厘米、横85厘米）、上清灵宝天尊（纵181厘米、横86厘米）、太清道德天尊（纵182厘米、横85厘米）、玉皇大帝（二轴，分别为纵167厘米、横82厘米；纵176厘米、横85厘米）、左班神龙（纵160厘米、横75厘米）、右班神龙（纵161厘米、横75厘米）、六星君（纵170厘米、横84厘米）、太乙救苦天尊（纵165厘米、横76厘米）、真武大帝（纵165厘米、横78厘米）、张道陵天师（纵163厘米、横79厘米）、碧霞元君（纵167厘米、横80厘米）。以上神轴，从构图、着色、尺寸等特点看，应视为一堂水陆画中残存下来的一部分（图7-17、7-18）。

图7-17　明万历御制玉皇大帝挂轴

图7-18　明万历御制左班神龙挂轴

明代画片，为长方形纸板。在存有的15幅画片中，有大笑明王像、达摩像（图7-19、7-20），其余均为罗汉像。所有画片纵横皆为67、45厘米。罗汉有：

① 《道藏》及《圣旨》现藏泰安市博物馆。

开心罗汉、沉思罗汉、挖耳罗汉、布袋罗汉、长眉罗汉、降龙罗汉，伏虎罗汉、如意罗汉等（图7-21），其态势、神情，皆灵动到位。

图7-19　明大笑明王画片

图7-20　明达摩像画片

图7-21　明十八罗汉——降龙罗汉画片

清代神轴153幅。其中有纪年的53幅（其中康熙（1662～1722）年间15幅、雍正（1723～1735）年间2幅、光绪（1875～1908）年间36幅）。道教神祇除了三清，出现最多的是融于佛道的冥世十王，也有佛与菩萨等像。

清代神轴，除在明代神轴出现的神祇外，尚有东方五斗星君、南方八天帝、五灵五老天尊、十方灵宝天尊、十四星君、二真人、张许二天师、托塔天王、二郎神、文昌帝君、白虎神君、赵元帅、监坛刘毕二元帅、监坛赵刘二元帅、监坛温马二元帅、监坛关赵二元帅、监坛张邓二元帅、东岳大帝泰山神、协天大帝、三灵侯、本县城隍、当境土地神、鬼王、判官、一殿秦广王、二殿楚江王、三殿宋帝王、四殿武官王、五殿阎罗王、六殿卞成王、七殿泰山王、八殿平等王、九殿都市王、十殿转轮王、释迦牟尼、地藏王菩萨、韦陀等（图7-22、7-23、7-24）。

清代画片除三清、太乙救苦天尊，还有天王、天将、女天将、天神、天君、温元帅、赵元帅、关元帅、马元帅、东岳大帝泰山神、东岳大帝淑明后、泰山圣母、苍山圣母、蓬山圣母、子孙娘娘、眼光奶奶、执花娘娘、痘疹娘娘、孔目娘娘、送生娘娘、供养人、天将城隍、天将土地、土地神、鬼王等。

图 7-22　清释迦牟尼挂轴

图 7-23　清地藏菩萨挂轴

图 7-24　清光绪右相判官挂轴

以上无论是神轴，还是画片，像尊多有重复，并画风也有所不同，可见是来自不同时期的画作。从这些水陆画的题记、标签来看，明万历时期的水陆画，是为“御制”，来自皇宫。清康熙时期的水陆画，是由外购而得①。而光绪时期的水陆画，是由岱庙主持聘请画工绘制的，如光绪十年的《十殿王》是由张传彬聘请画工绘制的②。在有关泰山圣母的画片中，题记有“何家庄村”“合会等人”，表明当时有香会（香社）敬献神像于法会或道场的习俗。岱庙所存的水陆画即有四种来源：皇廷御赐、外地购买、自我绘制、香会敬献。

水陆画仪轨，是佛教吸收中土传统文化所形成的一种法制规矩。道教作为本土产生的宗教，对于修斋建醮也有着一套完整的清规礼仪，两者的相互借鉴不可避免。在岱庙所做的毕竟是道教为主导的法坛法事，因此道教题材的水陆画占着绝对的优势。

因岱庙现存水陆画有限，不能对其修斋仪轨有个清晰的了解。又因岱庙在明清时期由道教住持，更无法与《法界圣凡水陆胜会修斋仪轨》《天地冥阳水陆

① 康熙十七年《重修岱庙履历记事》：“南京请皇路圣像六十轴，锁金法衣四身。”

② 《十殿王》之《十殿转轮王》画中，有“时在光绪甲申暑月斋请绘师写于雨花道院，并作《赏善罚恶诗》十首”之题记。雨花道院，位于岱庙内西侧，是明清时期道士所居之处。

仪文》相对应。但从所存水陆画的内容来分析，佛、道并不排斥，特别是“冥世十王”，应是佛、道两教的共有财富。还有东岳大帝（天齐仁圣帝），作为岳渎之神，也出现在各地的佛教水陆法会中。

岱庙清代的“十殿王”挂轴，现存完整的有两套，其构图特点大致相同。画面分为上下两部分，上为殿王断案的审判图，下为地狱行刑图。上图在殿堂正中有“×殿××王”的额匾高悬于上，下施幔帐，王者坐于帐中，侍者及协同官员围站两旁，其前有一宽大的公案，上摆文房用具。下图为实施刑罚的画面，于殿不同，用刑也不一样，尽显恐怖。所表现描述的人物、故事，则大同小异。所藏绘制于清光绪甲申年（1884）的十殿挂轴，内容表现力较强，于帐中的屏风上书有《赏善罚恶诗》，并于画中标明此殿为何种地狱。

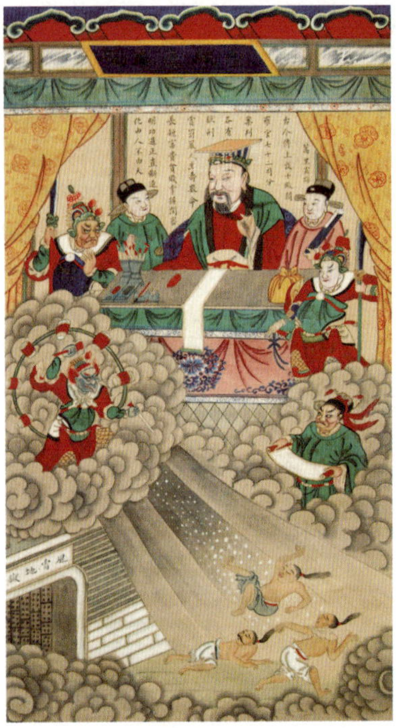

图7-25　清光绪冥殿十王一殿秦广王挂轴

一殿秦广王：秦广王头戴旒冠，着红袍，罩绿色肩披，手捋胡须，一脸得意相，两侧分立文官武将。公案的右手边置有红、黑两种不同颜色的毛笔，分判善恶；左手边则是以锦缎包裹的金黄色印盒，里面应是秦广王权力象征的大印。毛笔与印盒之间，有一条文状垂下案来。公案下，判官手持善恶功德簿，宣令雷神施威，有半赤裸的三人（鬼魂）惊慌失措。在雷神的下方一城郭的大门上，额曰：“风雷地狱”（图7-25）。

《诗》曰：

蒿里灵迹古今传，上设十殿阎罗官。
七十二司分案判，各有狱刑赏罚严。
人生寿数命长短，富贵贫贱掌握间。
审明功过正直断，造化由人不由天。

二殿楚江王：楚江王头戴五梁冠，着宽大绿色袍服，坐于官椅之上，两位持文卷的职官立其左右，牛头马面持刀、叉，赤膊上阵。案下有一着红袍官服的判官，手执折扇监督行刑。受刑者被捆缚于一榻上，榻下置有火盆，身上有鬼差夹放火炭。其狱名曰：“火翳地狱”（图7-26）。

《诗》曰：

阴阳奥妙难穷究，且论眼前理可求。
风云雷雨谁主使，水火刀兵皆有由。
历来劫运虽天数，仍从人事定休咎。
众等回心齐向善，鬼神与人有何仇？

三殿宋帝王：宋帝王头戴五梁冠，着绿袍，红色披肩，白髯垂胸，伴座的仍然是两位文职官员及牛头马面。案下判官左手持文状，右手执笔点状，一鬼卒正将一人抛掷向刀山，已有数人被穿挂于上。城池大门之上的城墙上标注“金刚地狱”（图7-27）。

图7-26　清光绪冥殿十王二殿楚江王挂轴

图7-27　清光绪冥殿十王三殿宋帝王挂轴

《诗》曰：

天地悠远谁能识，神目电照近咫尺。
暗室亏心一念起，孰料冥曹已先知。
今朝数尽来对证，善恶丝毫曷能欺。
功过折准祸福定，谁道报应有纤私。

四殿武官王：武官王头戴五梁冠，宽衣红袍，绿色披肩，提笔写状，两文官陪伴左右，牛头马面持械欲试身手。案下金桥上，有童子持幡引一贵妇人前行，妇人合手于胸前，神态自若。其前有一书童捧书函后顾，后有一老妇抱书卷跟随，表情诡异（应是孟婆的形象）。桥下水流湍急，有一判官于桥头督察，岸边有马面持叉驱赶落水之人。在金桥的栏板上书有："天牢地狱"四字（图7-28）。

图7-28　清光绪冥殿十王四殿武官王挂轴

《诗》曰：

神道杳杳不可稽，何处天堂并地狱。
贤圣仙佛由何至，须从善恶定根基。
功德养世跻仙域，恶贯盈满入地狱。
莫道祸福无验征，古往今来饶过谁？

五殿阎罗王：阎罗头戴旒冠，着绿袍，金黄色披肩，右手捋胡须呈怒状，善恶童子立于身后两侧，牛头马面随侍左右。案前一人被铐跪地，回头呼叫，一对年轻夫妇惊悚回顾。城墙下的判官持状点判，有一人被鬼卒用开水泼浇于裸背。城墙大门之上额曰："镬汤地狱"（图7-29）。

《诗》曰：

蒿里巍巍暗有神，诸司赏罚善恶分。
狱列刀山并剑树，熔铜贯口声何闻。

锯解磨研实堪悯，油鼎火床煎熬身。
何谓阴曹刑法重，银钱难通正直神。

六殿卞城王：卞城王头戴五梁冠，绿袍红披肩，手捋胡须，面显和善，一老一少文官，一凶一善，陪侍左右，两武士持刀，眼光对应，立于公案两端。案下一人缚于立柱之上，一鬼卒持刀剖腹刳肠。判官凶神恶煞，脚踏被捆绑下蹲的众人，而将《善恶录》交于身旁的鬼卒。虎头门上榜题："屠割地狱"（图7-30）。

图7-29　清光绪冥殿十王五殿阎罗王挂轴

图7-30　清光绪冥殿十王六殿卞成王挂轴

《诗》曰：

赫赫丰都神威严，胜似阳世刑部官。
虽有斩绞流徒犯，那比阴司刑法全。
生前积财如山丰，岂晓此地不用献。
人若警醒早向善，到处皆有逍遥天。

七殿泰山王：泰山王头戴五梁冠，身着宽袖大红官袍，绿色披肩，双臂抱于胸前，一老者官员持状禀告事由，一少者书生抱《功德录》于后，牛头马面侍候左右。案下有二人被铁索捆绑于空心铜柱上炮烙，一鬼卒烧火于灶中，铜柱上端烟火缭绕。另有二人，手足被捆，坐地待刑。判官与另一鬼背对，扭头目视对方，言语交流。城门之上标注："铜柱地狱"（图7-31）。

《诗》曰：

天道循环神主持，赏罚严明绝无私。
人居三才出众类，全凭纲常与伦理。
孝悌忠信要兼全，礼义廉耻勿自欺。
终身拿定这主意，何怕鬼神寻是非。

八殿平等王：平等王头戴五梁冠，着红色官袍，绿色披肩，白色胡须飘然下垂，面目和善。其左右官员，一在聆听平等王的评述，一在侧身右顾《善恶录》，牛头马面对视而立，案前有两人跪地求饶。案下判官点状监刑，一人被两鬼卒锯解；另一侧则有一鬼卒持刀割人口舌。狱门题曰："锯解地狱"（图7-32）。

图7-31　清光绪冥殿十王七殿泰山王挂轴

图7-32　清光绪冥殿十王八殿平等王挂轴

《诗》曰：

积善之家庆有余，为恶之人殃必随。
积善未报休怨恨，诚恐祖宗行有亏。
为恶之人殃无至，亦须伊祖有余德。
等到德尽恶贯满，但看祸福加与谁？

九殿都市王：都市王头戴五梁冠，蓝披肩，面带微笑，两文官及牛头马面随侍左右。案前有两长者，似在向都市王禀报案由。案下有一大缸，内有一人正在受五毒（蛇、蝎、蚰蜒、蟾蜍、蜈蚣）咬噬之苦。缸边有一鬼卒正准备将另一人扔入缸中，旁边还有两位待刑者。判官坐于榻上，怒目圆睁，两足抬空，舞动双臂点状。其旁虎头大门上，题“天牢地狱”（图7-33）。

图7-33 清光绪冥殿十王九殿都市王挂轴

《诗》曰：

聪明富贵人欲处，痴愚贫贱人欲去。
世人若求处去法，须向真道寻来历。
为善自然处富贵，作恶贫贱终难退。
善恶两途任君择，天道循环岂能昧。

十殿轮转王：轮转王头戴五梁冠，蓝衣红肩，怒目张须，一老一少两官员侍其左右，长者独祝《赐寿册》，少者挟《善恶全注》左顾，牛头马面随侍左右。堂下判官点状，鬼卒手执锤器，驱赶众人（有动物相伴）转世投胎。所进大门题曰：“转轮地狱”（图7-34）。

《诗》曰：

十殿专司脱生权，胎卵湿化品类全。

图7-34　清光绪冥殿十王十殿转轮王挂轴

独有人道最为上，君臣士庶等级繁。
贫贱富贵凭甚论，全赖善恶两途间。
请君醒悟回头看，古今何事无循环。

由十八地狱简化为十大地狱，为国人所普遍认同，故自唐至清上千年流传不改。岱庙所藏十王殿，十王之名没有发生变化，但十殿有了具体的地狱之称。十殿分别为：风雷地狱、火翳地狱、金刚地狱、天牢地狱、镬汤地狱、屠割地狱、铜柱地狱、锯解地狱、天牢地狱、转轮地狱。

岱庙冥世十殿图的地狱之状，就是按其不同刑罚手段来区分绘制的。这些惩处手段早在唐之前的佛经中出现，唐之后而于佛教的十殿是没有的。这为民间信仰所独享，是对佛、道两教的地狱观念进行改造的结果。如挂轴中的“风雷地狱”“火翳地狱”“金刚地狱”“镬汤地狱”“屠割地狱”“铜柱地狱”，即来自道教的“九幽地狱”之说[①]。

在岱庙所藏的十王图中，似乎一殿秦广王与五殿阎罗王比其他各殿诸王地位要高一点，因为两王头戴九旒冕，而别的殿王均为五梁冠。这与佛教融入的成分有关，秦广大王，“威严叵测，利益难量，名标万德之尊，位列十王之首”[②]。而五殿王阎罗与早期佛教和印度教神话中的冥界之王，有着直接的血缘关系，于是在中土的十王殿中“位极九五……冥中统御，总判阴司”[③]。老资格

① 《灵宝领教济度金书》卷三十四：“九幽之狱，在西南丁地，乃地官列治之府。东曰幽冥青曜恶毒门风雷狱，南曰幽阴赤耀巨罗门火翳狱，西曰幽夜白曜锋刃门金刚狱，北曰幽酆黑曜寒凉门溟泠狱，东北曰幽都无罗陷塞门镬汤狱，东南曰幽治九丑恶毒门铜柱狱，西南曰幽关荼减鹹抑门屠割狱，西北曰幽府溟蒙殗网门火车狱，中曰幽狱普掠狱。”

② 《天地冥阳水陆仪文》卷中《命请冥殿十王仪》。

③ 《天地冥阳水陆仪文》卷中《命请冥殿十王仪》。

的本土泰山王，却只能是在阎罗的领导下“掌判阴司”[①]。所以，身份之别显露在了冠冕上。

在岱庙现存的水陆画中，有东岳大帝的一张画片，头戴十二旒冕，红色披肩，身着黄色大袍，两袖口绘以虬龙，手持镇山之圭，饰圆形头光，端坐于宝座上，靠背上端书“正尊”两字，这表明在某些时候，泰山神作为正尊主位会出现在法会中（图7-35）；而其左右也有两位辅相，头戴五梁冠，披肩、衣饰、头光等，与正尊相同，双手持笏板而立（图7-36、7-37）。两尊辅相也均有头光，其上方，分别书“少”“老”字样，因此形象上也就有了一定的差异，少者面部圆润饱满，老者面部则显老态，白色须髯下垂。长袍也有颜色上的差别，老者为蓝袍，少者则为黑袍。两者犹如陪伴释迦牟尼佛左右一老一少的迦叶与阿难。

图7-36　清东岳大帝右辅相（少）画片

图7-35　清东岳大帝（正尊）画片

图7-37　清东岳大帝左辅相（老）画片

在清光绪“甲申九月”的十王画轴中，各殿王背后的屏风都有《赏善罚恶诗》一首。一殿王中所录诗文，应是对十王之设的总括：“蒿里灵迹古今传，上设十殿阎罗官。”“蒿里”，即汉代就广为流行的人死后魂魄所归之处。《乐府诗

① 《天地冥阳水陆仪文》卷中《命请冥殿十王仪》。

集》中的《蒿里》："蒿里谁家地？聚敛魂魄无贤愚。鬼伯一何相催促？人命不得少踟蹰。"又著名挽歌《薤露》："薤上露，何易晞。露晞明朝更复落，人死一去何时归。"都在表达着人们对生死的发问与沉思。后又演变为"泰山吟"，《乐府题解》曰："泰山吟，言人死精魂归于泰山。"蒿里在泰山下，是生死信仰中的魂魄之山，与此相关联的还有大地之主的"梁父"之山，是历代帝王的封禅之处。陆机《泰山吟》诗"泰山一何高，迢迢造天庭……梁父亦有馆，蒿里亦有亭。幽岑延万鬼，神房集百灵"，更是引来无尽的悲切之思。

在泰山可上达天庭，也能入地九泉。佛教东来，泰山也就有了地狱之说。所设十殿，"各有狱刑赏罚"，但总离不开人之"寿数"、命之"长短"及"富贵、贫贱"，这都是泰山信仰的一部分。《五岳真形图》中的《东岳泰山图说》：泰山"主于世界人民官职及定生死之期，兼注贵贱之分，长短之事也"。这也是在现实生活中最容易被人们关注的事项。人有生的要求，关注寿命，关注地位；而生活能得到保障，能有一定的社会地位，"官职"也就成了人们期待未来的基础。所以，人们试图从泰山神那里得到顾眷。而"造化由人不由天"的结语，在鼓励、肯定人自身的能动性。"历来劫运虽天数，仍从人事定休咎"①"积善之家庆有余，为恶之人殃必随"②"为善自然处富贵，作恶贫贱终难退"③，都表现出一种与人为善，不做恶事，从容面对社会、面对生活的态度。如何识别善、恶？儒家的伦理纲常、忠教礼义是其标准。这在七殿泰山王的《赏善罚恶诗》中，得以充分地表达："天道循环神主持，赏罚严明绝无私。人居三才出众类，全凭纲常与伦理。孝悌忠信要兼全，礼义廉耻勿自欺。终身拿定这主意，何怕鬼神寻是非。"

由此可见，十殿信仰系佛教、道教信仰的综合体，同样有儒家信仰贯穿其中。因果轮回、善恶报应、纲理伦常，是天道循环的基本法则，任何人都逃脱不出这个"圈子"。它的警示作用是显而易见的，并有着它广泛的适应性。

水陆画出现在岱庙不是偶然的。岱庙是供奉泰山神的庙宇，始建于汉，名曰泰山庙、岱宗庙，在五岳庙中称东岳庙。历朝历代为朝廷所重，帝王亲祭或

---

① 二殿《赏善罚恶诗》句。

② 八殿《赏善罚恶诗》句。

③ 九殿《赏善罚恶诗》句。

遣员祭祀泰山，必来此庙施祭。岱庙一直由朝廷命官直接管理。汉代即由“山虞长守之”[①]。对于祭祀事宜，《岱览》有云：“历代岳祠之祀，皆以太守、牧宰主之”，唐代置有岳令，宋代以本县令兼庙令、尉兼庙丞，专掌祀事[②]。在元代，由紫衣道士住持岱庙。明清之时，由朝廷设置的道纪住持岱庙及管理山上山下的道教事务。万历二十七（1599）年，神宗还曾下旨颁发《道藏》一部，其圣旨称岱庙为“天子庙”[③]，可见其岱庙与朝廷的直接关系。如果仅从元明之后由道士住持看，岱庙属于道教的性质已经确定，其祭祀事宜本与佛教没有什么直接的关系。但鉴于泰山的特殊地位及社会大环境的影响，佛、道两家仍可相融相处。早在佛教进入泰山之时，僧朗就与泰山道士张忠结“林下之契”[④]。岱庙在宋代进行大规模修建之时，还曾筹备了一批宗教属性很强的建筑装饰构件——妙音鸟（伽陵频迦），尽管最终没有用于殿宇的装饰上，但在当时人们的意识中儒释道并不是水火不容。由道士住持岱庙后，也没有把道教的基本信仰——长生成仙作为重点来突出。如反映在建筑上，岱庙并没有以道教内容为题材的建筑装饰。岱庙始终保持着宫廷建筑的基本风格，没有像其他道教庙宇有着很强的宗教属性。因此岱庙所存水陆画，道、佛兼有顺理成章。当举行水陆法会之时，以道教为主体属性的水陆画供奉在上、下堂，也会有“佛圣”的水陆画出现法会或道场中，适应着更多信众的信仰需求。

二、流布四方的“泰山王”

以佛寺所举行的法会而言，其中不会少了泰山的神祇。水陆画中主要分为正位神祇、天仙、下界神祇、冥殿十王、往古人伦、诸灵、孤魂等七个层面。东岳天齐仁圣帝位于在下界神祇中的地祇之神：“乾坤同立，日月齐兴，职典于人世之权，位判于阴司之主。”[⑤]在冥府神祇中，“泰山府君”“泰山王”分司列职。泰山大王：“人天普仰，鬼神咸钦，胸如江海之渊深，德若须弥之高大。眉愁塞海，

① 《风俗通义》“岱宗庙在博县西北三十里，山虞长守之。”

② 《岱览》卷六《岱庙》。

③ 现《道藏》及《圣旨》藏泰安市博物馆（岱庙）。

④ 《高僧传》卷五《竺僧朗传》。

⑤ 《天地冥阳水陆仪文》卷中《召请下界仪》。

目怒驱山，察众生善恶之因，鉴有请苦乐之报。修仁蕴德，掌判阴司。"[①]泰山府君："职居总师，辅弼阎罗，掌百局之尊权，领三司之重柄，分符外化。"[②]可见，东岳天齐仁圣帝、泰山府君、泰山大王已经进入佛教的神祇行列，成为佛教信仰的一部分，因而大量出现在全国各地的水陆法会中。如河北蔚县故城寺殿壁上的明代水陆画有"天齐大帝"图，榜名为"五山五岳天齐大帝"[③]。在山西浑源永安寺殿壁上的清代水陆画，榜名"泰山大王"的形象出现在十殿阎罗之中[④]。在山西右玉宝宁寺的水陆壁画中，也都有东岳天齐仁圣帝、泰山大王的出现[⑤]。因为东岳天齐仁圣帝、泰山府君、泰山王，都在《天地冥阳水陆仪文》的"召请""命请"之列，各地（主要是北方）的水陆法画都应有泰山诸神的存在。特别是泰山王所在的"冥殿十王"，凡举行法会必定是少不了的角色。

水陆画历来不被重视，历代的艺术家多不将其列入收藏与研究的范围，所以国内保存下来的早期水陆画作品很少[⑥]。早期有关"冥府十殿王"的水陆画，多散失于海外的寺庙及博物馆中。据德国汉学家雷德侯的调查，南宋时期的水陆画《十王图》，在德国、美国、日本均有收藏。《十王图》每套十张，一"王"一图，有关《七七泰山大王》的收藏情况基本如下[⑦]：

德国柏林东亚艺术博物馆收藏的《七七泰山大王》，挂轴，绢本色墨，纵85厘米、横50.5厘米（图7-38）。

日本奈良国立博物馆收藏的《七七泰山大王》，挂轴，绢本色墨，纵80.6厘米、横47.5厘米（图7-39）。

---

① 《天地冥阳水陆仪文》卷中《命请冥殿十王仪》。

② 《天地冥阳水陆仪文》卷中《命请冥殿十王仪》。

③ 参见戴晓云《佛教水陆画研究》，中国社会科学出版社2009年版，第23页。

④ 参见戴晓云《佛教水陆画研究》，中国社会科学出版社2009年版，第72页。

⑤ 参见戴晓云《佛教水陆画研究》，中国社会科学出版社2009年版，第141～147页。

⑥ 据德国汉学家雷德侯教授的研究表明："中国寺庙的确没有成功地存留这些画作，像日本寺庙那样仔细地保存艺术作品。维护、鉴定并传承中国文化遗产的士大夫阶级鄙视这些画作，因为他们觉得这些都是通俗的宗教美术品。他们没有将这种作品纳入自己的艺术收藏之内，在他们编纂的著录中亦未对其加以评述。"（参见雷德侯著，张总等译《万物》，生活·读书·新知三联书店2005年版，第225～226页。）

⑦ 基本材料（包括图片）采自《万物》第七章《地狱的官府风貌》。

图7-38　德国柏林东亚艺术博物馆所藏《七七泰山大王》挂轴

图7-39　日本奈良国立博物馆所藏《七七泰山大王》挂轴

美国新泽西普林斯顿大学艺术博物馆收藏的《七七泰山大王》，挂轴，绢本色墨，纵86.2厘米、横39.1厘米。

日本九州博多市善导寺收藏的《七七泰山大王》，挂轴，绢本色墨，纵39.5厘米、横25厘米。

日本京都大德寺收藏的《七七泰山大工》，挂轴，绢本色墨，纵93.4厘米、横41.5厘米。

日本神奈川县立博物馆收藏的《七七泰山大王》，挂轴，绢本色墨，纵95.5厘米、横44.5厘米。

以上挂轴水陆画，除日本九州博多市善导寺收藏的《七七泰山大王》，为14世纪外，其余均为13世纪作品，同由“陆信忠画坊”出品。这些《七七泰山大王》图，除某些细部表现有所差异外，图画背景与人物情节基本相同，雷德侯在《万物》一书中有如此描述：

> 画面中心的主要人物是可以通过其冠饰上的“王”字而确认的。他坐在公案后的高大扶手椅上，案上则摊开着正要判写的文状。大王在提笔书下

> 判决之前的片刻，要听取二位助官的意见，他们持着“善恶簿”，即记录着受审之人生前行为的文档。冥王被描绘成一位中国的文职高官，身穿宽大华丽的浅蓝色官服，在硕大的太师椅与其背后屏风的衬托下，愈发显得威风凛凛，令人敬畏。他的相貌雍容，皮肤光滑细腻并且留着长长的指甲。椅后的一位童子，手捧以布包护的方盒，内所纳藏的正是冥王权力的象征——大印。
>
> 画面下部是被审的“犯人”罪魂与身形高过他们的牛头马面、凶神恶煞。鬼卒阿傍拉着的一个妇女，虽夹铐在沉重的木长枷中，却仍扭回头去看牵着自己衣裙带一角的婴孩。再下边有两个绿皮蓝肤的鬼卒，正拷问着三个罪魂，他们的脚都被系在一根黑柱的上端，手臂为利剑所刺，穿钉在地。他们在痛苦中颤抖、扭动着身躯，口中和肢体上涌溅着血迹，身下则是密密地插着锋锐刃片的“刀山”。[①]

画中题名有“陆信忠”款识，是作为一个商标符号出现的，被不止一家的画坊所使用，有的画作上题有“庆元府车桥石板巷陆信忠笔”。庆元府（今浙江宁波），宋绍熙五年（1194），升明州为庆元府（南宋庆元元年至景炎二年，公元1195～1277年），陆忠信就活动在这一时期[②]。

南宋时期的这些水陆画，是以人死后的时间确定要去的各殿，用殿名及其要见的王者为名。它以七天为一个单位，第一个七天要到一殿那里去，二七去二殿、三七到三殿、四七到四殿，以此类推，七七是泰山王的冥殿，故以“七七泰山王”为名。如果将南宋时期的十王与岱庙所藏清光绪的水陆画比较，有着基本的相同点。以“七七泰山王”与“七殿泰山王”为例，在构图上：上为王者审判的场景，下为施刑的场面。从表现手法上：上图约占三分之二的空间，人物偏大；下图仅占三分之一，人物偏小。在具体元素等细节上：泰山王坐在太师椅上，旁有书童、判官、牛头马面站立，协同办案，高大的案桌上摆着文书；施刑图中有鬼卒施刑，立有“铜柱”等。当然也会有不同点，即便是岱庙所存的两套“十王图”，也有一定的差异，不同区域、不同画师都会有不尽同之处。可以说，南宋时期南方的十王图，与清光绪间北方的“十王图”，

① 〔德〕雷德侯：《万物》，张总等译，生活·读书·新知三联书店2005年版，第223～224页。

② 〔德〕雷德侯：《万物》，张总等译，生活·读书·新知三联书店2005年版，第226页。

相隔时间如此之长，形式与内容能有如此相同相近的表现是难得的。这应得宜于《十王经》影响的普遍性及粉本流传的广泛性。

第四节　文学作品中的泰山地狱

佛教的传入，无疑开阔、丰富了中国艺术家、文学家的视野，特别是佛教“因缘”“轮回”“因果”“报应”“地狱”等思想，展示了一片新的天地，为文学艺术家们提供了不一样的思想感受及创作题材。南北朝大量志怪小说的出现，就是一个突出的例证。经历唐宋的发展，至明清之时涉及佛教的作品，蔚为大观。明清时期中国小说繁荣，与此不无关系。特别是以冥世故事作为叙事对象的小说，为我们展示了一幅幅生动的地狱画像，也为我们分析了解这一时期佛教对民众社会生活的影响，提供了丰富的资料。

一、地狱与冥府十殿

十八层地狱，其原型来自佛经中。最初见于东汉安世高所译的《十八泥犁经》，列出有十八层地狱的名称（均为梵文音译），言及地狱的基本苦状，以入狱受罪时间的长短论狱之层级。云“死入泥犁，中有深浅，火泥犁有八，寒泥犁有十”，计有十八层。而入狱时间的长短，体现在因果报应上，即以前生所犯罪行的轻重来决定，到了第十八层，其苦“皆万倍于他犁之苦。痛不可极”，时间也就无法计算了。用《西游记》的话说，就是“堕落千年难解释，沉沦永世不翻身”。安世高说苦状、言受难之长短，但并无具体形象的地狱之分解。后有不同名称但大多相近的十八层地狱名称的出现，是宣教者依据中国现实的社会状况、现象警示来者，逐渐形成了人们所共识的十八地狱。所以王逵《蠡海集·鬼神》说：“释氏有十八地狱之说，脍炙人口久矣，其义未详。然释氏有六根、六入、三毒之分，缘六根眼、耳、鼻、舌、身、意；因六入色、声、香、味、触、法，皆有三毒贪、嗔、痴之恶业，故三六共成十八之数也。”十八地狱之说来自佛典，十八地狱的中国化，也是人们依据佛教的基本认识，以及对中国社会之理解所做出的基本判断。

在《西游记》中，列有一十八层地狱及罪由刑罚：

> 吊筋狱、幽枉狱、火坑狱，寂寂寥寥，烦烦恼恼，尽皆是生前作下千般业，死后通来受罪名。
>
> 酆都狱、拔舌狱、剥皮狱，哭哭啼啼，凄凄惨惨，只因不忠不孝伤天理，佛口蛇心堕此门。
>
> 磨捱狱、碓捣狱、车崩狱，皮开肉绽，抹嘴龇牙，乃是瞒心昧己不公道，巧语花言暗损人。
>
> 寒冰狱、脱壳狱、抽肠狱，垢面蓬头，愁眉皱眼，都是大斗小秤欺痴蠢，致使灾屯累自身。
>
> 油锅狱、黑暗狱、刀山狱，战战兢兢，悲悲切切，皆因强暴欺良善，藏头缩颈苦伶仃。
>
> 血池狱、阿鼻狱、秤杆狱，脱皮露骨，折臂断筋，也只为谋财害命，宰畜屠生，堕落千年难解释，沉沦永世不翻身。①

《西游记》中的十八狱，应是作者生活过的区域所流行信仰观念的所见所闻。每个地狱的名称大都很形象地展示着该狱所用刑罚的特点。有的直接以刑罚的形式命名：吊筋、火坑、拔舌、剥皮、寒冰、脱壳、抽肠、油锅、黑暗、刀山、血池等诸狱，无不血淋淋，残酷至极，将人们在生活或可想象到最惨烈的处罚形式一一展现出来。但是再细致也不会穷尽社会生活中的种种罪恶及刑罚，所以又有“黑暗狱”“阿鼻狱”的安排，力求生前所有之恶都会有相应的制裁、惩罚。善有善报，恶有恶报，这种震撼力是强大的。

如果与当初安世高的十八泥犁相比较，地狱的展示显然发生了很大的变化。一是内容更加丰富，传统文化中忠孝礼义的成分增大；二是表现形式直观化，弱化了原来所强调的时间概念，使之现实的威慑力增强。因为在现实生活中，直观的形象展示要比抽象的时间关系来得更直接，发挥的效力也就越大，说教

① 《西游记》第十回《二将军宫门镇鬼　唐太宗地府还魂》。

的效果就会越好。

冥府中的十王，在《西游记》第三回就已经出现。美猴王孙悟空睡梦中被冥府勾魂鬼卒套上绳索带到幽冥城下，美猴王顿然醒悟道："幽冥界乃阎王所居，何为到此？"那鬼卒道："你今阳寿该终，我两人领批，勾你来也。"猴王忍耐不下"把两个勾死人打为肉酱。自解其索，丢开手，轮着棒，打入城中"。十代冥王急整衣来见："上仙留名，上仙留名！"猴王道："你等是什么官位？"十王躬身道：

我等是阴间天子十代冥王……秦广王、楚江王、宋帝王、忤官王、阎罗王、平等王、泰山王、都市王、卞城王、转轮王……

关于十王之名称，见敦煌遗书《佛说阎罗王授记四众预修生七往生净土经》（简称《佛说十王经》或《阎罗王授记经》，约撰于晚唐五代）有这样的记述：

第一七日过秦广王。

赞曰：

一七亡人中荫身，驱羊队队数如尘。

且向初王斋点检，由来未渡奈河津。

第二七日过初江王。

赞曰：

二七亡人渡奈河，千群万队涉江波。

引路牛头肩挟棒，催行鬼卒手擎叉。

第三七日过宋帝王。

赞曰：

亡人三七转恓惶，始觉冥途险路长。

各各点名知所在，队队驱送五官王。

第四七日过五官王。

赞曰：

五官业秤向空悬，左右双童业簿全。

轻重岂由情所愿，低昂自任昔因缘。

第五七日过阎罗王。

赞曰：

五七阎罗息诤声，罪人心恨未甘情。

策发仰头看业镜，始知先世事分明。

第六七日过变成王。

赞曰：

亡人六七滞冥途，切怕生人执意愚。

日日只看功德力，天堂地狱在须臾。

第七七日过太山王。

赞曰：

七七冥途中阴身，专求父母会情亲。

福业此时仍未定，更看男女造何因。

第八百日过平等王。

赞曰：

百日亡人更恓惶，身遭枷杻被鞭伤。

男女努力修功德，免落地狱苦处长。

第九一年过都市王。

赞曰：

一年过此转苦辛，男女修何功德因。

六道轮回仍未定，造经造像出迷津。

第十三年过五道转轮王。

赞曰：

后三所历是关津，好恶唯凭福业因。

不善尚忧千日内，胎生产死拔亡人。[1]

《西游记》所云与此两相比较，在十王名称上基本一致，没有变化（“初江王”与“楚江王”，“五官王”与“仵官”，“变成王”与“卞成王”，“平等王”

---

① 〔美〕太史文著，张煜译，张总校：《〈十王经〉与中国中世纪佛教冥界的形成》，上海古籍出版社2016年版，第191～195页。

与“平正王”，均为同音，仅有字别，应视为通常的一致表达。这种情况在民间的造像记中经常会出现），只是在排序上稍有差异（一至五殿王，及七、十殿王没有变化，仅在六、八、九殿王发生变化）。从晚唐到明清的历史变迁中，十王信仰的形式及内容一直被保存下来，表明其有着强大的社会生存空间，由此所带来的影响也是空前的。

另有《地藏十王经》[1]所载楚江王宫有云：

葬头河曲，于初江边，官厅相连，承所渡前。大河即是葬头，见渡亡人，名奈河津。所渡有三：一山水濑，二江深渊，三有桥渡。官前有大树，名衣领树，影住二鬼：一名夺衣婆；二名悬衣翁。婆鬼警盗业，折两手指；翁鬼恶无义，逼头足一所。寻初开，男负其女人。牛头铁棒，挟二人肩。追渡疾濑，悉集树下，婆鬼脱衣，翁鬼悬枝，显罪低昂，与后王厅。

由于《地藏十王经》与《佛说十王经》两经均出晚唐，有着更高的相近度。关于经中有“牛头”“脱衣”之说，其《偈语》：“苦牛食牛牛头来，乘马苦马马头多。无衣寒苦逼自身，翁鬼恶眼出利牙。”就点出了牛头马面的由来及无衣寒苦之狱罪。

下面我们再看一下道教冥府的十王制度。《元始天尊说酆都灭罪经》于十王有云：

一七，秦广大王太素妙广真君；
二七，初江大王阴德定休真君；
三七，宋帝大王洞明普静真君；
四七，五官大王玄德五灵真君；
五七，阎罗大王最胜耀灵真君；
六七，变成大王宝肃昭成真君；
七七，泰山大王等观明理真君；
百日，平等大王无上正度真君；
小祥，都市大王飞魔演庆真君；

① 全称《佛说地藏菩萨发心因缘十王经》。

大祥，转轮大王五化威德真君。

从上面的排布看，日期、殿王没有变化。（第八、第九、第十殿的百日、小祥、大祥①，与《十王经》的时间日期是一致的，只是叫法不一样。）不同的是，为十王安排上了名号，并以“真君”统之。这是一种什么样的名号呢？其实，这种称号并无实质性的特殊含意，犹若在朝皇帝于高僧、高道的赐号。如以泰山大王为例，除该经称“筹观明理真君”外，其称谓还有：“玄德妙生真君”“神变万灵真君”“玄妙真君”“正道真君”等②，可谓千变万化，有很大的不确定性。在说十王的《元始天尊说酆都灭罪经》中，更要强调元始天尊的权威性，以及道教不同于他教的特殊性：

尔时，元始天尊演此《灭罪真经》，告于天灵地祇，修斋功德无量，召诸天龙地神、酆都主者、六宫掾吏、四明公十殿冥官、五岳府君、九州城隍、司命司录、五道大神，来诣天尊前集会礼拜，于是稽首庄严而受约束。天尊曰：当来果报，凡有众生，并是大魔王管摄，十恶五逆，系闭牢狱，日夜受苦，无缘度脱。若修十会，功德业镜受记，酆都大帝欢喜，放赦罪人，如是七七修斋……

元始天尊之“演”，相当于佛经之“佛说”，宣布了酆都大帝为冥府的“主者”，相关联的官员还有六宫掾吏、四明公十殿冥官、五岳府君、九州城隍、司命司录、五道大神等，这都是佛教所没有的。佛教地狱中的十位冥王，相对而言是平等的，只是管理时间上的不同，除此之外没有凌驾于他王之上的冥王。但在这里，“当来果报”，最终都要由酆都大帝做出决定。从明清小说所反映的地狱十殿王来看，在人们的世俗生活及意识观念中，佛教《十王经》所占的因素及影响，要远远大于道教的《灭罪经》。

① “小祥”：古代亲丧一周年的忌日之礼。《礼记·曾子问》：“小祥者，主人练祭而不旅。”“大祥”，是就“小祥”而言，是为亲丧二周年而举行的祭礼。《仪礼·士虞礼》：“期而小祥”，“又期而大祥。”郑玄注：“又，复也”。

② 见于《太上救苦天尊说消愆灭罪经》《灵宝领教济度金书》《地府十王拔度仪》《灵宝无量度人上经大法》等。

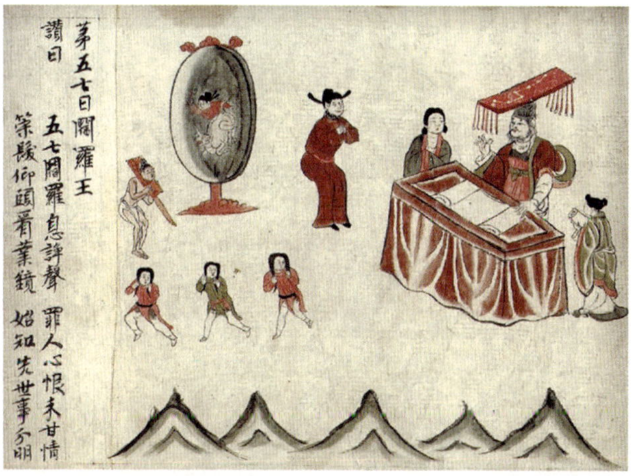

图7-40 （晚唐五代）“第五七日阎罗王”图中的阎罗

阎罗王、泰山王，在“十王”中都有着特殊的地位（图7-40）。前者是外来地狱王者的代表，而泰山王则是中土冥世的主宰。两王共事于地狱十殿中，是两种文化碰撞、融合的最佳例证。图中的阎罗王，头戴旒冕，綖板上面饰有“七星”，象征着它在十王中“王者”的特殊地位。在向他禀报事项官员的后面，有一面硕大的椭圆镜，镜中有一人持锤狂砸一牛，这就是阎罗所拥有的法宝——业镜，镜中所显现的情境，是亡人生前虐待生灵的记录，它让人们明白生时所作之恶休想瞒过阎罗。

阎罗，是地道的外来神尊，初到中国其名讳直接来自梵语Yama rāja的音译：“阎魔”“阎罗”“焰摩”等。阎罗王或阎魔王则是音译加意译。阎罗是古印度神话中阴间的管理者，人死后先由他问讯，然后在狱中受刑。在汉魏六朝的佛经中，初期叙述地狱时重在对苦况的展示，并不一定要有一位王者来专司其职。“后来始渐以人世制度差拟地狱，等到阎王地狱说流行后，渐渐的，阎罗王便成为地狱的唯一主宰了。”[①] 当地狱十王说出现，阎罗王与泰山王被一同安排在了一起，担负其一定时段的地狱职责。在十王中虽然没有高低、大小之分，但二者无疑是两种冥世文化的代表。“十王的双重起源最清楚地表明了冥界观念是中印合成的。”阎罗王是中文名，和梵文名词相较，在宗教学方面是对的，在语言学上则有瑕疵。阎魔在印度佛教产生前的印度神话中统治地狱。“阎罗王”是在中文翻译中音译与意译结合所形成的名字，“试图（虽然并不完美）通过使用一种外来的发音，保留其外来性与来自天神的威力；又通过使用汉语‘王’，赋予他一种本土的权威性”[②]。

泰山王是中国土生土长的冥王，自秦汉以来随着泰山信仰成为国家信仰，由

① 萧登福：《汉魏六朝佛道两教之天堂地狱说》，台湾学生书局1989年版，第101页。

② 〔美〕太史文著，张煜译，张总校：《〈十王经〉与中国中世纪佛教冥界的形成》，上海古籍出版社2016年版，第2页。

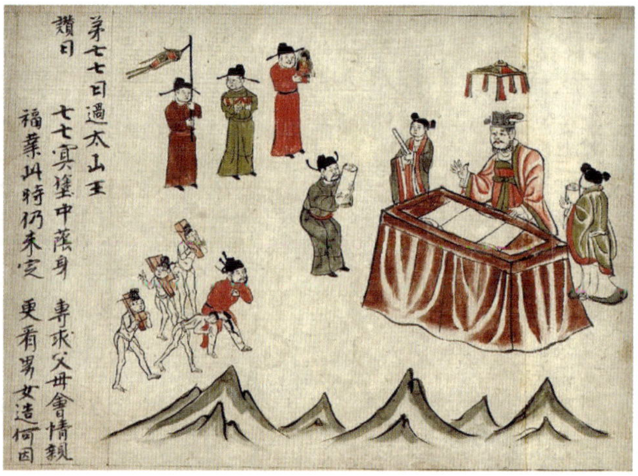

图7-41　（晚唐五代）“第七七日过泰山王”图中的泰山王

区域性文化走向主流文化，泰山地府地主的地位一直被社会所公认，并列入国家的祀典中。本土的泰山首先是主生的，是位生命之神，有了生也就有死，于是也把操控死的大权交给了他。但佛教来临，实施“拿来”主义的策略，直接将泰山地府改造为地狱，泰山主生的一面逐步被淡化，特别在民间已是专司阴曹的神祇了。“十王”之说出现后，泰山王就去地狱的第七殿做了王者（图7-41）[1]。图中的泰山王，所配冠饰显然不如阎罗的规格高，但上方所悬宝盖，也给足了泰山王面子，因为这在其他诸王中是没有的。泰山王与阎罗王都是资深的冥王，是十王地狱之所以能成为地狱的两大支撑者。在十王中少了谁都可以，唯独不能没有了泰山王、没有了阎罗王，否则人们都不会承认这是地狱之所在。以“七日”为周期特征的“七七”之祭，延续了上千年，而人们尤重“五七”与“七七”，正是阎罗王、泰山王信仰长久不衰的重要标志。

“中国的地狱，或者说是逐渐汉化并终于较为彻底汉化了的地狱，从治理地狱的角度则称为‘阴曹地府’，带有明显的中国民族特色。阎王，也是中国化了的阎王。”[2]外来的十八层地狱汉化了，在佛教文化与传统文化的共同作用下有了地狱中的“十王殿”，第五殿的阎罗王也成了一身正气、刚正不阿的正义使者，在中国家喻户晓。

在佛教的经典中，对地狱的分类就有不同的说法，而仅就地狱之数也无法说清[3]，理论阐述也各有不同，呈现出缤纷、繁杂的特点。而中国化的十八层地

① 图7-40、7-41，为《佛说十王经》中的绘图，本经原存敦煌莫高窟藏经洞，现藏法国国家图书馆。

② 白化文：《泰山东岳·地狱·酆都城》（上），《文史知识》2011年第11期。

③ 对此萧登福作过系统研究：“在地狱的数目上，有的说地狱有四、有的说地狱有六、有八、有十、有十八、三十、六十四，甚至无量无边等。上述情形，不仅译者不同，说法有别；也有同为一人所译，经典不同，说互异……”见《汉魏六朝佛道两教之天堂地狱说》，台湾学生书局1989年版，第83页。

狱，简明清晰，就事说事，直接了当，不再以抽象的未来时间为轴心，而用形象的、图谱式的因果报应方式，直接回答着佛教的轮回观。这似乎还有点复杂，晚唐时期“十王”的出现，使地狱的观念再次简化，更加受到中国民间信众的欢迎，以至到了明清，稳定不变，长兴不衰，使地狱信仰发展到历史的高峰。

“十王”观念下的地狱，又回到佛教当初以时间来确定十王所处位置（十八层地狱的哪一狱）的设定，但此时的时间单位不再以“万年”“亿年”来计算[①]，而是用生活中的“日”“月”“年”来确定其所在地狱的位置。知道了具体的刑期，也就便于祭祀的实施，即知道了离世后的时间，也就知道了他或她所在地狱十殿的哪一殿，由何王做主。

自东汉的安世高直接将佛教的地狱直译为“泰山”，泰山在佛教里面所承担的一直是地狱的角色。在晚唐之时，出现了“十殿王”之说，直到明清，泰山坐定第七殿的王者之位始终没有改变过。这同样是佛教文化与中土传统文化相融相济的最佳结果。佛教的地狱是中国化了的，地狱十王也被中国化。阎罗王也在中国落地生根，国人谈地狱（阴间）总会说到阎罗，对其的恐惧远远要超过泰山王，而忘记了阎罗是一位地地道道的外来者。在佛教尚未出现之前，他就在印度神话的地狱中行使他的权力了。当然，融合不等于等同，外来的“地狱”与中土的“冥世”，在相融相异中共同见证了人们各自不同的信仰选择。

二、关于“七七”与“奈河”观念的形成

在“十王”信仰中，以“七七”、百日、一年、二年为时间单元的祭祀时段，是“十王”形式构成的基础，而“七七”所包含的文化底蕴则是丰富的。“奈河”来自何方？一直被人们所关注。文化与自然，总能在泰山得到有机融合。

（一）关于“七七”

何为《十王经》或《灭罪真经》中所云的“一七日”“二七日”“三七

---

① 《佛说十八泥犁经》：“第一犁名曰先就乎而是人言起无死……寿人间三千七百五十岁为一日。三十日为一月。十二月为一岁。万岁为人间百三十五亿岁……第十八犁名曰沈莫……寿芥种六万五千五百三十六斛。百岁去一实……皆万倍于他犁之苦。”

日”……这是祭祀亡魂在时间上的规定。人死后从第一个七日开始，到第七个七日，尔后有百日、一年、三年，亡魂将依次经过十殿，在每个时间段中亡人的亲属如果修福祭祀（如写经、造像等），便可拔除亡魂的罪业，使之不受此殿地狱之苦而转入下一殿。如《十王经》插图本所展示的：“通往冥界之路不是一条，而是两条：在许多殿前，‘善人’——那些前生有德行且家人向十王供奉了的人——安详地飘过上空，衣着华丽，手拿礼物；相反，‘恶人’为其不肖子孙所抛弃，费力地涉过河流，被押解到王前听审，双手被捆，衣衫褴褛。”①特别是前七个斋日，都以七天为一个时间单位，从“一七”到“七七”计七个时段，人们尤为关注，应及时修福为去世的人做功德，以求少受地狱诸苦并能早日重生。

在《十王经》十王殿中的前七殿，均以“七”天作为十王例行公务的“值班”日，这也是地狱之王之所以能成为“十王”区分的基本考量。如此重要的因素标准，为何会以“七日”为时间单位？对“七”的认识及理解，在儒、释、道三家都能找到相应的理论依据。

早在佛、道未出现之前的先秦时期，传统的祭祀中就有“七日”的概念。如《礼记·檀弓上》：“曾子谓子思曰：‘伋，吾执亲之丧也，水浆不入于口者七日。’”所言“七日”，即为丧期的时间。同在《檀弓上》，孔子预言“予殆将死也”，“盖寝疾七日而没”，古人注云“明圣人知命”也，其实这个“七日”更像是一个时间循环的“宿定”。在《易经》卷三的《复》中有云：

> 复：亨。出入无疾，朋来无咎。反复其道，七日来复，利有攸在。
> 《彖》曰：复，亨，刚反动而顺行……反复其道，七日来复，天行也。

关于“七日来复”，魏王弼注云：“阳气始剥尽之后，至阳气来复时，凡经七日。”对“天行也”，注云：“以天之行，反复不过七日，复之不可远也。”在儒家看来，数字“七”是人与自然发生关系、发展变化的客观存在，是天地运行、阴阳更替基本规律的体现。如果把它运用于人之生死，就有了如下的说法：

---

① 〔美〕太史文：《中阴图：敦煌出土插图本〈十王经〉研究》，党燕妮、杨学富译，杜斗城校，《西夏研究》2014年第4期。

人之初生，以七日为腊；人之初死，以七日为忌。一腊而一魄成，故七七四十九日而七魄具矣。一忌而一魂散，故七七四十九日而七魂泯矣。《易》曰：精气为物，游魂为变，故知鬼神之情状；原始要终，故知死生之说。[1]

在佛教典籍中，对于“七日”最有代表性的说法出现在《瑜伽师地论》。其云：

……云何生？由我爱无间已生故……此中有，若未得生缘，极七日住。有得生缘，即不决定。若极七日未得生缘，死而复生，极七日住。如是辗转未得生缘，乃至七七日住，自此已后决得生缘。又此中有，七日死已，或即于此类生。若由余业可转，中有种子转者，便于余类中生。[2]

简言之：在人死后或投生，或不能生，“七日”为一个周期。若“七日”终仍未得到生缘，那么可以更续“七日”，至七七四十九天，是最后的机会。一七至七七，这是亡人生死辗转的最佳时期。因此于“七日”间做佛事对亡者来说是最好的日期选择。

道教或受佛教的影响，在传统观念的基础上做得也很用心。《道枢》云：

复卦曰：七日来复。其见天地之心，是以人生四十九日而七魄全，其死则四十九日而七魄绝，此来复之数、阴阳之极也。[3]

将《复卦》“所说的七日复来”，有了新的发挥。人有“七魄”，需要“七七”四十九天才能形成；人死后，也需要“七七”四十九天才能消尽。清代史家赵翼对“做七”曾作过研讨，作有《七七》篇。他说：

元魏时道士寇谦之教盛行，而道家炼丹拜斗，率以七七四十九日为断，

① 〔明〕田艺衡：《春雨逸响》。

② 《瑜伽师地论》卷一。

③ 《道枢》卷十二。

遂推其法于送终，而有此七七之制耳。[1]

“七七之制”，是道教历来所倡导的，因此出现在“七日”之斋中是自然的。

儒、释、道三家，均有关于“七日”的学说。那十王祭祀之理论来源于何家？其实没有必要分出甲乙。这就像“地狱”之说一样，在佛教说法到来之前，中国的冥界于商周之时就已经明确地记述于先秦的文献中，它有两个地方，一是天（“宾于天”），一是地（“不及黄泉，无相见也”），只是没有统一的地理指向。至汉，泰山成为公认的大地之首、魂归之处，于是有乐府《梁父吟》《蒿里行》的流行。而佛教之地狱的到来，丰富了中土的冥府说，形成了中国新的地狱观，被人们所广泛接受。同理，佛教有自己对“七日”的理解，来到中土后，又找到两者的最佳契合点，事半功倍，形成又一个对冥府地狱的共识，对亡人的祭祀更加系统化。两者各有各的存在，各有各的把握，但如果没有融合、没有发展，停滞在单一的文化形态中，就不会有在中土的新成就，中土也不会有自唐至明清十王信仰的兴盛。直至今日，这种对于逝者以“七”为祭的习俗，仍旧存在。

我们所看到的关于“做七”的说法，较早出现在南北朝时期。《北史·胡国珍传》：

（胡国珍薨）明帝服小功服，举哀于太极东堂。又诏，自始薨至七七，皆为设千僧斋，斋令七人出家；百日设万人斋，二七人出家。

这是一次由皇家安排的“做七”仪式，规模如此之大，时间如此之长，当时的影响一定会很大，所以被史官记述了下来。胡国珍还有崇尚佛老的经历，“年虽笃老，而雅敬佛法，时事洁斋，自礼拜”，但不信鬼神，当他“寝疾”之时，“先是巫觋言将有凶，劝令为厌胜法，国珍拒而不从，云吉凶有定分，唯修德以禳之”[2]。在《北齐书》中，也有关于“做七”的记载：“……从绰死后，每至七日及百日终，灵晖恒为绰请僧设斋，转经行道。”[3]这种斋祭，在南北朝时

① 〔清〕赵翼《陔余丛考》卷三十二。

② 《北史》卷八十《胡国珍传》。

③ 《北齐书》卷四十四《孙灵晖传》。

期似已盛行（至少在北方）。在明清的小说中，关于“做七”活动的描写，《红楼梦》有一定的代表性：

（秦可卿死，贾珍）一面吩咐去请钦天监阴阳司来择日，择准停灵七七四十九日，三日后开丧送讣闻。这四十九日，单请一百单八众禅僧在大厅上拜大悲忏，超度前亡后化诸魂，以免亡者之罪；另设一坛于天香楼上，是九十九位全真道士，打四十九日解冤洗业醮；然后停灵于会芳园中，灵前另外五十众高僧，五十众高道，对坛按七作好事。①

这一隆重的“做七”葬礼，是由佛教的禅僧与全真的道士共同完成的，信众的信仰需求，决定了谁也离不开谁，从南北朝到清末，从未改变过。

（二）关于“奈河”

“奈河”，这是一条地狱之河。先看《西游记》的描述：

（太宗）进前又走不多时，见一伙鬼卒，各执幢幡，路旁跪下道：“桥梁使者来接。”判官喝令起去，上前引着太宗，从金桥而过。太宗又见那一边有一座银桥，桥上行几个忠孝贤良之辈，公平正大之人，亦有幢幡接引；那壁厢又有一桥，寒风滚滚，血浪滔滔，号泣之声不绝。太宗问道：“那座桥是何名色？”判官道：“陛下，那叫做奈河桥。若到阳间，切须传记，那桥下都是些：

奔流浩浩之水，险峻窄窄之路。俨如匹练搭长江，却似火坑浮上界。阴气逼人寒透骨，腥风扑鼻味钻心。波翻浪滚，往来并没渡人船；赤脚蓬头，出入尽皆作业鬼。桥长数里，阔只三皾，高有百尺，深却千重。上无扶手栏杆，下有抢人恶怪。枷杻缠身，打上奈河险路。你看那桥边神将甚凶顽，河内孽魂真苦恼，丫杈树上，挂的是青红黄紫色丝衣；壁斗崖前，蹲的是毁骂公婆淫泼妇。铜蛇铁狗任争飡，永堕奈河无出路。”

① 《红楼梦》第十三回：《秦可卿死封龙禁尉　王熙凤协理宁国府》。

诗曰：时闻鬼哭与神号，血水浑波万丈高。
　　　无数牛头并马面，狰狞把守奈河桥。[①]

通过唐太宗的游冥经历，展现了民间所谓阴阳分界的奈河。在奈河上有金银两桥，太宗由判官引领从金桥上走过，在另一边有座银桥，上面有忠孝、贤良、公正之人走过，同有幢幡接引。在其旁还有一座桥，叫奈河桥，与金、银桥有着根本的不同，桥下血水浑波，阴气逼人，腥风扑鼻，其桥又高又窄且无扶手护栏，下面还有恶怪呈凶，铜蛇铁狗争食，让人惊心动魄；又有牛头马面守候于奈河两岸，一旦堕入河中，永无上岸之日。说得很清楚：金、银之桥是皇帝及达官贵人的通道，并有高规格的接待，而普通人要走奈河桥，最不幸的是掉入河中的鬼魂，永无翻身之日。奈河之说，初见于唐代：

（目连冥府寻母）……行经数步，即至奈河之上，见无数罪人，脱衣挂在树上。大哭数声，欲过不过，回回惶惶，五五三三。抱头啼哭。目连问其事由之处：

奈河之水西流急，碎石谗（巉）岩行路涩。
……
牛头杷棒河南岸，狱卒擎叉水北边。
水里之人眼眕眕，岸头之者泪涓涓。
早知到没艰辛地，悔不生时作福田。[②]

（董观死）行十余里，至一水，广不数尺，流而西南。观问习，习曰：“此俗所谓奈河，其源出于地府耶。”观即视其水，皆血，而腥秽不可近。又见岸上有冠带裤襦凡数百。习曰：“此逝者之衣，由此趋冥道耳。”[③]

沉沦三恶道，负特愚痴鬼。

---

① 《西游记》第十回《二将军宫门镇鬼　唐太宗地府还魂》。
② 王重民等编：《敦煌变文集》下集《大目乾连冥间救母变文》，人民文学出版社1957年版。
③ 〔唐〕张读《宣室志》卷四《董观》。

荒忙身卒死，即属伺命使。
反缚棒驱走，先渡奈河水。
倒拽至厅前，枷棒遍身起。
死经一七日，刑名受罪鬼。
牛头铁叉扠，狱卒把刀掇。
碓捣硙磨身，覆生还覆死。[1]

以上所记，与《西游记》所描写的奈河应是同一条河，相同的要素有：死者之衣、牛头在岸、血河腥秽。是一条通往地狱的河。而最直观的还是敦煌遗文《佛说十王经》中楚江王的《奈河图》（图7-42）：

图7-42　（晚唐五代）二殿楚（初）江王图中的奈河

图中的初江王，博衣宽带，头戴折巾冠，右手上抬张五指，左手按着案上的《生死簿》，似乎在依簿数数，左右两侧应为善恶童子。图中的奈河多有曲折，河上有一桥，有一贵妇人从上走过，桥头有一头戴幞头穿长袍的官员持幡伺候。奈河桥将奈河分为上下两段，上段有两人在深水中挣扎、呼救；下段有三人尚在河中浅滩跋涉，有两人已经上岸。在河岸一侧，牛头引路催行。图下侧画有两个小山包。图题“第二七日过初江王”，赞曰：“二七亡人渡奈河，千群万队涉江波。引路牛头肩挟棒，催行鬼卒手擎叉。”此图所绘为二殿楚江王，表现出的主要对象却是奈河。

同是鬼魂，有级别之差，各有不同的待遇。虽说是以“业因”作为其治狱的标准，但这种权衡在奈河之上没有突出的表现，反而人世间的贵贱高下在这里展示得淋漓尽致。《西游记》中的唐太宗过奈河走金桥，达官显贵走的是银

① 〔唐〕《王梵志诗》卷一。

桥，奈河桥才是普通人要通过的。敦煌《十王经》所绘的奈河，没有金、银桥之说，只有一座桥。那些高贵之人才能由此过河，桥上贵妇人闲庭信步的姿态及华丽的服饰，显示出主人不同于一般的地位。

说奈河桥，《续金瓶梅》的表述可作为《西游记》所云奈河的补充：

> 却说西门庆在阴司未曾定罪，一日同鬼使行到奈河岸边，也要东岳官前打听官司。这奈河是北方幽冥大海内流出一股恶水，绕着东岳府前大道，凡人俱从此过。只有三座桥：一座金桥，是佛道、圣道、仙道往来的；一座银桥，是善人、孝子、忠臣、义士、节妇、贞夫往来的；又有一座铜桥，是平等好人，或有官声，或有乡评，积德不醇全，轮回不堕大罪，或托生富家、转生官爵，或女化男身、功过相准的，才许走这桥。各有分别。这桥神出鬼没，该上金桥的，一到河边，金桥出现，即有童子引导；不该上桥的，并不见桥，只是茫茫黑水，滚滚红波，臭热浊腥，或如冰冷，或如火烧，就各人业因，各有深浅，也有淹到脖顶的，到中腰的，到脚面的，那些毒蛇妖蟒伸头张口，任他咬肉咂血，那里去回避！当比西门庆到此，一望无边，那得有桥过去！立在岸边："且看这些鬼如何过去。我平生精细，今日好歹寻个浅处。"①

人分几等，桥有几座，没有相应的身份，那桥就不会出现。涉河而过，一望无际，又各有深浅，并有毒蛇妖蟒作恶，惊心动魄。名上说的是"各人业因"，实际上是社会阶层的分界线，穷富贵贱的分水岭。

关于"奈河"观念的形成，一直受到学术界的关注。

奈河，是通往地狱之河，是地狱观念的一部分，但在诸多的译经中却找不到它的影子。"在天竺原著的经、律、论三藏中，没有任何一种著作提到过'奈河'，就连描写地狱最为淋漓尽致的《正法念处经》中也看不到丝毫类似'奈河'的暗示。"②前面我们说到"奈河"最早出现在唐代的文字记录中，并且都是俗说，表明它最早的出现可能与佛教无关。

自唐代以来，"奈河"一词作为地狱之河得以流行，频繁出现于佛经的变

① 《续金瓶梅》第五回《奈河桥奸雄愁渡　枉死城淫鬼传情》。

② 项楚：《说"奈河"》，《文史知识》1988年第10期。

文以及文人墨客的诗文中。敦煌变文《大目乾连冥间救母变文》，是为佛弟子目连历尽艰险救母出地狱的故事，另外还有不同的若干写本，如《目连救母变文》《目连缘起》等。有关目连故事的这些写本都是依据《佛说盂兰盆经》演绎而来。《佛说盂兰盆经》为西晋三藏法师竺法护所译，在该经中没有"奈河"的说法，但有"奈何"的出现。《经》云："佛言：汝母罪根深结，非汝一人力所奈何。汝虽孝顺，声动天地，天神地祇、邪魔外道、道士、四天王神，亦不能奈何。"从语句意思的表达看，此"奈何"与彼"奈河"无关。也就是说《大目乾连冥间救母变文》中的"奈河"在其所本的佛经中是没有的。反观在天竺原著的经、律、论三藏中，没有任何一种著作提到过"奈河"。《佛说盂兰盆经》说到地狱，没有出现作为地狱一部分的"奈河"，表明"奈河"的来源，可能与佛经中的地狱无多大关系。"奈河"应是"土生土长"，有了相应地狱的恐怖色彩是后来才有的一种文化叙事。

"奈河"与冥世相关，出现在文字记载中是在五代的后唐，见于天福六年（941）《太岳滦河将军庙堂铭并记》碑。其云：

> 《诗》云：泰山岩岩，惟鲁所瞻。标群岳之首，隐众灵之府。灵者，神也。……天福元年三月十日，社众西自新州，东之太岳，远备牢醴，克置羞荐，无愧叨僭，惟竭至诚，但有遗旷，庶几增建。窃见宫宇炳焕，峰峦回合。尊神众列，侍者星繁。唯奈河□，元非灵庙。是以历览林薮，履蹈河堧……天福三年五月十日，建就堂一所三间，四下椽周回行，墙二十四堵，门楼一所，悉以粉饰藻绘，秀丽精华……天福五年三月九日，迎入将军、夫人真形两座，厮儿、妮子两人，夜叉一对……
>
> 铭曰：瞻彼奈河，泉泻清清；噫彼逝人，魂飞冥冥。善恶斯作，祸福随情……[1]

在泰山确有一条河叫滦河。它源出岱顶西南诸谷，汇为西溪，流经白龙池进泰城，南下经蒿里（高里）山之左入泮河。这一以"泰山奈河将军"为题的碑

① 《太岳奈河将军庙堂铭并记》碑现已无存，有碑拓藏于泰安市博物馆；《岱览》卷十六录入有《奈河将军庙堂碑》文。

刻，为我们提供了“奈河”之名以及“奈河将军”“奈河将军庙”由来的确切记载。一种信仰的形成不会是一朝一夕，应有一个相对的发展过程，而为“奈河将军”建庙立像，也绝非一个外地的“岳社”[①]仅靠其独有的信仰所能完成的。能在他地建庙立像，应是奈河信仰成熟发展到一定的阶段，具有了广泛的影响（信仰不再局限于某一地区，而是有了相当的规模性）才会实现的。即是说，关于奈河的信仰，肯定会早于五代，是由来已久的，且具有广泛的信仰基础。其“奈河”（渿河）之名，在泰山本来就有，不是受佛教的影响才产生的。

我们从《太岳奈河将军庙堂铭并记》的记述中，也可以清楚地了解到这一点。其曰：“瞻彼奈河，泉泻清清。”立碑者是以奈河“泉泻清清”引以为豪的。而有关佛教的记事中，奈河是另一番样子：“水西流急”“碎石谗岩”“其水皆血”“腥秽不可近”。这种现象说明，泰山“奈河”之名不是来自《大目乾连冥间救母变文》《宣室志》中所谓的“奈河”，而是本有其名。“奈河将军”还有夫人之设，这在佛教中也是不可想象的。此时“奈河将军”除了“夜叉”有点佛教的色彩外，似乎还没有更多佛教成分的介入。或者说，泰山奈河不是由佛教的“奈河”而来。如果由佛教而来，奈河必定不会像信众所说的是一条清泉之河。

关于“奈河”的由来，清代的顾炎武以为，“奈河”即“岳之西南，有水出谷中为西溪，自大峪口至州城之西而南流入于泮河，曰渿河……世传人死魂不得过，而曰奈河”[②]。《岱览》的作者唐仲冕在《奈河将军庙堂碑》的《案》中也有所探索：

> 庙称“将军”，不详为何神，所掌何事？今据碑序，首言生死阴阳之理，而铭词又有“辅赞天孙”之语。《博物志》：泰山一曰天孙，言为天帝之孙也。将军，殆亦辅佐泰山之神，与高里神祠相为左右。今释氏《功德画》有过奈河桥之事，其源殆出于此。[③]

---

① 新州（新澶州），今之山东菏泽。《岱览》于《奈河将军庙堂碑》下注：“五代周时，曹州谓之澶州。”

② 〔清〕顾炎武《山东考古录·辨渿河》。顾炎武及泰山地方志史，说“奈河”为“渿河”（有时混用，当今本地人仍称渿河），也可说明这原本是泰山的一条河流，因其水流经蒿里山，于是与阴曹地府发生了联系，才有了“奈河”之谓。即是说：先有“渿河”，后有了“奈河”。

③ 《岱览》卷十六《岱阳之西下》。

唐氏以为，奈河将军为东岳大帝的辅神，协办“生死阴阳”之事。佛教中有关“奈河”之事，盖源出于泰山之渿河。

周一良先生，以唐代人丧事习俗为例，说“奈河”是举行丧葬时书面、口头的习惯用语，“渿何”与“奈河”通用。在针对王梵志的诗句时说：

> ……奈何既是丧事习用以表哀悼的话，大约在送葬时大家口里也如此唱念，所以诗里说“唱奈何”。诗句中的“奈何送”，奈何二字虽无动词，意思当即边唱奈何边送葬。[1]

项楚先生于此进一步指出：“梵志诗中已有‘先渡奈河水’的话，这是出现‘奈何’的最早语例，说明至迟在初唐时期，‘奈河’的观念已经完全形成，并深入人心了。”关于“奈河”与泰山奈河（渿河）的关系，有如下结论：

> 渿河本是泰山和高里山下的一条小河，而泰山和高里山自古相传是治鬼之所，由于地理上的联系，渿河便从泰山和高里山获取了与阴间鬼界相关的含义。中国古代吊丧或送葬时有口唱“奈何”的习俗，“渿河”与“奈何”有谐音关系，因而又从“奈何”获取了与死丧相关的含义。当地狱的观念随着佛教传入中国以后，与阴间和死丧相关的奈河便很自然地被移植到地狱之中，成为地狱中生离死别的界河。因此，“奈河”观念的形成，是中国古代人们的思想和习俗在心理上复杂转移的结果。[2]

季羡林先生也曾对“奈河”发表过看法，推测“奈河”可能来自梵文[3]。这对我们进一步认识“奈河”的文化意义，无疑会大有裨益。但从上述分析来看，“奈河”是泰山原本就有的一条河流，人们利用了它流经作为泰山地府蒿里山的

---

① 周一良：《王梵志诗的几条补注》，《北京大学学报》（哲学社会科学）1984年第4期。

② 项楚：《说“奈河”》，《文史知识》1988年第10期。

③ 季羡林先生认为：“‘奈河’二字可能来自梵文naraka，意思是‘地狱’，音译一般作‘那落迦’，并不排除译为‘奈若迦’，有时把‘迦’字省掉。因此，‘奈河’者，地狱之河也。……在中国，地狱这玩意儿本来就是印度货，地狱里面的河来自印度，也完全是顺理成章的。”（《关于“奈河”的一点补充》，《文史知识》1989年第4期。）

地理优势和文化优势，将其演化为了通向冥间地狱的界河。从唐到明清，奈河也从清泉之河演变为血腥之河，为世人所恐惧。这种状况，在明清小说中得到了较为充分地形象展示。

三、地狱官僚与民间祭祀

冥世如现世，阴间同阳间，都会有着相同相近的官僚体制。即便在阴曹地府的十殿王地狱那里，同样可以得到印证。

……有一人高声大叫道："大唐皇帝，往这里来，往这里来！"太宗闻言，抬头观看，只见那人：

头顶乌纱，腰围犀角。头顶乌纱飘软带，腰围犀带显金厢。手擎牙笏凝祥霭，身着罗袍隐瑞光。脚踏一双粉底靴，登云促雾；怀揣一本生死簿，注定存亡。鬓发蓬松飘耳上，胡须飞舞绕腮旁。昔日曾为唐国相，如今掌案侍阎王。

……那人道："……第一殿秦广大王即差鬼使催请陛下，要三曹对案。臣已知之，故来此间候接，不期今日来迟，望乞恕罪，恕罪。"太宗道："你姓甚名谁？是何官职？"那人道："微臣存日，在阳曹侍先君驾前，为兹州令，后拜礼部侍郎，姓崔名珏。今在阴司，得受酆都掌案判官。"

……忽见一座城，城门上挂着一面大牌，上写着"幽冥地府鬼门关"七个大金字。……行不数里，见一座碧瓦楼台，真个壮丽，但见：

飘飘万迭彩霞堆，隐隐千条红雾现。
耿耿檐飞怪兽头，辉辉瓦迭鸳鸯片。
门钻几路赤金钉，槛设一横白玉段。
窗牖近光放晓烟，帘栊幌亮穿红电。
楼台高耸接青霄，廊庑平排连宝院。
兽鼎香云袭御衣，绛纱灯火明宫扇。
左边猛烈摆牛头，右下峥嵘罗马面。
接亡送鬼转金牌，引魄招魂垂素练。

唤作阴司总会门，下方阎老森罗殿。

……崔判官急转司房，将天下万国国王天禄总簿，先逐一检阅，只见南赡部洲大唐太宗皇帝注定贞观一十三年。崔判官吃了一惊，急取浓墨大笔，将“一”字上添了两画，却将簿子呈上。十王从头一看，见太宗名下注定三十三年，阎王惊问：“陛下登基多少年了？”太宗道：“朕即位，今一十三年了。”阎王道：“陛下宽心勿虑，还有二十年阳寿。此一来已是对案明白，请返本还阳。”①

以上是《西游记》中，唐太宗游历阴曹地府的几个片断。崔判官是冥府中举足轻重的人物，太宗游历冥府都由他来牵线引路。其穿戴为世间官员的一身装扮：乌纱、牙笏、罗袍、底靴一样不少，他就是一位在世的高品级官员。他自称在阳世侍先君驾前，为兹州令，后拜礼部侍郎，于阴世为司掌案判官，其无论阴、阳皆是官方要员。而冥府就是一座宫城，也如世间挂有城门大匾——“幽冥地府鬼门关”。里面建筑宏伟，“楼台高耸接青霄，廊庑平排连宝院”；布陈威严，“兽鼎香云袭御衣，绛纱灯火明宫扇”。与世间宫廷所不同的是：牛头马面招呼其间，更有“引魄招魂垂素练”，点明这里是“阎老森罗殿”。在这里，君臣之间也会有“后门”可走。这位崔判官将唐太宗的寿限由“贞观一十三年”，擅自改为了“贞观三十三年”，并在阎王那里蒙蔽过关，使唐太宗多了二十年的阳寿。当然这也需要唐太宗的回报。更有意思的是，阴曹地府所使用的纪年，一点不差的乃是当时阳世人间的年号。尽管唐太宗只活到了贞观二十三年，这不影响《国王天禄总簿》（生死簿）的权威性，而更多的人了解了崔判官的机智。

知人生命之短长，是东岳大帝的基本职能，阴间中的官员要从在世有功德的人中选拔，然后由东岳大帝委任。“如王者都……宫室壮丽”是东岳大帝的都府，“上有帝王像者”，就是东岳神，因为早在宋代泰山神就被封为“天齐仁圣帝”，有了如世间天子一样的待遇与尊容。在蒲松龄《考城隍》一文中，冥世地府的总管——东岳大帝（泰山神），也有着如此的威仪。

关于冥府的机构及用人，《剪灯余话》有如此阐示：

① 《西游记》第十回《二将军宫门镇鬼　唐太宗地府还魂》。

惟是泰山一府，所统领七十二司、三十六狱，台、省、部、院、监、局、署、曹，与夫庙社、坛墠、鬼神，大而冢宰，则用忠臣、烈士、孝子、顺孙，其次则善人、循吏；其至小者，虽社公、土地，必选择忠厚、有阴德之民为之。[①]

从高层到基层，一切都是按世间机构规矩进行安排的。“设职建官，本阴阳之通制”，所以会做得一丝不苟。在人才的选拔上，也不出唯德是用之左右。不过，也有某人“视犹心腹，事若父兄，进拔出于其门，动静囿于其术”。其“潜规则”也如同世间。

人们知道，无论富贵、贫贱都不能逃脱死亡的命运。人的生死寿限在泰山会有记录。这样的文字表述在东汉泰山太守应劭的《风俗通义》中可看到：当年的汉武帝来泰山封禅，在泰山拿到了他的寿限之策，上面是“十八”，因误读为“八十”，寿命果然长了[②]。特别是明清之时，人们深信寿命早就写在了泰山冥世的《生死簿》上。寿限一到，会有勾魂使者前往对应。孙行者悟空误入冥府，也没忘了看看那《生死簿》，“亲自检阅，直到那魂字一千三百五十号上，方注着孙悟空名字，乃天产石猴，该寿三百四十二岁，善终”，方才放下心来。但觉这还不够，竟要得笔来，“把猴属之类，但有名者一概勾之”[③]，以了却寿有所限的麻烦。

悟空是被“勾魂鬼卒”捉到幽冥地府的，这鬼卒是地府的招魂使者。关于这一角色，在《聊斋志异》中有生动的描写：

扬州提同知，夜梦岳神召之，词色愤怒。仰见一人侍神侧，少为缓颊。醒而恶之，早诣岳庙，默作祈禳。既出，见药肆一人，绝肖所见。问之，知为医生。既归，暴病，特遣人聘之。既至，出方为剂。暮服之，中夜而卒。或言：阎罗王与东岳天子，日遣使者男女十万八千众，分布天下作巫

---

① 〔明〕李昌祺：《新刊剪灯余话》卷八《泰山御史传》。

② 《风俗通义》卷二《封泰山禅梁父》：“俗说岱宗上有金箧玉策，能知人年寿修短。武帝探策得十八，因读曰八十，其后果用耆长。”

③ 《西游记》第三回《四海千山皆拱伏　九幽十类尽除名》。

医，名“勾魂使者”。用药者不可不察也！[1]

在这篇《岳神》中，扬州官员为何会死？有人说这个医生就是阎王和岳神的差役，是到人间专门“勾魂”的使者。故事中阎罗王没有实质性的职能，真正实施权力的是“岳神”，被称作“东岳天子”，如同皇帝是世间的最高长官一样，是阴间的主宰。皇帝从上到下有无数的官员为其当差，而岳神也有“男女十万八千众”的追随者“分布天下”。至于那个“勾魂使者”，是奉“天子”之命行事。在这个故事中为何会潜身于一个医生？因为凡要吃药的人，肯定是有了疾病的，这就为阴间提供了线索，以便于索取其人的魂魄。

同样是勾魂使差，也有灵活处事的：

长清某，贩布为业，客于泰安。闻有术人工星命之学，诣问休咎，术人推之曰：“运数大恶，可速归。”某惧，囊赀北下。途中遇一短衣人，似是隶胥。渐渍与语，遂相知悦。屡市餐饮，呼与共啜，短衣人甚德之。某问所干营，答曰：“将适长清，有所勾致。”问为何人。短衣人出牒，示令自审，第一即己姓名，骇曰：“何事见勾？”短衣人曰：“我非生人，乃蒿里东四司隶役。想子寿数尽矣。”某出涕求救。鬼曰：“不能。然牒上名多，拘集尚需时日。子速归，处置后事，我最后相招，此即所以报交好耳。”[2]

这个以贩布为生的长清人，要比上面扬州的那位官员幸运，他遇到了一位会办事的鬼卒。因寿限已到，布客洒泪求救，但涉及的是原则性问题，鬼卒断然拒绝，不过允诺最后再把他捉拿归案，如果按照顺序，第一个捉拿的便是布客，留点时间给他以便处理后事。在回家的途中，布客就发善心“建桥，利行人”，及归“克日鸠工建桥”，“鬼竟不至，心窃疑之”。有一天鬼卒突然来了，告诉他“牒名已除”，原因是勾魂鬼卒上报了他的功德，“可延寿命”。有意思的是，布客回到泰山，“不忘鬼德，敬赍楮锭”，呼喊着他的名字祭拜时，却遭到了鬼卒的阻止。鬼卒说：这样会害了我，上司如果知道了你的行为，还以为

①《聊斋志异》卷六《岳神》。

②《聊斋志异》卷四《布客》。

我是在徇私舞弊呢！看来地府如同世间一样，有些事情是需要避讳的。

济南业酒人某翁，遣子小二如齐河索贯价。出西门，见兄阿大——时大死已久，二惊问："哥那得来？"答云："冥府一疑案，须弟一证之。"二作色怨讪，大指后一人如皂状者，曰："官役在此，我岂自由耶！"但引手招之，不觉从去。尽夜狂奔，至泰山下忽见官衙，方将并入，见群众纷出。皂拱问："事何如矣？"一人曰："勿须复入，结矣。"皂乃释令归。大忧弟无资斧。皂思良久，即引二去，走二三十里，入村至一家檐下，嘱云："如有人出，便使相送；如其不肯，便道王货郎言之矣。"遂去。二冥然而僵。既晓，第主出，见人死门外，大骇。守移时，微苏；扶入饵之，始言里居，即求资送。主人难之。二如皂言。主人惊绝，急赁骑送之归。偿之，不受；问其故，亦不言，别而去。[1]

在上则《王货郎》中，热心的鬼卒帮助了没有盘缠的"小二"回家；同时，显示了作为一个勾魂鬼隶的权力与影响力。对于勾魂者，没有人不惧怕。而《鬼隶》中的鬼卒，把将投入东岳的公文秘密透露给两个世间的官差，让其避免了没顶之灾[2]。虽属违规泄密，却充满了世间的人情味。

有个现象值得注意，在明清小说对冥府的描写中，"酆都"时常出镜：

酆都县外有洞，深不可测，相传阎罗天子署。……明有御史行台华公，按及酆都，闻其说，不以为信，欲入洞以决其惑。人辄言不可，公弗听，乃秉烛入，以二役从。深抵里许，烛暴灭。视之：阶道阔朗，有广殿十余间，列坐尊官，袍笏俨然。惟东首虚一座。尊官见公至，降阶而迎，笑问曰："至矣乎？别来无恙否？"公问："此何处所？"尊官曰："此冥府也。"[3]

……王明道："你这里却不是个阴司？"……刘氏道："我这里叫做酆

① 《聊斋志异》卷七《王货郎》。

② 《聊斋志异》卷八《鬼隶》。

③ 《聊斋志异》卷三《酆都御史》。

都鬼国。”王明道：“可就是酆都山么？”刘氏道：“这叫做酆都鬼国。酆都山还在正西上，有千里之遥，人到了酆都山去，永世不得翻身。那是个极苦的世界，我这里还好些。”王明道：“你这里可有个什么衙门么？”刘氏道：“你全然不知，鬼国就是十帝阎君是王，其余的都是分司。”

……王明抬头一看，前面又是一个总门，门楼上匾额题着“灵曜之府”四个大字。进了总门，却是一带的殿宇峥嵘，朱门高敞，俨然是个王者所居气象。走近前去，一连十层宫殿，一字儿摆着。一层宫殿上一面匾额，一面匾额上一行大字。从右数过左去：第一，秦广王之殿；第二，楚江王之殿；第三，宋帝王之殿；第四，五官王之殿；第五，阎罗王之殿；第六，变成王之殿；第七，泰山王之殿；第八，平等王之殿；第九，都市王之殿；第十，转轮王之殿。王明道：“这些殿宇，都是些怎么府里？”判官道：“轻些讲来。这正是我们十帝阎君之殿。”①

四川酆都县，俗传人鬼交界处。县中有井，每岁焚纸钱帛镪投之，约费三千金，名“纳阴司钱粮”。人或吝惜，必生瘟疫……入井五丈许，地黑复明，灿然有天光。所见城郭宫室，悉如阳世。②

酆都成为阴曹地府的所在地，也有着十王之设，并各王的名称及所在没有什么变化。冥府由泰山向酆都的转移，似无多大的实质性改变，“酆都”只是代名而已。如《续金瓶梅》第四回，题名“西门庆望乡台思家　武大郎酆都城告状”，而描写的内容却与“酆都”无关：

……泰山东岳神州地方，就如那京城一般。自古及今，善恶功罪在此生化，把他一生做过的事算个大账一般，才定他六道轮回、三途业报……谨遵经典，恭为表扬：名称泰岳，镇东方甲乙之区；神号天齐，掌万国死生之箓。……

一顶黄罗伞下白玉辇中，罩定一个执圭垂旒的一尊神道，左右棒剑扇，

---

① 《三宝太监西洋记》第八十七回《宝船撞进酆都国　王明遇着前生妻》。

② 〔清〕袁枚《子不语》卷一《酆都知县》。

> 不知多少。正是：庄严端正阴天子，总管轮回岳帝君。后面跟的兵将不计其数。轿辇未到，只见先骑马的武将从衙门出来，问了声前站马上金甲大将，才知是东岳天齐圣帝。

“东岳神州”“神号天齐”“总管轮回岳帝君”“东岳天齐仁圣帝”，一切都是泰山冥府的场面、岳神的威严，甚至在这一章回中，除标题外竟没有“酆都”字样的出现。到了第七回《大发放业鬼轮回　造劫数奸臣伏法》，“酆都”才露了一次面：

> 却说西门庆被武大、花子虚、苗员外一干人告在东岳，帝君准了，批在酆都大堂阎罗面审。

东岳大帝仍是这里的主人。在明代余象斗的神魔小说《南游记》（又名《五显灵官大帝华光天王传》）中，主人翁华光到东岳庙寻母，东岳大帝接待了他。即问六曹母亲是否来过，六曹禀曰：“我这里只是人死了，在这里点名，却是阴司收管。天王要问明白，可到阴司去一查。”[①]从中可了解到，东岳大帝这边只管接收而不管理阴间了。于是华光辞了东岳，前往阴司再寻老母。华光在阴司见到了阎王，也找到了母亲[②]。不过从六曹的口中得知，东岳大帝已经不是冥府的主人了（只是负责“点名”而已）。这种变化，是道教作用下的结果。

关于“酆都”信仰，早在葛洪的《元始上真众仙记》中就有体现：“北方鬼，帝治罗酆山。”到了陶弘景的《洞玄灵宝真灵位业图》，有了“酆都北阴大帝……治罗酆山”[③]。为何又有“酆都”主阴司的出现？这是由于历史上南宋因地理上的局限而形成的新的格局。

这大抵有两个方面的因素。一是南宋（1127～1279）立国，偏居于江南一隅，原有的地理概念及文化上的完整性被打破。就宗教祭祀而言，作为一个“国度”要有独立性（国土的独立性、信仰系统的完整性），南宋不可能到另一个“国

① 《南游记》卷四《华光闹东岳庙》《华光闹阴司》。

② 《南游记》卷四《华光闹阴司》。

③ 明初志怪小说中，也保存有“北阴酆都大帝”这一说法。如明代赵弼：《效颦集》卷中《酆都报应录》：“渝州士人李文胜氏，好贤乐善，博学能文。尤重玄元之教。尝因母病，遥吁北阴酆都大帝，许玉皇本行经千部，祈母病痊。”

度”去寻找他的地府，于是在成都建立了冥世地狱酆都。二是南北朝时期随着道教信仰系统的完善，有了以酆都为地府的地狱观，酆都大帝是其主宰，地点在北方的癸地——罗酆山，故有北阴大帝之称。对道教来说为了形成其相对独立的信仰系统，一般不承认秦汉以来泰山冥府的权威性，故专门设立一个酆都大帝，作冥府的最高神祇。南宋之时，北方罗酆山不在南宋的控制下，即便是泰山也是金元的属地，那只有在南宋所控制的区域另寻一个阴曹地府，于是川地的酆都成为最佳的选择（无论地理的还是文化的）。这也是南宋政权所需要的。这就为道教的酆都冥府信仰提供了新的发展机缘，并形成一定的影响，以致明弘治十四年（1501），在泰山的脚下也建起了酆都庙，由酆都大帝统领地狱十王①。

明清之时，随着佛教发展的日益世俗化，民间信仰呈现出“混沌”状态：佛道莫分、神主莫辨。无论在佛寺还是道观，一个“佛”字即可代表所有神祇。“烧香拜佛”一语，可指一切祭拜活动。这在明清小说中都有所表现。以明末清初西周生《醒世姻缘传》为例：“……正面安下圣母的大驾，一群妇女跪在地下。一个宣唱佛偈，众人齐声高叫：‘南无救苦救难观世音菩萨！阿弥陀佛！’齐叫一声，声闻数里。”这是一个来自“二百九十里”外的香社团，在赶往泰山进香的路上所出现的一幕，每到一处安歇之地都要如此举行一次“安驾”的仪式。香社成员到达泰山的香客店后，“……洗脸吃茶，报名雇驴轿，号佛宣经，先都到天齐庙游玩参拜，回店吃了晚饭。睡到三更，大家起来梳洗完毕，烧香号佛过了，然后大众一齐吃饭”②。这里所说的圣母，就是泰山奶奶（又称泰山娘娘、泰山圣母；在道教中称：天仙玉女碧霞元君），明清之时其信仰极盛。在《醒世姻缘传》中素姐与道婆的一段对话，可见泰山奶奶信仰之影响：

> ……素姐道：“咱这里到泰安州有多少路？”道婆道：“人说有二百九十里路。这路好走，顶不上别的路二百里走。沿路都是大庙大寺，一路的景致，满路的来往香客、香车宝马、士女才郎，看不了的好处。只恨那路不长

---

①　酆都庙，位于岱庙至红门登山路的东侧（今岱宗坊之东北），祠酆都大帝，配以冥府十王。《泰山小史》云：“游人悚慄，倍于蒿里。”李钦《重修酆都庙记》云：“……庙创始于太监李瑾，时弘治十四年。”现已无存。

②　《醒世姻缘传》第六十九回《招商店素姐投师　蒿里山希陈哭母》。

哩。”素姐问道：“那山上有景致么？”道婆道：“好大嫂，你看天下有两个泰山么？上头把普天地下的国度，龙宫海藏，佛殿仙宫，一眼看得真真的哩。要没有好处，为什么那云南贵州川湖两广的男人妇女都从几千几万里家都来烧香做什么？且是这泰山奶奶掌管天下人的生死福禄。人要虔上顶烧香的，从天上挂下红来，披在人的身上，笙箫细乐的往上迎哩；要不虔诚的，王灵官就把人当时捆住，待动的一点儿哩？心虔的人，见那奶奶就是真人的肉脸；要不虔诚，看那奶奶的脸是金面。增福赦罪，好不灵验哩。”①

“普天地下的国度”，人们都会不远千里到泰山来朝拜泰山奶奶。这种场景在文人的游记中也能常常看到。泰山奶奶非佛教神祇，亦可以“观世音菩萨”相称，以“阿弥陀佛”相代而呼，这应是当时的真实情境。明代的张岱在其《岱志》中就说：“山上进香人，上者下者，念阿弥陀佛，一呼百应。”

前面说到的“天齐庙”，是奉祠泰山神东岳大帝的庙宇（东岳庙、岱庙），此时的光景已大不如从前。按说岱庙是“岳庙”，是泰山之本庙，但受佛教的影响，人们往往把东岳大帝看作是阴间的管理者，所以泰山奶奶成了泰山的正神。香客到泰山的主要目的是为了要参拜泰山奶奶，也会去东岳庙，同样是“号佛宣经”“烧香号佛”，以“佛”代神。

按照明清时的习俗，也会到泰山下的小山——蒿里山祭拜地狱之神司。这里被认为是天齐仁圣帝辅相之神，“领袖群司，掌判阴藉”②。社首山与蒿里山连属，唐玄宗、宋真宗的泰山封禅就在这里举行祭地之礼，它被认为是大地之首，故有“社首”之称。蒿里（亦作“高里”）的叫法起源较早，汉武帝就有“禅高里，祠后土”之举③。蒿里作为魂魄聚居之地，在汉代就很有影响。《汉书》中有文：“蒿里召兮郭门阅，死不得取代庸，身自逝。”颜师古注云：“蒿里，死人里。”④蒿里山有山神祠之设，立七十五司，“以为追追收扑出入死生之所也”，东岳之地府“府各有官，官各有局，皆所以追死注生，冥冥之中岂无所宰而然

① 第六十八回《侯道婆伙倡邪教　狄监生自控妻驴》。

② 宋元丰三年（1080）《东岳蒿里山相公庙新创长脚竿记》碑。此碑已失，仅存拓片于泰安市博物馆。

③《史记》卷二十八《封禅书》。

④《汉书》卷六十三《广陵厉王刘胥传》。

耶”。“入则肃然，近则威然，出则怖然”的惊世骇俗效果由此可以想象[1]。关于蒿里山，《醒世姻缘传》描写道：

这蒿里山离泰安州有六七里远，山不甚高，也是个大庙。两廊塑的是十殿阎君，那十八层地狱的苦楚无所不有。传说普天地下，凡是死的人，没有不到那里的。所以凡是香客，定到那里，或是打醮超度，或是烧纸化钱。看庙的和尚道士，又巧于起发人财，置了签筒，签上写了某司某阎王位下的字样。烧纸的人预先讨了签寻到那里，看得那司里是个好所在，没有什么受罪苦恼，那儿孙们便就喜欢。若是什么上刀山、下苦海、碓捣、磨研的恶趣，当真就像那亡过的人在那里受苦一般，哭声震地，好不凄惨！“天象起于人心”。这般一个鬼哭神嚎的所在，你要他天晴气朗，日亮风和，怎么能勾？自然是天昏地暗，日月无光，阴风飒飒，冷气飕飕，这是自然之理。人又愈加附会起来，把这蒿里山通成当真的酆都世界。[2]

这蒿里山神祠内，有和尚也有道士，或在民间信众的眼里，和尚、道士并没有什么两样，是一回事。“上刀山、下苦海、碓捣、磨研的恶趣”，是典型的佛家地狱。“恶趣”，即是梵语durgati，又作“恶道”，即由恶业所感，而应趣往之处所。刀山、火海、碓捣、磨研之酷刑也源自佛经。而“签筒”之设又是道教之为。作者对和尚道士没有好印象，“巧于起人财”，“附会”当真。烧纸的人在这里莫不心惊肉跳，害怕得不到好签。主人翁素姐的丈夫狄希陈为其母亲老狄婆子抽签，本以为老太太生前为人甚好，“必定往那正大光明的所在托生。若是果有什么阎王，那阎王见了这般好人，一定是起敬致恭，差金童玉女导引他过那金桥，转世去了，岂有死去三四年还在那蒿里山的理？”但他的签子注明是在五殿阎王的司中，十殿王中“有名的利害主儿”。

狄希陈抽着这签，心中已是凄惨得紧；及至买了纸锞，提了浆酒，走到那个司里，只见塑的那泥像，一个女人，绑在一根桩上，一个使一把铁

---

① 〔元〕《重修东岳蒿里山神祠记》，现碑置岱庙。

② 第六十九回《招商店素姐投师　蒿里山希陈哭母》。

钩，把鬼妇人的舌头钩将出来，使刀就割。狄希陈见了，不由放声大哭，就象当真割他娘的舌头一般，抱住了那个受罪的泥身，把那鬼手里的钩刀都弄断了。真是哭的石人堕泪，人人伤心。①

如果按照佛经的说法，生前“喜两舌谗人”，故在“太山地狱中，有鬼从人项拔其舌”。即是说凡“喜恶口、妄言、绮语”之人，都会受到拔舌与割舌之狱刑。众会友相劝道：“这不过是塑的泥像，儆戒世人的意思，你什么认做了当真一般？闻得你母在世时，为人甚好，怎么得受这般重罪？”由此看来，神祠所设诸司，很容易就起到了“儆戒世人”的作用。

第五节　民间宝卷中的泰山变相

宝卷是佛教在讲经活动及民间信仰活动中，按照一定仪轨演唱所形成的说唱文本。它是由俗讲演变而来，最大的特点是通俗易懂，为普通百姓所乐见，因此传播性强。佛经的俗讲及变文在唐代就有出现②，至明代始有“宝卷”之名③。因“宝卷”的说唱形式容易为百姓所接受，因此除佛教宝卷外，诸多的民间宗教也多借其形式进行教义的宣传，形成了宝卷满天飞的纷杂局面。2000年由北京燕山出版社出版的《中国宝卷总目》，总计收录宝卷1585种。我们所说

① 第六十九回《招商店素姐投师　蒿里山希陈哭母》。

② 所谓的“俗讲”“变文”，是讲经者为了让佛经容易被理解、接受，将佛经译成通俗上口的经文进行宣讲、演唱。先用说白叙事，再后用韵文歌唱。这种演唱佛经的形式被称作“俗讲”，而其文字脚本称作“变文”。世人将这种讲经僧侣称之为“俗讲僧”。《续高僧传》卷二十一《释善伏传》：“贞观三年，窦刺史闻其聪敏，追充州学，因尔日听俗讲，夕思佛义。”《资治通鉴》卷二百四十三：唐敬宗宝历二年六月“己卯，上幸兴福寺，观沙门文溆俗讲”。表明俗讲的形式在唐代已经出现。

③ 车锡伦：《形成期之宝卷与佛教之忏法、俗讲和“变文”》引明王源静补注《巍巍不动太山深根结果宝卷》文：“宝卷者，宝者法宝，乃经卷。”即说明“宝卷”是弘扬佛教“法宝”的“经卷”。“宝卷这一名称在明代初年便通用了。”（《民族文学研究》2011年第1期。）

“泰山宝卷”，是指以泰山信仰为主要题材的宝卷，也是构成泰山佛教信仰的一个重要组成部分。在这些宝卷中，有佛教宝卷，也有非佛教宝卷，我们一并拿来研讨，因为即便是其他民间宗教借用佛教的名义及影响来弘扬自己的教义，其本身也具有研究参考价值。这种局面的形成，应归功于佛教世俗化的影响。

在《中国宝卷总目》中，收入以泰山为题材并命名的宝卷有：明《泰山东岳十王宝卷》(二卷二十四品)、明《天仙圣母源流宝卷》(五卷)、清《泰山感应宝卷》、清《泰山圣母苦海宝卷》(九卷)、清抄本《东岳大帝回生宝训》、清《东岳天齐仁圣大帝宝卷》(二卷二十四品，现仅存上卷十二品)等。可以清楚地看到，泰山宝卷中的崇拜对象有两位：一位是泰山娘娘，一位是东岳大帝。

一、泰山娘娘宝卷

泰山娘娘，又称泰山奶奶、泰山老母、泰山圣母，即今泰山上碧霞祠所奉祠的神祇——碧霞元君。以上的这些叫法来自民间，碧霞元君，是道教给予的尊号，称其为天仙玉女碧霞元君，后又有玉女娘娘的称号。关于泰山女神的由来，有凡女得道说、东岳大帝之女说、黄帝玉女说、华山玉女说。这些说法有着各不相同的来源，有官方的、民间的、道教的，但其间各有融合，并有诸多的佛教因素在里面。各种说法的产生，都与历史上泰山女性神祇有关，有着特定的历史传承因素在里面[①]。

泰山一向有着女神崇拜的历史，历史神话中泰山女嫁为东海妇即为一例，她善良美丽[②]。九天玄女(俗称九天娘娘)居于泰山，黄帝与蚩尤九战而不胜，回到泰山获得九天玄女的战法而战胜蚩尤[③]。在泰山有灵宇奉祀最早的一位女神是

---

① 详见《泰山宗教研究》，文物出版社1994年版，第137～139页。

② 《搜神记》卷四：“文王以太公望为灌坛令，期年，风不鸣条。文王梦一妇人，甚丽，当道而哭。问其故，曰：‘吾泰山之女，嫁为东海妇。欲归，今为灌坛令当道有德，废我行；我行，必有大风疾雨。大风疾雨，是毁其德也。’文王觉，召太公问之。是日果有疾雨暴风，从太公邑外而过。文王乃拜太公为大司马。”

③ 《太平御览》卷十五引《黄帝玄女战法》：“黄帝与蚩尤九战，九不胜。黄帝归于太山，三日三夜雾冥。有一妇人，人首鸟形，黄帝稽首再拜，伏不敢起。妇人曰：‘吾玄女也，子欲何问？’黄帝曰：‘小子欲万战万胜。’遂得战法焉。”

王母娘娘。王母，是西王母的简称，又称金母，娘娘是民间的一种俗称。她先是掌管不死之药的主生女神，后在《汉武帝内传》里面演变为众仙的领袖，“天姿掩蔼，容颜绝世”。泰山女嫁为东海妇的神话、黄帝与泰山玄女的传说、王母娘娘进入泰山祭祀领域，也决定了未来女神的神格定式。泰山女神的善良、玄女与黄帝的关系、王母娘娘的仙化，都成为碧霞元君孕育发展的重要元素。也可以说，诸女神的出现为碧霞元君的诞生做好了历史的铺垫。

寻泰山娘娘之渊源，又与皇帝牵上了头。泰山早有玉女之祠，但至宋代之时香火已绝。宋真宗的泰山封禅，在山顶的玉女池发现了玉女的石像，被看作是吉祥之兆，下诏“易以玉石”，并“奉置旧所”。在玉女像成之时，还曾“临观”，并为之作“记”[①]，此为泰山娘娘信仰之初起。时值明代，自成化年间泰山娘娘之祭被朝廷所看重，宪宗成化十九年（1483），赐额“碧霞灵应宫”[②]，其香火之盛在嘉靖、万历之时达到高峰。

朝廷的推波助澜，使民间的碧霞元君信仰如鱼得水，发展更加迅猛；老母的慈善形象深入人心；影响之大、范围之广，令人所瞩目：

> 俄闻四方以进香来谒元君者，辄号泣如赤子久离父母膝下者然。是曷故哉？以诚心所感也。人能以此心事亲，则为孝。以此心事君，则为忠。以此心待同胞，则为友。以此心处朋友，则为信。以此心教子孙，则为慈。以此心不夺他人之有，则为义。以此心不徼非分之获，则为荣……[③]

碧霞元君信仰的兴盛，大致经历了从民间到宫廷，从宫廷再到民间，并向四周发展乃至到全国这样一个过程。而碧霞元君信仰的最初形成，则来源于人们对生育的需求。人们崇拜神祇，总会把目的性放在第一位。因此泰山娘娘的职司是信众所关注的。现在泰山上碧霞祠内所供奉神尊，是为明代所置，较好地保留了其信仰之盛的缘由。大殿供奉三位神尊，主尊碧霞元君，两侧陪祀眼光娘娘与送子娘娘。在东西配殿，东为眼光殿，西为送子殿。可

---

① 《文献通考》卷九十《郊社考》。

② 弘治《泰安州志》卷一。

③ 《岱史》卷九《巡抚都御史何起鸣宣谕》。

以这样理解：碧霞元君是正位之神，眼光娘娘、送子娘娘是她的辅相之神，也包括了泰山娘娘最基本的职司内容（图7-43）。“眼光”，是光明的化身，代表的是“碧霞”的东方之司，即主生；“送子”，就直接了，“不孝有三，无后为大”，她要满足普天下求子的期待。信仰者总希望自己信奉的神灵是万能的，在此基础上碧霞元君也就有了如此有求必应的能力：

> 齐鲁道中，顶斋戒弥陀者声闻数千里，策敝足茧而犹不休，问之，曰：“有事于碧霞。”问故，曰：“元君能为众生造福如其愿。”贫者愿富，疾者愿安，耕者愿岁，贾者愿息，祈生者愿年，未子者愿嗣。子为亲愿，弟为兄愿，亲戚交厚，靡不交相愿，而神也亦靡诚弗应。[①]

图7-43　明万历御制碧霞元君、眼光娘娘、送子娘娘挂轴

对此罗香林有着精当的阐述：“碧霞元君最初只是被认为是管理妇女问题的，所以士大夫中没有人去注意。后来奉祀的人渐渐杂了多了，声名渐渐远了，于是她的职能，也就由香客意识的转变，而一天一天的扩大，到了现在，差不多人间一切的祸福都能管了”，“小之一家人口的寿夭祸福，四方农民禾稼的丰歉；大之社会的良窳，国家的治乱，女神之力，均能兼顾”。[②]伴随着碧霞元君信仰的兴盛，民间的娘娘宝卷也应运而生。

宝卷本来就是从佛经的俗讲及变文演变而来，因而佛教的色彩较浓。《灵应泰山娘娘宝卷》在《举香赞》即以梵音佛语开篇：

① 明万历二十一年（1593）《东岳碧霞宫碑》。

② 罗香林：《碧霞元君》，《民俗》第六十九期、七十期合刊，1929年。

《泰山宝卷》，法界来临，诸佛菩萨悉遥闻。随处结祥云，诚荐方殷，谙佛现全（金）身：

南无泰山娘娘摩诃萨

南无眼光娘娘摩诃萨

南无子孙娘娘摩诃萨

南无送生娘娘摩诃萨

南无注生娘娘摩诃萨

南无催生娘娘摩诃萨

南无瘢疹娘娘摩诃萨

……

宝卷的主人——泰山娘娘及眼光、送生诸娘娘一出场，即冠以“南无”的致敬语，以表虔诚，这在佛教中往往加在佛名、经名、菩萨名之前。“摩诃萨”，则是对大菩萨的敬称。如果与后面通俗易懂的卷文相比，具有很大的反差。其实，这是一种假借的做法，以显威严、正统：“佛现金身”。从《举香赞》中出现的泰山娘娘阵容看，其职司一清二楚。泰山娘娘是一位生育女神，有眼光娘娘、子孙娘娘、送生娘娘、注生娘娘、催生娘娘、瘢疹娘娘护驾。在《灵应泰山娘娘宝卷》（品第三）《耍孩儿》中的一个场面，送生娘娘的形象最为生动：

话说天仙圣母，聚集一切神祇，先令子孙娘娘，又叫送生娘娘。二母跪拜，圣母睁眼观看。见送生娘娘：怀抱一男，左肩上坐着一个，右肩上坐着一个，背着七个，前三后四，后跟着三二十个，只见旁边，乱乱哄哄，有五六十个。圣母高叫：送生听知，一般是人，可怎么怀中抱住，肩头站住，又背着几个，又跟着几个，又有许多，跟着乱跑……

送生娘娘是位生命女神，她是泰山娘娘职司的体现者。泰山娘娘问：为什么有怀中抱的、肩上站的，还有在地上跑的？送生娘娘回答道：“怀中抱的是皇宫太子，肩上站的国老皇亲、金枝玉叶、内府勋臣、阁老尚书；背的这七个，名公、进士；后面跟的是四众人等；乱跑的尽都是偷生鬼，三岁而亡，两岁而亡。”祈子者都有子可送，但有区别。上有太子，中有高官，下有平民，还有短命的“偷生鬼”，这怨不得送生娘娘。“命有自有，命无自穷，贫富已定”，“修下荣华富，使尽自然来”[1]。既然是命中注定，那么这“子”的福分也就受到影响。如在痘疹娘娘那里，有五个青、红、紫、白、黄的布袋，里面装有五种不同颜色的豆粒，要是善人儿男，用红豆“稀稀洒上几个”，若是恶人儿男，便用黑豆“密密洒上”，因颜色不同，数量不同，受罪的程度也就有所不同[2]。

有子为第一大孝，这是传统观念使然。但要看你的修福状况，否则也是不孝。孝道是《宝卷》中的一个核心要素，“父母恩，重如山，杀身难报”，“孝顺的，生孝子，针针不错”，“男女孝，心敬爷娘，胜如他方去进香”[3]，孝顺是基本的人伦之道。如果没有孝，烧香敬佛也没有用。

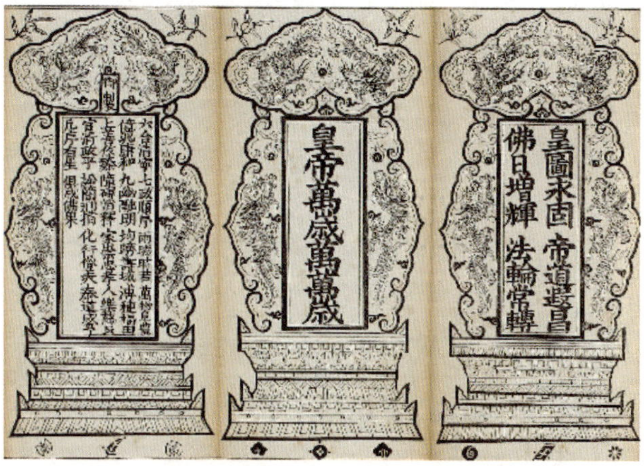

图7-44　《灵应泰山娘娘宝卷》卷首龙牌

关于泰山娘娘的由来，因来源不同说法也不一样。在《灵应泰山娘娘宝卷》中（图7-44），泰山娘娘来自“西牛贺洲”：

> 泰山娘娘者，天仙圣母碧霞元君，镇守泰山，感动天下。善男信女进香，不知当初起根立地，原是西牛贺洲升仙庄，金员外、母黄氏，娘娘圣体投胎。三岁吃斋，七岁悟彻心明。聪明智慧，智广才高，万法皆通。感天子取（娶）坐昭阳。娘娘原不恋皇宫，被父母赶出升仙庄，信步游行，来到东土泰山，隐姓埋名，苦修三十二载，亦得明心见性，神通广大。指

① 《灵应泰山娘娘宝卷》之《普天立歇马堂品第三》。
② 《灵应泰山娘娘宝卷》之《圣母娘问送生娘娘品第四》。
③ 《灵应泰山娘娘宝卷》之《圣母娘问送生娘娘品第四》。

山山崩，指水水冽，呼风风至，唤雨雨来，降妖灭怪，无所不通。①

西牛贺洲，是为梵语的音译（又译西牛货洲），为佛教所说中四大部洲之一（以牛为货币故名）。《宝卷》以我国古代行政区划及家庭认知习惯，将泰山娘娘安排在了升仙庄，一位姓金的员外家（员外在中国的文学作品中是最为常见的官职，虽为闲职，但却富有），母亲黄氏。有父有母，是凡人的基本特征。但泰山娘娘不是凡人，是“圣体投胎”。三岁时就表现出不同常人的生活习惯，七岁聪慧超群，“万法皆通”。当天子要“娶坐昭阳”，娘娘因“不恋皇宫”予以拒绝，而被父母赶出了家门。娘娘来到泰山隐居三十二年，“转凡超圣”，获得超世真功，“无所不通”。

在明王之纲《玉女传》中，泰山娘娘的身世也有“西牛”之说，只是道家的仙味浓烈了：

汉明帝时，西牛国孙宁府奉符县善士石守道妻金氏，中元七年甲子四月十八日子时，生女名玉叶。貌端而性颖，三岁解人伦，七岁辄闻法，尝礼西王母。十四岁忽感母教，欲入山，得曹仙长指，入天空山黄花洞修焉。天空盖泰山，洞即石屋处也。三年丹就，元精发而光显，遂依于泰山焉。②

这应当是道教参照民间的传说，而为碧霞元君寻经求源所编制的宝卷。虽也是“西牛”国，但具体的庄乡落在了泰山的奉符县③，“员外”成了善士，不姓金而姓石，母是为金氏、碧霞元君自已也有了玉叶的名字。又有三岁、七岁的说法，重要的是西王母出现了，于是十四岁入山得仙人指点，入天空山黄花洞修行，三年功成，遂居于泰山焉。就是说娘娘是凡人，“甲子四月十八日”生于一个普通的善士之家，是平民凡人而成仙。在《灵应泰山娘娘宝卷》中，没有说泰山娘娘的相貌，在此传中有了“貌端”的描说，这是与女仙之领袖西王母

① 《灵应泰山娘娘宝卷》之《开经偈》。

② 《岱史》卷九《王之纲玉女传》。

③ 奉符县，宋代所置。早在汉武帝时因封禅置乾封县，宋真宗封禅改其为奉符县。

相呼应的，这也是玉女仙人所必须具备的基本条件。

泰山娘娘有“天仙玉女碧霞元君”之封号，由何而来？《灵应泰山娘娘宝卷》说：

……都天教主，坐在龙霄宝殿，聚集三百六十应感天尊、八万四千真人、二十八宿九曜星官，诸天神王，排班站立。话说三官大帝上奏玉帝得知：下方西牛贺洲，升仙庄上金门氏女，智广才高，君王宣妃不授，东土泰山，苦行三十二年，神通广大。奏上帝得知，敕封为神。玉帝听说满心欢喜，牒伸（申）天佛。天佛亦准。千（天）佛牒文，玉皇敕令，升为“天仙玉女碧霞元君”。①

龙霄宝殿，即凌霄宝殿，是神话传说中玉皇大帝所在的宫殿，玉皇大帝于此殿统率天道、召见万灵。因泰山娘娘功德圆满，先由三官大帝上奏玉皇大帝，再由玉皇大帝上奏天佛，天佛准奏下敕，然后有了“天仙玉女碧霞元君”之封号。在此强调了天佛的权威性，但凌霄殿所呈现的排场，全然是道教的阵势。泰山娘娘镇守泰山，是受佛的“敕牒”而来，“封天仙，称圣母”，自然就有了她无上的神圣性与权威性。于是，管理的格局也相应地发生了改变：

……

往上边，管天兵，天仙圣母。
中管着，这神兵，十万八千。
下管着，众鬼魂，不知其数。
辖天齐，管十王，总管阴间。
按七十，管五司，一十八狱。
管天下，府州县，善男善女。②

天上、人间、阴曹，全由泰山娘娘掌管。最突出的是东岳大帝（天齐），成

① 《灵应泰山娘娘宝卷》之《初展泰山宝卷品第一》。

② 《灵应泰山娘娘宝卷》之《初展泰山宝卷品第一》。

了她的部属，统管阴间的七十五司、十八地狱，东岳大帝的一切职权转向了碧霞元君，“统岳府之神兵，掌人间之善恶”。如果按照道书中的说法，碧霞元君原本是东岳大帝的女儿[①]，这种安排是在强调泰山娘娘的神圣性与唯一性。

在《宝卷》中还有不少的篇幅说虔诚进香而灵验的事例，如同佛教弘法中的《感应篇》《感通篇》：

靳官屯有一白福泉，妻靳氏，少儿缺女，与母进香数遍，求下一子，智广才高，聪明伶俐，起名文彩。现在攻书，实望上进，也是娘娘亲送奇子。[②]

京都有一老长者，董氏夫人，夫妇二人累劫修福，不能修慧，有德无子。长者前思后想，为人在世，绝其后代，树倒无阴。夫人听说，暗流痛泪，高叫夫主：多放宽心，只说顶上娘娘，有灵有圣，发心铸造圣母，宅中供敬，问母求子，可不是好？长者听说，件件依从。就造顶上娘娘、眼光娘娘、送生娘娘，供在宅中。永不退心，烧香礼拜。要求后代，时刻香火不断，信受顶礼，时时不放，常常如是，再无一刻懈怠……孝心有感，感动泰山，娘娘慧眼观：长者夫人，发的心虔，又行孝道，又种福田，我这因果，着他结果全。[③]

北京有一善女男，有一董氏常行善，跪着老母，要讨儿男，虔心有感，惊动泰山，（佛）老母慈悲可怜见。有老母欢天喜地：我今把善人拔济，我把善才送与你。成人长大早得济。有了儿女，有了穿吃，斋僧布施，可念阿弥（佛），久候皈家超凡世。[④]

京都有一老长者，吃斋念佛，铸造圣母金像，宅中供敬，再无怠心。因此圣心有感，警动圣母，娘娘听说：自我在泰山，神通广大，感动天下男女进香，缺少行觉《宝卷》，径送悟空，入宅施法留经。着老长者董氏

① 《三教源流搜神大全》卷一《东岳》：“帝五子……帝一女，玉女大仙，即岱岳太平顶玉仙娘娘是也。”

② 《灵应泰山娘娘宝卷》第九《圣母娘娘舍子孙品》。

③ 《灵应泰山娘娘宝卷》第十《转凡成圣不来往品》。

④ 《灵应泰山娘娘宝卷》第十一《娘娘发心留经品》。

夫人，施财刊板，留于北京，万人念佛，称赞功德。不过三年，着他儿女俱全，人口兴旺，家道丰隆。[①]

话说沧州有一小人，妄谈夫人杂事。夫人手举明香，哀告泰山顶上娘娘：与我弟子作证……有小人诬作非言，坏我门庭。我若有诸杂闲事，见我果报。告圣母娘娘，察看分明，若有显验，我许进香三次，必不虚说……夫人虔心，感动泰山娘娘，圣母差王灵官，察看一会，就知真假，或报圣母知道：夫人并无一字邪非，小人诬椿好人，请娘娘发旨定罪。娘娘听罢，心中大怒：只样无礼众生，该现果报。争奈一时运快，量他一命，兹直蒿草。言人之过，自己之过，久后折子害孙，自害门风。[②]

泰山娘娘神通广大，无所不在。这些“灵验”事例的出现，无疑会增强对泰山娘娘的信服力以及《宝卷》的号召力。

在明万历年间，有关泰山碧霞元君的道教经文，也多有流传。《万历续道藏》刊《碧霞元君护国庇民普济保生妙经》一卷，篇末并附《天仙碧霞宝诰》。此时，还流行有一种经折本的《天仙玉女碧霞元君真经》。此经开卷镂天仙玉女像，经末题“万历辛亥年，大明瑞安长公主施”。此经说观世音菩萨降世为天仙玉女碧霞元君，居泰山得道，能解救一切苦难。经曰：“求风得风，求雨得雨，求男得男，求女得女，求富得富，求官得官，求财得财，求功名得功名；遇冤释冤，遇官讼释官讼，遇口舌释口舌。”[③]这一种说法当是由民间宝卷转化而来。宝卷是流行于民间的信仰俗说，采用了民间熟悉的语言和表达方式，适合普通百姓的口味，容易将一种信仰迅速流传开来。这种形式在明代开始盛行，于清代也为常见。

现收藏于岱庙的一口铜钟，上铸有《太上老君说天仙玉女碧霞护世弘济妙经》。钟铸于明万历四十二年（1614），是为御马监太监张忠等奉神宗旨意而造（图7-45）。这是神宗的一种施赐，也是对道教于泰山女神信仰主体改造的充分肯定。《经》云：

---

① 《灵应泰山娘娘宝卷》第十一《娘娘发心留经品》。

② 《灵应泰山娘娘宝卷》第十四、十五《娘娘护国救民品》《夫人告娘娘察看虚实品》。

③ 周绍良：《明代皇帝、贵妃、公主印施的几本佛经》，《文物》1987年第8期。

图7-45 《太上老君说天仙玉女碧霞护世弘济妙经》钟铭拓片局部

> 尔时，太上老君于永寿二年三月初三日在与王屋洞天，集诸仙众大会说法。忽然东方祥云瑞霭，异味馨香，仙音嘹亮，彩珣层播，鹤驾羽骆，执扇晶帘，将临法所。驻驾刁云，帘卷扇吻，忽现一女仙，云肩羽衣，锦绣霞裙，登云珠履，百宝翠冠。从容迓步，径诣道前，禀跬长跪，上白天尊言曰：臣者，西天斗母，精运元气发现，金莲化生吾身。归隐岱岳，修炼年久，意如初兴，幸逢正果，功成道合。感蒙保奏，受敕“天仙玉女碧霞护世弘济真人”。永镇泰山……[①]

这是道教所崇尚的碧霞元君之来历。在太上老君召集的说法大会上，伴随着仙影、仙香、仙音……“天仙”从东方飘然而至，一切都充满了神秘的色彩。女神自言由金莲化生，隐于泰山修炼获得正果，受敕“天仙玉女碧霞护世弘济真人”之号。没有了“圣身投胎”的转世经历，也没有了仙人指化的成道过程，禀元气而生、而仙，源清流洁，本盛末荣，更加符合道教的择仙标准。尽管得到了皇帝的恩准，或许是太理想化了，于民间没有留下什么影响，即便在道教本身此经也未被收录于道典之中。

① 该钟原置山顶神憩宫（即碧霞元君的寝宫），宫废后移南天门未了轩内，2002年又移山下灵应宫，2006年收藏于岱庙。

与《太上老君说天仙玉女碧霞护世弘济妙经》有相近说法的，还有泰安市博物馆所藏清同治十三年（1874）刊本《泰山圣母护世弘济妙经》（图7-46），又名《太上老君说天仙玉女碧霞元君护世弘济妙经》。此经卷前有泰山圣母、眼光娘娘、送子娘娘画像，像后设有“当今皇帝万岁万岁”的龙牌。

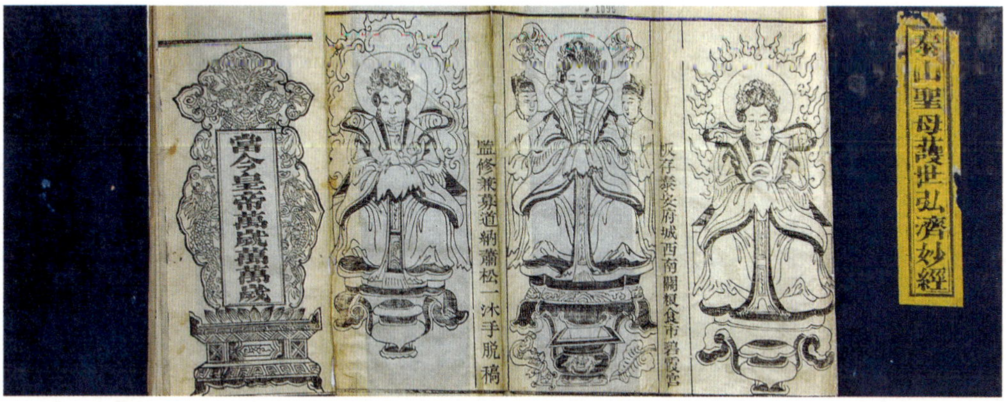

图7-46　泰安市博物馆（岱庙）藏《泰山圣母护世弘济妙经》宝卷

有关碧霞元君“有求必应”的说法，《泰山圣母苦海宝卷》卷九第八品有如下说法：

有难祷告金身现，万事亨通保平安；
冤枉要求天仙母，巡环（循环）报与圣母前；
修行拜求泰山母，灵光普照不黑暗；
国王思念泰山母，万寿不改太平年；
父母有难求圣母，灾出（除）病退病得痊；
水火盗贼求圣母，杨柳一洒变成莲；
许愿要求天仙母，一笔勾销尽皆完；
贫穷要求天仙母，天赐黄金得高远；
缺少儿女求圣母，忙差子孙送儿男；
要犯口舌求圣母，拨治贵人暗周旋；
行路要求泰山母，暗里圣手乃遮拦；
过江要求泰山母，水卒推舟送岸边；
工商要求天仙母，手艺买卖得高远；
凶险要求天仙母，逢凶化吉得安然；

产难要求泰山母，老母保护无灾难。[①]

泰山圣母可以满足不同事项的祈求，这对信众来说是最有吸引力的，而所求之事无不是日常生活中最常见之事，每个人几乎都会遇到，所以最受信众崇奉。

二、东岳大帝宝卷

自宋真宗泰山封禅，为泰山神进封“天齐仁圣帝”之号后，“东岳大帝”成为最流行的一种叫法。在此之前，泰山神是以山为名：岱宗神、东岳神、岱岳神、岳神。供奉他的神宫，就谓之岱宗庙、东岳庙、岱岳庙、岳庙、岱庙等。泰山神——东岳大帝信仰，与泰山信仰同步发展起来，因此与泰山娘娘——碧霞元君相比呈现出更多的多面性。

先秦时期，泰山是礼的象征。身处礼崩乐乱时代的孔子，以恢复周礼为己任，把泰山祭祀视为礼制的体现，所以“讥”季氏之“旅”。封禅事起，在以礼作为象征的基础上，泰山封禅成为一代王者君权神授的政治象征，并演变为特定的宗教信仰形式。好像只有在泰山实施了封禅之礼，才能名正言顺地统治天下，于是对统治者来说，泰山主生，主一个王朝取代另一个王朝而国的新生。但秦皇、汉武的封禅，在实施其政治目标的同时，又将个人的长生不老的愿望融在了封禅中，于是封禅与成仙紧密地联系在了一起。一时间“上封能仙登天矣”“封禅者，合不死之名也”的呼唤声甚嚣尘上，以致影响到普通人也都渴望到泰山能见到神仙而不死[②]。

然而，封禅中封以祭天、禅以礼地的祭礼形式，把泰山是大地之主——“社首”——阴府做实了（天为阳，地为阴）。人死入土，“生人上就阳，死人下归阴”[③]，“上天苍苍，地下芒芒，死人归阴，生人归阳……”[④]泰山神理所当然地

① 车锡伦：《民间信仰与民间文学：车锡伦自选集》，博扬文化事业有限公司2009年版，第364～365页。

② 泰山《汉镜铭》摩崖题刻：“上太山，见神仙。食玉英，饮醴泉。驾蜚龙，乘浮云。宜官秩，保子孙。寿万年，贵富昌，乐未央。”

③ 《艺术丛编》六《陶艺》，创圣明智大学刊行。

④ 罗振玉：《雪堂所藏古器物图说》（外九种），《古器物识小录》，上海古籍出版社2013年版，第382页。

成了地下冥府的管理者。当人们所认识的阴间出现之后，各地大多都会有阴曹地府，但当封禅出现，确定了土地之都就在泰山下的梁父，一个国家属性的阴曹地府也就明确了下来。现在我们能见到的泰山神最早的形象，是在东汉墓葬的画像石上。这位东岳大帝谓之“泰山君”，他端坐在一辆鹿车上。据相关文献及出土的资料表明，“汉世的地下世界，当以泰山神为主”①。

佛教东来，将泰山“拿来”作为地狱，直接影响了国人对泰山冥府的认识。道教产生后，在传统冥府认识的基础上，吸收佛教地狱的说法，使泰山进一步地“地狱”化，以至在魏晋南北朝时期，人们谈“泰山”色变，泰山似乎已成为鬼域、死亡的代名词。“常恐游岱宗，不复见故人”②；“幽涂延万鬼，神房集百灵”③；“年命在桑榆，东岳与我期”④。以致有人发出了“但恐至太山治鬼，不得治生人”的质疑⑤，长期以来泰山主生的信仰受到了严重的挑战。

隋唐时期，国家再次统一，作为确定国家新生象征的泰山祭祀，又一次被提到了最高国务的议程上。隋文帝柴祭泰山，郊祀行封禅之礼；唐高宗、玄宗封禅，泰山主生、护国佑民的政治功能又成为一面旗帜。宋真宗封禅，因天书等祥瑞过度作假，所起到的正面作用甚微。但他封禅后，在唐玄宗为泰山所封“天齐王”的基础上，又升封其为“天齐仁圣帝”，从“王”而“帝”，大大扩大了泰山神的“活动”区域，由岳的职司扩展到一国之土地，其标志是在全国各县都设有泰山神的行宫——东岳庙。元代之时，世祖又一次加封“大生”，谓之曰“天齐大生仁圣帝”⑥，以强调泰山所秉承的基本神格。泰山神的封号，随着明代朱元璋在全国范围内去掉所有神祇历代的封号而被撤除，但有明一代却是遣员祭祀泰山神最多的一个王朝。清代的乾隆，是历史上到过泰山次数最多的皇帝（计有10次）。他为泰山神的宝殿——峻极殿题额曰“大德曰生”，成为最后一位要将泰山之“生”进行到底的封建帝王。

就国家层面而讲，泰山主生的信仰始终是其主流，但在民间，没有像官方

---

① 萧登福：《先秦两汉冥界及神仙思想探原》，台湾文津出版社2001年版，第129页。

② 刘桢：《赠五官中郎将诗》。

③ 陆机：《泰山吟》。

④ 应璩：《百一诗》。

⑤《三国志》卷二十九《管辂传》。

⑥《元史》卷七十六《祭祀志》。

那样旗帜鲜明，主生与主死始终处于两者的交织之中。当人们在死的问题上有所纠结，主死就占上风；当人们有子嗣的需要、有着长命的祈祷，主生又成为主流。在这种相互矛盾与相互补充之中，泰山神成就着他在民间人格化的最终历程。

如果涉及泰山神——东岳大帝的“身世”，因来自塑造者愿景的不同，也有着不同的说法。如金虹氏说、太昊说、盘古人身说、黄飞虎说等。金虹氏、太昊说，出处于道书。《三教源流搜神大全》引《神异经》说：金虹氏的父亲叫少海，母亲弥轮仙女“夜梦吞二日”，而生了两个儿子，其中次子叫金虹氏，即东岳大帝君。在《枕中书》《洞渊集》等书中，由太昊为青帝治理泰山，主万物之发生。而在远古神话中，太昊是太阳部落的首领，是位太阳之神。而盘古人身说，是来自秦汉民间的俗说：昔盘古死后化为五岳，盘古的头颅变作了东岳[①]。关于黄飞虎说，则来自小说《封神榜》。凡此种种标榜，各以不同的角度阐述着东岳大帝的由来。其中最有价值的应是金虹氏、太昊说，是道教依据传统的远古神话传说而衍生出来的学说，均与太阳崇拜有关。秦汉俗说中的盘古头颅说，则赋予了泰山神开天辟地的历史基因，具有了发生学上的积极意义。而黄飞虎说[②]，虽是小说之说，但也反映了社会上佛教、道教共同影响下的一些思想倾向。

图7-47　岱庙所藏《五岳真形之图》碑东岳真形与图说

关于东岳大帝的执掌，《五岳真形之图》的《图说》有如下概括（图7-47）：

> 岱岳者，主世界人民官职及定生死之

① 《述异记》：“秦汉间俗说，盘古氏头为东岳，腹为中岳，左臂为南岳，右臂为北岳，足为西岳。”

② 《封神演义》第九十九回《姜子牙归国封神》：敕封武成王黄飞虎“为东岳泰山天齐仁圣大帝之职，总管天地人间吉凶祸福”。

期，兼注贵贱之分，长短之事也。[1]

主生、主死，是东岳大帝的基本职责，由此可引申出无限的权能。因为任何事物的存在都会有一个发生、变化、消亡的过程，在这个过程中环环相因，因由相连，均可引申出种种合理性的解释。如《图说》所云：泰山主生死。那“官职”者何？“贵贱”者何？这是在保障你“生”的质量，“养怡之福，可得永年”，人人都想长寿，也为人们所赞美；“生死之期”“长短之事”，是要你享受生命永恒、体面人生。可以说东岳大帝主生、主死，无所不包，无所不能，一切均可化解于他的手中。施耐庵《水浒传》称泰山神“乃万神之领袖”[2]，即是对其万能权属的标榜。

在《东岳天齐仁圣大帝宝卷》中，东岳大帝仍然是正统的泰山主神，他具有阴、阳双掌的权能，不过以主阴为主，兼司阳间的善恶评判。于阳世，赐善、除妖、求子、求雨等方面，功勋卓著。在冥世地府，泰山王是狱之主宰，其他诸王均是他的部从。《宝卷》显然受佛教、道教的影响，但又不失相应的独立性。

同其他明清时期的宝卷相似，《宝卷》先以佛、道宏论作背景铺垫，再见仁圣大帝之功德，卷中充满了佛、道两教的术语与论辩。在《东岳天齐仁圣大帝宝卷》之《开示文》，先请十方之佛出面：

> 三世诸佛，缺信根而不能成就十方圣贤，无定见则不证道果。是以今生既为佛弟子，得遇正法，宜速发解脱之心。当早正归元之路……十方世界作道场，三世微尘谈般若。一切相，无非真相。一切法，无非佛法……

我们相信，这段话的说教、标榜作用要远大于宝卷开宗明义的价值。面对民间的信众，如此的大道理能起到多少教化作用是可想而知的。接下来是对东岳圣帝身世的赞美及权能的定位：

---

① 岱庙藏：明代《五岳真形之图》碑。

② 《水浒传》第七十四回：“……泰岱，山镇乾坤。为山岳之至尊，乃万神之领袖。”

夫仁圣大帝，上古尊神，居世而为王爵，没世以加帝号。巍巍乎，声振三天；荡荡乎，名威九地。炁应青阳，位尊震位，独居中界，统摄万灵。掌人间善恶之权，司阴府是非之目。案判七十二曹，刑分三十六狱。惩奸罚恶，录死注生。

在此宝卷中，东岳大帝称之以天齐仁圣帝，或简称天齐、仁圣大帝、仁圣帝、仁圣君、帝君、大帝或大圣，顺应宋代官方之封号。由此看来，明代朱元璋下诏去掉泰山历代封号的做法，对于民间百姓来说，不起任何作用。而对仁圣帝职能的表述，却与《元始天尊说东岳化身济生度死拔罪解冤保命玄范诰咒妙经》同出一辙：

……累朝节封东岳大生天齐仁元圣帝。炁应青阳，位尊震位，独居中界，统摄万灵，掌人间善恶之权，司阴府是非之目，案判七十二曹，刑分三十六岳，惩奸罚恶，录死注生……

可见佛、道两家，都是民间宝卷问世少不了的教义法宝。这既是合法性的需要，也为宝卷的神秘化、神圣化增色。至于东岳大帝的权能，主生："掌人间善恶之权"；主死："司阴府是非之目"。阳以善赏，阴以罚恶。东岳大帝阴阳双兼，"量善赏，善增福禄；定恶罚，恶加罪殃"。但两者有所侧重，主掌幽冥地府，"勾取人魂"，"兼察阳事"①，"为幽冥之主宰，兼阳世之休咎"②，阴阳相济，但主次分明。

人们总希望所敬奉神灵，是正统的、由来已久的、名声最大的。"盘古正脉"，是《宝卷》在标榜东岳大帝"血统"的正宗性：

夫东岳者，乃万山之祖，五岳之宗。……大圣乃盘古氏，名曰三千首君，实陶镕万化之主。五世苗裔有赫天氏，赫天后有胥勃氏，胥勃后有玄英氏，玄英氏后即金轮王。王弟少海氏，乃圣父也。圣母即弥轮仙女，忽

① 《东岳天齐仁圣大帝宝卷》第一《盘古正脉品》。

② 《东岳天齐仁圣大帝宝卷》第二《初标宿因品》。

而夜梦，乃吞双日，因而有孕，所生二子。长曰金蝉，即东华帝君。次曰金虹，即大圣也。圣为人慈善，深知天地阴阳，一切事由。圣归长白山，隐而不出，至伏羲氏，封为古岁太华真人。追神农氏，封为都天府君。汉明帝封为泰山元帅，管一十八狱，六案簿籍……①

说东岳大帝乃为开天辟地盘古的五代玄孙，其世系是赫天氏—胥勃氏—玄英氏—金轮王—金虹氏（即东岳大帝）。这一说法来自《神异经》，也与秦汉间俗说盘古氏死后，头颅化为东岳的神话相吻合。大帝隐于长白山，在伏羲时受封“古岁真人”，遂以“岁”为姓，而“古岁”者，是为五岳之前无上天尊所都之地，即汉武帝封泰山时所置奉高（今泰安岱岳区故县村）。至神农氏，赐天符都官，号名“府君”，到了汉明帝时，封“泰山元帅”。这种说法在元代就很流行②。东岳大帝，出身于盘古氏，故知天地变化之理。因其母梦吞太阳而生，先天圣杰。后受封得号于伏羲、神农氏，又见与人之始祖的关系。其身世显赫、功德圆满，所以在信仰者看来，东岳大帝“英名千古垂后世，灵应万代镇乾坤”。

在晚唐时期，佛教的地狱观进一步世俗化，出现了地狱十殿十王的说法，泰山王被分配于第七殿。虽然此殿在中国传统文化中举足轻重，但在表现形式上只是十殿中的一殿，地狱十王相互之间是平等的，而在《东岳天齐仁圣大帝宝卷》中，这一格局被打破，泰山王是十殿之主宰：

幽冥地府，神中至尊，辖管十阎君，三曹八部，一切狱神。兼察阳世，勾取人魂，善恶报应。③

东岳君定人寿数，十阎王俱为所属。一切狱神拱手伏，初一十五点卯簿。立决赏罚，报应甚速。或贵或贱，终身荣枯。④

① 《东岳天齐仁圣大帝宝卷》第一《盘古正脉品》。

② 关于这一说法，同是元代的《太上东岳圣帝威权自在天尊法忏（东岳大帝宝诰）》《东岳谢罪往生普福证真法忏》等，也有相同表述，仅个别文字大同小异。

③ 《东岳天齐仁圣大帝宝卷》第一《盘古正脉品》。

④ 《东岳天齐仁圣大帝宝卷》第四《赐善为神品》。

在阴曹地府，唯仁圣大帝是尊，十王均为所属。

> 一日，天齐仁圣大帝升殿。十王朝见已毕，问曰：十殿所掌何事？奏曰：臣等执掌幽冥，前来领命分理，但幽冥大事，不可一日迟延。帝曰：各殿执掌，自有定规。为善者，赏以吉庆。作恶者，加以祸殃。轻重大小，量以赏罚，加减慎勿，过生慈念。十王曰：钦承敕命。帝见东北黑气不散，问曰：是何邪秽？奏曰：此等众生，不敬天地。不信鬼神，不忠君王，不孝父母，不尊师长，不睦宗族。此等罪人，造恶无边，打入酆都地狱，受此苦报，是以黑气不散。帝曰：众生痴之如此？奏曰：罪满斯出，若宽宥一二，是天佑不道之家，报应差别，众生愈不信服。大帝赞叹不已。十王作礼而退，各归殿宇。职分当为，诸司唯唯听命。斯众生无不明之事，天道无不报之条。[①]

“升殿”“朝见”“问曰”“奏曰”“领命分理”“钦承敕命”，可谓天子威严，臣属听命，东岳大帝一如世间天子。对于为善、作恶者，秉持公道、正义，“各殿执掌，自有定规”。对于冒犯天、地、君、亲、师者，视为“造恶无边”，定要打入地狱，严惩不贷。《东岳天齐仁圣大帝宝卷》为清初所刊，上下两卷二十四品，下卷佚失，现仅存上卷十二品。分别为《盘古正脉品》《初标宿因品》《十殿朝礼品》《赐善为神品》《神符除妖品》《祈圣延寿品》《求雨即应品》《眼目重明品》《贫者生怨品》《成就功名品》《罚恶促报品》《祷神求子品》。从第四品开始，围绕仁帝的权能每品有一个灵验的例证，“以醒人心”。其中一个以孝事亲借寿于父的例子，比起一般的祈寿延年来说，伦理特色更加显明：

> 昔日，文安县魏家庄魏进忠，为人至孝。母先亡，父在世，久向三宝。因自己盖东岳庙一座，打扫庙宇，香火自己经心，风雨不避，已经十年。一日，父染重病，水米不进，百医不效，家庭夜间拜斗。祝曰：弟子魏进忠，年十九岁，母先亡，父今垂危，愿将自己阳寿，亲借十年。彼时十一月天气，

① 《东岳天齐仁圣大帝宝卷》第三《十殿朝礼品》。

单衣拜至三更，见一女子，穿红袍，约十五岁，执一蜡台，承云而至，令进忠吹烛三口。仙女曰：吾今奉东岳命令前来，念子有十年功德不退，特执烛台延寿。一口吹不灭，延寿十年，三口吹不灭，延寿三十年，道毕不见。其父即愈后，寿至一百零七岁而终。①

魏进忠为重病垂危的父亲夜拜北斗，祈祷以自己的阳寿十年给予父亲，感动了东岳大帝。大帝遣红衣玉女前来施法，延其寿限三十年，而他的父亲病愈后，活到了107岁。之所以有如此的延寿效果，既在于魏进忠的孝心诚意，而更重要的是“久向三宝”，“盖东岳庙一座”，并亲自打理十年之久（是谓“十年功德”）。借寿于亲的说法，在当今的泰山仍然存在。而以身命相许换取双亲之寿的行为在清代很盛行②，山上的“舍身崖”之名即源自于此。魏进忠的借寿事亲的做法，“人间少有，世上绝伦”，有红衣仙女奏予东岳大帝，“与你送儿孙”。故《宝卷》曰：“借寿孝名大，有感仁圣君。后世子孙盛，五福日日臻。”

在宝卷中，因果报应是基本的主题，一般多与佛教信仰行为掺杂其中：

昔日邯郸一人，姓田名玉，是一秀士，有蒯通之舌，姜公之智，颜子之学，无隔夜之粮，每日怨天恨地，道神明不公。一日被鬼捉入幽都见帝。帝曰：凡子敢怨神不公乎？生泣曰：弟子与赵节为窗友，年月日时俱同，论他才学，百不及一，今作知府。我文武精通，一无所有，何也？帝曰：取文薄自己看。上注：赵节，前生造渗金佛一尊，高三尺六寸。修真武庙一座，施《金刚经》一藏。又见田玉，片善俱无，唯惜字纸一宗。所以一世青衿，寿至七十七岁。田玉看毕大哭：原是我自己错因，望老爷赦罪。帝曰：送你还阳，当传示世人，许你十年之后，享子之荣。③

书生田玉，自以为满腹经纶无人相比，但却少吃缺穿。他同比于赵氏，“百

① 《东岳天齐仁圣大帝宝卷》第六《祈圣延寿品》。

② 《泰山庙会》第三章中《许愿还愿》，山东教育出版社1999年版，第82～83页。

③ 《东岳天齐仁圣大帝宝卷》第九《贫者生怨品》。

不及一”，却做起了知府，于是“埋怨天，埋怨地，埋怨佛祖”，以为神祇不公，被东岳大帝遣鬼捉入地府。他仍然是满腹牢骚，究其原委，是他前生所限，无法与造像、建庙、施经的赵氏相比。即所谓“前生未修十善业，今世怎享百年荣”。

《泰山东岳十王宝卷》，虽名为“十王”，但在《开经偈》赞颂的主要对象却是“顶上娘娘”。

> 十王宝卷利益深，日管阳来夜管阴。究查阳间男和女，善恶不差半毫分。
>
> ……顶礼诸佛，普请过、现、未来，罗汉圣僧，普天星斗，日月三光。顶上娘娘、王母娘娘、天妃娘娘、眼光娘娘、注生娘娘、送生娘娘、催生娘娘、瘢疹娘娘，东岳天齐、十帝罗阎，同来赴会。

从所现“金身”看，其是顶上娘娘（泰山娘娘）及育生诸娘娘占据着主要位置，在其前面的是名誉与尊荣的金身，而东岳大帝、十帝阎罗列于其后。这同《灵应泰山娘娘宝卷》中，“诸佛现金身”即泰山娘娘及分身眼光、子孙、送生、注生、催生、瘢疹及王母诸娘娘，而将观世音菩萨以及过去、现在、未来之佛列于其后的情形是一样的。宝卷的主人翁是泰山娘娘，这种现象的出现应与当时碧霞元君信仰兴盛有关。关于泰山娘娘的丰功伟业，在《修果位无差分第十二》《讲说因果分第十三》中，得到了充分的展示。同样，《泰山东岳十王宝卷》也未将东岳大帝列为阎罗十王，而成了十王的管辖者。

《泰山东岳十王宝卷》，名为“十王”，但十王并未全部展示出来。十王首先在《衲子前到金桥分第二》中露面：“衲子”赴灵山，“见一座功德堂，头殿秦广王。执掌一十八般善事，印经造像，修寺建塔……”二殿王出现在《功德堂言罢分第三》：“话说二殿楚江王，掌管聚魂亭，或有十恶不善，忤逆不孝……共同受罪。”三殿王出现在《超出三界分第八》：“三殿宋帝王，押罚万类，有一牛头，绑赴铜桩，割舌剜眼，血染浑身。”在《无子求子品第十一》十王又一次出现：“头一位，秦广王，执掌善事。行善的，踫莲花，竟上灵山。第二位，楚江王，掌管恶簿。行恶的，到此地，胆战心寒。”仅有秦广王与楚江王，在此之前已出过场。至《泰山东岳十王宝卷》上卷终，仅有一殿、二殿、三殿的秦广王、楚江王、宋帝王出场。

在《泰山东岳十王宝卷》下卷的《讲说因果分第十三》，五阎王露面："五阎王，有夜镜"。《破狱一十八层分第十四》，又有几位王同时出场："三殿宋帝王、四殿五关王、五殿五阎王，三王同聚一处"，五阎王业镜当空，"十方照彻，善恶不差。善人增福，恶人有罚。普劝大众信受，信受奉行"。在《游狱查看分第二十二》，又提"五阎王夜镜，照得分明"，引出平等王："平等王有天平秤，秤人善恶。""平等王，架天平，真真不错。把阳间，善和恶，秤上一秤。"此后至卷下终，也提"十帝阎君""十阎王"，却没有了十王的具体所指。最后说到了十阎王的圣诞，各阎罗只以数字为名，即云：头阎王、二阎王、三阎王、四阎王、五阎王、六阎王、七阎王、八阎王、九阎王、十阎王，而无具体的权能所向。即是说，在《泰山东岳十王宝卷》中，十王只点出了一殿秦广王、二殿楚江王、三殿宋帝王、四殿五关（官）王、五殿五阎王、七殿平等王，其他便没有了下文。如以常规的"十王"而言，尚有六殿卞成王、七殿泰山王、九殿都市王、十殿转轮王始终没有露面。名为《泰山东岳十王宝卷》，卷中却没有泰山王的形象，不免给人留下疑惑。

《泰山东岳十王宝卷》所确定的"十王"体系，的确有不同于其他经卷中"十王"的组织安排及基本职能要求。先看一下在卷中十王处理政务的基本程序：

> 老夫人，手拈香，跪在埃尘。告泰山，慈悲母，查看假真。有小人，冤枉我，无处申告。显灵圣，见显验，去把香焚。说顶上，老娘娘，又早知道。把法旨，才传与，十帝阎君。五阎王，有夜镜，高高悬起。照出你，心端正，胜似观音。你前世，根基深，作的功德。你今世，为头领，让你为尊……①

有一位老夫人手举信香感动泰山娘娘，遂为老夫人申冤。泰山娘娘早知真情，但将"法旨"传于十王阎罗，最后由五阎罗以"业镜"辨出真假，做出处理。

> 地藏菩萨掌幽冥，瑶池紫府浑金殿。千叶宝莲坐菩萨，十帝阎君两边

① 《讲说因果分第十三》。

站。各整朝服朝地藏，善恶文簿往上现。见罢文簿朝天齐，珊瑚玛瑙琉璃殿。天齐开言问十王，各人回官治公案。十王朝罢各回班，玉瓦金砖森罗殿……[①]

在幽冥的金殿中，地藏菩萨是主人，是十王首先要朝拜的对象。然后，十王再到琉璃殿朝拜天齐仁圣帝，听从具体公务的安排后，再回到各自的森罗殿评判处理善恶之人之事。在冥府中，天齐仁圣帝的地位仅次于地藏菩萨而高于十王。十王如何得知冥府之外的善恶之事？也有一定的上下程序：

正坐十阎君，七十五司，贤愚不等，幽冥地府，尽不知道。衲子上前动问：阳间善恶，幽冥怎得知道？狱主答曰：灶王报与土地，土地报与城隍，城隍报与天齐，天齐申与幽冥地府地藏菩萨。这菩萨批与十王……[②]

灶王—土地—城隍—天齐—地藏，形成逐级上传下达的组织体系，最后由菩萨审批后交十王于七十五司办理了案。至此，我们就可以理解为什么十王中没有泰山王了。如果有了泰山王，就无法体现天齐大帝统管冥府的传统认识了。不过与《东岳天齐仁圣大帝宝卷》中的十王相比，冥府又多了一层领袖——地藏菩萨，天齐大帝不是冥府的最高主宰了。这应是佛教影响渗透的结果。

地藏菩萨及十王的形象在泰山地区的石窟造像中也有出现。如在泰山之西的东平华严洞明成化十年（1474）造像群中，有一组地藏菩萨与十王的组合（含有其他3尊计14尊），造像以地藏菩萨为中，十王分列两旁。地藏菩萨自地面起台，十王等则从地面以上24厘米的洞壁起台。地藏菩萨通高103厘米，像高82厘米（头部已残），外披双领下垂式袈裟，内着僧支祇，结带系于胸前，双手持摩尼宝珠于腹前，结跏趺坐于须弥座上。十王像高在62～72厘米之间，皆持笏板，身着袍服而立。这种地藏十王的形式，在北方石窟中颇为

① 《无子求子品第十一》。

② 《游狱查看分第二十二》。

流行[①]。

还应注意的是，在《泰山东岳十王宝卷》中表现最为抢眼的是一殿秦广王与二殿楚江王，其次是五殿五阎王。在宝卷中十王的基本职能是善恶之分，而两者是由秦广王与初江王分担，前者“执掌善事”，后者“掌管恶簿”。而五阎王有“业镜”，可帮助两位善、恶之王判定真伪。关于而在《无子求子品第十一》中，进一步明确了秦广王具体的善事内容：

> 无子的，若求子，决然得子。有病的，宣宝卷，百病齐痊。无寿的，若求寿，增延福寿。无财的，若求财，就得高迁。

这样一来，大众的百福之求，就落在了十殿中第一殿的秦广王身上。而狱中治罪的大任就由楚江王来完成：

> 第二殿，楚江王，掌管鬼魂……打爷的，骂娘的，十恶不善，到幽冥，剜心狱，割了舌根。泼田的，放火人，无边大罪，到地狱，受尽罪，永不翻身。明瞒的，暗骗的，瞒心昧己。借人财，不还报，永堕沉沦。杀生的，返来复，一还一报。冤报冤，若不解，永做仇人……[②]

本是十王各有狱刑，在此宝卷中均由楚江王执行。这种以善恶分类、集中用刑的方式，简单明了，更容易被民间信众所接受。

纵观《泰山东岳十王宝卷》与其他十王之说最大的不同，在于没有周期性祭祀的概念，没有了各殿所不同的狱司职能，没有了对亡灵超度的功用，十王原本的意义有所改变。为何会有“十王”？是由七个七天、百日、一年、三年，这十个时间单元构成的，即十个时段形成十殿，十王从一定意义上说是某一时段之王。人死之后，要想少受地狱之苦，就必须在上述十个时间段的期限内（特别是前七殿），顺利通过各殿而得到超生与转世。即是说十王所在的十殿，本是亡人在不同亡期要经历的十个地狱之殿，由其殿王来判定是否转到下一殿，

---

① 张总、吴绪刚：《山东东平华严洞造像》，《文物》2001年第9期。

② 《功德堂言罢分第三》。

而在十殿中又有各不相同的刑罚，所强调的是因果报应，六道轮回。这在《泰山东岳十王宝卷》中得到了弱化。

宝卷的作者为何会有这样的安排？这应当是为顺应民间信众更广泛的需求所做出的调整。无论任何信仰的观念及对象，愈简单、具体，贴近日常生活，就愈容易被信众所接受，这也是民间信仰发展的总趋势。

在早期的佛经翻译中，“地狱”的概念是抽象的，国人的理解受到限制。东汉的安世高将佛经中的地狱直接译作泰山，而泰山是国人观念中的冥世地府，形象的东西就有了。两晋以来，所译出的地狱之形态纷繁不一，其所表达的内容、组织及空间结构等，各个经典所述也颇有歧异（仅就地狱的数量、分类，都各有各的表述），没有统一性的说法，这势必影响地狱观念的传播。晚唐《佛说十王经》的出现，改变了对地狱没有统一说法的被动局面。“十殿”的观念简单明了，层级清楚，并且“十王”有名有姓，形象化强，从而被广大信众所迅速接受，以致流行上千年而不衰。《泰山东岳十王宝卷》对十殿十王的改造调整，也正是地狱观念进一步简易化的结果。这犹如有的专家所指出的：如从建筑学角度看，这些地狱似乎形成散漫的平铺式，彼此间也缺乏统属的联系，而不像中国人发展了的地狱观像十八层塔楼式，上下相压。即便如此，“中国人所说的十八层地狱，也未见有什么地方过多地提起，恐怕是因为太复杂了，老百姓只喜简单的事物”①。

这种简易化，还表现在入狱之罪的评判上，世间的行为准则仅用“善”与“恶”来表达。以善与恶分类，在民间的宝卷中最为常用。如《东岳天齐仁圣大帝宝卷》：“为善者，必以福报；为恶者，定以殃加”②“为善者，赏以吉庆；作恶者，加以祸殃”③“善恶终有报，早晚共来迟”④。《灵应泰山娘娘宝卷》：“你看看，圣天仙，泰山顶上。又赏善，又罚恶，两样看人”⑤“善者增福，恶者受贫”⑥。但在《泰山东岳十王宝卷》中，表现得更为突出，内容也

---

① 白化文：《泰山东岳·地狱·酆都城》（上），《文史知识》2011年第11期。

② 《开示文》。

③ 《十殿朝礼品第三》。

④ 《罚恶促报品第十一》。

⑤ 《圣母娘娘问送生品第四》。

⑥ 《善恶分明果报无差品第五》。

趋丰富：

> 行善者常烧香，地狱化天堂。[①]
>
> 善者天堂，洒洒乐乐。[②]
>
> 善和恶，观定前因。[③]
>
> 阳间不行善，地狱都串遍。[④]
>
> 善是天堂，恶是阴间。[⑤]
>
> 十阎王喜善嫌恶，善和恶二样去看。[⑥]
>
> 地狱宝卷按阴阳，善恶照的亮堂堂。[⑦]
>
> 因见善恶两端，故留十王宝卷。[⑧]
>
> 善要多，恶要少，转增禄位。恶要多，善要少，转来受穷。光有恶，无有善，堕在地狱。光有善，无有恶，转上天宫。[⑨]

而如何判断恶、善？则是由社会的伦理秩序及生活规则来判定，没有复杂的说教，也省略了六道轮回的曲折辗转，行为明确，结果一目了然。这种简化，目的同样在于更加适应民间信众的接受力。

从泰山宝卷所反映的泰山信仰看，可感受到佛教的影响至深。一是在表现形式上，无一不是把佛教信仰的基本形式放在第一位。一方面是为了其合法性存在的需要；另一方面则是充分利用佛教在民间的广泛影响。尽管在很多方面人们对佛教的认识仍是混沌的、模糊的，甚至是肤浅的。人们可以分不清佛道间的关系与区别，但是一句“烧香拜佛”即可以统说一切的祭祀活动。二是在内容表达上，无不以善恶果报为基点，强调来生的命运由今世的

---

① 《超凡入圣分第十六》。

② 《宝卷初展分第一》。

③ 《看罢饿鬼狱分第七》。

④ 《无子求子品第十一》。

⑤ 《破狱一十八层分第十四》。

⑥ 《察看善恶分第二十三》。

⑦ 《破狱一十八层分第十四》。

⑧ 《收圆结果分第二十四》。

⑨ 《游狱查看分第二十二》。

善恶所决定。而今世的痛苦是前世恶行的报应，为了来世的好报，还在于今世对“善”的努力。“天堂有地狱，地狱有天堂。”[①]地狱在现实生活之中，天堂也在现实生活之中。前世命定，事在人为。所有这些，都包含了佛教地狱观的基本特点。

① 《泰山东岳十王宝卷》上卷：《开经偈》。

主要参考书目

[1]〔西汉〕司马迁:《史记》，中华书局，1985年。

[2]〔东汉〕班固:《汉书》，中华书局，1983年。

[3]〔南朝〕范晔:《后汉书》，中华书局，1973年。

[4]〔西晋〕陈寿:《三国志》，中华书局，1975年。

[5]〔唐〕房玄龄等:《晋书》，中华书局，1974年。

[6]〔梁〕沈约:《宋书》，中华书局，1974年。

[7]〔梁〕萧子显:《南齐书》，中华书局，1983年。

[8]〔唐〕姚思廉:《梁书》，中华书局，1987年。

[9]〔唐〕姚思廉:《陈书》，中华书局，1982年。

[10]〔北齐〕魏收:《魏书》，中华书局，1984年。

[11]〔唐〕李百药:《北齐书》，中华书局，1972年。

[12]〔唐〕令狐德棻等:《周书》，中华书局，1983年。

[13]〔唐〕魏徵、令狐德棻:《隋书》，中华书局，1973年。

[14]〔唐〕李延寿:《南史》，中华书局，1974年。

[15]〔唐〕李延寿:《北史》，中华书局，1974年。

[16]〔后晋〕刘昫:《旧唐书》，中华书局，1986年。

[17]〔宋〕欧阳修、宋祁:《新唐书》，中华书局，1975年。

[18]〔元〕脱脱等:《宋史》，中华书局，1977年。

[19]〔元〕脱脱等:《金史》，中华书局，1975年。

[20]〔明〕宋濂等:《元史》，中华书局，1976年。

[21]〔清〕张廷玉等:《明史》，中华书局，1984年。

[22]〔民国〕赵尔巽:《清史稿》，中华书局，1977年。

[23]至[65]出自〔日〕高楠顺次郎、渡边海旭编：《大正新修大藏经》，(台北)新文丰出版公司，1983年。(简称《大正藏》)

[23]〔东汉〕安世高译：《佛说分别善恶所起经》，《大正藏》第17册。
[24]〔东汉〕安世高译：《佛说十八泥犁经》，《大正藏》第17册。
[25]〔东汉〕安世高译：《佛说罪业应报教化地狱经》，《大正藏》第17册。
[26]〔东汉〕支娄迦谶译：《道行般若经》，《大正藏》第8册。
[27]〔东汉〕支娄迦谶译：《阿閦佛国经》，《大正藏》第11册。
[28]〔东汉〕支娄迦谶译：《般舟三昧经》，《大正藏》第13册。
[29]〔东汉〕迦叶摩腾共法兰译：《四十二章经》，《大正藏》第17册。
[30]〔东汉〕迦叶摩腾共法兰译：《四十二章经》，《大正藏》第17册。
[31]〔曹魏〕康僧铠译：《佛说无量寿经》，《大正藏》第12册。
[32]〔吴〕康僧会：《六度集经》，《大正藏》第3册。
[33]〔西晋〕法立共法炬译：《大楼炭经》，《大正藏》第1册。
[34]〔东晋〕僧伽提婆译：《中阿含经》，《大正藏》第1册。
[35]〔东晋〕僧伽提婆译：《增壹阿含经》，《大正藏》，第2册。
[36]〔东晋〕佛陀跋陀罗译：《佛说观佛三昧海经》，《大正藏》第15册。
[37]〔东晋〕竺昙无兰译：《五苦章句经》，《大正藏》第17册。
[38]〔东晋〕法显撰：《高僧法显传》，《大正藏》第51册。
[39]〔后秦〕鸠摩罗什译：《金刚般若波罗蜜经》，《大正藏》第8册。
[40]〔后秦〕鸠摩罗什译：《摩诃般若波罗蜜经》，《大正藏》第8册。
[41]〔后秦〕鸠摩罗什译：《摩诃般若波罗蜜经》，《大正藏》第8册。
[42]〔后秦〕鸠摩罗什译：《佛说仁王般若波罗蜜经》，《大正藏》第8册。
[43]〔后秦〕鸠摩罗什译：《妙法莲华经》，《大正藏》第9册。
[44]〔后秦〕鸠摩罗什译：《维摩诘所说经》，《大正藏》第14册。
[45]〔后秦〕鸠摩罗什译：《思益梵天所问经》，《大正藏》第15册。
[46]〔后秦〕弗若多罗共罗什等译：《十诵律》，《大正藏》，第23册。
[47]〔北魏〕菩提流支译：《入楞伽经》，《大正藏》第16册。
[48]〔北魏〕杨炫之撰《洛阳伽蓝记》，《大正藏》第51册。
[49]〔北凉〕昙无谶译：《大般涅槃经》，《大正藏》第12册。
[50]〔北凉〕昙无谶等译：《大方等大集经》，《大正藏》第13册。

［51］〔南朝宋〕畺良耶舍译：《佛说观无量寿佛经》，《大正藏》，第12册。
［52］〔南朝梁〕僧伽婆罗译：《文殊师利所说般若波罗蜜经》，《大正藏》第8册。
［53］〔南朝梁〕曼陀罗仙译：《文殊师利所说摩诃般若波罗蜜经》，《大正藏》第8册。
［54］〔南朝陈〕真谛译：《摄大乘论》，《大正藏》第31册。
［55］〔隋〕费长房撰：《历代三宝纪》，《大正藏》第49册。
［56］〔唐〕道绰撰：《安乐集》，《大正藏》第47册。
［57］〔唐〕慧立本撰：《大唐大慈恩寺三藏法师传》，《大正藏》第50册。
［58］〔唐〕玄奘译、辩机撰：《大唐西域记》，《大正藏》第51册。
［59］〔唐〕法琳撰：《辩正论》，《大正藏》第52册。
［60］〔唐〕释智升撰：《开元释教录》，《大正藏》第55册。
［61］〔唐〕圆照撰：《贞元新定释教目录》，《大正藏》第55册。
［62］〔宋〕道原纂：《景德传灯录》，《大正藏》第51册。
［63］〔宋〕赞宁撰：《大宋僧史略》，《大正藏》第54册。
［64］〔南宋〕志磐撰：《佛祖统纪》，《大正藏》第49册。
［65］〔明〕如卺续集：《缁门警训》，《大正藏》第48册。

［66］至［71］出自《道藏》，文物出版社、上海书店、天津古籍出版社联合出版，1988年。

［66］《地府十王拔度仪》，《道藏》第3册。
［67］《东岳大生宝忏》，《道藏》第10册。
［68］《元始天尊说东岳化身济生度死拔罪解冤保命玄范诰咒妙经》，《道藏》第34册。
［69］《碧霞元君护国庇民普济保生妙经》，《道藏》第34册。
［70］《元始天尊说酆都灭罪经》，《道藏》第2册。
［71］《混元圣纪》，《道藏》第17册。
［72］《东岳天齐仁圣大帝宝卷》，《东岳城隍经忏合集》，台湾鸿顺印刷文化事业股份有限公司，2015年。
［73］《泰山东岳十王宝卷》，《东岳城隍经忏合集》，台湾鸿顺印刷文化事业股份有限公司，2015年。

［74］〔梁〕僧祐撰，李小荣校笺：《弘明集校笺》，上海古籍出版社，2013年。
［75］〔梁〕僧祐撰，苏晋仁、萧炼子点校：《出三藏记集》，中华书局，2008年。
［76］〔梁〕释慧皎著，朱恒夫、王学钧、赵益注译：《高僧传》，陕西人民出版社，2012年。
［77］〔梁〕释宝唱著，王孺童校注：《比丘尼传校注》，中华书局，2013年。
［78］〔唐〕释道世著，周叔迦、苏晋仁校注：《法苑珠林校注》，中华书局，2011年。
［79］〔唐〕道宣撰，郭绍林点校：《续高僧传》，中华书局，2014年。
［80］〔唐〕释道宣撰：《广弘明集》，上海古籍出版社，1991年。
［81］〔唐〕义净原著，王邦维校注：《南海寄归内法传校注》，中华书局，1995年。
［82］〔宋〕赞宁撰，范祥雍点校：《宋高僧传》，中华书局，1997年。
［83］黄运喜、张兰石主编：《天地冥阳水陆仪文》，（台北）新文丰出版公司，2017年。
［84］〔东汉〕应劭撰，王利器校注：《风俗通义校注》，中华书局，2010年。
［85］〔晋〕干宝：《搜神记》，中华书局，1979年。
［86］〔宋〕李昉等编：《太平御览》，中华书局，1960年。
［87］〔宋〕司马光：《资治通鉴》，中华书局，2011年。
［88］〔宋〕李焘：《续资治通鉴长编》，中华书局，2004年。
［89］〔宋〕孙复：《孙明复小集》，《四库全书》本。
［90］〔宋〕石介：《徂徕集》，《四库全书》本。
［91］〔南宋〕释普济著，苏渊雷点校：《五灯会元》，中华书局，1984年。
［92］〔元〕释祥迈编撰：《大元至元辨伪录》，北京图书馆出版社，1990年。
［93］〔明〕《明实录》，中华书局，2016年。
［94］〔明〕黄宗羲：《宋元学案》，中华书局，2013年。
［95］〔清〕董诰等编：《全唐文》，中华书局，1983年。
［96］〔清〕龙文彬：《明会要》，中华书局，1956年。
［97］〔清〕刘锦藻：《清朝续文献通考》，浙江古籍出版社，2000年。
［98］〔清〕雍正编：《御选语录》，中国社会科学出版社，2004年。
［99］〔清〕顾炎武著，黄汝成集释：《日知录》，上海古籍出版社，2006年。
［100］〔清〕《清会典事例》，中华书局，1991年。

[101]〔清〕陆增祥:《八宝室金石补正》,文物出版社,1985年。
[102]〔清〕张金吾:《金文最》,中华书局,1990年。
[103]〔清〕赵翼著,栾保群、吕余力校点:《陔余丛考》,河北人民出版社,1990年。
[104]〔清〕释元玉:《石堂集》,泰安市博物馆藏本。
[105]〔清〕释元玉等记:《天岸升禅师语录》,〔明〕《嘉兴大藏经》,第26册。

[106] 南京博物院、山东文物管理处编:《沂南古画像石墓发掘报告》,1956年文化部文物管理局。
[107] 任继愈主编:《中国哲学发展史》,人民出版社,1983年。
[108] 吕大吉主编:《宗教学通论》,中国社会科学院出版社,1989年。
[109] 李养正:《道教概说》,中华书局,1990年。
[110] 冯天瑜等:《中华文化史》,上海人民出版社,1990年。
[111] 季羡林:《比较文学与民间文学》,北京大学出版社,1991年。
[112] 詹鄞鑫:《神灵与祭祀——中国传统宗教综述》,江苏古籍出版社,1992年。
[113] 刘慧:《泰山宗教研究》,文物出版社,1994年。
[114] 泰安市泰山区档案馆编:《周郢文史论文集》,山东文艺出版社,1997年。
[115] 葛兆光:《中国思想史》第一、二卷,复旦大学出版社,2000、2001年。
[116] 萧登福:《先秦两汉冥界及神仙思想探原》,(台北)文津出版社有限公司,2001年。
[117] 焦德森主编:《北朝摩崖刻经研究》〔续〕,香港天马图书有限公司,2003年。
[118] 安作璋、王志民主编:《齐鲁文化通史》,中华书局,2004年。
[119] 陈寅恪:《隋唐制度渊源略论稿》,生活·读书·新知三联书店,2004年。
[120] 张志刚主编:《宗教研究指要》,北京大学出版社,2005年。
[121]〔德〕雷德侯著,张总等译:《万物》,生活·读书·新知三联书店,2005年。
[122]〔韩〕梁银景:《隋代佛教窟龛研究》,文物出版社,2005年。
[123] 余英时著,侯旭东等译:《东汉生死观》,上海古籍出版社,2005年。
[124] 高广仁、邵望平:《海岱文化与齐鲁文化》,江苏教育出版社,2005年。
[125] 山东省文物考古研究所编:《山东20世纪的考古发现和研究》,科学出版社,2005年。
[126] 汤贵仁、刘慧主编:《泰山文献集成》,泰山出版社,2005年。

[127] 袁行霈等主编：《中华文明史》，北京大学出版社，2006年。

[128] 项楚：《敦煌变文选注（增订本）》，中华书局，2006年。

[129] 李申：《宗教论》，中国社会科学出版社，2006年。

[130] 王青：《先唐神话、宗教与文学论考》，中华书局，2007年。

[131] 卢国龙《道教哲学》，华夏出版社，2007年。

[132]〔日〕圆仁：《入唐求法巡礼行记》，广西师范大学出版社，2007年。

[133] 杨庆堃：《中国社会中的宗教》，上海人民出版社，2007年。

[134] 郑岩、刘善沂：《山东佛教史迹——神通寺、龙虎塔与小龙虎塔》，（台北）法鼓文化事业股份有限公司，2007年。

[135] 赖非：《山东北朝佛教摩崖刻经调查与研究》，科学出版社，2007年。

[136] 汤用彤：《汉魏两晋南北朝佛教史》，武汉大学出版社，2008年。

[137] 泰安市文物事业管理局、泰安市博物馆编：《泰山岱庙典藏神仙画》，山东画报出版社，2008年。

[138] 中国第一历史档案馆编：《雍正朝汉文谕旨汇编》，广西师范大学出版社，2008年。

[139] 任继愈主编：《中国佛教史》，中国社会科学出版社，2009年。

[140] 戴晓云：《佛教水陆画研究》，中国社会科学出版社，2009年。

[141] 车锡伦：《中国宝卷研究》，广西师范大学出版社，2009年。

[142] 车锡伦：《民间信仰与民间文学》，（台北）博扬文化事业有限公司，2009年。

[143] 汤用彤：《隋唐佛教史稿》，北京大学出版社，2010年。

[144] 周郢：《泰山与中华文化》，山东友谊出版社，2010年。

[145] 孙昌武：《中国佛教文化史》，中华书局，2010年。

[146] 刘慧：《泰山信仰与中国社会》，上海人民出版社，2011年。

[147] 任继愈主编：《佛教大辞典》，凤凰出版社，2011年。

[148] 李森：《青州龙兴寺历史与窖藏佛教造像研究》，山东大学出版社，2012年。

[149] 刘继文主编：《济南神通寺》，山东友谊出版社，2012年。

[150] 蒋维乔：《中国佛教史》，武汉大学出版社，2012年。

[151] 费泳：《中国佛教艺术中的佛衣样式研究》，中华书局，2012年。

[152] 方立天：《中国佛教》，中国人民大学出版社，2012年。

[153] 任继愈:《魏晋南北朝佛教经学》,国家图书馆出版社,2013年。
[154] 吕澂:《中国佛学源流略讲》,中华书局,2013年。
[155] 魏道儒著,季羡林、汤一介主编:《中华佛教史·宋元明清佛教史卷》,山西教育出版社,2013年。
[156] 赵声良等:《敦煌石窟美术史》(十六国北朝上卷),高等教育出版社2014年。
[157] 张用衡:《泰山石刻全解》,山东友谊出版社,2015年。
[158]〔美〕太史文著,张煜译,张总校:《〈十王经〉与中国中世纪佛教冥界的形成》,上海古籍出版社,2016年。
[159] 季羡林:《季羡林谈佛》,浙江人民出版社,2016年。
[160]〔日〕大村西崖:《中国美术史》,浙江美术出版社,2016年。
[161] 郭良鋆:《佛陀和原始佛教思想》,中国社会科学出版社,2017年。